LA HIJA PRÓDIGA

COLECCIÓN
«BESTSELLER ORO»

Publicados

CUJO. — *Stephen King.*
LA HIJA PRÓDIGA. — *Jeffrey Archer.*

En preparación

EL SEGUNDO CIELO. — *Judith Guest.*
NORTE Y SUR. — *John Jakes.*
EL OMNIPOTENTE. — *Irving Wallace.*

LA HIJA PRÓDIGA

JEFFREY ARCHER

BESTSELLER ORO
grijalbo

Traducido por
JOSÉ ANTONIO BRAVO
de la 1.ª edición de Hodder and Stoughton, Londres, 1982

Déu i Mata, 98 - Barcelona, 29
Primera edición

ISBN: 84-253-1449-6
Depósito Legal: B. 36.448-1982
1982. Alfons Impressors, Recared, 4, Barcelona, 5

A María

PROLOGO

—Presidenta de los Estados Unidos —replicó ella.

—Puedo idear maneras más satisfactorias de arruinarme —dijo su padre mientras se quitaba las gafas de lectura que cabalgaban sobre la punta de su nariz y miraba a su hija por encima del borde superior del periódico.

—No seas frívolo, papá. El presidente Roosevelt nos demostró que no puede haber vocación más grande que la del servicio público.

—Lo único que demostró Roosevelt... —empezó su padre, pero luego se interrumpió y volvió al periódico, dándose cuenta de que su observación sería juzgada como una ligereza por parte de su hija.

Como si adivinase lo que pasaba por la mente de su padre, ella continuó:

—Me doy cuenta de que para mí no tendría sentido el perseguir esa ambición si no pudiera contar con tu apoyo. Mi sexo ya será bastante inconveniente, por no hablar de la desventaja de un origen polaco.

El periódico que servía de barrera entre padre e hija se abatió bruscamente.

—No vayas a decir nada en contra de los polacos —advirtió—. A lo largo de la Historia hemos demostrado que somos una raza con honor, que jamás faltó a una palabra dada. Mi padre, que era barón...

—Sí, ya sé, lo mismo que mi abuelo, pero ahora no está aquí para ayudarme a ser presidenta.

—Una pena, por cuanto habría sido, sin duda, un gran dirigente de nuestra nación —suspiró él.

—Pues, ¿por qué no iba a serlo su nieta?

—No veo ningún motivo —contestó él, sin dejar de contemplar los ojos color gris acero de su hija única.

—Así, pues, papá, ¿vas a ayudarme? Sin tu respaldo financiero no tengo ninguna oportunidad de éxito.

Su padre titubeó antes de contestar, se colocó de nuevo las gafas sobre la punta de la nariz y dobló despacio el periódico, que era el *Tribune* de Chicago.

—Voy a hacer un trato contigo, querida. Al fin y al cabo, la política consiste en eso. Si los resultados de las primarias de New Hampshire resultan satisfactorios, te respaldaré a fondo. De lo contrario, me prometerás abandonar esa idea.

—¿Cómo defines tú la palabra satisfactorios? —fue la inmediata respuesta.

Una vez más el hombre vaciló, mientras sopesaba sus palabras.

—Si ganas las primarias, o consigues más del treinta por ciento de los votos, estaré a tu lado hasta llegar a la sala de la convención, aunque eso signifique mi ruina.

La muchacha respiró tranquila por primera vez desde el principio de la conversación.

—Gracias, papá. No podría pedir más.

—Desde luego que no —replicó él—. Ahora ¿me permites que me entere de cómo los Cachorros pudieron perder el séptimo encuentro de la liga contra los Tigres?

—Sin duda porque eran el equipo más flojo, como demuestra el resultado de nueve a tres.

—Usted, señorita, a lo mejor cree que sabe algo de política, pero puedo asegurarle que desconoce por completo el béisbol —dijo el hombre. Luego, al ver que su esposa entraba en la habitación, volvió hacia ella su busto macizo—: Dice nuestra hjia que quiere llegar a ser presidenta de los Estados Unidos. ¿Qué te parece?

La muchacha se volvió con rapidez hacia ella, impaciente por escuchar la contestación.

—Voy a darte mi opinión —dijo su madre—. Creo que debía estar acostada desde hace horas, y que tú tienes la culpa por haberla desvelado.

—Sí, supongo que tienes razón. ¡A la cama, pequeña! —replicó el marido.

Ella se acercó a su padre, le besó en la mejilla y susurró:

—Gracias, papá.

La mirada del hombre permaneció fija en aquella niña de once años hasta que ésta hubo salido de la habitación. Observó que cerraba los dedos de la mano derecha en apretado puñito, como hacía siempre que estaba furiosa o decidida. Sospechó que en aquel momento estaba ambas cosas a la vez, pero comprendía que era inútil tratar de explicarle a su mujer que su hija única no era una persona corriente. Hacía tiempo que había abandonado toda tentativa de interesar a su mujer en sus propias ambiciones. Al menos, celebraba que no lograse frenar las de su hija.

Dedicó su atención otra vez a los Cachorros de Chicago, lo cual le hizo admitir que también en dicho asunto su hija tenía seguramente razón.

Durante los veintidós años siguientes, Florentina Rosnovski jamás aludió a aquella conversación, pero cuando por fin lo hizo, dio por supuesto que su padre mantendría la palabra dada. Al fin y al cabo, ¿no eran los polacos una raza con honor, que jamás retiraba su palabra?

EL PASADO

1934-1968

1

No fue un parto fácil, aunque para Abel y Zaphia Rosnovski nada resultaba fácil jamás, y ambos estaban resignados a ello, cada uno a su manera. Abel quería un hijo, un heredero varón que algún día presidiera el Grupo Baron. Abel confiaba en que, para cuando el muchacho estuviese preparado para hacerse cargo, su apellido estaría a la altura de los Ritz y los Statler, y la Baron sería la principal cadena hotelera del mundo. Paseó arriba y abajo por el desangelado pasillo del hospital de San Lucas, en espera de escuchar el primer vagido; al transcurrir las horas su leve cojera iba haciéndose cada vez más pronunciada. De vez en cuando volvía del revés la pulsera de plata que rodeaba su muñeca y contemplaba fijamente el apellido grabado en ella con límpidos caracteres. Volvía una vez más sobre sus pasos cuando vio que salía a su encuentro el doctor Dodek.

—Felicidades, señor Rosnovski —exclamó éste.

—Gracias —contestó Abel, expectante.

—Tiene usted una hija preciosa —dijo el médico cuando llegó a su lado.

—Gracias —repitió Abel con voz tranquila, procurando no mostrar su decepción. Luego se hizo conducir por el obstetra a un pequeño cuarto situado al extremo contrario del pasillo. A través del cristal de una mirilla, Abel pudo contemplar una serie de pequeños rostros arrugados. El médico señaló a su primogénita. A diferencia de los demás recién nacidos, ésta exhibía un puño firmemente cerrado. Abel había leído en alguna parte que los bebés no realizaban ese gesto sino al cabo de tres semanas por lo menos, y sonrió con orgullo.

La madre y la hija permanecieron en San Lucas seis días más, y recibieron la visita de Abel todas las mañanas, una vez servido el último desayuno en el hotel, y todas las tardes, después de que el último huésped hubiese abandonado el comedor. La cama metálica de Zaphia estaba rodeada de telegramas, ramos de flores y tarjetas de felicitación, que eran entonces el último grito de la moda, en demostración de que otras personas también se congratulaban del nacimiento. El séptimo día, la madre y la hija todavía sin nombre —Abel sólo había considerado seis nombres masculinos— regresaron a casa.

El día que su hija cumplió la segunda semana de vida la llamaron Florentina, igual que la hermana de Abel. Cuando la niña quedó instalada en su cuarto recién decorado de los altos de la casa, Abel solía pasarse muchas horas contemplándola. Mientras velaba su sueño y asistía a su despertar, se decía que era necesario seguir trabajando, y cada vez más duro, para asegurar el porvenir de la criatura. Había decidido que Florentina iba a tener unos comienzos en la vida mejores que los suyos. Ella no conocería la suciedad ni las privaciones de la infancia de su padre, ni la humillación del inmigrante recién llegado a la costa oriental de América, sin más bienes que unos cuantos rublos en billetes sin valor, cosidos en la chaqueta del único traje.

Iba a ocuparse de que Florentina pudiera estudiar la carrera de que él carecía. Aunque por su parte no tenía motivos para echarla en falta; Franklin D. Roosevelt ocupaba la Casa Blanca y el pequeño grupo hotelero de Abel parecía capaz de sobrevivir a la gran depresión. América se había portado bien con ese inmigrante.

Durante aquellas guardias junto a la cuna de su hija, en el piso de arriba, rememoraba el pasado y soñaba un futuro para la niña.

A la llegada a los Estados Unidos, encontró su primer empleo en una pequeña carnicería del bajo East Side de Nueva York, y trabajó allí durante dos largos años, hasta que logró cubrir una vacante de meritorio en el Hotel Plaza. Desde su primer día de trabajo, el viejo mayordomo Sammy le trató como si fuese la más ínfima forma de vida. A los cuatro años, hasta un tratante de esclavos se habría asombrado al ver la cantidad de trabajo y de horas extraordinarias que había realizado aquella forma ínfima de vida para alcanzar la inaudita categoría de ayudante de Sammy y jefe del salón principal. Durante aquellos primeros años, Abel pasaba cinco tardes a la semana tragando libros en la Universidad de Columbia, y después de servir las cenas y levantar las mesas continuaba con los estudios hasta altas horas de la noche. Sus rivales se preguntaban cuándo dormía.

Abel no estaba muy seguro de que sus nuevos conocimientos fuesen a serle de alguna utilidad, mientras atendía las mesas del salón principal del Hotel Plaza. Acudió a despejar esta incógnita un orondo texano, el señor Davis Leroy, quien había observado a Abel durante una semana, mientras éste atendía solícitamente a los clientes. El señor Leroy era propietario de once hoteles y ofreció a Abel el cargo de director adjunto del principal de ellos, el Richmond Continental de Chicago, con la exclusiva misión de dirigir los restaurantes del mismo.

Abel retornó al presente cuando Florentina se dio la vuelta y empezó a golpear el lateral de la cuna. Le ofreció un dedo, que la niña agarró como si fuese un cable de salvación, y empezó a morderlo con sus todavía imaginarios dientes...

Cuando Abel llegó a Chicago halló que el Richmond Continental estaba en muy mala situación. No tardó mucho en descubrir el porqué. El gerente, Desmond Pacey, falseaba la contabilidad y, a lo que pudo averiguar Abel, seguramente venía haciéndolo desde por lo menos treinta años. El nuevo director adjunto utilizó los primeros seis meses en reunir pruebas contra Pacey, y cuando lo tuvo bien cogido presentó a su patrono un expediente que contenía todos los hechos. Al enterarse de lo que ocurría a sus espaldas, Davis Leroy echó inmediatamente a Pacey y colocó en su lugar al nuevo hombre de confianza. Abel se sintió impulsado por ello a trabajar todavía más duro, y se convenció a tal punto de que sería capaz de sacar del marasmo a la Cadena Richmond, que cuando la hermana mayor de Leroy puso a la venta su veinticinco por ciento de las acciones de la compañía, Abel se empeñó hasta las pestañas para poder comprarlas. Davis Leroy se conmovió al ver la fe de su joven gerente en el porvenir de la compañía, y se lo pagó nombrándole director general de la cadena.

A partir de entonces se convirtieron en socios, relación

profesional que llegó a ser el fundamento de una sincera amistad. Abel habría sido el primero en hacerse cargo de que le resultaba muy difícil a un texano aceptar a un polaco como igual. Se había sentido seguro por primera vez desde que se estableció en Estados Unidos, hasta que descubrió que los texanos eran una camarilla tanto o más orgullosa que los polacos.

Abel aún no había llegado a aceptar lo que ocurrió. Si Davis hubiera confiado en él, si le hubiera puesto al corriente de las dificultades financieras del grupo... ¡quién no tenía problemas durante la gran depresión...! quizás habrían ideado algo entre los dos. Davis Leroy tenía sesenta y dos años cuando el Banco puso en su conocimiento que el valor de los hoteles ya no cubría la cuantía del riesgo, y le exigió otras garantías antes de librar los fondos necesarios para pagar la nómina del mes. En respuesta al ultimátum del Banco, Davis Leroy cenó tranquilamente con su hija y luego se retiró a la suite presidencial del piso decimoséptimo, provisto de dos botellas de whisky. Poco después abrió la ventana y se lanzó al vacío. Abel nunca olvidaría la escena, en la esquina de la avenida Michigan, a las cuatro de la madrugada, cuando le llamaron para que identificase unos restos reconocibles sólo por la chaqueta que su mentor llevaba la noche anterior. El teniente encargado del caso observó que había sido el séptimo suicidio en lo que llevaban del día en Chicago. Aunque ¿cómo iba el policía a saber cuánto había hecho Davis por Abel, ni los propósitos de agradecimiento que se había formado éste para el futuro? En un testamento redactado con precipitación, Davis legó el setenta y cinco por ciento restante de las acciones de la cadena Richmond a su director general, y en una carta a Abel le advertía de que, si bien las acciones no valían nada, quizá la posesión del cien por cien de las acciones le facilitaría la negociación de un nuevo aplazamiento con el Banco.

Florentina abrió los ojos y empezó a berrear. Abel la tomó en brazos con cariño y lamentó en seguida su decisión, al tocar las nalgas mojadas. Le cambió los pañales con rapidez, sin olvidarse de secar a la niña antes de colocarle el nuevo triángulo de ropa, y atendiendo a que los grandes imperdibles no pudieran rozar siquiera su cuerpo en ningún momento; cualquier niñera habría calificado con sobresaliente la habilidad con que lo hizo. Florentina cerró los ojos y se durmió sobre el hombro de su padre.

—Meona desagradecida —murmuró éste, y la besó amorosamente en la mejilla.

Después del entierro de Davis Leroy, Abel visitó a los banqueros del consorcio Richmond en Boston, Kane y Cabot, e imploró a uno de los directores que no sacase a subasta los once hoteles. Intentaba convencer al Banco de que, con un poco de respaldo, a su tiempo lograría convertir los números rojos en negros. Pero aquel hombre cortés y frío que se sentaba detrás del lujoso escritorio directorial no se dejó conmover.

—Tengo el deber de defender los intereses del Banco —fue su invariable excusa.

Abel jamás olvidó la humillación de tener que suplicar a un hombre de su misma edad llamándole «señor» para salir, al fin y al cabo, con las manos vacías. Era preciso que ese hombre tuviese el alma de una calculadora para no hacerse cargo de que su decisión afectaba a un gran número de personas. Abel se prometió a sí mismo por centésima vez que algún día el señor William Kane, alias «el Engreído», se las pagaría todas juntas.

Aquella noche Abel regresó a Chicago convencido de que sus asuntos no podían ir peor. Salió de su error al hallar que no quedaba piedra sobre piedra del Richmond Continental, destruido por un incendio que según la policía había sido provocado por el propio Abel. Efectivamente el incendio resultó provocado, pero por Desmond Pacey, que había querido vengarse. Como le detuvieron confesó en seguida su crimen y su móvil, que no era otro sino la ruina de Abel. En cuyo empeño Pacey estuvo a punto de tener éxito, sólo que Abel se salvó gracias al seguro, mientras todavía se preguntaba si no habría sido mejor para él quedarse en el campo de prisioneros de guerra rusos de donde había escapado antes de emigrar a América. Pero luego la suerte cambió definitivamente de signo, cuando un capitalista desconocido, que según dedujo Abel debió ser el señor David Maxton, de los hoteles Stevens, compró la cadena Richmond y restableció a Abel en su anterior empleo de director general, ofreciéndole así la oportunidad de demostrar que era capaz de sanear el consorcio y hacer que rindiese beneficios.

Abel recordaba también cómo había vuelto a ver a Zaphia, aquella muchacha decidida a la que conociera a bordo del barco que los llevaba a América. Entonces se había sentido muy poco dueño de sí mismo, a diferencia de la segunda vez, cuando volvieron a verse y él descubrió que era camarera en el Stevens.

Desde entonces habían transcurrido dos años, y aunque la recién rebautizada cadena Baron no consiguió obtener beneficios en 1933, las pérdidas se limitaron a sólo veintitrés mil dólares, principalmente gracias a las fiestas del centenario de Chicago, cuando más de un millón de turistas visitaron la ciudad para asistir a la Feria Mundial.

Una vez condenado Pacey por incendiario, Abel no tardaría en recibir el dinero del seguro, lo cual le permitiría reconstruir el hotel de Chicago. Aprovechaba la espera para inspeccionar los otros diez hoteles del consorcio. Despidió a los miembros del personal que mostraban inclinaciones pecuniarias parecidas a las de Desmond Pacey, y los reemplazó por hombres sacados de las largas colas de parados que tanto abundaban entonces en Estados Unidos.

Zaphia empezaba a incomodarse por los continuos viajes de Abel desde Charleston hasta Mobile y desde Houston hasta Memphis, en largas giras de inspección de sus hoteles sureños. Pero Abel se daba cuenta de que no podía cumplir su parte del trato con el desconocido capitalista quedándose en casa, por mucho que adorase a su niña. Le habían concedido diez años para devolver el préstamo; si tenía éxito, una cláusula del contrato le concedía una opción de compra sobre el sesenta por ciento restante de las acciones de la compañía, al precio de otros tres millones de dólares. Zaphia daba gracias a Dios todas las noches por lo que ya habían obtenido, y le suplicaba a Abel que se lo tomase con un poco más de calma. Pero él había jurado no detenerse hasta ver cumplido aquel objetivo.

—Tu cena está lista —clamó Zaphia a plena voz.

Abel fingió no haberlo oído, para seguir contemplando a su hija dormida.

—¿No me has oído? ¡La cena está lista!

—¿Cómo? No, cariño, lo siento. Ahora voy.

Contrariado, Abel se puso en pie para reunirse en la mesa con su mujer. El edredón rojo de Florentina estaba caído en el suelo, al lado de la cuna. Abel recogió el gran cobertor de plumas y lo puso de nuevo, cuidadosamente, sobre la sábana que cubría a su hija. No iba a consentir que ella pasara frío. La niña sonrió en sueños. ¿Quizá soñaba por primera vez?, se preguntó al tiempo de apagar la luz.

2

El bautizo de Florentina iba a ser una ocasión recordada por todos los presentes... excepto por la misma Florentina, que durmió durante toda la ceremonia. Después de ésta, que tuvo lugar en la catedral del Santo Nombre, en North Wabash, los invitados se encaminaron al hotel Stevens. Abel alquiló un salón del hotel e invitó a más de cien personas para celebrar el acto. Su amigo más íntimo, George Novak, un compatriota polaco que ocupaba la litera superior a la suya durante el viaje desde Europa, fue el *Kum* o padrino, mientras que Janina, una de las primas de Zaphia, hizo el oficio de madrina.

Los invitados devoraron un banquete de diez platos al estilo tradicional polaco, sin que faltasen los pirogi y los bigos, mientras Abel ocupaba la cabecera y recibía en nombre de su hija los regalos, entre los cuales figuró un sonajero de plata, bonos de la Deuda, un ejemplar de *Huckleberry Finn* y, el mejor de todos, una hermosa sortija antigua con una esmeralda, del desconocido benefactor de Abel. Éste se limitó a desear que el donante hubiera disfrutado tanto, con regalarla, como más tarde disfrutó su hija al verse dueña de ella. Para coronar la ocasión, Abel le regaló a su hija un gran oso de peluche con los ojos colorados.

—Se parece a Franklin D. Roosevelt —comentó George, alzando el oso para que todos lo vieran—. Eso merece un segundo bautizo... FDR.

Abel levantó su copa y brindó:

—A su salud, señor presidente.

Al oso nunca le gustó el nombre.

La fiesta terminó sobre las tres de la madrugada, y Abel tuvo que requisar una carretilla de la lavandería del hotel para poder llevarse a casa los regalos. George agitó la mano como despedida mientras Abel enfilaba la avenida North Michigan empujando la carretilla.

El feliz padre se puso a silbar una canción mientras recordaba todos los momentos de aquella fiesta maravillosa. Cuando el Señor Presidente se cayó por tercera vez de la carretilla, aquél se dio cuenta de que sus pasos por Lake Shore Drive abajo no debían ir muy derechos. Recogió el oso y volvió a dejarlo en medio de los demás regalos, y cuando se disponía a reanudar con mejor rumbo su camino, sintió una mano que se posaba en su hombro. Abel se volvió de un salto, dispuesto a dar la vida frente a quienquiera que tratase de robar las primeras posesiones de Florentina. Al levantar los ojos vio el semblante de un joven policía.

—¿Querrá usted explicarme por qué lleva una carretilla de lavandería del hotel Stevens por la avenida Michigan a las tres de la madrugada?

—Sí, agente —replicó Abel.

—Pues empecemos por el contenido de estos paquetes.

—Uno es Franklin D. Roosevelt; los demás no sé.

El policía detuvo inmediatamente a Abel como sospechoso de robo. Mientras la destinataria de los regalos dormía tranquilamente bajo su edredón rojo en la pequeña habitación del ático de Rigg Street, su padre pasaba la noche insomne sobre un viejo colchón de crin, en una celda de la comisaría. Por la mañana, George se presentó en el juzgado para respaldar con su declaración el relato de Abel.

Al día siguiente, Abel le compró un Buick marrón de cuatro puertas a Peter Sosnkowski, que tenía un comercio de coches de segunda mano en el barrio polaco.

Abel empezaba a cansarse de tener que dejar Chicago y a su querida Florentina cada dos días, pues temía perderse sus primeros pasos, su primera palabra o su primer lo que fuese. Desde su nacimiento había vigilado la rutina diaria para evitar que oyese el idioma polaco en casa; había decidido que hablase sin el menor deje polaco que pudiese ponerla en evidencia socialmente.

Durante largo tiempo esperó a escuchar su primera palabra, con la esperanza de que fuese «papá», mientras

Zaphia temía que fuese algún vocablo polaco, revelador de que ella no hablaba en inglés a su primogénita cuando estaban a solas.

—Mi hija es una norteamericana, y por consiguiente debe hablar en inglés —le explicaba Abel a Zaphia—. Demasiado a menudo los polacos siguen hablando en su propia lengua, con lo que aseguran que sus hijos hayan de pasarse toda la vida en el rincón noroeste de Chicago, que les llamen «estúpidos polacos» y que se rían de ellos todos los que les conocen.

—Excepto aquellos de nuestros paisanos que aún guardan un poco de fidelidad al Imperio polaco —se defendía Zaphia.

—¡El Imperio polaco! Pero ¿en qué siglo vives tú, Zaphia?

—¡En el siglo veinte! —replicaba ella, alzando un poco la voz.

—Junto con Dick Tracy y los Famous Funnies, ¿no es cierto?

—Esa actitud no cuadra a quien tiene por máxima ambición la de regresar a Varsovia como primer embajador polaco.

—Te dije que no volvieras a mencionar eso, Zaphia. ¡Jamás!

Zaphia, cuyo inglés seguía siendo irremediablemente chapurreado, no replicó, pero se quejó luego a sus primas y siguió hablando en polaco, aunque sólo cuando no estaba en casa Abel. No la impresionaba el hecho tan reiterado por Abel, de que la cifra de negocios de la General Motors superase al presupuesto nacional de Polonia.

Hacia 1935, Abel se convenció de que América había doblado el cabo y de que la depresión era cosa superada, por lo que juzgó llegado el momento de construir el nuevo Chicago Baron en el solar del antiguo Richmond Continental. Se hizo con un arquitecto y empezó a pasar cada vez más tiempo en la Ciudad del Viento y menos en sus giras, pues había decidido que el nuevo hotel iba a ser el mejor del Medio Oeste.

El Chicago Baron quedó terminado en mayo de 1936, y fue inaugurado por el alcalde demócrata Edward J. Kelly. Los dos senadores por Illinois asistieron a la fiesta, perfectamente conscientes de la creciente influencia de Abel.

—Aparenta como un millón de dólares —comentó J. Hamilton Lewis, el más veterano de los representantes.

—No anda usted muy equivocado —dijo Abel mientras admiraba las salas espesamente alfombradas, los altos techos estucados y la decoración en diferentes tonos de verde claro. El detalle final había sido la gran B de color verde oscuro, en relieve, que lo adornaba todo, desde las toallas en los cuartos de baño hasta la bandera que ondeaba en la cúspide del rascacielos de cuarenta y dos pisos.

—Este hotel ya lleva el sello del éxito —dijo J. Hamilton Lewis en su discurso ante los dos mil invitados—. Porque, amigos míos, es el hombre, y no el edificio, quien será conocido siempre como el Barón de Chicago.

La ovación que siguió a estas palabras complació mucho a Abel, quien se sonrió con disimulo. Aquella frase le había sido facilitada al redactor de los discursos del senador, al comienzo de aquella misma semana, por el encargado de relaciones públicas de Abel.

Éste empezaba a sentirse a sus anchas entre los grandes negociantes y los altos cargos de la política. Zaphia, en cambio, no se había adaptado al cambio de fortuna de su marido, y se mantenía en un segundo plano incierto. Se excedió un poco en el consumo de champagne y finalmente se retiró antes de que sirvieran la cena, balbuciendo una excusa acerca de ir a ver si Florentina seguía dormida. Abel acompañó a su ruborizada esposa hasta la puerta giratoria, en actitud de silenciosa irritación. Aquella escalada de éxito no la entendía Zaphia, ni le interesaba, por lo que prefería ignorar el nuevo mundo de Abel; pero se daba cuenta, por supuesto, de hasta qué punto le contrariaba con ello. Mientras él la instalaba en un coche, no pudo evitar el decir:

—No tengas prisa en volver a casa.

—Desde luego que no —replicó él al tiempo que se volvía, como si hablase con la puerta, a la que dio un empujón tan fuerte que aún la hizo dar tres vueltas más después de haberla cruzado.

Cuando regresó a la recepción del hotel encontró al concejal Henry Osborne, que le esperaba.

—Éste debe ser el punto culminante de su vida —observó el concejal.

—¿El punto culminante? Apenas he cumplido los treinta —contestó Abel.

Advirtió el destello de una cámara en el instante de rodear con el brazo al político, que era un tipo alto, moreno y bien parecido. Abel sonrió en dirección al fotógrafo, disfrutando de los honores de la celebridad, y dijo en voz lo bastante alta para que pudieran oírle los circunstantes:

—Voy a erigir hoteles Baron por todo el planeta. Quiero ser para América lo que César Ritz fue para Europa. Quédese conmigo, Henry, y le gustará la marcha —el concejal y Abel entraron juntos en el salón comedor, y cuando se vieron lejos de oídos indiscretos Abel agregó—: Si dispone de un momento mañana, Henry, quiero que almuerce conmigo. He de hablarle de un asunto.

—Con mucho gusto, Abel. Un simple concejal siempre está disponible para el Barón de Chicago.

Ambos soltaron la carcajada, aunque ninguno de los dos creyó que el comentario fuese particularmente chistoso.

Aquélla resultó ser otra noche larga para Abel. Cuando regresó a casa se encaminó derecho al dormitorio para invitados, a fin de no despertar a Zaphia... o, al menos, ésta fue la explicación que le dio la mañana siguiente.

Cuando Abel entró en la cocina para desayunar en compañía de Zaphia, Florentina estaba en su silla alta, muy entretenida en embadurnarse la cara de papilla y en mordisquear todo lo que alcanzaban sus manos, aunque no fuese comestible. La besó en la frente, único lugar de su persona adonde aún no había llegado la papilla de cereales, y ocupó su lugar ante un plato de tortas de harina con jarabe de arce. Cuando terminó, Abel se puso en pie y le comunicó a Zaphia que pensaba almorzar con Henry Osborne.

—No me gusta ese individuo —dijo Zaphia con énfasis.

—Tampoco es que sea santo de mi devoción —replicó Abel—. Pero no hay que olvidar que su cargo en el Ayuntamiento le permite hacernos muchos favores.

—Y mucho daño también.

—Que eso no te quite el sueño. Puedo encargarme perfectamente del concejal Osborne —concluyó Abel, después de lo cual rozó con los labios la mejilla de su mujer y se volvió para salir.

—Presitonta —dijo una voz, y sus dos progenitores se volvieron para mirar a Florentina, quien gesticulaba en dirección al suelo, donde yacía Franklin D. Roosevelt, ya de ocho meses, con su peludo rostro vuelto hacia abajo.

Abel se echó a reír, recogió el queridísimo osito de peluche y lo devolvió al lugar que Florentina le reservaba a su lado, en la silla alta.

—Pre-si-den-te —silabeó Abel con firmeza.

—*Presitonta* —insistió Florentina.

Abel rió de nuevo y palmeó la cabeza de Franklin D. Roosevelt. Así pues, FDR era responsable, no sólo del New Deal, sino también de la primera manifestación política de Florentina.

Cuando Abel salió de su casa, el chófer ya estaba esperándole con el Cadillac. El estilo de Abel como conductor había empeorado a medida que sus coches mejoraban. Cuando se compró el Cadillac, George le aconsejó que contratase un chófer. Aquella mañana le dijo que condujera despacio mientras se acercaban a la Costa de Oro. Abel alzó la mirada para contemplar los refulgentes cristales del Chicago Baron, y se maravilló al considerar que en ningún otro lugar del mundo un hombre podía llegar tan lejos en tan poco tiempo. Lo que unos chinos se habrían alegrado de culminar en diez generaciones, él lo había conseguido en menos de quince años.

Se apeó de un salto, sin esperar a que el chófer diese la vuelta para abrirle, entró a paso rápido en el hotel y tomó el ascensor directo a la planta cuarenta y dos, donde pasó la mañana ocupado con todos los problemas que suscitaba el nuevo hotel: uno de los ascensores de los huéspedes no funcionaba bien; dos camareros se habían peleado a cuchilladas en la cocina, y George los había despedido en el acto, sin esperar siquiera a la llegada de Abel. La lista de enseres rotos después de la inauguración era sospechosamente larga; Abel tendría que vigilar, por si alguien del personal se llevaba cosas apuntándolas como rotas. Jamás dejaba al azar detalle alguno en ninguno de sus hoteles, desde el nombre de los ocupantes de la suite presidencial hasta el precio de los ocho mil panecillos frescos que el servicio de aprovisionamiento necesitaba cada semana. Así transcurrió la mañana entre consultas, problemas y decisiones, y no hizo alto hasta que la secretaria introdujo en su despacho al concejal Osborne.

—Buenos días, Barón —saludó Henry, condescendiente, aludiendo al título familiar de los Rosnovski.

Durante los años juveniles de Abel, en los días de su aprendizaje en el Plaza de Nueva York, aquel título le había sido arrojado a la cara como burla despreciativa.

Luego, en el Richmond Continental, se hicieron bromas sobre el mismo a espaldas del director adjunto. Más tarde, todo el mundo pronunciaba aquel apelativo como muestra de respeto.

—Buenos días, señor concejal —dijo Abel con una mirada de reojo al reloj de sobremesa; eran la una y cinco—. ¿Vamos a almorzar?

Abel condujo a Henry al adyacente comedor privado. Para un observador que no los conociese, Henry Osborne difícilmente habría parecido un amigo bien elegido para Abel. Educado en Choate, y luego en Harvard, como solía recordarle a Abel, hizo luego el servicio como teniente de la Infantería de Marina, durante la Gran Guerra. Con su metro ochenta de estatura y su abundante cabello negro un poco mezclado de gris, parecía mucho más joven de lo que, según su historial, debía ser.

Los dos hombres se habían conocido a consecuencia del incendio del antiguo Richmond Continental. En aquellos tiempos Henry era empleado de la aseguradora Great Western, que tenía desde siempre las pólizas del consorcio Richmond. Abel quedó muy sorprendido cuando Henry le sugirió que un pequeño pago en metálico agilizaría mucho el trámite de los papeles en la oficina central. En aquellos días, Abel no tenía ni siquiera para un «pequeño pago en metálico»; sin embargo el trámite del seguro llegó a buen término, pues también Henry confiaba en el porvenir de Abel.

Así se enteró Abel, por primera vez, de que los hombres podían comprarse.

Para cuando Henry Osborne fue elegido concejal de la Junta metropolitana de Chicago, Abel ya podía permitirse «pequeños pagos en metálico», y la licencia de construcción para el nuevo Baron pasó por los despachos municipales como si calzase patines de ruedas. Más adelante, cuando Henry anunció su candidatura para la Cámara de Representantes de los Estados Unidos por el distrito noveno de Illinois, Abel estuvo entre los primeros que contribuyeron con un sustancioso cheque a la financiación de la campaña. Aunque Abel no se fiaba mucho del carácter de su nuevo aliado, comprendía que un político dócil podía ser de gran utilidad para el grupo Baron. Tomó precauciones para que ninguno de los pequeños pagos en metálico —no le gustaba llamarlos sobornos, ni siquiera en el pensamiento— quedase reflejado en libro alguno, y consideró que podía dar por terminado el trato tan pronto como le interesara.

El comedor estaba decorado en verde de suaves matices, lo mismo que el resto del hotel, pero no exhibía en ningún lugar la B en relieve. El mobiliario era decimonónico y todo él de roble, y colgaban de las paredes numerosos cuadros de la misma época, en su mayoría importados. Cuando se cerraban las puertas, uno podía imaginarse en un mundo diferente, muy lejos del ritmo frenético de un moderno hotel.

Abel ocupó la cabecera de una mesa de estilo, con capacidad sobrada para ocho comensales, pero que aquel día estaba puesta sólo para dos.

—Es como un pedazo de la vieja Inglaterra —comentó Henry mientras contemplaba la habitación.

—Por no hablar de Polonia —replicó Abel.

Un camarero de uniforme sirvió salmón ahumado, mientras otro llenaba las copas con un Bouchard Chablis. Henry contempló su plato atiborrado de manjares.

—Ahora veo por qué ha engordado usted tanto, Barón.

Abel frunció el ceño y cambió prontamente de conversación.

—¿Irá usted al partido de los Cachorros de mañana?

—¿Para qué? Han perdido más encuentros en casa que el partido republicano. Aunque mi ausencia no disuadirá al *Tribune* de pintar el partido como una batalla tremendamente igualada, sin relación alguna con el resultado, y de afirmar que, si las circunstancias les hubiesen favorecido, los Cachorros habrían obtenido una memorable victoria.

Abel soltó la carcajada.

—Una cosa sí es segura —continuó Henry—. En el campo de Wrigley no verá usted nunca un partido nocturno. Esa horrible novedad de jugar bajo los focos jamás se implantará en Chicago.

—Eso fue lo que usted dijo de la cerveza en lata el año pasado.

Esta vez fue Henry quien frunció el ceño.

—No creo que me haya invitado a almorzar para charlar sobre béisbol o latas de cerveza, Abel. ¿En qué pequeño plan puedo colaborar esta vez?

—Muy sencillo. Quiero pedirle consejo sobre qué hacer con William Kane.

Henry pareció atragantarse. Tendré que hablar con el

«chef»; no deberían quedar espinas en el salmón ahumado, se dijo Abel antes de continuar:

—Una vez, Henry, me contó usted con abundantes detalles lo ocurrido cuando su camino se cruzó con el del señor Kane, y cómo él acabó estafándole dinero. Pues a mí, Kane me hizo algo mucho peor. Durante la Gran Depresión le apretó las tuercas a Davis Leroy, mi socio e íntimo amigo, con lo que fue el causante directo del suicidio de Leroy. Más aún, Kane me negó toda clase de ayuda cuando quise hacerme cargo de la dirección de los hoteles y sanear la situación financiera del consorcio.

—¿Quién le respaldó a usted finalmente? —preguntó Henry.

—Un capitalista privado del Continental Trust. Su gerente no ha querido dar más detalles, pero siempre he sospechado que fue David Maxton.

—¿El propietario del hotel Stevens?

—El mismo.

—¿Por qué cree que fue él?

—Cuando celebré mi boda en el Stevens, y lo mismo el bautizo de Florentina, la factura fue pagada por mi protector.

—No creo que eso demuestre nada.

—De acuerdo, pero estoy seguro de que fue Maxton, porque en cierta ocasión éste me ofreció la oportunidad de dirigir el Stevens. Yo le contesté que estaba más interesado en hallar un respaldo financiero para el consorcio Richmond, y antes de una semana, su Banco en Chicago libraba el dinero de alguien cuya identidad no podían revelar, porque habría sido contrario a los intereses de su actividad habitual.

—Eso sí es más convincente. Pero cuénteme lo que ha pensado para William Kane —dijo Henry, jugando con la copa de vino y pendiente de las palabras de Abel.

—Una cosa que no le robará demasiado tiempo, Henry, y que puede interesarle financieramente, y también en el plano personal, si tiene usted de Kane la misma «elevada» opinión que yo.

—Le escucho —contestó Henry, sin alzar la mirada de su copa.

—Quiero apoderarme de un porcentaje sustancial de las acciones del Banco de Kane en Boston.

—No le será fácil —dijo Henry—. La mayor parte de

las acciones pertenecen a un fideicomiso familiar y no pueden ser vendidas sin su autorización personal.

—Parece usted muy bien informado —dijo Abel.

—Es de dominio público —contestó Henry.

Abel no le creyó.

—Así pues, empecemos por averiguar los nombres de todos y cada uno de los accionistas de Kane y Cabot, para ver si alguien está dispuesto a desprenderse de su participación a un precio bastante superior a la cotización oficial.

Abel observó cómo se encendían los ojos de Henry, mientras éste empezaba a comprender lo que podía ganar en aquella operación trabajando para los dos bandos al mismo tiempo.

—Si él se entera, la lucha será dura.

—No tiene por qué enterarse —dijo Abel—. Y aunque así fuese, siempre le llevaríamos dos jugadas de ventaja. ¿Le parece que podrá usted ocuparse del trabajo?

—Puedo intentarlo. ¿En qué ha pensado usted?

Abel entendió que Henry trataba de averiguar lo que podría cobrar, pero él aún no había terminado.

—El primer día de cada mes quiero un informe escrito, con una relación de las participaciones de Kane en todas sus empresas, así como de sus operaciones comerciales y el máximo de detalles de su vida privada que logre usted obtener. Quiero todo lo que pueda averiguarse, aunque parezca muy trivial.

—Repito que no será fácil —dijo Henry.

—¿Mil dólares al mes facilitarían la tarea?

—Mil quinientos serían suficientes, sin duda —replicó Henry.

—Serán mil al mes durante los primeros seis meses. Si se porta usted bien, entonces aumentaré la cifra a mil quinientos.

—Hecho —dijo Henry.

—Bien —dijo Abel, y echó mano a la cartera que llevaba en el bolsillo interior de la americana, para sacar un cheque ya extendido al portador por importe de mil dólares.

Henry examinó el cheque.

—Estaba usted muy seguro de que yo aceptaría todas sus proposiciones, ¿no?

—No del todo —contestó Abel, después de lo cual sacó otro cheque de la cartera y se lo mostró a Henry. Estaba extendido por importe de mil quinientos dólares—. Si trae usted alguna buena noticia dentro de los primeros seis meses, sólo habrá perdido tres mil dólares.

Los dos hombres se echaron a reír.

—Pasemos a otro tema más agradable —dijo Abel—. ¿Cree que vamos a ganar?

—¿Quiénes, los Cachorros?

—No, las elecciones.

—Por supuesto. Landon recibirá una paliza. El Girasol de Kansas no tiene probabilidades frente a FDR —comentó Henry—. Como ha recordado el mismo presidente, esa flor es amarilla, tiene el corazón negro, sirve para comida y siempre muere antes de noviembre.

Abel rió de nuevo.

—Y usted personalmente, ¿cómo va?

—No hay problema. El escaño siempre ha estado en manos de los demócratas. Lo difícil era ganar la nominación, no las elecciones.

—Espero verle convertido en congresista, Henry.

—Puede estar seguro de que así será, Abel, y yo espero poder servirle a usted, lo mismo que a mis demás representados.

Abel le miró con ironía.

—Bastante mejor que a los demás, o en eso confío al menos —comentó mientras le servían un filete casi tan grande como el plato y una copa de Côte de Beaune 1929. Pasaron el resto del almuerzo discutiendo la lesión de Gabby Hartnett, las cuatro medallas de oro ganadas por Jesse Owens en las Olimpíadas de Berlín, y la posibilidad de que Hitler invadiese Polonia.

—Jamás —aseguró Henry, y empezó a extenderse acerca del valor demostrado por los polacos en Mons, durante la Gran Guerra.

Abel no hizo ningún comentario sobre el hecho real, o sea que ningún regimiento polaco había intervenido en la acción de Mons.

A las dos y treinta y siete minutos, Abel retornaba a su despacho para ocuparse de los problemas de la suite presidencial y de los ocho mil panecillos frescos.

Aquella noche no regresó a casa hasta pasadas las nueve, por lo que Florentina ya estaba acostada. Pero se despertó tan pronto como su padre entró en el cuarto, y le sonrió.

—*Presitonta. Presitonta. Presitonta.*

Abel sonrió.

—Yo no. Tú quizá, pero yo no.

Tomó a su hija en brazos para besarla en la mejilla, y se sentó con ella, mientras la niña repetía una y otra vez la única palabra de su vocabulario.

3

En noviembre de 1936, Henry Osborne ganó su escaño en la Cámara de Representantes de los Estados Unidos por el distrito noveno de Illinois. Su mayoría fue algo más reducida que la de su predecesor, hecho que sólo podía atribuirse a su indolencia, puesto que Roosevelt había arrasado en todos los Estados excepto Vermont y Maine, y en el Congreso los republicanos habían quedado reducidos a diecisiete senadores y ciento tres diputados. No obstante, lo único que le importaba a Abel era que su hombre ya tenía escaño en la Cámara; en seguida le ofreció la presidencia de la comisión de planificación del consorcio Baron que Henry aceptó agradecido.

Abel canalizaba todas sus energías hacia la construcción de más y más hoteles... con la ayuda del congresista Osborne, cuya influencia, por lo visto, alcanzaba a facilitar licencias dondequiera que al Baron se le ocurriese edificar. Abel siempre pagaba estos favoreces a Henry con billetes usados. No sabía lo que hacía Henry con el dinero, aunque parte del mismo, evidentemente, iba a parar a las manos apropiadas, por lo que no deseaba enterarse de más detalles.

Aunque sus relaciones con Zaphia se deterioraban cada vez más, Abel todavía deseaba tener un hijo y empezó a preocuparse al ver que su mujer no quedaba embarazada. Al principio le echó la culpa a Zaphia, quien deseaba también otra criatura, pero luego ella le convenció para que visitase al médico. Abel pasó por la humillación de saber qué tenía bajo el recuento del espermograma, cosa que el médico atribuyó a las privaciones de su vida pasada. Luego le dijo que seguramente no volvería a ser padre. A partir de ese momento la cuestión quedó terminada, y Abel concentró todo su afecto y sus esperanzas en Florentina, que crecía como las matas del campo. En la vida de Abel sólo había otra cosa que prosperase tanto, y esa otra cosa era el grupo Baron. Siempre estaba construyendo un hotel nuevo en el norte, y otro en el sur, al tiempo que modernizaba y rentabilizaba los hoteles antiguos de la cadena.

A los cuatro años, Florentina fue por primera vez a la guardería. El primer día, ella se empeñó en que Abel y Franklin D. Roosevelt debían acompañarla. La mayoría de las demás niñas venían acompañadas por mujeres que, según averiguó luego Abel con sorpresa, no siempre eran sus madres, sino niñeras y en un caso, en que le rectificaron amablemente, una institutriz. Aquella misma noche le dijo a Zaphia que deseaba confiar a Florentina a los cuidados de una de esas personas especialmente cualificadas.

—¿Para qué? —inquirió Zaphia, alarmada.

—Para que ninguna de las que asisten a esa escuela empiece con ventaja sobre nuestra niña.

—Me parece un despilfarro estúpido. ¿Acaso una persona extraña puede darle algo más que yo?

Abel no contestó, pero a la mañana siguiente hizo que insertaran anuncios en el *Tribune* de Chicago, el *New York Times* y el *Times* de Londres solicitando candidatas al empleo de institutriz, y expresando claramente las condiciones ofrecidas. Se recibieron cientos de respuestas, procedentes de todas partes del país, y de mujeres con magníficas referencias que deseaban trabajar para el presidente del consorcio Baron. Llegaron cartas de centros femeninos de enseñanza superior como Radcliffe, Vassar y Smith; incluso hubo una del reformatorio federal de mujeres en Alderson, West Virginia. Pero la que más le intrigó fue la de una mujer que, obviamente, no tenía ni la menor idea de quién fuese el Barón de Chicago.

The Old Rectory
Much Hadham
Hertfordshire

12 de setiembre de 1938

Muy señor mío:

En respuesta a su anuncio inserto en la sección de personal, en la página titular del *Times* de esta fecha, me someto a su consideración para el cargo de institutriz de su hija.

Tengo treinta y dos años de edad y soy la sexta hija del Muy Reverendo L. H. Tredgold, soltera, de la parroquia de Much Hadham, en el Hertfordshire. Soy actualmente maestra de la escuela primaria local y ayudo a mi padre en sus tareas como párroco rural.

Estudié latín, griego, francés e inglés en el Cheltenham Ladies' College como preparación para mis estudios superiores, los cuales seguí interna en el Newnham College de la Universidad de Cambridge. Al término de los mismos obtuve sobresaliente en las tres asignaturas del tríptico de Idiomas Modernos, aunque no poseo la licenciatura en letras por esta universidad ya que sus estatutos no admiten la concesión de dicho título a las mujeres.

Quedo a su disposición para una entrevista en cualquier momento, pues celebraría tener la oportunidad de trabajar en el Nuevo Mundo, y tengo el honor de ponerme a sus órdenes.

Suya atentísima,

W. Tredgold

A Abel le costó creer que existiese una institución llamada Cheltenham Ladies' College, e incluso en lugar llamado Much Hadham, y por supuesto desconfiaba de los estudios terminados con sobresalientes pero sin licenciatura.

Hizo una llamada a Washington a través de su secretaria. Cuando al fin consiguió hablar con la persona deseada, leyó la misiva en voz alta.

La respuesta de Washington confirmó que la carta podía ser verídica en todos sus puntos; no había motivos para poner en duda su credibilidad.

—¿Está usted segura de que existe realmente un establecimiento llamado Cheltenham Ladies' College?

—Segurísima, señor Rosnovski, ya que yo misma estudié allí —replicó la secretaria de la Embajada británica.

Aquella noche Abel leyó de nuevo la carta, esta vez a su mujer Zaphia.

—¿Qué te parece? —le preguntó, aunque ya había tomado su decisión.

—No me gusta su tono —dijo Zaphia, sin alzar los ojos de la revista que estaba leyendo—. Si hemos de contratar a alguien, ¿por qué no puede ser una norteamericana?

—Piensa en lo ventajoso que sería para Florentina el tener una institutriz inglesa... Además, podría hacerte compañía —añadió tras una breve pausa.

Esta vez, Zaphia sí alzó la mirada.

—¿Para qué? ¿Te parece necesario que me eduque a mí también?

Abel no contestó.

A la mañana siguiente, envió un telegrama a Much Hadham para ofrecer el empleo de institutriz a miss Tredgold.

Tres semanas más tarde, cuando fue a buscar a la señorita, que llegaba con el Twentieth Century Limited a la estación de La Salle Street, Abel supo en seguida que su decisión había sido acertada. A solas en el andén, erguida entre tres maletas de diferentes tamaños y antigüedades, no podía ser otra sino miss Tredgold. Era alta, delgada y de actitud algo autoritaria; con el moño que culminaba su cabeza, sobrepasaba en cinco centímetros la estatura de su patrono.

En cambio Zaphia recibió a miss Tredgold como una intrusa que venía a disputarle su papel materno. Cuando la acompañó a la habitación de su hija, Florentina no aparecía por ninguna parte. Dos ojos desconfiados vigilaban debajo de la cama. Miss Tredgold fue la primera en descubrir a la niña, y se arrodilló:

—Me temo que no voy a servirte de mucha ayuda si te quedas ahí, niña. Soy demasiado grande para vivir debajo de una cama.

Florentina se echó a reír y salió a gatas.

—¡Qué voz tan rara tienes! —dijo—. ¿De dónde vienes?

—De Inglaterra —dijo miss Tredgold, sentándose en la cama al lado de la pequeña.

—¿Dónde está eso?

—Como a una semana de viaje.

—Sí, pero ¿está muy lejos?

—Eso depende de cómo hayas viajado durante esa semana. ¿De cuántas maneras podría yo recorrer una distancia tan larga? ¿Se te ocurren a ti tres maneras diferentes?

Florentina frunció el ceño.

—Pues yo iría en bicicleta desde mi casa hasta llegar al final de América, y allí tomaría un...

Ninguna de las dos se dio cuenta de que Zaphia había salido de la habitación.

A los pocos días, Florentina había hecho de miss Tredgold el hermano y la hermana que ella jamás llegaría a tener. Era capaz de pasarse horas escuchando a su nueva compañera. Abel contemplaba con orgullo cómo aquella solterona madura —no se daba cuenta de que tenía su misma edad, treinta y dos años— transmitía a su hija de cuatro años una serie de conocimientos que a él mismo le hubiera gustado poseer.

Una mañana, Abel le preguntó a George los nombres de las seis esposas de Enrique VIII, y dijo que si no los sabía, más valía encargar al Cheltenham Ladies' College otras dos institutrices, porque de lo contrario pronto Florentina sabría más que ellos. Zaphia no quiso saber nada de Enrique VIII ni de sus mujeres, pues aún estaba convencida de que hubiera sido mejor educar a Florentina de acuerdo con las sencillas tradiciones polacas. Pero ya había desistido de poder persuadir a su marido en aquella cuestión. Zaphia organizó su rutina diaria de manera que evitase el tropezar con la institutriz en toda la jornada.

En cuanto a la rutina diaria de miss Tredgold, participaba de la disciplina de la Guardia Real tanto como de las enseñanzas de Maria Hontessori. Florentina despertaba a las siete de la mañana, y con la espalda recta, sin poder tocar nunca el respaldo de la silla, recibía instrucción sobre compostura y comportamiento en la mesa hasta que terminaba el desayuno. Entre las siete y media y las ocho menos cuarto, miss Tredgold seleccionaba dos o tres temas del *Tribune* de Chicago, leía los artículos en voz alta y los comentaba con ella, y una hora más tarde le preguntaba de nuevo sobre las mismas cuestiones. A Florentina le interesaron en seguida las actividades del presidente, quizá porque se llamaba igual que su osito. La señorita Tredgold se vio en la necesidad de dedicar buena parte de su tiempo libre a estudiar el extraño sistema norteamericano de gobierno, a fin de no dejar sin contestación ninguna posible pregunta de su pupila.

De nueve a doce, Florentina y FDR asistían a la guardería, donde se dedicaban a las actividades más normales de su coetáneos. Cuando miss Tredgold iba a buscarla, era fácil adivinar si Florentina había elegido aquel día las tizas de colores, la pasta blanca y las tijeras, o la pintura con los dedos. Toda sesión de juegos escolares concluía con el inmediato regreso a casa para bañarse y cambiarse de ropa, no sin expresivas muestras de disgusto.

Por la tarde, miss Tredgold y Florentina salían de excursión, cuidadosamente planeada por la primera durante la mañana, sin decirle nada a la niña. Florentina siempre trataba de sonsacarle a su institutriz el programa vespertino.

—¿Qué hacemos hoy? ¿Adónde iremos? —preguntaba.

—Ten paciencia, niña.

—¿Podremos ir aunque llueva?

—El tiempo lo dirá. Pero si no podemos, has de saber que yo siempre tengo un plan de emergencia.

—¿Qué es un plan de... mergencia? —preguntó Florentina, sorprendida.

—Lo que necesitas tener cuando fallan todas las demás cosas que habías previsto —explicó miss Tredgold.

Aquellas expediciones de las tardes incluían paseos por el parque, visitas al zoológico, y a veces un viaje en tranvía, que era un placer extraordinario para Florentina. Miss Tredgold aprovechaba el tiempo para impartir a su pupila unas primeras palabras de francés, lo que le proporcionó el agradable descubrimiento de que la niña tenía facilidad para los idiomas. De vuelta a casa le tocaba pasar media hora con mamá antes del té, y luego otro baño antes de acostarse, hora que para Florentina correspondía a las siete de la tarde. Entonces miss Tredgold leía unas líneas de la

Biblia o de Mark Twain —aunque según dijo miss Tredgold en un momento de supuesta frivolidad, no era fácil que los americanos supieran en qué consistía la diferencia—, tras lo cual apagaba la luz de la habitación y aguardaba a que su pupila y FDR estuvieran dormidos.

Este plan diario se cumplía férreamente, salvo en raras ocasiones como los cumpleaños y fiestas nacionales, en que miss Tredgold permitía que Florentina la acompañase al cine United Artists, en West Randolph Street, para ver películas tales como *Blancanieves y los siete enanitos*. Aunque nunca sin que miss Tredgold hubiese visto previamente la película, a fin de controlar que no fuese inadecuada para la criatura confiada a sus cuidados. Walt Disney contaba con su aprobación, lo mismo que Laurence Olivier en el papel de Heathcliff perseguido por Merle Oberon; esta película fue a verla tres veces, sacrificando otras tantas tardes libres de los jueves y veinte centavos cada vez. Logró convencerse a sí misma de que el filme valía los sesenta centavos; al fin y al cabo, *Cumbres borrascosas* era una obra clásica.

Miss Tredgold jamás le prohibió a Florentina preguntar sobre temas tales como los nazis, el New Deal o incluso qué era un «jonrón», aunque naturalmente a veces no entendiera las respuestas. Pronto la niña descubrió que su madre muchas veces no estaba en condiciones de satisfacer su curiosidad, e incluso la propia miss Tredgold, en ocasiones, se dirigía a su habitación con una excusa y consultaba la *Enciclopedia Británica*, a fin de poder dar una contestación correcta.

A los cinco años Florentina ingresó en el parvulario de la Girls Latin School de Chicago; al cabo de una semana la adelantaron un curso, porque sabía muchas más cosas que sus condiscípulas. Todo en su mundo le parecía maravilloso. Tenía a mamá y a papá, a miss Tredgold y a Franklin D. Roosevelt. Hasta donde alcanzaba su horizonte, podía conseguir cuanto se le antojase.

Sólo las «mejores familias», como las llamaba Abel, enviaban sus niñas a la Latin School, y no fue sin cierta sorpresa que miss Tredgold recibió varias educadas negativas de parte de las amigas de Florentina, al querer devolver invitaciones de ir a tomar el té. Las mejores amigas, Mary Gill y Susie Jacobson, acudían con regularidad; pero los padres de otras niñas solían excusarlas con flojos pretextos, y pronto miss Tredgold comprendió que, si bien el

Barón de Chicago había sabido romper las cadenas de la pobreza, en cambio aún no había roto las barreras que le vedaban algunas de las mejores casas de la ciudad. Zaphia no servía de gran ayuda, puesto que no hacía nada por conocer a las familias de las compañeras de su hija, por no hablar de formar parte de las innumerables mesas de caridad, juntas hospitalarias o clubes a que la mayoría de las demás madres, por lo visto, pertenecían.

Miss Tredgold hizo cuanto pudo por solucionarlo, pero como a los ojos de muchos padres ella no era más que una sirvienta, no le fue fácil. Rezaba en secreto para que Florentina no se enterase nunca de aquellos prejuicios... mas no pudo ser.

Florentina pasó con facilidad el primer curso, manteniéndose con soltura al nivel de las demás; sólo su estatura recordaba que era un año más joven.

Abel estaba demasiado empeñado en la construcción de su imperio para ponerse a reflexionar sobre su propia categoría social u otros problemas con que estuviese enfrentándose la señorita Tredgold. El consorcio iba en constante progresión y en 1938 Abel podía contemplar con optimismo la perspectiva de retornar a su benefactor el capital prestado. Más aún, Abel preveía unos beneficios de doscientos cincuenta mil dólares para dicho año, pese a su importante programa de construcciones.

Su verdadera preocupación no estaba en el parvulario ni en los hoteles, sino a ocho mil kilómetros de distancia, en su querida tierra natal. Sus peores aprensiones se vieron realizadas el 1 de septiembre de 1939, cuando Hitler entró en Polonia. Dos días más tarde, Gran Bretaña declaraba la guerra a Alemania. Con el estallido de otra guerra, Abel consideró seriamente la posibilidad de dejar el mando del consorcio Baron en manos de George —que se había revelado como un fiel y eficaz segundo de a bordo— mientras él se embarcaba con rumbo a Londres, para unirse al ejército polaco en el exilio. George y Zaphia lograron disuadirle tras largas discusiones, por lo que él optó por recaudar fondos para enviar el dinero a la Cruz Roja británica; al mismo tiempo procuraba influir en los políticos demócratas para que el país entrase en la contienda a favor de los británicos.

Una mañana, Florentina oyó que su padre decía:

—FDR necesita cuantos amigos pueda reunir a su alrededor.

Hacia el último trimestre de 1939 Abel, con ayuda de un pequeño préstamo del First City Bank de Chicago, se convirtió en accionista único, al cien por cien, del grupo Baron. En el informe anual anticipó para 1940 unos beneficios de más de medio millón de dólares.

Franklin D. Roosevelt —el de los ojos colorados y la cara velluda de color castaño— se separaba pocas veces de Florentina, incluso cuando ésta pasó al segundo grado de la escuela. Miss Tredgold consideró que tal vez había llegado la hora de que FDR se quedase en casa. En circunstancias normales, lo habría ordenado, aunque hubiese costado algunas lágrimas, y el asunto habría quedado resuelto. Sin embargo, y en contra de su propio parecer, dejó que la niña se saliera con la suya. Tal decisión resultó ser uno de los escasos errores de miss Tredgold.

Todos los lunes, los chicos de la Latin School se reunían con las niñas para la clase de francés, a cargo de la profesora de idiomas modernos mademoiselle Mettinet. Para todos era una primera y difícil introducción en aquella lengua, excepto para Florentina. Mientras la clase repetía con la mademoiselle palabras tales como *boucher, boulanger* y *épicier,* Florentina empezó, más por aburrimiento que por desafío, una conversación en francés con FDR. Su vecino, un chico alto y más bien haragán llamado Edward Winchester, que parecía incapaz de entender la diferencia entre *le* y *la,* se inclinó hacia Florentina y le ordenó que dejara de significarse. Ella se ruborizó:

—Sólo intentaba explicarle a FDR la diferencia entre el masculino y el femenino.

—¿De veras? —dijo Edward—. Bien, pues voy a enseñarte *la différence,* señorita Sabelotodo.

Y en un acceso de furor, agarró a FDR y, haciendo acopio de todas sus fuerzas, le arrancó un brazo. Florentina se quedó clavada en su asiento por la sorpresa, mientras Edward sacaba el tintero del pupitre y volcaba el contenido sobre la cabeza del oso.

Mademoiselle Mettinet, que jamás había estado de acuerdo con lo de tener a los chicos en la misma clase que las chicas, corrió hacia el fondo del recinto, pero ya era demasiado tarde. FDR estaba azul brillante de pies a cabeza, sentado en el suelo, en medio de un círculo de borra procedente de su brazo arrancado. Florentina recobró a su mutilado amigo, y sus lágrimas diluyeron el charco de tinta. Mademoiselle Mettinet se llevó a Edward al despacho del jefe de estudios, después de ordenar a los demás niños que guardasen silencio hasta su regreso.

Florentina se arrastró a gatas por el suelo en un desesperado intento de recobrar la borra perdida por FDR. Una niña rubia con quien Florentina no había simpatizado nunca se inclinó hacia y ella y bufó:

—¡Te está bien empleado, estúpida polaca!

La clase celebró la observación, y varias voces empezaron a cantar a coro:

—¡Estúpida polaca! ¡Estúpida polaca! ¡Estúpida polaca!

Florentina abrazó a FDR y se limitó a esperar que regresara pronto mademoiselle Mettinet.

Pareció que transcurrían horas, aunque sólo fueran escasos minutos hasta que reapareció la maestra de francés, seguida de un Edward apropiadamente cabizbajo. Los cánticos cesaron tan pronto como mademoiselle Mettinet entró en la clase, pero Florentina ni siquiera se atrevía a levantar la vista. En medio de un silencio forzado, Edward avanzó hacia Florentina y se disculpó en voz tan fuerte como poco sincera. Luego volvió a su asiento, mirando con una sonrisa desafiante a sus compañeros de clase.

Aquella tarde, cuando miss Tredgold fue a buscar a su pupila, le fue imposible dejar de observar el rostro de la niña, encendido de llanto, su cabeza inclinada y el color azul de FDR, así como su único brazo. Antes de llegar a casa, miss Tredgold le había sonsacado a Florentina toda la historia. Más tarde le dio su cena favorita de hamburguesa y helado, dos manjares que normalmente desaprobaba, y la acostó temprano, con la esperanza de que se durmiese en seguida. Después de perder media hora con el jabón y el cepillo, intentando limpiar el oso ya irremisiblemente manchado, miss Tredgold se dio por vencida. Al depositar el animal, todavía húmedo, al lado de Florentina, se oyó una vocecita debajo del cobertor:

—Gracias, miss Tredgold. FDR necesita cuantos amigos pueda reunir a su alrededor.

Poco después de las diez, cuando regresó a casa Abel —se había acostumbrado a volver tarde casi todas las noches—, miss Tredgold solicitó una entrevista privada. La petición sorprendió a Abel. La introdujo en seguida en su despacho; durante los dieciocho meses que llevaba a su servicio, miss Tredgold siempre había participado al señor Rosnovski los acontecimientos de la semana los domingos por la mañana, mientras Florentina y su madre asistían a misa en la catedral del Santo Nombre. Los informes de miss Tredgold siempre eran claros y exactos; si predominaba en ellos alguna tendencia era la de subestimar los progresos de la niña.

—¿Cuál es el problema, miss Tredgold? —preguntó Abel tratando de disimular su preocupación. Atribuía aquella ruptura de la rutina acostumbrada a la posible dimisión de la institutriz. Sin pérdida de tiempo ésta le relató lo ocurrido en la escuela aquella mañana.

El rostro de Abel fue poniéndose cada vez más rojo, y estaba purpúreo cuando miss Tredgold llegó al final de su narración.

—¡Intolerable! —fue lo primero que dijo—. Hay que sacar a Florentina de allí, ¡inmediatamente! Mañana por la mañana iré personalmente a ver a la señorita Allen para decirle lo que opino de ella y de su escuela. Estoy seguro de que aprobará usted mi decisión, miss Tredgold.

—No, señor. No la apruebo —fue la tajante respuesta.

—¿Cómo ha dicho, por favor? —dijo Abel, sin dar crédito a sus oídos.

—Digo que la culpa es tanto de usted como de los padres de Edward Winchester.

—¿Mía? ¿Por qué? —inquirió Abel.

—Usted debió enseñarle a su hija, hace tiempo, lo que significa el ser polaco, y cómo enfrentarse a las dificultades que ello pueda ocasionarle. Debió explicarle el arraigado prejuicio de los americanos contra los polacos, prejuicio que en mi opinión es tan censurable como el de los ingleses contra los irlandeses, y no anda muy lejos del bárbaro comportamiento de los nazis contra los judíos.

Abel guardó silencio. Hacía tiempo que nadie le decía, frente a frente, que estaba equivocado en algo.

—¿Tiene algo más que decir? —preguntó cuando hubo logrado recobrarse.

—Sí, señor Rosnovski. Si saca usted a su hija de la escuela Girls Latin, presentaré mi renuncia inmediatamente. Si echa usted a correr la primera vez que la niña se enfrenta a un problema, ¿cómo podré enseñarle yo a desenvolverse en la vida? Cuando veo que mi propio país está en guerra por habernos empeñado en creer que Hitler era un hombre razonable, aunque algo mal aconsejado, no se me puede exigir que consienta un error idéntico en el caso de Florentina. Se me romperá el corazón si he de dejarla, porque la quiero más que si fuese hija mía, pero no puedo aprobar que se le oculte la realidad sólo porque usted tiene bastante dinero para evitarle la verdad durante un par de años más. Debo rogarle que disculpe mi franqueza, señor Rosnovski, pues me parece que me he excedido. Pero no puedo condenar los prejuicios de otras personas, y consentir al mismo tiempo los de usted.

Abel se arrellanó en su asiento antes de contestar:

—Usted ha nacido para embajadora, miss Tredgold, no para institutriz. Tiene razón, por supuesto. ¿Qué me aconseja que hagamos?

Miss Tredgold, que seguía en pie —nunca se habría atrevido a sentarse en presencia de su patrono, a no ser mientras estuviese en compañía de Florentina—, titubeó un instante.

—Durante un mes, la niña debería levantarse media hora más temprano y familiarizarse con la historia de Polonia. Debe saber que Polonia es una gran nación, y por qué se atrevieron los polacos a desafiar el poderío de Alemania cuando no podían confiar en alcanzar la victoria por sí solos. Así ella podrá enfrentarse con conocimiento de causa, no desde la ignorancia, a los que se burlen de sus antepasados.

Abel la contempló de hito en hito.

—Ahora entiendo lo que quiso decir George Bernard Shaw cuando afirmó que era preciso conocer a una institutriz inglesa para saber por qué es grande Gran Bretaña.

Ambos rieron.

—Me extraña que no tenga usted otras ambiciones en su vida, miss Tredgold —dijo Abel, dándose cuenta en seguida de que aquellas palabras podían parecer ofensivas. Pero en todo caso miss Tredgold no se consideró ofendida.

—Mi padre tuvo seis hijas. Él deseaba un chico, pero no pudo ser.

—¿Qué ha sido de las otras cinco?

—Todas se han casado —contestó ella sin amargura.

—¿Y usted?

—Él me dijo una vez que yo había nacido para maestra y que todo está escrito en los planes del Señor, de manera que tal vez tendría discípulos destinados a un gran porvenir.

—Esperemos que así sea, miss Tredgold.

A Abel le habría gustado llamarla por su nombre, pero ni siquiera sabía cuál era. Ella siempre firmaba «W. Tredgold», de un modo que desalentaba más averiguaciones. Con una sonrisa, le preguntó:

—¿Tomaría usted una copa conmigo, miss Tredgold?

—Gracias, señor Rosnovski. Sería muy agradable tomar un poco de jerez.

Abel sirvió un jerez seco, y un whisky bien medido para sí mismo.

—¿Cómo ha quedado FDR?

—Mutilado para toda la vida, me temo, aunque eso hará que la niña le quiera más todavía. He decidido que FDR permanezca en casa en adelante y salga sólo bajo mi vigilancia.

—Me parece oír a Eleanor Roosevelt hablando del presidente.

Miss Tredgold rió de nuevo y tomó un sorbo de jerez.

—¿Me permite otra sugerencia en relación con Florentina?

—Desde luego —dijo Abel disponiéndose a escuchar la recomendación de miss Tredgold. Para cuando terminaron la segunda copa, Abel había dado ya su consentimiento.

—Bien —dijo miss Tredgold—. Entonces, con su permiso, me pondré a ello en la primera oportunidad.

—Desde luego —repitió Abel—. Naturalmente, en lo que se refiere a esas sesiones de las mañanas, quizá no me sea posible durante un mes seguido sin interrupción. —Miss Tredgold quiso intervenir, pero Abel continuó—: Tal vez tenga entrevistas que no puedan aplazarse con tan poca anticipación, como usted sin duda comprenderá.

—Usted procederá como juzgue mejor, señor Rosnovski, y si considera que hay algo más importante que el porvenir de su hija, estoy segura de que ella lo comprenderá.

Abel se dio por vencido. Canceló todos sus compromisos fuera de Chicago durante un mes y se levantó media hora más temprano todas las mañanas. Incluso Zaphia consideró acertada la idea de miss Tredgold.

El primer día, Abel empezó por contarle a Florentina cómo él había nacido en los bosques de Polonia y fue adoptado por una familia trashumante, y cómo luego conoció a un gran Barón que se lo llevó a su castillo de Slonim, junto la frontera ruso-polaca.

—Me trataba como a un hijo —explicó Abel.

Días más tarde, Abel fue revelándole a su hija cómo se reunió con él, en el castillo, su hermana Florentina —de quien había heredado la niña su nombre—, y cómo había descubierto que el Barón era su padre verdadero.

—¡Ya lo sé! ¡Ya sé cómo lo descubriste! —exclamó Florentina.

—¿Cómo vas a saberlo tú, pequeña?

—Él sólo tenía un pezón —dijo Florentina—. Eso fue, eso fue. Te he visto en el baño, papá. Tú sólo tienes una tetilla, conque eras hijo suyo. Todos los chicos de la escuela tienen dos... —Abel y miss Tredgold se quedaron mirando a la niña, boquiabiertos, mientras ella proseguía—: Pero, si yo soy hija tuya, ¿cómo es que tengo dos?

—Porque sólo se hereda de padre a hijo, y casi nunca recae la herencia en las hijas.

—No es justo. Yo quiero tener sólo una.

Abel soltó la carcajada.

—¡Bien! Cuando tú tengas un hijo, a lo mejor sólo tiene una.

—Es hora de que te hagas la trenza y te prepares para ir a la escuela —intervino miss Tredgold.

—¡Pero si estábamos en lo más emocionante!

—Obedece, niña.

Florentina dejó de mala gana a su padre y se encaminó al cuarto de baño.

—¿Qué pasará mañana, miss Tredgold? —preguntó mientras iban ya de camino hacia la escuela.

—No lo sé, niña. Pero, como dijo una vez el señor Asquith, esperar para ver.

—¿Estaba el señor Asquith en ese castillo con papá?

En los días sucesivos, Abel contó su vida en el campo de concentración, prisionero de los rusos, y cómo había contraído allí su cojera. A continuación le repitió a su hija las historias que el Barón le había contado durante el cautiverio, más de veinte años atrás. Florentina escuchó la historia del legendario héroe polaco Tadeusz Kosciuszko y de todos los demás grandes personajes hasta la época moderna, mientras miss Tredgold punteaba el mapa de Europa que había colgado en la pared del dormitorio.

Finalmente le explicó a su hija cómo había pasado a su propiedad la pulsera de plata que llevaba en la muñeca.

—¿Qué dice aquí? —preguntó Florentina al ver los pequeños caracteres grabados.

—A ver si sabes leerlo, pequeña —dijo Abel.

—Ba-rón A-bel Ros-nov-ski —deletreó ella—. Pero ¡si es tu nombre! —insistió.

—Y era también el de mi padre.

Al cabo de pocos días más, Florentina estaba en disposición de contestar a todas las preguntas de su padre, aunque Abel no siempre lograba responder a todas las de ella.

En la escuela, Florentina esperó un día tras otro a que Edward Winchester se enfrentase otra vez con ella. Pero por lo visto, él había olvidado el incidente, y una vez incluso se ofreció a compartir con ella una manzana.

Sin embargo, no todos en la clase habían olvidado; en particular una de sus compañeras, una niña gorda y más bien retrasada, se divertía murmurando las palabras «estúpida polaca» a sus espaldas, pero de manera que ella pudiese oírlas.

Florentina no se vengó en seguida, sino que esperó varias semanas. En una ocasión en que aquella niña quedó la última de la clase en un ejercicio de Historia, mientras Florentina quedaba la primera, la otra se apresuró a anunciar:

—Por lo menos yo no soy una polaca.

Edward Winchester frunció el ceño, pero no faltaron algunas risitas en la clase.

Florentina aguardó a que el silencio fuese completo, antes de hablar:

—Es verdad. No eres una polaca, sino americana de tercera generación, con cien años de historia. En cambio mi familia tiene mil años, y por eso tú tienes cero en Historia y yo soy la primera.

Nadie de la clase volvió a mencionar jamás la cuestión. Cuando miss Tredgold oyó el relato, durante el camino de regreso a casa, sonrió.

—¿Se lo contaremos a papá esta noche? —preguntó Florentina.

—No, cariño. La vanidad nunca ha sido una virtud; hay ocasiones en que es mejor callar.

La niña de seis años asintió, pensativa, antes de preguntar:

—¿Cree que un polaco podría llegar a ser presidente de los Estados Unidos?

—Sin duda, siempre que los americanos lleguen a superar su prejuicio.

—¿Aun siendo católico?

—Eso pronto dejará de tener importancia, y espero vivir para verlo.

—¿Y si fuese una mujer? —agregó Florentina.

—Eso tardará un poco más en llegar, niña.

Aquella noche, miss Tredgold informó al señor Rosnovski de que sus lecciones habían valido la pena.

—Y ¿cuándo llevará usted a cabo la segunda parte de su plan, miss Tredgold? —preguntó Abel.

—Mañana —contestó ella, con una sonrisa.

A las tres y media de la tarde siguiente, miss Tredgold aguardaba en la esquina a la salida de su pupila. Florentina cruzó charlando el portal de la escuela, y luego recorrieron varias manzanas antes de que la niña se diese cuenta de que no seguían el camino acostumbrado.

—¿Adónde vamos, miss Tredgold?

—Paciencia, niña, que todo se sabrá.

Miss Tredgold sonreía mientras Florentina se dedicaba a contarle lo bien que le había salido un ejercicio de inglés aquella mañana. El monólogo continuó hasta que llegaron a Menomonee Street, donde miss Tredgold empezó a prestar más interés a los números de las casas que a los éxitos, reales o imaginarios, de Florentina.

Finalmente se detuvieron frente a una puerta recién pintada de rojo, que llevaba el número doscientos dieciocho. Miss Tredgold llamó dos veces con sus nudillos enguantados, mientras Florentina permanecía a su lado, silenciosa por primera vez desde que saliera de la escuela. Al poco la puerta se abrió dejando ver a un hombre que vestía jersey gris y vaqueros azules.

—He venido por lo de su anuncio en el *Sun-Times* —anunció miss Tredgold antes de que el hombre tuviese ocasión de hablar.

—¡Ah, sí! —contestó él—. ¿Quieren pasar?

Miss Tredgold entró en la casa, seguida de Florentina, que no salía de su sorpresa. Fueron conducidas por un pasillo lleno de fotografías y rosetones de colores, y salieron por la puerta del fondo a un patio.

Florentina los vio en seguida. Estaban en una cesta, al fondo del patio, y corrió hacia ellos. Eran seis cachorros amarillos de raza labrador, acurrucados junto a su madre. Uno de ellos abandonó el calor de la camada y salió cojeando de la cesta al encuentro de Florentina.

—Este cachorro cojea —dijo Florentina, al tiempo que tomaba el animalito en brazos e inspeccionaba su pata.

—Me temo que sí —admitió el criador—. Pero los otros cinco son perfectamente sanos y pueden ustedes elegir.

—¿Qué pasará si nadie se queda con ella?

—Supongo... —el criador titubeó—. Habrá que sacrificarla.

Florentina miró a miss Tredgold con expresión implorante mientras abrazaba con fuerza a la perrita, muy ocupada en lamerle la cara.

—Quiero ésta —dijo Florentina con decisión, aunque temerosa de la reacción de miss Tredgold.

Mis Tredgold abrió su bolso y preguntó:

—¿Cuánto le debo?

—Nada, señora. Celebro que ésta haya encontrado una buena casa.

—Gracias —dijo Florentina—, muchas gracias.

La perrita no dejó de mover la cola durante todo el camino a su nuevo hogar; lo que no se movió, para mayor sorpresa de miss Tredgold, fue la lengua de Florentina. Ésta no se separó de su cachorro hasta que se vieron todas en la seguridad de la cocina de su casa. Zaphia y miss Tredgold miraban mientras la perrita labrador cojeaba por el suelo hacia un cuenco de leche caliente.

—Me recuerda a papá —dijo Florentina.

—No seas impertinente, niña —la reprendió miss Tredgold.

Zaphia disimuló una sonrisa.

—Bien, Florentina, ¿cómo vas a llamarla?

—Eleanor.

4

La primera vez que Florentina presentó su candidatura a la presidencia fue en 1940, a la edad de seis años. La maestra del segundo curso, la señorita Evans, decidió celebrar unas elecciones ficticias; los chicos fueron invitados a participar, y Edward Winchester, a quien Florentina todavía no había perdonado del todo el haber derramado la tinta azul sobre su osito, se presentaba en el papel del supuesto Wendell Willkie. Florentina representaba, naturalmente, a FDR.

Se convino en que cada candidato dirigiría un discurso de cinco minutos a los restantes veintisiete miembros de las dos clases reunidas. Miss Tredgold no quiso influir sobre Florentina, pero hubo de escuchar su discurso treinta y una veces —¿o fueron treinta y dos?—, como le contaba al señor Rosnovski la mañana del domingo anterior al gran día de las elecciones.

Todos los días, Florentina leía en voz alta las columnas de política del *Tribune* de Chicago, en presencia de miss Tredgold, en busca de datos que añadir a su alocución. Kate Smith, por lo visto, había cantado «Dios bendiga a América» en todas partes, y el índice Dow Jones había pasado por primera vez de 150; fuera lo que fuese, ello parecía favorecer al aspirante a la reelección. Florentina leyó también las noticias sobre la guerra en Europa y sobre la botadura del acorazado de 36.000 toneladas *U.S.S. Washington*, el primer buque de guerra que construía Estados Unidos desde hacía diecinueve años.

—¿Por qué hemos construido un acorazado, si el presidente prometió que el pueblo americano no tendría que ir a la guerra?

—Supongo que habrá interesado a nuestra propia defensa —sugirió miss Tredgold, sin dejar de hacer calcetines de punto para los muchachos, allá en su país—. Por si los alemanes decidieran atacarnos.

—No se atreverán —dijo Florentina.

El día que Trotski fue asesinado en México con un *piolet,* miss Tredgold le ocultó el periódico a su pupila. Otra mañana se vio en la imposibilidad de explicar qué eran medias de nilón y por qué se habían vendido en ocho horas los primeros setenta y dos mil pares, pese a que las tiendas habían limitado las ventas a dos pares por cliente.

Miss Tredgold, que solía enfundar sus piernas en medias de hilo de Escocia de color beige, de un tono llamado con optimismo «Tentación», consideró el artículo con las cejas fruncidas.

—Estoy convencida de que no llevaré nunca medias de nilón —declaró, y en efecto, no las usó jamás.

Cuando llegó el día de las elecciones, Florentina tenía la cabeza atiborrada de datos y números, algunos de los cuales no entendía, pero que le comunicaban la seguridad de ganar. Lo único que le preocupaba todavía era que Edward fuese más alto que ella. Florentina creía que ello era una ventaja decisiva, pues había leído que veintisiete de los treinta y dos presidentes de los Estados Unidos habían sido más altos que sus rivales.

Los dos adversarios utilizaron una moneda de cinco centavos, recién acuñada con el perfil de Jefferson, para decidir el turno oratorio. Florentina ganó y eligió hablar primero, error que no volvió a cometer nunca más en su vida. Su diminuta figura se dispuso a situarse frente a la clase, teniendo presente la última advertencia de miss Tredgold —«camina derecha, niña, no vayas a parecer un signo de interrogación»—. Tiesa como un palo, se irguió en el centro del estrado frente al pupitre de la señorita Evans, y aguardó el permiso para hablar. Las primeras frases le salieron atropelladas. Explicó su política para asegurar la estabilidad hacendística del país, y prometió que los Estados Unidos no intervendrían en la guerra. «Ni un solo americano debe morir a causa de que las naciones de Europa no sepan vivir en paz entre sí», declaró, repitiendo de memoria. Mary Gill inició un aplauso, pero Florentina no hizo caso y siguió hablando, al tiempo que tiraba nerviosamente de su vestido con las manos sudorosas. Por último soltó las frases finales en una larga tirada, y regresó a su puesto entre aplausos y sonrisas.

Edward Winchester se puso en pie para actuar a continuación, y algunos de los chicos de su clase le ovacionaron mientras se dirigía hacia la pizarra. Por primera vez se daba cuenta Florentina de que algunos de los votos estaban decididos incluso antes de comenzar los discursos. Se limitó a desear que la misma regla funcionase también a favor de ella. Edward les explicó a sus compañeros que ser vencedor en fútbol era lo mismo que serlo para el país, y que en cualquier caso, Willkie representaba todas aquellas cosas en que los padres de todos ellos creían, ya que apoyar a FDR suponía el riesgo de perderlo todo. Por tanto, ¿iban a votar en contra de las preferencias de sus padres y madres? Esta frase suscitó una ruidosa ovación, lo que le indujo a repetirla. Al final de su discurso Edward también recogió aplausos y sonrisas, pero Florentina supo convencerse de que no habían sido tan ruidosos ni tan generalizados como los que recibiera ella.

Cuando Edward hubo regresado a su asiento, la señorita Evans felicitó a los dos candidatos y pidió a los veintisiete votantes que arrancasen de su blocs una hoja en blanco para escribir en ella el apellido de Edward o el de Florentina, según a quién prefiriesen para presidente. Las plumas se untaron con impaciencia en los tinteros y rasguearon sobre el papel. Los boletos de voto fueron tratados con papel secante, doblados y entregados a la señorita Evans. Cuando la maestra hubo recogido el último procedió a desdoblar los pequeños rectángulos de papel y a formar con ellos, ante sí, dos montones distintos. La operación parecía durar horas, y toda la clase permaneció silenciosa durante el recuento, que era de por sí un acontecimiento extraordinario. Cuando miss Evans hubo desplegado todas las papeletas, recontó de nuevo los veintisiete votos poco a poco y con gran cuidado, hasta persuadirse de que cuadraba el resultado.

—El resultado de la elección en broma —Florentina contuvo el aliento— para la presidencia de los Estados Unidos es de trece votos para Edward Winchester —Florentina estuvo a punto de lanzar un grito de júbilo: había ganado—, y doce votos para Florentina Rosnovski. Dos votantes dejaron sus papeletas en blanco, que es lo que se llama abstención.

Florentina no podía creerlo.

—Por consiguiente, proclamo que el nuevo presidente es Edward Winchester, en representación de Wendell Willkie.

Fue la única votación que perdió FDR aquel año, pero Florentina no pudo contener su decepción y corrió a esconderse en el vestuario de las chicas para que nadie la viese llorar. Cuando salió, halló que Mary Gill y Susie Jacobson la esperaban.

—No importa —dijo Florentina, tratando de aparentar valentía ante el resultado adverso—. Al menos estoy segura de que vosotras me apoyasteis.

—No pudimos.

—¿Cómo que no pudisteis? —exclamó Florentina, incrédula.

—No queríamos que la señorita Evans viese que no sabíamos escribir tu apellido —explicó Mary.

Durante el regreso a casa, y después de escuchar el relato como siete veces, miss Tredgold le preguntó con franqueza a la niña si había aprendido algo del incidente.

—¡Claro que sí! —aseguró Florentina con énfasis—. Voy a casarme con un hombre que tenga un apellido muy fácil.

Abel se echó a reír cuando oyó la anécdota aquella noche, y durante la cena se la repitió a Henry Osborne.

—Ten cuidado con ella, Henry, porque no tardará mucho en disputarte el escaño.

—Aún faltan quince años por lo menos para que sea elegible; para entonces, estaré dispuesto a cederle la representación.

—¿Has hecho algo para convencer a la Comisión de relaciones internacionales de que debemos intervenir en esta guerra?

—FDR no hará nada hasta que se conozca el resultado de las elecciones. Eso lo sabe todo el mundo, incluso Hitler.

—En tal caso, recemos para que Inglaterra no ceda antes de que lleguemos nosotros, porque América tendrá que esperar a noviembre para confirmar a FDR en la Presidencia.

Durante aquel año, Abel contrató arquitectos para dos nuevos hoteles en Washington y San Francisco, e inició su primer proyecto en el Canadá, el Montreal Baron. Aunque sus pensamientos nunca andaban muy lejos de los intereses del consorcio, había una cosa más en su mente.

Deseaba estar en Europa, y no para construir hoteles.

Poco antes de las vacaciones de Navidad, Florentina recibió su primera azotaina. Años más tarde, ésta se asociaba siempre en sus recuerdos con la nieve. Sus compañeros de clase decidieron levantar un gran monigote de nieve, y todos se comprometieron a llevar alguna cosa para decorarlo. Por último el muñeco de nieve quedó con un par de pasas por ojos, una zanahoria por nariz, unas patatas por orejas, y lució además un par de guantes viejos de jardinero, un puro, y un sombrero que fue la aportación de Florentina. El último día de clase todos los padres fueron invitados a contemplar el muñeco de nieve, y el sombrero mereció muchos comentarios. Florentina estaba radiante de orgullo, hasta que llegaron sus padres. Zaphia soltó la carcajada, pero a Abel no le hizo gracia ver su mejor sombrero de seda en la cabeza de aquel alegre monigote de nieve. Una vez hubieron regresado a casa, Florentina fue conducida al despacho de su padre y escuchó una larga filípica sobre la irresponsabilidad que representaba el tomar cosas ajenas. Luego Abel la dobló sobre sus rodillas y le dio tres fuertes azotes con el lomo de un cepillo.

Aquella noche de sábado no la olvidaría ella jamás.

Aquella mañana de domingo la recordaría siempre Estados Unidos: el Sol Naciente se alzó sobre Pearl Harbor en alas de una flota aérea enemiga y destruyó la Armada norteamericana, pulverizando virtualmente la base y dando muerte a 2.403 americanos. Los Estados Unidos declararon la guerra al Japón al día siguiente, y a Alemania tres días más tarde.

Abel convocó en seguida a George para anunciarle que pensaba alistarse en las fuerzas americanas que embarcaban rumbo a Europa. George protestó, Zaphia suplicó y Florentina lloró. Miss Tredgold no se atrevió a opinar.

Abel recordó que le quedaba un asunto que arreglar antes de salir de América, e hizo llamar a Henry.

—¿Ha visto esa gacetilla del *Wall Street Journal*, Henry? Con todas esas noticias sobre lo de Pearl Harbor, a poco se me pasa por alto.

—¿Se refiere a la fusión de Lester con Kane y Cabot, que predije en mi informe del mes pasado? Sí, tengo ya todos los detalles —dijo Henry, pasándole el expediente a Abel—. Supuse que me llamaba por este asunto.

Abel hojeó la documentación hasta dar con el artículo buscado, que había sido subrayado en rojo por Henry. Leyó dos veces el suelto y empezó a tamborilear con los dedos sobre el escritorio.

—Kane ha cometido su primer error.

—Puede que tenga usted razón, me parece —replicó Henry.

—Se está ganando usted sus mil quinientos dólares al mes, Henry.

—Pienso que ha llegado la hora de que sean dos mil.

—¿Por qué?

—Por el artículo séptimo de los estatutos del nuevo Banco.

—Ante todo, ¿cómo permitió que se incluyera esa cláusula? —preguntó Abel.

—Para protegerse a sí mismo. Es evidente que al señor Kane no se le ha ocurrido pensar que alguien pueda estar buscando su ruina, pero al canjear sus acciones de Kane y Cabot por la equivalencia en acciones de la Lester, pierde el control de un Banco y no consigue el control del otro, ya que lo de Lester es mucho más grande. Así que sólo posee el ocho por ciento de las acciones de la nueva empresa, y por eso insistió en incluir una cláusula que le permite vetar durante tres meses cualquier transacción, incluyendo el nombramiento de un nuevo presidente.

—Con lo que no tenemos más que hacernos con un ocho por ciento de los títulos de la Lester, y utilizar contra él su propia clásula especial, como y cuando nos convenga —Abel hizo una pausa—. No creo que sea fácil.

—Justo, y por eso le he solicitado un aumento.

Abel descubrió que lo de alistarse en las fuerzas armadas le resultaba mucho más difícil de lo que había imaginado. El Ejército no se anduvo con contemplaciones a la hora de juzgar su agudeza visual, su peso, su corazón y el estado general de su salud. Le fue preciso remover influencias para que le destinaran como furriel en el Quinto Ejército a las órdenes del general Mark Clark, que embarcaba con rumbo a África. Abel atrapó aquella oportunidad de participar en la guerra e ingresó en la academia de oficiales. Hasta que desapareció de Rigg Street no comprendió miss Tredgold cuánto iba Florentina a echar en falta a su padre. Trató de convencer a la niña de que la guerra no iba a durar mucho, pero le faltaba la fe en sus propias palabras. Miss Tredgold había leído demasiados libros de Historia.

Abel salió de la academia con el grado de comandante, más delgado y rejuvenecido de aspecto, pero a Florentina no le gustó ver a su padre de uniforme, pues no ignoraba que todos los que vestían uniforme eran enviados lejos de Chicago y, a lo que parecía, no regresaban nunca. En febrero Abel se despidió de todos y salió de Nueva York en la motonave *Borinquén*. Florentina, que sólo tenía siete años, pensó de veras que la despedida era para siempre, mientras su madre le aseguraba que papá regresaría en seguida.

Lo mismo que miss Tredgold, Zaphia no creía lo que estaba diciendo... y esta vez tampoco lo creyó Florentina.

Cuando ingresó en el cuarto curso, Florentina fue nombrada secretaria de su clase, lo que suponía llevar una minuta de las reuniones semanales del curso. Mientras leía en voz alta sus informes al resto de los componentes del cuarto curso, nadie hacía demasiado caso; en cambio Abel, en medio del calor y la polvareda de Argelia, saboreaba entre la risa y el llanto cada línea de los ingenuos escritos de su hija, como si fuese el más reciente éxito literario. La última afición de Florentina, fervientemente aprobada por miss Tredgold, era el escultismo, que le permitía lucir un uniforme muy parecido al de su padre. No sólo le agradaba vestir el prestigioso atuendo marrón, sino que además descubrió pronto que daba opción a decorar las mangas con insignias de diferentes colores por servicios que iban desde ayudar en las cocinas hasta recoger sellos usados. Florentina ganó tantas insignias en tan poco tiempo, que miss Tredgold apenas daba abasto a coserlas y buscar sitio para otra más. El arte de hacer nudos, la cocina, la gimnasia, la cría de animales, las manualidades, los sellos, el excursionismo, se turnaron en rápida sucesión.

—Sería más fácil si tuviera ocho brazos como un pulpo —comentaba miss Tredgold, pero obtuvo la revancha definitiva cuando su pupila ganó una insignia en labores de aguja y hubo de coserse ella misma el pequeño triángulo amarillo.

Cuando Florentina ingresó en el quinto curso, que reunía a chicos y chicas para la mayoría de las clases, fue nombrado presidente del curso Edward Winchester, principalmente gracias a sus éxitos en el terreno deportivo, mientras Florentina quedaba otra vez como secretaria pese a merecer mejores notas que todos los demás, incluyendo al mismo Edward. Sus únicos reveses ocurrieron en Geometría, donde quedó segunda, y en actividades artísticas. Miss Tredgold se recreaba leyendo una y otra vez las evaluaciones de Florentina, y le regocijaban sobre todo los comentarios de los profesores de arte: «Quizá si Florentina procurase depositar la pintura sobre el papel, en vez de esparcirla por los alrededores, habría esperanzas de que llegase a ser mejor artista que pintora y decoradora de paredes.»

Pero la frase que miss Tredgold prefería citar cuando la interrogaban acerca de los éxitos escolares de Florentina era la de su profesora de trabajos domésticos: «Esta alumna debe acostumbrarse a no llorar cuando queda segunda».

A medida que pasaban los meses, Florentina se dio cuenta de que muchos de sus compañeros tenían a sus padres en la guerra, y así supo que su hogar no era el único que había vivido una separación. Miss Tredgold matriculó a Florentina en cursos de ballet y piano para que no le quedase un momento de ocio. Incluso le permitió que llevase a Eleanor como mascota para el grupo escultista, pero la perrita labrador fue devuelta a casa por su cojera. Florentina pensó que ojalá hicieran lo mismo con su padre. Cuando llegaron las vacaciones de verano, mis Tredgold, con la aprobación de Zaphia, extendió las exploraciones a Nueva York y Washington, pese a las limitaciones que la guerra imponía a los viajes. Zaphia aprovechaba las ausencias de su hija para asistir a reuniones benéficas a favor de los soldados polacos que regresaban del frente.

Florentina quedó encantada con su primer viaje a Nueva York, aunque tuvo que dejar en casa a Eleanor. Estaban los rascacielos, los grandes almacenes, y multitudes jamás vistas; pero a pesar de todos esos atractivos, lo que de veras quería ver era Washington. El viaje a Washington supuso la primera vez que Florentina tomaba un avión, y lo mismo miss Tredgold, y mientras el aparato seguía el curso del río Potomac rumbo al aeropuerto National de Washington, Florentina admiró desde la ventanilla la Casa Blanca, el Washington Monument, el Lincoln Memorial y el Jefferson Building, entonces aún sin terminar. Preguntó si sería un «Monument» o un «Memorial» y le pidió a miss Tredgold que le explicase la diferencia. Ella titubeó y dijo que tendría que mirar ambas palabras en el diccionario Webster's cuando regresaran a Chicago, pues no estaba segura de que tuviesen diferente significado. Por primera vez descubría Florentina que miss Tredgold no lo sabía todo.

—Es igual que en las fotografías —dijo mientras contemplaba el Capitolio.

—Pues ¿qué esperabas? —dijo miss Tredgold.

Henry Osborne les había organizado una visita especial a la Casa Blanca y una oportunidad de asistir a sesiones del Senado y de la Cámara de Representantes. Cuando se vio en la galería del Senado y vio a los senadores que se alzaban tras sus pupitres para hablar, Florentina quedó como hipnotizada. Miss Tredgold tuvo que llevársela a rastras como a un chico que no quiere abandonar un partido de fútbol, pero no pudo impedir que le hiciera a Henry Osborne infinidad de preguntas. Éste quedó sorprendido por la extensión de los conocimientos de aquella niña de nueve años, aunque fuese la hija del Barón de Chicago.

Florentina y miss Tredgold pernoctaron en el hotel Willard. Su padre aún no había construido el Baron de Washington, aunque el congresista Osborne les aseguró que la cosa ya estaba cociéndose. En realidad, agregó, ya tenían los terrenos en el bote.

—¿Qué significa «en el bote», señor Osborne?

Como no recibiera contestación satisfactoria ni de Henry Osborne ni de miss Tredgold, Florentina decidió consultar también el diccionario Webster's.

Aquella noche la señorita Tredgold acostó a la niña en una gran cama del hotel y salió de la habitación convencida de que después de tan larga jornada su pupila se quedaría dormida en seguida. Florentina dejó pasar algunos minutos y luego encendió de nuevo la luz, después de lo cual sacó de debajo de la almohada su guía de la Casa

Blanca. Un FDR vestido de negro la contemplaba desde la portada. Bajo su nombre decía una leyenda en gruesos caracteres: «No puede haber vocación superior a la del servicio público». Leyó dos veces el folleto, pero fue la última página la que más atrajo su atención. Empezó a aprendérsela de memoria y cayó dormida poco después de la una, sin acordarse de apagar la luz.

Durante el vuelo de regreso Florentina siguió estudiando con atención aquella última página, mientras miss Tredgold se enteraba de los altibajos de la guerra en las páginas del *Times-Herald* de Washington. Italia estaba al borde de la rendición mientras que los alemanes, por lo visto, aún creían en la victoria. Entre Washington y Chicago, Florentina no interrumpió ni una sola vez la lectura de miss Tredgold, hasta que ésta, al verla tan callada, se preguntó si estaría demasiado fatigada por el viaje. Una vez en casa permitió que se acostase en seguida, aunque no sin haberle escrito unas líneas de agradecimiento al congresista Osborne. Cuando miss Tredgold fue a apagar la luz, Florentina todavía estaba estudiando la guía de la Casa Blanca.

Eran exactamente las diez y media cuando miss Tredgold bajó a la cocina para hacerse una taza de chocolate antes de acostarse, como tenía por costumbre. Al regreso escuchó algo parecido a una letanía. Caminando de puntillas, se acercó a la puerta de la habitación de Florentina y contuvo la respiración. Lo que oyó fue un murmullo sostenido:

—Primero, Washington; segundo, Adams; tercero, Jefferson; cuarto, Madison —y así recitaba, sin equivocarse, la lista de los presidentes—. Trigésimo primero, Hoover; trigésimo segundo, FDR; trigésimo tercero, desconocido; trigésimo cuarto, desconocido; trigésimo quinto, sexto, séptimo, octavo, noveno, cuadragésimo, cuadragésimo primero, desconocidos; cuadragésimo segundo... —hubo un instante de silencio, y luego añadió—: Primero, Washington; segundo, Adams; tercero, Jefferson...

Miss Tredgold continuó de puntillas hasta su habitación y después de acostarse permaneció un rato mirando al techo, mientras se le enfriaba su taza de chocolate, que ni siquiera había probado, y recordaba las palabras de su padre: «Tú has nacido para maestra, pero todo está escrito en los planes del Señor: quizás alguno de tus discípulos esté destinado a un gran porvenir.» ¿Presidenta de los Estados Unidos, Florentina Rosnovski? No, pensó miss Tredgold. Florentina tenía razón. Tendría que casarse con alguien que tuviese un apellido más fácil.

La mañana siguiente, al levantarse, Florentina saludó a miss Tredgold con un *bonjour* y desapareció en el cuarto de baño. Después de dar de comer a Eleanor, que ahora ya casi comía más que ella, Florentina leyó en el *Tribune* de Chicago que FDR y Churchill habían conferenciado acerca de la rendición incondicional de Italia, y le dijo alegremente a su madre que ello significaba el pronto regreso de papá.

Zaphia replicó que ojalá tuviese razón y le comentó a miss Tredgold el excelente aspecto que, según le parecía, presentaba Florentina.

—¿Te ha gustado Washington, querida?

—Mucho, mamá. Creo que viviré allí algún día.

—¿Cómo, Florentina? ¿Qué harías tú en Washington?

Florentina alzó los ojos y vio que miss Tredgold la miraba fijamente. Titubeó unos segundos, y luego se volvió hacia su madre:

—¡Qué sé yo! Lo que pasa es que Washington es una ciudad muy bonita. ¿Querría pasarme la mermelada, por favor, miss Tredgold?

5

Florentina no podía saber cuántas de sus cartas semanales recibía su padre, pues había que mandarlas a un depósito de Nueva York, donde las censuraban antes de reexpedirlas al lugar donde estuviese estacionado el comandante Rosnovski en cada momento.

Las respuestas llegaban con irregularidad; unas veces Florentina recibía hasta tres cartas la misma semana, y otras no recibía una sola palabra en varios meses. Cuando pasaba todo un mes sin recibir carta, empezaba a creer que su padre había muerto en acción de guerra. Miss Tredgold le explicaba que ello no era posible, porque el Ejército siempre avisaba mediante un telegrama a los familiares cuando se producía una baja o desaparición. Todas las mañanas, Florentina era la primera en correr escaleras abajo para buscar en el correo la letra de su padre o el temido telegrama. En las cartas de su padre, a veces hallaba algunas palabras tachadas con tinta negra. Intentaba leerlas a contraluz sobre la mesa del desayuno, pero era imposible descifrarlas. Miss Tredgold le dijo que aquello se hacía por la seguridad de su padre, ya que inadvertidamente podía haber escrito algo que sirviera de información al enemigo, en el caso de que la carta fuese a parar a sus manos

—¿Qué puede importarles a los alemanes el que yo haya quedado segunda en Geometría? —preguntó Florentina.

Miss Tredgold no hizo caso de la pregunta, y le dijo si ya había comido bastante.

—Me gustaría tomar otro bocado de tostada.

—Di «una porción», niña. Bocado es lo que se pone en la boca de los caballos.

Cada seis meses la señorita Tredgold se llevaba a su pupila, en compañía de Eleanor, a Monroe Street: allí la niña ocupaba una silla alta, y la perra un cajón colocado junto a ella, para sonreír frente al disparo de un «flash». Así el comandante Rosnovski podía seguir el crecimiento de su hija y de la perra labrador a través de las fotos.

—No sea que cuando vuelva a casa ni siquiera conozca a su única hija, ¿no te parece? —explicaba.

Al dorso de la foto, Florentina especificaba su propia edad, y la de Eleanor en años equivalentes de vida canina; en una carta aparte añadía los detalles de su progreso en la escuela, de cuánto le gustaban el tenis y la natación en verano, así como el baloncesto y el rugby en invierno, y de cómo tenía la librería llena de viejas cajas de puros donde guardaba las mariposas cazadas con una maravillosa red que mamá le había regalado por Navidad. Agregaba que miss Tredgold cloroformizaba cuidadosamente a las mariposas antes de atravesarlas con el alfiler e identificarlas por su nombre científico en latín. También le decía que su madre se había integrado en varias asociaciones benéficas y empezaba a interesarse por la Liga Femenina Polaca, que criaban hortalizas en el jardín y que tanto a ella como a Eleanor les disgustaba la escasez de carne, que ella prefería el pan con mantequilla dulce mientras a Eleanor le gustaban más los bizcochos crujientes. Y siempre terminaba todas las cartas con la misma frase: «Por favor, vuelve a casa mañana».

Avanzaba el año 1944 y la guerra seguía. Florentina se mantenía al corriente de los avances aliados a través del *Tribune* y escuchando en la radio las informaciones de Edward R. Murrow desde Londres. Eisenhower era su ídolo, pero albergaba una secreta admiración hacia el general George Patton, porque se le antojaba que tenía cierto parecido con su padre. El día 6 de junio dio comienzo la invasión de Europa occidental. Florentina imaginaba a su padre en la cabeza de playa y no entendía cómo le sería posible sobrevivir. Acompañó a los aliados en su avance por Europa, utilizando el mapa que miss Tredgold había colgado en la pared para lo de las lecciones sobre historia de Polonia. Empezaba a creer que la guerra estaba a punto de terminar, y que su padre volvería muy pronto a casa.

Adoptó la costumbre de esperar sentada en la escalera de su casa, por el lado de Rigg Street, en compañía de Eleanor, mirando hora tras hora hacia la esquina del bloque. Pero las horas se convirtieron en días, y los días en semanas; lo único que vino a distraer la vigilancia de Florentina fue el hecho de que las dos convenciones presidenciales se celebrasen en Chicago durante las vacaciones de verano, lo que le proporcionó la oportunidad de ver en persona a su héroe político.

En junio los republicanos eligieron a su candidato Thomas E. Dewey, y en julio los demócratas depositaron de nuevo su confianza en Roosevelt. El congresista Osborne hizo entrar a Florentina en el anfiteatro para que oyese el discurso de aceptación del presidente ante la convención. Ella se sorprendió al comprobar que, cada vez que veía al congresista Osborne, éste se presentaba acompañado de una mujer distinta. Se hizo el propósito de interrogar a miss Tredgold al respecto; seguro que había alguna explicación. Después de la alocución del candidato, Florentina hizo cola con los que deseaban estrecharle la mano al presidente, pero estaba tan nerviosa que bajó los ojos cuando él pasó, conducido en su silla de ruedas.

Fue el día más emocionante de su vida, y durante el camino de regreso le confió al congresista Osborne su interés hacia la política. Él se calló la observación de que, pese a la guerra, ni una sola mujer tenía escaño en el Senado, y sólo dos en el Congreso.

En noviembre Florentina le escribió a su padre para comunicarle una cosa que, según creía ella, no habría llegado a sus oídos: FDR acababa de ser reelegido por cuarta vez. Esperó la respuesta durante meses.

Y entonces llegó el telegrama.

Miss Tredgold no pudo separar la misiva del correo antes de que la niña observase el pequeño sobre de color pardo. La institutriz entregó en seguida el telegrama a la señora Rosnovski, que estaba en su salón. Florentina, temblorosa, la había seguido colgada de su falda y acompañada de Eleanor a un paso de distancia. Zaphia rompió el sobre con dedos nerviosos, leyó el mensaje y rompió a llorar en sollozos histéricos.

—¡No, no! —gritó Florentina—. No puede ser, mamá. ¡Dime que sólo ha desaparecido!

Al ver que su madre no era capaz de articular palabra,

le arrebató el telegrama y lo leyó. Decía: MI GUERRA TERMINÓ, REGRESO CUANDO ANTES. CARIÑOS, ABEL. Florentina exhaló un grito de alegría y se abalanzó por detrás sobre miss Tredgold, que cayó sentada en un sillón donde normalmente no habría querido descansar jamás. Eleanor, como dándose cuenta de que estaban suspendidas todas las normas, saltó también sobre el sillón y se puso a lamerlas, mientras Zaphia se echaba a reír a carcajadas.

Miss Tredgold no consiguió persuadir a Florentina de que «cuanto antes» podía significar bastante tiempo, puesto que el Ejército aplicaba rígidas reglas para decidir la prioridad en los licenciamientos: regresaban más pronto a casa los que hubieran servido más tiempo, o los heridos en combate. Florentina seguía optimista, pero las semanas pasaron lentamente.

Una tarde que regresaba a casa con otra insignia del grupo escultista, esta vez por el curso de socorrismo, vio luz encendida en una ventanita que no se iluminaba desde hacía más de tres años. Al instante olvidó sus hazañas como salvavidas y se plantó corriendo delante de su casa, cuya puerta casi echó abajo antes de que pudiese acudir miss Tredgold a abrirla. Corrió escaleras arriba, hacia el despacho de su padre, y allí estaba él, enfrascado en una conversación con su madre. La niña le echó los brazos al cuello y no quiso separarse de él, hasta que éste la apartó un poco para contemplar mejor a su hija de once años.

—Estás mucho más bonita que en las fotografías.

—Y tú estás sano y salvo, papá.

—Sí, y no pienso irme nunca más.

—¡Eso! No te irás sin mí —exclamó Florentina, abrazándole otra vez.

Durante los días siguientes agobió a su padre con incesantes ruegos de que le narrase cosas de la guerra. ¿Había visto al general Eisenhower? No. ¿Al general Patton? Sí, durante unos diez minutos. ¿Al general Bradley? Sí. ¿Había visto alemanes? No, pero en una ocasión acudió en socorro de una patrulla que había caído en una emboscada del enemigo, cerca de Remagen.

—Y ¿qué pasó...?

—¡Basta, basta, jovencita! Eres peor que un sargento de instrucción.

El regreso de su padre emocionó tanto a Florentina que aquella noche se fue a la cama una hora más tarde y aun así no consiguió dormir. Miss Tredgold le repetía que había tenido mucha suerte de que su padre no regresara mutilado o desfigurado, como les ocurrió a muchos padres de sus compañeros de clase.

Cuando Florentina se enteró de que el padre de Edward Winchester había perdido un brazo en un lugar llamado Bastogne, trató de explicarle, lo mejor que pudo, que lo sentía.

Abel retornó en seguida a la rutina de su trabajo. El primer día que entró en el Baron no le conoció nadie: había perdido tantos kilos y estaba tan delgado que el encargado le detuvo para preguntarle adónde iba. La primera decisión de Abel fue pedir cinco trajes nuevos a Brooks Brothers, porque los de antes de la guerra no le servían.

Por lo que dedujo de los informes que le fueron presentados, George Novak había mantenido firme el rumbo del consorcio en su ausencia, si bien no había emprendido grandes innovaciones. Fue también George quien puso en su conocimiento que Henry Osborne había sido reelegido por quinta vez para el Congreso. Ordenó a su secretaria que le comunicara con Washington.

—Felicidades, Henry. Considérese elegido para nuestro consejo de administración.

—Gracias, Abel. Le alegrará saber que he comprado un seis por ciento de las acciones de Lester, mientras usted andaba por ahí guisando recetas gastronómicas sobre el hornillo de petróleo para nuestros jerifaltes militares.

—Bien hecho, Henry. ¿Qué posibilidad hay de que logremos apoderarnos de ese mágico ocho por ciento?

—Una posibilidad muy buena —contestó Henry—. Peter Parfitt, que aspiraba a ser el director de la Lester antes de que hiciese acto de presencia Kane, ha perdido su poltrona en la junta y no le tiene mucho cariño a Kane, precisamente. Ha dado a entender muy claramente que está dispuesto a desprenderse de su dos por ciento.

—Pues entonces, ¿qué nos detiene?

—Que pide un millón de dólares por sus títulos; estoy seguro de que ha averiguado que son sus acciones cuanto necesitamos para derribar a Kane, y que no hay muchos accionistas más a quienes podamos dirigirnos. Pero un millón representa mucho más que el margen del diez por ciento sobre la cotización que usted me autorizó.

Abel estudió las cifras que Henry le presentaba.

—Ofrézcale setecientos cincuenta mil —decidió.

En la siguiente reunión con Abel, George hizo referencia a sumas mucho más modestas.

—Le concedí a Henry un préstamo en tu ausencia, y aún no ha devuelto el dinero —confesó.

—¿Un préstamo?

—Según la descripción de Henry, no la mía.

—¿Quién engaña a quién? ¿Cuánto es? —preguntó Abel.

—Cinco mil dólares. Lo siento, Abel.

—Olvídalo. Si ha sido tu único error en estos tres años, me consideraré un hombre afortunado. ¿En qué crees que gasta Henry el dinero?

—En vino, música y mujeres. No tiene nada de original nuestro congresista. Por otra parte, se rumorea por los bares de Chicago que pierde bastante en el juego.

—Pues sí que nos ha salido buena pieza el miembro más reciente de nuestro consejo de administración. Vigílale, y avísame si la situación empeora.

George asintió.

—Y ahora, hablemos de planes de expansión. Cuando Washington inyecta en el sistema económico trescientos millones de dólares al día, hemos de prepararnos para un alza como jamás se habrá visto antes en América. Por tanto, hay que construir hoteles Baron en Europa, donde los solares son baratos y la mayoría de la población, por ahora, sólo piensa en sobrevivir. Empecemos en Londres.

—¡Por el amor de Dios, Abel! ¡Si está arrasada!

—Tanto mejor para edificar, mi querido amigo.

—Miss Tredgold, esta tarde pienso asistir a un desfile de modas a beneficio de la Orquesta Sinfónica de Chicago, y quizá no regrese antes de la hora de acostar a Florentina —anunció Zaphia.

—Muy bien, señora Rosnovski —replicó la señorita Tredgold.

—A mí me gustaría ir —dijo Florentina.

Ambas mujeres se quedaron mirando a la niña, sorprendidas.

—Pero si faltan dos días para tus exámenes —dijo Zaphia, en la convicción de que miss Tredgold desaprobaría por completo que Florentina asistiese a un acto tan frívolo como un desfile de modas—. ¿Qué te tocaba esta tarde?

—Historia de Europa —dijo miss Tredgold sin titubear—. Desde Carlomagno hasta el concilio de Trento.

A Zaphia le entristecía que su hija no pudiese participar en actividades femeninas y se viese tratada como un varón, para compensar la decepción sufrida por su marido al no poder engendrar un hijo.

—Entonces, será mejor que lo dejemos para otra ocasión —dijo.

Le hubiese gustado romper la norma, pero temía que, si se enteraba Abel, ella misma y Florentina pagarían luego las consecuencias. Sin embargo, aquella vez miss Tredgold le reservaba una sorpresa.

—No sé si estoy de acuerdo con usted, señora Rosnovski —dijo—. Podría ser una ocasión ideal para introducir a la niña en el mundo de la moda, o por mejor decir en la vida social —y volviéndose hacia Florentina, agregó—: No creo que una pausa en los estudios a tan pocos días de los exámenes vaya a perjudicarte.

Zaphia contempló a miss Tredgold con un respeto insospechado momentos antes.

—¿Quizá le gustaría acompañarnos? —sugirió, y por primera vez vio cómo se ruborizaba miss Tredgold.

—No, gracias... No me es posible —titubeó—. He de escribir algunas cartas, eso es, y me había reservado la tarde para hacerlo.

Aquella tarde era Zaphia quien aguardaba junto a la salida de la escuela. Su vestido rosa contrastaba mucho con el severo azul marino habitual en miss Tredgold, y Florentina pensó que su madre iba muy elegante.

El camino hasta la casa de modas se le hizo interminable, y cuando hubieron llegado le costó mucho permanecer quieta en su asiento, y eso que estaban en primera fila. Le hubiese gustado tocar con las manos a aquellas altaneras maniquíes que desfilaban con elegancia por la pasarela brillantemente iluminada. Mientras giraban y se desplegaban las faldas plisadas y se abatían las ceñidas chaquetillas poniendo al descubierto deslumbrantes escotes, mientras bellas sofisticadas y ensombreradas de seda hacían flotar tules de pálidos colores y se alejaban luego en silencio hacia emporios desconocidos ocultos tras una cortina de terciopelo rojo, Florentina permaneció como en trance. Cuando la última modelo se despidió con un giro completo para indicar el final del desfile, un fotógrafo de prensa le pidió permiso a Zaphia para hacerle una fotografía. Mientras el hombre instalaba su trípode, Florentina se apresuró a susurrar:

—Para salir «chic» has de echarte el sombrero un poco más adelante, mamá.

La madre obedeció a la hija por primera vez.

Aquella noche, al acostar a Florentina, miss Tredgold le preguntó si le había gustado la experiencia.

—¡Oh, sí! —exclamó Florentina—. No sabía que los vestidos pudieran favorecerla a una tanto.

Miss Tredgold sonrió con algo de melancolía.

—¿Sabe que recaudaron más de ocho mil dólares para la Orquesta Sinfónica de Chicago? Incluso a papá le habría impresionado, si hubiera estado allí.

—Así lo creo —dijo miss Tredgold—. Algún día tú también habrás de decidir cómo emplear tu fortuna en beneficio de los demás. Nacer adinerado no siempre es un destino fácil.

Al día siguiente, Miss Tredgold le mostró a Florentina la fotografía de su madre en el *Women's Wear Daily*, bajo el titular «La baronesa Rosnovski visita el mundo de la moda en Chicago».

—¿Cuándo podré asistir a otro desfile de modas? —preguntó Florentina.

—No será sin haber estudiado a Carlomagno y el concilio de Trento.

—Me pregunto cómo iría vestido Carlomagno para la coronación como emperador del Sacro Imperio Romano —dijo Florentina.

Aquella noche, encerrada en su habitación y con la única luz de una linterna, alargó el dobladillo de su falda escolar y la estrechó cinco centímetros en la cintura.

Florentina estaba ya en el último curso del grado medio, y Abel confiaba en que obtendría la codiciada Matrícula de Honor para el grado superior. Florentina no ignoraba que su padre tenía medios económicos para hacerla pasar al grado superior aunque no ganase la beca, pero ella tenía proyectos para el dinero que ahorraría cada año si lograse merecer la enseñanza gratuita. Aquel año había estudiado mucho, pero no había manera de saber cómo había quedado en el examen final, ya que se habían presentado ciento veintidós niños de Illinois pero sólo se concedían cuatro matrículas de honor. Miss Tredgold le había advertido a Florentina que tardaría por lo menos un mes en saber los resultados.

—La paciencia es una virtud —le recordaba miss Tredgold, y añadía con fingido espanto que se vería obligada a regresar a Inglaterra en el primer barco si Florentina no quedaba entre los tres primeros.

—No diga tonterías, miss Tredgold. Seré la primera —replicó Florentina muy segura de sí misma, pero a medida que pasaban los días del mes comenzó a arrepentirse de su jactancia, y durante un largo paseo le confesó a Eleanor que en uno de los problemas de Geometría quizás había escrito coseno queriendo decir seno, y creando así un triángulo imposible.

—A lo mejor quedo segunda —aventuró una mañana, a la hora del desayuno.

—Entonces, me emplearé en casa del niño que haya quedado primero —replicó miss Tredgold, imperturbable. Abel sonreía cuando alzó la mirada de su periódico matutino.

—Si ganas una beca, me habrás ahorrado mil dólares al año, o dos mil si quedas la primera —dijo.

—Sí, papá, y tengo planes para ese caso.

—¿Ah, sí, jovencita? ¿Y puedo saber en qué consisten?

—Si gano la beca quiero que inviertas el dinero en acciones del grupo Baron hasta que yo cumpla veintiún años, y si quedo la primera quiero que hagas lo mismo para miss Tredgold.

—¡No, por Dios! —exclamó la aludida, incorporándose en toda su estatura—. Eso no sería nada correcto. Le ruego que disculpe el atrevimiento de Florentina, señor Rosnovski.

—No es atrevimiento, papá. Si quedo la primera, la mitad del mérito corresponde a miss Tredgold.

—La mitad o más, por lo que estoy de acuerdo con tu petición —dijo Abel, doblando cuidadosamente el periódico—. Pero con una condición.

—¿Cuál? —preguntó Florentina.

—¿Cuánto dinero tienes en tu cuenta de ahorro, jovencita?

—Trescientos doce dólares —fue la inmediata respuesta.

—Pues bien, si no quedas entre los cuatro primeros,

tendrás que contribuir con tus trescientos doce dólares al pago de la matrícula que no habrás sabido ahorrarme.

Florentina titubeó. Abel esperaba la respuesta, y miss Tredgold no hizo ningún comentario.

—De acuerdo —dijo por fin Florentina.

—No he apostado jamás en mi vida, y espero que mi querido padre no llegue a enterarse jamás de esto —dijo miss Tredgold.

—Usted no arriesga nada, miss Tredgold.

—Desde luego que sí, señor Rosnovski. Si la niña es capaz de apostar sus únicos trescientos doce dólares a favor de lo que yo haya podido trabajar con ella, entonces yo estoy obligada a corresponder y a contribuir con otros trescientos veinte dólares a su educación, si no llega a obtener la beca.

—¡Bravo! —exclamó Florentina, abrazando a su institutriz.

—El tonto y su dinero no van juntos mucho tiempo —sentenció la señorita Tredgold.

—Lo acepto —dijo Abel—, puesto que ya he perdido.

—¿Qué quieres decir con eso, papá? —preguntó Florentina. Abel desplegó el periódico y les mostró un pequeño titular que decía: «La hija del Barón de Chicago, primera de su promoción».

—Usted lo sabía desde el principio, señor Rosnovski.

—En efecto, miss Tredgold, pero usted ha llevado mejor la partida.

Florentina no cabía en sí de júbilo, y durante sus últimos días en el grado medio fue la heroína de la clase. Incluso Edward Winchester la felicitó.

—Vamos a tomar un trago para celebrarlo —sugirió.

—¿Cómo? Yo no he bebido nunca —dijo Florentina.

—Alguna vez tenía que ser la primera —contestó Edward, y la condujo a una pequeña clase de la sección de los chicos. Una vez dentro, cerró la puerta con llave—: No vayan a pillarnos aquí —explicó. Florentina le contempló entre admirada e incrédula mientras Edward levantaba la tapa de su pupitre y sacaba una botella de cerveza, que abrió con una moneda. Vertió el líquido marrón y desbravado en dos vasos sucios que también guardaba en el pupitre, y le ofreció uno de ellos a Florentina.

—¡Salud...! —brindó Edward.

—¿Qué significa todo eso? —preguntó Florentina.

—Tú calla y bebe —dijo él, pero Florentina aguardó a

que él tomara un trago, antes de atreverse a sorber el líquido a su vez.

Edward rebuscó en el bolsillo de su americana y extrajo un paquete arrugado de cigarrillos Lucky Strike. Florentina no daba crédito a sus ojos; lo único que sabía de cigarrillos era el anuncio que oía por la radio: «Lucky Strike significa buen tabaco. Sí, Lucky Strike es lo mismo que buen tabaco», y que tenía la virtud de enfurecer a miss Tredgold. Sin decir nada, Edward sacó un cigarrillo del paquete, se lo puso entre los labios, lo encendió y echó una bocanada de humo, exhalándolo despreocupadamente en medio de la habitación. Florentina siguió mirando como hipnotizada mientras él sacaba otro cigarrillo y se lo colocaba entre los labios a ella. Ni siquiera hizo un gesto cuando él encendió otra cerilla y la aplicó al extremo de su cigarrillo; permaneció quieta, como si temiera que el fuego prendiese en sus cabellos.

—Aspira el humo, tonta —dijo él, por lo que inhaló muy de prisa tres o cuatro veces, y luego empezó a toser.

—Puedes quitártelo de la boca, ¿sabes? —se burló él.

—Claro que lo sé —dijo ella con precipitación, tomando el cigarrillo con un ademán que le había visto a Jean Harlow en *Saratoga*.

—¡Bueno! —dijo Edward, y tomó un gran trago de su cerveza.

—¡Bueno! —dijo Florentina, imitándole. Durante algunos minutos repitió los gestos de Edward y alternaron chupadas a los cigarrillos y sorbos de cerveza.

—Estupendo, ¿no? —comentó Edward.

—Estupendo —replicó Florentina.

—¿Repetimos?

—No, gracias —tosió Florentina—. Pero está muy bueno.

—Hace varias semanas que fumo y bebo —anunció Edward.

—Sí, ya lo veo —dijo Florentina.

Sonó un timbre en el corredor, y Edward guardó rápidamente en su pupitre la cerveza, el paquete de cigarrillos y las dos colillas, antes de abrir la puerta. Florentina regresó lentamente a su clase. Sentía náuseas y mareo, que empeoraron cuando llegó a casa, una hora más tarde. No se daba cuenta de que le olía el aliento a Lucky Strike; miss Tredgold no hizo ningún comentario y la metió en seguida en la cama.

Florentina despertó a la mañana siguiente encontrándose muy mal y con el pecho y el rostro llenos de erupción. Cuando se vio en el espejo rompió a llorar.

—Varicela —le explicó miss Tredgold a Zaphia.

Varicela, confirmó el médico poco después. Cuando el doctor dio por concluida la visita, miss Tredgold condujo a Abel a la habitación de Florentina.

—¿Qué me pasa? —preguntó está, asustada.

—Ni idea —mintió su padre—. A mí me parece como una de las plagas de Egipto. ¿Qué opina usted, miss Tredgold?

—Sólo una vez he visto una cosa parecida. Era un hombre de la parroquia de mi padre, que fumaba. Pero no es ése el caso, naturalmente.

Abel besó a su hija en la mejilla, y ambos visitantes salieron de la habitación.

—¿Cree que habrá colado? —preguntó Abel cuando se vieron en su despacho.

—No puedo estar segura, señor Rosnovski, pero apostaría un dólar a que Florentina no volverá a fumar.

Abel sacó la cartera del bolsillo interior de la chaqueta, y extrajo un billete de un dólar, pero luego volvió a guardarlo.

—Me parece que no, miss Tredgold. Ya hemos visto lo que ocurre cuando apuesto contra usted.

En cierta ocasión, la directora del colegio de Florentina había comentado que ciertos acontecimientos históricos causan una impresión tan fuerte que más tarde todo el mundo recuerda con exactitud dónde estaba y qué hacía en el momento en que recibió la noticia.

A las cuatro horas cuarenta y cinco minutos de la tarde del 12 de abril de 1945, Abel discutía con el representante de un producto llamado Pepsi-Cola, que trataba de introducir esa bebida en los hoteles Baron. Zaphia compraba en los almacenes Marshall Field's y miss Tredgold acababa de salir del cine United Artists, donde había visto por tercera vez a Humphrey Bogart en *Casablanca*. Florentina estaba en su habitación buscando en el Webster's la palabra *teen-ager*, que aún no estaba recogida en el diccionario cuando Franklin D. Roosevelt falleció en Warm Springs, Georgia.

De todos los homenajes al difunto presidente que Florentina leyó durante los días siguientes, el que iba a recordar toda su vida fue el del *Post* de Nueva York. Decía sencillamente:

> Washington, 19 de abril. Relación de fallecidos recientes de los cuerpos de las Fuerzas Armadas, con mención del familiar más allegado.
>
> EJÉRCITO — MARINA
>
> ROOSEVELT, Franklin D., comandante en jefe. Esposa, señora Anna Eleanor Roosevelt, Casa Blanca.

6

Al ingresar en el grado superior de la Girls Latin, Florentina hubo de emprender su segundo viaje a Nueva York, pues el único establecimiento proveedor del uniforme oficial de la escuela era Marshall Field's de Chicago, pero los zapatos tenían que ser de Abercrombie & Fitch, de Nueva York. Abel bufó con desprecio y dijo que aquello era esnobismo al revés, y de la peor especie. No obstante, como tenía que desplazarse a Nueva York para inspeccionar el nuevo Baron recién inaugurado allí, consintió como favor especial en acompañar a miss Tredgold y a su hija de once años en la expedición a Madison Avenue.

Durante mucho tiempo Abel opinó que Nueva York era la única gran metrópoli del mundo que no contaba con un hotel de primera categoría. Admiraba el Plaza, el Pierre y el Carlyle, pero consideraba que ninguno de estos tres resistía la comparación con el Claridge's de Londres, el George V de París o el Danieli de Venecia, que eran los prototipos a cuyo nivel deseaba elevar el New York Baron.

Florentina se daba cuenta de que su papá cada vez pasaba más tiempo en Nueva York, y la entristecía el que fuese cosa del pasado, por lo visto, el afecto entre su padre y su madre. Las disputas eran ahora tan frecuentes que alguna vez se preguntó si ella tendría la culpa por algún motivo.

Una vez miss Tredgold hubo comprado todos los artículos de la lista que se podían hallar en Marshall Field's —tres jerseys (azul marino), tres faldas (azul marino), cuatro blusas (blancas), seis pantalones (azul marino), seis pares de calcetines (gris claro) y un vestido de seda (azul marino con cuello y puños blancos)—, emprendió la preparación del viaje a Nueva York.

El tren condujo a Florentina y miss Tredgold hasta la estación Grand Central, y una vez en Nueva York se encaminaron directamente a Abercrombie & Fitch, donde eligieron dos pares de zapatos de estilo inglés, con cordones, de color marrón.

—Zapatos hechos con sensatez —proclamaba miss Tredgold—. El que lleva unos Abercrombie no andará por la vida con los pies planos.

Luego se dirigieron a la Quinta Avenida. La señorita Tredgold había avanzado ya un buen trecho cuando se dio cuenta de que iba sola. Al volverse vio que Florentina estaba con la nariz pegada en la luna del escaparate de Elizabeth Arden. Volvió con prontitud sobre sus pasos para reunirse con ella. «Diez matices de lápiz labial para la mujer elegante», decía el rótulo del escaparate.

—Yo prefiero el rojo carmín —sugirió Florentina.

—El reglamento de la escuela está muy claro —replicó miss Tredgold con autoridad—. Ni lápiz labial, ni laca de uñas, ni joyas excepto el reloj y un anillo.

Florentina abandonó a desgana el rojo carmín y se unió a su institutriz en el recorrido por la Quinta Avenida con dirección al hotel Plaza, en cuyo patio de las palmeras les esperaba su padre para tomar el té. Abel no había resistido la tentación de regresar al hotel donde pasara su aprendizaje de camarero, y aunque no reconoció a nadie sino al viejo Sammy, jefe del gran Salón de roble, los demás sí supieron en seguida quién era.

Después de unos dulces de almendra y helado para Florentina, café solo para Abel y té con limón y bocadillo vegetariano para miss Tredgold, Abel regresó al trabajo. Miss Tredgold consultó su guía de Nueva York y se llevó a Florentina a la cúpula del Empire State Building. Cuando el ascensor llegó al piso ciento dos Florentina sintió bastante vértigo, y ambas se echaron a reír al comprobar que se había alzado la niebla del East River, por lo que no se veía más allá del rascacielos Chrysler. Miss Tredgold consultó de nuevo su lista y decidió que la mejor manera de pasar el tiempo sería visitar el Metropolitan Museum. El señor Francis Henry Taylor, su director, acababa de comprar una gran tela de Pablo Picasso. El cuadro resultó ser un óleo de una mujer que tenía dos cabezas y un pecho saliéndole del hombro.

—¿A usted le gusta esto? —preguntó Florentina.

—No mucho —replicó Miss Tredgold—. Sospecho que cuando iba a la escuela mereció notas parecidas a las tuyas en Arte.

A Florentina, cuando viajaba, le gustaba visitar los hoteles de su padre. Pasaba buenos ratos recorriéndolos para tomar nota de cualquier fallo visible. Como le decía a miss Tredgold, tenían que vigilar su inversión. Aquella noche, mientras cenaban en la parrilla del New York Baron, Florentina le dijo a su padre que no le habían gustado los puestos de venta del hotel.

—¿Qué tienen de malo? —preguntó Abel, que seguía la conversación como ausente, sin hacer caso de las respuestas.

—Nada en realidad, excepto que les falta ambiente en comparación con los comercios de verdad, como las tiendas de la Quinta Avenida.

Abel garabateó una anotación al dorso de la minuta: «Centro comercial falto de ambiente», y siguió llenando el papel de dibujos antes de anunciar:

—No regreso a Chicago con vosotras mañana, Florentina.

Por una vez, Florentina guardó silencio.

—Han surgido problemas con el hotel de aquí, y he de quedarme para vigilar que no se me desmanden —recitó, como si hubiera estado ensayando la excusa.

Florentina tomó la mano de su padre:

—Procura venir mañana. Eleanor y yo siempre te echamos en falta.

De vuelta en Chicago, miss Tredgold empezó a preparar a Florentina para el grado superior. Dedicaban dos horas cada día al estudio de un tema distinto, aunque Florentina podía elegir si prefería trabajar por la mañana o por la tarde, excepto los jueves, en que la sesión de estudio era matutina por ser la tarde libre de miss Tredgold.

Todos los jueves salía de la casa a las dos en punto y no regresaba hasta las siete. Jamás decía adónde iba, y Florentina nunca tuvo valor para preguntárselo. Pero, a medida que transcurrían las vacaciones, su curiosidad acerca del empleo del tiempo libre por parte de miss Tredgold aumentó, hasta que decidió enterarse por sí misma. Un jueves, tras dedicar la mañana al estudio del latín y tomar un ligero almuerzo juntas en la cocina, miss Tredgold se despidió de Florentina y se retiró a su habitación. A las dos en punto abría la puerta principal y echaba a andar calle abajo llevando una gran bolsa de lona. Florentina la espiaba desde la ventana de su dormitorio. Cuando miss Tredgold dobló la esquina de Rigg Street, Florentina se precipitó a salir y echó a correr hasta la esquina. Al asomarse vio que su educadora estaba en la parada del autobús, apenas a diez metros de distancia. El corazón le latía con fuerza, creyendo que no podría seguir a miss Tredgold más lejos. Al poco rato apareció el autobús y se detuvo en la parada. La niña estaba a punto de volverse a su casa, cuando se dio cuenta de que miss Tredgold desaparecía en la escalera de caracol del autobús, que era de dos pisos. Sin pensarlo dos veces, Florentina corrió y alcanzó de un salto la plataforma del vehículo, para dirigirse luego rápidamente a la delantera del mismo.

Cuando el cobrador le preguntó adónde iba, Florentina comprendió de súbito que no tenía ni la menor idea de cuál era su destino.

—¿Dónde termina la línea? —preguntó.

—En el centro de negocios, el Loop —replicó el cobrador, considerándola con desconfianza.

—Un billete para el Loop, entonces —decidió ella.

—Serán quince centavos —dijo el empleado.

Florentina rebuscó en los bolsillos de su chaqueta y descubrió que sólo llevaba diez centavos.

—¿Hasta dónde puedo ir con diez centavos?

—A Rylands School —fue la respuesta.

Florentina se desprendió de su dinero con la esperanza de que miss Tredgold llegase a su destino antes de que ella tuviese que bajar, y sin detenerse a pensar en cómo iba a realizar el viaje de regreso.

Procuró permanecer oculta tras el respaldo de su asiento y se asomó con precaución a cada parada del autobús. Pero había contado ya doce paradas cuando el vehículo recorría Lake Front, más allá de la universidad de Chicago, y miss Tredgold seguía sin aparecer.

—Tu parada es la siguiente —le dijo el cobrador con severidad.

Cuando el coche se detuvo en la calle Setenta y Uno, Florentina se consideró derrotada. Saltó de mala gana al empedrado, pues ahora se acordaba del largo camino de regreso, y decidió que la semana siguiente iría provista del dinero necesario para el trayecto de ida y vuelta.

Contrariada, siguió con la vista el autobús, y entonces reparó en que éste, después de recorrer algo más de cien metros, paraba otra vez en la misma calle. Una silueta, que no podía ser otra sino la de miss Tredgold descendió del vehículo. Andaba con aire de saber perfectamente adónde iba, y desapareció en seguida por una bocacalle.

Florentina corrió tanto como pudo, pero cuando llegó a la esquina, jadeando, no se veía ni rastro de miss Tredgold. Enfiló despacio la calle preguntándose dónde se habría metido su institutriz. ¿Quizás en una de aquellas casas, o en otra calle lateral? Florentina decidió seguir hasta el final de aquélla y, si no localizaba a su presa, volver a casa.

Estaba a punto de volver sobre sus pasos cuando se fijó en un vado que daba acceso a una gran verja de hierro forjado, coronada de letras doradas que decían: South Shore Country Club.

Ni por un momento se le ocurrió a Florentina pensar que miss Tredgold pudiera estar allí, pero se acercó a la verja por curiosidad.

—¿Qué quieres? —dijo un guarda de uniforme que estaba al otro lado.

—Busco a mi institutriz —dijo débilmente Florentina.

—¿Cómo se llama?

—Miss Tredgold —contestó ella con decisión.

—Acaba de entrar en el local del club —dijo el guarda señalando un edificio de estilo victoriano que se alzaba, rodeado de árboles, sobre una pequeña elevación, a unos cuatrocientos metros de distancia.

Sin más palabras, Florentina se aventuró a entrar, viéndose obligada por numerosos carteles de «Respetad el césped» a seguir el sendero. Como no apartaba la vista del edificio del club, tuvo tiempo de saltar y esconderse detrás de un árbol cuando vio aparecer a miss Tredgold. Le había costado reconocer a aquella dama ataviada con unos pantalones de «tweed» a cuadros rojos y amarillos, un grueso suéter de lana y fuertes zapatos deportivos de color marrón, que llevaba con desenvoltura una bolsa de palos golf colgada del hombro.

Florentina contemplaba con asombro a su institutriz.

La señorita Tredgold anduvo hasta el primer «tee», donde se desprendió de la bolsa y sacó una bola, que depositó a sus pies sobre la pequeña «seta». Luego eligió uno de los palos de la bolsa y, después de dar algunos golpes de práctica en el aire, se cuadró en posición, apuntó a la bola y de un vigoroso golpe la envió a la mitad del recorrido, en terreno bueno. Florentina no daba crédito a sus ojos. Tenía deseos de aplaudir, pero prefirió correr para ocultarse tras otro árbol, mientras miss Tredgold se acercaba por la «calle».

Con su segundo golpe, la jugadora se situó a sólo unos veinte metros del «green». Florentina se dirigió hacia un grupo de árboles que flanqueaba el recorrido para ver cómo miss Tredgold colocaba la bola en el «green» de un solo golpe, y luego la metía en el hoyo con dos golpes cortos. No le cupo ninguna duda de que miss Tredgold llevaba bastante tiempo practicando el juego.

Miss Tredgold sacó del bolsillo una pequeña tarjeta blanca, en la que hizo una anotación antes de iniciar el segundo recorrido. Al hacerlo lanzó una ojeada hacia el segundo «green», que estaba a la izquierda del lugar donde se había escondido Florentina. Una vez más miss Tredgold se puso en posición, apuntó a la pelota y la golpeó, pero esta vez el tiro fue algo corto y la bola cayó a sólo unos quince metros del escondite de Florentina.

Ésta miró hacia los árboles, pero no había modo de escalarlos como no fuese gato. Contuvo el aliento y se acurrucó detrás del tronco más ancho, pero sin poder evitarlo siguió observando a la institutriz mientras ésta consideraba la situación de su bola. Miss Tredgold murmuró algo inaudible y eligió un palo. Florentina aprovechó el golpe para exhalar el aliento. La bola subió muy alta y después de una trayectoria perfecta quedó de nuevo en buen terreno.

Florentina vio cómo miss Tredgold devolvía el palo a la bolsa.

—Debí golpear con el brazo más recto la primera vez, y no nos habríamos visto aquí.

Florentina creyó que miss Tredgold estaba censurándose otra vez a sí misma, y permaneció agachada detrás del árbol.

—Sal de ahí, niña.

Florentina obedeció, sin decir palabra.

Miss Tredgold sacó otra bola del bolsillo y la depositó a sus pies; eligió un palo y lo puso en manos de su pupila.

—Intenta golpear la bola en esa dirección —dijo, señalando una bandera que estaba a unos cien metros de distancia.

Florentina sujetó el palo con torpeza y luego asestó varios golpes, cada uno de los cuales levantó lo que miss Tredgold llamaba «terrones». Al fin consiguió que la bola avanzase veinte metros hacia la «calle». Estaba radiante de satisfacción.

—Veo que la tarde va a ser larga —suspiró miss Tredgold con resignación.

—Lo siento. ¿Podrá usted perdonarme? —dijo Florentina.

—Por seguirme, sí. Lo que no puedo perdonar es el nivel de tu golf. Tendremos que empezar por lo más elemental, ya que, según parece, en adelante no voy a tener libres las tardes de los jueves, ahora que has descubierto el único vicio que me legó mi padre.

Miss Tredgold se dedicó a enseñar a jugar al golf a la niña, con la misma energía y constancia que si se tratase del latín o el griego. Para el final del verano, las tardes favoritas de Florentina eran las de los jueves.

El grado superior era muy distinto del grado medio. Había un maestro distinto para cada asignatura, y no una maestra para todo excepto la gimnasia. Las alumnas tenían que desplazarse de un aula a otra entre clase y clase, y para muchas de las actividades se reunían con la sección de los chicos. Las asignaturas favoritas de Florentina eran las actualidades, el latín, el francés y el inglés, aunque también aguardaba con mucha impaciencia las clases de Biología, que tenían lugar dos veces a la semana, porque le proporcionaban ocasión de contemplar bajo el microscopio la colección de bichos de la escuela.

—Insectos, niña. Debes llamar a esas pequeñas criaturas por su nombre correcto de insectos —insistía miss Tredgold.

—En realidad son nemátodos, miss Tredgold.

Por otra parte seguía vivo el interés de Florentina hacia las modas, y observó que la de los vestidos cortos, motivada por las forzosas economías de la guerra, había sido abandonada rápidamente. Ahora las faldas casi volvían a barrer el suelo. Ella misma no podía hacer grandes experimentos, pues el uniforme de la escuela permanecía invariable año tras año; por lo visto, el departamento de ropa juvenil de Marshall Field's no contribuía mucho a la revista *Vogue*. No obstante, estudiaba en la biblioteca todas las revistas relativas al asunto, y daba la lata a su madre para que la llevase a más desfiles. En cuanto a miss Tredgold, que jamás había permitido que un hombre pudiera verle las rodillas la nueva moda sólo había venido a darle la razón.

Hacia el final del primer curso de Florentina en el grado superior, la profesora de idiomas decidió organizar una representación de *Juana de Arco* en francés. Como Florentina era la única alumna capaz de pensar directamente en dicho idioma, le correspondió el papel de Doncella de Orleans. Los ensayos en la antigua guardería ocuparon muchas horas, actuando miss Tredgold en todos los demás papeles de la obra, así como en funciones de traspunte y apuntador. Incluso cuando Florentina se hubo aprendido el papel a la perfección, miss Tredgold siguió asistiendo puntualmente a sus monólogos.

—Sólo el papa y yo concedemos audiencias a una sola persona —le decía a Florentina en el instante que sonó el teléfono.

—Es para ti —agregó miss Tredgold.

A Florentina le encantaba recibir llamadas telefónicas, aunque tal costumbre no merecía la aprobación de miss Tredgold.

—Hola, soy Edward. Necesito tu ayuda.

—¡Cómo! ¡No me digas que no sabes leer!

—No es eso, tonta. Ocurre que me han dado el papel del Delfín y me falla la pronunciación de algunas palabras.

Florentina contuvo la risa.

—Pues asómate por aquí hacia las cinco y media, y podrás tomar parte en los ensayos cada día. Aunque debo advertirte que miss Tredgold ha hecho muy bien el papel de Delfín hasta ahora.

Edward se presentó todas las tardes a las cinco y media, y aunque a veces miss Tredgold fruncía el ceño cuando «ese muchacho» recaía en su acento americano, el día del ensayo general quedó «más o menos presentable».

La noche de la función propiamente dicha, miss Tredgold indicó a Florentina y a Edward que de ninguna manera mirasen al público tratando de descubrir a sus padres, ya que en tal caso los espectadores no se creerían los personajes que representaban. Sería una falta de profesionalidad, opinó miss Tredgold, y le recordó a Florentina que en cierta ocasión, el señor Noël Coward abandonó una representación de *Romeo* y *Julieta* por considerar que el señor John Gielgud estaba mirándome fijamente durante un monólogo. Florentina quedó convencida, aunque no tenía ni la menor idea de quiénes eran los señores John Gielgud y Noël Coward.

Cuando se levantó el telón, Florentina no miró ni una sola vez más allá de las candilejas. Miss Tredgold juzgó que había realizado un esfuerzo «muy loable»; en particular, durante el entreacto le comentó a la madre de Florentina la escena en que la Doncella queda a solas en medio del escenario y dialoga con las voces interiores. «Conmovedora», fue la descripción de miss Tredgold. «Indiscutiblemente conmovedora.» Cuando al fin cayó el telón, Florentina recibió un aplauso atronador, incluso de parte de quienes no habían seguido del todo el texto dicho en francés. Edward saludó manteniéndose un paso atrás, satisfecho por haber superado la prueba sin demasiadas equivocaciones. Radiante de emoción, Florentina se quitó el maquillaje, que era su primera experiencia con el lápiz labial y los polvos, se puso el uniforme escolar y corrió a reunirse con su madre y miss Tredgold, que estaban tomando un café en el comedor de la escuela junto con los demás padres. Algunos, entre ellos el jefe de estudios de la sección de los chicos, se acercaron a felicitarla por su actuación.

—Una interpretación notable, para una chica de su edad —le dijo a la señora Rosnovski—. Aunque, bien mirado, solamente tiene un par de años menos que Juana de Arco cuando ésta desafió todo el poder de la nobleza francesa.

—Juana de Arco no tuvo que aprender las frases escritas por otra persona en un idioma extranjero —replicó Zaphia, satisfecha de su propio ingenio.

Florentina no oyó las palabras de su madre, pues su mirada exploraba el comedor atestado de gente, en busca de su padre.

—¿Dónde está papá? —preguntó.

—No ha podido venir esta noche.

—¡Pero si lo había prometido! —protestó Florentina—. ¡Lo *prometió*! —los ojos se le llenaron de lágrimas, al comprender de pronto por qué le había dicho miss Tredgold que no mirase más allá de las candilejas.

—No olvides, niña, que tu padre es un hombre muy ocupado. Ha de regir un pequeño imperio.

—Lo mismo que Santa Juana —dijo Florentina.

Al acostarse aquella noche, y cuando miss Tredgold fue a apagar la luz, le preguntó:

—Papá ya no quiere a mamá, ¿verdad?

La franqueza de la pregunta desarmó a miss Tredgold, quien guardó silencio unos instantes y luego replicó:

—De una cosa estoy segura, niña, y es que los dos te quieren a ti.

—Entonces, ¿por qué no viene a casa papá?

—Eso no puedo explicarlo, pero cualesquiera que sean sus razones, nosotras hemos de comportarnos de una manera comprensiva, como personas adultas —dijo miss Tredgold, apartando un mechón de cabello que había caído sobre la frente de Florentina.

Ésta se sintió muy poco adulta y se preguntó si Juana de Arco se habría sentido tan desgraciada cuando perdió su querida Francia. Mientras miss Tredgold cerraba la puerta en silencio, Florentina metió la mano bajo la cama para tocar la tranquilizadora y húmeda nariz de Eleanor.

—Al menos, te tengo a ti —susurró.

Eleanor salió de su escondite para subirse a la cama, donde se instaló al lado de Florentina y mirando hacia la puerta: podía ocurrir que fuese necesaria una pronta retirada en dirección a su cesta de la cocina, si volvía a aparecer miss Tredgold.

Durante aquellas vacaciones de verano, Florentina no vio a su padre, y dejó de creer la explicación de que era su creciente imperio hotelero lo que le impedía acudir a Chicago. Cuando hablaba de él a su madre, Zaphia contestaba a menudo con amargura. Además, por fragmentos de conversaciones telefónicas Florentina averiguó que andaba en consultas con abogados.

Todos los días Florentina se llevaba a Eleanor de paseo por Michigan Avenue, con la esperanza de ver pasar el coche de su padre. Un miércoles decidió alterar la rutina y pasar por la acera occidental de la avenida, para contemplar los escaparates que dictaban la moda en la Ciudad del Viento. Elenor se alegró de poder visitar las magníficas farolas que recientemente habían instalado para ella, a intervalos de unos veinte metros. Florentina acababa de comprarse un traje de novia y un vestido de baile con su asignación de cinco dólares a la semana, y estaba codiciando un elegante vestido de noche que costaba quinientos dólares, expuesto en el escaparate de Martha Weathered en la esquina con Oak Street, cuando vio a su padre a través del reflejo en el cristal. Llena de júbilo, se volvió y pudo ver que había salido de Spaulding's, al otro lado de la calle. Sin pensarlo ni un segundo, ni mirar a ningún lado, se lanzó a cruzar gritando el nombre de su padre. Un taxi frenó en seco al tiempo que el conductor daba un violento golpe de volante; apenas tuvo tiempo de advertir sino el paso fugaz de una falda azul y un fuerte golpe cuando el parachoques hizo impacto. La columna de coches hizo alto entre estridentes chirridos y el taxista vio a un hombre corpulento que corría hacia el centro de la calzada, seguido de un guardia. Instantes después, Abel y el taxista se reunían en medio de la calle, contemplando aturdidos el cuerpo sin vida.

—Está muerta —dijo el policía, al tiempo que meneaba la cabeza y se sacaba la libreta del bolsillo superior.

Abel, tembloroso, cayó de rodillas y alzó los ojos hacia el guardia.

—Lo peor es que ha sido culpa mía.

—No, papá, ha sido mía la culpa —dijo Florentina—. No debí lanzarme a la calzada sin mirar. Mi precipitación ha matado a Eleanor.

El taxista que había atropellado al animal explicó que no había tenido más remedio, que para no atropellar a la niña tuvo que arrollar a la perra.

Abel asintió, tomó del brazo a su hija y se la llevó hacia la acera, impidiéndole que se volviese a mirar el cuerpo aplastado de Eleanor. Después de obligarla a subir en su coche, regresó adonde estaba el policía.

—Me llamo Abel Rosno...

—Sé quién es usted, señor.

—¿Querrá usted encargarse de todo, agente?

—Sí, señor —dijo el guardia sin alzar los ojos de su libreta de notas.

Abel se volvió hacia su chófer y le ordenó que se dirigiese al Baron. Llevó de la mano a su hija mientras se abrían paso por el abarrotado corredor del hotel en dirección al ascensor reservado, que los llevó directamente al piso cuarenta y dos. Cuando se abrieron las puertas fueron recibidos por George. Éste quiso saludar a su ahijada con una chanza polaca, pero se contuvo al ver la expresión de su rostro.

—Llama a miss Tredgold y dile que venga en seguida, George.

—Cómo no —replicó George, y desapareció en su despacho.

Abel tomó asiento y escuchó sin interrumpir varias remembranzas acerca de Eleanor. Hizo servir té y bocadillos, pero Florentina sólo pudo tomar un sorbo de leche. Luego cambió de tema inopinadamente.

—¿Por qué no vienes nunca a casa, papá? —preguntó.

Abel se sirvió otra taza de té, derramando un poco de líquido sobre la bandeja.

—Muchas veces he querido ir a casa, y sentí mucho no poder asistir a tu *Juana de Arco*, pero el caso es que tu madre y yo vamos a divorciarnos.

—¡Oh, no! Tiene que haber otra solución, papá...

—Es culpa mía, pequeña. No he sido un buen esposo, y...

Florentina le echó los brazos al cuello.

—¿Significa eso que no te veré más?

—No. He convenido con tu madre que vivirás en Chicago durante el curso, y pasarás el resto del tiempo conmigo en Nueva York. Naturalmente, puedes hablar conmigo por teléfono siempre que quieras.

Florentina guardó silencio mientras Abel le acariciaba el cabello con cariño.

Pasó un rato hasta que llamaron a la puerta y entró miss Tredgold, rozando la alfombra con su larga falda mientras se apresuraba al encuentro de Florentina.

—¿Me hará usted el favor de acompañarla a casa, miss Tredgold?

—Desde luego, señor Rosnovski —Florentina todavía tenía el rostro surcado de lágrimas—. Ven conmigo, niña —e inclinándose hacia ella, le susurró al oído—: Procura no hacer demostración de tus sentimientos.

Y aquella niña de doce años besó a su padre en la frente, tomó la mano de miss Tredgold y salió.

Cuando se cerró la puerta, Abel, que no había sido educado por miss Tredgold, se dejó caer en su asiento y lloró a solas.

7

Fue al comienzo de su segundo curso en el grado superior cuando Florentina empezó a reparar en Pete Welling. Éste ocupaba un rincón del aula de música y tocaba al piano el último éxito de Broadway, «Almost Like Being in Love». Desafinaba un poco, pero Florentina atribuyó esta circunstancia al piano. Pete no hizo caso cuando ella pasó por su lado, ni tampoco cuando dio media vuelta y volvió a pasar. Al ver que se pasaba con indiferencia la mano por su rubio y ondulado cabello, y seguía tocando el piano, ella se alejó y fingió que no se había fijado en él. Al día siguiente, a la hora del almuerzo, se había enterado ya de que él estaba dos cursos por encima de ella, de dónde vivía, y de que era segundo capitán del equipo de rugby y presidente de su clase. Supo además que tenía casi diecisiete años. Su amiga Susie Jacobson la advirtió de que otras habían seguido sin éxito el mismo camino.

—Te aseguro que yo tengo una cosa irresistible que ofrecer —replicó Florentina.

Aquella tarde se sentó a redactar la que imaginaba era su primera carta de amor. Después de pensarlo mucho, eligió una tinta granate y una letra inclinada y picuda:

> Querido Pete:
>
> Desde el instante en que te vi, supe que eras una persona especial. Creo que tocas muy bien el piano. ¿Te gustaría venir a casa para escuchar algunos de mis discos?
>
> Muy sinceramente,
>
> FLORENTINA (Rosnovski)

Florentina aprovechó la hora del recreo para aventurarse por el pasillo, imaginando que todos podían verla mientras buscaba la taquilla de Pete Welling en los vestuarios. Cuando la hubo encontrado, comprobó el nombre y la numeración. Era la número cuarenta y dos, según se leía en la chapa de la parte superior, y le pareció buen presagio. Abrió la taquilla, depositó la carta sobre un libro de Matemáticas para que no dejase de reparar en ella, y regresó a su clase, con las palmas de las manos empapadas en sudor. A partir de este instante revisó hora tras hora su propia taquilla, por si habían dejado en ella la contestación, pero no había nada. Al cabo de una semana había empezado ya a desesperar, cuando tropezó con Pete, que estaba sentado en la escalera de la capilla peinándose. Qué atrevido, pensó ella, pues infringía dos normas de la escuela al mismo tiempo. Florentina decidió que aquélla era la ocasión para averiguar si él había recibido su invitación. Se acercó, decidida, pero cuando se hallaba como a un metro de distancia deseó desvanecerse en una nube de polvo, pues no sabía qué decirle. Permaneció inmóvil como un cordero bajo la mirada de una serpiente, pero él acudió en su socorro al decir:

—Hey.

—Hey —consiguió articular ella—. ¿Encontraste mi carta?

—¿Tu carta?

—Sí, te escribí el lunes pasado invitándote a escuchar discos en mi casa. Tengo «Noche de paz» y casi todos los últimos éxitos de Bing Crosby. ¿Le has oído en «Navidades blancas» —dijo, jugando su mejor carta.

—¡Ah! ¿Fuiste tú la que escribió la carta? —dijo.

—Sí, y estuve en tu partido contra Francis Parker la semana pasada. Estuviste fantástico. ¿Con quién juegas el siguiente?

—Está en el calendario de la escuela —contestó, guardándose el peine en un bolsillo interior y mirando por encima del hombro de ella.

—Estaré en las gradas.

—Seguro —dijo él, en el instante en que una rubia alta, del último curso y que llevaba unos calcetines blancos que a Florentina no le parecieron reglamentarios, se precipitaba hacia Pete y le preguntaba si había esperado mucho rato.

—No, sólo un par de minutos —replicó Pete, y le rodeó

la cintura antes de volverse hacia Florentina—. Me parece que tendrás que ponerte en la cola. Quizá te llegue tu oportunidad —agregó con una carcajada—. Dicho sea de paso, opino que Bing Crosby es un pelma. Prefiero a Bix Beiderbecke.

Cuando se alejaron, Florentina oyó que le decía a la rubia:

—Esa es la chica que me dejó aquella nota —la rubia se volvió a medias y se echó a reír—: Seguramente es virgen todavía —añadió Pete.

Florentina se encaminó al vestuario de las chicas y se escondió hasta que todos se hubieron marchado, temerosa de que se burlasen de ella cuando la historia empezase a circular. Aquella noche no durmió, y la mañana siguiente se dedicó a escrutar los rostros de sus compañeras, por si veía indicios de risa disimulada o miradas irónicas; finalmente se atrevió a sincerarse con Susie Jacobson, para averiguar si había corrido la noticia. Cuando Florentina concluyó su relato, Susie soltó la carcajada.

—No serás la única —dijo Susie.

Florentina se sintió mucho mejor cuando Susie le hubo aclarado lo bajo que estaba su lugar en la cola. Ello le dio valor para preguntarle a Susie si sabía qué era ser virgen.

—No estoy segura —dijo Susie—. ¿Por qué lo preguntas?

—Porque Pete dijo que yo seguramente lo era.

—Entonces, supongo que yo lo seré también. Una vez escuché a Mary Alice Beckman diciendo que era cuando un chico hace el amor contigo y nueve meses más tarde tienes un niño. Como lo que nos explicó la señorita Horton acerca de los elefantes, sólo que ellos tardan dos años.

—Me pregunto cómo será.

—De acuerdo con las muchas revistas que Mary Alice tiene guardadas en su taquilla, es algo maravilloso.

—¿Conoces a alguna que lo haya probado?

—Margie McCormick dice que ella tiene experiencia.

—Esa dirá cualquier cosa, y además, si lo ha probado, ¿cómo es que no ha tenido un niño?

—Dice que tomó «precauciones», sean las que sean.

—Si es algo así como tener el período, no creo que valga la pena —dijo Florentina.

—Desde luego —asintió Susie—. A mí me vino ayer. ¿Crees que los hombres tienen el mismo problema?

—¡Qué va! —dijo Florentina—. Ellos siempre llevan ventaja en todo. Por lo visto nosotras tenemos el período y los niños, mientras ellos tienen que afeitarse y hacer el servicio militar, pero he de preguntar a miss Tredgold acerca de todo esto.

—Quizá no sepa.

—Miss Tredgold lo sabe todo —replicó Florentina con mucha seguridad.

Aquella tarde, al verse interrogada por una confusa Florentina, miss Tredgold no titubeó en sentarse con ella y explicarle todo el proceso de la reproducción, sin omitir detalle, y poniéndola en guardia contra las consecuencias de una excesiva impaciencia por experimentar. Florentina escuchó a miss Tredgold en silencio hasta que hubo terminado, y luego preguntó:

—Pues entonces, ¿por qué arman tanto jaleo con todo este asunto?

—La sociedad moderna y su moral relajada plantean muchas tentaciones a las chicas. Pero recuerda siempre que cada cual ha de tomar su propia decisión en cuanto a lo que piensan de nosotras los demás y, cosa más importante todavía, en cuanto a lo que una piensa de sí misma.

Al día siguiente, Florentina le dijo a Susie con gran autoridad:

—Lo sabe *todo* sobre eso del embarazo y tener hijos.

—¿Significa eso que has decidido permanecer virgen? —preguntó Susie.

—¡Ah, sí! —dijo Florentina—. Miss Tredgold todavía lo es.

—¿Y qué es eso de las «precauciones»?

—No son necesarias, si permaneces virgen —explicó Florentina, y se dedicó a participarle sus recién adquiridos conocimientos.

En todo aquel año sólo hubo otro acontecimiento importante para Florentina, y fue su confirmación. Aunque oficialmente recibía la preparación del padre O'Reilly, un sacerdote joven de la Catedral del Santo Nombre, miss Tredgold hizo abstracción de las doctrinas de la Iglesia anglicana, aprendidas en su juventud, a fin de estudiar el catecismo que exigía la Católica Romana para la confirmación. Así, Florentina fue concienzudamente preparada, sin dejar lugar a dudas sobre las obligaciones que le imponía el nuevo sacramento. El arzobispo católico de Chicago lo administró con la asistencia del padre O'Reilly, y tanto Abel como Zaphia asistieron a la ceremonia. Como ya habían formalizado su divorcio, ocuparon bancos separados.

Florentina llevaba un sencillo vestido blanco de cuello alto, con la falda un par de pulgadas por debajo de la rodilla. Lo había confeccionado ella misma, con un poco de ayuda —mientras dormía— por parte de miss Tredgold. El figurín original salió de un vestido que llevaba la princesa Elizabeth en una fotografía de *Paris-Match*. Miss Tredgold había cepillado el largo cabello moreno de Florentina hasta sacarle brillo, e incluso permitió que lo llevara suelto sobre los hombros. Aunque sólo tenía trece años, la joven confirmanda estaba deslumbrante.

—Es guapa mi ahijada —comentó George, vecino de banco de Abel.

—Ya lo sé —dijo Abel.

—No, lo digo en serio —continuó George—. No tardará mucho en presentarse una procesión de hombres para llamar a las puertas de la baronía y presentar sus peticiones de mano.

—No me importa con quién se case, mientras sea feliz.

Terminada la ceremonia, la familia celebró un banquete en las habitaciones privadas de Abel en el Baron. Florentina recibió regalos de sus familiares y amistades, incluyendo un bello ejemplar de la Biblia de Douai encuadernado en cuero, regalo de miss Tredgold. Pero el obsequio más preciado fue el que su padre había guardado hasta que ella tuviera edad suficiente para comprender su valor, el anillo antiguo que con ocasión de su bautizo le regalara a Florentina el desconocido que había confiado en su padre y respaldado el consorcio Baron.

—He de escribirle para agradecérselo —dijo Florentina.

—No podrás, querida, porque no sé con seguridad quién es. Hace tiempo que cumplí mi parte del acuerdo, por lo que ahora seguramente no tendré ocasión de descubrir su identidad verdadera.

Ella se puso la joya en el anular de la mano izquierda y pasó el resto del día contemplando una y otra vez los reflejos de la pequeña esmeralda.

8

—¿A quién votará usted en las próximas elecciones presidenciales, señora? —dijo el joven elegante.

—No votaré —dijo miss Tredgold, sin detenerse.

—¿Debo anotar un «no sabe»? —preguntó el hombre, apretando el paso para prolongar el diálogo.

—Por supuesto que no. Yo no he dado a entender tal cosa —replicó miss Tredgold.

—¿Quiere decir que no desea declarar sus preferencias?

—No tengo inconveniente en declarar mis preferencias, joven, pero siendo así que yo procedo de Much Hadham, en Inglaterra, no es probable que las mismas favorezcan al señor Truman ni al señor Dewey.

El entrevistador de la empresa Gallup se dio por vencido, mientras Florentina le observaba muy atenta, pues había leído en alguna parte que los resultados de tales encuestas empezaban a ser tomados muy en serio por los principales dirigentes políticos.

Corría el año 1948 y Estados Unidos estaba en medio de otra campaña electoral. A diferencia de los Juegos Olímpicos, la carrera hacia la Casa Blanca se celebraba cada cuatro años hubiese guerra o paz. Florentina guardaba lealtad a los demócratas, pero no veía claro que el presidente Truman consiguiera seguir en la Casa Blanca después de dos años de tanta impopularidad. El candidato republicano, Thomas E. Dewey, llevaba una ventaja de más del ocho por ciento en la última encuesta Gallup, y su victoria parecía segura.

Florentina había seguido al detalle las dos últimas campañas, y se alegró mucho cuando Margaret Chase Smith derrotó a tres oponentes masculinos proclamándose candidata republicana al Senado por Maine. Por primera vez el pueblo norteamericano pudo seguir las elecciones a través de la televisión. Abel había instalado en Rigg Street, pocos meses antes de irse, un receptor marca RCA, pero durante el curso miss Tredgold no permitía que Florentina estuviese más de una hora al día frente a «esa nueva máquina devoradora». «Jamás podrá sustituir a la palabra escrita», declaraba, y añadía:

—Estoy de acuerdo con el profesor Chester L. Dawes, de Harvard: frente a las cámaras se tomará más de una decisión precipitada, para lamentarla más tarde.

Aunque no coincidía por completo con las opiniones de miss Tredgold en aquella época, Florentina elegía con buen criterio la hora concedida, prefiriendo siempre el noticiario de la CBS, durante el cual Douglas Edwards hacía el resumen diario de la campaña, al popular programa de Ed Sullivan «Toast of the Town», que era la presentación de un invitado célebre. Con esto aún le quedaba tiempo para escuchar a Ed Murrow a través de la radio. Después de sus emisiones desde Londres durante la guerra, ella, como tantos otros millones de americanos, tenía una fe total en sus palabras, cuya escucha era como algo obligado.

Durante las vacaciones de verano Florentina sentó sus reales en la oficina central para la campaña del congresista Osborne. Allí, junto con otros muchos voluntarios de muy diversa edad y habilidad, llenó sobres con «Un mensaje de su representante en el Congreso», añadiendo un adhesivo que decía en letras gruesas: «Osborne reelección». Seguidamente, ella y un muchacho pálido y flaco que jamás emitía opinión alguna lamían la solapa de cada sobre y después de cerrarlo formaban pilas clasificadas por distritos, a fin de ser repartidos a mano por otro voluntario. Al término de cada jornada tenía la lengua y los labios llenos de engrudo y regresaba a casa sedienta y mareada.

Un jueves, la recepcionista encargada de las consultas telefónicas le pidió a Florentina que hiciera de suplente mientras ella salía a almorzar.

—Con mucho gusto —contestó Florentina, tremendamente excitada, y ocupó el asiento antes de que el muchacho pudiera ofrecerse.

—No hay ningún problema —explicó la recepcionista—. Tú di «oficina del congresista Osborne», y si hay algo que no sepas, consulta el manual de la campaña. Está todo ahí —añadió, señalando un libro grueso que estaba al lado del teléfono.

—Ya me las arreglaré —dijo Florentina.

Sentada en tan alto asiento, miró fijamente el teléfono deseando que sonara. No tuvo que esperar mucho. El primer consultante fue un hombre que deseaba saber dónde votaba. La pregunta le pareció un poco rara a Florentina.

—En el colegio electoral —replicó con cierta impertinencia.

—Eso ya lo sé, pava estúpida —fue la contestación—. Pero, ¿cuál es mi colegio electoral?

Florentina quedó unos momentos sin habla, y luego le preguntó con mucha educación dónde vivía.

—En el Distrito Séptimo.

Florentina hojeó la guía.

—Le toca votar en la iglesia de San Crisóstomo, en Dearborn Street.

—¿Dónde cae eso?

Florentina estudió el plano.

—La iglesia está situada a cinco manzanas de la orilla del lago, y quince manzanas al norte de la zona comercial del Loop.

La comunicación se cortó y el teléfono volvió a sonar al instante.

—¿Es ahí la oficina central de Osborne?

—Sí, señor.

—Bien, pues dígale a ese bastardo haragán que no pienso votarle, ni aunque fuese el único candidato sobre la tierra.

Colgaron otra vez, y Florentina se sintió más enferma que después de todo un día de lamer sobres. Dejó que sonara tres veces el timbre para reunir el valor suficiente antes de descolgar.

—Hola —dijo, nerviosa—. Aquí la oficina central del congresista Osborne. Al habla la señorita Rosnovski.

—Hola, querida. Me llamo Daisy Bishop, y necesitaré un coche, el día de las elecciones, para llevar a mi marido hasta el colegio electoral, ya que perdió las dos piernas en la pasada guerra.

—¡Oh! Lo siento —dijo Florentina.

—No se preocupe, señorita. No queremos dejar de apoyar a ese maravilloso señor Roosevelt.

—Pero si el señor Roosevelt ha... No, claro, desde luego

que no querrán. ¿Me permite que tome nota de su teléfono y domicilio?

—Señor y señora Bishop, 653 West Buena Street, MA4-4816.

—Les llamaremos la mañana de la fecha de las elecciones, para comunicarles a qué hora pasará el coche a recogerles. Gracias por apoyar la candidatura demócrata, señora Bishop —dijo Florentina.

—Siempre lo hacemos, querida. Adiós y buena suerte.

—Adiós —respondió Florentina, después de lo cual respiró hondo y se sintió un poco mejor. Anotó un «2» entre paréntesis a continuación del apellido Bishop y guardó la tarjeta en un archivo titulado «Locomoción para el día de las elecciones». Luego aguardó a la siguiente llamada.

Pasaron algunos minutos antes de que volviera a sonar el teléfono, y Florentina ya había recobrado su seguridad en sí misma.

—Buenos días. ¿Es ahí la oficina de Osborne?

—Sí, señor.

—Me llamo Melvin Crudick y deseo conocer la postura del congresista Osborne acerca del Plan Marshall.

—¿Qué plan ha dicho? —preguntó Florentina.

—El Plan Marshall —repitió la voz con autoridad.

Florentina pasó frenéticamente las hojas del manual de la campaña, que según le habían asegurado contenía la solución a todos los problemas.

—¿Está usted ahí todavía? —ladró la voz.

—Sí, señor —dijo Florentina—. Procuro que reciba usted una información completa y detallada sobre las opiniones del señor Osborne. Tenga la amabilidad de esperar un momento.

Al fin Florentina localizó la referencia del Plan Marshall y leyó las palabras de Henry Osborne al respecto.

—¿Me oye, señor?

—Sí —replicó la voz, y Florentina empezó a leer en voz alta: «El congresista Osborne es partidario del Plan Marshall.»

Hubo un largo silencio.

—Sí, ya sé que lo es —dijo la voz al otro lado del hilo.

Florentina empezó a sentirse débil.

—Sí, es partidario del Plan —repitió.

—Y ¿se puede saber *por qué*? —dijo la voz.

—Porque beneficiará a todos los residentes de su distrito —contestó Florentina con firmeza y bastante satisfecha de sí misma.

—Explíqueme usted por favor: ¿en qué puede ayudar al Distrito Noveno de Illinois el que América entregue seis mil millones de dólares a Europa? —Florentina sintió la frente bañada en sudor—. Señorita, puede comunicar a su jefe que debido a la incompetencia personal de usted, en esta ocasión voy a votar la candidatura republicana.

Florentina colgó el teléfono y estaba a punto de salir corriendo hacia la puerta, cuando regresó de su almuerzo la recepcionista. Florentina no supo si contárselo o no.

—¿Ha habido algo interesante? —dijo la muchacha al tiempo que ocupaba de nuevo su lugar—. ¿O ha sido la combinación habitual de chiflados, pervertidos y lunáticos que no encuentran nada mejor que hacer durante la hora de la comida?

—Nada de particular —dijo Florentina con nerviosismo—, excepto que he perdido el voto de un tal señor Crudick, me parece.

—¡Otra vez Mel el Loco! ¿Qué ha sido? ¿El Comité de Actividades Antinorteamericanas, el Plan Marshall o los barrios bajos de Chicago?

Florentina se alegró de poder volver a lamer sobres.

El día de las elecciones Florentina se presentó en el cuartel general de la campaña a las ocho de la mañana, y pasó la jornada telefoneando a los electores demócratas para comprobar si habían votado.

—No olvidéis que nadie ha llegado nunca a la Casa Blanca sin haber ganado en Illinois —había dicho Henry Osborne en su arenga final a sus voluntarios.

Florentina se sintió muy orgullosa por contribuir a la elección de un presidente, y no se tomó un descanso en todo el día. Miss Tredgold fue a buscarla a las ocho de la noche. Pero, aunque había trabajado doce horas sin interrupción, no dejó de hablar durante todo el camino de regreso.

—¿Cree que ganará el señor Truman? —preguntó al fin.

—Sólo si obtiene más del cincuenta por ciento de los votos emitidos —dijo miss Tredgold.

—Falso —contestó Florentina—. En los Estados Unidos es posible ganar unas elecciones presidenciales por mayoría de votos de los colegios electorales, incluso habiendo obtenido el oponente mayoría de votos en el plebiscito —y seguidamente le dio a miss Tredgold una breve lección sobre el funcionamiento del sistema político americano.

—Tal cosa jamás habría ocurrido si el difunto Jorge III hubiese sabido al menos dónde estaba América —comentó miss Tredgold—. En cuanto a mí, cada día me doy cuenta de que pronto dejarás de necesitarme, niña.

Fue la primera vez que Florentina hubo de darse cuenta de que miss Tredgold no viviría con ella el resto de su vida.

Cuando llegaron a casa, Florentina se dejó caer en el viejo sillón de su padre para ver los primeros resultados, pero estaba tan cansada que se quedó dormida frente a la chimenea. Lo mismo que la mayoría de América, se durmió en la creencia de que las elecciones habían sido ganadas por Thomas Dewey. La mañana siguiente, al despertar, Florentina corrió escaleras abajo para apoderarse del *Tribune*. Sus temores se confirmaron: «Dewey derrota a Truman», decía el titular. Se necesitó media hora de boletines radiofónicos y la confirmación de su madre para convencer a Florentina de que Truman regresaba a la Casa Blanca. El jefe de la redacción de noche de *Tribune* había tomado a las once la decisión de insertar un titular que iba a hundirle para el resto de sus días. Al menos acertó al predecir que Henry Osborne iba a ser reelegido por sexta vez para el Congreso.

Al día siguiente Florentina regresaba al Girls Latin; la tutora la llamó y dejó bien claro que las elecciones eran cosa pasada, y que había llegado el momento de sentarse y estudiar en serio. Miss Tredgold abundó en la misma idea, y Florentina se dispuso a trabajar para sus exámenes con el mismo entusiasmo que lo hiciera a favor del presidente Truman.

Durante el curso ingresó en el equipo de hockey de preuniversitario, donde jugó como lateral derecha sin destacar, y en una ocasión incluso logró meterse en el tercer equipo de tenis de la escuela. Al llegar el verano y a punto de concluir las clases, los alumnos recibieron un comunicado recordándoles que si deseaban presentarse para el Comité de estudiantes debían enviar sus nombres al director de la sección de los chicos el primer lunes del nuevo curso académico. Entre ambas secciones elegían a seis representantes para el Comité, y no se recordaba ningún año en que tales representantes no procediesen todos del curso duodécimo. No obstante, muchas de las compañeras de Florentina sugirieron que debía presentar su candidatura. Edward Winchester, que desde hacía años había renunciado a ganar en algo a Florentina, excepto echando pulsos, se ofreció para ayudarla.

—Quienquiera que me ayude debe poseer talento, buen aspecto, popularidad y carisma —le provocó ella.

—Por una vez estoy de acuerdo contigo —dijo Edward—. Cualquier loco que se apunte a semejante causa necesitará todas las ventajas imaginables para compensar el inconveniente de tener una candidata tonta, fea, antipática y aburrida.

—En cuyo caso, quizá sería mejor para mí esperar al año que viene.

—De ninguna manera —dijo Edward—. No veo posibilidad de mejora en tan poco tiempo. De todos modos, quiero que entres en el Comité este año.

—¿Por qué?

—Porque si eres la primera alumna de undécimo grado que consigue la elección, tienes todas las posibilidades de ser presidenta del Comité el año próximo.

—Realmente has pensado en todo, ¿no es así?

—Apostaría todo el contenido de mi hucha a que tú también lo habías pensado.

—Tal vez... —dijo Florentina, pensativa.

—Tal vez ¿qué?

—Tal vez me decida a presentarme para el Comité de Estudiantes un año más pronto.

Durante las vacaciones de verano, que Florentina pasó en el New York Baron con su padre, observó que la mayoría de los grandes almacenes tenían ahora secciones de confección para señoras, y le extrañó no encontrar más tiendas especializadas únicamente en ropa. Pasó horas en comercios de lujo como Best, Saks y Bonwit Teller, donde se compró su primer vestido de noche sin tirantes, y se dedicó a observar el comportamiento de la clientela y a comparar sus preferencias con las de las compradoras en almacenes como Bloomingdale's, Altman y Macy. A la hora de la cena hacía partícipe a su padre de los conocimientos adquiridos durante la jornada. Abel, impresionado por la velocidad de asimilación de nuevos hechos por parte de Florentina, empezó a explicarle con cierto detalle el funcionamiento del consorcio Baron. Hacia el final de las vacaciones tuvo la satisfacción de observar que había aprendido mucho acerca de control de acciones, balances financieros, reservas por anticipado, la Ley de Empleo de 1940 e incluso el coste de ocho mil panecillos frescos. Advirtió a George que su puesto de gerente del grupo peligraba con vistas a un futuro no demasiado lejano.

—No creo que sea mi puesto el que ella busca, Abel.

—¿No? —preguntó Abel.

—No, sino el tuyo —replicó George.

El último día, Abel condujo a Florentina al aeropuerto y le regaló una cámara Polaroid que hacía fotos en blanco y negro.

—¡Es magnífica, papá! ¿No te parece que voy a dar el golpe en la escuela?

—Es un soborno —dijo Abel.

—¿Un soborno?

—Sí. George me ha contado que quieres ser presidente del grupo Baron.

—Por ahora me conformo con el Comité de Estudiantes —dijo Florentina.

Abel soltó la risa.

—De momento confórmate con *entrar* en ese Comité —dijo, después de lo cual besó a su hija en la mejilla y agitó la mano en despedida mientras ella subía por la escalerilla del avión.

—He decidido presentarme.

—Bien —dijo Edward—. He preparado una lista de alumnos de las dos secciones. Tienes que puntear los nombres de aquellos cuyo apoyo te parezca seguro, y marcar con una cruz los que no te lo parezcan. Así yo podré trabajar a los inseguros y reforzar la convicción de tus partidarios.

—Muy profesional. ¿Cuántos candidatos se presentan?

—Hasta ahora, quince para las seis plazas. A cuatro de los candidatos no tienes ninguna posibilidad de ganarles, pero de todos modos las probabilidades están igualadas. He pensado que te gustaría saber que Pete Welling está entre los candidatos.

—¡Ese reptil! —dijo Florentina.

—¡Ah! Creí que estabas perdidamente enamorada de él.

—No seas ridículo, Edward. Es un bobo. Veamos esas listas de alumnos.

Las elecciones iban a celebrarse al final de la segunda semana del curso, de manera que los aspirantes sólo dispondrían de unos diez días para amarrar los votos. Muchas de las amigas de Florentina se pasaron por Rigg Street para prometerle su apoyo. Tuvo la sorpresa de hallar partidarios donde menos lo esperaba, mientras otras compañeras a quienes creía amigas le dijeron a Edward que jamás votarían a favor de ella. Florentina comentó esta cuestión con miss Tredgold, quien le advirtió que siempre que compite uno por un cargo que promete privilegios o beneficios, serán los coetáneos quienes menos deseen su éxito en tal ambición. No hay que temer a los de más edad ni a los más jóvenes, pues ésos no ven en uno a un rival.

Todos los candidatos tenían que escribir un pequeño mensaje electoral para explicar las razones por las que deseaban entrar en el Comité de estudiantes. El de Florentina fue leído por Abel, que se negó a añadir ni quitar nada, así como por miss Tredgold, quien se limitó a corregir la gramática.

La votación se celebró durante todo el viernes de la segunda semana del curso, y el resultado sería anunciado por el director ante los reunidos el lunes siguiente por la mañana. Fue un fin de semana terrible para Florentina, y miss Tredgold lo pasó diciendo: «Tranquilízate, niña». Incluso Edward, que jugaba un partido de tenis con ella el domingo por la tarde y ganó por 6-0, 6-0 sin sudar apenas la camiseta, comentó:

—No se necesita ser un Jack Kramer para darse cuenta de que te falta concentración, «niña».

—¡Ay! Calla, Edward. No me importa nada salir elegida para el Comité o no.

El lunes por la mañana Florentina despertó a las cinco y a las seis ya estaba vestida y lista para el desayuno. Leyó el periódico tres veces de cabo a rabo. Miss Tredgold no dijo una sola palabra hasta que llegó la hora de ir a la escuela.

—Recuerda, cariño, que Lincoln perdió más elecciones de las que ganó, y sin embargo llegó a ser presidente.

—Sí, pero yo preferiría ganar la primera vez —dijo Florentina.

A las nueve, el paraninfo ya estaba repleto. Las oraciones de la mañana y los anuncios del director parecían eternizarse. Florentina no quitaba los ojos del suelo.

—Y ahora voy a leer los resultados de las elecciones para el Comité de Estudiantes —dijo el director—. Los candidatos eran quince, de los cuales han resultado elegidos para el Comité los seis siguientes: Primero, y presidente, Jason Morton con ciento nueve votos; segundo, Cathy Long con ochenta y siete votos; tercero, Roger Dingle con ochenta y cinco votos; cuarto, Eddie Bell con ochenta y un votos; quinto, Jonathan Lloyd, con setenta y nueve votos.

El director se interrumpió para carraspear, y los reunidos guardaron silencio.

—Sexto, Florentina Rosnovski con setenta y seis votos. No obtiene representación Pete Welling, con setenta y cinco votos. La primera reunión del nuevo Comité se celebrará hoy en mi despacho, a las diez y media. Se levanta la sesión.

Florentina, loca de alegría, rodeó con los brazos a Edward.

—No lo olvides... el año que viene, ¡presidenta!

En la primera reunión de aquella mañana Florentina, como miembro más joven, fue nombrada secretaria.

—Así aprenderás, por clasificarte la última —rió el nuevo presidente Jason Morton.

Otra vez a escribir notas que nadie lee, pensó Florentina. Pero al menos esta vez podré escribirlas a máquina, y el año que viene quizá sea presidenta. Contempló a aquel muchacho, cuyo rostro delgado y sensible y cuyos modales aparentemente tímidos le habían ganado tantos votos.

—Ahora, los privilegios —continuó Jason con énfasis, sin darse cuenta de aquella observación—. El presidente tiene derecho a llevar coche, y un día a la semana las chicas pueden llevar falda de color pastel, y los chicos, mocasines en lugar de zapatos estilo inglés. Los miembros del Comité tienen permiso de salida para gestiones de la escuela, y pueden poner puntos de penalización a los alumnos que violen el reglamento.

Así que para eso he luchado tanto, pensó Florentina, para llevar falda de color pastel y poner puntos de penalización.

Aquella tarde, cuando regresó a casa, Florentina le contó a miss Tredgold con todo detalle lo sucedido. Mientras le repetía los resultados completos y le explicaba sus nuevas responsabilidades, estaba radiante de orgullo.

—¿Quién es ese pobre Peter Welling, que por sólo un voto no resultó elegido? —preguntó miss Tredgold.

—Le está bien empleado —dijo Florentina—. ¿Sabe qué le dije a ese reptil cuando me lo encontré por el pasillo?

—Cómo voy a saberlo —replicó miss Tredgold con prevención.

—Le dije: «Me parece que tendrás que ponerte a la cola. Quizá te llegue tu oportunidad» —recordó con una carcajada.

—Eso ha sido indigno de ti, Florentina, y de mí, por supuesto. No quiero que vuelvas a hacer una cosa así jamás. En la hora del triunfo no hay que despreciar al rival, sino mostrar magnanimidad.

Miss Tredgold se puso en pie y se retiró a su habitación.

Al día siguiente, durante la hora del almuerzo, Jason Morton se sentó a su lado.

—Ahora que estás en el Comité, nos veremos muy a menudo —dijo sonriendo.

Florentina no correspondió a la sonrisa, pues Jason tenía la misma reputación que Pete Welling entre las alumnas de la Girls Latin, y estaba decidida a no hacer el ridículo por segunda vez.

Durante el almuerzo discutieron los problemas del viaje de la orquesta escolar a Boston y qué hacer con los chicos que habían sido sorprendidos fumando. Los miembros del Comité disponían de una gama de castigos, pero muy limitada, y el más terrorífico que podían imponer era obligar a estudiar en la biblioteca todo el sábado por la mañana. Jason le explicó a Florentina que no podían denunciar a los fumadores al director, pues ello supondría sin duda la expulsión de los denunciados. Esto planteaba un dilema a los miembros del Comité, pues la reclusión el sábado por la mañana no asustaba a nadie, y al mismo tiempo nadie creía que pudiera ser denunciado al director.

—Si toleramos que sigan fumando, pronto careceremos por completo de autoridad —dijo Jason—. Sería preciso que hiciéramos algo para reafirmar nuestras atribuciones desde el principio.

Florentina estuvo de acuerdo, pero la siguiente pregunta de su interlocutor la sorprendió.

—¿Hace un partido de tenis el sábado por la tarde?

Florentina lo pensó unos momentos antes de contestar.

—Sí —dijo, procurando aparentar indiferencia, pues acababa de recordar que Jason era el capitán del equipo de tenis, y que ella tenía un revés muy deficiente.

—Bien, pues pasaré a recogerte a las tres. ¿De acuerdo?

—De acuerdo —contestó Florentina, procurando todavía no parecer demasiado interesada.

—Esta falda de tenis te queda demasiado corta —dijo miss Tredgold.

—Ya lo sé, pero es la del año pasado y resulta que he crecido —contestó Florentina.

—¿Con quién vas a jugar?

—Con Jason Morton.

—Desde luego no puedes ir al tenis con un joven llevando una falda como ésta.

—Pues será ésta, o tendré que ir desnuda —replicó Florentina.

—No seas respondona, niña. Dejaré que la lleves por esta vez, pero el lunes por la tarde sin falta compraremos otro equipo.

Sonó el timbre de la entrada.

—Me parece que ya está aquí —dijo miss Tredgold.

Florentina cogió la raqueta y corrió hacia la puerta.

—No corras, niña. Deja que el joven espere un poco. ¿No querrás que sepa lo que sientes por él, no?

Florentina se ruborizó y se detuvo a sujetarse el largo cabello oscuro con una cinta; luego se dirigió despacio hacia la entrada.

—Hola, Jason —dijo adoptando de nuevo el tono de indiferencia en su voz—. ¿No quieres pasar?

Jason, que vestía un elegante equipo de tenis que parecía comprado aquella misma mañana, no le quitaba ojo a Florentina.

—Vaya falda —comentó, y parecía a punto de agregar algo más cuando vio a miss Tredgold, que salía de la habitación. Hasta aquel momento no se había dado cuenta de la buena figura que tenía Florentina, y al ver a miss Tredgold supo quién le había impedido advertirlo antes.

—Es la del año pasado, me temo —dijo Florentina, mirándose sus esbeltas piernas—. Horrible, ¿no?

—¡Qué va! A mí me parece muy bonita. Vamos, he reservado una pista para las tres y media, y como nos retrasemos un minuto nos la quitarán.

—¡Cielos! ¿Es tuyo? —dijo Florentina al tiempo que cerraba la puerta.

—Sí, ¿no te parece fantástico?

—Si se me permite dar mi opinión, creo que ha visto tiempos mejores.

—¿Tú crees? —dijo Jason—. A mí me parece muy *chulo*.

—Si supiera lo que significa esa palabra, a lo mejor te daría la razón. Diga, señor —continuó burlonamente—, ¿espera que me suba en esa máquina, o he de ayudar a empujarla?

—Es un auténtico Packard de antes de la guerra.

—Entonces tenía merecido un honroso entierro —dijo Florentina mientras ocupaba el asiento delantero, dándose cuenta de pronto de que enseñaba buena parte de las piernas.

—¿Alguien te enseñó cómo hacer avanzar ese pedazo de metal? —dijo con voz dulce.

—No precisamente —replicó Jason.

—¿Cómo? —preguntó ella, incrédula.

—Tengo entendido que conducir es cuestión de sentido común, en esencia.

Florentina accionó la manecilla de la puerta y la entreabrió como si fuese a apearse. Jason le puso la mano sobre el muslo.

—No seas tonta, Tina. Mi padre me enseñó y hace casi un año que conduzco.

Florentina se ruborizó, cerró la puerta, y tuvo que confesarse que él conducía bastante bien, según demostró en el camino al club de tenis, aunque el coche hacía bastante ruido y saltaba sobre los baches.

El partido fue desesperado para Florentina. Hizo tremendos esfuerzos por ganar algún juego, mientras Jason procuraba perderlo. Sin saber cómo, Jason consiguió ganar por sólo 6-2, 6-1.

—Me hace falta una Coca-Cola —dijo él cuando hubo terminado el encuentro.

—A mí me hace falta un entrenador —dijo Florentina.

Él se echó a reír y la tomó de la mano cuando salieron de la pista. Aunque le daba calor, ella lo consintió hasta que se hallaron en la cantina del club. Él pidió una Coca-Cola y bebieron en un rincón de la cantina. Cuando la hubieron terminado, la llevó a casa. Una vez llegados a Rigg Street, Jason se inclinó y la besó en los labios. Florentina, más bien sorprendida, no correspondió.

—¿Por qué no vienes conmigo al cine esta noche, a ver la del United Artists? —dijo él.

—Bueno, yo normalmente... Sí, me gustaría —dijo Florentina.

—Bien, pues pasaré a las siete.

Florentina siguió con la mirada el coche que se alejaba con estrépito, y trató de idear alguna razón que convenciera a su madre para que la dejara salir aquella noche. Encontró a miss Tredgold en la cocina preparando un té.

—¿Ha sido bueno el partido, niña? —preguntó.

—Para él no, supongo. Por cierto, que me ha propuesto llevarme a... —titubeó—, al Orchestra Hall, para el concierto de esta noche, de manera que no voy a cenar.

—Qué bien —dijo miss Tredgold—. Procura regresar antes de las once, para que tu madre no se preocupe.

Florentina corrió escaleras arriba, se sentó al borde de la cama y empezó a pensar en lo que podría ponerse aquella noche, en lo estropeado que tenía el cabello, y en si podría robarle un poco de maquillaje a su madre. Luego se contempló en el espejo, preguntándose cómo haría para que sus pechos pareciesen más grandes, sin necesidad de andar toda la noche conteniendo la respiración.

A las siete se presentó Jason, vestido con un suéter muy ancho de color rojo y pantalones caqui. Miss Tredgold le recibió.

—¿Cómo está usted, joven?

—¿Cómo está usted, señora?

—¿Quiere pasar al salón?

—Gracias —dijo Jason.

—¿Qué tal el concierto adonde lleva a Florentina?

—¿El concierto?

—Sí, decía que quién es el intérprete —dijo Miss Tredgold—. El periódico de hoy traía una buena crítica de la Tercera de Beethoven.

—¡Ah, sí, la Tercera de Beethoven! —dijo Jason en el instante en que Florentina hacía su aparición en la escalera. Ambos, miss Tredgold y Jason, se quedaron atónitos, el uno complacido y la otra contrariada. Florentina llevaba un vestido verde que le llegaba justo debajo de la rodilla y revelaba unas medias de puro nilón con costura. Bajó con inseguridad las escaleras sobre sus zapatos de tacón alto que hacían parecer aún más largas sus piernas. Sus pequeños pechos parecían más grandes de lo normal, y llevaba suelto el largo cabello oscuro, al estilo de Jennifer Jones, lo que la hacía parecer bastante mayor que sus quince años verdaderos. La única pieza de su atuendo que miss Tredgold no podía censurar era el reloj, que ella misma le regalara a Florentina con ocasión de su decimotercer cumpleaños.

—Vámonos, o llegaremos tarde —dijo Florentina, procurando evitar toda conversación con miss Tredgold.

—¡Claro! —dijo Jason. Florentina no se volvió, no fuese a quedar convertida en una estatua de sal.

—No olvide que ella debe regresar a casa antes de las once, joven —ordenó miss Tredgold.

—¡Claro! —repitió Jason mientras cerraba la puerta principal—. ¿De dónde la habéis sacado?

—¿Miss Tredgold?

—Sí. Parece sacada de una novela victoriana. «No olvide que ella debe regresar a casa antes de las once, joven» —la imitó al tiempo que abría la puerta del coche.

—No seas malo —dijo ella, sonriendo con coquetería.

Al llegar al cine hubieron de ponerse en la cola largo rato, para lo cual Florentina se situó entre Jason y la pared, por temor a que alguien la reconociese. Cuando entraron, Jason la condujo en seguida a la fila de atrás, con aire de haber estado allí antes.

Ocupó su asiento y no empezó a tranquilizarse hasta que apagaron las luces... pero no por mucho tiempo. Jason se inclinó hacia ella, le rodeó los hombros con el brazo y se puso a besarla. A ella empezó a agradarle la sensación cuando él la obligó a entreabrir los labios y sus lenguas entraron en contacto. Luego se separaron para contemplar los títulos de crédito que iban apareciendo en la pantalla. A Florentina le gustaba Gene Kelly. Jason se acercó de nuevo y oprimió su boca con la suya. Sus labios se entreabrieron. Casi en seguida sintió una mano sobre su seno. Intentó apartarla, pero lo mismo que en el tenis, la muñeca de él era demasiado fuerte para Florentina. Al cabo de unos segundos se apartó un poco para poder respirar, y vio un breve plano de la Estatua de la Libertad antes de que Jason volviese a la carga con la otra mano para acariciar el otro seno. Esta vez ella consiguió apartarla, aunque sólo unos momentos. Contrariado, él sacó un paquete de Camel y encendió un cigarrillo. Florentina apenas podía creer en lo que estaba ocurriendo. Después de echar un par de bocanadas, él aplastó el cigarrillo y deslizó la mano entre las piernas. Presa de pánico ella frenó el avance por el procedimiento de apretar con fuerza los muslos.

—¡Oh, vamos! —dijo Jason—. No seas tan estrecha, o acabarás como miss Tredgold —y se inclinó para besarla otra vez.

—Por favor, Jason, déjame ver la película.

—No seas tonta. Nadie va al cine para ver la película —le puso otra vez la mano en la pierna—. No me digas que nunca lo hiciste antes. ¡Vaya! ¡Si tienes casi dieciséis años! ¿Es que te has propuesto ser la virgen de más edad de Chicago?

Florentina se puso en pie de un salto y se abrió paso en dirección a la salida, tropezando con varios pares de pies antes de llegar al pasillo. Sin alisarse siquiera el vestido, salió del local a toda prisa; una vez en la calle quiso correr, pero los zapatos de tacón alto de su madre apenas la dejaban caminar, por lo que prefirió quitárselos y correr descalza, aun destrozando las medias. Cuando llegó a la entrada de su casa trató de componer un poco su aspecto y abrigó esperanzas de poder alcanzar su habitación sin tropezar con miss Tredgold, pero no hubo suerte. La puerta de la habitación de miss Tredgold estaba abierta de par en par, y cuando Florentina pasó de puntillas, se oyó la pregunta:

—¿Terminó pronto el concierto, querida?

—Sí... No... Quiero decir que no me encontraba bien —dijo Florentina, y corrió a su habitación antes de que miss Tredgold pudiese preguntar nada más. Cuando se metió en la cama aún estaba temblando.

La mañana siguiente despertó temprano, y aunque todavía estaba furiosa con Jason, no dejó de parecerle divertido lo ocurrido. Decidió volver al cine, pero sola, para ver aquella película. Aunque le gustaba Gene Kelly, era la primera vez que había visto *realmente* a su héroe en la pantalla, y no olvidaba lo delgado y vulnerable que le había parecido.

Al día siguiente, durante la reunión del Comité de Estudiantes, Florentina no se atrevió a mirar a Jason mientras éste declaraba con voz firme y tranquila que algunos muchachos de los cursos superiores, y que no eran miembros del Comité, se presentaban vestidos de una manera desaliñada. Luego agregó que el próximo que fuese sorprendido fumando sería denunciado al director, pues de lo contrario quedaría mermada su propia autoridad como presidente. Todos asintieron, excepto Florentina.

—Bien. Voy a poner un aviso en el tablero de anuncios, a ese efecto.

Tan pronto como terminó la reunión, Florentina regresó a su clase sin dar tiempo a que nadie le hablase. Estuvo ocupada con los trabajos escolares hasta muy tarde, y no pensó en regresar a Rigg Street hasta las seis. Cuando llegó a la puerta principal de la escuela había empezado a llover, por lo que esperó al resguardo del pórtico que escampase la tormenta. Mientras estaba allí pasó Jason con una chica del duodécimo curso; vio que subían en el coche de él, y se mordió los labios. La lluvia arreciaba, por lo que decidió volver al aula y pasar a máquina el acta de la reunión. Mientras volvía vio que un pequeño grupo leía en el tablero de anuncios la nota en que el Comité reiteraba su postura en cuanto a la falta de pulcritud en el atuendo y el vicio de fumar.

Florentina invirtió como una hora en poner al día el acta de la reunión del Comité, en parte porque no podía dejar de pensar una y otra vez en la hipocresía de Jason. Cuando acabó de escribir a máquina la lluvia había cesado; cubrió la máquina con su funda y guardó lo escrito en el cajón. Mientras se dirigía por el pasillo hacia la salida le pareció oír un ruido procedente del vestuario de los chicos. Después de las siete de la tarde nadie, excepto los miembros del Comité, podía permanecer en la escuela si no disponía de un permiso especial, así que retrocedió para ver quién era. Cuando estaba a escasos metros de los vestuarios, vio por la rendija inferior de la puerta que apagaban la luz. Acercándose, abrió la puerta y encendió la luz. Florentina tardó unos segundos en poder divisar con claridad la silueta que permanecía de pie en un rincón e intentaba ocultar un cigarrillo a su espalda, aun sabiendo que ella debía haberlo visto.

—¡Pete! —exclamó, sorprendida.

—Vaya, señorita comisaria, esta vez sí que me has atrapado bien. Dos faltas graves el mismo día, permanecer en la escuela después de la hora, y fumar. Adiós mi oportunidad de ir a Harvard —dijo Pete Welling mientras aplastaba el cigarrillo en las losas del suelo. Aquel gesto evocó el del presidente del Comité aplastando su cigarrillo, la noche anterior, en un cine a oscuras.

—Jason Morton piensa ir a Harvard, ¿no es así?

—Sí, pero ¿qué tiene que ver eso con él? —dijo Pete—. Nadie le impedirá ganar su beca.

—Acabo de recordar que no se permite la entrada de chicas en el vestuario de los chicos, en ningún momento.

—Sí, pero tú eres miembro del...

—Buenas noches, Pete.

Florentina empezaba a recrearse en su nueva autoridad, y se tomaba muy en serio sus obligaciones y responsabilidades como miembro del Comité de Estudiantes, a tal punto, que según avanzaba el curso miss Tredgold temió que ello perjudicase los estudios. No comentó la cuestión con la señora Rosnovski, pues se consideraba obligada a tratar primero de solucionarla. Esperaba que la actitud de Florentina no fuese más que una fase de entusiasmo adolescente mal dirigido. Pero el rápido cambio de Florentina así que se vio provista de una partícula de autoridad sorprendió a la propia miss Tredgold, pese a su experiencia en esa clase de problemas.

Hacia el segundo trimestre miss Tredgold advirtió que el problema se agravaba todavía más, al punto de escapar a todo control. Florentina se tomaba demasiado en serio a sí misma, no a su trabajo. La evaluación parcial distó de ser buena, en comparación con sus calificaciones habitualmente altas, y la tutora de Florentina insinuó o mejor dicho dio a entender con claridad que ésta trataba con despotismo a algunas de sus compañeras y repartía puntos de penalización con demasiada soltura.

Miss Tredgold no dejaba de notar que Florentina recibía menos invitaciones a tomar parte en fiestas de compañeros, y que sus antiguas amistades no frecuentaban tanto Rigg Street como antes, a excepción del leal Edward Winchester... un chico que le caía bien a miss Tredgold.

Las cosas no mejoraron durante el tercer trimestre, y Florentina empezó a contestar con evasivas cuando miss Tredgold abordaba la cuestión de los trabajos escolares no terminados. Zaphia, que compensaba la pérdida del marido aumentando cinco kilos de peso, hacía oídos de mercader.

—No he observado nada anormal —era su única respuesta cuando miss Tredgold intentaba discutir el problema.

La institutriz apretaba los labios, y empezó a desesperar una mañana a la hora del desayuno, cuando Florentina replicó con verdadera rudeza a la pregunta de qué pensaba hacer durante el fin de semana.

—Se lo haré saber cuando tenga algo que ver con usted —dijo sin apartar la mirada de las páginas de *Vogue*. La señora Rosnovski no dio muestras de haberse dado cuenta, por lo que miss Tredgold guardó un férreo silencio, considerando que más pronto o más tarde la muchacha acabaría por encontrar la horma de su zapato.

Resultó ser más pronto.

9

—No tienes ningún motivo para estar tan segura —dijo Edward.

—¿Por qué no? ¿Quién puede ganarme? Llevo casi un año en el Comité, y todos los demás miembros van a licenciarse —respondió Florentina, arrellanándose en uno de los sillones de crin reservados a los miembros del Comité estudiantil.

Edward permanecía en pie.

—Sí, ya veo, pero no todo el mundo te aprecia.

—¿Qué quieres decir con eso?

—Muchos piensan que desde que has entrado en el Comité te has crecido demasiado para el número que calzas.

—Espero que tú no seas de ésos, Edward.

—No, yo no. Pero pienso que si no procuras tratar más a los alumnos de los cursos inferiores, podrías salir derrotada.

—No seas tonto. ¿Para qué voy a molestarme en conocerlos, si ellos ya me conocen a mí? —preguntó, mientras hojeaba algunos papeles sobre el brazo del sillón.

—¿Qué pasa contigo, Florentina? No te comportabas así hace un año —dijo Edward bajando la mirada.

—Si no te gusta mi manera de desempeñar mis obligaciones, anda y busca otro a quien apoyar.

—No se trata de tu manera de desempeñar tus obligaciones... Todo el mundo dice que has sido la mejor secretaria que se recuerda. Pero ser presidente requiere otras cualidades bastante distintas.

—Gracias por el consejo, Edward, pero ya verás cómo puedo sobrevivir sin nada de eso.

—Entonces, ¿no quieres que te ayude este año?

—Todavía no has captado la onda, Edward. No es que no quiera, sino que no me hace falta, sencillamente.

—Que tengas suerte, Florentina, y espero equivocarme.

—Tampoco necesito tu suerte; en la vida, algunas cosas dependen sólo de la capacidad.

Florentina no le contó esta conversación a miss Tredgold.

Al final del curso, Florentina se sorprendió al descubrir que sólo había quedado primera en latín y francés; en promedio, quedó la tercera de su clase. Miss Tredgold leyó con atención la evaluación final, que confirmaba sus peores temores, pero dedujo que no valía la pena dirigirle ningún reproche a la interesada, puesto que ésta había dejado de hacer caso de los consejos, a menos que confirmasen sus propias opiniones. Una vez más, Florentina pasaba las vacaciones de verano en Nueva York con su padre, quien la puso a trabajar como auxiliar en una tienda de las galerías comerciales del hotel.

Florentina se levantaba temprano todas las mañanas para ponerse el uniforme verde claro del personal meritorio. Puso todo su empeño en aprender cómo funcionaba la pequeña tienda de modas, y pronto estuvo en situación de propornerle algunas ideas a la señorita Parker, la directora, quien quedó impresionada, y no porque se tratase de la hija del Barón. A medida que pasaron los días, Florentina fue adquiriendo confianza en sí misma y, consciente de la fuerza de su posición privilegiada, dejó de ponerse el uniforme e incluso empezó a mandar a las demás dependientas, aunque tuvo la precaución de no hacerlo nunca en presencia de la señorita Parker.

Un viernes, mientras la señorita Parker estaba en su despacho cuadrando la caja, una auxiliar llamada Jessie Kovats llegó diez minutos tarde. Florentina la esperaba a la entrada.

—Llega usted tarde otra vez —dijo Florentina, pero Jessie no se molestó en contestar.

—¿No me ha oído, señorita Kovats? —preguntó Florentina.

—Claro que sí —replicó Jessie, colgando la gabardina.

—Así pues, ¿cuál es su excusa esta vez?

—Para usted no necesito excusa.

—Eso lo veremos —dijo Florentina, y empezó a dirigirse hacia el despacho de la señorita Parker.

—No te molestes, niña de papá. De todas maneras estaba hasta la coronilla de ti —dijo Jessie, tras lo cual se metió en el despacho de la señorita Parker y cerró la puerta. Florentina se dedicó a fingir que arreglaba el mostrador mientras aguardaba el regreso de Jessie. Al cabo de pocos minutos la joven dependienta salía del despacho, se ponía la gabardina y abandonaba la tienda sin decir palabra. Florentina se sintió satisfecha de los resultados de su admonición. Poco después la señorita Parker salió de su despacho.

—Jessie ha dicho que deja la tienda por culpa de usted.

—La señorita Kovats no será una gran pérdida —comentó Florentina—. La verdad es que no justificaba el sueldo.

—Ésa no es la cuestión, Florentina. Usted regresará a los estudios, y mientras tanto yo tendré que seguir llevando esta tienda.

—Quizá para entonces nos habremos librado de las Jessie Kovats que, a fin de cuentas, no deberían estar aquí perdiendo el tiempo y el dinero de mi padre.

—Señorita Rosnovski, aquí se trabaja en equipo. No todo el mundo puede ser inteligente, ni brillante, ni siquiera laborioso, pero dentro de sus limitaciones cada cual hace lo que puede, sin que haya habido quejas hasta ahora.

—¿Tal vez porque mi padre se halla demasiado ocupado para controlarla a usted de cerca, señorita Parker?

La aludida enrojeció visiblemente de indignación y replicó apoyándose en el mostrador:

—Creo que ya es hora de que se vaya usted a otra tienda de las de su padre. Llevo casi veinte años trabajando para él, y jamás me ha hablado con tan poca consideración.

—Quizá sea hora de que *usted* se vaya a otra tienda, y mejor aún si no es de las de mi padre —replicó Florentina, tras lo cual salió del local, se encaminó directamente al ascensor privado y apretó el botón del piso cuarenta y dos. Una vez llegada, Florentina le dijo a la secretaria de su padre que deseaba hablar con él en seguida.

—En este momento preside una reunión de la directiva, señorita Rosnovski.

—Pues interrúmpale y dígale que quiero verle.

La secretaria titubeó y luego llamó al señor Rosnovski a través del intercomunicador.

—Le dije que no quería ser molestado, señorita Deneroff.

—Disculpe, señor, pero su hija está aquí y quiere verle.

Hubo una pausa.

—Bien, que pase.

—Lo siento, papá, pero es un asunto que no puede esperar —dijo Florentina al tiempo que entraba en el salón, sintiéndose de pronto menos segura de sí misma mientras los ocho hombres que rodeaban la mesa de reuniones se ponían en pie. Abel la condujo a su propio despacho.

—Bien, ¿qué es lo que no puede esperar, cariño?

—Se trata de la señorita Parker. Es impertinente, incompetente y estúpida —dijo Florentina, y continuó con su versión de lo ocurrido aquella mañana con Jessie Kovats.

Mientras escuchaba su relato, Abel tamborileaba con los dedos sobre el escritorio. Cuando ella hubo terminado, accionó un botón de su intercomunicador.

—Por favor, dígale a la señorita Parker, de la tienda de modas, que suba en seguida.

—Gracias, papá.

—¿Tendrías la amabilidad de esperar aquí al lado mientras resuelvo este asunto con la señorita Parker, Florentina?

—Claro que sí, papá.

Pocos minutos después, apareció la señorita Parker, todavía indignada. Abel le preguntó qué había ocurrido. Ella dio cuenta exacta del altercado y no hizo más comentarios acerca de Florentina sino que era una auxiliar competente, pero que había sido la única causante de que la señorita Kovats abandonase la empresa después de haber estado mucho tiempo a su servicio. Abel escuchó dominando a duras penas su furor. Le dijo a la señorita Parker lo que opinaba, y que luego recibiría una carta de su puño y letra para confirmarle la decisión.

—Si usted lo desea así, señor —dijo la señorita Parker, y salió.

Abel llamó a su secretaria.

—Por favor, señorita Deneroff, dígale a mi hija que pase.

Florentina entró con aire de triunfo.

—¿Le dijiste a la señorita Parker lo que te parecía, papá?

—Así lo hice.

—Le costará encontrar otro empleo.

—No le será necesario.

—¿Cómo que no?

—No. Le he aumentado el sueldo y le he prorrogado el contrato —dijo, al tiempo que se inclinaba hacia adelante, con las dos manos bien apoyadas sobre el escritorio—. Como vuelvas a tratar así a un miembro de mi personal, te doblaré sobre mi rodilla y te daré unos azotes, y no serán unos azotitos suaves con el cepillo. Jessie Kovats se ha ido por causa de tu comportamiento insufrible, y es evidente que en la tienda nadie te aprecia.

Florentina se quedó mirando a su padre, incrédula, y luego rompió a llorar.

—Y puedes ahorrarte las lágrimas para otro —continuó Abel sin dejarse impresionar—. No he debido permitir que olvidaras que dirijo una empresa. Una semana más aquí, y me crearías un conflicto. Ahora bajarás al despacho de la señorita Parker y pedirás disculpas por tu desafortunado comportamiento, y luego te abstendrás de entrar en ninguna de mis tiendas hasta que yo decida que estás en condiciones de trabajar aquí otra vez. Y que sea la última vez que interrumpes una de mis reuniones, ¿entendido?

—Pero, papá...

—No hay peros. Pedirás disculpas a la señorita Parker inmediatamente.

Florentina salió corriendo del despacho de su padre y regresó a su habitación bañada en lágrimas. Hizo las maletas, dejó la bata verde claro tirada en el suelo del dormitorio y se fue al aeropuerto en taxi.

Al enterarse de su marcha, Abel telefoneó a miss Tredgold, quien oyó lo ocurrido consternada, pero no demasiado sorprendida.

Cuando Florentina llegó a casa, su madre aún no había vuelto del balneario donde trataba de quitarse algunos kilos sobrantes. Sólo miss Tredgold estaba allí para recibirla.

—Veo que has vuelto unas semanas antes.

—Sí, me ha cansado de estar en Nueva York.

—No mientas, niña.

—¿También usted va a meterse conmigo? —se lamentó

Florentina, y corrió escaleras arriba para esconderse en su habitación. Aquel fin de semana permaneció encerrada y no salió sino para comer en la cocina a deshoras. Miss Tredgold no hizo nada para verla.

El primer día de clase Florentina se puso una de sus bonitas blusas color pastel, con el cuello abierto según la nueva moda, que había comprado en Bergdorf Goodman. Sabía que iban a ser la envidia de todas las chicas de Girls Latin. Y se propuso demostrarle a todo el mundo cómo debía comportarse una futura presidenta del Comité de Estudiantes. Como las elecciones no iban a celebrarse antes de dos semanas, se puso una blusa de color diferente cada día y asumió por completo las responsabilidades de la presidencia. Incluso empezó a pensar qué modelo de coche le pediría a su padre cuando hubiese ganado las elecciones. Evitó en todo momento a Edward Winchester, que también se presentaba como candidato para el Comité, y recibió con indisimuladas risas todos los comentarios acerca de la popularidad de aquél. El lunes de la tercera semana del curso Florentina se encaminó a la reunión matutina para hacerse nombrar presidenta del Comité estudiantil.

Cuando la señorita Allen, la directora, leyó la lista, Florentina no dio crédito a sus oídos. Ni siquiera figuraba entre los seis primeros. En realidad quedó séptima, y el presidente electo fue ni más ni menos que Edward Winchester. Cuando abandonó el local nadie manifestó lamentarlo, y pasó el resto del día en un estupor silencioso, sentada al fondo de la clase. Por la tarde, de vuelta en casa, fue a la habitación de miss Tredgold y llamó tímidamente a la puerta.

—Entra.

Florentina entreabrió la puerta y miró a miss Tredgold, que estaba sentada tras su escritorio, leyendo.

—No me han nombrado presidenta —dijo con voz tranquila—. En realidad, ni siquiera he salido elegida para el Comité.

—Lo sé —dijo miss Tredgold, al tiempo que cerraba su Biblia.

—¿Cómo puede saberlo? —preguntó Florentina.

—Porque ni yo misma te habría votado —la institutriz hizo una pausa—. Pero ahora vamos a hacer borrón y cuenta nueva, niña.

Florentina cruzó corriendo la habitación y rodeó con

los brazos a miss Tredgold, quien la abrazó con fuerza.

—Bien, ahora pongámonos a rehacer tus relaciones. Sécate las lágrimas, querida, y pongamos manos a la obra. Necesitas papel y lápiz.

Florentina escribió la lista que le dictó miss Tredgold, y no discutió ninguna de sus instrucciones. Aquella noche escribió largas cartas a su padre, a la señorita Parker (incluyéndole otra para Jessie Kovats), a Edward Winchester, y por último, aunque su nombre no estaba en la lista, a miss Tredgold. Al día siguiente se confesó con el padre O'Reilly, a primera hora de la mañana. Una vez en la escuela, Florentina ayudó a la secretaria electa a redactar las primeras actas y le enseñó los sistemas que ella misma había inventado para facilitar las tareas. Felicitó al nuevo presidente y se ofreció a ayudarle, lo mismo que al comité, siempre que hiciera falta. Pasó la semana siguiente contestando a todas las consultas que le hicieron los nuevos miembros del comité, pero sin tomar nunca la iniciativa en sus consejos. Pocos días más tarde, Edward se encontró con ella en un pasillo y le dijo que el Comité había aprobado que se le mantuviesen a Florentina todos los privilegios. Miss Tredgold le aconsejó que aceptase la oferta por cortesía, pero que no la aprovechase en ningún momento. Florentina guardó todas sus blusas de Nueva York en el cajón inferior de su armario y no volvió a ponérselas.

Pocos días más tarde, la directora la llamó a su despacho. Florentina temía que iba a tardar bastante en recuperar el aprecio de aquélla, por más cosas que hiciera. Cuando entró en el despacho, aquella mujer diminuta e impecablemente vestida la recibió con una sonrisa amistosa y la invitó a sentarse a su lado en un cómodo sofá.

—Estará usted muy decepcionada por el resultado de las elecciones.

—Sí, señorita Allen —dijo Florentina, en la seguridad de que iba a escuchar una filípica.

—Por lo visto, ha aprendido usted mucho de esa experiencia, y supongo que deseará resarcirse.

—Demasiado tarde, señorita Allen. Al final de este curso dejo la escuela, así que ya no podré ser presidenta.

—Cierto, cierto. En consecuencia, hemos de buscar otras cumbres que escalar. Este año me jubilo, después de veinticinco años como directora, y confieso que casi no me ha quedado nada por conseguir. Los chicos y chicas del

Latin tienen un excelente palmarés de ingreso en Harvard, Yale, Redcliffe y Smith; siempre hemos sido la mejor escuela de Illinois, a la altura de cualquiera de las del Este. Sin embargo, hay un éxito que siempre se me ha escapado.

—¿Cuál, señorita Allen?

—Los chicos han ganado todas las becas importantes en cada una de las prestigiosas universidades de la Ivy League al menos una vez, y tres veces en Princeton, pero hace un cuarto de siglo que las chicas no obtienen una de las más famosas. Se trata de la beca James Adams Woolson para estudios de Humanidades en Radcliffe. Me gustaría que se presentase usted para esa beca; si la ganase, me consideraría plenamente satisfecha en mi labor.

—Me gustaría intentarlo —dijo Florentina—, pero mis últimas notas...

—Es verdad —replicó la directora—. Pero como dijo una vez la señora Churchill, cuando Winston salió sorprendentemente derrotado en unas elecciones, «esto podría ser, a fin de cuentas, una bendición disfrazada».

—«Disfrazada de alguna manera».

Ambas sonrieron.

Aquella noche Florentina estudió los formularios de instancia para la beca James Adams Woolson. Podía aspirar a ella cualquier joven estadounidense que hubiese cumplido entre dieciséis y dieciocho años antes del primero de julio. Se pedían tres ejercicios, uno de latín, otro de griego y otro de temas de actualidad.

Durante las semanas siguientes, Florentina y miss Tredgold hablaron exclusivamente en latín y griego antes de los desayunos, y todos los fines de semana la señorita Allen le señalaba tres temas, que debía presentar contestados el lunes por la mañana. A medida que se acercaba el día de los exámenes, Florentina se dio cuenta de que dependían de ella las esperanzas de toda la escuela. Pasó noches en vela con Cicerón, Virgilio, Platón y Aristóteles, y todas las mañanas, después del desayuno, escribía dos folios sobre temas tan diversos como la Vigesimosegunda Enmienda, o la trascendencia del dominio ejercido por el presidente Truman sobre el Congreso durante la guerra de Corea, o incluso sobre las consecuencias de la extensión de la red de televisión a escala nacional.

Al término de cada jornada, miss Tredgold revisaba el trabajo de Florentina, y añadía notas y comentarios antes de caer rendidas en sus camas, para levantarse la mañana siguiente a las seis y media y estudiar los trabajos presentados en otros exámenes anteriores para aquella beca. Lejos de ganar en seguridad, Florentina le confió a miss Tredgold que cada día estaba más nerviosa.

Los exámenes para las aspirantes a becarias estaban fijados en Radcliffe para comienzos de marzo; la víspera del día fatal, Florentina abrió el cajón inferior del armario y sacó su blusa favorita. Miss Tredgold la acompañó a la estación, y las últimas palabras que hablaron fueron en griego. La institutriz dijo:

—No dediques la mayor parte del tiempo a la pregunta más fácil.

Cuando llegaron al andén, Florentina sintió un brazo que le rodeaba la cintura, y surgió ante sus ojos una rosa.

—¡Edward, chiflado!

—Qué manera de hablarle al presidente del Comité de estudiantes. No te molestes en volver si no ganas la beca Woolson —dijo, y le dio un beso en la mejilla.

Ninguno de los dos reparó en la sonrisa de miss Tredgold.

Florentina buscó un vagón desierto. Pocas impresiones le quedaron del viaje, pues apenas alzó los ojos de su ejemplar de la *Orestíada.*

Cuando llegó a Boston se encontró con que había acudido a recibirla una furgoneta Ford «Woody» que llevaba a otras cuantas chicas, que por lo visto habían llegado en el mismo tren que ella al recinto de Radcliffe. Durante el viaje, los esporádicos intentos de conversación educada puntuaron largos silencios llenos de tensión. Florentina se sintió aliviada cuando descubrió que la habían alojado en una residencia de Garden Street número 55, con una habitación para ella sola. Confió en poder ocultar lo nerviosa que estaba.

A las seis todas las chicas se reunieron en Longfellow Hall, donde la directora de estudios, señora Wilma Kirby-Miller, explicó los detalles del examen.

—Mañana, señoritas, entre las nueve y las doce, escribirán ustedes el ejercicio de latín, y por la tarde, entre las tres y las seis, el de griego. Pasado mañana completarán el examen con un tema general. Sería absurdo desearles éxito, puesto que no pueden ganar todas la beca Woolson, así que me limitaré a expresar la esperanza de que, cuando hayan concluido los tres ejercicios, cada una de ustedes quede con la sensación de no poder haberlo hecho mejor.

Florentina regresó a su habitación de Garden Street consciente de lo poco que sabía, y sintiéndose muy sola. Salió a la planta baja y llamó a su madre y a miss Tredgold. La madrugada siguiente despertó a las tres y leyó algunas páginas de la *Política* de Aristóteles, pero su memoria no retenía nada. Bajó a las siete y dio varias vueltas alrededor de Radcliffe Yard antes de dirigirse a Agassiz House para desayunar. Halló dos telegramas para ella, uno de su padre, en el que le deseaba buena suerte y la invitaba a acompañarle en un viaje por Europa durante las vacaciones de verano, y el segundo de miss Tredgold, que decía tan sólo: «A lo único que hemos de temer es al miedo mismo».

Después de desayunar dio otra vuelta al claustro, en compañía de otras muchachas silenciosas, antes de ocupar su lugar en Longfellow Hall. Doscientas cuarenta y tres jóvenes aguardaron a que el reloj diese nueve campanadas, que fue cuando los bedeles les permitieron abrir los pequeños sobres de color pardo que cada una tenía ante sí, sobre el pupitre. Florentina leyó rápidamente el cuestionario de latín, y luego lo releyó despacio para elegir las preguntas para las que se consideraba mejor preparada. A las doce sonó de nuevo el reloj y les fueron recogidos los ejercicios. Regresó a su habitación y leyó griego durante dos horas, reduciéndose a una sola tableta de Hershey para almorzar. Durante la tarde, eligió tres preguntas de griego, y a las seis todavía estaba enmendando sus respuestas cuando le retiraron la hoja. Volvió agotada a su pequeña habitación en Garden Street, se dejó caer sobre la estrecha cama y no se movió hasta la hora de cenar. Durante la colación escuchó idénticas conversaciones con diferentes acentos, desde el de Philadelphia hasta el de Houston, y desde el de Detroit hasta el de Atlanta; era reconfortante observar que todas estaban tan nerviosas como ella en cuanto al resultado de los exámenes. Florentina sabía que se ofrecería una plaza en Radcliffe a casi todas las admitidas a los ejercicios, y que se concedían hasta veintidós becas en total; pero sólo una de ellas podía ganar la beca James Adams Woolson.

El segundo día rompió el sobre pardo que contenía el tema general, temiendo lo peor, pero experimentó un poco de alivio al leer: «¿Qué cambios cree que se habrían producido en Norteamérica si hubiese sido aprobada la Vigesimosegunda Enmienda antes de la presidencia de Roosevelt?». Empezó a escribir con frenesí.

Cuando Florentina regresó a Chicago, halló a miss Tredgold esperándola en el andén.

—No te preguntaré si crees que has obtenido la beca, querida, sino si lo hiciste tan bien como esperabas.

—Sí —dijo Florentina después de pensarlo un poco—. Si no gano una beca, será porque no soy lo bastante buena.

—No se puede exigir más, niña, ni yo voy a hacerlo tampoco. De modo que ha llegado el momento de anunciarte que regreso a Inglaterra en julio.

—¿Cómo? —exclamó Florentina, atónita.

—¿Qué más puedo hacer por ti, ahora que te vas a la universidad? Me han ofrecido la dirección del departamento de humanidades en un colegio femenino de West Country, a partir del próximo mes de septiembre, y he aceptado.

—«No podrías dejarme si supieras cuánto te amo».

Miss Tredgold sonrió al escuchar la cita, y citó a su vez la continuación:

—«Por lo mismo que te amo debo dejarte ahora, Perdano».

Florentina buscó su mano, y miss Tredgold sonrió a aquella hermosa joven que ya hacía volver la cabeza a los hombres.

Las tres semanas finales del curso no fueron fáciles para Florentina, pues estaba pendiente de los resultados del examen. Intentó convencer a Edward de que al menos él tenía la seguridad de obtener una plaza en Harvard.

—Tienen más campos de deportes que aulas para las clases —se burló—, conque no puedes fallar.

Podía, y ella lo sabía; por eso, a medida que pasaban los días, las esperanzas de ambos se convertían en temores. Le habían dicho a Florentina que los resultados del examen iban a saberse el 14 de abril. La mañana de dicho día, la directora llamó a Florentina a su despacho y la hizo tomar asiento en un rincón mientras ella llamaba a la secretaría de Radcliffe. Comunicaba; evidentemente estaba recibiendo muchas consultas. Por fin, la señorita Allen consiguió línea.

—¿Tendría la amabilidad de decirme si la alumna Florentina Rosnovski ha conseguido una beca? —preguntó la directora.

Hubo una larga pausa.

—¿Me quiere deletrear el apellido?

—R-O-S-N-O-V-S-K-I.

Otra pausa. Florentina apretó con fuerza los puños. Luego llegó, claramente audible para ambas, la voz de la secretaria:

—No, siento decirle que el nombre de la señorita Rosnovski no figura en la relación de becarias. Pero un setenta por ciento de las admitidas a la prueba tienen plaza en Radcliffe; dentro de pocos días nos pondremos en comunicación con ustedes.

Ni la señorita Allen ni Florentina pudieron disimular su decepción. Cuando la segunda salió del despacho se encontró con Edward, que la esperaba. Él la rodeó con los brazos y dijo casi a voces:

—He ingresado en Harvard. ¿Y tú? ¿Has ganado la Woolson?

Al leer la contestación en el rostro de Florencia exclamó:

—Lo siento. ¡Qué torpe he sido! —y la abrazó de nuevo, hasta que fluyeron las lágrimas. Hubo risitas de algunas chicas más jóvenes que pasaban. Edward la acompañó a su casa, donde cenaron en silencio ella, su madre y miss Tredgold.

Dos semanas más tarde, el Día de los Padres, la señorita Allen hizo entrega del premio de humanidades de la escuela a Florentina, pero no sirvió de consuelo. Su madre y miss Tredgold aplaudieron por educación. Su padre no había ido a Chicago por haberle dicho Florentina que no lo hiciera, puesto que no había nada que celebrar.

Después de la presentación, la señorita Allen golpeó sobre el atril y empezó con su voz nítida y resonante:

—En todos mis años en Girls Latin no ha sido ningún secreto mi deseo de que alguna alumna obtuviese la beca James Adams Woolson para estudiar humanidades en Radcliffe —Florentina bajó los ojos, contemplando el estrado de madera a sus pies; la señorita Allen continuó—: Este año estaba convencida de que teníamos a nuestra alumna más brillante en veinticinco años, y de que mi sueño iba a realizarse. Hace algunas semanas, llamé por teléfono a Radcliffe y me enteré de que nuestra candidata no había ganado ninguna beca. Sin embargo, hoy acabo de recibir un telegrama que, a pesar de todo, valdría la pena leer ante ustedes.

Florentina se removió en su asiento, temerosa de que su padre hubiese remitido algún inoportuno telegrama de felicitación.

La señorita Allen se caló las gafas de leer:

—«La alumna Florentina Rosnovski no figura en la relación general de becarias por cuanto tenemos satisfacción informarles es ganadora beca James Adams Woolson. Sírvanse cursar aceptación por telegrama» —estalló una ovación ensordecedora de los alumnos y sus padres. La señorita Allen alzó una mano para imponer silencio—: Después de estos veinticinco años debí recordar que la Woolson siempre se anuncia por separado y varias fechas más tarde. Atribuidlo a la chochez de la edad —hubo unas risas de deferencia, después de lo cual la señorita Allen continuó—: De los reunidos aquí, muchos creemos que Florentina se desenvolverá en la universidad y en sociedad de tal manera que no podrá sino prestigiar esta escuela; sólo me queda expresar el deseo de llegar a vivir lo suficiente para dar fe de ello.

Florentina se puso en pie, mirando a su madre, mientras le corrían grandes lágrimas por las mejillas.

Ninguno de los presentes se dio cuenta de que la dama sentada al lado de Zaphia, muy erguida, era la que más disfrutaba con el aplauso.

Abundaban por aquellos días las emociones tristes y alegres para Florentina, pero ninguna comparable a la despedida de miss Tredgold. Durante el viaje en tren de Chicago a Nueva York, Florentina intentó expresarle su cariño y su gratitud; luego le entregó un paquete.

—¿Qué es esto, niña? —preguntó miss Tredgold.

—Las cuatro mil acciones del consorcio Baron que hemos ganado durante los cuatro últimos años.

—Pero eso incluye las tuyas junto con las mías, querida.

—No —replicó Florentina—, ya que habría que sumarles el ahorro representado por la beca Woolson.

Miss Tredgold no contestó.

Una hora más tarde se encontraban en los muelles de Nueva York. La señorita Tredgold se disponía a embarcar, dejando que su pupila se enfrentase sola a la vida de adulta.

—Pensaré en ti de cuando en cuando, querida, y espero que mi padre tenga razón en cuanto a lo de las personas destinadas a un gran porvenir —dijo.

Florentina besó a miss Tredgold en ambas mejillas y se quedó mirando mientras la institutriz enfilaba la pasarela. Cuando llegó a cubierta miss Tredgold se volvió, agitó una vez más su mano enguantada y llamó a un mozo, que tomó sus maletas y siguió a aquella dama de severo aspecto hacia los camarotes del pasaje. No se volvió para mirar a Florentina, que permanecía como una estatua en el muelle, conteniendo las lágrimas porque sabía que miss Tredgold hubiese desaprobado tal manifestación.

Cuando miss Tredgold llegó a su camarote, dio cincuenta centavos de propina al mozo y cerró la puerta con llave.

Winifred Tredgold se sentó al borde de la litera y lloró inconteniblemente.

10

Florentina no se había sentido tan insegura desde su primer día de clase en la escuela Girls Latin. Cuando regresó de sus vacaciones en Europa con su padre, la esperaba un grueso sobre de papel manila procedente de Radcliffe. Contenía todos los detalles de dónde y a quién presentarse, cómo vestir, los horarios de las clases y el «libro rojo» que explicaba el reglamento de Radcliffe. Florentina se sentó en la cama y estudió la información página por página, hasta que llegó al artículo 11a: «Cuando invite usted a un conocido a tomar el té en su habitación, la puerta deberá permanecer siempre entreabierta y los cuatro pies permanecerán en todo momento en contacto con el suelo». Florentina soltó la carcajada ante la idea de que la primera vez que hiciera el amor tuviera que ser de pie, detrás de una puerta entreabierta y con una taza de té en la mano.

A medida que se aproximaba la fecha de abandonar Chicago, empezó a darse cuenta de lo mucho que se había apoyado siempre en miss Tredgold. Llenó tres maletas grandes, incluyendo todas las ropas nuevas que había comprado durante su gira por Europa. Su madre, muy elegante con su nuevo vestido Chanel, llevó a Florentina en coche hasta la estación. Cuando subió al tren se dio cuenta, de pronto, de que era la primera vez que emprendía un viaje, corto o largo, sin que nadie fuese a recibirla en el punto de destino.

Cuando llegó a Boston, la región de Nueva Inglaterra estaba bañada en un hermoso contraste otoñal de verde y pardo. Un viejo autobús escolar amarillo esperaba para transportar estudiantes al campus. Mientras el vetusto vehículo cruzaba el río Charles, Florentina se volvió para contemplar a través de la ventanilla posterior la cúpula del capitolio estatal, dorada por el sol. Surcaban el agua algunos veleros, y ocho estudiantes entusiastas tiraban de los remos a través de los remolinos mientras un hombre mayor iba en bicicleta por la orilla, gritando órdenes por un megáfono. Cuando el autobús se detuvo finalmente en Radcliffe, una mujer de mediana edad y atuendo académico se llevó a las novicias hacia Longfellow Hall, lugar ya conocido de Florentina por haber pasado allí el examen de la beca Woolson. Luego les explicaron en cuáles de los colegios mayores residirían durante su primer curso, y les asignaron habitaciones. A Florentina le correspondió la número siete en Whitman Hall. Un estudiante de segundo año la ayudó a llevar sus maletas hasta el Whitman, y luego se despidió mientras ella deshacía el equipaje.

La habitación olía como si los pintores hubieran salido de ella un día antes. Era evidente que debía compartirla con otras dos chicas, pues había tres camas, tres cómodas, tres escritorios, tres sillas de escritorio, tres lámparas de escritorio, tres almohadas, tres mantas y tres juegos de sábanas, según el inventario colgado a la izquierda de la puerta, por dentro. Al no ver rastro de sus compañeras, eligió la cama más próxima a la ventana y se puso a vaciar las maletas. Estaba a punto de despachar la última cuando se abrió de golpe la puerta del cuarto y aterrizó en el mismo un gran baúl.

—Hola —dijo una voz que le pareció a Florentina más la de una bocina de barco que la de una recién ingresada en Radcliffe—. Me llamo Bella Hellaman y soy de San Francisco.

Bella estrechó la mano de Florentina, quien lamentó inmediatamente habérsela tendido, mientras alzaba los ojos con una sonrisa hacia aquella giganta de casi dos metros y que debía pesar alrededor de los cien kilos. Bella parecía un contrabajo y sonaba como un trombón. Empezó a tomar medidas a la habitación.

—Sabía que no iban a tener una cama lo bastante grande para mí —fue lo siguiente que dijo—. Ya me previno mi directora de que debí matricularme en un colegio para hombres.

Florentina se echó a reír.

—No te reirás tanto cuando te tenga despierta toda la noche. Me muevo tanto y doy tantas vueltas, que creerás estar en la cubierta de un barco —advirtió Bella al tiempo que abría la ventana situada sobre la cama de Florentina para dejar entrar el frío aire de Boston—. ¿A qué hora sirven la cena en este lugar? No he tomado una comida decente desde que salí de California.

—No tengo ni idea, pero viene todo en el libro rojo —dijo Florentina, y tomó el suyo que estaba junto a la cama. Empezó a pasar páginas hasta que leyó «Comidas, horario de»—: Cenas, de seis y media a siete y media.

—Entonces, al toque de las seis y media estaré en la puerta del comedor, lista para el disparo inicial. ¿Has averiguado dónde está el gimnasio?

—La verdad, no —sonrió Florentina—. No estaba en los primeros lugares de mi lista de urgencias para el primer día.

Llamaron a la puerta, y Bella gritó:

—Entra.

Más tarde Florentina se enteró de que no había sido un grito, sino su tono de voz normal. Entró en el cuarto una rubia de porcelana de Dresden, vestida con un elegante traje azul marino y con un peinado perfecto en el que no desentonaba ni un solo cabello. Al sonreír descubrió una hilera de dientes pequeños y perfectos. Bella le devolvió la sonrisa como si hubieran acabado de servir la cena.

—Me llamo Wendy Brinklow. Creo que me toca compartir la habitación con vosotras.

Florentina quiso ponerla en guardia contra el apretón de manos de Bella, pero ya era demasiado tarde. Observó la mueca de Wendy.

—Te ha tocado dormir aquí —dijo Bella, señalando la cama restante—. ¿Por casualidad no sabrías dónde está el gimnasio?

—¿Para qué se necesita un gimnasio en Radcliffe? —preguntó Wendy mientras Bella la ayudaba a entrar sus maletas.

Bella y Wendy empezaron a vaciar equipajes, y Florentina se puso a revolver sus libros mientras procuraba disimular su fascinación ante las cosas que salían de las maletas de Bella. En primer lugar aparecieron unas defensas de pierna, una defensa de pecho, dos pares de abrazaderas y una máscara que Florentina intentó probarse; luego dos palos de hockey, y por último un par de guantes.

Wendy tenía toda su ropa arreglada en pequeñas pilas, y éstas ordenadamente guardadas en su cómoda, mientras Bella todavía no había decidido dónde guardar los palos de hockey. Acabó por arrojarlos debajo de la cama.

Cuando terminaron de deshacer los equipajes, las tres jóvenes se encaminaron al comedor para la cena. La primera en llegar a la cola del autoservicio fue Bella, quien llenó su plato de carne y verduras tan colmado que hubo de sostenerlo en equilibrio sobre la palma de la mano. Florentina se sirvió lo que le pareció una cantidad normal, y Wendy no pasó de un par de cucharadas de ensaladilla. Florentina pensaba que empezaban a parecerse a los tres osos de Goldilock.

Dos de ellas pasaron luego la noche de insomnio que Bella les había prometido, y aún hubieron de pasar varias semanas antes de que Florentina o Wendy consiguieran dormir ocho horas seguidas. Años más tarde, Florentina descubrió que era capaz de conciliar el sueño en cualquier lugar, aunque fuese el restaurante de un aeropuerto atiborrado de público, y lo atribuyó a su primer curso universitario pasado en compañía de Bella.

Bella fue la primera alumna novata que consiguió plaza en el equipo oficial de Radcliffe, donde jugaba como portero, y pasó un año feliz aterrorizando a quienquiera que se acercase a su zona con el propósito de marcar. Siempre estrechaba la mano de las pocas que lo conseguían. Wendy pasaba buena parte de su tiempo perseguida por los hombres que visitaban el campus, y dejándose atrapar de vez en cuando. Por otra parte, dedicaba más tiempo a leer el Informe Kinsey que los apuntes de sus clases.

—Querida, es una obra de investigación seria, escrita por un destacado profesor —decía, abriendo unos ojos como platos.

—La primera obra de investigación seria de la que se haya vendido más de un millón de ejemplares —comentó Bella, tras lo cual recogió sus palos de hockey y salió.

Wendy, sentada frente al único espejo existente en la habitación, empezó a repasar el maquillaje de sus labios.

—¿De quién se trata esta vez? —preguntó Florentina.

—De nadie en particular —replicó ella—. Pero Darmouth ha enviado su equipo de tenis para enfrentarse con Harvard, y no se me ocurre manera más agradable de pasar la tarde. ¿Te vienes conmigo?

—No, gracias, pero me gustaría descubrir el secreto de

cómo los encuentras —dijo Florentina mientras juzgaba su propio aspecto en el espejo—. Hace tanto tiempo que no me solicita nadie, excepto Edward, que casi no me acuerdo.

—No hace falta buscar mucho —dijo Wendy—. A lo mejor es que los intimidas.

—¿Cómo? —preguntó Florentina, volviéndose hacia ella.

Wendy guardó el lápiz labial y tomó el peine.

—Eres demasiado brillante e inteligente, y eso se nota. Pocos hombres pueden soportarlo. Les da miedo, y eso es perjudicial para su ego.

Florentina se echó a reír.

—Lo digo en serio. ¿Cuántos hombres se habrían atrevido a abordar a tu querida miss Tredgold, y no hablemos de hacerle una proposición?

—Así pues, ¿qué me aconsejas que haga? —preguntó Florentina.

—Eres bastante guapa, y no conozco a nadie que sepa lucir mejor la ropa, así que hazte la tonta y dedícate a halagar el ego masculino; entonces ellos se sienten obligados a cuidar de ti. Nunca falla.

—Pero, ¿cómo les quitas la idea de que tienen derecho a meterse contigo en la cama después de invitarte a una hamburguesa?

—¡Ah! Generalmente procuro que sean dos o tres cenas, antes de dejarles intentar nada. Y de vez en cuando digo que sí.

—Todo eso está muy bien, pero ¿cómo te las arreglaste la primera vez?

—Sabe Dios —dijo Wendy—. Mi memoria no llega tan lejos.

Florentina rió de nuevo.

—Si vienes conmigo al tenis, esta tarde, a lo mejor tienes suerte. Al fin y al cabo, quedan otros cinco hombres de Dartmouth, por no mencionar a los seis de Harvard.

—No; no puedo —dijo Florentina sintiéndolo de veras—. He de tener terminado un trabajo sobre Edipo a las seis en punto.

—Todo el mundo sabe cómo acabó ése —comentó Wendy sonriendo con malicia.

Pese a sus diferentes aficiones, las tres chicas se hicieron inseparables. Florentina y Wendy pasaban todas las tardes de los sábados asistiendo a los partidos de hockey de Bella. Wendy aprendió incluso a chillar «¡Mátalas!» desde las gradas, aunque no sonaba muy convincente. Fue un primer curso muy agitado, y Florentina disfrutaba narrándole a su padre las anécdotas de Radcliffe, Bella y Wendy.

Estudiaba mucho, ya que su tutora la señorita Rose se había apresurado a subrayar que la beca Woolson se revalidaba cada año, y que no sería bueno para el prestigio de ninguna de las dos el perderla. Al final del curso sus calificaciones fueron más que satisfactorias; además había encontrado tiempo para ingresar en la Sociedad de Debates y para representar a las alumnas del primer curso en el Radcliffe Democratic Club. Pero, a su modo de ver, su hazaña más gloriosa fue la derrota infligida a Bella en los terrenos del golf Fresh Pond, nada menos que por siete golpes de ventaja.

Durante las vacaciones de verano de 1952, Florentina sólo pudo pasar dos semanas en Nueva York con su padre, pues había solicitado ser azafata en la convención de Chicago.

Tan pronto como regresó a casa de su madre, en Chicago, Florentina se lanzó de nuevo a la política. La convención del partido republicano se había celebrado en esa ciudad dos semanas antes, y el Grande y Viejo Partido había formado candidatura con Dwight D. Eisenhower y Richard Nixon. Florentina no veía quién pudiera ser el elegido de los demócratas para enfrentarse a Eisenhower, el mayor héroe nacional desde los tiempos de Teddy Roosevelt. Todo el mundo llevaba los emblemas de «I like Ike».

El 21 de julio, cuando se inauguró la convención demócrata, Florentina quedó encargada de conducir hasta sus asientos en el estrado a las personalidades importantes. Durante aquellos cuatro días aprendió dos cosas de valor. La primera fue la importancia de las relaciones y, la segunda, la vanidad de los políticos. En dos ocasiones, durante aquellos días, había confundido los asientos de unos senadores, quienes no habrían armado más jaleo si se les hubiera conducido a la silla eléctrica. El momento más feliz de la semana ocurrió cuando un joven y bien parecido congresista por Massachusetts le preguntó en qué colegio estaba.

—Cuando yo estaba en Harvard solía pasar demasiado

tiempo de visita en Radcliffe —comentó—. Según me cuentan, ahora la cosa funciona al revés.

Florentina quiso replicar algo brillante y divertido que él pudiese recordar más tarde, pero no se le ocurrió nada, y habrían de pasar muchos años antes de volver a encontrarse con John Kennedy.

El gran momento de la convención fue cuando los delegados eligieron a Adlai Stevenson como portaestandarte del partido. Ella le había admirado mucho cuando era gobernador de Illinois, pero no creía que un tipo tan intelectual pudiese derrotar a Eisenhower en unas elecciones. Pese a los gritos, las ovaciones y los cánticos de «Los Días Felices han vuelto», otros muchos de los presentes parecían no creerlo tampoco.

Una vez terminada la convención, Florentina regresó al cuartel general de Henry Osborne, para ayudarle a defender su escaño en el Congreso. Esta vez quedó encargada de las consultas por teléfono, pero tal responsabilidad no le proporcionó muchas satisfacciones, pues hacía tiempo se había enterado de que el congresista no gozaba de la consideración de sus partidarios, y menos aún de la de sus representados. Su notoria afición a la bebida y su segundo divorcio le perjudicaban mucho entre el electorado de clase media de su distrito.

Florentina le halló excesivamente despreocupado y de labia fácil, pero poco sincera en cuanto a la confianza depositada en él por sus votantes, y empezó a entender por qué el público tenía tan poca fe en sus representantes electos. Dicha fe recibió otro golpe cuando el compañero de candidatura de Eisenhower y aspirante a la vicepresidencia, Richard Nixon, se dirigió a la nación el 23 de septiembre para tratar de quitar importancia a un fondo de reptiles de dieciocho mil dólares, que según sus explicaciones había establecido a su favor un grupo de millonarios amigos suyos «para gastos políticos necesarios» y «para desenmascarar comunistas».

El día de las elecciones, Florentina y sus compañeros no andaban muy entusiastas con sus dos candidatos, estado de ánimo que tuvo su eco en la votación. Eisenhower ganó por el plebiscito más numeroso de la historia norteamericana: 33.936.234 votos frente a 27.314.992. Entre las víctimas de tal cataclismo figuró el congresista Osborne.

Desencantada de la política, Florentina regresó a Radcliffe para cursar su segundo año, y dedicó todas sus energías al estudio. Bella había sido elegida capitana del equipo de hockey, la primera estudiante de segundo en recibir tal honor. Wendy aseguraba estar enamorada de un tenista de Dartmouth llamado Roger, y dada su confianza en el criterio de Florentina en materia de modas, empezó a estudiar los vestidos de novia de *Vogue*. Aunque ahora todas tenían habitaciones individuales en Whitman, las tres muchachas seguían viéndose con regularidad. Florentina nunca faltaba a un partido de hockey, lloviese o nevase —ambos meteoros muy frecuentes en Cambridge—, y Wendy le presentó a varios hombres, sin que ninguno de ellos le pareciese a Florentina digno de una tercera o una cuarta cena.

A mediados de la primavera, Florentina retornó un día a su habitación y halló a Wendy sentada en el suelo y llena de lágrimas.

—¿Qué pasa? —preguntó Florentina—. ¿Te han suspendido los parciales?

—No. Es mucho peor que eso.

—¿Qué cosa podría ser peor?

—Estoy embarazada.

—¿Qué? —se asombró Florentina, arrodillándose y rodeándola con un brazo—. ¿Cómo puedes estar tan segura?

—Porque ya llevo dos faltas.

—Eso no es suficiente; pero aunque ocurriese lo peor de lo peor, ya sabes que Roger quiere casarse contigo.

—Quizá no sea él el padre.

—¡Dios mío! —exclamó Florentina—. Pues ¿quién es?

—Tiene que haber sido Bob, me parece. El futbolista de Princeton, ¿recuerdas que te lo presenté?

Florentina no lo recordaba. Habían sido bastantes durante aquel curso, y no estaba segura de lo que se debía hacer, puesto que Wendy ni siquiera podía asegurar quién fuese el padre. Las tres amigas permanecieron reunidas hasta la madrugada; Bella demostró una delicadeza y una comprensión de las que Florentina no la hubiese creído capaz. Se decidió que si faltaba también el tercer período de Wendy, ésta tendría que visitar al doctor MacLeod, el ginecólogo de la universidad.

El tercer período de Wendy tampoco se presentó, y la interesada se encaminó a la consulta del doctor MacLeod en Brattle Street acompañada por Bella y Florentina. El médico puso el embarazo en conocimiento de la encargada de curso de Wendy aquella misma tarde, lo cual dio lugar a una decisión que no sorprendió a nadie. El padre de Wendy llegó al día siguiente y agradeció a las dos amigas cuanto habían hecho por su hija, antes de llevársela a Nashville. Florentina se sintió muy desvalida y se preguntó si no debía haber hecho más.

Al término del segundo año Florentina empezó a confiar en que podía obtener la preciada insignia Phi Beta Kappa. Estaba perdiendo el interés hacia la política universitaria; la combinación de McCarthy y Nixon no resultaba muy estimulante, y su desencanto aumentó, además, debido a un incidente ocurrido hacia al final de las vacaciones de verano.

Florentina había vuelto a trabajar con su padre en Nueva York. El incidente con Jessie Kovats le había servido de lección, y Abel recibió bien la oportunidad de ponerla al frente de varias tiendas, durante las vacaciones de los encargados habituales.

Un día, durante el descanso del almuerzo, intentó dar esquinazo a un hombre de edad madura, bien trajeado, que pasaba por el vestíbulo del hotel. Pero él la vio y exclamó:

—¡Eh, Florentina!

—Hola, Henry —contestó con escaso entusiasmo.

Él se acercó y la tomó por ambos brazos antes de plantarle un beso en la mejilla.

—Hoy es tu día de suerte, querida —dijo.

—¿Por qué? —preguntó Florentina, sinceramente sorprendida.

—Tenía una cita esta noche, pero me han plantado, y voy a ofrecerte la oportunidad de reemplazarla.

Vete a paseo, le hubiera gustado replicar, pero Henry Osborne era uno de los directores del consorcio Baron, por lo que se disponía a formular una excusa apropiada, cuando él agregó:

—Tengo entradas para *Can Can.*

Desde su llegada a Nueva York, Florentina había tratado conseguir entradas para el último éxito de Broadway, pero le dijeron que estaban vendidas con ocho semanas de anticipación. Para entonces, ella tenía que estar de vuelta en Radcliffe. Titubeó un momento y luego dijo:

—Gracias, Henry.

Quedaron citados en Sardi's, donde tomaron una copa antes de cruzar hacia el Shubert Theatre. El espectáculo estuvo a la altura de las esperanzas de Florentina, quien comprendió que habría sido grosero no aceptar la invitación de ir a cenar después, formulada por Henry. La llevó al Rainbow Room, y allí fue donde empezaron las dificultades. Para cuando sirvieron el primer plato, él ya llevaba tres dobles de «scotch» y, si bien no era el primero que le ponía la mano en la rodilla a Florentina, sí era el primero entre los amigos de su padre en hacer tal cosa. Cuando concluyó la cena, Henry había bebido tanto que apenas articulaba con claridad.

En el taxi de regreso al Baron, él aplastó su cigarrillo e intentó besarla. Ella se refugió en un rincón, pero eso no le hizo desistir. Florentina no sabía cómo tratar a un borracho, ni tenía idea, hasta aquel momento, de lo pesados que podían llegar a ponerse. Cuando llegaron al Baron él insistió en acompañarla, y ella no supo cómo oponerse a sus asiduidades, temiendo que un altercado en público pudiera perjudicar a su padre. Una vez en el ascensor privado, él intentó besarla otra vez, y cuando llegaron a la pequeña habitación de Florentina en el piso cuarenta y uno, Henry entró a la fuerza tan pronto como ella abrió. Enseguida se dirigió al pequeño bar y se sirvió una buena ración de whisky. Florentina recordó, contrariada, que su padre estaba en Francia y que George se habría ido a su casa hacía horas. No estaba segura de cómo debía proceder.

—¿No cree usted que debería marcharse ya, Henry?

—¿Cómo? —preguntó Henry con su lengua estropajosa—. ¿Antes de que haya empezado la diversión? —se acercó a ella arrastrando los pies—. Una chica ha de demostrar lo agradecida que está cuando un fulano la lleva al mejor espectáculo de la ciudad y la invita a una cena de primera.

—Estoy agradecida, Henry, pero también estoy cansada y me gustaría irme a la cama.

—Justo lo que yo estaba pensando.

Florentina sintió casi náuseas cuando se abalanzó sobre ella y le pasó las manos por la espalda, hasta detenerse en las caderas.

—Henry, será mejor que se vaya antes de hacer algo de lo que pueda arrepentirse —dijo Florentina, dándose cuenta de que sus palabras sonaban un poco ridículas.

—No voy a arrepentirme de nada —dijo él, mientras intentaba bajarle la cremallera de la espalda—. Ni tú tampoco.

Florentina intentó quitárselo de encima de un empujón,

pero él era demasiado fuerte, por lo que empezó a golpearle con los puños en ambos brazos.

—No seas tan porfiada, cariño —jadeó él—. Sé que lo estás deseando en realidad, y voy a enseñarte una o dos cosas que esos estudiantes no saben.

Las rodillas de Florentina cedieron y cayó sobre la alfombra. Henry cayó sobre ella derribando la mesita del teléfono.

—Eso está mejor —dijo él—. Me gusta un poco de genio.

La aprisionó de nuevo, sujetándole ambos brazos sobre la cabeza con una mano, mientras la otra resbalaba muslo arriba. Haciendo acopio de todas sus fuerzas, ella liberó un brazo y abofeteó a Henry, pero mientras tanto él la sujetó tirándole de los cabellos y empezó a levantarle la falda del vestido. Ésta se desgarró, y Henry gruñó con risa de beodo, al tiempo que agrandaba la rotura:

—Habría sido más fácil ...si hubieras empezado... por quitarte esos trapos.

Florentina, indefensa, miró hacia atrás y vio un pesado jarrón de vidrio, con las rosas desparramadas, que había estado sobre la mesita del teléfono. Rodeó a Henry con el brazo libre y empezó a besarle con pasión en la cara y el cuello.

—Eso está mejor —dijo él, soltándole el otro brazo.

Florentina alargó la mano con cautela hacia el jarrón. Cuando lo tuvo bien sujeto, dio un empujón y le descargó un golpe en la nuca con el recipiente. Su cabeza cayó inerte, y ella hubo de acudir a todas sus fuerzas para quitárselo de encima. Lo primero que pensó Florentina cuando vio el cuero cabelludo bañado en sangre fue que le había matado. En ese instante llamaron a la puerta con energía.

Sorprendida, Florentina quiso incorporarse, pero le fallaban las rodillas. La puerta fue golpeada con más fuerza que antes, pero ahora se dejaba oír una voz que sólo podía pertenecer a una persona. Florentina anduvo a tropezones hasta la puerta y al abrir vio que Bella ocupaba todo el espacio bajo el dintel.

—Tienes un aspecto horrible.

—Porque me encuentro horriblemente mal —replicó Florentina mientras contemplaba su vestido de Balenciaga destrozado.

—¿Quién te ha hecho eso?

Florentina se hizo un paso atrás y señaló hacia el cuerpo inmóvil de Henry Osborne.

—Ahora veo por qué estaba desconectado tu teléfono —dijo Bella inclinándose sobre el yacente—. Lleva menos de lo que merecía, me parece.

—¿Está vivo? —preguntó Florentina con voz débil.

Bella se arrodilló para tomarle el pulso y replicó:

—Por desgracia, sí. Sólo tiene un corte en el cuero cabelludo. Si le hubiera pegado yo, no viviría para contarlo. De esta manera, mañana no llevará como castigo sino un buen chichón, lo cual no es bastante para un tipejo así. Creo que voy a tirarlo por la ventana —agregó al tiempo que levantaba a Henry y se lo cargaba al hombro como si fuese un saco de patatas.

—No, Bella. Estamos en el piso cuarenta y uno.

—No se enterará hasta después de bajar los primeros cuarenta —dijo Bella, echando a andar hacia la ventana

—No, no —exclamó Florentina.

Bella volvió sobre sus pasos, sonriendo.

—Por esta vez voy a ser generosa y voy a dejarlo en el montacargas. Que la dirección del hotel se las apañe como pueda con él.

Florentina no replicó mientras Bella cruzaba por delante de ella, siempre con Henry cargado al hombro. Pocos instantes más tarde, regresó triunfante, como si acabase de parar un golpe de castigo lanzado por el equipo de Vassar.

—Le he enviado al sótano —dijo, regocijada.

Florentina estaba sentada en el suelo y se tomaba un sorbo de Rémy Martin.

—¿Crees que alguna vez me solicitarán con romanticismo, Bella?

—No soy la persona indicada para esa pregunta. Nadie ha intentado violarme nunca, ni mucho menos pretenderme por lo romántico.

Florentina la abrazó riendo.

—Gracias a Dios, llegaste en el momento oportuno. ¿Por qué has venido?, y conste que no me quejo.

—Doña Eficiencia olvida que me alojo en el hotel esta noche porque tengo un partido en Nueva York mañana. Los Diablos contra los Ángeles.

—Pero si ésos son equipos de hombres.

—Eso es lo que ellos creen, y no me interrumpas. Cuando me presenté en recepción no encontraban la reserva a mi nombre, y el recepcionista dijo que el hotel estaba completo, de modo que pensé subir para quejarme a la dirección. Dame una almohada y me alegraré de poder dormir en la bañera.

Florentina sepultó la cara entre las manos.

—¿Por qué lloras?

—No lloro; me estoy riendo, Bella. Mereces una cama de tu tamaño y la tendrás.

Florentina recogió el teléfono del suelo y después de enchufar de nuevo la clavija descolgó.

—¿Diga, señorita Rosnovski?

—¿Está libre esta noche la suite presidencial?

—Sí, señorita.

—Sírvase registrarla a nombre de la señorita Bella Hellaman, y cárgueme a mí el importe. Dentro de un minuto ella bajará para firmar el registro.

—Desde luego, señorita. ¿Cómo reconoceré a la señorita Hellaman?

La mañana siguiente, Henry Osborne llamó para suplicarle a Florentina que no le contase a su padre lo ocurrido la noche anterior, atribuyéndolo todo a la bebida y añadiendo en tono lastimero que no podía permitirse perder su cargo en el consejo de administración. Mientras hablaba, Florentina se quedó mirando la mancha de sangre sobre la alfombra, y finalmente acabó por prometer, de mala gana, que no diría nada.

11

Cuando Abel regresó de París se escandalizó al enterarse de que habían encontrado a uno de sus directores borracho en un montacargas, y que había necesitado quince puntos de sutura en la cabeza.

—Ahora Henry dirá que tropezó con un calientaplatos —dijo Abel abriendo un archivo privado, del que sacó una carpeta sin rotular para añadirle una nueva nota.

—Sería más bien una calientabraguetas —se burló George.

Abel asintió.

—¿Piensas tomar alguna medida con Henry? —preguntó George.

—Por ahora no. Puede ser útil mientras tenga relaciones en Washington. En todo caso, estoy embarcado en obras en Londres y París, y veo que ahora el consejo de administración quiere que busque posibilidades en Amsterdam, Ginebra, Cannes y Edimburgo. Por no hablar de que Zaphia me amenaza con llevarme a juicio si no le aumento la pensión.

—Quizá lo más sencillo sería quitarle la pensión a Henry —sugirió George.

—De momento, no —repitió Abel—. Todavía tengo un motivo para precisar de él.

A George no se le ocurría cuál pudiera ser.

—Acabaremos con ellos —dijo Bella. Su decisión de desafiar al equipo de hockey sobre hielo de Harvard a un partido de hockey sobre hierba no fue una sorpresa para nadie, excepto para el equipo de Harvard, que rechazó la invitación en términos educados y sin comentarios. En seguida, Bella insertó un anuncio a media página en el *Crimson* de Harvard, que decía:

«Los machotes de Harvard se arrugan ante el desafío de Radcliffe.»

El inquieto editor de *Crimson*, que había visto el anuncio antes de darlo a imprenta, decidió entrevistar a Bella, con lo que ésta consiguió también la primera plana. Aparecía en ésta una foto de Bella con la máscara y las defensas, y blandiendo el «stick», con un titular que decía: «Es aún más terrible cuando se quita la máscara». Bella quedó encantada con la foto y con el titular.

Al cabo de la semana, Harvard ofreció enviar a Radcliffe su tercer equipo preuniversitario. Bella lo rechazó, exigiendo jugadores universitarios exclusivamente. Por último se llegó a un compromiso, y Harvard quedó en formar equipo con cuatro jugadores del titular, cuatro juveniles y tres del preuniversitario. Se eligió una fecha, y se hicieron los preparativos necesarios. Las estudiantes de Radcliffe empezaron a picarse con el desafío, y Bella se convirtió en un ídolo del campus.

—Más una figura que un ídolo —le explicaba a Florentina.

La táctica con que Bella planteó el partido fue descrita más tarde por el *Crimson* de Harvard como diabólica o poco menos. Cuando el equipo de Harvard llegó con su autobús, fue recibido por once amazonas que llevaban los palos de hockey al hombro. Los valientes jóvenes fueron conducidos inmediatamente a almorzar. Los miembros del equipo de Harvard normalmente no bebían jamás una gota de alcohol antes de un partido, pero como todas las chicas, sin excepción, pidieron cervezas, ellos se sintieron obligados a hacerles los honores. La mayoría de los hombres agotaron tres latas cada uno antes del almuerzo, y también gustaron del excelente vino que se sirvió con la comida. A ninguno de los hombres de Harvard se le ocurrió comentar la generosidad de Radcliffe, ni preguntar si estaban infringiendo alguna norma del reglamento. Los veintidós comensales pusieron punto final al ágape con una copa de champagne, para brindar por los éxitos de ambos colegios.

Luego los once hombres de Harvard fueron escoltados a su vestuario, donde les esperaba otra «magnum» de champaña. Las once alegres señoritas les dejaron solos para que se cambiasen. Cuando el capitán del equipo de Harvard condujo a los suyos al campo, fueron recibidos por una multitud de más de quinientas espectadoras, y por once fornidas jóvenes a quienes jamás habían visto antes. Las otras once señoritas, no del todo desconocidas para el capitán, estaban en las gradas luchando por mantenerse despiertas. Cuando llegaron al descanso Harvard perdía por tres a cero, y finalmente se consideraron afortunados por perder sólo siete a cero. Aunque el Crimson de Harvard dijera que Bella era una tramposa, el *Globe* de Boston la describió como una mujer emprendedora.

Inmediatamente, el capitán del equipo de Harvard desafió a Bella a un partido de revancha contra el equipo titular en pleno.

—Es exactamente lo que yo quería desde un principio —le explicó a Florentina.

Bella aceptó mediante un telegrama que sólo necesitó cruzar de un lado de Cambridge Common al otro, y decía escuetamente: ¿Nuestro campo o el vuestro?». Radcliffe tuvo que alquilar varios autocares para transportar a sus hinchas, cuyo número se vio engrosado por la decisión de Harvard de celebrar un baile por la tarde, después del partido. Florentina llevó a Bella y a otras tres jugadoras del equipo hasta el campo, cruzando el río, en su nuevo Oldsmobile modelo 1952, con el portaequipajes atiborrado de palos de hockey, defensas y calzado. Cuando llegaron no fueron recibidas por nadie del equipo de Harvard, hasta llegar al campo, donde las saludó una multitud de tres mil espectadores incluyendo al presidente Conant de Harvard y al presidente Jordan de Radcliffe.

Las tácticas de Bella bordearon de nuevo los límites de la ilegalidad: se vio claramente que las chicas tenían instrucciones de perseguir al contrario, y no tanto a la bola. Mediante golpes alevosos a las sensibles espinillas, consiguieron resistir contra Harvard hasta llegar al descanso sin que se inaugurase el marcador.

El equipo de Radcliffe estuvo a punto de marcar en el primer minuto de la segunda parte, lo cual las inspiró a tal punto que jugaron muy por encima de sus posibilidades. Empezaba a parecer que el partido podía concluir en un empate cuando el delantero centro, hombre de estatura sólo un poco inferior a la de Bella, consiguió desmarcarse y parecía en buena posición para puntuar. Había llegado al borde del área, cuando Bella salió como una fiera de su portería y lo dejó tumbado en el suelo tras cargarle con el hombro. Fue lo último que él supo del partido, pues pocos segundos más tarde se lo llevaban en camilla. Ambos árbitros habían pitado al mismo tiempo el golpe de castigo a favor de Harvard, cuando sólo faltaba un minuto para el final del partido. Eligieron al extremo izquierda para el lanzamiento. Éste, hombre delgado y como de un metro setenta de estatura, aguardó a que ambos equipos estuviesen alineados y, con seco golpe, envió la bola al interior derecha, que disparó directo a la defensa pectoral de Bella. Lo bola cayó a los pies de ésta, que la despejó de una patada hacia la derecha, quedando al alcance del menudo extremo izquierda. Bella cargó contra la frágil figura y las personas sensibles de entre el público se taparon los ojos, pero esta vez Bella se había encontrado con la horma de su zapato. El extremo izquierda hizo una rápida finta lateral, que dejó a la capitana de Radcliffe sentada en el suelo con las piernas abiertas, y tomándose todo su tiempo envió la bola al fondo de la red. Sonó el silbato poniendo fin al partido y Radcliffe perdió por uno a cero.

Fue la primera vez que Florentina veía llorar a Bella, pese a que el público, puesto en pie, la despidió con una gran ovación, cuando salieron del campo. Aunque derrotada, Bella iba a obtener dos compensaciones: ser nombrada para la selección nacional de hockey sobre hierba femenino, y conocer a su futuro marido.

Claude Lamont le fue presentado a Florentina durante la recepción que se celebró después del partido. Parecía aún más menudo con su elegante chaqueta azul y pantalones grises de franela.

—Es un pequeño encantador, ¿no? —comentó Bella mientras le daba unas palmaditas en la cabeza—. Estupendo delantero —Florentina se sorprendió al ver que Claude no tenía nada que objetar, sino que respondía únicamente—: Bella hizo un partido magnífico, ¿verdad?

Bella y Florentina regresaron a sus habitaciones en Radcliffe para cambiarse, a fin de asistir al baile. Claude acompañó a las dos muchachas hasta el paraninfo, que fue comparado por Bella con una feria de ganado mientras todos los hombres rodeaban a su antigua compañera de habitación. Todos querían bailar el «jitterbug» con ella, de manera que Claude fue enviado a buscar comida y bebida suficiente para alimentar a un ejército, y que Bella despachó mientras contemplaba a su amiga, que evolucionaba por la pista de baile envuelta en un remolino de sedas de Trigère.

Florentina estaba bailando cuando se fijó en él, que hablaba con una muchacha en un rincón. Era un tipo como de un metro ochenta de alto, de cabello rubio y ondulado, y cuyo bronceado proclamaba que sus vacaciones de invierno no discurrían en Cambridge. Mientras ella miraba los ojos de él se volvieron hacia la pista, y sus miradas se cruzaron. Florentina se volvió en seguida y trató de escuchar lo que estaba diciéndole su compañero: algo así como que Norteamérica iba a entrar en la era de las computadoras y que él no dejaría escapar la oportunidad. Cuando terminó la pieza el locuaz bailarín la condujo otra vez al lado de Bella. Cuando Florentina se volvió advirtió que él estaba allí.

—¿Has comido algo? —preguntó él.

—No —mintió.

—¿Querrías acompañarme en mi mesa?

—Gracias —dijo ella, y dejó a Bella y Claude sumidos en una discusión sobre las ventajas comparativas del pase horizontal según se tratase de hockey sobre hielo o hockey sobre hierba.

Durante los primeros minutos, ninguno de los dos habló. Él fue a buscar algunos platos al bufete. De pronto, ambos empezaron a hablar al mismo tiempo. Él se llamaba Scott Forbes y estudiaba Historia en Harvard. Florentina había visto su nombre en las páginas de sociedad de la prensa de Boston, por lo que sabía que era heredero de las empresas familiares Forbes y uno de los partidos más solicitados de Norteamérica. Deseó que hubiese sido de otra manera. Qué importa un apellido, se dijo a sí misma mientras procedía a comunicarle el suyo, que él no pareció reconocer.

—Un bonito nombre para una mujer hermosa —dijo—. Siento que no nos hayamos conocido antes —Florentina sonrió y él añadió—: En realidad, estuve en Radcliffe hace un par de semanas, participando en aquel infame partido de hockey que perdimos por siete a cero.

—¿Tú jugabas en ese partido? No te vi.

—No me extraña. Pasé la mayor parte del tiempo fuera del terreno, sintiéndome enfermo. No había bebido tanto en mi vida. Y cuando estás sobrio Bella Hellaman puede parecerte grande, pero si estás borracho te parece como un tanque Sherman.

Florentina rió y siguió escuchando a Scott, feliz, mientras éste le contaba anécdotas de Harvard, de su familia y de su vida en Boston. Durante el resto de la noche bailó siempre con el mismo hombre, y cuando terminó la fiesta él la acompañó hasta Radcliffe.

—¿Puedo verte mañana?

—Claro que sí.

—¿Por qué no salimos a almorzar al campo?

—Me gustaría.

Florentina y Bella pasaron casi toda la noche contándose cosas de sus respectivos compañeros.

—¿Crees tú que importará que proceda directamente de las páginas de la Guía Mundana?

—No, si es un hombre digno de ser tomado en serio —contestó Bella dándose cuenta de que los temores de Florentina eran muy fundados—. En realidad no sé si Claude figura en ninguna guía mundana —comentó por su parte.

La mañana siguiente, Scott Forbes llevó a Florentina al campo en su viejo MG. Ella se sintió más feliz que nunca en su vida. Almorzaron en un pequeño restaurante de Dedham que estaba lleno de conocidos de Scott. A Florentina le presentaron un Lowell, un Winthrop, un Cabot y otro Forbes. Se sintió aliviada al ver que se acercaba a ella, abandonando una mesa del rincón, Edward Winchester. Llevaba de la mano a una atractiva muchacha de cabello oscuro. Menos mal que conozco a alguien aquí, se dijo Florentina. Se asombró al ver lo guapo y feliz que parecía Edward, y en seguida descubrió el porqué, cuando aquél le presentó a su novia Danielle.

—Deberíais entenderos muy bien vosotras dos —dijo Edward.

—¿Por qué? —preguntó Florentina, mirando a la otra con una sonrisa.

—Danielle es francesa, y le he contado muchas veces que, aunque yo fuese el Delfín, incluso cuando decía que eras una bruja tenías que enseñarme a pronunciar la palabra *sorcière.*

Florentina les siguió con la mirada mientras se alejaban con las manos unidas, y Scott dijo con voz queda:

—*Je n'aurais jamais pensé que je tomberais amoureux d'une sorcière.*

Florentina eligió un plato sencillo de lenguado y aprobó

el Muscadet elegido por él, mientras se felicitaba para sus adentros por sus conocimientos en materia de comidas y vinos. A las cuatro descubrió con sorpresa que sólo quedaban ellos dos en el restaurante, cuyo «chef» daba a entender con su actitud que había llegado la hora de iniciar el turno de las cenas. De regreso en Radcliffe, Scott la besó suavemente en la mejilla y prometió telefonear al día siguiente.

Llamó a la hora del almuerzo para preguntarle si soportaría el asistir a un partido de hockey sobre hielo el sábado, ya que le tocaba jugar con el equipo juvenil de la universidad contra Penn, y propuso que luego cenaran juntos.

Florentina aceptó procurando disimular su júbilo, pues no veía llegado el momento de volver a estar juntos. Le pareció la semana más larga de su vida.

El sábado por la mañana tomó una decisión importante acerca de su fin de semana con Scott. Llenó una maleta pequeña y la guardó en el portaequipajes del coche antes de dirigirse a la pista de hielo, bastante antes de la hora fijada para el partido. Esperó a Scott sentada en las gradas. Durante un momento temió encontrarle cambiado, en cuanto a sus sentimientos hacia ella, la tercera vez que se viesen. Pero él disipó aquellos temores en un instante, cuando la saludó con la mano y cruzó la pista hacia donde estaba ella.

—Bella ha dicho que no hace falta que vuelva, si pierdes.

—A lo mejor te pido que no lo hagas —contestó él, mientras se alejaba patinando en diagonal.

Presenció el partido al tiempo que se quedaba cada vez más helada. Aquella tarde Scott apenas parecía tocar el disco, pero no obstante logró hacerse estrellar varias veces contra las tablas. A ella le pareció un deporte bastante idiota, aunque decidió no decírselo. Terminado el partido, ella regresó al coche mientras él se cambiaba; luego se celebró otra recepción, y finalmente pudieron verse a solas. La llevó a Locke-Ober, donde una vez más pareció que conocía a todo el mundo; esta vez ella no encontró más caras conocidas que las vistas en los ecos de sociedad. Él no se dio cuenta, pues se mostraba pendiente únicamente de ella, lo cual ayudó a Florentina a sentirse un poco más cómoda. Una vez más fueron los últimos en abandonar el local, y él la condujo adonde tenía Florentina su coche. La besó suavemente en los labios.

—¿Te gustaría venir a Radcliffe mañana, para el almuerzo?

—No puedo —contestó él—. He de presentar un trabajo por la mañana, y no sé si podré acabar antes de las dos. ¿Podrás soportar un té en mi compañía?

—Claro que sí, tonto.

—Qué lástima. Si lo hubiera sabido, habría reservado una habitación para ti en la residencia.

—Qué lásima —repitió Florentina, pensando en la maleta que yacía sin abrir en el portaequipajes del coche.

Al día siguiente Scott fue a recogerla poco después de las tres y la llevó a su habitación para tomar el té. Cuando él cerró la puerta ella sonrió, al recordar que aquello aún estaba prohibido en Radcliffe. Su habitación era bastante más espaciosa que la de ella, y sobre el escritorio tenía un retrato de una señora de aspecto aristocrático y algo severo, que no podía ser otra que su madre. Mientras contemplaba la habitación, Florentina se dio cuenta de que los muebles no eran los de Harvard.

Después de tomar el té, escucharon al nuevo cantante ídolo de América, Elvis Presley. Luego Scott puso un disco de un Sinatra ya nada delgado, cantando «South of the Border», y bailaron, mientras cada uno de ellos se interrogaba sobre las intenciones del otro. Cuando se sentaron en el sofá, él la besó con delicadeza al principio, y luego con pasión. No parecía decidido a ir más lejos, y Florentina era demasiado tímida, y al mismo tiempo demasiado inexperta para ayudarle. De súbito le puso una mano sobre el pecho y se quedó como esperando la reacción de ella. Por último la mano se movió hacia el cuello del vestido e intentó desabrochar el primer botón. Florentina no intentó frenarle mientras empezaba con el segundo. Luego él se dedicó a besarle, primero el hombro y luego el pecho. Florentina le deseaba tanto que a punto estuvo de tomar la iniciativa, pero entonces él se puso en pie bruscamente y se quitó la camisa. En respuesta, ella dejó caer con rapidez el vestido y se quitó los zapatos. Ambos se encaminaron a la cama, mientras iban quitándose mutuamente, con manos torpes, las prendas que les restaban. Por un instante se quedaron mirándose antes de meterse en la cama. Con cierta sorpresa por parte de ella, el placer del amor duró sólo unos segundos.

—Lo siento, he estado muy mal —dijo Florentina.

—No, no, he sido yo —hizo una pausa—. Ahora no me importa confesar que ha sido la primera vez para mí.

—¿Para ti también? —exclamó ella, y ambos se echaron a reír.

Durante el resto de la noche yacieron el uno en brazos del otro e hicieron el amor dos veces más, cada vez con mayor placer y seguridad en sí mismos. Cuando Florentina despertó por la mañana, dolorida y más bien cansada, pero jubilosamente feliz, su instinto le dijo que pasarían juntos el resto de sus vidas. Durante el resto del trimestre siguieron viéndose todos los fines de semana, y algunas veces incluso los demás días.

Aprovecharon las vacaciones de primavera para una cita secreta en Nueva York, donde Florentina vivió los tres días más felices que pudiese recordar. *La ley del silencio*, *Candilejas* y, en Broadway, *Al sur del Pacífico* precedieron a las cenas en el Club 21, en Sardi's e incluso en el salón de gala del hotel Plaza. Por la mañana salían de compras, visitaban el Frick y paseaban por el parque. La noche que regresó a su habitación Florentina llevaba los brazos cargados de regalos, que acabaron apilados al lado de la cama.

La primavera fue idílica y la pasaron casi siempre en compañía. Cercano ya el final del trimestre, Scott invitó a Florentina a pasar una semana en Marblehead durante las vacaciones, para conocer a sus padres.

—Sé que te querrán mucho —dijo él, cuando la despidió al pie del tren en que regresaba a Chicago.

—Así lo espero —contestó ella.

Florentina pasó horas contándole a su madre lo maravilloso que era Scott y cómo ella le querría mucho cuando le conociera. Zaphia se alegró al ver a su hija tan feliz y aguardaba con verdadera impaciencia el momento de conocer a los padres de Scott. Rezaba por que Florentina hubiera encontrado al hombre indicado para acompañarla el resto de su vida, y que no hubiese tomado una decisión precipitada que hubiera de lamentar más tarde. Florentina eligió metros y metros de sedas de diferentes colores en Marshall Field's, y dedicó las tardes a diseñar un modelo que, estaba segura, cautivaría el corazón de la madre de Scott.

La carta llegó un lunes, y Florentina reconoció en seguida la letra de Scott. Abrió el sobre llena de feliz impaciencia, pero no contenía sino una breve nota diciendo que debido a un cambio en los proyectos de la familia, se veía obligado a aplazar su visita a Marblehead. Florentina releyó una y otra vez la misiva en busca de algún significado oculto. Al recordar lo enamorados que se habían despedido, decidió telefonear a casa de él.

—Residencia de los señores Forbes —contestó una voz que parecía ser la del mayordomo.

—¿Con el señor Scott Forbes? —Florentina oyó el temblor de su propia voz al pronunciar el nombre.

—¿Quén le llama?

—Florentina Rosnovski.

—Voy a ver si está en casa, señorita.

Florentina cerró la mano con fuerza alrededor del auricular, y esperó febrilmente la tranquilizadora voz de Scott.

—En este momento no está en casa, señorita, pero dejaré un mensaje anunciándole su llamada.

Florentina no le creyó y llamó una hora más tarde. La voz dijo:

—Todavía no ha regresado, señorita.

Decidió esperar hasta las ocho de la tarde, a cuya hora la misma voz anunció que estaban cenando.

—Pues dígale que se ponga, por favor.

—Sí, señorita.

La voz retornó instantes más tarde y dijo en tono sensiblemente menos deferente:

—No se le puede molestar.

—No lo creo. No creo que usted le haya dicho quién le llamaba.

—Señorita, le aseguro que yo...

Entonces llegó por la línea otra voz, la de una señora, con acento de autoridad habitual:

—¿Quién está al aparato?

—Me llamo Florentina Rosnovski y deseaba hablar con Scott porque...

—Señorita Rosenovski, Scott está cenando con su prometida y no se le puede molestar.

—¿Su prometida? —susurró Florentina, clavándose las uñas en la palma de la mano hasta que brotó la sangre.

—Sí, señorita Rosenovski —y se cortó la comunicación.

La noticia tardó varios segundos en hacer su efecto; luego Florentina dijo en voz alta:

—¡Dios mío! Creo que voy a morirme —y se desmayó.

Al despertar vio a su madre junto a la cama.

—¿Por qué? —fue la primera palabra de Florentina.

—Porque no era lo bastante bueno para ti; un hombre como Dios manda no permite que sea su madre quien elija la mujer con quien habrá de vivir el resto de sus días.

Florentina hubo de regresar a Cambridge pero las cosas no mejoraron. No lograba concentrarse en ningún trabajo, y a menudo pasaba horas echada en la cama, llorando. Bella no halló cosa que hacer o decir, ni supo encontrar mejor táctica sino la de restarle importancia a lo acaecido: «No era la clase de hombre que me gustaría tener en mi equipo». Otros hombres quisieron salir con Florentina, pero ella no aceptó a ninguno. Su madre y su padre empezaron a preocuparse, a tal punto que incluso volvieron a hablarse para discutir la cuestión.

Por último y cuando Florentina estuvo a punto de suspender una asignatura, la señorita Rose le advirtió que iba a tener que trabajar mucho si aún aspiraba a ganar su emblema Phi Beta Kappa. Florentina la oyó con indiferencia. Durante las vacaciones de verano se quedó en su casa, en Chicago, sin aceptar invitaciones a fiestas ni cenas. Ayudó a su madre a elegir algunos vestidos nuevos, pero no compró ninguno para sí. Leyó los detalles de la «boda del año en la alta sociedad», como calificó el *Globe* de Boston al casamiento de Scott Forbes con Cynthia Knowles, pero ello sólo sirvió para hacerla llorar otra vez. La llegada de una invitación a la boda de Edward Winchester no arregló las cosas. Más tarde intentó quitarse a Scott de sus pensamientos por el sistema de ir a Nueva York y trabajar una cantidad inaudita de horas para su padre en el New York Baron. A medida que se aproximaba el final de las vacaciones, aumentaba su miedo a regresar a Radcliffe para el último curso. Y las cosas no mejoraban por más que su padre prodigaba consejos y su madre muestras de comprensión. Ambos empezaron a desesperar cuando vieron que no demostraba interés por los preparativos de su vigésimo primer cumpleaños.

Pocos días antes de la fecha de retorno a Radcliffe, Florentina se encontró con Edward en Lake Shore Drive. Parecía tan desgraciado como ella misma se sentía. Le saludó agitando la mano, y sonrió. Él agitó la mano en respuesta pero sin corresponder a la sonrisa. Ambos se detuvieron y se quedaron mirándose el uno al otro, hasta que Edward cruzó la calle.

—¿Cómo está Danielle? —preguntó ella.

Él la miró fijamente.

—¿No te has enterado?

—¿Enterarme de qué? —preguntó Florentina.

Él siguió mirándola, como si le costase entender sus palabras.

—Murió.

Le tocó entonces a Florentina contemplarle con incredulidad.

—Estaba conduciendo a velocidad excesiva mientras estrenábamos mi nuevo Austin-Healey, y el coche volcó. Yo me he salvado, pero ella se mató.

—¡Dios mío! —exclamó Florentina al tiempo que le rodeaba con los brazos—. ¡Qué egoísta he sido!

—No. Ya sé que has tenido tus propias penas.

—No es nada en comparación con lo tuyo. ¿Volverás a Harvard?

—Debo hacerlo. El padre de Danielle insistió; dijo que jamás me lo perdonaría si no lo hacía. Así que ahora tengo una razón para el trabajo. No llores, Florentina, porque si empiezo yo no podré contenerme.

Florentina se estremeció.

—Dios mío, qué egoísta he sido —repetía.

—Ven a verme alguna vez en Harvard. Jugaremos al tenis, y me ayudarás a repasar los verbos franceses. Será como en los viejos tiempos.

—No sé... ¿Tú crees? —dijo ella con melancolía.

12

Cuando Florentina volvió a Radcliffe halló, a modo de bienvenida, un catálogo de cursos que, con sus doscientas páginas, le llevó tres tardes asimilar. Era para elegir una asignatura optativa, además de las de especialidad. La señorita Rose le sugirió que eligiese algo nuevo, algo de lo que supiera que quizá no tendría oportunidad de volver a estudiarlo a fondo.

Como cualquier otro miembro de la universidad, Florentina se había enterado de que llegaba a Harvard el profesor Luigi Ferpozzi, quien daría clases durante un año como docente invitado y pronunciaría una conferencia cada semana. Desde que obtuvo el premio Nobel de la paz recorría el mundo recibiendo homenajes, y cuando le nombraron doctor honorario por Oxford la citación le describió como el único hombre con quien el papa y el presidente estaban por completo de acuerdo, después de Dios. La primera autoridad del mundo en arquitectura italiana había elegido como tema de su curso la Roma del Barroco. «Ciudad del ojo y del cerebro», iba a ser el título de su primera conferencia. El resumen del curso, según el catálogo, era tentador: Gianlorenzo Bernini, el artista aristócrata, y Francesco Borromini, el hijo del cantero, transformaron la Ciudad Eterna de los césares y los papas en la capital más reconocible del mundo. Requisitos previos: dominio del latín y el italiano, recomendables alemán y francés. Curso limitado a treinta alumnos.

La señorita Rose no se mostró optimista en cuanto a

la probabilidad de que Florentina figurase en el pequeño número de los elegidos.

—Me han dicho que hay cola desde la biblioteca Widener hasta Boston Common, sólo para verle. Además, todo el mundo sabe que es misógino.

—También lo era Julio César.

—Ayer por la noche, cuando estaba en el paraninfo, no me trató como si yo fuese Cleopatra —dijo la señorita Rose—. Pero le admiro por haber volado con los bombarderos durante la segunda guerra mundial. Gracias a su intervención personal, al procurar que los aviones no sobrevolaran monumentos importantes, salvó la mitad de las iglesias de Italia.

—Bien, pues yo quiero ser de los elegidos —dijo Florentina.

—¿De veras? —dijo secamente la señorita Rose—. Bien, si fracasa usted —agregó riendo, mientras escribía una nota para el profesor Ferpozzi—, siempre puede apuntarse a uno de esos cursos de repaso de Ciencias. Ahí por lo visto no hay limitación de plazas.

—Sandeces —dijo Florentina con desdén—. Eso no es para mí. Voy a seducir al profesor Ferpozzi.

A las ocho y media de la mañana siguiente, es decir más de una hora antes de que el profesor estuviese oficialmente visible para nadie aquel día, Florentina subía por la escalinata de mármol de la biblioteca Widener. Una vez dentro, tomó el ascensor —cuya capacidad apenas alcanzaba para ella misma y un libro— hasta el último piso, donde los catedráticos tenían sus despachos bajo las tejas. Sin duda, una generación anterior había decidido que la ventaja de estar lejos de los estudiantes demasiado asiduos compensaba sobradamente la fatigosa ascensión por la escalera o la incomodidad de un ascensor siempre ocupado.

Una vez llegada al piso superior, Florentina se halló ante una puerta de cristal deslustrado, sobre el cual habían pintado hacía poco, en caracteres de plantilla y con pintura negra, el rótulo «profesor Ferpozzi». Recordó que aquel hombre se había reunido en 1945 con el presidente Conant en Munich, y entre ambos habían decidido el sino de la arquitectura alemana: lo que había que conservar y lo que iban a arrasar. Se daba perfecta cuenta de que no debía molestarle antes de una hora, como mínimo. Dispuesta a retirarse, volvióse a medias y vio que el ascensor desaparecía, reclamado desde otro piso. Volviéndose otra vez,

Seguidamente, Ferpozzi pronunció una lección tan vigorosa e ilustrada, que tuvo a los treinta alumnos pendientes de cada una de sus palabras. Cuando terminó, eligió a un muchacho de cabello color arena, que se sentaba en la primera fila, para que redactase el trabajo de la semana siguiente, acerca del primer encuentro de Borromini con Bernini.

Una vez más Florentina se quedó sentada mientras desfilaban los demás estudiantes y dejaban sus escritos sobre el pupitre de Ferpozzi. Cuando quedaron a solas, ella le entregó un envoltorio de papel pardo. Él lo deshizo y halló una magnífica tetera «Viceroy», de porcelana ahuesada, procedente de las manufacturas Royal Worcester y fechada en 1912.

—Magnífica —dijo él—. Y seguirá siéndolo mientras nadie la deje caer al suelo —ambos rieron—. Gracias, joven.

—Gracias a usted, por ahorrarme otra humillación —dijo Florentina.

—Su admirable contención, poco frecuente en una mujer, demostraba con claridad que ello era innecesario. Espero que me perdone, pero habría sido igualmente censurable no tratar de influir en la persona que algún día controlará el mayor imperio hotelero del mundo —hasta aquel momento, tal idea no había cruzado jamás por la mente de Florentina—. Sírvase asegurarle a su padre que yo siempre me alojo en un Baron, dondequiera que me lleven mis viajes. Las habitaciones, la comida y el servicio vienen a ser los mejores, entre todas las grandes cadenas hoteleras. Quiero decir que, una vez se halla uno *dentro* del hotel, no hay queja. No deje usted de aprenderse la vida del hijo del cantero tan bien como yo conozco la del constructor de imperios de Slonim. La condición de inmigrantes es cosa que siempre estaré orgulloso de tener en común con el señor padre de usted. Buenos días, señorita.

Florentina dejó el ático de la Widener tristemente consciente de que apenas conocía el funcionamiento interno del imperio de su padre.

Durante aquel curso apretó mucho en los estudios de idiomas, pero tampoco faltó nunca a las lecciones de los martes por la tarde del profesor Ferpozzi, cuyas palabras escuchaba con gran atención, sentada sobre una pila de libros. Fue el presidente Conant quien observó una noche, durante una cena, que era lástima que su erudito colega no hubiese conocido treinta años antes una amistad como la que por aquellos días le ofrecía Florentina.

El día de la graduación tenía en Radcliffe una celebración colorista. Padres orgullosos y vestidos con sus mejores ropas alternaban con los profesores tocados con mucetas rojas, purpúreas o de otros colores, según sus grados académicos. Los catedráticos paseaban, semejantes a un sínodo de obispos, informando a los visitantes de lo bien que se habían portado sus vástagos, en lo que a veces se permitían, por consideración, algunas licencias. En el caso de Florentina no había necesidad de exagerar, puesto que se había graduado «summa cum laude» y anteriormente había sido elegida Phi Beta Kappa.

El día era de fiesta, pero también de melancolía para Florentina y Bella, que iban a vivir en extremos opuestos de Norteamérica, la una en Nueva York y la otra en San Francisco. Bella pidió la mano de Claude el 28 de febrero del año correspondiente a su tercer curso de estudios. («No quise esperar al año bisiesto»), explicó, y se casaron en la capilla Houghton de Harvard durante las vacaciones de primavera. Claude insistió en pedir amor, respeto y obediencia, que Bella prometió guardar. Florentina comprendió lo felices que serían ambos, cuando Claude le dijo durante la recepción de las recién graduadas:

—¿Verdad que está hermosa Bella?

Florentina sonrió y se volvió hacia Bella, que estaba lamentándose de que Wendy no pudiera acompañarles.

—Aunque la verdad es que jamás estudió ni un solo día —agregó Bella con feroz sonrisa.

—Florentina no ha podido trabajar más duro en su último año, y francamente no creo que sus éxitos hayan sorprendido a nadie —decía la señorita Rose.

—Estoy seguro de que le debe a usted buena parte de ellos, señorita Rose —replicó Abel.

—No, no. Intentaba convencer a Florentina de que regresase a Cambridge y preparase una tesis para el doctorado, a fin de ingresar en el cuerpo docente, pero creo que ella tiene otros planes.

—Por supuesto, los tenemos —dijo Abel—. Florentina debe pasar a formar parte de la directiva del consorcio Baron, para encargarse especialmente de los establecimientos comerciales en régimen de arriendo que tienen mis hoteles. Durante los últimos años han crecido de una manera un tanto descontrolada, y temo que no me he ocupado bastante de ellos.

—Eso no me lo habías dicho, Florentina —rugió Bella—. Tú siempre decías que...

—Chitón, Bella —la interrumpió Florentina, poniéndole el dedo sobre los labios.

—¿Qué es eso, joven? ¿Ahora resulta que tienes secretos para con tu padre?

—Ahora no es momento ni lugar, papá.

—¡Vamos, no seas tan misteriosa! —dijo Edward—. ¿Son las Naciones Unidas, o la General Motors, quienes no pueden sobrevivir sin tu colaboración?

—Debo confesar que, después de haber obtenido las calificaciones más elevadas que puede conceder esta universidad, nos encantaría saber a qué finalidad piensa aplicarlas —intervino la señorita Rose.

—Chica de conjunto, a lo mejor —terció Claude.

—Ésa es la que más se ha acercado —dijo Florentina.

Todos rieron, excepto la madre de Florentina.

—Bien, si no encuentras empleo en Nueva York, siempre puedes venir a trabajar en San Francisco —dijo Bella.

—Recordaré esa oferta —dijo alegremente Florentina.

Para mayor alivio por su parte, la discusión acerca de su porvenir no pudo continuar, porque estaba a punto de empezar la ceremonia de la graduación. La alocución de rigor fue pronunciada por George Kennan, ex embajador norteamericano en Rusia. Fue recibida con entusiasmo; a Florentina le gustó sobre todo la cita de Bismarck que puso fin al discurso: «Dejemos unas cuantas tareas para nuestros descendientes».

—Algún día, esa alocución la pronunciarás tú —dijo Edward mientras pasaban por Tricentennial Hall.

—Y dígame, señor, ¿cuál será el tema elegido?

—Los problemas de ser la primera mujer presidenta.

Florentina soltó la carcajada.

—Todavía crees eso, ¿verdad?

—Y tú también, aunque siempre me toque a mí recordártelo.

Edward había acompañado a Florentina durante todo el año, y sus amistades creían que estaban a punto de anunciar su compromiso. Pero Edward sabía que ello no podría ser jamás. Pensaba que aquella mujer siempre sería inalcanzable para él. Estaban predestinados a ser íntimos amigos, pero nunca enamorados.

Después de recoger sus escasas pertenencias y despedirse de su madre, Florentina comprobó que no se le olvidaba nada en la habitación y se sentó al borde de la cama para meditar sobre sus años en Radcliffe. Todo se resumía en llegar con tres maletas e irse con seis y un título de licenciada en Filosofía y Letras. Un banderín carmesí del equipo de hockey, regalo de Scott, era lo único que quedaba en la pared. Florentina descolgó el banderín, lo contempló durante unos momentos y luego lo arrojó a una papelera.

Sentada en el compartimiento trasero del coche, al lado de su padre, vio alejarse el campus por última vez.

—¿Querría conducir un poco más despacio? —dijo dirigiéndose al chófer.

—Desde luego, señorita.

Florentina se volvió y miró por la ventanilla trasera hasta que las agujas de Cambridge desaparecieron detrás de los árboles. Atrás quedaba todo su pasado.

13

El chófer detuvo el Rolls-Royce ante los semáforos de Arlington Street, al oeste del Parque. Mientras esperaban la luz verde, Florentina charlaba con su padre sobre el próximo viaje a Europa.

En el preciso instante en que cambiaban los semáforos, otro Rolls pasó frente a ellos, doblando en procedencia de Commonwealth Avenue. Otro recién graduado iba en el compartimiento posterior, sumido en conversación con su madre.

—A veces pienso si no habría sido mejor que hubieras ido a Yale, Richard —dijo ella.

La madre de Richard contempló a su hijo, satisfecha. Poseía ya el fino aspecto aristocrático que, más de veinte años atrás, ella había hallado tan atractivo en su padre. Y ahora representaba la quinta generación de la familia que se graduaba por Harvard.

—¿Por qué a Yale? —preguntó él, sacando suavemente a su madre de sus reminiscencias.

—Tal vez hubiera sido más saludable para ti alejarte del ambiente introvertido de Boston.

—Que no te oiga papá decir eso. Tal idea le parecería una verdadera traición.

—Pero ¿es necesario que vuelvas a la Harvard Business School, Richard? Sin duda habrá otras escuelas de administración de empresas.

—Quiero ser banquero como papá. Y si he de seguir sus pasos, Yale no sirve ni para atarle los cordones de los zapatos a Harvard —dijo él burlonamente.

Poco después el Rolls se detuvo frente a un caserón de Beacon Hill. La puerta principal se abrió y apareció un mayordomo.

—Nos queda una hora, poco más o menos, antes de que empiecen a llegar los invitados —dijo Richard después de consultar su reloj—. Voy a cambiarme en seguida. ¿Quizá podríamos reunirnos un poco antes de las siete y media en el Salón Occidental, mamá?

Ella pensó que incluso hablaba como su padre. Richard subió la escalera de dos en dos; en muchas otras casas habría sido capaz de subir de tres en tres. Su madre le siguió a paso más reposado, aunque sin apoyar la mano en la barandilla ni un instante.

El mayordomo les siguió con la mirada antes de regresar a la despensa. Estaba invitado a la cena el primo de la señora Kane, señor Henry Cabot Lodge; en consecuencia, era preciso controlar que escaleras abajo anduviese todo perfecto.

Bajo la ducha, Richard se sonrió al recordar las preocupaciones de su madre. Él siempre quiso licenciarse en Harvard y superar los éxitos de su padre. No veía llegado el momento de ingresar en la escuela mercantil superior, el otoño siguiente, aunque también estaba impaciente por llevarse a Mary Bigelow a las Barbados aquel verano. Había conocido a Mary en los locales de ensayo de la agrupación musical, y más tarde ambos fueron invitados a ingresar en el cuarteto de cuerdas de la universidad. Aquella descarada joven dama de Vassar tocaba el violín mucho mejor que él su violoncelo. Cuando finalmente logró llevársela con sus serenatas a la cama, descubrió que también ahí Mary tocaba con mejor afinación, pese a sus protestas de inexperiencia. Desde aquellos días supo además que ella era muy excitable.

Richard pasó por unos instantes los grifos a «fría», antes de saltar de la ducha, secarse y ponerse el smoking. Se contempló en el espejo: chaqueta cruzada. Richard se figuró que sería el único en ostentar la última moda aquella noche... lo cual podía carecer de importancia si uno pasaba del metro ochenta de estatura y era delgado y moreno. En cierta ocasión Mary le había dicho que él quedaba bien con cualquier cosa, desde las defensas de jugador de rugby hasta la bata que se ponía al levantarse de la cama por las mañanas.

Bajó al Salón Occidental para esperar a su madre.

Cuando ésta hizo su aparición, el mayordomo les sirvió una copa.

—¡Cielos! Pero ¿es que vuelven a estar de moda los trajes cruzados? —se sorprendió ella.

—Desde luego que sí. Es el último grito, mamá.

—No puedo creerlo. Pero si recuerdo que...

El mayordomo carraspeó y ambos se volvieron.

—El honorable Henry Cabot Lodge —anunció aquél.

—Henry —dijo la madre de Richard.

—Kate, querida —replicó el recién llegado antes de besarla en la mejilla.

Kate se sonrió; su primo llevaba chaqueta de smoking cruzada. Richard se sonrió porque se le notaban los veinte años de antigüedad.

Richard y Mary Bigelow volvieron de las Barbados casi tan tostados como los indígenas. Hicieron escala en Nueva York para cenar con los padres de Richard, quienes aprobaron sin reservas su elección. Al fin y al cabo, se trataba de la sobrina-nieta de Alan Lloyd, sucesor del abuelo de Richard en la presidencia del Banco familiar.

Tan pronto como regresó a la Casa Roja, la residencia bostoniana de Beacon Hill, Richard se dispuso a preparar en serio su ingreso en la escuela de administración de empresas. Todo el mundo le había advertido que era la carrera más difícil de la universidad y la que tenía el porcentaje más alto de fallidos, pero, aun así, cuando empezó el curso se sorprendió al comprobar el poco tiempo que le quedaba para otros intereses. Mary empezó a desesperar cuando vio que él abandonaba su puesto en el cuarteto de cuerdas y no consentía en verla sino los fines de semana.

Al final del primer curso ella propuso que pasaran las vacaciones otra vez en las Barbados, y sufrió una decepción cuando él dijo que se quedaría en Boston para seguir estudiando.

Cuando Richard regresó para el último curso, estaba decidido a quedar entre los primeros de su clase, si no el primero, y su padre le advirtió que no cejara en el esfuerzo antes de haber pasado los exámenes hasta la última asignatura. Añadió que si no quedaba en el diez por ciento de los mejores, no hacía falta que solicitase empleo en su Banco; no quería que nadie pudiera acusarle de nepotismo.

Durante las Navidades, Richard se reunió con sus padres en Nueva York, pero sólo estuvo allí tres días, para luego regresar a Boston. Su madre empezó a preocuparse por el esfuerzo a que estaba sometiéndose, pero el padre de Richard observó que el mismo sólo iba a durar otros seis meses más, y que luego podría descansar durante el resto de su vida. Kate se reservó su opinión, pues en veinticinco años jamás había visto que descansara su marido.

Por Pascua, Richard llamó a su madre para decirle que deseaba quedarse en Boston durante las breves vacaciones de primavera, pero ella logró convencerle de que asistiera al cumpleaños de su padre. Él asintió, aunque añadiendo que tendría que regresar a Harvard la mañana siguiente.

Richard llegó a la residencia familiar de la calle Sesenta y ocho Este poco después de las cuatro de la tarde del día del cumpleaños de su padre. Fue recibido por su madre y por sus dos hermanas, Virginia y Lucy. Su madre le halló nervioso y fatigado, y deseó que pasaran pronto los exámenes. Richard sabía que su padre no rompería su acostumbrado horario en el Banco por el cumpleaños de nadie, por lo que no llegaría sino poco después de las siete.

—¿Qué has comprado para el cumpleaños de papá? —preguntó Virginia.

—He esperado a escuchar vuestro consejo —dijo Richard, adulador, pues había olvidado comprar ningún regalo.

—Eso es lo que se llama dejar las cosas para el último momento —dijo Lucy—. Yo tengo su regalo desde hace tres semanas.

—Yo sé de una cosa que le hace falta —intervino su madre—. Un par de guantes. Los que lleva están viejísimos.

—Cuero azul oscuro, sin dibujo —rió Richard—. Ahora mismo me voy a Bloomingdale's para elegir un par.

Enfiló Lexington Avenue abajo, adaptándose al ritmo de la ciudad. Estaba impaciente por trabajar con su padre en otoño, y esperaba que, salvo imprevistos en los últimos meses, conseguiría clasificarse dentro del diez por ciento superior exigido. Emularía la carrea de su padre y llegaría a ser presidente del Banco. Sonrió al pensarlo. Empujó las puertas de Bloomingdale's, subió unos escalones y le preguntó a un botones dónde podía encontrar unos guantes. Mientras se abría paso entre la multitud que atestaba los almacenes, miró su reloj. Le sobraría tiempo para cambiarse para la cena, antes de que llegase su padre. Miró a las dos jóvenes que atendían el mostrador de los guantes, y sonrió. Correspondió a la sonrisa la que él no quería.

La sonriente se acercó con presteza. Era una rubia con cara de muñeca, un poco demasiado pintada y con la blusa desabrochada un botón más abajo de lo que seguramente exigía la uniformidad de Bloomingdale's. Richard no pudo por menos de admirar tal atrevimiento. Sobre el pecho izquierdo llevaba prendida una pequeña tarjeta que decía «Maisie Bates».

—¿En qué puedo servirle, señor?

—Sí —dijo Richard, mirando de reojo hacia la otra, la morena—. Necesito un par de guantes azul oscuro, de cuero, sin dibujo —añadió sin mirar a la rubia ni por un instante.

Maisie eligió un par y se lo probó a Richard, alisando el cuero dedo por dedo; luego le alzó ambas manos para que juzgara.

—Si no le quedan bien puedo probarle otro par.

—No éstos están bien. ¿Cobra usted o la otra señorita? —dijo él.

—Puedo atenderle yo misma.

—¡Rayos! —dijo Richard entre dientes. Salió de mala gana, decidido a regresar al día siguiente. Hasta aquella misma tarde creía que el amor a primera vista era una leyenda ridícula, apropiada únicamente para las lectoras de revistas del corazón.

Su padre quedó muy contento con aquel regalo tan «sensato», según dijo cuando aludió a los guantes durante la cena, y aún más contento con los progresos de Richard en la escuela.

—Si quedas en el diez por ciento de los mejores, tendré mucho gusto en ofrecerte un puesto de meritorio en el Banco —dijo por milésima vez.

Virginia y Lucy sonrieron con malicia.

—Y si Richard queda el primero de su promoción, ¿qué harás, papá? ¿Nombrarle presidente? —preguntó Lucy.

—No seas frívola, hija mía. Si Richard llega alguna vez a presidente, será porque haya merecido tal posición tras muchos años de trabajo constante y duro —se volvió hacia su hijo—. Bien, ¿cuándo vuelves a Harvard?

Richard estaba a punto de decir «mañana», pero lo que dijo fue:

—Supongo que mañana.

—Eso está bien —fue el único comentario de su padre.

Al día siguiente Richard volvió, no a Harvard sino a Bloomingdale's, donde se encaminó rectamente hacia el mostrador de los guantes. Maisie corrió a atenderle, sin darle oportunidad de hacerlo a la otra chica, y él no pudo hacer otra cosa sino comprar otro par de guantes y regresar a casa.

La mañana siguiente Richard volvió a Bloomingdale's por tercera vez y se entretuvo mirando corbatas en el mostrador vecino, hasta que vio a Maisie ocupada atendiendo a un cliente, y a la otra chica desocupada. Entonces se encaminó al mostrador, confiado, para que le atendieran. Con no poco horror por su parte, Maisie abandonó a su cliente dejándole con la palabra en la boca, y se acercó a él mientra la otra chica la reemplazaba.

—¿Otro par de guantes? —preguntó la rubia con una risita.

—Sí... sí —dijo él débilmente.

Richard salió de Bloomingdale's con otro par de guantes de cuero azul oscuro, sin dibujo.

Al día siguiente le dijo a su padre que estaba todavía en Nueva York porque tenía que reunir algunos datos sobre Wall Street para un trabajo. Tan pronto como su padre salió en dirección al Banco, él corrió a Bloomingdale's. Esta vez tenía un plan para conseguir dirigirse a la otra vendedora. Cuando se encaminó al mostrador de los guantes, estaba preparado para que Maisie corriera hacia él, pero fue la otra muchacha quien le interpeló:

—Buenos días, señor.

—¿Eh? Buenos días —dijo Richard, quedándose de pronto sin saber qué decir.

—¿En qué puedo servirle?

—No... quiero decir, sí. Querría un par de guantes —agregó en tono poco convincente.

—Sí, señor. ¿Le gustarían de cuero azul oscuro? Estoy segura de que tendremos su talla, a menos que se hayan agotado.

Richard leyó su nombre en la tarjeta de la solapa: Jessie Kovats. Ella le pasó los guantes y se los probó. No eran de su talla. Se probó otro par, mirando hacia Maisie, quien le dirigió una sonrisa invitadora. Correspondió con una mueca nerviosa. La señorita Kovats le entregó otro par de guantes; esta vez le sentaron perfectamente.

—Creo que son los que estaba buscando —dijo Jessie.

—En realidad, no —replicó Richard.

Jessie bajó la voz y dijo:

—Voy a sustituir a Maisie. ¿Quiere salir con ella? Estoy segura de que aceptará.

—No, no —dijo Richard—. Usted no lo ha comprendido; no quiero salir con ella sino con usted.

Jessie pareció totalmente sorprendida.

—¿Querrá cenar conmigo esta noche?

—Sí —dijo ella con timidez.

—¿Voy a buscarla a su casa?

—No. Quedemos en el restaurante.

—¿Adónde le gustaría ir?

Jessie no respondió.

—¿Le parece bien Allen's en la esquina de la Setenta y tres con la Tercera? —propuso Richard.

—Muy bien —se limitó a decir Jessie.

—Alrededor de las ocho, ¿de acuerdo?

—Alrededor de las ocho —contestó Jessie.

Richard salió de Bloomingdale's con lo que había ido a buscar... que no era un par de guantes.

Richard no podía recordar cuándo había pasado todo un día pensando en una mujer, pero desde el instante en que Jessie dijo «sí» él no pudo pensar en otra cosa.

La madre de Richard se alegró cuando éste dijo que iba a pasar otro día en Nueva York, y se preguntó si estaría en la ciudad Mary Bigelow. Y se convenció de que sí estaba al pasar frente al cuarto de baño y oír que Richard cantaba «Una vez tuve un amor secreto».

Richard dedicó una atención excepcional al problema de cómo vestir aquella noche. Rechazó la idea de ponerse traje, y acabó eligiendo una americana de color azul marino y pantalones de franela gris. Luego se contempló en el espejo más rato que de costumbre. Demasiado hijo de papá, se dijo, pero de momento no se podía hacer gran cosa al respecto.

Dejó su casa de la calle Sesenta y ocho poco antes de

las siete, para no tener que explicarle a su padre por qué estaba todavía en la ciudad. Aquella tarde el tiempo estaba seco y despejado; llegó a Allen's poco después de las siete y media, y pidió un Budweiser. A cada instante consultaba su reloj, cuya minutera subía lentamente hacia las ocho. Y cuando pasó la hora convenida lo hizo cada segundo, preguntándose si iba a sufrir una decepción cuando volviese a verla.

No hubo tal.

Apareció en la entrada radiante, con un sencillo vestido azul que él supuso adquirido en Bloomingdale's, aunque cualquier mujer habría visto que era un Ben Zuckerman. Ella recorrió el local con la vista y cuando divisó a Richard echó a andar hacia él.

—Siento llegar tarde... —empezó.

—No importa. Lo importante es que has venido.

—¿Pensaste que no lo haría?

—No estaba seguro —dijo Richard, sonriendo. Se miraron mutuamente unos momentos—. Lo siento, no recuerdo tu nombre —dijo, no queriendo admitir que lo había visto en Bloomingdale's todos los días. Ella titubeó.

—Jessie Kovats. ¿Y el tuyo?

—Richard Kane —dijo, ofreciéndole la mano. Ella le tendió la suya, y Richard sintió deseos de no soltarla.

—Y ¿qué haces cuando no estás comprando guantes en Bloomingdale's? —pregunté Jessie.

—Estudio en la Escuela de Administración de Empresas, en Harvard.

—Me extraña que no te hayan enseñado allí que la mayoría de las personas sólo tienen dos manos.

Él rió, disfrutando anticipadamente al darse cuenta de que la noche no iba a ser memorable sólo por su belleza.

—¿Nos sentamos? —sugirió Richard al tiempo que la tomaba del brazo y la conducía hasta su mesa.

Jessie empezó a estudiar la minuta anunciada en la pizarra.

—¿Salisbury steak? —preguntó ella.

—«Una hamburguesa con otro nombre» —dijo Richard.

Ella se echó a reír, y a él le sorprendió que hubiese captado con tanta rapidez la improvisada cita; luego se sintió culpable, pues según avanzaba la noche resultó que ella había visto más teatro, leído más novelas e incluso asistido a más conciertos que él. Por primera vez en su vida lamentó su dedicación demasiado exclusiva al estudio.

—¿Vives en Nueva York? —preguntó él.

—Sí —dijo ella, sorbiendo el tercer café que Richard había permitido servir—. Con mis padres.

—¿En qué parte de la ciudad?

—En la calle Cincuenta y siete Este —contestó Jessie.

—Pues vayamos paseando —dijo él, tomándola de la mano.

Jessie sonrió en señal de asentimiento y recorrieron la ciudad en zig-zag. Para prolongar el paseo, Richard se detuvo a mirar escaparates, que normalmente habría pasado de largo. Los conocimientos de Jessie en materia de modas y de administración de una tienda eran enciclopédicos. Richard se entristeció al pensar que había tenido que dejar los estudios a los dieciséis años para trabajar en el hotel Baron, antes de ingresar en Bloomingdale's.

Tardaron casi una hora en recorrer las dieciséis manzanas. Cuando llegaron a la calle Cincuenta y siete, Jessie se detuvo frente a un viejo edificio de apartamentos.

—Aquí es donde viven mis padres —dijo ella.

Él retuvo su mano.

—Confío en que querrás verme mañana —dijo Richard.

—Está bien —contestó Jessie, sin aparentar un gran entusiasmo.

—¿Mañana? —preguntó Richard con inseguridad.

—¿Mañana? —repitió Jessie.

—Sí. ¿Por qué no vamos a Blue Angel y vemos a Bobby Short? —la tomó otra vez de la mano—. Es un poco más romántico que Allen's.

Jessie parecía titubear, como si la petición le ocasionase un problema.

—No si tú no quieres —agregó él.

—Me gustará —dijo ella en su susurro.

—He de cenar con mi padre, de modo que ¿te parece que te recoja alrededor de las diez?

—No, no —dijo Jessie—. Nos encontraremos allí. Está sólo a dos manzanas.

—A las diez, pues —se adelantó él y la besó en la mejilla, advirtiendo por primera vez un suave perfume—. Buenas noches, Jessie —dijo mientras echaba a andar.

Richard empezó a silbar el *Concierto para violoncelo* de Dvorak, y cuando llegó a casa iba por el final del primer movimiento. Había pasado la mejor noche de su vida, y se durmió pensando en Jessie, no en Galbraith ni en Friedman. La mañana siguiente acompañó a su padre a

Wall Street y pasó la jornada en la biblioteca del *Journal*. Por la tarde, durante la cena, le dijo a su padre que había hecho un estudio sobre especulaciones de aparcamiento a la baja; más tarde temió haber hablado con excesivo entusiasmo.

Después de la cena subió a su habitación, y poco antes de las diez se deslizaba por la puerta principal, después de tomar toda clase de precauciones para no ser visto. Llegado al Blue Angel, reservó mesa y retornó al vestíbulo para esperar a Jessie.

Sintió que su corazón latía con fuerza, y se preguntó por qué no le había ocurrido ello jamás con Mary Bigelow. Cuando llegó Jessie, la besó en la mejilla y la condujo a la sala. Flotaba en el aire la voz de Bobby Short: «¿Me has dicho la verdad o no soy más que otra mentira?»

Cuando entraron Richard y Jessie, Short levantó la mano. Richard se sorprendió correspondiendo al saludo, pese a que sólo había visto al artista una vez antes, y no se lo habían presentado.

Ocuparon una mesa en el centro del local, donde con cierto asombro de Richard, ella eligió asiento de espaldas al piano. Richard pidió una botella de Chablis y le preguntó a Jessie cómo había pasado el día.

—Richard, hay algo que debo...

—Hola, Richard.

El interpelado se volvió. Junto a la mesa estaba otro hombre vestido con americana azul y pantalón gris de franela.

—Hola, Steve. Os presentaré: Jessie Kovats, Steve Mellon. Steve y yo fuimos junto a Harvard.

—¿Has visto a los Yankees últimamente? —preguntó Steve.

—No —dijo Richard—. Yo sólo sigo a los ganadores.

—Lo mismo que hace Eisenhower. Juega tan mal que merecía haber estado en Yale —y siguieron charlando así durante un par de minutos, sin que Jessie tratase de interrumpirles—. ¡Ah! Por fin llega —dijo Steve volviéndose hacia la puerta—. Hasta la vista, Richard. Tanto gusto, Jessie.

Durante la noche, Richard le contó a Jessie sus proyectos de quedarse en Nueva York y trabajar en Lester, el Banco de su padre. Ella le escuchó con tanta atención, que no le quedó sino desear no haberla aburrido demasiado. Lo pasó aún mejor que la noche anterior, y cuando salieron saludó a Bobby Short como si se conocieran de toda la vida. Llegados a casa de Jessie, la besó en los labios por primera vez. Ella correspondió un momento, pero luego dijo «Buenas noches» y desapareció en el viejo edificio de apartamentos.

La mañana siguiente regresó a Boston. Tan pronto como llegó a la Casa Roja telefoneó a Jessie: ¿estaría libre para asistir a un concierto el viernes? Ella contestó que lo estaba, y por primera vez Richard se dedicó a cruzar fechas en un calendario. Avanzada la semana recibió una llamada de Mary, y procuró explicarle con la mayor consideración posible por qué no podían verse más.

El fin de semana llegó, y fue memorable. La Filarmónica de Nueva York, *El vampiro de Dusseldorf*... Jessie incluso pareció pasarlo bien con los New York Knicks. Richard regresó de muy mala gana a Harvard aquel domingo por la noche. Los cuatro meses siguientes iban a constar de semanas interminables y fines de semana efímeros. Todos los días llamaba a Jessie por teléfono, y apenas hubo fin de semana que pasaran separados.

Richard empezó a temer los lunes.

Un lunes por la mañana, durante una lección sobre el hundimiento financiero de 1929, Richard descubrió que no lograba concentrarse. ¿Cómo iba a explicarle a su padre que se había enamorado de una chica que trabajaba detrás de los guantes, pañuelos y gorros de lana de un mostrador de Bloomingdale's? El propio Richard no lograba entender que una chica tan brillante y atractiva tuviese tan pocas ambiciones. Si Jessie hubiese tenido las mismas oportunidades que él... Escribió su nombre en la cabecera de sus apuntes. A su padre no le quedaría más remedio que acostumbrarse. Contempló lo que había escrito: Jessie Kane.

Aquel fin de semana, cuando Richard regresó a Nueva York, le explicó a su madre que necesitaba salir porque se le habían acabado las hojas de afeitar. Su madre le sugirió que usara las de su padre.

—No, no, prefiero salir —dijo Richard—. Necesito las mías; además no usamos la misma marca.

Esto le pareció raro a Kate Kane, pues sabía que no era verdad.

Richard pasó a la carrera las ocho manzanas hasta llegar a Bloomingdale's, pues los almacenes estaban a punto de cerrar. Cuando llegó al mostrador de los guantes no vio a Jessie en parte alguna. Maisie estaba en un rincón, puliéndose las uñas.

—¿Está Jessie? —preguntó él, sin aliento.

—No, se ha ido a casa... hace apenas unos minutos. No puede estar lejos. ¡Oiga! ¿Pero usted no es...?

Richard había salido corriendo en dirección a Lexington Avenue. Buscó el rostro de Jessie entre la multitud que se apresuraba a regresar a sus casas. Estaba a punto de desistir cuando atisbó la mancha de color rojo: era un pañuelo que le había regalado él. Ella iba por la otra acera en dirección a la Quinta Avenida. Su casa estaba en la dirección opuesta; sintiéndose algo culpable, decidió seguirla. Cuando llegó a Scribner's, en la calle Cuarenta y ocho, se detuvo al ver que ella entraba en la librería. Si quería leer algo, ¿no podía llevárselo de Bloomingdale's? Estaba intrigado. Espió a través del escaparate mientras Jessie hablaba con el vendedor; éste se alejó unos momentos y luego regresó con dos libros. Pudo incluso distinguir los títulos: *La sociedad opulenta,* de John Kenneth Galbraith, y *Rusia por dentro,* de John Gunther. Jessie firmó la factura —otra sorpresa para Richard— y salió, mientras él se ocultaba detrás de la esquina.

—¿Quién será ella? —dijo Richard en voz alta al observar que volvía sobre sus pasos y entraba en Bendel's. El portero la saludó con deferencia y como dando muestras de conocerla. Una vez más Richard espió a través del cristal, para ver a Jessie rodeada de vendedoras diligentes que la trataban con atenciones nada rutinarias. Una señora de edad apareció con un paquete que, por lo visto, era lo que Jessie había ido a buscar. Lo abrió, poniendo de manifiesto un vestido de noche rojo, de falda larga. Jessie sonrió y asintió mientras la vendedora guardaba el vestido en una caja marrón y blanca. Luego los labios de Jessie formaron las palabras «muchas gracias», después de lo cual se volvió y se encaminó a la salida sin firmar siquiera la compra. Estuvo a punto de tropezar con Richard, pues salió a toda prisa del establecimiento para meterse en un taxi.

Él se apoderó de otro taxi, que una señora anciana ya había considerado suyo, y le ordenó al conductor que siguiera al taxi de Jessie.

—Como en las películas, ¿no? —comentó el taxista, pero Richard no respondió.

Cuando el taxi pasó de largo la pequeña casa de apartamentos donde solían despedirse, empezó a encontrarse mal. El primer taxi continuó unos cien metros más y se detuvo frente a un edificio nuevo, de apartamentos de lujo, con portero de uniforme y todo, quien se precipitó a abrir la puerta para Jessie. Asombrado y furioso, Richard saltó de su vehículo y se dispuso a entrar donde ella acababa de desaparecer.

—Son noventa y cinco centavos, jefe —dijo una voz a sus espaldas.

—¡Ah! Lo siento —exclamó Richard, después de lo cual rebuscó en sus bolsillos y le tendió un billete al taxista, despreocupándose del cambio.

—Gracias, amigo —dijo el conductor, con el billete de cinco dólares bien agarrado en la mano—. Alguien estará contento hoy, eso seguro.

Richard cruzó corriendo la entrada del edificio y logró alcanzar a Jessie cuando ésta entraba en el ascensor. Ella se quedó mirándole, pero no dijo nada.

—¿Quién eres tú? —inquirió Richard mientras se cerraba la puerta del ascensor.

Los otros dos ocupantes del mismo se dedicaron a mirar al aire con estudiada indiferencia, al tiempo que el ascensor alcanzaba el segundo piso.

—Richard —balbució ella—. Iba a explicártelo todo esta noche, pero me fue imposible encontrar el momento apropiado.

—Pues ahora me lo contarás —dijo él, saliendo del ascensor con ella y siguiéndola hasta uno de los apartamentos—. Mira que hacerme bailar casi tres meses, contándome un montón de mentiras. Bien, pues ha llegado la hora de la verdad.

Cuando ella abrió la puerta, él se adelantó bruscamente. Mientras él echaba una ojeada al apartamento, ella se quedó en el recibidor con aire desvalido. Había una sala de grandes dimensiones, con una estupenda alfombra oriental y un magnífico escritorio de estilo georgiano. Frente a un hermoso reloj de péndulo, una mesita exhibía un jarrón de anémonas frescas. La habitación era impresionante, incluso para lo que Richard estaba acostumbrado a ver en su casa.

—Bonito piso te has buscado, para no ser más que una

vendedora —dijo, incisivo—. Me pregunto cuál de tus amantes paga todo esto.

Jessie se adelantó un paso y le abofeteó con tanta fuerza, que le escoció la mano.

—¿Cómo te atreves? —dijo—. ¡Fuera de mi casa!

Al mismo tiempo que decía estas palabras, se echó a llorar. Richard la tomó entre sus brazos.

—¡Dios mío! Lo siento —dijo—. He dicho una cosa horrible. Perdóname, por favor. Es que te quiero tanto y creía conocerte tan bien, y ahora me doy cuenta de que no sé nada de ti.

—Yo también te quiero, Richard, y siento haberte pegado. Yo no quería engañarte, pero te juro que no hay otro hombre —le tocó la mejilla.

—Me lo he ganado —dijo él, y la besó en seguida.

El uno en brazos del otro cayeron en el sofá y permanecieron un rato casi inmóviles. Él le acarició con suavidad el cabello hasta que cesaron las lágrimas. Jessie deslizó sus dedos entre los dos botones superiores de la camisa de Richard.

—¿Quieres dormir conmigo? —preguntó en voz baja.

—No —replicó él—. Quiero estar contigo, despierto toda la noche.

Sin decir más, se desvistieron e hicieron el amor, con ternura y timidez al principio, y temerosos de hacer daño, intentando desesperadamente gustar. Al fin la cabeza de ella descansó sobre el hombro de él, y hablaron.

—Te quiero —dijo Richard—. Te quiero desde el primer momento en que te vi. ¿Quieres casarte conmigo? Porque no me importa nada quien seas ni lo que haces, pero sé que he de pasar el resto de mi vida contigo.

—Yo también quiero casarme contigo, Richard, pero antes debo contarte la verdad.

Cubrió su cuerpo desnudo con la chaqueta de Richard, mientras él guardaba completo silencio, en espera de sus palabras.

—Me llamo Florentina Rosnovski —empezó, y luego se lo contó todo acerca de ella misma.

Florentina explicó por qué había adoptado el nombre de Jessie Kovats; quería ser tratada como una vendedora cualquiera mientras aprendía el oficio, y no como la hija del Baron de Chicago. Richard no dijo nada durante su revelación, y siguió en silencio cuando ella hubo terminado.

—¿Ya has dejado de quererme, ahora que sabes quién soy? —preguntó ella.

—Querida —dijo Richard en voz muy baja—. Mi padre odia al tuyo.

—¿Qué estás diciendo?

—Que la única vez que se mencionó el nombre de tu padre en presencia del mío, éste se salió de sus casillas y aseguró que la única finalidad de tu padre en la vida parecía ser arruinar a la familia Kane.

—¿Cómo? ¿Por qué? —preguntó Florentina, asustada—. Jamás he oído hablar de tu padre. ¿Cómo es que se conocen? Debes estar en un error.

—Ojalá fuese así —dijo Richard, tras lo cual le repitió lo poco que su madre le había contado una vez acerca de aquella querella entre los dos hombres.

—¡Oh, Dios mío! Él debe ser el «judas» al que se refería mi padre cuando explicaba por qué cambió de Banco después de veinticinco años —dijo ella—. ¿Qué vamos a hacer?

—Decirles la verdad —dijo Richard—. Que nos conocimos inocentemente, que nos enamoramos y que ahora vamos a casarnos. Y que nada de lo que hagan nos detendrá.

—Esperemos un par de semanas —dijo Florentina.

—¿Por qué? —dijo Richard—. ¿Acaso crees que tu padre podrá quitarte de la cabeza la idea de casarte conmigo?

—No, Richard —replicó ella, descansando de nuevo la cabeza en el hombro de él—. Jamás, cariño. Pero veamos si podemos hallar el modo de darles la noticia de una manera suave, en vez de presentarles un *fait accompli*. A lo mejor no se enfadarán tanto como crees; al fin y al cabo, tú mismo has dicho que ese problema con el grupo Richmond ocurrió hace más de veinte años.

—Siguen tan enfadados como el primer día, te lo aseguro. Mi padre se enfurecería si nos viese juntos, por no hablar de casarnos.

—Razón de más para pensarlo un poco antes de soltarles la noticia. Eso nos dará tiempo de buscar la mejor manera de hacerlo.

Él la besó otra vez.

—Te quiero, Jessie.

—Florentina.

—También a eso tendré que acostumbrarme —comentó él.

Para empezar, Richard dedicó una tarde a la semana a investigar la disputa entre los padres de ambos; al poco esto se convirtió en una obsesión que incluso llegó a perjudicar su asistencia a clase. El intento del Baron de Chicago por expulsar al padre de Richard de su propio Consejo de administración habría constituido un buen caso a estudiar en la Harvard Business School. Cuantas más cosas descubría, más se daba cuenta Richard de que su padre y el de Florentina eran dos rivales formidables. La madre de Richard le habló de la disputa como si durante años hubiese tenido necesidad de contárselo a alguien.

—¿Por qué te interesa tanto el señor Rosnovski? —le preguntó.

—Me tropecé con su nombre mientras ojeaba unos números atrasados del *Wall Street Journal* —lo cual era verdad, y al mismo tiempo mentira, pensó.

Florentina solicitó un día de permiso en Bloomingdale's y se fue en avión a Chicago para contarle a su madre lo ocurrido. Cuando insistió en que le contara lo que supiera de la querella, su madre estuvo hablando durante casi una hora sin interrupción. Florentina esperaba que hubiese exagerado un poco, pero bastaron algunas preguntas, cautelosamente formuladas durante la cena con George Novak, para convencerse de que por desgracia no era así.

Cada fin de semana, los dos enamorados se comunicaban los resultados de sus averiguaciones y redactaban así el catálogo del odio.

—Parece tan mezquino todo esto —dijo Florentina—. ¿Por qué no se reúnen un día y lo discuten? Creo que en realidad están hechos para entenderse.

—Estoy de acuerdo —dijo Richard—. Pero, ¿quién de nosotros se atreverá a decírselo?

—Nosotros dos tendremos que hacerlo, tarde o temprano.

Mientras transcurrían las semanas, la actitud de Richard no podía ser más atenta y amable. Aunque intentaba distraer los pensamientos de Florentina con regulares asistencias al teatro, a conciertos de la Filarmónica de Nueva York y paseos por el parque, para que olvidase el «tarde o temprano», sus conversaciones siempre volvían al tema de sus padres.

Incluso durante un concierto de violoncelo que Richard

le dio a Florentina en el piso de ella, la notó ausente pensando en su padre. ¿Cómo podía ser tan obstinado? Cuando la sonata de Brahms hubo terminado, Richard dejó a un lado el arco y contempló los ojos grises de Florentina.

—Pronto tendremos que hablar con ellos —dijo al tiempo que la tomaba en sus brazos.

—Lo sé. Lo que pasa es que no quiero darle un disgusto.

—Comprendo.

Ella bajó los ojos.

—Papá regresa de Washington el viernes próximo.

—Entonces, que sea el viernes próximo.

Aquella noche, mientras se alejaba el coche de Richard, Florentina le siguió con la mirada preguntándose si tendría valor para mantener su resolución.

El viernes, Richard se saltó la clase de la mañana y se dirigió a Nueva York para pasar el resto de la jornada con Florentina. Dedicaron la tarde a ensayar lo que cada uno de ellos diría cuando se enfrentase a sus padres. A las siete, ambos salieron del apartamento de Florentina en la calle Cincuenta y siete. Anduvieron sin decir palabra. Cuando llegaron a Park Avenue hubieron de detenerse ante un semáforo.

—¿Quieres casarte conmigo?

La pregunta llegó inesperadamente para Florentina, que estaba armándose de valor para hablar con su padre. Una lágrima resbaló por su mejilla, lágrima que a ella le pareció inoportuna en el que debía ser el instante más feliz de su vida. Richard sacó un anillo de una cajita roja: era un zafiro montado entre brillantes. Se lo puso en el anular de la mano izquierda, e intentó contener las lágrimas a besos. Luego se separaron, mirándose durante unos segundos, y entonces él dio media vuelta y echó a andar.

Habían convenido reunirse otra vez en el apartamento, una vez pasado el apuro. Ella contempló el anillo nuevo en su dedo, al lado del antiguo que era su recuerdo favorito del pasado.

Mientras recorría Park Avenue, Richard iba ensayando las frases que había ordenado cuidadosamente en su memoria, y se vio en la calle Sesenta y ocho mucho antes de haber concluido el ensayo.

Encontró a su padre tomándose su habitual Teacher's con soda antes de cambiarse para la cena. Su madre se quejaba de que su hermana no comía lo suficiente.

—Creo que Virginia se ha propuesto ser lo más delgado de Nueva York.

Richard sintió deseos de echarse a reír.

—Hola, Richard; te esperábamos más temprano.

—Sí —dijo Richard—. He tenido que ver a una persona antes de regresar a casa.

—¿A quién? —preguntó su madre sin mayor interés.

—A la mujer con la que voy a casarme.

Ambos le miraron con extrañeza; desde luego no era la frase inicial tan detalladamente prevista por Richard. Su padre fue el primero en reponerse.

—¿No crees que todavía eres demasiado joven? Estoy seguro de que tú y Mary podéis esperar un poco más.

—No es Mary la persona con quien quiero casarme.

—¿No es Mary? —se asombró su madre.

—No —dijo Richard—. Se llama Florentina Rosnovski.

Kate Kane palideció.

—¿La hija de Abel Rosnovski? —dijo William Kane sin expresión.

—Sí, papá —contestó Richard con firmeza.

—¿Qué clase de broma es ésa, Richard?

—No, papá. Nos conocimos en circunstancias poco corrientes y nos enamoramos sin saber, ninguno de los dos, que existía un malentendido entre nuestros padres.

—¿Un malentendido? ¿Un malentendido? —repitió—. Pero, ¿no te das cuenta de que ese advenedizo inmigrante polaco se ha pasado casi toda la vida intentando echarme de mi propio consejo de administración... y que una vez estuvo a punto de conseguirlo? ¿Y tú dices que eso es «un malentendido»? Richard, no volverás a ver jamás a la hija de ese granuja si alguna vez quieres sentarte en el consejo de la Banca Lester. ¿Lo has pensado bien?

—Sí, papá, lo he pensado y eso no va a modificar mi decisión. He encontrado a la mujer con quien quiero pasar el resto de mis días, y estoy orgulloso de que ella haya aceptado convertirse en mi esposa.

—Te ha engañado y te ha liado para así poderme quitar por fin el Banco, entre ella y su padre. ¿Es que no te das cuenta del plan?

—Ni siquiera tú mismo eres capaz de creer una cosa tan absurda, papá.

—¿Absurda? Una vez me acusó de ser el responsable de la muerte de su socio Davis Leroy, cuando yo...

—Papá, Florentina desconocía las circunstancias de

vuestra querella cuando nos conocimos. ¿Cómo puedes ser tan irracional?

—Te ha dicho que está embarazada para obligarte a contraer matrimonio.

—Eso es indigno de ti, papá. Desde que nos conocimos, Florentina jamás me ha insistido lo más mínimo, al contrario —Richard se volvió hacia su madre—. ¿Por qué no tratáis de conocerla, y así comprenderéis cómo ocurrió todo?

Kate iba a responder cuando el padre de Richard rugió:

—¡No! ¡Jamás! —y volviéndose hacia su mujer, le dijo que saliera y los dejara a solas. Richard vio que su madre salía llorando.

—Ahora escúchame, Richard. Si te casas con la hija de Rosnovski, no te daré ni un centavo.

—Como muchas generaciones de nuestra familia, papá, has caído en el error de creer que todo se compra con dinero. Tu hijo no está en venta.

—Pero si podías casarte con Mary Bigelow... una chica tan respetable, y de nuestro mismo ambiente.

Richard profirió una carcajada.

—Un ser tan maravilloso como Florentina no lo reemplaza el mejor vástago de nuestros amigos brahmanes.

—No juntes en la misma frase a nuestra tradición familiar con esos estúpidos polacos.

—Jamás pensé escuchar tan patéticos prejuicios en una persona normalmente ecuánime como tú, papá.

William Kane avanzó un paso hacia su hijo, pero Richard no hizo ademán de retroceder. Su padre se detuvo y exclamó:

—¡Vete! Has dejado de ser miembro de mi familia. Jamás...

Richard salió de la habitación. Al cruzar el recibidor vio que su madre, agobiada, se apoyaba en la barandilla de la escalera. Se acercó a ella y la tomó en brazos. Ella susurró:

—Yo nunca dejaré de quererte —y se apartó cuando oyó los pasos de su marido en el corredor.

Richard cerró despacio a sus espaldas, viéndose otra vez en la calle Sesenta y ocho. Su único pensamiento fue cómo le habría ido a Florentina en aquel trance. Llamó un taxi y, sin volverse ni una sola vez, dio las señas del apartamento de Florentina.

Jamás se había sentido tan libre en toda su vida.

Cuando llegó a la calle Cuarenta y siete preguntó al conserje si había regresado Florentina. La respuesta fue negativa, de manera que decidió esperar bajo el toldo de la entrada, cada vez más temeroso de que la retuvieran en su casa. Estaba tan pensativo que no se fijó en otro taxi que se detenía junto a la acera, apeándose del mismo la frágil figura de Florentina. Ésta se restañaba la sangre del labio con un pañuelo. Corrió hacia él y ambos se dirigieron rápidamente a la intimidad del apartamento.

—Te quiero, Richard —fueron sus primeras palabras.

—Y yo también —dijo Richard, tomándola en brazos y estrechándola con fuerza como si ello fuese a resolver sus problemas.

Florentina estrechó también a Richard mientras él hablaba:

—Me amenazó con dejarme sin un centavo si me casaba contigo. ¿Cuándo entenderán que no nos importa un comino su dinero? Quise recurrir al apoyo de mi madre, pero ni siquiera ella pudo dominar el furor de mi padre. La echó de la habitación. Nunca vi que la tratase así antes. Ella lloraba, lo cual reforzó mi resolución. Le dejé con la palabra en la boca. ¡Dios mío! Espero que no vaya a desahogarse contra Virginia y Lucy. ¿Qué pasó cuando se lo dijiste al tuyo?

—Me pegó —dijo Florentina en voz muy baja—. Por primera vez en mi vida. Creo que nos mataría si nos viera juntos. Richard, cariño, es preciso que nos vayamos de aquí antes de que empiece a buscarnos, pues será este apartamento el primer lugar que registre. Tengo mucho miedo.

—No hay motivo para tener miedo. Nos vamos esta noche, y tan lejos como nos sea posible, y que se vayan al infierno los dos.

—¿Cuánto tardarás en hacer el equipaje? —preguntó Florentina.

—No puedo —dijo Richard—. Ahora me es imposible volver a casa. Haz tus maletas y vámonos. Llevo como unos cien dólares y mi violoncelo, que todavía está en la habitación. ¿Qué te parece eso de casarte con una fortuna de cien dólares?

—Como empleada de unos almances supongo que será lo normal. Y pensar que yo quería ser una esposa mimada. Ahora querrás pedirme la dote, imagino —rebuscó en su bolso—. Bien, tengo doscientos doce dólares y la tarjeta American Express. Me debes cincuenta y seis dólares, Richard Kane, pero te daré facilidades a razón de un dólar al año.

—Creo que me gustaba más la idea de la dote —dijo Richard.

Florentina hizo las maletas en media hora. Luego se sentó al escritorio y escribió una nota para su padre, en la que decía que no deseaba volver a verle hasta que aceptase a Richard. Dejó el sobre sobre la mesita de noche. Richard pidió un taxi.

—Idlewild —dijo, después de meter en el portaequipajes las tres maletas de Florentina y su violoncelo.

Cuando llegaron al aeropuerto, Florentina hizo una llamada, y quedó muy aliviada al recibir la contestación esperada. Comunicó el resultado a Richard y éste sacó los billetes.

A las siete y media, el Super Constellation 1049 de la American Airlines despegaba iniciando su vuelo de siete horas.

Richard ayudó a Florentina a ponerse el cinturón. Ella le sonrió.

—¿A que no sabe usted cuánto le quiero, señor Kane?

—Sí, creo que sí... señora Kane —contestó él.

—Aún habrás de arrepentirte de lo que has hecho esta noche.

Él no replicó en seguida, sino que se limitó a permanecer sentado, inmóvil, mirando al vacío. Luego dijo solamente:

—No quiero que vuelvas a comunicarte con él jamás.

Ella salió sin contestar.

Se quedó solo en su sillón de cuero carmesí; el tiempo parecía congelado. Ni siquiera oyó el timbre del teléfono. El mayordomo llamó discretamente a la puerta y entró:

—Un tal señor Abel Rosnovski al aparato, señor. ¿Está usted en casa?

William Kane sintió una fuerte punzada en el estómago. No tenía más remedio que contestar. Se puso en pie, y sólo mediante un esfuerzo supremo evitó volver a caer en el sillón. Acercándose al teléfono, descolgó.

—Habla William Kane.

—Aquí Abel Rosnovski.

—Eso es, ¿y cuándo se le ocurrió la idea de juntar a su hija con mi hijo? Sin duda alguna, cuando fracasó tan estrepitosamente en el intento de arruinar mi Banco.

—No sea tan maldito... —Abel se contuvo antes de proseguir—. Deseo impedir ese matrimonio tanto como usted. Yo jamás me he propuesto quitarle a su hijo, de cuya existencia acabo de enterarme hoy. Quiero a mi hija más de lo que le odio a usted, y no quiero perderla. ¿No podríamos reunirnos para elaborar algún plan?

—No —dijo William Kane.

—¿A qué remover el pasado ahora, Kane? Si sabe dónde están, quizá logremos detenerlos. Eso es lo que usted quiere también. ¿O va a ser tan condenadamente orgulloso y no hacer nada, contemplando cómo su hijo se casa con mi hija, en vez de colaborar?

William Kane colgó y regresó a su sillón. El mayordomo apareció de nuevo:

—La cena está servida, señor.

—No cenaré, y no estoy en casa.

—Sí, señor —dijo el mayordomo, tras lo cual salió.

Otra vez a solas, William Kane se quedó sentado y nadie le molestó hasta las ocho de la mañana siguiente.

14

Mientras el vuelo 1049 aterrizaba en el aeropuerto internacional de San Francisco, Florentina confiaba en que las cosas no hubieran sido demasiado rápidas. Pero apenas puso Richard los pies en la pista, vio que una mujer enorme se abalanzaba sobre ellos y echaba ambos brazos al cuello de Florentina, mientras ésta no lograba rodear con los suyos a Bella.

—Eso sí que es anunciarse con poco tiempo, ¿verdad? Mira que llamarnos cuando estabais a punto de tomar el avión...

—Lo siento, Bella. No lo sabíamos hasta que...

—No seas tonta. Claude y yo estábamos quejándonos porque no sabíamos qué hacer esta tarde.

Florentina rió y presentó a Richard a sus dos amigos.

—¿Ese es todo vuestro equipaje? —preguntó Bella, contemplando las tres maletas y el violoncelo.

—Tuvimos que irnos más bien de prisa —explicó Florentina.

—Bien, aquí has tenido siempre tu casa —dijo Bella, cargando en seguida con dos de las maletas.

—Gracias a Dios, Bella, no has cambiado nada —dijo Florentina.

—En un sentido sí he cambiado. Estoy embarazada de seis meses. Lo que pasa es que soy como un panda gigante, nadie lo nota.

Las dos jóvenes esquivaron los coches que iban y venían a la salida del aeropuerto para dirigirse hacia el estacionamiento, mientras Richard acarreaba el violoncelo y

Claude cerraba la marcha. Durante el recorrido hasta San Francisco, Bella les reveló que Claude había entrado como socio en la asesoría jurídica Pillsbury, Madison y Sutro.

—Lleva buena carrera, ¿no? —comentó.

—Y Bella es profesora de educación física en el instituto, y no han perdido ni un solo partido de hockey desde que los entrena ella —dijo Claude, no menos orgulloso.

—Y tú, ¿a qué te dedicas? —dijo Bella al tiempo que apuntaba con el dedo al pecho de Richard—. Por tu equipaje, hay que suponer que eres un músico sin empleo.

—No precisamente —rió Richard—. Aspiro a ser banquero, y mañana saldré a buscar trabajo.

—¿Vais a casaros?

—Dentro de tres semanas, como más pronto —dijo Florentina—. Quiero casarme por la iglesia, de modo que antes han de leernos las amonestaciones.

—Así, viviréis en pecado —dijo Claude mientras pasaban por el lado del cartel «Bienvenido a San Francisco, automovilista prudente»—. Como una pareja moderna. Es lo que yo quería, pero Bella jamás lo consintió.

—¿Y por qué salisteis tan repentinamente de Nueva Yor? —preguntó Bella sin hacer caso del comentario de Claude.

Florentina les contó cómo había conocido a Richard, y la enemistad tradicional que había entre los padres de ambos. Bella y Claude oyeron el relato con incredulidad y guardaron un silencio poco habitual, hasta que el coche se detuvo.

—He aquí nuestro hogar —dijo Claude, pisando el freno con fuerza y dejando el coche en primera.

Florentina salió a la calle en cuesta y observó la vista no del todo despejada sobre la bahía.

—Nos mudaremos más arriba cuando Claude sea socio titular del bufete —dijo Bella—. De momento no hemos llegado más lejos.

—Es fantástico —dijo Florentina al entrar en la casita, y sonrió cuando vio que el paragüero estaba lleno de palos de hockey.

—Os llevaré a vuestra habitación para que podáis deshacer el equipaje —Bella condujo a sus dos invitados por una estrecha escalera de caracol a la habitación del desván—. No será como la suite presidencial del Baron, pero es mejor que ingresar en una comuna callejera.

Algunas semanas después, Florentina descubrió que Bella y Claude se habían pasado la tarde subiendo la cama de matrimonio al desván, y bajando las dos camas individuales, de manera que Richard y ella pudieran pasar la primera noche juntos.

Eran las cuatro de la madrugada, hora de Nueva York, cuando por fin consiguieron acostarse.

—Bien, ahora que ya no está libre Grace Kelly, supongo que habré de conformarme contigo. Aunque quizá Claude tenga toda la razón; tal vez deberíamos vivir juntos en pecado.

—Si tú y Claude vivierais juntos en pecado, nadie en San Francisco haría el menor caso.

—¿Alguna queja por ahora?

—Sí. Siempre quise dormir con un hombre que usara el lado izquierdo de la cama.

Por la mañana, después de un desayuno al estilo de Bella, Florentina y Richard hojearon los periódicos en busca de empleo.

—Nos convendría encontrar algo en seguida. Con nuestro dinero no creo que aguantemos más de un mes —dijo Florentina.

—Puede que a ti te resulte más fácil. No creo que haya muchos Bancos dispuestos a darme empleo sin un título, o por lo menos sin referencias de mi padre.

—No te preocupes —dijo Florentina, enmarañándole el cabello—. Podremos más que los viejos.

Los hechos dieron la razón a Richard. Florentina sólo necesitó tres días, y sus futuros patronos un telefonazo a la dirección de personal de Bloomingdale's, para conseguir empleo en un comercio de moda juvenil llamado «Wayout Columbus» que había solicitado «una vendedora dinámica» en las páginas del *Chronicle.* El gerente no tardó más de una semana en darse cuenta de que había hecho un buen fichaje.

Por su parte, Richard peregrinó por San Francisco, de Banco en Banco. Los directores de personal siempre le decían que telefonease un par de días más tarde, y cuando lo hacía resultaba que «en este momento no tenemos plaza» para una persona con sus calificaciones. Richard iba poniéndose cada vez más nervioso a medida que se acercaba la fecha de la boda.

—No se les puede reprochar —le explicó a Florentina—. Todos tienen negocios con mi padre, y prefieren no indisponerse con él.

—¡Hatajo de cobardes! ¿No se te ocurre nadie que haya tenido pleitos con la Banca Lester y en consecuencia no quiera operar con ella?

Richard sepultó la cabeza entre las manos y meditó un rato la pregunta.

—Sólo el Bank of America. Mi padre tuvo un conflicto con ellos acerca de una garantía crediticia que tardaron mucho tiempo en pagar, lo cual le causó una gran pérdida en intereses. Juró que jamás volvería a trabajar con ellos. Vale la pena intentarlo... Les llamaré mañana.

Al día siguiente, durante la entrevista, el gerente le preguntó a Richard si el motivo de dirigirse a ellos en petición de empleo era su notoria ruptura con su padre.

—Sí, señor.

—Bien, pues entonces tenemos algo en común. Empezará usted el lunes como auxiliar de Caja, y si realmente es usted hijo de William Kane imagino que no estará demasiado tiempo en esa categoría.

El sábado de su tercera semana de estancia en San Francisco, Richard y Florentina contrajeron matrimonio en una sencilla ceremonia que tuvo lugar en la iglesia de San Andrés, en California Street. El padre O'Reilly se desplazó desde Chicago, en compañía de la madre de Florentina, para oficiar el desposorio. Claude acompañó a la novia al templo antes de correr al lado de Richard para asumir sus funciones de padrino, mientras Bella, inmensa en su túnica pre-mamá, actuaba de madrina. Los seis lo celebraron aquella noche con una cena en el restaurante DiMaggio's, de Fisherman's Wharf. Los salarios semanales reunidos de Richard y Florentina no alcanzaron a cubrir el importe de la factura, por lo que Zaphia hubo de contribuir.

—La próxima vez que vosotros cuatro queráis salir a cenar, llamadme y vendré con el primer avión —agregó Zaphia.

El novio y la novia se acostaron a la una de la madrugada.

—Nunca pensé que acabaría casándome con un cajero de Banco.

—Nunca pensé que acabaría casándome con una dependienta, pero supongo que sociológicamente somos una pareja ideal.

—Confío en que no quede todo en sociologías —dijo Florentina al tiempo que apagaba la luz.

Abel intentó por todos los medios a su disposición averiguar dónde estaba Florentina. Después de varios días de llamadas telefónicas, telegramas e incluso tentativas de hacer intervenir a la policía, comprendió que sólo le quedaba un camino. Marcó un número de Chicago.

—Diga —contestó una voz no menos fría que la de William Kane.

—Sin duda sabes por qué llamo.

—Lo supongo.

—¿Cuánto tiempo hace que sabías lo de Florentina y Richard Kane?

—Unos tres meses. Florentina vino a Chicago y me lo contó todo acerca de él. Más tarde le conocí en la boda. Ella no ha exagerado. Es un hombre excepcional.

—¿Sabes dónde están ahora? —preguntó Abel.

—Sí.

—¿Dónde?

—Averígualo tú —y se cortó la comunicación. Otra persona que no deseaba ayudar.

Ante sí, sobre el escritorio, tenía sin abrir el expediente con los detalles de su próximo viaje a Europa. Lo hojeó con escaso interés. Dos billetes de avión, dos reservas de habitación en Londres, Edimburgo y Cannes. Dos billetes para la ópera, dos para el teatro, pero esta vez asistiría sólo una persona. Florentina no iba a estar presente en las inauguraciones del Edimburgo Baron y el Cannes Baron.

Cayó en un sopor intranquilo del que no deseaba ser despertado. George le encontró derrumbado sobre su escritorio a las ocho de la mañana siguiente.

Le prometió a Abel que para cuando éste regresara de Europa él habría localizado a Florentina; pero Abel, después de releer una y otra vez la carta de su hija, ya sabía que aun cuando ello se consiguiera Florentina no consentiría en verle.

15

—Desearía obtener un préstamo de treinta y cuatro mil dólares —dijo Florentina.

—¿Para qué se necesita ese dinero? —preguntó fríamente Richard.

—Para pagar el arrendamiento de una casa en Nob Hill y abrir allí una tienda de modas.

—¿Cuáles son las condiciones del arrendamiento?

—A diez años, con opción a prórroga.

—¿Qué garantía se ofrecerá para solicitar el préstamo?

—Tengo tres mil acciones del consorcio Baron.

—Pero ésa es una compañía privada —dijo Richard—, y las acciones carecen de valor efectivo, de momento que no están admitidas a cotización.

—Pero el grupo Baron vale cincuenta millones en buen dinero de curso legal, y mis acciones representan el uno por ciento de la compañía.

—¿Cómo entró en posesión de esas acciones, señora?

—Mi padre es el presidente de la compañía y me las regaló para celebrar mi vigésimo primer cumpleaños.

—Entonces, ¿por qué no le pide el dinero prestado directamente a él?

—¡Ah, diablos! No me digas que serán tan exigentes.

—Me temo que sí, Jessie.

—¿Todos los directores de Bancos serán tan duros como tú? Nunca me trataron así en Chicago.

—Es porque entonces tenían la garantía de la cuenta de tu padre. Nadie que no te conociera sería tan servicial. El gerente de un departamento de préstamos ha de considerar siempre, ante una nueva operación, que la misma *no será* reembolsada, de modo que si el riesgo no está cubierto por lo menos dos veces, se juega el empleo. Cuando prestas dinero has de situarte al otro lado de la mesa y considerar el punto de vista del otro. Todos los que piden prestado están seguros de tener entre manos un asunto infalible, pero el gerente sabe que más de un cincuenta por ciento de las operaciones que se le plantean fracasarán o, en el mejor de los casos, se cerrarán sin pérdida ni ganancia. Así pues, ese gerente ha de seleccionar y elegir con cuidado, para estar seguro de encontrar siempre una manera de recobrar su dinero. Mi padre solía decir que en la mayoría de las operaciones financieras se calcula un beneficio de un uno por ciento para el Banco, y que ello no daba margen para una pérdida del uno por ciento sino una vez cada cinco años, como mucho.

—Todo esto parece lógico. Entonces, ¿qué puedo contestar a eso de «pídale el dinero directamente a su padre»?

—Di la verdad. Recuerda que el crédito se funda en la confianza, y si ellos saben que siempre serás franca, te respaldarán cuando te veas en un aprieto.

—Todavía no has contestado a la pregunta.

—Les dices, sencillamente: mi padre y yo hemos discutido por un asunto de familia, y ahora quiero abrirme paso por mi cuenta.

—¿Crees que eso servirá?

—No lo sé, pero en caso afirmativo al menos habrás empezado con todas las cartas sobre la mesa. Comencemos otra vez, desde el principio.

—¿Es necesario?

—Sí. Nadie está obligado a darte dinero, Jessie.

—Desearía obtener un préstamo de treinta y cuatro mil dólares.

—¿Para qué se necesita ese dinero?

—Para pagar el arrendamiento de una...

—La cena está lista —rugió Bella.

—Mi salvación —dijo Florentina.

—Sólo hasta que termine la cena. ¿Cuántos Bancos vas a visitar mañana?

—Tres, el Bank of California, el Wells Fargo y el Crocker. Oye, ¿por qué no me doy una vuelta por el Bank of America y me pasas los treinta y cuatro mil dólares por la ventanilla?

—Porque en Estados Unidos no hay cárceles mixtas.

Claude asomó la cabeza.
—Daos prisa, vosotros dos, o no va a quedar nada para vosotros.

George dedicó tanto tiempo a seguir la pista de Florentina como a sus actividades de director gerente del grupo Baron. Estaba empeñado en obtener algún resultado concreto antes de que Abel regresase a Europa.
Una de las puertas a las que llamó le respondió mejor que a Abel. Zaphia le informó con satisfacción de que viajaba frecuentemente a la costa para visitar a los felices recién casados. Le bastó a George con una llamada a una agencia de viajes de Chicago para saber que el destino de tales viajes era San Francisco. A las veinticuatro horas tenía la dirección y el número de teléfono de Florentina. En una ocasión, George incluso consiguió dialogar brevemente con su ahijada, pero ella estuvo bastante reticente con él. Henry Osborne se presentó con la excusa de ayudar, pero pronto se puso de manifiesto que únicamente trataba de averiguar lo que estaba ocurriendo en la vida de Abel. Incluso trató de presionar a George para que le prestase más dinero.
—Tendrá que esperar a que haya regresado Abel —le dijo George, cortante.
—No sé si podré aguantar tanto tiempo.
—Lo siento, Henry, pero no tengo poderes para autorizar préstamos personales.
—¿Aunque sea a un miembro del consejo de administración? Llegará usted a lamentar esa decisión, George. Al fin y al cabo, sé más que usted acerca de los comienzos de este consorcio, y estoy seguro de que no me faltarán otros dispuestos a pagar por esa información.

George siempre se presentaba en el aeropuerto de Idlewild treinta minutos antes de la hora señalada para el retorno de Abel. Sabía que el Barón, como si fuese un director recién nombrado, siempre estaba impaciente por enterarse de las novedades ocurridas en la empresa. Pero esta vez estaba seguro de que la primera pregunta de Abel versaría sobre otro asunto.
Como siempre, Abel fue el primero en pasar por Aduana, y una vez él y George se veían sentados en el compar-

timiento trasero del Cadillac de la compañía, no solía perder el tiempo en charlas.

—¿Qué novedades hay? —exigió Abel, sobradamente consciente de que George sabría a qué se refería.

—Unas buenas y otras malas —dijo George, accionando un botón cerca de la ventanilla.

Un panel de vidrio se elevó entre el chófer y los pasajeros del automóvil, mientras Abel tamborileaba con impaciencia sobre el apoyabrazos.

—Florentina sigue en contacto con su madre. Vive en un pequeño apartamento de San Francisco, en compañía de unos amigos de sus tiempos de Radcliffe.

—¿Casada?

—Sí.

Abel guardó silencio unos instantes, como si le costara asimilar el significado de la contestación.

—¿Y el hijo de Kane?

—Encontró empleo en un Banco. Al parecer le costó bastante, porque se supo que no había terminado el curso en la escuela de administración de Harvard y que su padre no iba a recomendarle. Muchos no quisieron emplearle para no enemistarse con Kane. Finalmente ha ingresado como auxiliar de Caja en el Bank of America, con un salario bastante inferior a lo que podía pretender con sus estudios.

—¿Y Florentina?

—Trabaja como encargada en una tienda de modas llamada «Wayout Columbus», cerca de Golden Gate Park. Además ha intentado pedir un crédito en varios Bancos.

—¿Cómo? —dijo Abel, en tono de preocupación—. ¿Acaso está en apuros?

—No, busca capital para abrir un negocio propio.

—¿Cuánto pretende obtener?

—Necesita treinta y cuatro mil dólares para arrendar un pequeño edificio que ha quedado libre en Nob Hill.

Abel meditó un rato estas informaciones.

—Haz que consiga ese dinero. Procura que la transacción parezca un préstamo normal, y asegúrate de que no se me pueda relacionar con ella —volvió a tamborilear en el apoyabrazos—. Esto debe quedar entre nosotros dos para siempre, George.

—Como quieras, Abel.

—Y tenme informado de todo lo que haga, por trivial que parezca.

—¿Y Richard Kane?

—No me interesa —dijo Abel—. Y ahora, ¿cuáles son las malas noticias?

—Dificultades con Henry Osborne, otra vez. Por lo visto debe dinero en todas partes, y estoy bastante seguro de que su única fuente de ingresos eres tú. Todavía nos sale con amenazas... de revelar que repartiste sobornos al principio, en la época en que te hiciste cargo del consorcio. Dice que ha guardado todos los papeles desde su primera entrevista contigo, cuando según él obtuvo un pago extra después del incendio del antiguo Richmond, en Chicago. Va diciendo por todas partes que tiene un archivo de diez centímetros de espesor acerca de ti.

—Mañana me las entenderé con Henry —dijo Abel.

Cuando llegó Henry para la entrevista privada, Abel ya se había puesto al corriente de todas las actividades de la empresa. Contempló a su interlocutor: el hábito de la bebida y las deudas empezaban a dejar su huella. Por primera vez Abel pensó que Henry aparentaba más años de los que tenía.

—Necesito un poco de dinero para salir de una mala racha —dijo Henry aun antes de que se dieran la mano—. Llevo una temporada un poco mala.

—¿Otra vez, Henry? A tu edad deberías haber aprendido un poco más. ¿Cuánto te hace falta esta vez?

—Diez mil me sacarían del apuro —dijo Henry.

—Diez mil —silabeó Henry con rabia—. ¿Qué te has creído que soy, una mina de oro? La otra vez fueron cinco mil nada más.

—La inflación —dijo Henry con risa fingida.

—Es la última vez, ¿entiendes? —dijo Abel mientras sacaba la chequera—. Como vengas a mendigar otra vez, te echo del consejo de administración y te dejo sin un centavo.

—Eres un verdadero amigo, Abel. Te juro que no volveré más... te lo prometo. Nunca más —Abel vio que Henry tomaba un puro de la cigarrera que tenía delante, sobre el escritorio, y lo encendía; en veinte años George jamás se había atrevido a tanto—. Gracias, Abel. No lamentarás tu decisión.

Henry salió tranquilamente del despacho, dando grandes bocanadas de humo. Abel aguardó a que se cerrase la puerta y llamó a George por el intercomunicador. Apareció casi en seguida.

—¿Qué ha pasado?

—He cedido por última vez —dijo Abel—. No sé por qué lo hago... me ha costado diez mil.

—¿Diez mil? —dijo George, con un suspiro—. Puedes estar completamente seguro de que volverá. Estoy dispuesto a apostar.

—Mejor será que no lo haga, porque he acabado con él —dijo Abel—. Por muchos favores que me haya hecho en el pasado, estamos en paz. ¿Algo nuevo sobre mi chica?

—He gestionado un crédito para Florentina con el Crocker National Bank de San Francisco —dijo George—. Tiene una entrevista el lunes próximo con el encargado de la sección. Para ella la operación será como un préstamo, sin ningún favor particular. En realidad le cargan medio punto por encima de lo acostumbrado, así que no tendrá motivos para sospechar. Lo que ella no sabe es que el dinero está cubierto por tu garantía.

—Gracias, George, es perfecto. Te apuesto diez dólares a que devuelve el crédito dentro de los dos años y no necesitará pedir otro. Tenme al corriente de todo lo que haga. De todo.

Aquel lunes Florentina visitó tres Bancos. El Bank of California mostró cierto interés, el Wells Fargo ninguno, y el Crocker le dijo que volviera. Richard reaccionó con alegría y sorpresa.

—¿Qué condiciones habéis discutido?

—El Bank of California pidió el ocho por ciento y quedarse con la escritura del arrendamiento. Crocker exige el ocho y medio, la escritura y mis acciones del consorcio Baron.

—Buenas condiciones teniendo en cuenta que no poseen antecedentes tuyos, pero significa que deberías realizar un beneficio del veinticinco por ciento antes de deducir impuestos, sólo para cubrir gastos.

—Lo he calculado todo, Richard, y creo que haré un veintidós por ciento el primer año.

—Ayer por la noche estudié esos números, Jessie, y eres demasiado optimista. No tienes ninguna posibilidad de conseguirlo. En realidad, creo que la compañía perderá de siete a diez mil dólares el primer año... por lo que habrás de confiar en que el Banco tenga fe en tu futuro a largo plazo.

—Eso es justamente lo que dijo el oficial de créditos.

—¿Cuándo te comunicarán lo que hayan decidido?

—Hacia el final de la semana. Es peor que esperar el resultado de un examen.

—Se ha portado usted bien, Kane —dijo el gerente—. He recomendado a la Central su ascenso. He pensado que...

Sonó el teléfono sobre el escritorio del gerente. Éste lo descolgó y escuchó.

—Es para usted —dijo con cara de sorpresa, antes de pasarle el auricular a Richard.

—El Bank of California dice que su comisión de créditos rechazó mi petición de préstamo, pero la Crocker ha dicho que sí. ¡Oh, Richard! ¿No es maravilloso?

—Sí, señora, son buenas noticias en efecto —dijo Richard evitando mirar al gerente.

—Muy amable de su parte, señor Kane. Pero resulta que ahora tengo un problema sociológico y me preguntaba si podría serme de ayuda.

—Quizá si se pasara usted por el Banco, señora, podríamos discutirlo con mayor detalle.

—Qué gran idea. Siempre he soñado con hacer el amor dentro de la caja fuerte de un Banco, rodeada de billetes. Miles y miles de Bejamin Franklin mirándome.

—Estoy de acuerdo con su propuesta, señora, y llamaré para confirmársela cuanto antes.

—No tarde mucho, o tal vez decida retirar mi cuenta.

—En el Bank of America estamos siempre al servicio del cliente, señora.

—Pues mirando mi cuenta no se nota mucho.

Y colgó.

—¿Dónde lo celebramos? —preguntó Richard.

—Ya te lo dije por teléfono: en la caja fuerte del Banco.

—Cariño, cuando llamaste estaba reunido con el gerente, quien me ofrecía el tercer puesto del departamento de Internacional.

—Es fantástico. Así será una celebración doble. Vámonos al Barrio Chino y tomaremos cinco platos preparados y cinco coca-colas gigantes.

—¿Por qué cinco, Jessie?

—Porque Bella viene con nosotros. Dicho sea de paso, señor Kane, me gusta más que me llame «señora».

—No, creo que seguiré llamándote Jessie. Me recuerda lo mucho que has progresado desde que nos conocimos.

Por la tarde Claude apareció con una botella de champaña debajo de cada brazo.

—Vamos a abrir una en seguida para celebrarlo —dijo Bella.

—De acuerdo —asintió Florentina—. ¿Y la otra?

—Se guarda para una ocasión especial que ninguno de nosotros pudo prever —dijo Claude con firmeza.

Richard abrió la primera botella y llenó cuatro vasos, mientras Florentina guardaba la otra en el frigorífico.

Al día siguiente ella firmó el arrendamiento de la casita de Nob Hill, y los Kane se mudaron al pequeño piso encima del local de la tienda. Florentina, Bella y Claude pasaron los fines de semana pintando y limpiando, mientras Claude, el más artista de los cuatro, rotulaba el nombre «Florentina's» en azul claro sobre la fachada, encima del escaparte. Un mes más tarde estaban listos para la inauguración.

Durante su primera semana como propietaria, encargada y contable, Florentina se puso en contacto con todos los proveedores que había conocido cuando trabajaba con su padre en Nueva York. Tardó poco en llenar la tienda de artículos, todos a noventa días.

Florentina abrió su pequeño negocio el 1 de agosto de 1958. Siempre recordó la fecha, porque poco después de medianoche Bella dio a luz un bebé de cinco kilos.

Florentina envió un gran número de cartas para anunciar la inauguración, eligiendo para ello el día anterior a la fecha anunciada por el gobierno para el aumento del franqueo de tres a cuatro centavos. A sus antiguos patronos «Wayout Columbus» les quitó una dependienta llamada Nancy Ching, que tenía los encantos de Maisie... aunque afortunadamente su coeficiente de inteligencia no era el de Maisie. La mañana de la inauguración las dos chicas esperaban junto a la entrada con jubilosa impaciencia; pero en todo el día sólo entró una persona en la tienda, y fue para preguntar el camino. La mañana siguiente entró una mujer joven y se pasó una hora viendo todas las blusas procedentes de Nueva York que tenían; después de probarse varias se fue sin comprar nada. Por la tarde, una mujer de edad madura estuvo largo rato revolviendo las cosas y finalmente compró un par de guantes.

—¿Cuánto le debo? —preguntó.

—Nada —dijo Florentina.

—¿Cómo que nada? —inquirió la señora.

—Regalo de la casa. Es usted la primera cliente que ha comprado en Florentina's, conque no le cobraremos.

—Qué amable —dijo la señora—. Se lo contaré a mis amistades.

—Cuando yo compraba en Bloomingdale's jamás me regalaste unos guantes, señorita Kovats —dijo Richard aquella noche—. Si continúas así habrás quebrado antes de que termine el mes.

Pero aquella vez se equivocaba. La señora resultó ser la presidente de la Liga Juvenil de San Francisco y una sola palabra suya valía más que un anuncio a toda plana en el *Chronicle*.

Durante las primeras semanas Florentina trabajó casi dieciocho horas al día, pues tan pronto como cerraba se dedicaba a repasar el inventario, mientras Richard hacía la contabilidad. A medida que transcurrían los meses empezó a preguntarse si la pequeña tienda llegaría a producir beneficios alguna vez.

Al final del primer año se reunieron con Bella y Claude para celebrar la pérdida de siete mil trescientos ochenta y ocho dólares.

—Presentaremos mejores resultados el año que viene —dijo Florentina con firmeza.

—¿Por qué? —preguntó Richard.

—Porque aumentarán nuestras facturas de alimentación.

—¿Es que Bella se viene a vivir con nosotros?

—No. Es porque estoy embarazada.

Richard no cabía en sí de gozo, y su única preocupación fue que no pudo evitar que Florentina trabajase hasta el mismo día que le tocaba ir a la clínica. Celebraron el final del segundo año con un pequeño beneficio de dos mil dólares y un hijo de tamaño natural que pesó cuatro kilos y cien gramos. Tenía una sola tetilla.

En cuanto al nombre del recién nacido si era varón, estaba decidido con muchas semanas de antelación.

George quedó tan sorprendido como satisfecho al verse nombrado padrino del niño de Florentina. Y aunque no quisiera confesarlo, Abel también se alegró, pues no en vano aprovechaba cualquier oportunidad para enterarse de los acontecimientos de la vida de su hija.

Un día antes del bautizo George tomó el avión con destino a Los Ángeles, a fin de supervisar las obras del nuevo Baron. Abel quería tener el edificio terminado en septiembre, para que pudiera inaugurarlo John Kennedy todavía durante la campaña electoral. Una vez persuadido de que se cumpliría el plazo fijado por Abel, George se dirigió a San Francisco.

Por su carácter, George tardaba mucho tiempo en tomarle aprecio a una persona, y aún más en tenerle confianza. No ocurrió así con Richard Kane. George simpatizó con él en seguida, y después de ver todo lo que Florentina había conseguido en tan poco tiempo, comprendió que ello no habría sido posible sin el sentido común y la cautela de su marido. George se propuso darle claramente a Abel su opinión acerca del muchacho, cuando estuviese de vuelta en Nueva York.

Después de una cena en la intimidad, los dos hombres se pusieron a jugar al backgammon, a dólar el punto, y comentaron el bautizo.

—Fue bien distinto al de Florentina —dijo George, y Richard no pudo por menos de reír al figurarse a su suegro pasando la noche en la cárcel.

—Está sacando dobles todo el rato —comentó George, mientras tomaba un sorbo de la copa de Rémy Martin que le había servido Richard.

—Mi padre... —dijo Richard, y tras titubear un momento prosiguió—: Mi padre decía que echar la culpa a los dobles era excusa de mal perdedor.

George lo celebró con una carcajada.

—Y, ¿cómo está su señor padre?

—Ni idea. No he tenido ninguna relación con él desde que Jessie y yo nos fuimos para casarnos.

George no entendía que llamase Jessie a su ahijada. Cuando se enteró del motivo, se dijo que tendría que contárselo a Abel.

—Lamento que su padre lo haya tomado, por lo visto, igual que Abel —dijo George.

—Estoy en contacto con mi madre —prosiguió Richard después de tomar un sorbo de coñac—, pero no me parece que papá vaya a deponer su actitud, sobre todo si Abel continúa con el intento de aumentar su participación en la Lester.

—¿Está usted seguro de eso? —preguntó George en tono de sorpresa.

—Hace dos años no había banquero en Wall Street que no lo supiera.

—Abel se ha vuelto muy obstinado —dijo George—. No consigo hacerle entrar en razón. Pero no creo que cause molestias por ahora —agregó antes de saborear nuevamente el coñac. Richard no quiso preguntarle el porqué, considerando que cuando George quisiera explicarse con más detalle, lo haría.

—Por cierto que si gana las elecciones Kennedy, Abel cuenta con alguna posibilidad de conseguir un cargo menor en la nueva administración —continuó George después de reposar la copa—. No creo que llegue a más.

—Embajador en Polonia, indudablemente —dijo Florentina, que entraba con una bandeja cargada de tazas de café—. Sería el primer inmigrante de origen polaco en merecer tal honor. Conozco esa ambición desde nuestro primer viaje a Europa.

George no contestó.

—¿Interviene en este asunto Henry Osborne? —preguntó Florentina.

—No; ni siquiera está enterado —dijo George, arrellanándose en su sillón—. Tu padre ha dejado de confiar en él. Desde que perdió su escaño en el Congreso, Henry se ha mostrado como un aliado poco seguro, por no decir algo peor, y tu padre quiere echarle incluso del consejo de administración.

—Al menos, papá se ha dado cuenta por fin de que Henry es un mal elemento.

—Creo que siempre lo ha sabido, pero no se puede negar que Henry le fue muy útil a tu padre mientras estaba en Washington. Personalmente creo que todavía es peligroso, aunque no esté en el Congreso.

—¿Por qué? —preguntó Florentina desde su asiento en el rincón de la habitación.

—Porque sospecho que sabe demasiado acerca de la

enemistad entre Abel y el padre de Richard, y si contrae más deudas me temo que tratará de vender información directamente al señor Kane.

—Jamás —dijo Richard.

—¿Cómo puede estar tan seguro? —preguntó George.

—No me diga que no lo sabe, después de tantos años —replicó Richard. George miró alternativamente a uno y otra.

—Saber, ¿qué?

—Es evidente que no —dijo Florentina.

—Va a necesitar uno doble —dijo Richard, tras lo cual le sirvió a George una buena copa de coñac antes de proseguir—: Henry Osborne odia a mi padre aún más que Abel.

—¡Cómo! ¿Por qué? —se incorporó George en su asiento.

—Henry estuvo casado con mi abuela, después de la muerte del abuelo —explicó Richard. Se sirvió otro café antes de continuar—: Hace muchos años, cuando él era joven, intentó timarle a mi abuela parte de la fortuna familiar. Osborne no lo consiguió porque papá, que tenía entonces sólo diecisiete años, descubrió que sus antecedentes en Harvard y su servicio militar eran falsos, y procedió a expulsarle de su propia casa.

—*Omój Jezu!* —exclamó George—. Me pregunto si Abel sabrá algo de eso —dijo, olvidándose de su turno de juego.

—Por supuesto que sí —dijo Florentina—. Supongo que ése fue el factor que le decidió a utilizar a Henry desde el principio. Necesitaba tener a alguien de su parte, en la seguridad de que no podía irse de la lengua con Kane.

—¿Cómo lo has averiguado?

—Lo deduje cuando Richard descubrió que yo no era Jessie Kovats. Casi todas las pruebas acerca de Henry están en un archivador que papá guarda bajo llave en un cajón de su escritorio.

—Creí que ya era demasiado mayor para aprender tanto en un solo día —comentó George.

—Aún no ha terminado de aprender —dijo Richard—. Henry Osborne nunca fue a Harvard, nunca estuvo en la guerra, y su verdadero nombre es Vittorio Togna.

George se quedó con la boca abierta, incapaz de articular palabra.

—También sabemos que papá posee el seis por ciento de la Banca Lester. Imagínate los problemas que ocasionaría si pudiera echar mano de un dos por ciento más —dijo Florentina.

—Creemos que pretende comprarle ese dos por ciento a Peter Parfitt, el recién cesado presidente de la Lester, con el objetivo final de echar a papá de su propio consejo de administración —agregó Richard.

—Eso pudo ser cierto en el pasado.

—¿Y por qué no ahora? —preguntó Florentina.

—Abel no continuará con una cosa tan absurda como querer echar a tu suegro del Banco mientras Kennedy piensa en él como posible embajador en Varsovia. Así que no hay nada que temer en ese sentido. ¿Quizás esto te permita considerar tu asistencia como invitada a la inauguración del nuevo Baron de Los Ángeles por parte del candidato?

—¿Hay aguna posibilidad de que Richard sea invitado también?

—Ya sabes cuál es la respuesta a eso, Florentina.

—¿Otra partida, George? —dijo Richard, cambiando de conversación.

—No, gracias. Conozco a un ganador en cuanto lo veo —sacó la cartera y pagó once dólares—. Pero sigo creyendo que ha sido gracias a los dobles.

16

Nancy Ching llevó bien la tienda mientras Florentina estaba en la clínica, pero una vez el joven Kane quedó alojado en su cuna de la habitación de atrás, Florentina se apresuró a volver al trabajo. Cuando le envió las primeras fotografías a miss Tredgold, le explicó que esperaba poder desempeñar las responsabilidades de madre hasta que fuese imprescindible contratar a otra persona. «Aunque no creo que sea posible encontrar a alguien como usted fuera de Much Hadham», agregó.

Durante sus dos primeros años de matrimonio, tanto ella como Richard se concentraron en el progreso de sus respectivas carreras. Cuando Florentina abrió su segunda tienda, Richard había subido también una categoría en el escalafón bancario.

Florentina hubiera preferido dedicar más atención a las tendencias de la moda, y no tanta a las cuentas diarias, pero no se veía capaz de pedirle a Richard que dedicase todas las noches a los libros, después de regresar del Banco. Comentó sus audaces ideas para el futuro con Nancy, que no estaba del todo conforme con que se hicieran tantos pedidos de las tallas pequeñas.

—Servirán para mí —sonrió la menuda china—, pero no para la mayoría de las mujeres americanas.

—No estoy de acuerdo. La esbeltez va a ponerse de moda, y hemos de anticiparnos, y ser las primeras. Si las mujeres americanas se proponen adelgazar, se verá una revolución dietética que hasta a ti te hará parecer gorda.

Nancy soltó la carcajada.

—Teniendo en cuenta nuestros pedidos para las tallas treinta y ocho y cuarenta, más vale que no nos equivoquemos.

Ni Richard ni Florentina volvieron a mencionar el espinoso tema familiar, ya que después de la visita de George habían abandonado toda esperanza de reconciliación. Ambos hablaban por teléfono con sus respectivas madres, y aunque Richard recibía cartas de sus hermanas, le entristeció el no poder asistir a la boda de Virginia. Aquella desafortunada situación se habría prolongado indefinidamente, a no ser por dos acontecimientos, el primero de ellos difícilmente evitable, mientras que el segundo fue debido a contestar al teléfono la persona equivocada.

El primero advino como consecuencia de ser Los Ángeles la ciudad a la que tocaba el turno de inaugurar un hotel Baron. Florentina siguió con gran interés el curso de las obras, mientras ella se disponía a inaugurar su tercer establecimiento. El nuevo hotel quedó terminado en septiembre de 1960, y Florentina se tomó una tarde libre para asistir a la ceremonia inaugural, que corría a cargo del senador John Kennedy. Se situó detrás de la gran multitud que había ido a ver al candidato, mientras ella no le quitaba ojo a su padre. Parecía bastante avejentado y desde luego estaba más grueso. Al fijarse en las personas que le rodeaban comprendió que ahora debía estar muy bien relacionado en los círculos del partido demócrata. Se preguntó si, en caso de salir elegido Kennedy, se le ofrecería a su padre «la oportunidad de servir bajo sus órdenes». El excelente discurso de bienvenida que pronunció Abel impresionó a Florentina, pero quien verdaderamente la cautivó fue el joven candidato presidencial, que para ella parecía personificar la nueva América. Después de escucharle, deseó con pasión que John Kennedy fuese el nuevo presidente. Tan pronto como terminó el discurso salió del recién inaugurado Baron decidida a consagrar su tiempo a la campaña de Kennedy y enviar dinero al Distrito Noveno de Illinois, aun suponiendo que su padre habría contribuido con una suma que haría parecer minúscula la aportación de ella. Richard seguía siendo un inconmovible republicano y partidario de Nixon.

—Seguro que recuerdas lo que contestó Eisenhower cuando le preguntaron acerca de vuestro nuevo campeón —se burló Florentina.

—Alguna cosa poco halagüeña, supongo.

—Un periodista le preguntó: «¿En qué decisiones importantes ha participado el vicepresidente?»

—¿Y cuál fue la respuesta de Ike?

—«Si me da una semana de tiempo, a lo mejor se me ocurre alguna.»

En las semanas restantes de la campaña, Florentina dedicó todo su tiempo libre a enviar sobres y contestar llamadas telefónicas en la oficina principal del partido en San Francisco. Estaba convencida de que, a diferencia de las dos elecciones anteriores, los demócratas tenían esta vez un hombre a quien ella podía apoyar sin reservas. La última confrontación televisada entre los dos candidatos reavivó en ella las ambiciones políticas que por culpa de Henry Osborne habían estado a punto de extinguirse. Estaba deslumbrada por el carisma y por la profundidad política de Kennedy, y se preguntaba cómo podía votar a los republicanos nadie que hubiera seguido la campaña. Richard le observó que un carisma y una buena presencia no podían pesar más que una política de futuro y unos antecedentes conocidos, aunque éstos incluyeran algún que otro punto oscuro.

Richard y Florentina pasaron en vela la noche de las elecciones, siguiendo los resultados. Los altibajos, los giros y las sorpresas duraron hasta llegar a California, donde Kennedy ganó la presidencia por el margen más reducido de la historia electoral norteamericana. Florentina estaba fuera de sí de júbilo, mientras Richard mantenía que jamás habría ganado Kennedy a no ser gracias al alcalde Daley y a las urnas de Cook County... o a la falta de ellas.

—¿Votarías tú la candidatura demócrata si me presentase yo?

—Eso dependería de su programa político. Soy un banquero, no un sentimental.

—Pues bien, frío y rígido banquero, quiero abrir el cuarto establecimiento.

—¿Cómo? —dijo Richard.

—Hay una ganga en San Diego, un edificio con sólo dos años de arrendamiento, pero podría ser prorrogable.

—¿Cuánto?

—Treinta mil dólares.

—Estás loca, Jessie. Tu beneficio previsto de este año se va en la ampliación.

—Y hablando de ampliación, estoy embarazada otra vez.

Cuando el trigésimo quinto presidente pronunció su discurso inaugural, Florentina y Richard vieron la ceremonia por televisión, en el apartamento de arriba de la primera tienda.

«Desde este momento y lugar llevad a amigos y enemigos el mensaje de que la antorcha ha pasado a una nueva generación de americanos, nacidos en este país, templados por la guerra, disciplinados por una paz amarga y difícil.» La mirada de Florentina no se apartaba ni por un instante del hombre en quien habían confiado tantos americanos. Cuando el presidente Kennedy terminó su alocución con las palabras: *«No os preguntéis qué puede hacer vuestro país por vosotros. Preguntaos qué podéis hacer vosotros por vuestro país»*, Florentina vio que la multitud se ponía en pie, y se halló ella misma participando en el aplauso. Se preguntó cuántas personas estarían aplaudiendo en otros hogares de toda América, y se volvió hacia Richard.

—No está mal para ser un demócrata —dijo él, al darse cuenta de que aplaudía también.

—Florentina sonrió.

—¿Crees que estará allí mi padre?

—Indudablemente.

—Así sólo nos queda sentarnos a esperar el nombramiento.

George les escribió al día siguiente para confirmarles que Abel había asistido a los actos oficiales en Washington, y terminaba con las palabras: «Tu padre tiene mucha confianza en lo de ir a Varsovia, y yo también confío en que, si le ofrecen ese cargo, será más fácil convercerle de que admita a Richard».

—Qué gran amigo ha resultado George —comentó Florentina.

—Tanto para Abel como para nosotros —dijo Richard, pensativo.

Florentina repasaba todos los días las nuevos nombramientos, a medida que iba anunciándolos el secretario de Prensa, Pierre Salinger. Pero el anuncio relativo al embajador en Polonia todavía no salía.

17

Cuando Florentina vio el nombre de su padre en el periódico, era casi imposible pasarlo por alto: los titulares ocupaban todo lo ancho de la primera página:

DETENCIÓN DEL BARÓN DE CHICAGO

Florentina leyó la noticia con incredulidad:

NUEVA YORK. — Abel Rosnovski, el hotelero internacional conocido por el sobrenombre de Barón de Chicago, fue detenido por agentes del FBI a las ocho y media de la mañana de hoy, en un apartamento de la calle Cincuenta y Siete Este. La detención tuvo lugar cuando la noche anterior acababa de regresar de un viaje de negocios a Turquía, donde inauguró el Istanbul Baron, el hotel más reciente de su cadena. Rosnovski fue acusado por el FBI de soborno y cohecho en catorce Estados. El FBI desea interrogar también al ex congresista Henry Osborne, cuyo paradero se desconoce en Chicago desde hace quince días.

El abogado defensor de Rosnovski, H. Trafford Jilks, negó los cargos en unas declaraciones y agregó que su cliente presentaría una explicación completa que le exculparía totalmente. Rosnovski ha sido puesto en libertad bajo fianza de diez mil dólares.

La noticia seguía diciendo que desde hacía algún tiempo circulaban en Washington rumores de que Rosnovski estaba siendo considerado por la Casa Blanca como próximo embajador norteamericano en Polonia.

Florentina pasó en vela aquella noche, mientras se preguntaba cómo había podido ocurrir y se imaginaba lo que debía sufrir su padre. Supuso que Henry andaría metido en aquello y decidió no perderse ni una migaja de la información que llevasen los periódicos. Richard intentó consolarla diciendo que no existía el hombre de negocios que en algún momento de su carrera no hubiese recurrido a sobornos, por pequeños que fuesen.

Tres días antes de la fecha fijada para el juicio, el departamento de Justicia localizó a Henry Osborne en Nueva Orleans. Fue detenido, inculpado y pasó inmediatamente a disposición del ministerio fiscal. El FBI pidió un aplazamiento al magistrado Prescott para interrogar al ex congresista Osborne acerca del contenido de un expediente sobre Rosnovski que había llegado recientemente a manos del servicio de investigación. El juez Prescott concedió al FBI cuatro semanas más para preparar el caso.

La Prensa no tardó en descubrir que Osborne, apurado por sus considerables deudas, había vendido el expediente acumulado durante sus diez años de pertenencia al consejo de administración del consorcio Baron a una empresa de detectives privados de Chicago; en cambio seguía siendo un misterio cómo el expediente estaba ahora en poder del FBI.

Florentina temió que con Henry Osborne como principal testigo de cargo, su padre sería condenado a muchos años de cárcel. Tras otra noche de insomnio, Richard le aconsejó que se pusiera en contacto con él. Ella aceptó y le escribió una larga carta, en la que le aseguraba que estaba a su lado y creía en su inocencia. A punto de cerrar el sobre, lo pensó mejor y se dirigió a su escritorio, de donde tomó la foto de su hijo que a ella más le gustaba para enviársela al abuelo.

Cuatro horas antes del comienzo del juicio, un funcionario de prisiones que llevaba el desayuno encontró a Henry Osborne ahorcado en su celda. Para colgarse había utilizado una corbata de Harvard.

—¿Por qué se ha suicidado Henry? —le preguntó Florentina a su madre aquella misma mañana, cuando hablaron por teléfono.

—¡Ah! Es fácil de explicar —replicó Zaphia—. Henry creyó que el investigador privado que pagó sus deudas sólo quería el expediente para extorsionar a tu padre.

—¿Y cuál era el verdadero motivo?

—El expediente halló un comprador anónimo en Chicago por cuenta de William Kane, que fue quien se lo pasó al FBI.

Florentina no podía evitar un sentimiento de odio cuando pensaba en William Kane, y le era imposible dejar de desahogarlo en Richard. Aunque evidentemente Richard estaba también furioso por el comportamiento de su padre, como descubrió Florentina al escuchar una conversación telefónica entre él y su madre.

—Has estado bastante duro —le dijo cuando colgó.

—Pues sí. La pobre mamá está entre dos fuegos.

—Todavía no hemos visto el último acto de esta tragedia —dijo Florentina—. Regresar a Varsovia era la ilusión de toda la vida para mi padre. Ahora no se lo perdonará jamás al tuyo.

Una vez iniciado el juicio, Florentina se mantuvo al corriente llamando cada tarde a Zaphia, después de que ésta hubiese regresado del Palacio de Justicia. Mientras escuchaba los puntos de vista de Zaphia sobre los acontecimientos del día, a veces dudaba de que ambas desearan el mismo resultado.

—El juicio empieza a inclinarse a favor de tu padre —dijo a mediados de la semana.

—¿Cómo lo sabes? —preguntó Florentina.

—Como el FBI ha perdido a su principal testigo de cargo, al cabo de los primeros interrogatorios se les ha ido el caso de las manos. Trafford Jilks está pintando a Henry Osborne como una especie de Pinocho y la nariz ya toca el suelo.

—¿Significa eso que se va a demostrar la inocencia de papá?

—Yo no lo creo, pero los magistrados predicen que el FBI acabará por hacer un trato.

—¿Qué clase de trato?

—Bien, si tu padre se confiesa culpable de algunas irregularidades, ellos desistirán de las principales acusaciones.

—¿Se librará con una multa? —preguntó Florentina con ansiedad.

—Si tiene suerte. Pero el juez Prescott es muy severo, conque aún podría terminar en la cárcel.

—Confiemos en que sea sólo una multa.

Zaphia no hizo ningún comentario.

«El Barón de Chicago sentenciado a seis meses y puesto en libertad condicional», anunció el boletín de noticias de la radio, que Florentina escuchó en el coche mientras iba al Banco para reunirse con Richard. Estuvo a punto de chocar con el Buick que circulaba delante de ella y se metió en zona prohibida, por lo que apenas pudo prestar atención a lo que decía el locutor.

«El FBI ha retirado las principales acusaciones de soborno contra el llamado Barón de Chicago, Abel Rosnovski, quien se reconoció culpable en dos casos de intento de cohecho. El jurado fue desconvocado y el juez Prescott dijo en sus conclusiones: "La libertad de empresa no incluye el derecho a sobornar a funcionarios públicos. El cohecho es un delito, peor aun cuando lo comete una persona inteligente y competente, que no debería descender a esos niveles. En otros países —agregó el Juez— el cohecho podrá ser una práctica aceptada, mas no sucede así en los Estados Unidos". El juez Prescott condenó a Rosnovski a seis meses de prisión con libertad condicional inmediata, así como a una multa de veinticinco mil dólares.

»En otro orden de cosas, el presidente Kennedy ha aceptado acompañar al vicepresidente en la visita del próximo otoño a Dallas...»

Cuando Florentina apagó la radio se dio cuenta de que alguien golpeaba el cristal de su ventanilla, y lo bajó.

—¿No sabe que no puede estacionar aquí, señora?

—Sí —contestó Florentina.

—Lo siento, pero va a costarle diez dólares.

—Veinticinco mil dólares y seis meses sin aplicación de la privación de libertad. Pudo ser peor —comentó George en el coche, durante el retorno al Baron.

—No olvides que se ha perdido lo de Polonia —dijo Abel—, pero ahora todo eso es historia. Cómprale a Parfitt el dos por ciento de las acciones de la Lester que necesitamos, aunque nos cueste un millón. Con eso se completa el ocho por ciento que hace falta para acogerse al artículo séptimo de los estatutos del Banco y poder machacar a William Kane en su propio consejo de administración.

George asintió con tristeza.

Pocos días más tarde, el Departamento de Estado anunció el nombramiento del nuevo embajador americano en Varsovia, en la persona de John Moors Cabot.

18

El segundo acontecimiento ocurrió la mañana siguiente al veredicto del juez Prescott. Sonó en la tienda el supletorio del teléfono del piso, y como Nancy estaba retirando del escaparate las prendas de verano a fin de colocar la nueva colección de otoño, se puso al aparato la misma Florentina.

—¡Ah! Deseaba saber si está el señor Kane —dijo una voz de señora que parecía muy lejana.

—No, lo siento, ya se ha ido al Banco. ¿Quiere dejar un recado? Habla Florentina Kane.

Hubo unos instantes de silencio, y luego la voz dijo:

—Aquí Katherine Kane... Por favor, no cuelgue.

—¿Por qué iba a colgar, señora Kane? —dijo Florentina, mientras le flaqueaban las rodillas a tal punto que hubo de sentarse en una silla junto al teléfono.

—Porque debe usted odiarme, querida, y no puedo reprochárselo —contestó en seguida la madre de Richard.

—No, desde luego que no la odio. ¿Quiere que Richard la llame a casa cuando regrese?

—¡Oh, no! Mi esposo no sabe que estoy en contacto con él, y se enfadaría mucho si lo averiguase. No, lo que deseo en realidad depende de usted.

—¿De mí?

—Sí. Deseo mucho visitarles a ambos y conocer a mi nieto... si usted me lo permite.

—Me agradaría mucho, señora Kane —dijo Florentina, no muy segura de haber estado lo bastante cordial.

—Es usted muy comprensiva. Mi esposo asiste a un congreso dentro de tres semanas, en México; yo podría tomar el avión el viernes, sólo que habría de regresar el lunes por la mañana.

Cuando Richard se enteró de la noticia, se encaminó derecho al frigorífico. Florentina le siguió, asombrada, pero sonrió al ver que se dedicaba a descorchar la botella de Krug que había dejado Claude.

Tres semanas más tarde, Florentina acompañaba a Richard al aeropuerto para darle la bienvenida a su madre.

—¡Qué hermosa es usted! —fueron las primeras palabras de Florentina después de saludar a aquella dama elegante y esbelta, que no mostraba señales de haber pasado las últimas seis horas en un avión—. Hace que me sienta terriblemente embarazada.

—¿Qué esperabas, querida, una especie de ogro con cuernos colorados y rabo?

Florentina rió mientras Katherine Kane la rodeaba con el brazo y echaban a andar juntas, olvidándose por el momento de su hijo.

Richard se sintió aliviado al comprobar que se hacían amigas tan pronto. Cuando llegaron al apartamento, Katherine reaccionó de la manera tradicional al ver a su primer nieto.

—Me gustaría que tu padre pudiese conocer a su nieto —dijo—. Pero me temo que han llegado a una situación tal, que no querrá ni mencionarlo.

—¿Sabes algo más que nosotros acerca de lo ocurrido entre ellos? —preguntó Richard.

—No lo creo. Tu padre negó el apoyo del Banco a Davis Leroy cuando la cadena de hoteles de éste se vio en apuros, y por eso el padre de Florentina culpa a mi marido por el subsiguiente suicidio del señor Leroy. Todo ese desafortunado episodio podía haber concluido ya, a no ser por la intervención de Henry Osborne —suspiró—. Espero vivir lo suficiente para ver solucionada esa pendencia.

—Me temo que hasta que no muera uno de los dos, el otro no recapacitará —dijo Richard—. ¡Son tan condenadamente obstinados!

Los cuatro pasaron un fin de semana estupendo, aunque el nieto de Kate se pasó la mayor parte del tiempo arrojando sus juguetes al suelo. El domingo por la noche, cuando acompañaron a Kate al aeropuerto, ésta convino en visitarles otra vez aprovechando el primer viaje de negocios de su marido. Las últimas palabras de Katherine para Florentina fueron:

—Si mi marido llegase a conocerte, comprendería por qué Richard se ha enamorado de ti.

Mientras agitaba la mano en señal de despedida, su nieto repetía la única palabra de su vocabulario: «Pa-pa». Katherine Kane rió:

—Qué machismo el de los hombres. Esa fue también la primera palabra de Richard. ¿Te ha contado alguien a ti cuál fue la tuya, Florentina?

Annabel vino al mundo entre vagidos pocas semanas más tarde, y Richard y Florentina lo celebraron por partida doble al final del año, cuando ella justificó beneficios por diecinueve mil ciento setenta y cuatro dólares. Richard decidió conmemorar la ocasión dedicando una fracción de dicha suma a cuotas de inscripción en un club de golf, el Olympic.

Las responsabilidades de Richard en el departamento de Internacional del Banco fueron ampliadas, lo que le obligaba a regresar una hora más tarde. Florentina decidió que había llegado el momento de contratar una niñera, a fin de poder dedicarse plenamente a las tiendas. Sabía que no conseguiría encontrar una miss Tredgold, pero Bella le recomendó una joven negra llamada Carol que, recién terminados los estudios, tenía dificultad para hallar empleo. El niño de Florentina rodeó con ambos brazos a Carol tan pronto como la vio, y aquélla comprendió entonces que los prejuicios son algo que los hijos aprenden de los padres.

19

—No puedo creerlo —dijo Florentina—. No creí que llegase a ser posible. Es una noticia estupenda. Pero ¿qué le hizo cambiar de opinión?

—Los años no pasan en balde —se oyó la voz de Katherine Kane, desfigurada por la línea telefónica—, y teme que si él y Richard no ponen fin a sus diferencias, pronto tendrá que retirarse de la Lester sin dejar a su hijo el puesto en el consejo de administración. Además piensa que su más probable sucesor será Jake Thomas, y como el señor Thomas sólo tiene dos años más que Richard, no es fácil que quiera dar un puesto en el consejo a un Kane más joven.

—Me gustaría que estuviera en casa Richard para poder darle la noticia, pero desde que le han nombrado jefe del departamento de Internacional pocas veces regresa antes de las siete. Le alegrará mucho. Procuraré no ponerme demasiado nerviosa cuando me presente a su esposo —dijo Florentina.

—No estarás ni la mitad de nerviosa que él en ese momento. Pero no temas, querida. Está dispuesto a sacrificar el cordero mejor cebado para el regreso del hijo pródigo. ¿Has sabido algo de tu padre desde la última vez que hablamos?

—Nada. Creo que no habrá jamás cordero cebado para la pródiga.

—No te desanimes. Aún es posible que suceda algo que le haga ver la luz. Lo pensaremos juntos cuando vengas a Nueva York.

—Me gustaría creer que hay esperanzas de reconciliación con papá, pero yo casi las he abandonado todas.

—Bien, pues felicitémonos de que al menos uno de los padres haya recobrado el sentido común —dijo Katherine—. Te visitaré para organizar todos los detalles.

—¿Cuándo podrás venir?

—Podría ser este fin de semana.

Cuando Richard regresó a casa aquella noche tuvo una gran alegría, y después de leerle a su hijo el siguiente capítulo del cuento infantil se sentó a escuchar los detalles de la novedad comunicada por su madre.

—Podríamos ir a Nueva York en noviembre, más o menos —dijo Richard.

—No sé si podré esperar tanto.

—Has esperado más de tres años.

—Sí, pero ahora es diferente.

—Tú siempre quieres tenerlo todo solucionado en seguida, Jessie. Eso me recuerda que acabo de leer tu presupuesto para la nueva tienda en San Diego.

—¿Y bien?

—En principio la idea me parece sensata y la apruebo.

—¡Cielos! ¿Qué pasa? Jamás pensé escuchar tales palabras viniendo de usted, señor Kane.

—Espera un momento, Jessie. No es una aprobación completa, porque hay en tu programa de expansión una parte que no entiendo, y es la necesidad de contratar un diseñador propio.

—Eso es fácil de explicar —dijo Florentina—. Aunque ahora tenemos cinco tiendas, las compras de prendas de vestir todavía representan un cuarenta por ciento de mi cifra de negocios. Si vendo prendas de mi propio diseño, tengo dos ventajas evidentes: la primera, reducir gastos enseguida, y la segunda, anunciar en adelante un producto propio.

—Pero también tiene un gran inconveniente —objetó Richard.

—¿Cuál?

—Que no hay ningún abono por las prendas que devuelvas antes de noventa días, puesto que son nuestras.

—De acuerdo —dijo Florentina—. Pero este problema perderá importancia en cuanto nos desarrollemos más. Y si consigo el diseñador idóneo, las prendas de nuestra marca acabarán vendiéndose incluso en los establecimientos de la competencia.

—¿Ha dado resultado esto con otros diseñadores?

—En el caso de Pierre Cardin, el diseñador ha llegado a ser más famoso que los establecimientos.

—No será fácil encontrar un hombre así.

—¿No le he encontrado yo a usted, señor Kane?

—No, Jessie. Yo te encontré a ti.

Florentina sonrió.

—Dos hijos, la sexta tienda, y pronto serás invitado a formar parte del consejo de administración de la Lester. Y lo más importante, voy a tener ocasión de conocer a tu padre. ¿Qué más podíamos desear?

—Todavía no ha sucedido.

—El típico banquero. Diga lo que diga el hombre del tiempo, tú esperas que llueva a media tarde.

Annabel empezó a llorar.

—¿Lo ves? —dijo Richard—. Tu hija está dando la lata otra vez.

—¿Por qué ha de ser siempre tu hijo el bueno y mi hija la mala?

Pese al deseo de Florentina de ir a Nueva York en cuanto Kate volvió a la costa Este, sus ocupaciones la retuvieron: abrir la nueva tienda en San Diego, atender los otros cinco establecimientos, buscar el diseñador adecuado y, al mismo tiempo, tratar de ser una madre. A medida que se aproximaba la fecha del viaje a Nueva York fue poniéndose cada vez más nerviosa. Renovó con cuidado su propio guardarropa y compró prendas nuevas para los pequeños. Incluso le compró a Richard una camisa nueva con un fino rayado rojo, aun sospechando que sólo se la pondría los fines de semana. Florentina se pasaba las noches en vela por temor a no parecerle bien al padre de Richard, mientras éste le recordaba una y otra vez las palabras de Katherine: «No estarás ni la mitad de nerviosa que él».

Para celebrar la inauguración del sexto establecimiento y la inminente reconciliación con su padre, Richard llevó a Florentina a una representación de *Cascanueces* con la compañía nacional de ballet italiana, en el War Memorial Opera House. Richard no hizo mucho caso de la función, pero le sorprendió ver que Florentina seguía igual de nerviosa y tampoco atendía a la representación. Cuando se encendieron las luces en el entreacto le preguntó si le pasaba algo.

—Sí. He tenido que esperar más de una hora para averiguar quién ha diseñado estos fabulosos figurines —dijo Florentina, mientras se ponía a hojear el programa.

—Yo los describiría como horribles —dijo Richard.

—Eso es porque no tienes sentido del color —replicó Florentina. Tras hallar lo que buscaba, se puso a leerle a Richard las informaciones del programa—: Se llama Gianni di Ferranti. La biografía dice que nació en Milán en 1931 y que ésta es su primera gira con la compañía de ballet del Estado italiano desde que salió del Instituto de arte moderno de Florencia. Me pregunto si aceptará dejar la compañía y trabajar para mí.

—Yo no lo haría, conociendo la situación de la empresa como la conozco —dijo Richard, jovial.

—Tal vez él sea más atrevido que tú, querido.

—O tal vez esté loco. Al fin y al cabo, es italiano.

—Bien, sólo hay una manera de averiguarlo —dijo Florentina, al tiempo que se ponía en pie.

—¿Y cómo te propones hacerlo?

—Yendo a los camerinos.

—Te perderás la segunda parte de la función.

—Esa segunda parte no va a cambiar toda mi vida —dijo Florentina, dirigiéndose hacia el pasillo.

Richard se reunió con ella y salieron del edificio, el cual rodearon en busca de la entrada de artistas. Un joven guarda abrió la ventanilla.

—¿En qué puedo servirles? —dijo, en tono de no tener muchas ganas de hacer tal cosa.

—Tengo una cita con Gianni di Ferranti —dijo Florentina con mucha seguridad. Richard le lanzó una mirada de censura.

—El nombre de usted, por favor —dijo el guarda, y descolgó un teléfono.

—Florentina Kane.

El guarda repitió el nombre al aparato, escuchó unos instantes y colgó.

—Dice que no ha oído ese nombre en toda su vida.

Florentina se quedó un instante sin saber qué replicar, pero Richard sacó la cartera y dejó un billete de veinte dólares en la repisa de la ventanilla, delante del guarda.

—A lo mejor conoce el mío —dijo Richard.

—Será mejor que lo pregunte usted —replicó el guarda, guardándose el billete con aire de indiferencia—. Por esa puerta, siga el pasillo a la derecha. Es la segunda puerta de la izquierda —añadió, y cerró de golpe la ventanilla.

Richard condujo a Florentina hacia la entrada.

—No existe el hombre de negocios que en algún momento de su carrera no haya recurrido a sobornos, por pequeños que sean —se burló Florentina.

—No te piques ahora porque tu mentira no haya colado —sonrió Richard.

Cuando llegaron al camerino, Florentina llamó con energía y se asomó al interior.

Un italiano alto, de cabello negro, estaba sentado en un rincón comiendo spaghetti con tenedor. La primera impresión de Florentina fue admirativa. Llevaba tejanos hechos a medida y una excelente americana azul sobre una camisa deportiva de cuello abierto. Pero lo que más la sorprendió fueron los largos dedos de artista de aquel joven. Tan pronto como vio a Florentina se puso en pie, con ágil movimiento.

—Gianni —empezó ella, impetuosa—. ¡Qué privilegio...!

—No, él está en el lavabo —dijo él con melodioso acento italiano.

Richard sonrió burlonamente y fue castigado con un puntapié en el tobillo. Florentina estaba a punto de decir algo cuando se abrió la puerta y apareció un hombre de estatura no superior al metro sesenta y bastante calvo, y eso que según sabía ella por el programa no había cumplido aún los treinta. Usaba ropas bien cortadas, pero la pasta italiana había afectado mucho más a su línea que a la de su amigo.

—¿Quiénes son estas personas, Valerio?

—Soy la señora Florentina Kane —dijo ella, anticipándose a la respuesta del joven—. Y éste es mi esposo Richard.

—¿Qué desean? —preguntó sin mirarla, mientras tomaba asiento frente a su compañero.

—Ofrecerle la oportunidad de ser mi diseñador.

—¡Y van...! —dijo el otro, echando los brazos al aire.

Florentina respiró hondo.

—¿Quién más ha hablado con usted?

—Yves Saint Laurent en Nueva York, Pierre Cardin en Los Ángeles, Balmain en Chicago. ¿Hace falta que siga?

—Pero, ¿a que no le han ofrecido una participación en los beneficios?

«¿Qué beneficios?», iba a decir Richard, pero recordó la patada en el tobillo y prefirió guardar silencio.

—Tengo ya seis establecimientos y tengo pensado abrir otros seis —continuó Florentina, impulsiva, confiando en que Gianni di Ferranti no se hubiera fijado en las cejas dramáticamente alzadas de su marido al escuchar sus palabras.

—La venta de Saint Laurent ya los alcanza ahora —dijo Di Ferranti, siempre sin mirarla.

—Sí, pero ¿cuánto le han ofrecido?

—Veinticinco mil dólares al año y un uno por ciento de los beneficios.

—Yo le ofrezco veinte mil y el cinco por ciento.

El italiano hizo un gesto despectivo con la mano.

—¿Veinticinco mil dólares y el diez por ciento? —dijo ella.

El italiano se echó a reír, se puso en pie y abrió la puerta del camerino, como indicando a Florentina y a Richard que salieran. Ella se mantuvo firme.

—Usted es la clase de persona que querría disponer de Zefirelli como escaparatista para su próxima tienda, esperando retener además a Luigi Ferpozzi como asesor honorario. Aunque no creo que sepa de qué le estoy hablando.

—Luigi es íntimo amigo mío —dijo Florentina, altanera.

El italiano se puso en jarras, riendo estruendosamente.

—Todos los americanos son iguales. Ahora dirá usted que el Papa se viste en su establecimiento.

Richard simpatizó hasta cierto punto con él.

—Voy a recoger su farol, signora. Ferpozzi acudió a ver nuestra representación en Los Ángeles la semana pasada, y estuvimos hablando largo rato de mi trabajo. Por fin he encontrado la manera de librarme de usted.

Dejando la puerta abierta, Ferranti acudió al teléfono que tenía sobre el tocador del camerino y sin más palabras marcó el prefijo 213.

Mientras esperaba la comunicación, nadie dijo nada. Luego Florentina captó una voz conocida.

—¿Luigi? —dijo di Ferranti—. Soy Gianni. Tengo aquí a una americana, la señora Kane, que dice ser amiga suya.

Escuchó unos instantes, haciéndose cada vez más amplia su sonrisa. Luego se volvió hacia Florentina.

—Dice que no conoce a ninguna señora Kane, y que tal vez estaría usted mejor en Alcatraz.

—No me gusta Alcatraz, pero pregúntele si cree que lo construyó mi padre —dijo Florentina.

Gianni di Ferranti repitió las manifestaciones de Florentina al aparato. Mientras escuchaba la respuesta, su rostro adquirió una expresión de asombro. Luego se volvió hacia ella.

—Dice Luigi que está usted invitada a tomar el té, pero sólo si se ha traído su propia tetera.

Florentina necesitó aún dos almuerzos, una cena con Richard, una con sus banqueros, y un considerable anticipo, para persuadir a Gianni y a su amigo Valerio de que se mudasen de Milán a una nueva casa en San Francisco, y para que el diminuto italiano se convirtiera en diseñador oficial de su empresa. Florentina confiaba en que eso fuese lo que le hacía falta para triunfar. Mientras andaba empeñada en convencer a Gianni, casi olvidó que sólo faltaban seis días para el viaje a Nueva York, al objeto de conocer al padre de Richard.

Florentina y Richard estaban desayunando aquel lunes por la mañana cuando el rostro de él se puso tan pálido, que ella creyó que iba a desmayarse.

—¿Qué ocurre, cariño?

Él le mostró la primera página del *Wall Street Journal* como si no pudiese articular palabra. Florentina leyó los lacónicos titulares y devolvió en silencio el periódico a su marido. Él releyó el encabezamiento, como para asegurarse de entender plenamente su significado. Las palabras eran de una sequedad y un impacto asombrosos. «William Lowell Kane, presidente y director general de la Banca Lester, ha dimitido tras la junta del pasado viernes.»

Richard sabía que en el mundo de los negocios se interpretaría de la peor manera posible una dimisión tan súbita, no acompañada de ninguna explicación ni de un comentario sobre un mal estado de salud. Sobre todo cuando a su único hijo, banquero también de profesión, no se le ofrecía su puesto en el consejo de administración. Abrazó a Florentina y la retuvo con fuerza contra su pecho.

—¿Significa eso que se cancela nuestro viaje a Nueva York?

—No, salvo que tu padre haya tenido que ver en esto.

—No es posible... No lo permitiré, después de haber esperado tanto.

Sonó el teléfono y Richard se inclinó para tomar la llamada, sin soltar a Florentina.

—¿Diga?

—Richard, soy tu madre. No he podido salir de casa hasta ahora. ¿Te has enterado de la noticia?

—Sí, acabo de leerla en el *Wall Street Journal*. ¿Cómo es posible que papá haya renunciado?

—No estoy enterada de todos los detalles, pero según tengo entendido el señor Rosnovski poseía el seis por ciento de las acciones del Banco desde hace diez años, y no sé por qué motivo sólo necesitaba el ocho por ciento para poder quitarle la poltrona a papá.

—Invocando el artículo séptimo —dijo Richard.

—Sí, así es, pero no sé lo que significa eso.

—Bien, pues se trata de una cláusula que papá hizo incluir en los estatutos del Banco para que no fuese posible echarle. Creyó que la cláusula era segura porque su autoridad sólo podía ser discutida por quien poseyera al menos un ocho por ciento de las acciones. Nunca se figuró que nadie que no fuese de la familia pudiese reunir un porcentaje tan grande del capital de la compañía. Papá jamás habría cedido su cincuenta y uno por ciento de Kane y Cabot para ser presidente de la Lester, si hubiera previsto que un tercero en discordia podía obligarle a dimitir.

—Pero eso todavía no explica que tuviese que dimitir.

—Supongo que el padre de Florentina consiguió de algún modo hacerse con el dos por ciento que le faltaba. Con eso tenía los mismos poderes que papá y podía hacer insostenible su situación como presidente del Banco.

—¿Hacer insostenible su situación? ¿Cómo?

Richard comprendió que su padre no le había confiado a nadie, ni siquiera a Kate, lo que ocurría en el Banco.

—Entre las previsiones del artículo séptimo, si recuerdo bien —continuó Richard—, se estipula que quienquiera que posea un ocho por ciento de las acciones puede frenar durante tres meses cualquier operación relacionada con el Banco. Por el balance que publica el Banco sé que el señor Rosnovski poseía el seis por ciento. Supongo que habrá obtenido de Peter Parfitt el dos por ciento restante.

—No, esas acciones no las consiguió de Parfitt —dijo Kate—. He sabido que tu padre logró asegurarse de esas acciones haciendo que un amigo de confianza las comprase por mucho más de lo que valían. Esa es la razón de que estuviese tan sereno y confiado en cuanto al porvenir últimamente.

—Entonces, el verdadero misterio es cómo obtuvo el otro dos por ciento de las acciones el señor Rosnovski. En el consejo de administración no había nadie dispuesto a desprenderse de sus acciones, a no ser que...

—Los tres minutos han terminado, señora.

—¿Dónde estás, mamá?

—Estoy en una cabina pública. Tu padre prohibió que ninguna de nosotras volviese a hablar contigo; en cuanto a Florentina, no quiere ni verla.

—Pero si ella no tiene nada que ver con esto. Ella...

—Lo siento, señora, pero han terminado los tres minutos.

—Yo pago la conferencia, señorita.

—Lo siento, señor, pero se ha cortado la comunicación.

Richard colgó, contrariado.

Florentina alzó la mirada.

—Cariño, ¿podrás perdonarme por tener un padre que hace esas cosas horribles? A él no se lo perdonaré jamás.

—No hagas juicios temerarios, Jessie —dijo Richard, al tiempo que le acariciaba el cabello—. Sospecho que si alguna vez descubrimos toda la verdad, veremos que la culpa se reparte por igual entre ambos. Ahora, pequeña, piensa que tienes dos hijos y seis tiendas que atender, y yo, sin duda, una cola de clientes furiosos en el Banco. Olvida todo este incidente, porque estoy convencido de que lo peor ya ha pasado.

Florentina siguió abrazada a su esposo, agradeciendo la esperanza que expresaba con sus palabras, aunque sin compartirla.

Abel leyó el anuncio de la dimisión de William Kane en la misma edición del *Wall Street Journal*. Descolgó el teléfono, marcó el número de la Banca Lester y solicitó hablar con el nuevo presidente. Pocos segundos más tarde, se ponía Jake Thomas.

—Buenos días, señor Rosnovski.

—Buenos días, señor Thomas. Le llamo únicamente para confirmarle que esta mañana pondré a su disposición mi ocho por ciento de las acciones, contra el libramiento de dos millones de dólares.

—Muchas gracias, señor Rosnovski. Es muy generoso de su parte.

—No hay de qué, señor presidente. No es sino lo que convinimos cuando me vendió usted su dos por ciento.

Florentina se dio cuenta de que tardaría en reponerse del golpe infligido por su padre. Se preguntaba cómo era posible seguir queriéndole, y odiarle al mismo tiempo. Procuró dejarse absorber por su creciente imperio y quitarse de la cabeza la idea de volver a ver jamás a su progenitor.

Florentina recibió otro golpe menos personal, pero no menos trágico para ella, el 22 de noviembre de 1963. Richard la llamó desde el Banco, lo cual no había hecho jamás, para contarle que habían disparado contra el presidente Kennedy en Dallas, y que según las primeras noticias se temía por su vida.

20

El nuevo diseñador italiano de Florentina, Gianni di Ferranti, sugirió que todas las prendas llevasen dos efes mayúsculas entrelazadas en el cuello o en el dobladillo. Era un detalle que causaba impresión y prestigiaba a la empresa. Aunque Gianni era el primero en confesar que con ello plagiaba una idea utilizada antes por Yves Saint Laurent, tuvo éxito sin embargo.

Florentina halló tiempo para volar a Los Ángeles al objeto de inspeccionar una finca de Rodeo Drive, en Beverly Hills, que estaba en venta. Después de verla le dijo a Richard que proyectaba un séptimo establecimiento Florentina's. Él contestó que tendría que estudiar con cuidado las cifras antes de aconsejarla sobre si aceptar la oferta, pero que como tenía mucho trabajo en el Banco a lo mejor tardaría un poco en poder hacerlo.

No era la primera vez que Florentina se daba cuenta de que necesitaba un socio, o por lo menos un administrador, ya que Richard padecía un exceso de trabajo. Le hubiera gustado pedirle que dejase el Banco, pero no se atrevía a ello.

—Podrías poner un anuncio en el *Chronicle*, a ver cuántas respuestas llegan —dijo Richard—. Yo te ayudaría a seleccionarlas, y podríamos entrevistar juntos a los candidatos más interesantes.

Florentina siguió las instrucciones de Richard, y al cabo de pocos días recibieron un aluvión de cartas de banqueros, abogados y contables, todos los cuales mostraban considerable interés por la oferta. Richard ayudó a Florentina en la selección previa; a media tarde interrumpió la lectura de una de aquellas cartas y dijo:

—¡Estoy loco!

—Lo sé, cariño. Por eso me casé contigo.

—Hemos despilfarrado cuatrocientos dólares.

—¡Cómo! Tú decías que este anuncio iba a ser una buena inversión.

Richard le tendió la carta que estaba leyendo.

—Parece un individuo recomendable —dijo ella después de ojear el texto—. Puesto que trabaja en el Bank of America, tendrás tu opinión sobre si es la persona indicaba para emplearle como administrador.

—Muy indicada. Pero ¿quién crees que ocupará su puesto, si deja el Banco para trabajar contigo?

—No tengo ni idea.

—Pues yo, posiblemente, ya que se trata de mi jefe —dijo Richard.

Florentina soltó la carcajada.

—¡Y pensar que no me atrevía a pedírtelo! De todas maneras, me parecen bien gastados los cuatrocientos dólares... socio.

Cuatro semanas más tarde Richard Kane dejó el Bank of America y entró en la empresa de su mujer como socio al cincuenta por ciento y director financiero de Florentina, Inc., de San Francisco, Los Ángeles y San Diego.

Y llegaron otras elecciones. Florentina no participó en ellas porque el crecimiento de sus dominios la tenía demasiado ocupada. Le confesó a Richard que no confiaba en Johnson, y al mismo tiempo despreciaba a Goldwater. Richard había puesto una pegatina en el coche, que Florentina arrancó en seguida:

$$Au + H_2O = 1964.*$$

Convinieron en no volver a discutir la cuestión, aunque Florentina se regocijó en noviembre, cuando se produjo la marejada demócrata.

Durante el año siguiente sus dos hijos crecieron con más rapidez que la compañía, y eso que en ocasión del quinto cumpleaños de su hijo se inauguraron dos Floren-

* Téngase en cuenta que en inglés al unir las palabras «oro» y «agua» (cuyos símbolos son Au y H_2O respectivamente), se obtiene el nombre del candidato Goldwater. *(N. de la R.)*

tina's más, la de Chicago y la de Boston. Richard reiteraba sus cautelas en cuanto a la velocidad con que nacían nuevas tiendas, pero Florentina no aminoraba el ritmo. Con tanta clientela nueva deseando llevar las prendas de Gianni di Ferranti, pasaba la mayor parte del tiempo buscando ciudades para la primera implantación.

En 1966 sólo quedaba una ciudad importante que no ostentase un Florentina's. Comprendió que podían pasar años antes de que hubiese un local vacante en la única avenida apropiada para el Florentina's de Nueva York.

21

—Eres un viejo estúpido y obstinado, Abel.

—Lo sé, pero a mi edad ya no voy a cambiar.

—Pues yo te digo que por mi parte, nada va a impedirme que acepte la invitación.

Abel hablaba desde la cama. Apenas salía de su ático desde el grave acceso de gripe sufrido seis meses antes. Después de un largo viaje por Polonia, George era casi su único contacto con el mundo exterior. Sabía que su mejor amigo tenía razón, y se sentía tentado. Se preguntó si Kane iría. Deseaba que así fuese, pero lo dudaba. Aquel hombre era tan obstinado como él mismo...

George expresó en voz alta lo que Abel estaba pensando:

—Apuesto a que William Kane irá.

Abel no hizo ningún comentario.

—Lo de Varsovia, ¿está todo a punto?

—Sí —replicó George con tono cortante, molesto porque el otro hubiera cambiado de conversación—. Todos los contratos están firmados, y John Gronowski no ha podido estar más atento.

John Gronowski, nuestro primer oriundo polaco embajador en Varsovia, pensaba Abel. *Jamás conseguiría rehacerse de...*

—En tu último viaje a Polonia, el año pasado, conseguiste todo cuanto podías esperar. Llegarás a inaugurar el Warsaw Baron.

—Siempre quise que lo inaugurara Florentina —dijo Abel en voz baja.

—Pues invítala, pero no cuentes con mi apoyo. Todo lo que has de hacer es admitir la existencia de Richard. Y hasta tú te habrás dado cuenta de que su matrimonio es un éxito, pues de lo contrario no estaría *eso* sobre el tapete.

George volvió la mirada al otro lado de la habitación. Allí, apoyada contra un florero, se mostraba una invitación no contestada.

Al parecer, el todo Nueva York estuvo presente cuando Florentina Kane inauguró su nuevo establecimiento en la Quinta Avenida. Luciendo una túnica verde especialmente diseñada para ella, de cuello alto con la famosa doble efe, Florentina recibió a todos sus invitados en la puerta del establecimiento para saludarlos y obsequiarles con una copa de champagne. Katherine Kane fue de las primeras en llegar, acompañada de su hija Lucy, y pronto la tienda se llenó de personas a las que Florentina apenas conocía o que incluso jamás había visto antes. Poco después llegó George Novak, cuya primera petición satisfizo mucho a Florentina: ser presentado a los Kane.

—¿Viene más tarde el señor Rosnovski? —preguntó ingenuamente Lucy.

—Me temo que no —replicó George—. Le dije que era un viejo estúpido y obstinado, por perderse una recepción tan buena. ¿Ha venido el señor Kane?

—No; últimamente no se encuentra bien y apenas sale de casa —dijo Kate, y luego le confió a George una noticia que alegró mucho a éste.

—¿Cómo está papá? —susurró Florentina al oído de George.

—No muy bien. Le dejé en el ático, acostado. Quizá si se entera de que esta noche vas a...

—Quizá —dijo Florentina. Tomó a Kate del brazo y se la presentó a Zaphia.

Durante unos instantes, ninguna de las dos señoras dijo nada, y luego Zaphia rompió el hielo:

—Encantada de conocerla al fin. ¿Ha venido su esposo con usted?

El local se llenó tanto que los invitados apenas podían moverse; el rumor de las risas y conversaciones no dejaba lugar a dudas acerca del éxito de la inauguración, pero en aquel momento a Florentina sólo le importaba una cosa: la cena de aquella noche.

Fuera se había reunido un gran gentío en la esquina de la calle Cincuenta y seis, y la circulación en la Quinta Avenida estaba casi parada mientras hombres y mujeres, jóvenes y viejos, curioseaban a través de las lunas de los escaparates.

En la acera de enfrente, un hombre se ocultaba en un portal. Llevaba abrigo negro, bufanda al cuello y sombrero bien calado en la cabeza. La tarde era fría y el viento silbaba por la Quinta Avenida. Mal día para gente vieja, pensó, preguntándose si había sido prudente al abandonar el calor de la cama. Pero había decidido que nada le impediría presenciar la inauguración de aquella tienda. Jugueteó con la cadena de plata de su muñeca y recordó el nuevo testamento que había hecho, y en el que no dejaba la reliquia de la familia a su hija, como había prometido en principio.

Sonrió contemplando a los jóvenes que entraban y salían del espléndido establecimiento. A través del escaparate divisaba a su ex esposa en conversación con George, y luego vio a Florentina, lo que hizo rodar una lágrima por su arrugada mejilla. Estaba todavía más hermosa de lo que él había recordado. Deseaba cruzar la calle que los separaba y decir: «George tiene razón; he sido un viejo estúpido y obstinado durante demasiado tiempo. ¿Podréis perdonarme?», pero no hizo sino quedarse allí mirando, como si tuviera los pies clavados en el suelo. Vio al lado de su hija a un joven alto, seguro de sí mismo y de porte aristocrático; no podía ser sino el hijo de William Kane. Un hombre extraordinario, le había dicho George. ¿Cómo le había descrito? Es la fuerza de Florentina. Abel se preguntó si Richard le odiaría, y se dijo que no podía ser de otro modo. El anciano se levantó el cuello del abrigo y volvió sobre sus pasos para regresar al Baron.

Al alejarse de la tienda vio a otro hombre que venía despacio por la misma acera. Era más alto que Abel, pero su paso era igual de claudicante. Sus miradas se cruzaron, aunque sólo un segundo, y cuando pasaron el uno al lado del otro el más alto de los dos levantó su sombrero. Abel devolvió el cumplido y se fueron cada uno por su lado, sin cruzar ni una sola palabra.

—Gracias a Dios, ya se ha ido el último —dijo Florentina—. Y apenas hay tiempo de tomar un baño antes de cambiarnos para cenar.

Katherine Kane la besó y dijo:

—Nos veremos dentro de una hora.

Florentina cerró la puerta de entrada de la tienda y, tomando a sus hijos de la mano, se dirigió con ellos al Pierre. Desde su primera visita a Nueva York, era la primera vez que se alojaba en otro hotel que no fuese el Baron.

—Otro día triunfal para ti, cariño —dijo Richard.

—¿Lo será también la noche?

—¡Bah! No digas tonterías, Jessie. Papá te adorará.

—Hace tanto tiempo, Richard.

Richard entró detrás de ella en el Pierre y, tras alcanzarla, le rodeó los hombros con un brazo.

—Diez años perdidos, pero ahora tenemos oportunidad de enmendar el pasado —dijo, mientras conducía a su familia hacia el ascensor—. Voy a cuidar de que laven y vistan a los niños mientras tú te bañas.

Florentina se relajó en la bañera y se preguntó cómo resultaría la velada. Desde que Katherine Kane le comunicó que el padre de Richard deseaba verles a todos, temió que volviese a cambiar de opinión. Pero ahora sólo faltaba una hora. Se preguntó si Richard sentiría la misma intranquilidad. Salió del baño y se secó para luego ponerse un asomo de Joy, su perfume favorito, y un vestido largo de color azul especialmente elegido para la ocasión, pues Kate le había dicho que el azul era el color favorito de su esposo. Buscó entre sus joyas algo sencillo que ponerse, y eligió el anillo antiguo que tantos años atrás le regalara el benefactor de su padre. Cuando hubo terminado se miró con ojos críticos en el espejo: treinta y tres años, ni tan joven como para que pudiese llevar minifalda, ni tan mayor que pareciese elegante.

Richard entró procedente de la habitación contigua.

—Estás deslumbradora —dijo—. El viejo se enamorará de ti tan pronto como te vea.

Florentina sonrió y se dedicó a cepillar el cabello a los niños mientras Richard se cambiaba. Su hijo, que tenía ya siete años, llevaba su primer traje y parecía todo un hombrecito; Annabel llevaba un vestido rojo con ribete blanco, y para ella la nueva moda de la minifalda no era problema.

—Creo que ya estamos preparados —dijo Florentina cuando reapareció Richard. No daba crédito a sus ojos, pues se había puesto la camisa de fino rayado rojo.

El chófer abrió la puerta del Lincoln de alquiler y Florentina subió al compartimiento posterior, detrás de sus hijos. Richard se sentó delante. Mientras el automóvil circulaba lentamente por las congestionadas calles de Nueva York, Florentina guardó silencio. Richard se volvió y le acarició la mano. El chófer se detuvo frente a un elegante apartamento de ladrillo visto en la calle Sesenta y ocho.

—Ahora, niños, no olvidéis vuestros modales —dijo Florentina.

—Sí, mamá —contestaron al unísono, escasamente impresionados por la idea de conocer al fin a uno de sus abuelos.

Aún no se habían apeado todos del coche, cuando la puerta principal de la casa fue abierta por un hombre de edad en bata, que se inclinó ligeramente.

—Buenas noches, señora —dijo—. Y me alegro de volver a verle, señor Richard.

Kate les esperaba en el salón para darles la bienvenida. Los ojos de Florentina se dirigieron en seguida hacia un gran óleo que representaba a una bella mujer sentada en un sofá de cuero carmesí, con las manos sobre el regazo.

—Es la abuela de Richard —dijo Kate—. Yo no llegué a conocerla, pero es fácil ver por qué estaba considerada como una de las grandes bellezas de su época.

Florentina seguía mirando fijamente la pintura.

—¿Pasa algo malo, querida? —preguntó Kate.

—El anillo —respondió ella con un hilo de voz.

—Sí, es hermoso, ¿verdad? —dijo Kate, alzando la mano para mostrar mejor un anillo de zafiro y brillantes—. William me lo regaló cuando pidió mi mano.

—No, el del retrato —respondió Florentina.

—¡Ah, el antiguo! Sí, es magnífico. Fue propiedad de la familia durante generaciones, pero hace años que no aparece y temo que se haya perdido. Cuando le hice observar a William esa desaparición me dijo que no sabía nada.

Florentina levantó la mano derecha, y Kate contempló el anillo antiguo con incredulidad. Todos miraron el cuadro: no podía haber ninguna duda.

—Fue un regalo de bautizo, pero nunca supe quién lo hacía —dijo Florentina.

—¡Dios mío! —exclamó Richard—. Nunca se me ocurrió pensar que...

—Y mi padre tampoco lo sabía, ni lo sabe —dijo Florentina.

Una doncella entró en el salón.

—Disculpe, señora. He anunciado al señor Kane la llegada de todos, y ha dicho si serían tan amables de subir el señor Richard y su esposa.

—Subid vosotros —dijo Kate—. Yo iré dentro de un rato con los niños.

Florentina tomó del brazo a su marido y empezó a subir, tocándose el anillo antiguo con nerviosismo. Cuando entraron en la habitación vieron que William Lowell Kane estaba sentado en el sillón de cuero carmesí, al lado de la chimenea. Qué hombre tan distinguido, pensó Florentina, al advertir por primera vez cuál sería el aspecto de su marido cuando fuese anciano.

—Papá, te presento a mi esposa —dijo Richard.

Florentina se adelantó y fue recibida por una cálida y amable sonrisa en el rostro de William Kane.

Richard esperó la contestación de su padre, pero Florentina supo que el anciano ya no podría hablar con ella.

22

Abel descolgó el teléfono de la mesita de noche.

—Búsquenme a George. Yo todavía he de vestirme.

Releyó la carta. No podía creer que William Kane hubiera sido su desconocido benefactor.

Cuando llegó George, Abel no dijo nada, limitándose a entregarle la carta. Él la leyó despacio.

—¡Dios mío! —exclamó.

—Debo asistir al funeral.

George y Abel llegaron a la iglesia de la Trinidad de Boston pocos minutos después del comienzo del servicio, y se quedaron detrás de la última fila del respetuoso duelo. Richard y Florentina flanqueaban a Kate, y había allí tres senadores, cinco congresistas, dos obispos, la mayoría de los directores de los principales Bancos, y el editor del *Wall Street Journal*. También estaba presente el consejo de administración de la Lester, con su presidente.

—¿Crees que podrán perdonarme? —preguntó Abel.

George no dio respuesta.

—¿Hablarás tú con ellos?

—Desde luego.

—Gracias, George. Espero que William Kane haya tenido algún amigo tan bueno como tú.

Abel, sentado en la cama, miraba una y otra vez hacia la puerta. Cuando por fin se abrió, apenas reconoció a la bella mujer que en otro tiempo había sido «su pequeña». Sonrió con orgullo mirando por encima de los cristales de sus gafas de lectura. George aguardó junto a la puerta mientras Florentina corría al lado de la cama y abrazaba a su padre... un largo abrazo que no borraba los diez años perdidos, como él dijo.

—Tenemos tantas cosas de que hablar —continuó—. Chicago, Polonia, la política, las tiendas... Pero, ante todo, Richard. ¿Podrá creer él que yo no sabía hasta ayer que su padre era mi benefactor?

—Sí, papá, porque él mismo no lo descubrió sino un día antes que tú, y aún no sabemos cómo te has enterado.

—Por una carta de los abogados del First National Bank de Chicago, que tenían órdenes de no decirme nada hasta su muerte. Qué loco he sido —agregó Abel—. ¿Querrá verme Richard? —preguntó con voz muy débil.

—Lo está deseando; él y los niños esperan abajo.

—Llamadlos, llamadlos —exclamó Abel. George sonrió y se eclipsó.

—Y tú, ¿todavía quieres ser presidenta? —preguntó Abel.

—¿Del consorcio Baron?

—No, de los Estados Unidos. Porque, si es así, todavía recuerdo mi parte del trato. Contigo hasta la convención, aunque me arruine.

Florentina sonrió, pero no hizo ningún comentario.

Pocos instantes después llamaron a la puerta. Abel intentó incorporarse mientras entraba en la habitación Richard, seguido de los niños. El jefe de la familia Kane se adelantó y estrechó cálidamente la mano de su suegro.

—Buenos días, señor —dijo—. Es un honor conocerle.

Abel no pudo pronunciar palabra, de modo que Florentina le presentó a Annabel y a su nieto.

—¿Cómo te llamas? —preguntó el anciano.

—William Abel Kane.

Abel estrechó la mano del niño.

—Me enorgullece que se haya unido mi nombre al de tu otro abuelo. —Y luego, volviéndose hacia Richard—: Nunca sabrá usted cuánto lamento lo de su padre. ¡Cuántos errores a lo largo de tantos años! No se me ocurrió ni por un momento que su padre podía ser mi benefactor. Dios sabe que me hubiera gustado tener ocasión de agradecérselo personalmente.

—Él lo habría comprendido —dijo Richard—. Pero en los estatutos de la fundación familiar existía una cláusula que le impedía darse a conocer, debido a la posible incompatibilidad entre el interés profesional y el particular. Él jamás consentía excepciones a ninguna regla. Por eso sus clientes le confiaban los ahorros de toda la vida.

—¿Aunque ello le acarrease la muerte? —preguntó Florentina.

—Yo también he sido así de obstinado —dijo Abel.

—Eso es juzgar cuando los hechos ya han ocurrido —dijo Richard—. Nadie podía prever que Henry Osborne iba a cruzarse en nuestro camino.

—Su padre y yo nos vimos el día que él murió, ¿sabe? —dijo Abel; Florentina y Richard le miraron con incredulidad—. Sí, nos cruzamos en la Quinta Avenida... Él venía a ver la inauguración de tu nueva tienda. Me saludó con el sombrero. Fue suficiente, en realidad.

Pronto padre e hija se pusieron a hablar de los días felices, y ambos lloraron y rieron mucho.

—Debe usted perdonarnos, Richard —dijo Abel—. Los polacos somos una raza sentimental.

—Lo sé —replicó él—. Mis hijos son medio polacos.

—¿Nos acompañará usted en la cena de esta noche?

—Por supuesto —dijo Richard.

—¿Tiene usted experiencia de lo que es una verdadera fiesta polaca, hijo mío?

—Todas las Navidades de los últimos diez años —contestó Richard.

Abel se echó a reír, y luego hablaron del futuro y de cómo veía él la marcha de su grupo.

—Creo que deberíamos tener una de tus tiendas en cada hotel —le dijo a Florentina, en lo que ella estuvo de acuerdo.

Sólo le quedaba a Abel otra petición que dirigir a Florentina: que ella y Richard quisieran acompañarle a Varsovia, nueve meses más tarde, para la inauguración del último Baron. Richard le prometió que así lo harían.

Durante los meses siguientes Abel completó la reconciliación con su hija y le cobró aprecio a su yerno. George siempre había tenido razón en cuanto a aquel muchacho. Maldecía su propia tozudez.

Le confió a Richard su deseo de que el retorno a Polonia fuese algo inolvidable para Florentina. Abel le había pedido a su hija que inaugurase ella el Warsaw Baron, pero ella se empeñó en que sólo el presidente del consorcio podía efectuar tal ceremonia, pese a la preocupación que inspiraba la salud de su padre.

Florentina y su padre seguían semana a semana las obras del nuevo hotel. A medida que se acercaba la fecha de la inauguración, el anciano incluso ensayó con ella el discurso que pronunciaría en tal oportunidad.

La familia en pleno emprendió el viaje a Varsovia. Inspeccionaron el primer hotel occidental que se construía al otro lado del telón de acero para comprobar que fuese, en todos sus detalles, tal como Abel había prometido.

La ceremonia tuvo lugar en los espaciosos jardines situados frente al hotel. El ministro polaco de Turismo pronunció la alocución de bienvenida a los invitados, tras lo cual solicitó unas palabras a la presidenta del consorcio Baron, antes de proceder a la inauguración oficial.

El discurso de Abel fue pronunciado tal como él lo había escrito, y a su término los mil asistentes a la ceremonia, que llenaban los jardines, se pusieron en pie y aplaudieron.

El ministro de Turismo tendió entonces unas tijeras grandes a la presidenta del consorcio Baron. Florentina cortó la cinta que cruzaba la entrada del hotel y dijo:

—Declaro inaugurado el Warsaw Baron.

Florentina fue luego a Slonim para dispersar las cenizas de su padre en el lugar de nacimiento de éste. Cuando se vio en la tierra natal de su padre, juró no olvidar jamás sus orígenes familiares.

Richard trató de consolarla, aunque el poco tiempo que había tratado a su padre político le bastó para comprender cuántos de los rasgos de éste había heredado su hija.

Florentina se dio cuenta de que jamás podría consolarse de la brevedad de su reconciliación. Todavía le quedaba tanto que hablar con su padre, y mucho más que aprender de él. Daba las gracias una y otra vez a George por el tiempo que, gracias a él, la familia había podido reunirse, y consciente de que también para él había sido una gran pérdida. Así quedó en su tierra natal el último Barón Rosnovski, mientras su única hija y su mejor amigo regresaban a América.

EL PRESENTE

1968-1982

23

El nombramiento de Florentina Kane como presidenta del grupo Baron fue confirmado por el consejo de administración el mismo día que regresó ella de Varsovia. Y el primer consejo de Richard fue que trasladaran las oficinas centrales de Florentina's de San Francisco a Nueva York. Pocos días más tarde, ambos regresaban por última vez a la pequeña casa de Nob Hill. Dedicaron las últimas cuatro semanas en California a los preparativos del traslado; las operaciones de la Costa Oeste fueron dejadas a las competentes manos del administrador, y Nancy Ching quedó encargada de las dos tiendas de San Francisco. Cuando llegó el momento de despedirse de Bella y Claude, Florentina aseguró a sus mejores amigos que visitaría la costa con regular frecuencia.

—Os vais tan de repente como vinisteis —dijo Bella. Era la segunda vez que Florentina la veía llorar.

Una vez establecidos en Nueva York, Richard aconsejó convertir las tiendas de Florentina en una empresa subsidiaria del consorcio Baron, a efectos de consolidación fiscal. Florentina aceptó y nombró a George Novak, que cumplía los sesenta y cinco años, director vitalicio de la rama hotelera, con un salario que hasta el propio Abel hubiere considerado generoso. Florentina asumió la presidencia del grupo, y Richard la dirección general.

Richard buscó un magnífico hogar nuevo en la calle Sesenta y cuatro Este; durante la decoración del mismo siguieron viviendo en el piso cuarenta y dos del New York Baron. Williams ingresó en el prestigioso colegio Buckley, lo mismo que su padre antes que él, y Annabel en Spence. A esto Carol creyó llegado el momento de buscarse otro empleo, pero la mera mención del tema hacía que Annabel estallase en lágrimas.

Florentina empleaba toda la jornada aprendiendo de George el modo de dirigir el grupo Baron. Al final de su primer año como presidenta los temores de George en cuanto a la capacidad de su ahijada para dirigir un consorcio tan grande se disiparon por completo; ella demostró tener la decisión necesaria, por ejemplo, para imponer la igualdad de salarios entre los empleados del consorcio en el Sur, cualquiera que fuese su color.

—Ha heredado el genio de su padre. Lo único que le falta ahora es experiencia —le decía George a Richard.

—El tiempo se encargará de eso —predijo éste.

Después del primer año de presidencia de Florentina, Richard rindió cuentas al consejo de administración. El grupo declaró unos beneficios de más de veintisiete millones de dólares, pese a un voluminoso programa de construcciones en todo el mundo y a la devaluación del dólar, debida a la escalada bélica de Vietnam. Richard presentó seguidamente al consejo un programa completo de inversiones para el decenio 1970-1980, y concluyó su informe recomendando que esta clase de actividad debía ser confiada a un Banco.

—Sí, es verdad —dijo Florentina—, pero yo sigo considerándote banquero.

—No me lo recuerdes —contestó Richard—. Sólo por el dinero que actualmente movemos en más de cincuenta monedas diferentes, y por los honorarios que pagamos a las muchas instituciones financieras que utilizamos, quizá sería hora de que controlásemos un Banco propio.

—¿No dicen que es casi imposible comprar un Banco ahora? —preguntó Florentina—. ¿Y que también es muy difícil reunir las condiciones que pide el gobierno para el permiso?

—Así es, pero poseemos ya el ocho por ciento de la Lester y sabemos los problemas que eso le creó a mi padre. Esta vez podemos convertirlo en una ventaja. Lo que yo recomendaría al consejo de administración es...

El día siguiente Richard escribió a Jake Thomas, el presidente de la Lester, para solicitarle una entrevista privada. La carta que recibió en respuesta era de una reserva rayana en la hostilidad. Las respectivas secretarias negociaron el día y la hora para la entrevista.

Cuando Richard entró en el despacho del presidente, Jake Thomas salió de detrás de su escritorio y le ofreció asiento, antes de acomodarse a su vez en el sillón de cuero que había sido del padre de Richard durante más de veinte años. Los estantes no estaban tan llenos de libros ni las flores tan frescas como lo recordaba Richard. El saludo del presidente fue frío y breve, pero Richard no se dejó amedrentar por la actitud de Thomas, pues sabía que negociaba desde una posición fuerte. No hubo charla preliminar.

—Señor Thomas, considero que, por cuanto poseo el ocho por ciento de las acciones de la Lester y resido ahora en Nueva York, ha llegado el momento de ocupar el puesto que me corresponde en el consejo de administración del Banco.

Las primeras palabras de Jake Thomas pusieron de manifiesto que éste había adivinado la intención de Richard.

—Creo que en circunstancias normales habría sido buena idea, señor Kane, pero como el consejo de administración ha cubierto recientemente todas sus plazas, quizá la otra solución para usted sería vender su participación en el Banco.

Era exactamente la respuesta que Richard esperaba.

—No pienso desprenderme en ningún caso de ese patrimonio familiar, señor Thomas. Mi padre hizo de este Banco una de las instituciones financieras más respetadas de Estados Unidos, y pienso intervenir con energía en su futuro.

—Es lástima, señor Kane, pues se dará usted cuenta, estoy seguro, de que su señor padre no dejó el Banco en circunstancias muy felices, y a no dudarlo podríamos ofrecerle un precio razonable por sus acciones.

—¿Mejor que el precio que mi abuelo ofreció por las de ustedes? —dijo Richard, a lo que las mejillas de Jake Thomas se encendieron de un color rojo púrpura.

—Veo que nada más ha venido usted en plan destructivo —dijo.

—La experiencia me ha enseñado que a veces hay que

destruir un poco antes de poder construir, señor Thomas.

—No creo que su mano tenga fuerza suficiente para hacer que se tambalee esta casa —replicó el presidente.

—Nadie mejor que usted sabe que basta para ello un dos por ciento —dijo Richard.

—No veo la necesidad de prolongar esta conversación, señor Kane.

—Por ahora estoy de acuerdo, pero no le quepa duda de que se reanudará en un futuro no demasiado lejano —dijo Richard, poniéndose en pie para salir.

Jake Thomas no aceptó la mano tendida.

—Si ésa es su actitud, habrá que declarar la guerra —dijo Florentina.

—Valientes palabras —dijo Richard—, pero antes de nuestra próxima jugada he de consultar al antiguo abogado de mi padre, Thaddeus Cohen. No hay nada que él no sepa acerca de la Banca Lester. Combinando nuestros respectivos conocimientos quizá se nos ocurra algo.

Florentina asintió.

—Una vez George me contó una cosa que mi padre estaba dispuesto a hacer si fracasaba en lo de echar al tuyo, aun disponiendo de un ocho por ciento.

Richard escuchó con atención mientras Florentina le describía las líneas generales del plan.

—¿Crees que eso podría funcionar en este caso? —preguntó ella.

—Podríamos salir ganadores, pero el riesgo es tremendo.

—A lo único que hemos de temer es al miedo mismo.

—¡Jessie! ¿Cuándo aprenderás que FDR fue un político, no un banquero?

Richard pasó la mayor parte de las cuatro jornadas siguientes encerrado con Thaddeus Cohen, en el despacho de Cohen, Cohen, Yablons y Cohen.

—La única persona que tiene ahora un ocho por ciento de las acciones de la Lester es usted —le aseguró a Richard el abogado, atrincherado detrás de su escritorio—. El propio Jake Thomas sólo tiene un dos por ciento. Si su padre hubiera sabido que Thomas no tenía medios para retener las acciones de Abel Rosnovski más que unos pocos días, podía haberle aguantado el farol y conservar la poltrona.

El viejo abogado de la familia se reclinó en su asiento y puso ambas manos detrás de su calva cabeza.

—Sabiendo esto, la victoria será un poco más dulce —dijo Richard—. ¿Tiene usted los nombres de todos los accionistas?

—Poseo todavía la relación de todos los accionistas registrados en la época en que el padre de usted era el director general del Banco. Pero actualmente estará tan atrasada, que resultará prácticamente inútil. No necesito recordar a una persona de su formación que las leyes del Estado le autorizan a exigir una inspección formal de la relación de accionistas.

—E imagino lo que podría tardar Thomas en facilitar tal información.

—Hasta Navidades, diría yo —contestó Thaddeus Cohen, permitiéndose una leve sonrisa.

—¿Qué piensa que ocurriría si yo solicitase una junta extraordinaria para explicar en detalle cómo Jake Thomas vendió su propia participación a fin de lograr la dimisión de mi padre.

—Que no ganaría usted mucho con esa maniobra, aparte poner en evidencia a unas cuantas personas. Jake Thomas procuraría que esa junta se convocase para una fecha muy incómoda, al objeto de que no asistiera mucha gente. Indudablemente obtendría también poderes en representación del cincuenta y uno por ciento de los votos, para bloquear cualquier resolución que usted presentase. Y una vez en la discusión, sospecho que el señor Thomas aprovecharía esa iniciativa de usted para volver a lavar ropa sucia en público y así perjudicar más la memoria de su padre. No, creo que por ahora la mejor idea es la de la señora Kane, y me permito añadir que la misma refleja fielmente la audacia con que actuaba el señor Rosnovski en esta clase de asuntos.

—Pero, ¿y si fracasáramos?

—No soy aficionado a las apuestas, pero estaría a favor de Kane y Rosnovski contra Jake Thomas en cualquier momento.

—En caso afirmativo, ¿cuándo deberíamos lanzar la oferta? —inquirió Richard.

—El día uno de abril —contestó Thaddeus Cohen sin titubear.

—¿Por qué ese día en particular?

—Porque corresponde a la antelación adecuada con respecto a la fecha en que todo el mundo ha de abonar sus impuestos, y nos proporciona la seguridad de que muchas personas necesitarán algo de dinero contante y sonante.

Richard estudió de nuevo con Thaddeus Cohen los detalles del plan, y aquella noche se los repitió por entero a Florentina.

—¿Cuánto nos exponemos a perder si fracasamos? —fue lo primero que preguntó ella.

—¿Más o menos?

—Más o menos.

—Treinta y siete millones de dólares.

—Es bastante fuerte —comentó Florentina.

—No es que vayamos a perder el dinero exactamente, pero todo nuestro capital quedará invertido en acciones de la Lester, lo cual limitaría fuertemente la liquidez de las empresas del grupo si no logramos controlar el Banco.

—¿Cómo ve el señor Cohen nuestras posibilidades de salir ganadores?

—Mejor que un cincuenta por ciento. Mi padre nunca se habría arriesgado en tales condiciones —agregó Richard.

—Pues el mío sí —replicó Florentina—. Para él, un vaso podía estar medio lleno, nunca medio vacío.

—Thaddeus Cohen tenía razón.

—¿En qué?

—En lo que dijo de ti. Me advirtió que, si te asemejabas a tu padre aunque sólo fuese un poco, estuviese preparado para dar batalla.

Durante los tres meses siguientes Richard pasó la mayor parte de su tiempo reunido con abogados, contables y expertos fiscales, y el 15 de marzo tuvieron preparada toda la documentación. Aquella tarde reservó espacios para el primero de abril en todas las páginas financieras importantes de Estados Unidos, e informó a los departamentos de publicidad que recibirían el original mediante un propio, sólo veinticuatro horas antes de la publicación. Al fijarse en la fecha, día de las inocentadas en Estados Unidos, no pudo dejar de preguntarse si el inocente iba a ser él o Jake Thomas, a fin de cuentas. Cuando faltaban dos semanas para la fecha, Richard y Thaddeus Cohen revisaron otra vez todo el plan, hasta adquirir la seguridad de que no habían olvidado nada y de que sólo tres personas conocían los detalles de la «Operación Reventón».

La mañana del primero de abril Richard estaba sentado en su despacho, estudiando el anuncio a toda página del *Wall Street Journal:*

> El Consorcio Baron pagará catorce dólares por acción de la Banca Lester, siendo la cotización actual de dichas acciones de once dólares y cuarto por unidad. Toda persona que desee acogerse a esta oferta deberá ponerse en contacto con su agente de Bolsa o solicitar detalles directamente al señor Robin Oakley, Chase Manhattan Bank, One Chase Manhattan Plaza, Nueva York, N.Y. 10005. Dicha oferta permanecerá en vigor hasta el 15 de julio.

En la página opuesta venía un artículo de Vermont Royster, en donde se observaba que aquella audaz jugada para controlar la Lester debía contar con el apoyo del Chase Manhattan, que tendría en depósito, como garantía, las acciones del grupo Baron. El articulista predecía que, en caso de éxito de la oferta, indudablemente Richard Kane sería designado nuevo presidente, posición que su padre había detentado durante más de veinte años. Por el contrario, si la iniciativa fracasaba el grupo Baron podría encontrar severas limitaciones de liquidez que comprometerían sus reservas durante varios años, ya que la posesión de un importante paquete minoritario, pero sin llegar a controlar en realidad el Banco, sería más bien un estorbo para el grupo. El propio Richard no habría sabido resumir la situación con más exactitud.

Florentina llamó al despacho de Richard para felicitarle por su manera de llevar la «Operación Reventón»:

—Como Napoleón, has recordado que la principal regla de la guerra es el ataque por sorpresa.

—Bien, pues confiemos en que Jake Thomas no sea mi Waterloo.

—Qué pesimista es usted, señor Kane. Piensa sólo que el señor Thomas, en este momento, se habrá encerrado en el lavabo más próximo, y que él no tiene un arma secreta y tú sí.

—¿Cuál es? —dijo Richard.

—Yo —y colgó el teléfono. El aparato volvió a sonar en seguida.

—Llamada del señor Thomas, de la Banca Lester, para usted, señor Kane.

Será que tiene un teléfono en el lavabo, se dijo Richard.

—Páseme la llamada —ordenó, mientras empezaba a comprender lo que debió ser el enfrentamiento entre su padre y Abel Rosnovski.

—Señor Kane, creo que deberíamos entrevistarnos para allanar diferencias. Quizás he sido un poco demasiado cauteloso al no ofrecerle en seguida un puesto en el consejo de administración.

—Ya no me interesa un puesto en el consejo, señor Thomas.

—¿No? Yo creía que...

—No. Ahora sólo me interesa la presidencia.

—¿Se da usted cuenta de que, si no consigue controlar el cincuenta y uno por ciento de las acciones del Banco el 15 de julio, podríamos efectuar inmediatamente cambios en la composición del accionariado y en los derechos de voto, perjudicando al valor de los títulos que posee usted actualmente? Y me creo en el deber de añadir que los miembros del consejo de administración sumamos el cuarenta por ciento de las acciones de la Lester, y que me propongo comunicar por telegrama a todos los demás accionistas mi recomendación de que no acepten su oferta, señor Kane. Una vez haya adquirido yo otro once por ciento, usted habrá perdido una pequeña fortuna.

—Estoy dispuesto a correr ese riesgo —dijo Richard.

—Bien, si es ésa su postura, Kane, convocaré junta plenaria de accionistas para el 24 de julio. Si para entonces no ha obtenido usted su cincuenta y uno por ciento, me ocuparé personalmente de excluirle a usted de todas las operaciones futuras de este Banco, mientras yo sea el presidente —el tono de Thomas pasó bruscamente de la amenaza al intento de conciliación—: Quizá quiera usted reconsiderar ahora su actitud.

—Cuando salí de su despacho, señor Thomas, ya había quedado claro mi propósito. Nada ha cambiado.

Richard colgó, abrió su agenda por el 24 de julio y trazó en la página una línea diagonal, sobre la cual escribió *Junta de accionistas Banca Lester*, seguido de un gran interrogante. Aquella tarde recibió el telegrama de Jake Thomas a todos los accionistas.

Todas las mañanas Richard controlaba el éxito de su anuncio mediante llamadas a Thaddeus Cohen y al Chase

Manhattan. Al final de la primera semana había cambiado de manos un treinta y uno por ciento de las acciones, lo cual con el ocho por ciento de Richard aseguraba la posesión de un treinta y nueve por ciento en total. Si era verdad que Thomas podía contar con un cuarenta por ciento, la partida estaba muy igualada.

Dos días más tarde Richard recibió una larga carta dirigida por Jake Thomas a todos los accionistas, en la que les desaconsejaba muy seriamente la oferta del grupo Baron. «Sus intereses resultarían traspasados a manos de una compañía que, hasta hace bien poco, estaba controlada por un hombre con antecedentes de soborno y cohecho», decía el párrafo final. Aquel ataque de Thomas contra la memoria del difunto Abel le inspiró repugnancia a Richard; en cuanto a Florentina, nunca había estado tan furiosa.

—Le hundiremos, ¿verdad? —preguntó, con los puños apretados.

—No será fácil. Sé que entre los directores y sus amigos reúnen más del cuarenta por ciento. Como a las cuatro de esta tarde alcanzamos el cuarenta y uno por ciento, será la lucha por el diecinueve por ciento restante la que decidirá el ganador del 24 de julio.

Hasta el final del mes Richard no volvió a tener noticias de Jake Thomas, lo que le hizo preguntarse si ya habría controlado el cincuenta y uno por ciento; pero faltando sólo ocho semanas para el día de la junta le tocó el turno a Richard de leer un anuncio a toda página que le puso el pulso a ciento veinte. Jake Thomas publicaba en la página treinta y siete del *Wall Street Journal* un anuncio en representación de la Lester. Se ofrecían dos millones de acciones de una emisión autorizada, pero no efectuada hasta entonces, y que se vendían a beneficio de un nuevo fondo de pensiones para los empleados del Banco. En una entrevista con el redactor jefe del *Journal*, Thomas explicaba que aquello era un paso principal del programa de participación en los beneficios, y que aquel fondo de pensiones constituiría un ejemplo para todo el país, tanto dentro como fuera del gremio bancario.

Contra su costumbre, Richard prorrumpió en maldiciones mientras abandonaba la mesa en dirección al teléfono, dejando que se enfriara su café.

—¿Qué has dicho? —preguntó Florentina.

—Mierda —repitió él, al tiempo que le pasaba el periódico. Ella leyó la noticia mientras Richard marcaba un número.

—¿Qué significa esto?

—Significa que aunque compremos el cincuenta y uno por ciento del capital actual, al tener Thomas autorizada una emisión de dos millones de acciones nuevas, las cuales puedes estar segura que sólo se venderán a instituciones, será imposible derrotar a ese bastardo el 24 de julio.

—¿Es legal eso? —inquirió Florentina.

—Es lo que quiero averiguar —respondió Richard.

Thaddeus Cohen no dejó lugar a dudas.

—Es legal, a menos que consiga que un juez frene toda la operación. Ya tengo redactados los papeles necesarios, pero le advierto que si no se obtiene un mandato preliminar, usted jamás será presidente de la Lester.

Durante las veinticuatro horas que siguieron, Richard se vio entrar y salir de despachos de abogados y salas de los tribunales. Firmó tres declaraciones juradas y asistió a una audiencia para obtener el mandato judicial. A esto le siguió una citación urgente para presentarse ante una mesa constituida por tres jueces que, después de una jornada de deliberaciones, decidió por dos votos contra uno la congelación de la emisión de nuevas acciones hasta un día después de la fecha señalada para la junta de accionistas. Richard había ganado la batalla, pero no la guerra. La mañana siguiente, cuando regresó a su despacho, averiguó que sólo tenía el cuarenta y seis por ciento de las acciones.

—Él tendrá el resto —dijo Florentina, desconsolada.

—No lo creo —dijo Richard.

—¿Por qué no? —preguntó ella.

—Porque si lo tuviera, no se habría molestado en lanzar esa cortina de humo del fondo de pensiones, es decir si realmente controlase ya el cincuenta y uno por ciento.

—Bien pensado, señor Kane.

—La realidad es que él cree que el cincuenta y uno por ciento lo tenemos nosotros. Así pues, ¿dónde está el cinco por ciento que falta?

Hacia las últimas fechas de junio fue necesario persuadir a Richard para que dejara de llamar cada hora al Chasse Manhattan a fin de saber si habían adquirido más acciones. Cuando llegó el 15 de julio tenía exactamente un cuarenta y nueve por ciento, y no podía olvidar que en ocho días más Thomas podría emitir nuevas acciones con derecho a voto que prácticamente le imposibilitarían a él alcanzar el control de la Banca Lester. Y dadas las necesidades de liquidez del grupo Baron, se vería obligado a revender en seguida algunas de sus acciones de la Lester... incurriendo seguramente en una considerable pérdida, tal como Jake Thomas había predicho. Se sorprendió a sí mismo varias veces, aquel día, en el acto de murmurar «un dos por ciento, sólo un dos por ciento».

A sólo una semana de distancia, Richard se dio cuenta de que no lograba concentrarse en la nueva reglamentación contra incendios pendiente de ser aprobada por el Congreso. Fue en esa coyuntura cuando llamó Mary Preston.

—No conozco a ninguna Mary Preston —le dijo Richard a su secretaria.

—Dice que usted quizá la recordará bajo el nombre de Mary Bigelow.

Richard sonrió y se preguntó cuál sería el motivo de la llamada. No la había visto desde que dejó Harvard. Descolgó el aparato.

—Mary, qué sorpresa. ¿O quizá sólo llamas para quejarte de un mal servicio en uno de los hoteles Baron?

—No, no se trata de ninguna queja, aunque una vez pasamos una noche en un Baron, si es que todavía te acuerdas.

—¿Cómo iba a olvidarlo? —contestó, sin acordarse en absoluto.

—Pues únicamente llamaba para pedirte un consejo. Hace algunos años mi tío-abuelo Alan Lloyd me legó un tres por ciento de las acciones de la Lester. La semana pasada recibí una carta de un tal señor Jake Thomas, en la que me pedía que le cediera los derechos de voto de esas acciones y no hiciera tratos contigo.

Richard contuvo la respiración y oyó los latidos de su propio pulso.

—¿Estás ahí, Richard?

—Sí, Mary. Estaba pensando. Pues la verdad es...

—No vayas a empezar un discurso ahora, Richard. ¿Por qué no vienes con tu esposa a pasar una noche en Florida conmigo y con mi marido, y así podrás aconsejarnos.

—Florentina no regresa de San Francisco hasta el domingo...

—Pues ven solo. Sé que a Max le encantará conocerte.

—Déjame ver si puedo aplazar un par de asuntos. Te llamaré dentro de una hora a más tardar.

Richard telefoneó a Florentina, quien le aconsejó que dejara correr todo lo demás y fuera solo.

—El lunes por la mañana podremos decirle adiós a Jake Thomas de una vez por todas.

A continuación Richard puso la noticia en conocimiento de Thaddeus Cohen, quien la celebró sobremanera.

—En mi lista las acciones aún están a nombre de Alan Lloyd.

—Bien, pues ahora están a nombre de la señora de Max Preston.

—No me importa cómo diablos se llame. Vaya y consígalas.

Richard tomó el avión el sábado por la tarde y fue recibido en el aeropuerto de West Palm Beach por el chófer de Mary, que le llevó a casa de los Preston. Cuando Richard vio la casa donde vivía Mary, pensó que sobraba espacio para veinte hijos. Lindaba con un campo de golf y con el canal que comunicaba de costa a costa, y el coche tardó seis minutos en recorrer el camino entre la verja de entrada y los impresionantes cuarenta escalones que daban acceso a la casa. Mary le esperaba en lo alto de la escalinata para saludarle. Llevaba un traje de montar muy elegante. Su melena rubia todavía le rozaba los hombros, y al contemplarla Richard recordó por qué le había atraído casi quince años antes.

El mayordomo se apoderó de la bolsa de fin de semana y condujo a Richard a un dormitorio de dimensiones suficientes para dar cabida a una tertulia medianamente numerosa. Al pie de la cama había un traje de montar.

Mary y Richard cabalgaron por la finca antes de la cena, y aunque no se veía ni rastro de Max ella dijo que le esperaba alrededor de las siete. Richard le agradeció a Mary que no pasara en ningún momento de un medio galope. Hacía mucho tiempo que no salían juntos a montar, y sabía que iba a tener agujetas al día siguiente. Cuando volvieron a la casa Richard se bañó y se vistió para la cena, después de lo cual bajó al salón. Pasaba un poco de las siete, y el mayordomo le sirvió un jerez. Cuando Mary hizo su entrada en la habitación, luciendo un vestido de noche sin tirantes, el camarero le sirvió un whisky largo sin esperar a que se lo pidieran.

—Lo siento, Richard, pero Max acaba de telefonear diciendo que se ha visto retenido en Dallas y no podrá volver hasta mañana por la tarde a última hora. Lamenta mucho no haber podido conocerte en esta ocasión. —Antes de que Richard tuviera ocasión de hacer ningún comentario, ella agregó—: Así, pues, cenemos, y mientras tanto me explicarás por qué necesita mi tres por ciento el grupo Baron.

Richard le relató detenidamente la historia de lo ocurrido desde que el padre de él sucedió al tío-abuelo de ella. Los dos primeros platos de la cena fueron servidos sin que él reparase apenas en ello, tan enfrascado estaba en la explicación.

—Así, con mi tres por ciento el Banco queda otra vez seguro en mano de los Kane —dijo ella.

—Así es —dijo Richard—. Aún falta un cinco por ciento, pero como ya tenemos el cuarenta y nueve por ciento, tú puedes asegurarnos la mayoría.

—Eso es fácil —dijo Mary mientras se llevaban la bandeja del soufflé—. El lunes hablaré con mi agente y lo dejaré todo arreglado. Pasemos a la biblioteca para celebrarlo con un coñac.

—No puedes figurarte el alivio que esto representa para mí —dijo Richard mientras se ponía en pie y seguía a su anfitriona por un largo pasillo.

La biblioteca tenía el tamaño de un campo de baloncesto y casi tantos asientos como uno de éstos. Mary le sirvió a Richard un café mientras el mayordomo llenaba una copa de Hine. Ella despidió al mayordomo para el resto de la velada y se sentó en el sofá al lado de Richard.

—Como en los viejos tiempos —dijo Mary, acercándose a él.

Richard asintió, mientras retornaba de su fantasía de verse convertido en presidente de la Lester. Le gustaba el coñac, y apenas se dio cuenta de que Mary apoyaba la cabeza en su hombro. Cuando ella le sirvió la segunda copa, no pudo dejar de advertir que le había puesto la mano en la pierna. Tomó otro sorbo de coñac. De pronto y sin previo aviso, ella rodeó con los brazos a Richard y le besó en los labios. Cuando al fin le soltó, él rió y dijo:

—Como en los viejos tiempos —y poniéndose en pie, se sirvió un café largo—. ¿Qué es lo que retiene a Max en Dallas?

—Conducciones de gas —dijo Mary sin entusiasmo. Richard permanecía en pie junto a la chimenea.

Durante una hora escuchó todo lo relativo a tuberías de gas y algo de lo de Max. Cuando sonaron los doce, sugirió que quizá sería hora de retirarse. Ella no hizo ninguna observación y se limitó a acompañarle subiendo la inmensa escalera hasta su habitación, y se alejó antes de que él le diera el beso de las buenas noches.

Richard halló dificultad en conciliar el sueño, pues en su cerebro se confundía el alivio por haber logrado hacerse con el tres por ciento de las acciones con sus planes de cómo conducir el relevo del poder en el Banco sin perjudicar demasiado las operaciones del mismo. Comprendía que incluso como ex presidente Jake Thomas podría causar muchas dificultades, e imaginaba procedimientos para controlar la reacción de Thomas cuando éste viese perdida la batalla. Entonces oyó un leve ruido procedente de la puerta. Vio que giraba poco a poco el pomo de la misma, y luego la puerta se abrió. Mary apareció a contraluz; llevaba un *negligé* rosa transparente.

—¿Estás despierto?

Richard permaneció inmóvil, al tiempo que se preguntaba si sería posible fingir que estaba dormido. Como quizás ella se hubiese dado cuenta de que él había levantado la cabeza, contestó en tono soñoliento:

—Sí.

Le divirtió pensar que no era momento de recordar sus otras dificultades. Mary se acercó sin hacer ruido hasta la cama, y se sentó.

—¿Deseas alguna cosa?

—Un sueño tranquilo —dijo Richard.

—Se me ocurren dos maneras de ayudarte a conseguirlo —dijo Mary, mientras se inclinaba hacia él y le acariciaba la nuca—. Podrías tomar una pastilla de somnífero, o podríamos hacer el amor.

—Es buena idea, pero ya he tomado la pastilla —dijo Richard, amodorrado.

—Por lo visto no ejerce el efecto deseado, así que tal vez sea mejor probar el otro remedio —dijo Mary mientras se quitaba el *negligé* por la cabeza y lo dejaba caer al suelo. Luego, sin más palabras, se metió debajo de la sábana y apretó su cuerpo contra el de Richard. Éste pudo notar que su prieta figura era la de una mujer que practicaba el ejercicio físico asiduamente y no había tenido hijos.

—¡Diablos! Ojalá no hubiese tomado esa pastilla —dijo Richard—, o por lo menos pudiera quedarme otra noche.

Mary empezó a besar a Richard en el cuello, mientras su mano bajaba por la espalda del hombre y se colaba entre sus piernas.

¡Cristo!, pensó Richard, uno no es de piedra. Entonces se oyó un portazo. Mary apartó los cobertores, agarró el *negligé* y cruzó corriendo la habitación, para desaparecer con más viveza que un ladrón cuando se enciende la luz de la sala. Richard se cubrió de nuevo y escuchó un murmullo de conversación, que no logró entender. Pasó el resto de la noche en un sueño intranquilo.

La mañana siguiente, cuando bajó a desayunar, halló a Mary en plena charla con un hombre maduro, que debió ser muy bien parecido en otros tiempos.

El hombre se puso en pie y le estrechó la mano.

—Permita que me presente. Soy Max Preston —dijo—. Aunque no pensaba pasar aquí el fin de semana, mis asuntos me han dejado libre y he podido tomar el último avión en Dallas. Desde luego no desearía que abandonase usted mi casa sin recibir una muestra de la auténtica hospitalidad sureña.

Durante el desayuno, Max y Richard hablaron de los problemas a que se enfrentaban ambos en Wall Street. Estaban enfrascados en la discusión de los efectos de las nuevas disposiciones nixonianas en materia de impuestos cuando el mayordomo anunció que el chófer estaba esperando para conducir al señor Kane al aeropuerto.

Los Preston bajaron con Richard los cuarenta escalones hasta llegar al coche, tras lo cual Richard besó a Mary en la mejilla, les agradeció cuanto habían hecho y estrechó cordialmente la mano de Max.

—Espero volver a verle pronto —dijo Max.

—Buena idea. Llámeme cuando se deje caer por Nueva York.

Mary le sonrió amistosamente.

Mary y Max Preston se despidieron agitando la mano mientras el Rolls Royce enfilaba el largo sendero. Cuando su avión hubo despegado, Richard sintió un tremendo alivio. La azafata le sirvió un cóctel y él empezó a pensar en sus planes para el lunes. Con gran satisfacción por su parte, cuando llegó a la calle Sesenta y cuatro Florentina estaba esperándole.

—Las acciones son nuestras —anunció, triunfante, y durante la cena le explicó los demás detalles. Ambos se quedaron dormidos en el sofá, delante de la chimenea, poco antes de medianoche. La mano de Florentina descansaba sobre la pierna de él.

La mañana siguiente, Richard llamó a Jake Thomas para anunciarle que poseía el cincuenta y uno por ciento.

Richard escuchó un profundo suspiro.

—En efecto —dijo Thomas con resignación—. ¿Puedo preguntarle de quién ha obtenido el dos por ciento necesario?

—Sí. De una vieja amiga mía, Mary Preston.

Hubo una pausa al otro lado del hilo.

—¿No será la señora de Max Preston, residente en Florida? —preguntó Jake Thomas.

—Sí —dijo Richard en tono de triunfo.

—Entonces, no tiene por qué molestarse en pasar por aquí, señor Kane, porque la señora Preston nos traspasó su tres por ciento de acciones de la Lester cuatro semanas atrás, y desde hace bastantes días obran en nuestro poder los certificados.

Colgaron, y le tocó a Richard el turno de respirar hondo.

Cuando Richard le contó a Florentina el nuevo giro que habían tomado las cosas, ella no supo contestar sino:

—Ojalá te hubieses acostado con esa maldita mujer. Apuesto a que Jake Thomas lo habría hecho.

—¿Te habrías acostado tú con Scott Forbes en idénticas circunstancias?

—¡Por Dios! No, señor Kane.

—Pues eso, Jessie.

Richard pasó otra noche de insomnio pensando en cómo adquirir aquel dos por ciento definitivo, si aún había posibilidad. Era evidente que ambas partes poseían ahora el cuarenta y nueve por ciento de las acciones. Thaddeus Cohen ya le había advertido que tendría que enfrentarse a la realidad y pensar en el modo de obtener el máximo de líquido en la reventa de las acciones en su poder. Se le ocurrió que tal vez sería mejor aprender la lección de Abel y realizar una venta masiva un día antes de la junta. Richard dio vueltas y más vueltas en la cama mientras cruzaban por su mente ideas inservibles. Se volvió de nuevo y trató de conciliar el sueño, precisamente en el momento en que Florentina despertaba con un sobresalto.

—¿Estás despierto? —preguntó ella.

—Sí, cazando un dos por ciento —respondió.

—Lo mismo que yo. ¿Recuerdas que tu madre nos contó que alguien había comprado el dos por ciento de un tal señor Peter Parfitt, por cuenta de tu padre, para impedir que el mío se hiciera con él?

—Lo recuerdo —dijo Richard.

—Bien, pues quizá no se han enterado de tu oferta.

—Querida, ha salido en todos los periódicos de los Estados Unidos.

—También los Beatles, y todavía hay gente que no sabe quiénes son.

—Supongo que vale la pena intentarlo —dijo Richard mientras se disponía a descolgar el teléfono de la mesita de noche.

—¿A quién vas a llamar, a los Beatles?

—No, a mi madre.

—¿A las cuatro de la mañana? No puedes sacar a tu madre de la cama a esta hora.

—Puedo y debo.

—No te habría dicho nada si hubiera sabido que ibas a hacer eso.

—Cariño, dentro de sólo dos días y medio habré perdido treinta y siete millones de dólares tuyos, y el propietario de las acciones que tanto necesitamos quizá resida en Australia.

—Buena observación, señor Kane.

Richard marcó el número y esperó hasta que contestó una voz soñolienta.

—¿Mamá?

—Sí, Richard. ¿Qué hora es?

—Las cuatro de la mañana. Siento molestarte, pero no puedo recurrir a ninguna otra persona. Ahora escúchame con atención, por favor. Una vez dijiste que un amigo de papá había comprado un dos por ciento de las acciones de la Lester, que tenía Peter Parfitt, para evitar que cayeran en poder del padre de Forentina. ¿Recuerdas quién fue?

Hubo una pausa.

—Sí, creo que sí. Si esperas un minuto recordaré su nombre. Sí, era un antiguo amigo de Inglaterra, un banquero que había estado en Harvard con tu padre. Tengo el nombre en la punta de la lengua —Richard contuvo el aliento, mientras Florentina se sentaba en la cama—. Dudley, Colin Dudley, el presidente de... ¡ay, querido!, no me acuerdo.

—No te preocupes, mamá, es suficiente para localizarle. Tú duerme ahora.

—Qué hijo tan solícito y considerado eres —dijo Kate Kane antes de colgar.

—¿Ahora qué, Richard?

—Prepara el desayuno.

Florentina le besó en la frente y se levantó.

Richard se volvió de nuevo hacia el teléfono.

—Conferencias internacionales, por favor. ¿Qué hora es en Londres?

—Las nueve y siete.

Richard hojeaba su agenda; por último dijo:

—Póngame con el 01-735-7227, por favor.

Esperó con impaciencia hasta escuchar una voz:

—Bank of America.

—Póngame con el señor Jonathan Coleman, haga el favor.

Otra espera.

—Jonathan Coleman.

—Buenos días, Jonathan. Soy Richard Kane.

—Me alegro de oírle, Richard. ¿Qué se le ofrece?

—Necesito una información urgente. ¿De qué Banco es presidente Colin Dudley?

—Espere un minuto, Richard, mientras lo miro en el *Anuario de la Banca* —Richard oyó el ruido de las hojas, y luego llegó la respuesta—: Robert Fraser and Company, sólo que ahora es sir Colin Dudley.

—¿Qué teléfono tiene?

—El 493-3211.

—Gracias, Jonathan. Te llamaré cuando pase por Londres.

Richard apuntó el número en el reverso de un sobre y llamó de nuevo a la telefonista para otra llamada internacional, cuando entró Florentina.

—¿Has conseguido algo?

—Ahora lo sabremos. Por favor, póngame con Londres. El número es el 493-3211.

Florentina se sentó al borde de la cama mientras Richard esperaba.

—Robert Fraser and Company.

—Quiero hablar con sir Colin Dudley, por favor.

—¿A quién he de anunciar, señor?

—Richard Kane, del grupo Baron, de Nueva York.

—Un momento, señor.

Richard esperó una vez más.

—Buenos días. Dudley al habla.

—Buenos días, sir Colin. Me llamo Richard Kane. Creo que usted conocía a mi padre.

—En efecto. Estuvimos juntos en Harvard. Excelente muchacho; sentí mucho enterarme de su fallecimiento. ¿Desde dónde llama usted?

—Desde Nueva York.

—Madrugan mucho, ustedes los americanos, ¿no? ¿Qué puedo hacer por usted?

—¿Todavía es usted propietario de un dos por ciento de las acciones de la Banca Lester? —Richard contuvo otra vez el aliento.

—Sí las tengo, y bien caras que me costaron. Sin embargo, no me quejo. Su padre me hizo algunos favores, en su tiempo.

—¿Aceptaría usted venderlas, sir Colin?

—Si está dispuesto a ofrecerme un precio sensato.

—¿Qué precio consideraría usted sensato?

Hubo una larga pausa.

—Ochocientos mil dólares.

—Acepto —dijo Richard sin titubear—, pero es preciso que las tenga mañana, y no voy a confiar en un servicio de mensajería. Si le transfiero esa suma, ¿podrá tener la documentación preparada para cuando yo llegue?

—Eso es fácil, muchacho —dijo Dudley sin manifestar la menor extrañeza—. Enviaré al aeropuerto un coche que estará a disposición de usted durante su estancia en Londres.

—Gracias, sir Colin.

—No me trate de sir, joven. He llegado a la edad en que uno prefiere que le llamen por el nombre. Sírvase comunicarme a qué hora espera llegar, y lo tendré todo preparado para usted.

—Gracias... Colin.

—¿No irás a vestirte ahora?

Richard colgó.

—Justamente. Esta noche ya no se duerme. ¿Dónde está mi desayuno?

A las seis, Richard tenía billete para el avión de las nueve quince, en el aeropuerto Kennedy, así como para el vuelo de regreso, que salía la mañana siguiente a las once para llegar a Nueva York a la una treinta y cinco de la tarde. Ello le daba veinticuatro horas de tiempo antes de la junta de accionistas, prevista para las dos de la tarde del jueves.

—Vamos un poco apurados, ¿no? —dijo Florentina—. Pero no temas, tengo fe en ti. Recuerda que William espera que le traigas de Londres un autobús londinense de juguete.

—Siempre me dejas a mí los encargos más importantes. Verdaderamente, es una pesada carga la que llevo como director general de tu grupo.

—Lo sé, querido, y creo que es porque te acuestas con el presidente.

A las siete Richard estaba en su despacho, escribiendo instrucciones para la transferencia de los ochocientos mil dólares por télex a Robert Fraser and Company, Albemarle Street, London W.1. Richard sabía que el dinero iba a llegar mucho antes que él mismo al Banco de sir Colin Dudley. A las siete y media le llevaron al aeropuerto, donde cumplimentó los trámites; el 747 despegó con puntualidad y llegó a las diez de la noche al londinense aeropuerto de Heathrow. Sir Colin Dudley había cumplido su palabra. Un chófer le esperaba para conducirle al Baron, donde la gerencia le asignó la suite Davis Leroy. Explicó que la suite presidencial estaba ocupada por un tal señor Jagger, cuyo grupo se había apoderado del piso noveno.

—Me parece que no conozco ese *grupo* —dijo Richard—. ¿En qué actividad se especializa?

—Cantan —dijo el gerente.

Cuando Richard se presentó en recepción, le esperaba un mensaje de sir Colin proponiendo que se entrevistasen en el Banco a las nueve de la mañana del día siguiente.

Richard cenó tranquilamente en su habitación y antes de acostarse llamó a Florentina para ponerla al corriente.

—Duro y adelante, señor Kane. Aquí confiamos en usted.

Richard despertó a las siete e hizo su equipaje antes de bajar a desayunar. Tanto le había hablado su padre de los arenques ahumados de Londres, que los pidió con algo de anticipación; cuando terminó el último bocado le parecieron tan buenos que sin duda aburriría a su hijo durante muchos años con el mismo cuento. Después de desayunar paseó por Hyde Park para matar el tiempo hasta la hora de la cita en el Banco. El parque estaba esplendoroso de verde, y los macizos de flores eran masas de rosas fresquísimas. Richard no pudo evitar la comparación de aquella belleza con el Central Park, y recordó que Londres tenía otros cinco parques de similares dimensiones.

A las nueve en punto Richard empujó la puerta de Robert Fraser and Company, en Albemarle Street, a pocos centenares de metros del Baron. Una secretaria le condujo al despacho de sir Colin Dudley.

—Me figuraba que llegaría puntual, muchacho, de manera que lo tengo todo preparado. Recuerdo que una vez encontré a su padre de usted sentado delante de la puerta, con las botellas de leche. Todos tuvimos que beber café solo aquel día.

Richard rió.

—Sus ochocientos mil dólares llegaron ayer, poco antes de la hora de cierre de las oficinas, así que todo lo que nos resta hacer es firmar los certificados en presencia de un testigo —sir Colin accionó un botón—. ¿Quiere usted venir, Margaret?

La secretaria particular de sir Colin asistió a la firma de los certificados por parte de un presidente de Banco, para que su tenedor pudiera convertirse en presidente de otro.

Richard pasó revista a los documentos, firmó cuidadosamente en su lado del contrato y le fue entregado un recibo por importe de ochocientos mil dólares.

—Bien, confío en que toda la molestia que se ha tomado viniendo personalmente sirva para asegurarle la presidencia de la Lester, muchacho.

Richard miró con sorpresa a aquel anciano de bigotes de morsa, cabeza calva y tiesura militar.

—No sabía que usted conocía...

—Ustedes los americanos no crean que aquí estamos del todo dormidos. Ahora corra y tome el vuelo de las once en Heathrow, y podrá asistir tranquilo a su junta: no todos mis clientes pagan con tanta prontitud como usted. Dicho sea de paso, felicidades por lo de ese muchacho en la Luna.

—¿Qué? —se sorprendió Richard.

—Han enviado ustedes un hombre a la Luna.

—¡Santo cielo! —exclamó Richard.

—Eso todavía no, pero estoy seguro de que está dentro de los planes inmediatos de la NASA —comentó sir Colin.

Richard rió la broma y expresó nuevamente su gratitud a sir Colin. Cuando regresó al Baron estaba de humor como para tararear una canción. No necesitaba que le explicasen cómo se sentía el hombre en la Luna. Como había dejado el equipaje en recepción, pudo salir sin demora, y el chófer de sir Colin le llevó a Heathrow. Richard entró en la terminal Tres con tiempo sobrado para despachar trámites y tomar el vuelo de las once. Cuando volviese a Nueva York aún le sobrarían veinticuatro horas: si su padre hubiera tenido que hacer la misma transacción para llegar a ser presidente, habría precisado por lo menos dos semanas.

Richard se sentó en el salón del Clipper Club para distraer el tiempo con un Martini, mientras leía en el *Times* la noticia del cuarto triunfo de Rod Laver en Wimbledon. Por ello no pudo ver cómo cerraba la niebla. Media hora más tarde, el sistema de megafonía avisaba a los pasajeros de que habría un pequeño retraso en todos los vuelos. Al cabo de una hora anunciaron el vuelo de Richard, pero mientras éste cruzaba la pista pudo ver que la niebla se espesaba por momentos. Esperó en su asiento, con el cinturón de seguridad puesto, a que el avión se pusiera en marcha. Leyó la revista *Time* de la semana anterior para no tener que mirar por la ventanilla. Así se enteró de que Nixon había promovido al generalato a dos mujeres, Elizabeth Hoisington y Anne Mae Hays, y pensó que sin duda sería la primera iniciativa de Nixon que mereciese la aprobación de Florentina.

—Lamentamos tener que anunciarles que este vuelo queda aplazado hasta nueva orden, debido a la niebla —un rumor de protesta se alzó en la cabina de primera—: Los pasajeros deben regresar a la terminal, dónde se les entregarán vales para el almuerzo y se les comunicará oportunamente el momento de regresar a bordo. La compañía Pan American ruega se sirvan disculpar este retraso involuntario y espera no origine mayores contrariedades.

Richard se sonrió a su pesar. De vuelta en la terminal recorrió todas las taquillas para averiguar qué compañía tenía el primer vuelo. Resultó ser un vuelo de Air Canadá con destino a Montreal. Reservó una plaza cuando le dijeron que su vuelo de Pan Am a Nueva York estaba en vigésimo séptimo lugar de la lista de salidas. Luego comprobó los horarios de los vuelos de Montreal a Nueva York. Salían cada dos horas y la travesía duraba exactamente una hora. Maldijo a la Pan American y a la Air Canadá cada treinta minutos, pero la cortés excusa permanecía invariable:

—Lo siento, señor, pero no podemos hacer nada mientras no despeje la niebla.

A las dos de la tarde llamó a Florentina para advertirle del retraso.

—Por esta vez pase, señor Kane. Y ya que estás al teléfono, ¿te has acordado del autobús londinense para William?

—¡Rayos! Lo había olvidado por completo.

—Me está resultando usted poco eficaz hoy, señor Kane. ¿Querrá probar en los puestos de venta del aeropuerto?

Richard encontró uno que tenía autobuses londinenses de varios tamaños. Eligió uno grande de plástico y lo pagó con la única moneda inglesa que le quedaba. Con el autobús bien empaquetado debajo del brazo, decidió hacer uso del vale para comer. Resultó ser la peor comida de aeropuerto que hubiese probado nunca: un trozo delgado de buey, del tamaño de un sello, falsamente descrito como «steak minute» en la carta, junto con tres hojas de lechuga cortadas a la juliana, que simbolizaban la ensalada. Consultó su reloj; eran ya las tres. Había comprado una novela, *La mujer del teniente francés*, pero estaba tan pendiente de los altavoces que en dos horas no logró pasar de la cuarta página.

A las siete, y después de dar varias vueltas a la terminal Tres, Richard se dijo que pronto sería demasiado tarde para que despegase ningún avión, cualesquiera que fuesen las condiciones meteorológicas. Los altavoces anunciaron un mensaje importante, y él se quedó como una estatua mientras escuchaba las palabras: «Lamentamos tener que anunciar que todos los vuelos de salida de Heathrow han sido cancelados, excepto el vuelo 006 de Iran Air con destino a Jeddah y el 009 de Air Canadá con destino a Montreal». Richard se vio salvado por su previsión, pues sabía que en pocos minutos quedarían ocupadas todas las plazas del avión de Air Canadá. Una vez más se vio sentado en una cabina de primera, y aunque la salida aún se retrasó, finalmente y después de haber sido anunciado para poco antes de las ocho el 747 despegó poco después de las nueve. Richard consultó incesantemente su reloj. El vuelo transcurrió sin incidentes, excepto otra comida de calidad desastrosa, y por fin el avión aterrizó en Montreal poco antes de las once.

Richard corrió al mostrador de la American Airlines, para enterarse de que había perdido por escasos minutos el último vuelo a Nueva York. Profirió una maldición en voz alta.

—No se preocupe, señor, hay un vuelo mañana por la mañana a las diez veinticinco.

—¿A qué hora llega a Nueva York?

—A las once treinta.

—Con sólo dos horas y media de tiempo —reflexionó en voz alta—. Es un poco escaso. ¿Puedo alquilar una avioneta privada?

—A esta hora de la noche no, señor —dijo el funcionario después de mirar su reloj.

Richard dio un puñetazo en el mostrador, reservó una plaza, tomó habitación en el Airport Baron y telefoneó a Florentina.

—¿Dónde estás ahora? —preguntó ella.

—En el Airport Baron de Montreal.

—Cada vez más curioso.

Richard le explicó lo que había ocurrido.

—Pobre muchacho. ¿Te has acordado del autobús?

—Sí, lo llevo conmigo, pero mi ropa va en el vuelo de Pan Am a Nueva York.

—¿Y los certificados?

—Están en mi portafolios, que no se separa de mi lado.

—Buen trabajo, señor Kane. Tendrás un coche esperándote en el aeropuerto, y el señor Cohen y yo estaremos en la junta de accionistas con nuestro cuarenta y nueve por ciento bien amarrado. Por consiguiente, si obra en tu poder ese dos por ciento, mañana a esta hora Jake Thomas estará en el seguro de paro.

—¿Cómo puedes tomártelo con tanta calma?

—Porque tú jamás me has fallado. Que duermas bien.

Richard no durmió bien, y se encaminó a la terminal de American Airlines horas antes de la salida de su avión. Hubo un ligero retraso, pero el comandante anunció que confiaba en aterrizar a las once treinta en Kennedy. Como Richard no llevaba equipaje, se dijo que aún estaba a tiempo de llegar con media hora de antelación a la junta. Empezó a tranquilizarse, por primera vez en más de veinticuatro horas, e incluso redactó algunas notas para su primer discurso como presidente de la Banca Lester.

Cuando el 707 llegó a Kennedy empezó a describir círculos sobre el aeropuerto. Richard miraba por la ventanilla y veía con toda claridad el rascacielos de Wall Street donde debía hallarse en el plazo de dos horas. Se golpeó la rodilla con rabia. Por fin el avión bajó varios cientos de pies, pero sólo para volar otra vez en círculo.

—Les habla el comandante James McEwen. Lamento este retraso, pero la torre de control nos tiene en régimen de espera debido a la congestión del tráfico aéreo. Al parecer están llegando a Nueva York varios vuelos retrasados de Londres.

Richard se preguntó si el vuelo de la Pan American procedente de Heathrow aterrizaría antes que él.

Cinco minutos, diez minutos, quince minutos. Richard consultó su agenda. Punto primero, una moción de rechazo contra la operación de compra lanzada por el grupo Baron. Punto segundo, el tema de la emisión de nuevas acciones con derecho a voto. Si no podían demostrar que poseían el cincuenta y uno por ciento, Jake Thomas despacharía la sesión en cosa de pocos minutos. El avión empezó a bajar y las ruedas tocaron la pista a las doce y veintisiete. Richard cruzó la terminal a la carrera, pasando de largo por delante de su chófer; éste le siguió con prontitud hasta el estacionamiento, donde Richard volvió a consultar el reloj. Le quedaba una hora y veinte minutos. Tiempo sobrado para llegar antes de que se abriese la sesión.

—Acelere —dijo Richard.

—Sí, señor —respondió el chófer, pasando a la calle izquierda de la autopista Van Wyck. Pocos minutos más tarde Richard oyó una sirena; el motociclista los adelantó y les hizo seña de que se situaran en el lateral. El policía estacionó su máquina y se dirigió a paso lento hacia Richard, que se había apeado en seguida del coche. Richard intentó explicarle que era cuestión de vida o muerte.

—Siempre lo es —dijo el guardia—. O eso, o «mi mujer está a punto de dar a luz».

Richard dejó que su chófer continuara la discusión con el policía mientras él intentaba atrapar un taxi al paso, pero venían todos ocupados. El guardia los dejó continuar dieciséis minutos después. Eran la una y veintinueve cuando cruzaban el puente de Brooklyn y enfilaban la avenida Roosevelt. Richard podía divisar a lo lejos los gigantescos rascacielos de Wall Street, pero los coches circulaban en caravana hasta donde alcanzaba la vista. Cuando llegaron a Wall Street eran las dos menos seis; entonces Richard no pudo aguantar más y saltó del coche, con el portafolios bajo un brazo y el autobús de juguete bajo el otro. Cubrió corriendo las últimas tres manzanas, mientras esquivaba a los peatones lentos y se saltaba los semáforos en rojo entre estridentes bocinazos. En el instante en que llegaba a Bowling Green la campana de la iglesia de la Trinidad dio las dos. Richard se dijo que ojalá adelantase, al tiempo que subía corriendo por la escalinata del edificio Lester y se daba cuenta de que no sabía dónde iba a celebrarse la junta.

—En la planta cincuenta y uno, señor —le informó el conserje.

El ascensor que iba del piso treinta al sesenta estaba lleno de oficinistas que regresaban del almuerzo y se detuvo en las plantas 31, 33, 34, 42, 44, 47, 50 y 51. Richard salió del ascensor y corrió por el pasillo, siguiendo las flechas que indicaban el lugar de reunión de los accionistas. Cuando entró en la sala, que estaba abarrotada, uno o dos rostros se volvieron a mirarle. Debían ser más de quinientos los reunidos que en aquellos momentos escuchaban al presidente, pero él era el único accionista bañado en sudor de pies a cabeza. Contempló a un Jake Thomas distante y frío, que saludó su llegaba desde el estrado con la sonrisa de quien está al tanto de la situación. Richard comprendió que había llegado demasiado tarde. Florentina estaba sentada en primera fila, con la cabeza baja. Ocupó un asiento al fondo de la sala y se dispuso a escuchar al presidente de la Lester.

—Todos nosotros creemos que la decisión tomada hoy es la mejor para los intereses del Banco. En las circunstancias con que se enfrentaba este consejo de administración, mi petición no habrá sorprendido a nadie. En consecuencia, la Banca Lester continuará desempeñando su papel tradicional como una de las grandes instituciones financieras de Norteamérica. Ahora, pasemos al punto segundo —dijo Jake Thomas; Richard se sintió enfermo—. Mi última decisión como presidente de Lester será la de proponer al señor Richard Kane para la presidencia.

Richard no daba crédito a sus oídos. Una viejecita de la primera fila se puso en pie para decir que secundaba la propuesta, porque opinaba que el padre del señor Kane había sido uno de los mejores presidentes que había tenido el Banco. Cuando la anciana volvió a su asiento hubo un breve aplauso.

—Gracias —dijo Jake Thomas—. ¿Quién apoya la resolución?

Richard contempló a la asistencia, atónito, mientras se levantaba un bosque de manos.

—Los que estén en contra —continuó Jake Thomas, mirando a los presentes—. Bien. La propuesta queda aprobada por unanimidad. Me complazco en invitar a nuestro nuevo presidente a que se dirija a ustedes. Señoras y señores, el señor Richard Kane.

Richard se adelantó mientras todos le aplaudían, puestos en pie. Cuando pasó junto a Florentina le entregó el autobús de juguete.

—Celebro que tu viaje a Londres haya servido al menos para *esto* —susurró ella.

Todavía aturdido, Richard subió al estrado. Jake Thomas le estrechó la mano con calor y pasó a otro asiento, en un extremo de la mesa.

—Tengo poco que decir en esta ocasión —empezó Richard—. Sólo asegurarles que deseo que la casa Lester continúe dentro de la tradición, como lo hizo mientras estuvo bajo las órdenes de mi padre, y que pienso consagrarme por entero a tal finalidad —como no se le ocurría nada más, sonrió y agregó—: les agradezco su asistencia de hoy, y espero verles a todos en la próxima junta anual.

Hubo otro aplauso, y los accionistas empezaron a dispersarse entre charlas.

Tan pronto como lograron escapar de los que deseaban hablar con Richard, bien fuese para felicitarle, o para decirle cómo opinaban ellos que debía dirigir la Lester, Florentina se lo llevó al despacho del presidente. Richard se quedó mirando el retrato de su padre, colgado sobre la chimenea, y se volvió hacia su mujer.

—¿Cómo lo has conseguido, Jessie?

—Bien, pues recordé un consejo que me dio mi institutriz cuando yo era pequeña. Un plan de emergencia, solía decir miss Tredgold. Siempre hay que tener un plan de emergencia, por si llueve. Cuando llamaste desde Montreal temí que hubiese una pequeña posibilidad de lluvia, y que no llegarías a tiempo para asistir a la junta. Así que llamé a Thaddeus Cohen y le expliqué mi plan de emergencia, y él se pasó la mañana redactando los documentos necesarios.

—¿Qué documentos? —preguntó Richard.

—Paciencia, señor Kane. Me parece que después de mi triunfo tengo derecho a hacer observar bien los detalles de la historia.

Richard guardó silencio, aunque impaciente.

—Cuando tuve en mis manos el documento vital, llamé a Jake Thomas y le pregunté si podía recibirme veinte minutos antes del comienzo de la junta de accionistas. Si hubieras llegado a tiempo yo habría cancelado mi entrevista con el señor Thomas, pero no fue así.

—En cuanto al plan...

—Mi padre, que no era tonto, me dijo en cierta ocasión que quien se porta una vez como una rata siempre es una rata, y mira por dónde tenía razón. En la entrevista con Thomas le dije que teníamos el cincuenta y uno por ciento de las acciones de la Lester. Él no lo creyó hasta que mencioné el nombre de sir Colin Dudley. Entonces se puso bastante pálido. Eché sobre su mesa todo el fajo de certificados, y sin darle tiempo a comprobarlos le dije que si me vendía su dos por ciento de las acciones estaba dispuesta a pagarle los catorce dólares por acción. Y añadí que tendría que firmarme además un documento comprometiéndose a dimitir como presidente y a no volver a intervenir en las futuras operaciones relativas a la Banca Lester. Y de paso, aunque no lo ponía el contrato, le dije que te propusiera a ti como nuevo presidente.

—¡Dios mío, Jessie! Tienes más ánimo que diez hombres.

—No, que una mujer.

Richard se echó a reír.

—¿Y cuál fue la respuesta de Thomas?

—Me preguntó lo que haría yo si se negaba. Si se niega, le dije, le pondremos públicamente de patitas en la calle, sin ninguna indemnización. Luego le hice ver que tendría que vender sus acciones al mejor precio que pudiera obtener en el mercado libre, ya que mientras nosotros tuviéramos el cincuenta y uno por ciento de la Lester él no pintaría nada en el futuro del Banco.

—¿Y entonces?

—Firmó en seguida, sin consultar siquiera a los demás directores.

—Brillante, Jessie, tanto en concepción como en ejecución.

—Gracias, señor Kane. Supongo que ahora que eres presidente de un Banco no te dedicarás a vagar por el mundo llegando tarde a todas partes, faltando a las juntas y sin presentar como resultado de tus esfuerzos otra cosa sino un autobús de juguete. Por cierto, ¿te acordaste de traer un regalo para Annabel?

Richard puso cara de circunstancias. Florentina se inclinó y le alargó una bolsa de compras de Schwarz. Contenía una caja cuya tapa mostraba la reproducción de una máquina de escribir de juguete, y cuyo fondo ostentaba un gran rótulo «Made in England».

—Se ve que hoy no es su día, señor Kane. Dicho sea de paso, Neil Armstrong regresó más pronto que tú. ¿Quizá deberíamos invitarle a formar parte de nuestro consejo de administración?

La mañana siguiente, Richard leyó el artículo de Vermont Royster en el *Wall Street Journal:*

> El señor Richard Kane parece haber ganado sin derramamiento de sangre la batalla por la presidencia de la Lester. No se recurrió a la votación nominal durante esa extraordinaria junta de accionistas; su candidatura para la presidencia fue presentada por el presidente saliente, Jake Thomas, y aceptada por unanimidad.
>
> Varios de los accionistas presentes aludieron a las tradiciones y principios establecidos por el difunto William Lowell Kane, padre del actual presidente. Al término de la jornada las acciones de la Lester habían subido dos puntos en la cotización de Bolsa.

—Será la última noticia que tendremos de Jake Thomas —comentó Florentina.

24

Antes de aquella mañana, Richard jamás había oído hablar del comandante Abanjo. Ni nadie más en Norteamérica, excepto aquellos que dedicaban un intempestivo interés hacia los asuntos de Nambawe, el más pequeño de los Estados de África central. Sin embargo, fue el comandante Abanjo quien tuvo la culpa de que Richard llegase con retraso a su cita más importante de aquel día, la fiesta del undécimo cumpleaños de su único hijo.

Cuando Richard regresó al apartamento de la calle Sesenta y Cuatro, olvidó al comandante Abanjo por causa de Annabel, que pocos minutos antes había derramado una tetera sobre la mano de William porque nadie le hacía caso a ella. No se había dado cuenta de que estaba hirviendo. Y por lo visto, en aquel momento Carol estaba en la cocina ocupándose del pastel del aniversario. Annabel no consiguió que hicieran caso de ella, pues William chillaba ahora a todo pulmón y los demás niños hubieron de ser enviados a sus casas. Pocos minutos más tarde Annabel también chillaba, ya que Richard la había tumbado sobre sus rodillas y le había administrado seis fuertes azotes con la zapatilla. Luego, ambos críos fueron enviados a la cama: William con dos aspirinas y una bolsa de hielo para ayudarle a conciliar el sueño, y Annabel, castigada. Once velas, más la del año en curso, habían ardido hasta llegar a la mermelada del gran pastel que ahora permanecía, intacto, sobre la mesa del comedor.

—Temo que a William le quede una cicatriz en la mano derecha para el resto de su vida —dijo Florentina después de comprobar que su hijo había conseguido dormirse al fin.

—Sin embargo, se ha portado como un hombre.

—No diría yo eso, puesto que no se quejó —replicó Florentina.

—Probablemente no habría ocurrido si yo hubiese llegado a la hora —dijo Richard sin hacer caso del comentario—. ¡Condenado comandante Abanjo!

—¿Quién es el comandante Abanjo? —preguntó Florentina.

—Un militar joven, que organizó el golpe de Estado de hoy en Nambawe.

—¿Y qué tiene que ver un pequeño Estado africano con lo de llegar tarde a la fiesta de cumpleaños de William?

—Ese pequeño Estado africano tiene pendiente un empréstito por cinco años que la Lester dirigió en 1966, que asciende a trescientos millones de dólares y que vence dentro de tres meses.

—¿Estamos cogidos por trescientos millones de dólares? —preguntó Florentina, pasmada.

—No, no —dijo Richard—. Nosotros financiamos el primer quince por ciento del empréstito, y el ochenta y cinco por ciento restante fue aportado por otras treinta y siete instituciones financieras.

—¿Podremos sobrevivir a una pérdida de cuarenta y cinco millones de dólares?

—Sí podremos, siempre que el consorcio Baron siga siendo amigo nuestro —le sonrió Richard a su mujer—. Son los beneficios de tres años lo que se lleva la trampa, sin hablar de la grave merma de prestigio frente a los otros treinta y siete bancos comprometidos y la inevitable baja que sufrirán mañana nuestras acciones.

El día siguiente la cotización de la Lester bajó más de lo que Richard había previsto, por dos razones. El recién autodesignado presidente de Nambawe, general Abanjo, anunció que no tenía intenciones de honrar los compromisos contraídos por el gobierno anterior con los «regímenes fascistas», entre los cuales incluía a Estados Unidos, Gran Bretaña, Francia, Alemania y Japón.

La segunda razón se manifestó cuando un periodista del *Wall Street Journal* llamó a Richard y le preguntó si tenía algo que declarar acerca del golpe.

—No tengo nada que decir —dijo Richard, procurando hablar como si todo aquel episodio le causara menos molestia que espantarse una mosca de la manga—. Estoy seguro de que la cuestión entrará en vías de solución dentro de las próximas fechas. Al fin y al cabo, este crédito no es sino uno de los muchos que administra la Lester en la actualidad.

—El señor Jake Thomas quizá no estará de acuerdo con esa opinión —dijo el periodista.

—¿Ha hablado usted con el señor Thomas? —preguntó Richard, incrédulo.

—Sí, llamó al *Journal* a primera hora de la mañana y tuvo una conversación «off the record» con nuestro jefe de redacción, durante la cual no dejó lugar a dudas acerca de que le sorprendería mucho que la Lester pudiera soportar tal demanda de líquido.

—Sin comentarios —dijo Richard con sequedad, y colgó.

A petición de Richard, Florentina reunió al consejo de administración del consorcio Baron a fin de asegurar el respaldo financiero necesario para que la Lester pudiera resistir una baja súbita de sus acciones. Con gran sorpresa de ambos, George no estaba convencido de que el grupo Baron debiera comprometerse en los problemas de la Lester. Y les dijo que, en primer lugar, él jamás había estado conforme con lo de utilizar las acciones de la cadena Baron como garantía durante la batalla por el Banco.

—En aquel entonces callé, pero no estoy dispuesto a hacerlo por segunda vez —dijo, apoyando ambas manos sobre la mesa de conferencias—. Abel nunca fue partidario de arriesgar dinero bueno para tratar de recuperar el malo, por empeñado que se viese. Solía decir que era demasiado fácil *hablar* de beneficios futuros y gastar lo que aún no se ha ganado. ¿Habéis pensado que podríamos acabar todos en quiebra?

—La suma en cuestión no es tan importante como eso para el consorcio Baron —dijo Richard.

—Abel siempre consideró que toda pérdida causa diez veces más dificultades que un beneficio —le replicó George—. Y además, ¿qué otros empréstitos tenéis pendientes en otros países de todo el mundo, y que podrían ser confiscados por vía militar mientras nosotros dormimos?

—Sólo uno fuera de la Comunidad Económica Europea, que es un crédito de doscientos millones a favor del sha de Irán. También ahí somos el Banco líder, con un riesgo de treinta millones, pero el Irán jamás se ha retrasado ni una hora en el pago de los intereses.

—¿Cuándo vence el reembolso? —preguntó George.

Richard hojeó un voluminoso archivador que tenía sobre la mesa, y pasó el índice por una larga columna de números. Aunque molesto por la actitud de George, le agradaba mostrarse bien preparado para contestar a cualquier objeción.

—El 19 de julio de 1978.

—Entonces, quiero una garantía conforme no volverás a comprometer al Banco cuando se vaya a renegociar el crédito —dijo George con firmeza.

—¡Cómo! —exclamó Richard—. El sha es tan seguro como el Banco de Inglaterra...

—Que no parece tan seguro últimamente.

Richard empezaba a mostrar su enfado, y estaba a punto de replicar cuando Florentina intervino:

—Un momento, Richard. Si la Lester se compromete a no renovar el crédito al sha en 1978, y a no intervenir en más empréstitos a países del Tercer Mundo, ¿consentirás tú, George, en que el consorcio Baron se subrogue en el contrato africano para sobrellevar la pérdida de los cuarenta y cinco millones?

—No; necesito aún algo más convincente.

—¿Como qué? —dijo Richard.

—No es necesario que levantes la voz, Richard. Todavía soy el director del negocio hotelero, y he dedicado treinta años de mi vida a levantar la compañía hasta su posición actual. A mi edad no quiero ser testigo de su hundimiento en treinta minutos.

—Lo siento —dijo Richard—. No he dormido mucho en estos cuatro últimos días. ¿Qué más quieres saber, George?

—Aparte el acuerdo con el sha, ¿qué otros créditos por más de diez millones tiene en curso el Banco?

—Ninguno —dijo Richard—. Generalmente los empréstitos de país a país son dirigidos por los Bancos principales, como el Chase o el Chemical, y a nosotros nos toca sólo una pequeña participación en la suma invertida. Es evidente que Jake Thomas pensó que Nambawe, con sus yacimientos de cobre y manganeso, ofrecía las mejores seguridades.

—Ya hemos sabido, a costa nuestra, que el señor Thomas era falible —dijo George—. Y ahora ¿qué créditos tenéis por más de cinco millones?

—Dos —contestó Richard—. Uno con la General Electricity de Australia por siete millones, garantizado por el gobierno, y otro con la Imperial Chemical Industries de Londres. Ambos son operaciones a cinco años con vencimientos definidos, que hasta ahora han venido cumpliéndose con regularidad.

—Así, si los cuarenta y cinco millanes pasaran a pérdidas del grupo Baron, ¿cuánto tardaría la Lester en recuperar la pérdida?

—Eso dependería del porcentaje de financiación y de la duración del préstamo.

—El quince por ciento y cinco años.

—¿El quince por ciento? —repitió Richard, escandalizado.

—El grupo Baron no es una institución benéfica, Richard, y mientras yo sea su director su objetivo no será el de sanear Bancos enfermizos. Nuestro oficio es el de hoteleros, y durante los pasados treinta años hemos realizado un beneficio del diecisiete por ciento sobre la cifra de negocio. Si os prestásemos cuarenta y cinco millones, ¿seríais capaces de devolverlos en cinco años al quince por ciento?

Richard titubeó, escribió varios números en el bloc que tenía ante sí, y consultó sus archivos antes de responder.

—Sí, tengo la seguridad de que podríamos devolver hasta el último centavo en cinco años, incluso dando por totalmente perdido el contrato africano —dijo con serenidad.

—Me parece que así es como hemos de considerar ese contrato —dijo George—. Según mis informaciones, el anterior jefe del Estado, el rey Erobo, huyó a Londres y después de alojarse en el Claridge's actualmente negocia la compra de una casa en Chelsea Square. Por lo visto tiene más dinero depositado en Suiza que nadie, excepto el sha. En consecuencia, no creo que tenga prisa por volver a Africa, y no se lo censuro en realidad. —Richard esbozó una sonrisa mientras George proseguía—: A condición de que todo cuanto has dicho sea confirmado por los censores de cuentas que enviará Baron, acepto cubrir el crédito africano en las condiciones mencionadas. Y te deseo suerte, Richard. Además voy a confiarte un pequeño secreto: a Abel no le agradaba Jake Thomas más que a ti, y eso es lo que ha inclinado el fiel de la balanza para mí —George recogió sus documentos—. Espero que me perdonéis ahora, pues tengo una cita para almorzar con Conrad Hilton, que a lo largo de treinta años no se ha retrasado ni una sola vez.

Cuando George hubo cerrado la puerta tras de sí, Richard se volvió hacia Florentina.

—¡Cristo! ¿De parte de quién está en realidad ese hombre?

—De la nuestra —replicó Florentina—. Ahora comprendo cómo papá, cuando fue a pelear contra los alemanes, no tuvo inconveniente en dejarle a cargo del grupo.

Una declaración publicada en el *Wall Street Journal* el día siguiente, para confirmar que el grupo Baron garantizaba los créditos de la Lester, tuvo la virtud de hacer que volvieran a subir las acciones del Banco, y Richard se dispuso a soportar los que él llamaba «mis cinco años de esclavitud».

—¿Qué vas a hacer con Jake Thomas?

—Ignorarle —dijo Richard—. El tiempo trabaja a mi favor. Ningún Banco de Nueva York querrá emplearle ahora, sabiendo que tiene la costumbre de acudir a la prensa cada vez que quiere ajustar cuentas con sus antiguos patronos.

—Pero ¿cómo se sabrá?

—Querida, si lo sabe el *Wall Street Journal,* todo el mundo lo sabe.

Richard tenía razón; todo el cuento le fue repetido durante un almuerzo con uno de los síndicos de la Banca, apenas una semana más tarde. El banquero agregó:

—Ese hombre ha violado la regla de oro de la Banca. De ahora en adelante, le será difícil incluso abrir una cuenta.

William curó de sus quemaduras más pronto de lo que Florentina había esperado, y pocos días después regresó a la escuela con una cicatriz tan pequeña que no le sirvió ni para impresionar a sus amigos. Durante algún tiempo Annabel apartaba los ojos cada vez que veía la cicatriz, y parecía sinceramente arrepentida.

—¿Crees que me habrá perdonado? —le preguntó a su madre.

—Claro que sí, cariño. William es como su padre... olvida todos los disgustos a la mañana siguiente.

Florentina consideró llegada la oportunidad de realizar una gira por los hoteles Baron europeos. Sus ayudantes le prepararon un itinerario detallado que comprendía Roma, París, Madrid, Lisboa, Berlín, Amsterdam, Estocolmo, Londres e incluso Varsovia. Como le explicó a Richard mientras se dirigían al aeropuerto, sentía una nueva seguridad al dejar a George encargado de todo. Él asintió y luego le recordó que desde el día en que se conocieron jamás habían estado separados tres semanas.

—Sobrevivirás, cariño.

—Te echaré en falta, Jessie.

—Vaya, no te pongas sentimental. Ya sabes que tendré que trabajar durante todo el resto de mi vida para que mi marido pueda seguir dándoselas de presidente de un Banco neoyorquino.

—Te quiero —dijo Richard.

—Yo también te quiero —contestó Florentina—. Pero todavía me debes quince millones y cincuenta y seis dólares.

—¿De dónde han salido esos cincuenta y seis? —preguntó Richard.

—De nuestra época de San Francisco. Jamás me devolviste aquellos cincuenta y seis dólares que te presté antes de casarnos.

—Tú dijiste que era la dote.

—No, eso lo dijiste tú. Yo dije que era un préstamo. Creo que tan pronto como regrese le pediré consejo a George sobre cómo debes devolvérmelo. A lo mejor parecerá razonable un quince por ciento sobre cinco años, señor Kane, lo cual significaría que ahora me debes unos cuatrocientos dólares —irguiéndose, le dio un beso de despedida.

El chófer condujo a Richard de regreso a Nueva York. Cuando llegó éste a su despacho llamó en seguida a Cartier de Londres. Les dio instrucciones detalladas acerca de lo que quería, y dijo que lo necesitaba dieciocho días más tarde.

Se acercaba la fecha de la junta anual del Banco, y Richard tenía que preparar el informe. Los números rojos del negocio africano le enfurecían. Sin ellos, la Lester hubiera exhibido un saneado beneficio, cumpliéndose su ambición de mejorar las cifras de Jake Thomas ya desde el primer año. Ahora, en cambio, todo cuanto recordarían los accionistas sería una escandalosa pérdida en comparación con el 1970.

Richard seguía con interés el detallado programa de la gira de Florentina, y no descuidaba localizarla por teléfono al menos una vez en cada una de las capitales que visitaba. A ella parecía agradarle la mayor parte de lo que veía, y aunque se proponía cambiar algunas cosas hubo de admitir que los hoteles del Continente estaban bien administrados por el grupo de directores europeos. Todos los gastos excesivos habían sido motivados por la insistencia de la propia Florentina a favor de una mejor arquitectura. Cuando telefoneó desde París, Richard le comunicó la noticia de que William había quedado primero de la clase en matemáticas; su padre confiaba en que sería admitido en St. Paul's. Y desde el incidente del agua hirviendo, Annabel se esforzaba un poco más en la escuela e incluso había conseguido salir del pelotón de cola. Ésta fue para ella la mejor noticia de las que le daba Richard.

—¿Cuál es tu próxima estación? —preguntó Richard.

—Londres —contestó ella.

—Espléndido. Tengo la impresión de que conozco a alguien allí, a quien querrás ver cuando pases por esa ciudad —dijo con risa disimulada, y luego se acostó más contento que muchos días atrás.

Tuvo noticias de Florentina mucho antes de lo que esperaba. Hacia las seis de la mañana siguiente, Richard estaba dormido y soñando que tenía un duelo a tiros con el general Abanjo; Richard apretó el gatillo y la bala salió, y entonces sonó el teléfono. Richard despertó y descolgó, dispuesto a escuchar las últimas palabras del general Abanjo.

—Te quiero.

—¿Cómo? —dijo él.

—Te quiero.

—¿Sabes qué hora es, Jessie?

—Poco más tarde de las doce.

—Aquí en Nueva York son las seis y ocho minutos.

—Sólo quería decirte que me ha gustado mucho mi broche de diamantes.

Richard sonrió.

—Voy a lucirlo durante el almuerzo con sir Colin y lady Dudley. Van a venir de un momento a otro para llevarme a Mirabelle, conque he de despedirme. Hablaré contigo mañana... hoy para mí.

—Estás loca.

—Dicho sea de paso, aunque no sé si puede interesarte, aquí en Inglaterra el locutor de las noticias del mediodía ha dicho algo acerca de que un cierto general Abanjo murió en un contragolpe de Estado de no sé qué país centroafricano, y que el antiguo rey regresa mañana para ser recibido como un héroe.

—*¿Cómo?*

—Ahora mismo están entrevistando al rey, de modo que me limito a repetirte lo que dice: «Mi gobierno cumplirá todos los compromisos que tiene contraídos con sus amigos del mundo occidental».

—¿Cómo? —repitió una vez más Richard.

—Parece un buen muchacho, ahora que tiene otra vez la corona sobre la cabeza. Buenas noches, señor Kane, que duerma usted bien.

Mientras Richard abandonaba la cama de un salto, llamaron a la puerta de la habitación de Florentina, y entraron en la suite sir Colin y lady Dudley.

—¿Está usted preparada, joven? —preguntó sir Colin.

—Por supuesto —dijo Florentina.

—Tiene usted aspecto de estar muy satisfecha. Sin duda es la reinstauración del rey Erobo lo que ha hecho volver las rosas a sus mejillas.

—Está usted bien informado, sir Colin, pero no es ésa la verdadera razón —dijo Florentina, mirando de reojo la tarjeta que tenía sobre la mesa, cuyas palabras releyó:

> Espero que esto sirva de garantía hasta que pueda devolverte los cincuenta y seis dólares con sus intereses.
>
> SR. KANE

—Qué broche tan bonito lleva usted —dijo lady Dudley—. Es un asno, ¿verdad? ¿Significa algo en particular?

—Claro que sí, lady Dudley. Significa que quien me lo regaló piensa volver a votar a favor de Nixon.

—Pues tendrá que regalarle unos gemelos en forma de elefante —dijo sir Colin.

—Veo que Richard tenía razón: no hay que subestimar a los británicos —replicó Florentina.

Después del almuerzo, Florentina llamó a la escuela de miss Tredgold. La secretaria pasó la llamada al salón del profesorado. Miss Tredgold no quiso noticias del difunto general Abanjo, sino que le interesó mucho más todo lo relativo a William y Annabel. Luego Florentina llamó a

Sotheby's para anunciar su visita en persona, pidiendo ser recibida por uno de los jefes de departamento.

—Pueden pasar años antes de que salga a subasta semejante pieza de coleccionista, señora Kane —le explicó el especialista.

—Ya comprendo —dijo Florentina—, pero no dejen de avisarme tan pronto como suceda.

—Descuide, señora —dijo el experto mientras tomaba nota del nombre y domicilio de Florentina.

Cuando Florentina regresó a Nueva York, tres semanas más tarde, se dedicó a introducir los cambios que había planeado durante su gira europea. A finales de 1972, con su energía, la prudencia de George y el genio de Gianni di Ferranti, pudo presentar un sustancioso beneficio. Y gracias a que el rey Erobo cumplió su palabra, Richard también pudo declarar un buen beneficio.

La noche después de la junta anual de accionistas, Richard, Florentina y George salieron a cenar para celebrarlo. Aunque George estaba oficialmente retirado desde su sexagésimo quinto aniversario, todavía iba al despacho todos los días a las ocho en punto. Veinticuatro horas después de la fiesta de despedida, todos los empleados de la cadena hotelera sabían ya que George no pensaba en retirarse. Florentina comprendió que George debía sentirse muy solo, ya que la mayoría de sus coetáneos habían fallecido, incluyendo al padre de ella, que había sido su amigo más íntimo. Por ello nunca le insinuó que debía descansar, pues no ignoraba que sería inútil. Sobre todo la alegraban las salidas de George con Annabel y William; ambos niños le llamaban «abuelo», lo cual hacía acudir lágrimas a sus ojos y representaba para ellos la seguridad de sendos helados de gran tamaño.

Florentina creía saber lo mucho que había hecho George por el grupo, pero no comprendió toda la verdad hasta que ya no fue posible retrasar más la jubilación: George se durmió apaciblemente para siempre en octubre de 1972. Legó todos sus bienes a la Cruz Roja polaca, y en un codicilo adicional nombraba albacea a Richard.

Éste cumplió al pie de la letra todas las disposiciones de George e incluso se desplazó personalmente a Varsovia, en compañía de Florentina, para discutir con el presidente de la Cruz Roja polaca la mejor utilización del legado. De regreso en Nueva York, Florentina envió a todos los gerentes del grupo una instrucción, según la cual, la mejor suite de los hoteles dejaría de llamarse «suite presidencial» para recibir el nombre de «suite George Novak».

La mañana siguiente al día en que regresaron de Varsovia, Richard despertó para hallar a Florentina desvelada e impaciente por contarle que después de haberle enseñado tantas cosas en vida, George aun después de su fallecimiento le inspiraba una idea más.

—¿A qué te refieres?

—George legó todos sus bienes a una institución benéfica, pero no me había mencionado nunca que papá hizo muy pocas contribuciones de ese género, aparte ocasionales donaciones a la causa polaca u otras organizaciones políticas. Yo tampoco he prestado mucha atención a esas cuestiones, y si no fuese por tu nota al informe anual del grupo, en relación con las desgravaciones fiscales que se conceden por donaciones benéficas, ni siquiera se me habría ocurrido.

—Como estoy seguro de que no has pensado en hacer testamento, ¿qué te propones?

—¿Por qué no establecemos una fundación en memoria de tu padre y el mío? Así se unirían las dos familias. Lo que ellos no supieron hacer en vida, hagámoslo nosotros.

Richard se sentó y se quedó mirando a su mujer mientras ésta se levantaba y se dirigía al cuarto de baño sin dejar de hablar.

—El grupo Baron debería donar a la fundación un millón de dólares al año —dijo ella.

—Siempre que proceda de las rentas, jamás del capital —objetó él.

Florentina cerró la puerta del cuarto de baño, lo que le dio tiempo a Richard para considerar la propuesta. Siempre le sorprendía su manera enérgica y audaz de abordar cualquier nueva idea, aunque sospechaba que aún no había pensado en quién iba a dirigir la administración cotidiana de una empresa de tal importancia, una vez puesta en marcha. Cuando volvió a abrirse la puerta Richard estaba sonriendo.

—Con los ingresos de esa fundación podríamos beneficiar a inmigrantes de primera generación que no hayan tenido oportunidad de recibir una educación decente.

—Y también crear becas para niños excepcionalmente dotados, cualquiera que fuese su origen —dijo Richard al tiempo que se levantaba de la cama.

—Muy brillante, señor Kane, y confiemos en que de vez en cuando ambos criterios coincidan en la misma persona.

—Como hubiera sido el caso de tu padre —dijo Richard, desapareciendo a su vez en el cuarto de baño.

Thaddeus Cohen insistió en abandonar su retiro para redactar las escrituras de la fundación de acuerdo con la voluntad de los Kane. Ello le ocupó durante más de un mes. Cuando por fin la fundación se puso en marcha, la prensa nacional saludó aquella empresa financiera como otro ejemplo de cómo Richard y Florentina Kane sabían combinar la audacia y la originalidad con el sentido común.

Un periodista del *Sun-Times* de Chicago telefoneó a Thaddeus Cohen para averiguar los orígenes del nombre de la fundación. Cohen explicó que habían elegido «Remagen» porque era el campo de batalla donde el coronel Rosnovski, sin saberlo, le había salvado la vida al capitán Kane.

—No sabía que hubieran estado en el mismo campo de batalla —dijo una voz juvenil.

—Ni ellos tampoco —explicó Thaddeus Cohen—. Se descubrió después del fallecimiento de ambos.

—Fascinante. Dígame, señor Cohen, ¿quién va a ser el primer administrador de la fundación Remagen?

—El profesor Luigi Ferpozzi.

Tanto la Banca Lester como el grupo Baron alcanzaron nuevas marcas el año siguiente; Richard se establecía como una de las primeras potencias de Wall Street mientras Florentina visitaba sus hoteles del Oriente Próximo y de África. Cuando llegó a Nambawe, el rey Erobo celebró un banquete en honor de Florentina, y aunque ésta prometió construir un hotel en la capital, no quiso explicar por qué la Lester no figuraba entre los Bancos que habían lanzado el último empréstito internacional del rey.

William pasó con éxito el primer curso en St. Paul's, demostrando que había heredado la facilidad para los números de su padre. Como el hijo asistía a las clases del mismo maestro que antaño enseñara al padre, uno y otro procuraron evitar comparaciones. Annabel no progresaba con tanta rapidez como William, aunque según su maestra había mejorado pese a su reciente enamoramiento de Bob Dylan.

—¿Quién es? —preguntó Florentina.

—No lo sé —dijo Richard—, pero me dicen que representa para Annabel lo mismo que representó para ti Sinatra hace veinticinco años.

Al comienzo de su sexto año en la presidencia del consorcio, Florentina descubrió que empezaba a repetirse a sí misma. Richard se enfrentaba a retos nuevos cada día, mientras Gianni di Ferranti parecía controlar a la perfección la cadena de tiendas y no recurría a ella sino para preguntarle adónde había que enviar los cheques. En cuanto al grupo Baron, era perfectamente eficiente y los gerentes tenían tanta experiencia que nadie pareció preocuparse demasiado una mañana que Florentina no se presentó en el despacho.

Aquella tarde, mientras Richard estaba sentado en su sofá de cuerpo carmesí, al lado de la chimenea, leyendo *La operación de los mil millones de dólares*, ella expresó sus pensamientos en voz alta:

—Me aburro.

Richard no hizo ningún comentario.

—Creo que ha llegado en mi vida el momento de hacer algo más que prolongar los éxitos de mi padre —agregó.

Richard sonrió, pero no alzó los ojos del libro.

25

—Te concedo tres intentos para que adivines quién soy.

—¿Alguna pista? —inquirió Florentina, contrariada porque conocía la voz pero no lograba identificar a su propietario.

—Guapo, inteligente e ídolo nacional.

—Paul Newman.

—Frío. Prueba otra vez.

—Robert Redford.

—Muy frío. ¿El último intento?

—Necesito otra pista.

—Desastroso en francés, poco menos en inglés y siempre enamorado de ti.

—Edward. Edward Winchester. Una voz del pasado... sólo que no me parece que hayas cambiado mucho.

—¡Ojalá! Ya he pasado de los cuarenta, y por cierto, tú también los cumplirás el año que viene.

—¿Cómo es posible, si este año acabo de cumplir los veintiuno?

—¿Cómo? ¿Otra vez?

—No; he pasado los últimos quince años en hibernación.

—No son ésas mis noticias acerca de ti. Estás convirtiéndote en una potencia.

—Y a ti, ¿cómo te va?

—Soy socio de un bufete de Chicago, Winston y Strawn.

—¿Casado?

—No, he decidido esperarte.

Florentina soltó la carcajada.

—Ya que lo has pensado tanto antes de llamar para hacerme proposiciones, debo advertirte que llevo quince años casada y tengo un hijo de catorce y una hija de doce.

—Bien, pues no te haré ninguna proposición, pero me gustaría verte. Es un asunto particular.

—¿Un asunto particular? Suena misterioso.

—Si voy a Nueva York un día de la semana que viene, ¿querrás almorzar conmigo?

—Con mucho gusto —Florentina hojeó su agenda—. ¿Te parece bien el martes próximo?

—Excelente. ¿Digamos en Four Seasons, a la una?

—Allí estaré.

Florentina colgó y se reclinó en su sillón. Salvo las felicitaciones de Navidad y alguna carta ocasional, había tenido muy poca relación con Edward durante los pasados dieciséis años. Se acercó al espejo y se contempló a sí misma. Las primeras arrugas empezaban a mostrarse alrededor de los ojos y la boca. Se volvió de perfil para convencerse de que conservaba su buena figura. No se sentía vieja. Indiscutiblemente, tenía una hija a cuyo paso por la calle los muchachos empezaban a volver la cabeza, y un hijo en edad adolescente que empezaba a inspirar preocupaciones. No era justo. Richard no aparentaba los cuarenta; algunos mechones canosos empezaban a asomar en sus sienes, y su cabello quizá no fuese tan vigoroso como antaño, pero se conservaba delgado y fuerte como el día que se conocieron. Le admiraba por hallar tiempo para un partido de «squash» en el Harvard Club dos veces por semana y seguir ensayando con el chelo casi todos los fines de semana. La llamada de Edward hacía que se sintiese, por primera vez, mujer de mediana edad. Idea morbosa; el paso siguiente sería ponerse a pensar en la muerte. Thaddeus Cohen había fallecido el año anterior; de aquella generación sólo quedaban su madre y Kate Kane.

Florentina trató de tocarse los pies con las puntas de los dedos y no pudo, por lo que prefirió consolarse leyendo los balances mensuales del grupo Baron. Londres todavía no presentaba buenos resultados, pese a que el hotel disfrutaba de un espléndido emplazamiento en el barrio de Mayfair. Los ingleses parecían capaces de combinar unas exigencias salariales inauditas con un elevado índice de paro y con falta de personal, todo al mismo tiempo. En Riad habían tenido que despedir a casi todo el equipo directivo por malversación de fondos, y en Polonia el gobierno seguía sin permitir que el grupo sacara dinero convertible del país. Pero, a pesar de estas dificultades secundarias, que los directores del grupo estaban en condiciones de solventar, la marcha del grupo era buena.

Florentina había asegurado con orgullo a Richard que los beneficios de la cadena Baron iban a superar los cuarenta y un millones en 1974, mientras que la Lester, con suerte, apenas alcanzaría los dieciocho millones. Sin embargo, Richard había predicho que los beneficios de la Lester superarían en 1974 a los del grupo Baron; ella fingió desdén, pero sabía que él se equivocaba pocas veces en materia de previsiones financieras.

Sus distraídos pensamientos retornaron a Edward, momento en que sonó el teléfono. Gianni di Ferranti preguntaba si querría ella ver su nueva colección para el salón de París, lo cual le hizo olvidar a su ex compañero de clase hasta la una del martes siguiente.

Florentina llegó al Four Seasons pocos minutos después de la una. Llevaba uno de los nuevos vestidos de Ferranti, en seda color verde botella, con falda de largo «midi» y bolero. Se preguntó si reconocería a Edward. Cuando enfiló la ancha escalinata vio que él la esperaba arriba, y se dijo en secreto que confiaba en llevar los años tan bien como él.

—No has cambiado nada, Edward —exclamó. Él rió, incrédulo, y Florentina se burló—: No, no. Siempre me han gustado las canas, y ese poco de gordura te sienta bien. Es lo que yo espero encontrar en un distinguido abogado de mi ciudad natal.

Él la besó en ambas mejillas como si fuese un general francés, y luego ella le tomó del brazo mientras seguían al «maître» hasta la mesa. Les esperaba una botella de champaña.

—Champaña, qué detalle. ¿Qué vamos a celebrar?

—Sencillamente, volver a verte, querida —Edward advirtió que Florentina estaba sumida en sus pensamientos e inquirió—: ¿Ocurre algo malo?

—No. Acabo de verme a mí misma, sentada en el suelo de la Girls Latin y llorando porque le habías arrancado el brazo a Franklin D. Roosevelt y habías vertido tinta azul sobre su cabeza.

—Lo mereciste por tu horrible exhibición, aunque FDR no tuviese la culpa. Pobre osito. ¿Existe todavía?

—¡Ah, sí! Ha asumido la presidencia de la habitación de mi hija, y puesto que conserva su otro brazo y ambas patas, he de confesar que Annabel sabe tratar a los chicos mejor que yo.

Edward rió.

—¿Pedimos la comida? Tengo muchas cosas de que hablar contigo. Ha sido curioso seguir tu carrera a través de la televisión y los periódicos, pero necesito saber si has cambiado.

Florentina pidió salmón con ensalada, mientras Edward prefería el solomillo con espárragos.

—Estoy intrigada.

—¿Por qué? —preguntó Edward.

—¿Qué motivos inducen a un abogado de Chicago a desplazarse en avión hasta Nueva York para hablar con una hotelera?

—No he venido como abogado de Chicago, ni tengo ningún interés en hablar con una hotelera. Vengo como tesorero del partido demócrata en Cook County.

—El año pasado les di cien mil dólares a los demócratas de Chicago —dijo Florentina—. Que conste, Richard dio otros cien mil a los republicanos de Nueva York.

—No pido tu dinero, Florentina, aunque no ignoro que has apoyado financieramente al Distrito Noveno en todas las elecciones. Te quiero a ti.

—Eso es nuevo —replicó ella con una sonrisa irónica—. Hace tiempo que no me decía eso ningún hombre. ¿Sabes, Edward? —continuó, cambiando de tono—. He tenido tanto trabajo durante los últimos años que apenas si he encontrado tiempo para votar, por no hablar de colaborar personalmente. Y lo que es más, desde lo del Watergate Nixon me pareció detestable y Agnew peor, pero al no participar Muskie sólo nos quedaba George McGovern, que no me entusiasmaba demasiado.

—Pero sin duda...

—Además tengo un esposo, dos hijos menores, y una compañía de doscientos millones de dólares que atender.

—¿Y qué vas a hacer durante los próximos veinte años?

—Convertirla en una compañía de mil millones de dólares —se sonrió ella.

—O dicho de otro modo, seguir en la rutina. No obstante, estoy de acuerdo contigo en cuanto a McGovern y

Nixon; el uno era demasiado bueno y el otro demasiado malo, y no veo en perspectiva a nadie que me seduzca.

—¿Conque por eso quieres que me presente para la presidencia en 1976?

—No, quiero que te presentes para el Congreso por el Distrito Noveno de Illinois?

Florentina dejó caer el tenedor.

—Si recuerdo bien las condiciones de ese empleo, son jornadas de dieciocho horas por cuarenta y dos mil quinientos dólares al año, prescindiendo de la vida familiar y con derecho a soportar cualquier exabrupto de los representados. Y lo peor de todo es que hay que residir obligatoriamente en el Distrito Noveno de Illinois.

—Eso no sería tan malo. El Baron está en el Distrito Noveno, y además se trata sólo de un escalón.

—¿Para ir adónde?

—Al Senado.

—Donde tienes derecho a soportar los exabruptos de todo el Estado.

—Y luego la Presidencia.

—Que es cuando interviene todo el mundo. Edward, esto no es la Girls Latin y yo no dispongo de dos vidas, una para regir mis hoteles y la otra...

—Y la otra para devolver algo de lo que has tomado a los demás.

—Es un poco fuerte eso, Edward.

—Sí, desde luego lo ha sido. Perdona. Pero siempre he creído que podías desempeñar un papel en la política nacional, y tú también lo creías. Considero que el momento es oportuno, sobre todo ahora que me doy cuenta que no has cambiado.

—Pero hace años que no intervengo en política a nivel de base, por no hablar de la nacional.

—Florentina, sabes tan bien como yo que en el Congreso hay mucha gente sin tu experiencia y tu inteligencia. Bien mirado, lo mismo podría decirse de muchos presidentes.

—Estoy halagada, Edward, pero no convencida.

—Bien, pues puedo asegurarte que somos todo un grupo, en Chicago, los convencidos de que deberías regresar y presentarte por el Distrito Noveno.

—¿El antiguo escaño de Henry Osborne?

—Sí. El demócrata que recuperó el escaño de Osborne en 1954 se retira después de esta legislatura, y el alcalde

Daley quiere un candidato fuerte que no deje oportunidades a ningún republicano.

—¿Una mujer polaca?

—La mujer que según *Time* es la tercera en la estima del país, después de Jackie Kennedy y de Margaret Mead.

—Estás loco, Edward. ¿A quién va a beneficiar todo esto?

—Sospecho que a ti misma, Florentina. Concédeme sólo un día de tu vida, ven a Chicago y habla con las personas que te aprecian. Explícales con tus propias palabras lo que opinas acerca del porvenir de nuestro país. ¿Lo harías por mí, al menos?

—Está bien, lo pensaré y te llamaré dentro de unos días. Pero te prevengo; Richard va a creer que estamos chiflados.

En ese punto se equivocaba Florentina. Aquella noche Richard regresó tarde de un viaje a Boston, y la mañana siguiente durante el desayuno él le dijo que hablaba en sueños.

—¿Qué dije?

—Una cosa que siempre he sospechado —replicó él, mirándola fijamente.

—¿Qué fue?

—«¿Me atreveré a presentarme?».

Florentina no contestó.

—¿Por qué tenía Edward tanta prisa en almorzar contigo?

—Quiere que vuelva a Chicago y me presente para el Congreso.

—Así que era eso. Bien, pues opino que deberías tomar en serio esa oferta, Jessie. Desde hace tiempo venías censurando el hecho de que las mujeres competentes no intervengan en política. Y siempre has criticado con mucha franqueza la aptitud de los que actúan en la vida pública. Ahora puedes dejar de quejarte y hacer algo por remediarlo.

—¿Y qué pasará con el consorcio Baron?

—La familia Rockefeller logró sobrevivir cuando Nelson se hizo gobernador; no dudo de que la familia Kane sobrevivirá también. En cualquier caso, el consorcio tiene ahora veintisiete mil empleados, conque imagino que será posible dar con diez hombres que puedan reemplazarte.

—Gracias, señor Kane. Pero ¿cómo voy a vivir yo en Illinois si tú estás en Nueva York?

—Eso se soluciona fácilmente. Tomaré el avión todos los fines de semana para ir a Chicago. Los miércoles por la noche tú podrías volar a Nueva York, y ahora que Carol ha aceptado quedarse no será mucha contrariedad para los chicos. Y cuando hayas salido elegida, seré yo quien tome el puente aéreo los miércoles por la noche, para ir a Washington.

—Habla usted como si lo tuviera todo pensado desde hace bastante tiempo, señor Kane.

Una semana más tarde Florentina tomó el avión para Chicago y fue recibida por Edward en el aeropuerto O'Hare. Llovía y soplaba un viento tan fuerte, que pese a sujetar con ambas manos un gran paraguas Edward apenas logró protegerla del remojón.

—Ahora ya sé por qué deseaba volver a Chicago —dijo ella mientras se apresuraba a meterse en el coche, mojada y helada.

Al tiempo que se dirigían hacia el centro, Edward se puso a hablarle de las personas a las que iban a ver.

—Todos son militantes del partido e incondicionales que sólo te conocen a través de los periódicos, o por haberte visto en televisión. Les sorprenderá descubrir que sólo tienes dos brazos, dos piernas y una cabeza como cualquiera de ellos.

—¿Cuántos supones que asistirán a la reunión?

—Unos sesenta. Setenta ya serían muchos.

—¿Y todo lo que quieres que haga es verles y decirles unas palabras sobre los asuntos de interés nacional?

—Sí.

—¿Y luego podré volver a casa?

—Si así lo deseas.

El coche se detuvo frente al cuartel general de los demócratas de Cook County en Randolph Street, donde Florentina recibió la bienvenida de una señora Kalamich, una mujer gorda y fea que la hizo pasar a la sala principal. Florentina se asustó cuando la vio abarrotada de gente; parte del público estaba de pie al fondo. Cuando ella entró se pusieron a aplaudir.

—Dijiste que habría sólo un puñado de personas, Edward —susurró.

—Estoy tan sorprendido como tú. Esperaba a unas setenta, no a más de trescientas.

Florentina se sintió de pronto nerviosa mientras iba siendo presentada a los miembros de la comisión seleccionadora y luego conducida al estrado. Sentada al lado de Edward, notó que hacía frío en el local y que la sala estaba atestada de gente con los ojos llenos de esperanza, gente que apenas participaba en los privilegios tan connaturales para ella misma. Qué diferencia entre aquel local y su propia sala de juntas, llena de hombres que lucían trajes de Brooks Brothers y pedían Martinis antes de cenar. Por primera vez en su vida se avergonzó de su riqueza y deseó que no se notase.

Edward, que ocupaba el asiento central del estrado, se puso en pie.

—Señoras y señores, es para mí un honor presentarles a una mujer que ha merecido el respeto y la admiración del pueblo americano. Ha construido uno de los mayores imperios financieros del mundo, y creo que puede construir ahora una carrera política de la misma dimensión. Confío en que dará inicio a esa carrera aquí, esta noche. Señoras y señores, la señora Florentina Kane.

Florentina se puso en pie, nerviosa y deseando haber dedicado más tiempo a la preparación de su discurso.

—Gracias, señor Winchester, por sus amables palabras. Es maravilloso estar otra vez en Chicago, mi ciudad natal, y agradezco que tantas personas hayan venido a verme en esta noche fría y lluviosa.

»Yo, como vosotros, me siento abandonada por los dirigentes políticos del día. Creo en una América fuerte, y si fuese a entrar en la arena política lo haría recordando las palabras que dijo en esta misma ciudad, hace más de treinta años, Franklin D. Roosevelt: "No puede haber mayor vocación que la del servicio público".

»Mi padre llegó a Chicago tras emigrar de Polonia, y sólo en América era posible el éxito que alcanzó. Cada uno de nosotros debe desempeñar su papel en el destino de nuestro amado país, y recordaré siempre vuestra atención al invitarme como posible candidata. Os aseguro que no tomaré a la ligera mi decisión definitiva. No voy a pronunciar un discurso largo previamente preparado, pues preferiría contestar a las preguntas que consideréis importantes.

Volvió a su asiento, y los trescientos oyentes aplaudieron con entusiasmo. Cuando el rumor se acalló, Florentina empezó a contestar preguntas sobre temas que iban desde los bombardeos norteamericanos en Camboya hasta la legalización del aborto, y desde el Watergate hasta la crisis de la energía. Era la primera vez que asistía a una reunión sin tener aprendidos de memoria todos los datos y cifras, y ella misma se sorprendió al comprobar con qué apasionamiento opinaba sobre muchas cuestiones. Cuando hubo contestado a la última pregunta, más de una hora después, la multitud se puso en pie y empezó a corear «Kane al Congreso», lo cual no cesó hasta que ella abandonó el estrado. Fue uno de los escasos momentos de su vida en que no sabía qué hacer, hasta que Edward acudió en su socorro.

—Sabía que ibas a gustarles —dijo Edward visiblemente satisfecho.

—Pero si he estado horrible —gritó ella para hacerse oír por encima del alboroto.

—Ellos no pueden esperar a enterarse de cómo estás cuando lo haces muy bien.

Edward descendió con ella del estrado y la multitud se echó hacia adelante. Un hombre pálido que iba en silla de ruedas logró tocarle el brazo y ella se volvió.

—Este es Sam —dijo Edward—. Sam Hendrick. Perdió las dos piernas en Vietnam.

—Señora Kane —dijo él—, usted no se acordará de mí. Cuando lo de Stevenson los dos cerrábamos sobres en esta misma sala. Si decide usted presentarse para el Congreso, mi mujer y yo trabajaremos noche y día para colaborar en su elección. Muchos de nosotros, en Chicago, estábamos seguros de que usted volvería para representarnos.

Su mujer, que llevaba la silla de ruedas, asintió sonriendo.

—Gracias —dijo Florentina, volviéndose y tratando de acercarse a la salida, pero estaba bloqueada por un bosque de manos tendidas y de personas que deseaban felicitarla.

Junto a la puerta la detuvieron otra vez; era una chica de unos veinticinco años, que le dijo:

—Yo he ocupado la misma habitación que usted en Whitman y Radcliffe, y lo mismo que usted estuve en Soldier Field escuchando al presidente Kennedy. América necesita a otro Kennedy. ¿Por qué no había de ser una mujer?

Florentina contempló aquel rostro joven, ilusionado e impaciente.

—Ya me licencié y ahora trabajo en Chicago —continuó la chica—, pero el día que usted se presente, mil estudiantes de Illinois irán a la calle para procurar que sea usted elegida.

Florentina intentó captar su nombre, pero la muchedumbre se la llevó. Por fin, Edward consiguió sacarla del aprieto y la condujo al coche que esperaba para conducirla al aeropuerto. Durante el viaje no hablaron; llegados al O'Hare, el chófer negro se apeó y le abrió la puerta a Florentina. Ella le dio las gracias.

—Es un placer, señora Kane. Quiero agradecerle su actitud para con los nuestros en el Sur. No olvidamos que usted encabezó la lucha por el salario igual, y que todos los demás hoteles de esa parte del país tuvieron que aceptarlo. Espero tener la oportunidad de votar a favor de usted.

—Gracias otra vez —dijo Florentina, sonriendo.

Edward la acompañó a la terminal y la condujo hasta la puerta de salida.

—Llegamos con tiempo para tu vuelo. Gracias por haber venido, Florentina. Cuando estés decidida, házmelo saber, por favor —hizo una pausa—. Si no te ves capaz de llevar adelante la candidatura, lo comprenderé —añadió. Le rozó la mejilla con los labios y se despidió.

Durante el vuelo, Florentina se dedicó a reflexionar sobre lo ocurrido aquella noche y sobre la sorpresa que había significado para ella la manifestación. Le hubiera gustado que su padre hubiese podido estar presente en la sala para verla.

La azafata se acercó para atenderla.

—No quiero tomar nada, gracias.

—¿Puedo servirla en alguna otra cosa, señora Kane?

Florentina alzó los ojos, sorprendida de que la joven supiera su nombre.

—He trabajado en uno de sus hoteles.

—¿En cuál? —preguntó Florentina.

—En el Detroit Baron. Los Baron son siempre los preferidos de todas las azafatas durante las escalas. Si Estados Unidos estuviese gobernada como usted rige sus hoteles, las cosas no irían tan mal como ahora —respondió antes de seguir por el pasillo.

Florentina hojeó un ejemplar de *Newsweek*. Contempló el titular «¿Hasta dónde alcanza el Watergate?» y estudió los rostros de Ehrlichman, Haldeman y Dean antes de cerrar la revista. En la portada figuraba un retrato de

Nixon bajo el encabezamiento «¿Cuándo informaron al presidente?»

Llegó a la calle Sesenta y Cuatro Este poco después de medianoche. Richard estaba en el sofá de cuero carmesí, junto a la chimenea, y se puso en pie al verla.

—¿Qué? ¿Te han pedido que te presentes para la presidencia de los Estados Unidos?

—No, pero ¿qué te parecería una congresista Kane?

Florentina llamó a Edward el día siguiente.

—Estoy dispuesta a presentarme como candidato demócrata para el Congreso —dijo.

—Gracias. Sé que debería tratar de expresar mis sentimientos más extensamente, pero, por ahora, sólo gracias.

—Edward, ¿puedo saber quién habría sido el candidato si yo hubiera dicho que no?

—Insistían en que lo fuese yo, pero les dije que había pensado en un candidato mejor. Porque estoy seguro de que ahora sabrías escuchar un consejo, aunque llegaras a ser presidente.

—Ni siquiera llegué a presidente de la clase.

—Yo sí, y sin embargo he acabado sirviéndote a ti.

—¿Por dónde empezamos, entrenador?

—Las primarias se celebran en marzo, de modo que será mejor que reserves todos los fines de semana desde ahora hasta el otoño.

—Ya lo he hecho, empezando por el próximo... Oye, ¿sabrías decirme quién era la joven de Radcliffe que me habló junto a la puerta y recordó a Kennedy?

—Janet Brown. A pesar de su juventud, es una de las mejores visitadoras del servicio de Asistencia Social del Ayuntamiento.

—¿Puedes darme su número de teléfono?

Aquella semana Florentina puso su decisión en conocimiento de la directiva del grupo Baron. Ésta nombró a Richard adjunto a la presidencia y eligió a dos nuevos directores.

Florentina llamó a Janet Brown y le ofreció empleo como ayudante política con dedicación completa, y le satisfizo la inmediata aceptación de Janet. Luego añadió a su equipo dos secretarias, exclusivamente para las tareas políticas. Por último llamó al Chicago Baron y les ordenó que despejaran la planta treinta y ocho, anunciando que necesitaría tener toda la planta a su disposición por lo menos durante un año.

—Parece que la cosa va en serio, ¿verdad? —comentó Richard aquella noche.

—Desde luego que sí, porque veo que tendré que trabajar mucho para que tú llegues a ser presidente consorte.

26

—¿Supones que habrá mucha oposición?

—Nada importante —dijo Edward—. Puede que se presenten uno o dos candidatos testimoniales, pero como tienes el respaldo de toda la comisión, la verdadera lucha será contra los republicanos.

—¿Se sabe ya quién va a ser el candidato de ellos?

—Todavía no. Mis espías me dicen que la partida se juega entre dos hombres: Ray Buck, que por lo visto es el candidato del jefe local saliente, y Stewart Lyle, que durante los últimos ocho años ha sido concejal. Cualquiera de los dos hará una buena campaña, pero no es ése nuestro problema inmediato. Dado el poco tiempo que nos queda, hemos de concentrarnos en las primarias del partido demócrata.

—¿Cuántas personas crees que votarán en las primarias? —preguntó Florentina.

—No se puede saber con exactitud. Lo único que nos consta es que habrá unos ciento cincuenta mil demócratas empadronados, y el índice de votantes suele ser del cuarenta y cinco al cincuenta por ciento. De lo cual resultarían unos setenta u ochenta mil.

Edward desplegó un gran plano de Chicago y lo situó delante de Florentina.

—Los límites de la demarcación están dibujados en rojo y van desde Chicago Avenue al sur, hasta el límite con Evanston al norte, y desde Ravenswood y la autopista Western al oeste, hasta el lago, al este.

—El distrito no ha cambiado desde los tiempos de

Henry Osborne —comentó Florentina—, así que yo debería recordarlo todo enseguida.

—Más vale así, porque nuestra principal tarea consistirá en lograr que un número máximo de los demócratas residentes en esa zona se enteren de quién eres tú a través de la publicidad, la prensa, la televisión y los actos públicos. Cada vez que abran su periódico, pongan en marcha su radio o contemplen la televisión, Florentina Kane tendrá que estar con ellos. Los electores han de creer que estás en todas partes y que no piensas en otra cosa sino en ellos. En realidad, no debe haber ningún acontecimiento importante en Chicago, desde ahora hasta el 19 de marzo, en que tú no estés presente.

—Eso me conviene —dijo Florentina—. Ya he instalado el cuartel general de mi campaña en el Chicago Baron, gracias a que mi padre tuvo la previsión de construirlo en medio del distrito. Tengo intención de pasar allí los fines de semana, y los demás días que me queden libres, en casa con mi familia, así que ¿por dónde quieres que empecemos?

—He convocado una conferencia de prensa para el lunes próximo en las oficinas centrales del partido demócrata. Será una alocución breve seguida de un turno de preguntas y respuestas, y luego serviremos un café para que vayas conociendo a los personajes clave. Como a ti te gusta hablar improvisando con rapidez, disfrutarás durante la reunión con la prensa.

—¿Algún consejo en especial?

—Naturalidad, eso es todo. Limítate a ser tú misma.

—Quizá te arrepientas de eso.

La predicción de Edward resultó acertada. Después de una breve declaración inicial por parte de Florentina, hubo una granizada de preguntas. Edward iba apuntándole con disimulo los nombres de los diferentes periodistas a medida que éstos se ponían en pie.

El primero fue Mike Royko, del *Daily News* de Chicago.

—¿Por qué considera oportuno una millonaria de Nueva York el presentarse por el Distrito Noveno de Illinois?

—En este contexto —dijo Florentina, puesta en pie para escuchar mejor las preguntas—, yo no soy una millonaria de Nueva York. Nací en el hospital de San Lucas y me crié en Rigg Street. Mi padre, que llegó a este país sólo con lo puesto, fundó el grupo Baron en el corazón de este Distrito Noveno. Opino que hemos de luchar siempre para que todo inmigrante que arribe hoy a nuestras costas, provenga de Vietnam o de Polonia, tenga la oportunidad de perseguir las mismas metas que mi padre.

Edward cedió el turno a otro periodista.

—¿Considera que es una desventaja ser mujer para presentarse a un cargo político?

—A una persona de mentalidad estrecha, o mal informada, tal vez debería contestarle que sí, pero no a un elector inteligente, para quien cuenten más los problemas reales que los prejuicios pasados de moda. Si alguno de ustedes se viese afectado por un accidente de circulación esta noche, durante el regreso a casa, ¿lo pensaría dos veces si el primer médico en presentarse fuese una mujer? Espero que la cuestión del sexo llegue a ser pronto tan irrelevante como la religión. Parece que ha pasado un siglo desde que la gente preguntaba a John F. Kennedy si consideraba que el ser católico romano podía afectar en algo a la Presidencia. Observo que actualmente nadie le formula esa pregunta a Teddy Kennedy. Las mujeres ya desempeñan un papel dirigente en varios países; sirvan de ejemplo Golda Meir en Israel e Indira Gandhi en la India. Y considero muy triste que en un país de doscientos treinta millones de habitantes no se cuente ni una sola mujer entre los cien senadores, y sólo dieciséis entre los cuatrocientos treinta y cuatro miembros del Congreso.

—¿Qué le parece a su marido eso de que sea usted quien lleva los pantalones en la familia? —preguntó uno de los presentes fuera de turno.

Hubo risas en varios puntos de la sala, y Florentina esperó a que se hiciera el silencio.

—Tiene usted demasiada inteligencia y éxito para que se le ocurra una pregunta tan miserable.

—¿Cuál es su postura en cuanto al asunto del Watergate?

—Un episodio triste de la historia americana, que espero superemos pronto, aunque sin olvidarlo.

—¿Cree que el presidente Nixon debería dimitir?

—Esa es un decisión moral y que por tanto sólo incumbe al presidente.

—¿Dimitiría usted si fuese presidenta?

—Yo no habría asaltado ningún hotel, puesto que soy dueña de ciento cuarenta y tres.

Un coro de risas, seguido de un breve aplauso, dio más confianza a Florentina.

—¿Opina que se debe incoar proceso de destitución contra el presidente?

—El Congreso tendrá que resolver esa cuestión basándose en las pruebas que está estudiando la comisión judicial, incluidas las cintas de la Casa Blanca cuando Nixon las facilite, si es que lo hace. Pero la dimisión del fiscal general Elliot Richardson, hombre cuya integridad nunca ha sido puesta en duda, debería servir de advertencia al público en general.

—¿Cuál es su postura acerca del aborto?

—No voy a caer en la trampa de contestar, como hizo el senador Mason la semana pasada cuando le formularon esta misma pregunta, que «por debajo de la cintura no vale». —Florentina aguardó a que terminasen las risas para continuar en un tono más serio—: Soy católica por nacimiento y educación, así que estoy a favor del derecho a la vida de los no nacidos. Sin embargo, también creo que en algunas situaciones puede ser necesario e incluso moralmente correcto un aborto practicado por un médico autorizado.

—¿Podría citar un ejemplo?

—La violación sería el más evidente, y también en caso de peligro para la salud de la madre.

—¿No es eso contrario a las doctrinas de su Iglesia?

—En efecto, pero yo siempre he sido partidaria de la separación entre Iglesia y Estado. Toda persona que se presenta para un cargo público debe estar dispuesta a tomar partido en ciertas cuestiones aun sabiendo que no siempre podrá agradar a todo el mundo. Pienso que Edmund Burke resumió la cuestión mejor de lo que yo podría hacerlo, cuando dijo: «Vuestro representante ha de poner a vuestro servicio, no sólo su ingenio, sino también su entendimiento, y si sacrifica éste a vuestra opinión os traiciona en lugar de serviros».

Edward notó el efecto de esta última frase y se puso en pie con prontitud.

—Bien, señoras y señores de la prensa, creo que ya es hora de pasar a tomar un café, lo cual les permitirá conocer personalmente a Florentina Kane... aunque estoy seguro de que, a estas alturas, ya saben por qué creemos que es la persona adecuada para representar al Distrito Noveno en el Congreso.

Durante la hora siguiente Florentina resistió una nueva lluvia de preguntas políticas y personales, algunas de las cuales, si se le hubiesen formulado en la intimidad de su casa, le habrían parecido impertinentes. Pero había aprendido en seguida que no se puede ser una figura pública y albergar esperanzas de mantener posturas privadas en ningún aspecto. Cuando salió el último periodista se dejó caer en un sillón; no había tenido tiempo ni de tomar una taza de café.

—Estuvo usted espléndida —dijo Janet Brown—. ¿No le parece, señor Winchester?

Edward sonrió.

—Estuvo bien, pero no espléndida. Aunque la culpa es mía, por no advertirte de las diferencias que hay entre presidir una compañía privada y presentarse para un cargo público.

—¿A qué te refieres? —preguntó Florentina con sorpresa.

—Algunos de esos periodistas tienen mucha influencia, y se dirigen todos los días a cientos de miles de lectores. Querrán explicarles que te conocen en persona, y una o dos veces has estado demasiado fría, y con el enviado de *Tribune* estuviste francamente hiriente.

—¿Fue el que preguntó lo de los pantalones?

—Sí.

—Pues, ¿qué debía yo contestarle?

—Saliéndote por la tangente con una broma.

—No tuvo ninguna gracia, Edward. Fue él quien estuvo hiriente.

—Quizá, pero él no se presenta para ningún cargo público y tú sí, de manera que puede decir lo que le dé la gana. Y no olvides que sus artículos los leen todos los días más de quinientos mil habitantes de Chicago, lo cual incluye a muchos de tu demarcación.

—Así, ¿quieres que contemporice?

—No, quiero que salgas elegida. Cuando estés en la Cámara podrás demostrarles a todos que acertaron al votar a tu favor. Pero mientras tanto eres un valor desconocido y con muchos factores en contra. Eres una mujer, eres polaca y eres multimillonaria. Esta combinación es susceptible de despertar toda clase de prejuicios y envidias en mucha gente normal. Y el procedimiento para contrarrestarlo es mostrarte siempre jovial, amable y atenta con los que no disfrutan de los privilegios que tú posees.

—Edward, no soy yo quien debería presentarse a un cargo público, sino tú.

Edward meneó la cabeza.

—Yo sé que tú eres la persona indicada, Florentina, pero ahora me doy cuenta de que necesitarás un poco de tiempo para adaptarte a tu nuevo ambiente. Gracias a Dios, aprendes de prisa. Dicho sea de paso, no es que yo esté en desacuerdo con los sentimientos que proclamaste en voz tan alta. Pero, puesto que por lo visto te agrada citar a los estadistas del pasado, te recordaré la advertencia de Jefferson a Adams: «No se puede perder votos por culpa de un discurso que no se ha pronunciado».

Una vez más, los hechos dieron la razón a Edward: al día siguiente, la prensa dio variada acogida a Florentina, y el articulista de *Tribune* dijo de ella que era la peor especie de aventurera política oportunista que jamás había tenido la desgracia de tropezarse en la vida pública... ¿acaso no se encontraba en Chicago ninguna personalidad local? En cuyo caso tendría que recomendar a sus lectores, por primera vez, que votasen a los republicanos. Florentina quedó horrorizada, y asimiló con prontitud el hecho de que el amor propio de un periodista podía ser, a veces, incluso más sensible que el de un político. Decidió quedarse a trabajar en Chicago cinco días por semana; hizo visitas, habló con la prensa, apareció en televisión, hizo campaña de recaudación de fondos, y cuando lograba ver a Richard lo comentaba todo con él. Incluso el mismo Richard empezaba a confiar en que el viento soplaba a favor de ella, cuando recibieron el primer golpe.

—¿Ralph Brooks? Pero, ¿de dónde ha salido ese Ralph Brooks y quién es? —preguntó Florentina.

—Un abogado de la ciudad, muy brillante y muy ambicioso. Siempre creí que había puesto sus miras en la Fiscalía del Estado como paso para alcanzar el tribunal federal, pero por lo visto me he equivocado. Me pregunto quién le metería en esto.

—¿Es un candidato serio? —inquirió Florentina.

—Sin duda alguna. Un oriundo de la ciudad, que estudió en la Universidad de Chicago antes de ir a la Facultad de Derecho de Yale.

—¿Edad? —preguntó Florentina.

—Aún no ha cumplido los cuarenta.

—¿Y sin duda será bien parecido?

—Mucho —dijo Edward—. Cuando se pone en pie en

una sala, todas las mujeres del jurado desean que gane. Yo he evitado oponerme a él siempre que he podido.

—¿Tiene alguna desventaja ese dios griego?

—Naturalmente. Un hombre que ha actuado como abogado en esta ciudad siempre se habrá ganado un par de enemigos, y conozco a un cierto alcalde Daley que no se alegrará mucho de su entrada en liza, pues Ralph Brooks es un claro rival para su hijo.

—¿Y qué esperáis que haga con él?

—Nada —dijo Edward—. Si te preguntan, limítate a la respuesta habitual: que se cumplan las reglas de la democracia y que gane el mejor, o la mejor.

—Sólo le quedan cinco semanas para las primarias.

—A veces eso es una táctica astuta: confiará en que a ti se te acabe el gas. Lo único bueno de todo esto es que sacudirá la modorra de nuestros colaboradores; ahora saben que van a tener que pelear de verdad, lo cual es un buen entrenamiento para cuando tengamos que enfrentarnos a los republicanos.

A Florentina le tranquilizó el tono despreocupado de Edward, pero éste le confió más tarde a Janet Brown que la lucha iba a ser muy reñida. Y lo fue en efecto, según descubrió Florentina a lo largo de las cinco semanas siguientes. Dondequiera que fuese, Ralph Brooks parecía haber estado antes. Cada vez que ella formulaba declaraciones a la prensa sobre una cuestión importante, Brooks había dado su opinión la tarde anterior. Pero a medida que se acercaba la fecha de las primarias, ella aprendió el juego de Brooks y empezó a ganarle por la mano. No obstante, y en el preciso momento en que las encuestas de opinión empezaban a mostrar ventaja para Florentina, él jugó una carta que ella no había previsto. Florentina se enteró de los detalles a través de la primera página del *Tribune* de Chicago.

«Brooks desafía a Kane a un debate», decía el titular. Sabía que con su experiencia forense y su práctica en los interrogatorios sería un oponente formidable. Tan pronto como el periódico salió a la calle, el teléfono de su cuartel general quedó bloqueado por las llamadas de la prensa. ¿Aceptaría el desafío, o evitaría el enfrentamiento? ¿No tenía el pueblo de Chicago derecho a presenciar una discusión de los problemas cruciales por parte de ambos candidatos? Janet les dio largas mientras Florentina celebraba una precipitada conferencia con Edward. La misma duró tres minutos, durante los cuales Florentina redactó una declaración que Janet debía leer a todo el que preguntase.

«Florentina Kane acepta con satisfacción el debate al que ha sido invitada por Ralph Brooks, y aguarda la ocasión con impaciencia».

Durante la semana, Edward nombró a un delegado para que discutiera con el director de la campaña de Brooks la fecha y el lugar del debate.

La fecha aceptada por ambas partes fue el último jueves antes de las primarias, y el lugar de la confrontación iba a ser el Centro Bernard Horwich de la comunidad judía de West Touhy. Cuando la estación local de la cadena CBS aceptó la cobertura televisiva del debate, ambos candidatos supieron que la decisión iba a depender de aquel enfrentamiento. Florentina dedicó el tiempo a preparar su alocución y contestar a las preguntas que le lanzaban alternativamente Edward, Janet y Richard. Aquello le recordó a miss Tredgold y su preparación para la beca Woolson.

La noche del debate no quedaba un solo asiento libre en el Centro. Al fondo del local había gente de pie, y otros sentados en los huecos de las ventanas. Richard se desplazó de Nueva York para asistir al acontecimiento; él y Florentina llegaron media hora antes de lo previsto. Ella sufrió los habituales rigores del maquillaje para la televisión, mientras Richard buscaba acomodo en primera fila.

Un cálido aplauso la saludó cuando entró en la sala y ocupó su asiento en el escenario. Ralph Brooks llegó momentos más tarde, para ser recibido con un aplauso igualmente tumultuoso. Mientras avanzaba por la sala se echó atrás el cabello en un ademán más bien presuntuoso. Todas las mujeres presentes tenían los ojos fijos en él, incluyendo a Florentina. El presidente de la comisión demócrata del Distrito Noveno para el Congreso les dio la bienvenida a ambos y les llevó a un lado para recordarles que cada uno pronunciaría una alocución inicial, después de lo cual se abriría el turno de preguntas, y finalmente cada uno podría emitir una declaración. Ambos asintieron, puesto que el presidente no hacía sino repetir lo que los respectivos delegados habían acordado días antes. Luego sacó del bolsillo una moneda nueva de medio dólar y Florentina pudo ver la cabeza de John Kennedy. El presidente lanzó la moneda y ella pidió cara. Kennedy la contemplaba otra vez, desde el suelo.

—Hablaré la última —dijo sin titubear.

Sin más palabras, regresaron al escenario. Florentina tomó asiento a la derecha de Edward, mientras Ralph Brooks lo hacía a su izquierda. A las ocho en punto el moderador abrió la sesión con un golpe de martillo.

—El señor Brooks se dirigirá a ustedes en primer lugar, y luego hablará la señora Kane. Seguirá a las alocuciones un turno de preguntas.

Ralph Brooks se puso en pie y Florentina contempló a aquel individuo alto y de agradable físico. Hubo de confesarse que si un director de cine estuviera buscando un intérprete para el papel de presidente, el designado habría sido Ralph Brooks. Tan pronto empezó a hablar, Florentina se convenció de que no necesitaba salir de Chicago para encontrar un rival más formidable. Brooks hablaba tranquilo y con seguridad; su alocución era profesional sin llegar a dar la impresión de labia demasiado fácil.

—Señoras y caballeros, compañeros demócratas —empezó—. Me presento ante vosotros esta noche como nativo de esta ciudad, que ha realizado toda su carrera aquí en Chicago. Mi bisabuelo nació en esta ciudad y durante cuatro generaciones la familia Brooks ha ejercido la abogacía en nuestro despacho de La Salle Street, siempre al servicio de esta comunidad en la medida de nuestras posibilidades. Hoy me ofrezco a vosotros como candidato para el Congreso, por haber entendido siempre que los representantes del pueblo deben salir de la base de su comunidad. No dispongo de la inmensa fortuna de mi oponente, pero puedo aportar una dedicación a este distrito y una atención a sus problemas que, estoy seguro de ello, en la opinión de ustedes valen más que la riqueza —hubo una salva de aplausos, pero Florentina pudo observar que algunas personas no se habían unido a ella—. En las cuestiones de la lucha contra la delincuencia, de la vivienda, los transportes públicos y la asistencia sanitaria, desde hace años procuro promover el interés público ante los tribunales de Chicago. Ahora busco la oportunidad de defender vuestros intereses en la Cámara de Representantes de los Estados Unidos.

Florentina escuchó con atención cada una de las bien torneadas frases, y cuando Brooks regresó a su asiento no le sorprendió escuchar una ovación larga e intensa. Edward se puso en pie para hacer la presentación de Florentina. Cuando terminó, ella se incorporó a su vez... con ganas de salir corriendo de la sala. Richard le sonrió desde la primera fila, lo que le devolvió la seguridad en sí misma.

—Mi padre llegó a Estados Unidos hace más de cincuenta años —empezó—, huyendo primero de los alemanes y después de los rusos. Tras aprender un oficio en Nueva York vino a Chicago, donde fundó el primero de una cadena de hoteles que me honro en presidir, aquí en el mismo Distrito Noveno. Una cadena que ahora da trabajo a veintisiete mil personas en todos los Estados del país. Cuando la carrera de mi padre estaba en su cenit lo dejó todo para ir a combatir contra los alemanes, y regresó a este país con una Estrella de Bronce. Yo nací en esta ciudad y fui a un instituto que no dista más de un kilómetro de esta sala, y mi educación en Chicago me permitió asistir a la universidad. Ahora he regresado a casa con el deseo de representar a las personas que hicieron posible mi sueño americano.

Un fuerte aplauso saludó las palabras de Florentina, pero una vez más ella se fijó en que algunos no aplaudían.

—Confío en que mi fortuna no será obstáculo para aspirar a un cargo público; si eso fuese un criterio de descalificación, ni Jefferson, ni Roosevelt, ni Kennedy, habrían alcanzado jamás el poder. Espero que tampoco sea obstáculo que mi padre fuese un inmigrante, ya que si así fuera, uno de los mejores alcaldes que haya tenido nunca esta comunidad, Anton Cermak, no habría servido nunca en la Casa Grande. Y si ha de cerrarme el paso la circunstancia de ser una mujer, entonces quedará descalificada conmigo la mitad de la población de América —esta frase fue recibida con una ovación atronadora desde todos los puntos del local, y Florentina respiró hondo—. No pido perdón por ser la hija de un inmigrante. No pido perdón por ser rica. No pido perdón por ser una mujer, ni pediré nunca perdón por mi deseo de representar al pueblo de Chicago en el Congreso de los Estados Unidos —el aplauso fue ensordecedor—. Si mi destino no me lleva a representaros, apoyaré al señor Brooks. Por el contrario, si me concedéis el honor de elegirme como candidata vuestra, os aseguro que abordaré los problemas con que se enfrenta Chicago con la misma devoción y energía que puse en hacer de mi compañía uno de los grupos hoteleros más poderosos del mundo.

Florentina volvió a su asiento entre aplausos y miró a su marido, que sonreía. Tranquilizándose por primera vez, paseó la mirada por la sala. Algunas personas se habían puesto en pie para aplaudir, aunque pudo darse perfecta cuenta que la mayoría de ellas pertenecían a su propio equipo. Consultó su reloj: las ocho y veintiocho. Le había dado a su parlamento la duración exacta. En la televisión estaba a punto de empezar el programa cómico «Laugh-In», y en el canal nueve los Halcones Negros de Chicago estarían comenzando los ejercicios de precalentamiento. En los próximos minutos muchos receptores cambiarían de canal. A juzgar por el ceño de Ralph Brooks, él también se había dado cuenta de esta coincidencia.

Después del turno de preguntas —que no aportó ninguna sorpresa— y de las declaraciones finales, Florentina y Richard abandonaron la sala entre felicitaciones y regresaron a su habitación en el Baron. Aguardaron con impaciencia al botones que traía la primera edición de los periódicos. La opinión general estaba a favor de Florentina; incluso el *Tribune* escribió que la confrontación había sido muy igualada.

Durante los últimos tres días de la campaña, Florentina recorrió kilómetros de calles, estrechó miles de manos y acompañó al desfile del día de San Patricio; cada noche caía literalmente derrumbada en su baño caliente, y cada mañana Richard la despertaba con una taza de café recién hecho para reanudar otra vez la frenética rutina.

—Por fin llegó el gran día —dijo Richard.

—Ya era hora —contestó Florentina—. No creo que mis piernas puedan soportar esto otra vez.

—No temas. Todo se revelará esta noche —dijo Richard, atrincherado detrás de la revista *Fortune*.

Florentina se levantó y se puso un vestido sencillo, de tela resistente, aunque al final de cada jornada estaba totalmente arrugada. Luego se calzó lo que miss Tredgold habría llamado unos zapatos sensatos, de los que ya había gastado dos pares durante el ajetreo de la campaña. Después del desayuno, ella y Richard Kane se encaminaron a la escuela del barrio, donde ella depositó su voto a favor de Florentina Kane, lo cual no dejó de parecerle curioso. Richard, como republicano empadronado en Nueva York, no votaba.

El índice de votantes fue mayor de lo que había previsto Edward; otras 49.312 personas votaron a favor de Florentina, mientras que Ralph Brooks obtuvo 42.972 votos.

Florentina Kane había conseguido ganar sus primeras elecciones.

El candidato del Partido Republicano resultó ser Stewart Lyle, quien se mostró como un oponente más fácil que Ralph Brooks. Era un republicano chapado a la antigua, siempre amable y educado, y nada partidario de los enfrentamientos personales. Florentina simpatizó con él desde el día que se conocieron, y no dudó de que, si hubiera salido elegido, habría sabido hacerse cargo de los problemas del Distrito Noveno. Pero después de la dimisión de Nixon, el 9 de agosto, y cuando Ford hubo indultado al ex presidente, se preveía la victoria arrolladora de los demócratas.

Florentina estuvo entre los arrastrados por la oleada general, ganando su escaño por el Distrito Noveno con una ventaja de más de 27.000 votos sobre el candidato republicano. Richard fue el primero en felicitarla.

—Estoy muy orgulloso de ti, cariño —sonrió con malicia—. Aunque estoy seguro de que Mark Twain también lo habría estado.

—¿Por qué Mark Twain? —preguntó Florentina, intrigada.

—Porque fue el quien dijo: «Supongamos que sea usted un idiota, y que sea miembro del Congreso. Pero estoy repitiéndome».

27

William y Annabel se reunieron con sus padres durante las Navidades en la casa que tenía la familia Kane en Cape Cod. Florentina se alegró de tener consigo a sus hijos durante las fiestas, y pronto pudieron todos recargar sus baterías humanas.

William, a punto de cumplir los quince años, ya hablaba de ir a Harvard y se pasaba las noches empollando libros de matemáticas que ni el mismo Richard entendía. Annabel pasó la mayor parte de sus vacaciones poniendo conferencias a sus amigas del colegio para hablar de chicos, hasta que Richard tuvo que explicarle cómo se hacía rica la Bell Telephone Company. Florentina leyó *Centennial* («La saga del Colorado»), de James Michener, y a insistencias de su hija escuchó a Roberta Flack en la canción «Killing me softly with his song», a todo volumen, una y otra vez. Richard se cansó tanto de escuchar el disco que le suplicó a Annabel que le diese la vuelta. Y entonces fue cuando Richard oyó por primera vez una canción popular que iba a gustarle todo el resto de su vida. Annabel se extrañó mucho al ver que su madre sonreía escuchando la letra, y que su padre parecía embelesado por ella:

> Jessie vuelve a casa, hay un hueco en la cama
> donde tú dormías, y ahora hace frío.
> Jessie, el *blues*...

Cuando terminaron las vacaciones de Navidad, Florentina regresó a Nueva York con Richard. Necesitó una semana de leer informes acerca del consorcio Baron y entrevistar a los directores de cada departamento para convencerse de que se había enterado bien de lo ocurrido durante su ausencia.

Durante el año habían terminado los hoteles de Brisbane y Johannesburgo, y reformaron los antiguos Baron de Nashville y Cleveland. En ausencia de Florentina, Richard había reducido un poco el programa de expansión, logrando mejorar los beneficios hasta alcanzar un récord de cuarenta y cinco millones de dólares en el ejercicio que terminaba en 1974. Florentina no pudo quejarse, pues aquel año la Lester se disponía a mostrar un impresionante incremento en su partida de créditos.

La única preocupación de Florentina era que Richard empezaba a mostrar, por primera vez, los signos de la edad; sobre la frente y alrededor de los ojos aparecían arrugas que evidenciaban una tensión prolongada y bastante intensa. Cuando ella le censuró por trabajar a deshora (incluso sus ejercicios de violoncelo eran menos frecuentes), él se burló diciendo que era un camino muy duro el de llegar a ser presidente consorte.

La congresista Kane fue a Washington a principios de enero. En diciembre envió a la capital a Janet Brown, para que reclutase el personal de su oficina y se pusiera al corriente de los asuntos que dejaba su antecesor en el escaño. Cuando llegó Florentina todo estaba organizado, incluyendo la reserva de la suite George Novak en el Washington Baron. Durante los últimos seis meses Janet supo hacerse imprescindible, y Florentina quedó perfectamente impuesta de todos los asuntos cuando se abrió la primera sesión de la 94.ª legislatura. Janet había presupuestado los 227.270 dólares anuales que cada miembro de la Cámara puede gastar en la dotación de su despacho. Lo hizo con la máxima exigencia, seleccionando al personal bajo estrictos criterios de aptitud cualesquiera que fuesen las edades de los candidatos. Eligió para Florentina una secretaria personal, llamada Louise Drummond, un asesor jurídico, un secretario de prensa, cuatro corresponsales para la documentación de los expedientes así como para despachar el correo, dos mecanógrafas y un conserje. Además, Florentina dejó en la oficina del distrito a tres visitadoras, a las órdenes de un eficaz delegado polaco.

Le habían asignado a Florentina despachos en el séptimo piso del Longworth Building, el edificio central y más antiguo de los tres de que dispone la Cámara. Janet le contó que en el pasado sus despachos habían estado ocupados por Lyndon Johnson, John Lindsay y Pete McCloskey. «Ni ver, ni oír, ni hablar», comentó ella. Estaban a menos de doscientos metros del Capitolio, lo que le permitía ir a la Cámara directamente en el metro, si hacía mal tiempo o si deseaba evitar los omnipresentes grupos de curiosos visitantes de Washington.

La oficina personal de Florentina era un despacho de modestas dimensiones y ya abarrotado con voluminosos muebles de estilo oficial, de madera oscura: un escritorio, un gran sofá de cuero marrón, varios sillones oscuros e incómodos, y dos armarios con puertas de vidrio. Por el estado en que habían dejado la oficina, no cabía dudar de que el anterior ocupante había sido un hombre.

Florentina llenó en seguida las estanterías con ejemplares de los Códigos de los Estados Unidos, el reglamento de la Cámara, el repertorio Hurd de jurisprudencia de Illinois y los seis volúmenes de la biografía de Lincoln por Carl Sandburg, ya que el personaje era uno de sus favoritos, pese a no ser de su partido. Luego adornó las tristes paredes de color crema con varias acuarelas elegidas por ella misma, en un esfuerzo por tapar los agujeros de clavos dejados por el anterior inquilino. Sobre el escritorio puso una fotografía familiar tomada delante de su primera tienda en San Francisco, y cuando supo que cada miembro del Congreso tenía derecho a recibir plantas del jardín botánico, le pidió a Janet que reclamase el máximo de las que le correspondieran y procurase tener flores frescas sobre su escritorio todos los lunes.

Luego le pidió a Janet que decorase el antedespacho de una manera acogedora y digna, pero prohibiendo que hubiese fotografías de la propia Florentina. Ésta no aprobaba los usos de la mayoría de sus colegas, que llenaban sus salas de espera con recuerdos destinados a enaltecer la propia personalidad.

A regañadientes consintió en que se colocase detrás de su escritorio la bandera de Illinois y la de los Estados Unidos.

La tarde antes de la primera jornada del Congreso celebró una recepción para su familia y los colaboradores de su campaña. Richard y Kate asistieron con los chicos, y

Edward acudió desde Chicago con la madre de Florentina y el padre O'Reilly. Florentina había enviado casi cien invitaciones a sus amigos y partidarios de todo el país, y le sorprendió comprobar que habían acudido más de setenta personas.

Durante la fiesta se llevó a Edward a un lado y le ofreció un puesto en el consejo de administración del grupo Baron; saturado de champagne, él aceptó y luego olvidó el ofrecimiento, hasta recibir una carta de Richard confirmando el nombramiento, en la que añadía que sería útil para Florentina escuchar dos opiniones del consejo de administración, ya que estaba tan enfrascada en su carrera política.

Cuando Richard y Florentina se metieron en otra de las inmensas camas estilo Baron aquella noche, él le dijo una vez más lo orgulloso que estaba de sus éxitos.

—No lo habría conseguido sin su apoyo, señor Kane.

—No se puede decir que te haya apoyado, Jessie, aunque confieso a regañadientes que estoy muy contento con tu victoria. Ahora debo ponerme al día en cuanto a las previsiones financieras de la sección europea, antes de poder apagar la luz de mi lado de la cama.

—Me gustaría que te lo tomaras con un poco más de calma, Richard.

—No puedo, cariño. Ninguno de los dos puede. Por eso valemos tanto el uno para el otro.

—¿Valgo mucho para ti? —preguntó Florentina.

—En una palabra, no. Si pudiera echarme atrás, me casaría con Maisie y así me ahorraría el valor de varios pares de guantes.

—¡Santo Dios! Me pregunto qué habrá sido de Maisie.

—Estará todavía en Bloomingdale's. Desengañada de mí, se habrá casado con un representante, de manera que, por lo visto, no tendré más remedio que conformarme contigo. Ahora, ¿me permites que siga leyendo esos informes?

Ella le quitó los informes de la mano y los arrojó al suelo.

—No, cariño.

Cuando se inauguró la primera sesión de la 94ª legislatura en el Congreso, el presidente de la Cámara, Carl Albert, solemnemente vestido de traje oscuro, dio un golpe con su martillo mientras paseaba la mirada por el semicírculo de parlamentarios sentados en sus escaños de cuero verde. Florentina ocupó el suyo y sonrió a Richard y a su familia, que habían reservado asientos en la galería. Cuando se volvió para contemplar a sus colegas en la Cámara, no pudo evitar el pensar que eran el grupo de gente peor vestida que había visto en su vida. Ella con su vestido rojo de lana, de largo «midi» según los dictados de la última moda, constituía una excepción llamativa.

El presidente solicitó al capellán de la Cámara, el reverendo Edward Latch, que pronunciase la bendición. Siguieron a esto sendos discursos inaugurales a cargo de los líderes de ambos partidos, y una breve alocución del presidente. El señor Albert recordó a los congresistas que debían ser breves en sus parlamentos, y abstenerse de hacer demasiado ruido en la Cámara mientras otros estuviesen en la tribuna de los oradores. Luego levantó la sesión y cada cual abandonó la Cámara para acudir a cualquiera de las muchas recepciones que se celebraron aquel día.

—¿Eso es todo lo que has de hacer, mamá? —preguntó Annabel.

Florentina rió.

—No, cariño; esto sólo ha sido la sesión inaugural. El verdadero trabajo empieza mañana.

La propia Florentina quedó sorprendida la mañana siguiente. Su correo contenía ciento sesenta y una piezas, incluyendo dos periódicos atrasados de Chicago, seis cartas que empezaban «querido colega», de congresistas a los que aún no conocía, catorce invitaciones a recepciones de diversas cámaras de comercio, siete cartas de grupos especiales de intereses, varias invitaciones para asistir a mítines —algunos de los cuales se celebraban lejos de Chicago así como de Washington—, tres docenas de cartas de sus constituyentes, dos peticiones de ser incluido en su lista de correspondencia, quince peticiones de empleo acompañadas de resúmenes biográficos, y una nota de Carl Albert anunciándole que había sido designada para dos comisiones parlamentarias, la presupuestaria y la de la pequeña empresa.

El correo todavía parecía manejable, en comparación con las incesantes demandas telefónicas de todas clases, desde los que pedían una foto oficial de Florentina hasta los que solicitaban entrevistas periodísticas. Los corresponsales de la prensa de Chicago en Washington llamaban con regularidad, pero también los periodistas de la capital se interesaron por Florentina, ya que una nueva adición femenina al Congreso siempre era motivo de atención, sobre todo si no tenía el aspecto de un campeón de lucha libre. Florentina aprendió con rapidez los nombres imprescindibles, entre los cuales figuraban los de Maxine Cheshire y Betty Beale, así como David Broder y Joe Alsop. Antes de que concluyera el mes de marzo había sido protagonista del mano a mano titulado «Estilo» en primera página del *Post* y había sido presentada en «Nuevas estrellas en la colina», un programa de los informativos de Washington. Rechazó las continuas invitaciones para aparecer en «Panorama» y empezó a preguntarse dónde estaría el equilibrio exacto entre buscar una visibilidad, lo cual podía servir para inclinar algún asunto a su favor, y tener que dedicar a los medios de comunicación todo su tiempo libre.

Durante aquellas primeras semanas, a Florentina le pareció que no hacía sino correr mucho pero sólo para mantenerse en el mismo lugar. Creyó que había tenido suerte al ser elegida por la delegación de Illinois para cubrir la vacante en la poderosa comisión de presupuestos; hacía años que ningún congresista debutante merecía tal honor. Pero descubrió que no se dejaba nada a la casualidad cuando abrió una nota manuscrita por el alcalde Daley, en la que se leía simplemente: «Me debe usted una».

El nuevo ambiente no carecía de fascinación, aunque era un poco como volver a la escuela mientras Florentina recorría los pasillos buscando dónde se reunían las comisiones, o se apresuraba a tomar el subterráneo para ir a depositar su voto en el Capitolio; asimismo se entrevistó con los abogados de los grupos de presión, estudió expedientes y firmó cientos de cartas. La idea de firmar con un tampón de goma empezaba a parecer cada vez más sensata.

Un colega de edad madura, también congresista por Chicago, le aconsejó la conveniencia de enviar bimensualmente un boletín de noticias a los ciento ochenta mil hogares de sus representados, y agregó:

—Recuerde esto, querida: podrá parecer que no hace usted otra cosa sino empapelar el Distrito Noveno, pero no hay más que tres caminos para asegurarse la reelección: el franqueo, el franqueo y el franqueo.

También aconsejó a Florentina que asignase a dos de

sus visitadoras de distrito la tarea de recortar todo artículo de la prensa local que hiciese referencia a uno de sus constituyentes. Los votantes empezaron a recibir felicitaciones con motivo de sus bodas, natalicios, éxitos comunitarios... e incluso por sus victorias en el baloncesto, por cuanto los jóvenes de dieciocho años también votaban. En los casos apropiados, Florentina siempre añadía de su puño y letra algunas palabras en polaco, con un recuerdo de gratitud para su madre por haber desobedecido las órdenes de su padre en cuanto a la enseñanza del polaco en casa.

Con la ayuda de Janet, que siempre llegaba a los despachos antes que ella y se quedaba hasta más tarde, Florentina consiguió dominar poco a poco el papeleo; cuando llegó la festividad del 4 de julio casi estaba al día. Una colega de la Cámara, representante por Nueva York, llamada Sandra Read, le aconsejó que dedicase los seis primeros meses a escuchar, los segundos seis meses a reflexionar y lo terceros seis meses a hablar, pero sólo ocasionalmente.

—¿Y los cuartos seis meses? —preguntó Florentina.

—Los pasará usted haciendo campaña para la reelección —fue la respuesta.

Los fines de semana regocijaba a Richard con anécdotas del despilfarro burocrático de los dineros del contribuyente y la arbitrariedad con que se llevaba el sistema democrático norteamericano.

—Pensé que te habían elegido para que cambiaras todo eso —dijo él contemplando a su mujer, que se había sentado en el suelo con las piernas cruzadas y las manos sobre las rodillas.

—Se necesitarán por lo menos veinte años para cambiar algo. ¿Te das cuenta de que las comisiones toman decisiones que suponen sumas inmensas en dólares, mientras que la mitad de los congresistas no tienen ni la menor idea acerca de lo que están votando, y la otra mitad ni siquiera asiste, sino que vota por delegación?

—En tal caso, procura que te nombren presidenta de una comisión, y entonces podrás obligar a los miembros de la misma a que hagan su trabajo y asistan a las sesiones.

—No puedo.

—¿Qué significa eso de que no puedes? —dijo Richard, resignándose a doblar su periódico de la mañana.

—No puedes asumir la presidencia de una comisión si no es por antigüedad, así que no importa a qué edad hayas alcanzado el máximo de capacidad mental; si alguien lleva en la comisión más tiempo que tú, automáticamente el puesto es suyo. En este momento, de las veintidós comisiones permanentes, tres tienen presidentes septuagenarios, y hay trece presidentes sexagenarios, con lo que sólo quedan seis quincuagenarios. He calculado que llegaré a presidir la comisión de presupuestos cuando haya cumplido sesenta y ocho años, después de servir veintiocho años en la Cámara. Eso, siempre que gane las trece elecciones que se convocarán en ese período, pues perder una es volver a empezar desde el principio. En pocas semanas he averiguado por qué motivo tantos Estados del Sur envían al Congreso representantes de menos de treinta años de edad. Si llevásemos el consorcio Baron como se lleva el Congreso, habríamos quebrado hace tiempo.

Florentina empezaba a familiarizarse con el hecho de que se necesitaban años para escalar la pirámide política; en realidad la subida era una larga y pesada rutina, dentro del proceso conocido como «adquirir experiencia del servicio público», y siguiendo la táctica de «vive y deja vivir», como decía el presidente de su comisión. Decidió que, si quería que fuese diferente para ella, tendría que hallar el modo de convertir la desventaja de la bisoñez en la ventaja de ser mujer.

Así ocurrió, aunque de una manera que ella nunca pudo prever. Durante los seis primeros meses no habló en la Cámara, sino que se limitó a permanecer sentada en su escaño largas horas, mientras se fijaba en cómo se conducían los debates y cómo los parlamentarios expertos aprovechaban hábilmente los escasos minutos que les concedían para hablar. Cuando un notable republicano, Robert C. L. Buchanan, anunció que se proponía añadir una enmienda antiabortista a la ley del presupuesto de Defensa, Florentina juzgó llegado el momento de pronunciar su primera alocución.

Pasó una nota al presidente en demanda de un turno en contra de la moción, y recibió una cortés respuesta en donde le recordaba que sólo disponía de cinco minutos y le deseaba suerte.

Buchanan habló con gran emotividad frente a una Cámara en silencio, y consumió sus cinco minutos con la habilidad de un consumado parlamentario. Florentina pensó que era un reaccionario de la peor especie, y mientras él hablaba aún añadió varias anotaciones a su discurso, cuidadosamente preparado. Cuando Buchanan regresó a su escaño le siguió en el uso de la palabra Sandra Read, quien desplegó una vigorosa argumentación en contra de la enmienda, aunque fue interrumpida varias veces por comentarios en voz alta desde otros escaños. Un tercer orador no añadió nada nuevo al debate, limitándose a reiterar las palabras de Robert Buchanan para que sus opiniones constaran en acta y aparecieran en el periódico de su distrito. Luego el presidente Albert cedió el turno a «la distinguida y bella dama de Illinois». Florentina se puso en pie con cierta agitación y se encaminó hacia la tribuna de oradores de la Cámara, mientras procuraba evitar que las manos le temblasen demasiado visiblemente.

—Señor presidente, debo disculparme ante la Cámara por haber elegido una cuestión de controversia en la primera ocasión en que me dirijo a los señores congresistas, pero debo oponerme a la enmienda propuesta por varios motivos.

Florentina empezó a hablar de la situación de las madres que deseaban continuar su carrera profesional, y luego procedió a describir las razones por las cuales el Congreso no debía aprobar la enmienda. Se daba cuenta de que estaba nerviosa y anormalmente falta de soltura, y al cabo de un minuto o dos observó que Buchanan y el otro republicano que había hablado antes que ella estaban enfrascados en una acalorada discusión. Lo cual pareció servir de señal a otros miembros de la Cámara, que se pusieron a conversar entre sí, mientras algunos abandonaban sus escaños para ir a charlar con otros colegas. Pronto el ruido se hizo tan fuerte que Florentina apenas oía su propia voz. De súbito, se interrumpió a la mitad de una frase y permaneció en silencio.

El presidente le llamó la atención con el martillo y le preguntó si había cedido el uso de la palabra a otro. Ella se volvió hacia Carl Albert y dijo:

—No, señor presidente, pero me niego a continuar.

—Pero mi honorable colega se hallaba a mitad de una frase.

—En efecto, señor presidente, pero he visto que en esta distinguida Cámara algunos prefieren el sonido de sus propias voces a escuchar las opiniones de los demás.

Buchanan se puso en pie para protestar, pero fue reducido al silencio por el martillo presidencial, ya que no se le había concedido el turno de palabra. Estalló una gran agitación, y muchos congresistas que jamás se habían fijado antes en Florentina se quedaron mirándola.

Ésta permanecía en la tribuna mientras el presidente llamaba reiteradamente al orden. Cuando el ruido se aquietó Florentina continuó:

—Comprendo, señor presidente, que en esta casa han de pasar años antes de poder aspirar a hacer algo, pero no creí que también se tardase años en adquirir educación para escuchar lo que otros puedan tener que decir.

El tumulto fue general otra vez, mientras Florentina seguía agarrada a la tribuna. Temblaba ahora de pies a cabeza.

Por fin el presidente de la Cámara consiguió restablecer el orden.

—La honorable congresista tiene razón —dijo, mirando fijamente a los dos responsables, que parecían bastante avergonzados—. En varias ocasiones he reprendido a la Cámara por esta costumbre. Ha tenido que ser un nuevo miembro de la misma quien nos recordase lo mal educados que nos hemos vuelto. Quizá la distinguida y bella dama de Illinois quiera continuar ahora.

Florentina consultó sus notas, y la Cámara guardó un silencio expectante.

Se disponía a continuar cuando una mano se posó con firmeza en su hombro. Cuando se volvió halló a Sandra Read, sonriente, que le decía:

—Siéntese. Ahora ya los ha vapuleado a todos. Si habla en este momento sólo estropeará el efecto que ha conseguido. Salga de la Cámara tan pronto como se ponga en pie el orador siguiente.

Florentina asintió y renunció al resto de su turno, tras lo cual regresó a su escaño. El presidente Albert cedió el turno a otro orador, y Florentina se encaminó hacia la salida por el pasillo de la mesa presidencial, en compañía de Sandra Read. Cuando llegaron a la puerta, Sandra la dejó con estas palabras:

—Bien hecho. Ahora continúa tú sola.

Florentina no entendió lo que Sandrá había querido decir, hasta que se vio en la antesala, rodeada de periodistas.

—¿Quiere hacer el favor de salir? —le dijo un entrevistador de la CBS. Florentina le siguió y se vio de súbito frente a un amasijo de cámaras de televisión, periodistas y disparos de «flash» de los fotógrafos.

—¿Cree que el Congreso está desacreditado?

—¿Ayudará su actitud a los partidarios de la libre disposición?

—¿Cómo cambiaría usted el procedimiento?

—¿Tenía prevista su protesta de hoy?

Florentina encajó pregunta tras pregunta, y antes de que acabase la tarde el senador Mike Mansfield, jefe de la mayoría demócrata en el Senado, llamó para felicitarla, y Barbara Walters le pidió a Florentina una aparición en el programa «Hoy».

Al día siguiente, la versión que daba el *Washington Post* de lo sucedido en la Cámara hizo creer que Florentina había declarado una guerra ella sola. Richard la llamó para leerle el pie que había puesto a su fotografía en primera página el *New York Times*: «Una mujer valiente en el Congreso». A medida que avanzaba la mañana, se puso de manifiesto que la congresista Kane había saltado repentinamente a la fama por *no* haber pronunciado un discurso. Un día más tarde Phyllis Mills, representante por Pennsylvania, le advirtió que eligiese con cuidado el tema de su próxima intervención, porque los republicanos estarían esperándola con los cuchillos afilados.

—Quizá será mejor que me retirase, ahora que he dado la nota —dijo Florentina.

Cuando cedió el sensacionalismo inicial y su correo disminuyó de las mil cartas semanales a las acostumbradas trescientas, Florentina se dispuso a labrarse una reputación de seriedad. En Chicago su prestigio había aumentado, según fue descubriendo a través de sus visitas quincenales, y sus constituyentes empezaban a creer que ella podía influir en el curso de los asuntos. Esto preocupó a Florentina, pues no dejaba de darse cuenta de que un político tenía muy poco margen para maniobrar fuera de los carriles establecidos. No obstante, observó que a nivel local podía prestar ayuda a personas cuyo problema, a menudo, no era sino el de no saber desenvolverse en el sistema burocrático. Añadió otra visitadora a su equipo de Chicago, para poder atender al creciente número de casos personales.

Richard se alegraba al comprobar el aliciente que hallaba Florentina en su nueva carrera, y procuró descargarla del trabajo cotidiano del consorcio Baron en la medida de lo posible. En ello fue de gran ayuda Edward Winchester, al asumir parte de las responsabilidades en Nueva York y Chicago. En Chicago, Edward había ganado considerable influencia en las salas cargadas de humo, pues el alcalde Daley comprendía la necesidad de una generación de políticos jóvenes que tomase el relevo después de las presidenciales de 1972. Al parecer, los viejos partidarios de Daley empezaban a creer en el porvenir de Florentina. En cuanto a Richard, no tenía sino palabras de alabanza para la actuación de Edward como miembro del consejo de administración, y se proponía ofrecerle asimismo un puesto en el de la Lester.

Apenas había concluido su primer año en el Congreso, Florentina ya se veía de nuevo en el trance de iniciar otra campaña electoral y se quejaba a Richard diciendo:

—Es absurdo ese sistema de enviar los representantes a la Cámara sólo por dos años; apenas le has tomado las medidas al escaño, has de ponerte a reeditar las pegatinas de la campaña.

—¿Qué cambios propondrías tú? —preguntó Richard.

—Los senadores lo tienen mucho mejor, ya que los eligen cada seis años; yo propondría que las legislaturas del Congreso durasen cuatro años cuando menos.

Cuando repitió sus cuitas a Edward en Chicago, él convino en que tenía razón, pero le hizo observar que en su caso no era probable que se tropezase con mucha oposición, ni demócrata ni republicana.

—¿Y qué hay de Ralph Brooks?

—Al parecer tiene las miras firmemente puestas en la Fiscalía del Estado, sobre todo desde su reciente matrimonio. Dada la posición social de su mujer, quizás ella no quiera verle metido en la política de Washington.

—No lo creo —dijo Florentina—. Volverá.

En septiembre, Florentina tomó el avión de Nueva York, y una vez reunida con Richard, ambos acompañaron a William a Concord (New Hampshire), donde iniciaba el último curso en St. Paul's. En el coche llevaban más equipo de música, discos de los Rolling Stones y material deportivo que libros. Annabel estaba en el primer curso del instituto Madeira, por lo que no pudo ver a su madre;

por otra parte no mostraba deseos de ingresar en Radcliffe.

Para Florentina fue una decepción el que los intereses de Annabel se centrasen exclusivamente, por lo visto en los chicos y en las fiestas. Durante las vacaciones no mencionaba jamás la marcha de sus estudios, ni abría un libro. Evitaba la compañía de su hermano e incluso cambiaba de conversación cuando alguien mencionaba el nombre de William. Día a día resultó más claro que envidiaba los éxitos de su hermano.

Carol procuraba mantenerla ocupada, pero en dos ocasiones Annabel desobedeció a su padre, y una vez regresó a casa de una cita horas más tarde de lo convenido.

Florentina se sintió aliviada cuando llegó para Annabel la fecha de la vuelta a las clases, pues había decidido no exagerar la importancia de las escapadas de su hija durante las vacaciones. Confiaba en que no fuese más que una etapa pasajera, propia de la adolescencia.

Pelear para abrirse paso en un mundo de hombres no era nada nuevo para Florentina, e inició su segundo año en el Congreso con mucha más seguridad en sí misma. La vida de la compañía Baron se le antojaba idílica en comparación con la política. Al fin y al cabo era la presidenta del consorcio y siempre había contado con la ayuda de Richard. Edward se apresuró a observar que quizá la circunstancia de tener que luchar con más dureza que ningún hombre no sería mala preparación para cuando llegase el momento de enfrentarse a otros rivales. Cuando Richard le preguntó cuántos de sus colegas serían capaces de ocupar un puesto en el consejo de administración del consorcio, tuvo que confesar que muy pocos de ellos poseían la capacidad necesaria.

En su segundo año Florentina tuvo más satisfacciones que durante el primero, y hubo varios momentos culminantes: en febrero logró que fuese aceptada una enmienda suya a un proyecto de ley, consiguiendo la exención de impuestos para las publicaciones científicas cuya tirada fuese inferior a los diez mil ejemplares. En abril combatió el proyecto de presupuesto presentado por los republicanos de Reagan. En mayo, ella y Richard fueron invitados a una recepción que la Casa Blanca celebró en honor de la reina Isabel II. Pero la mayor satisfacción de todo el año fue la de observar, por primera vez, que conseguía influir en cuestiones de verdadera importancia para sus representados.

La invitación que más le alegró aquel año fue la del secretario de Transportes William Coleman, para asistir a la demostración naval que se celebraba en el puerto de Nueva York con motivo de las festividades del Bicentenario, y que le recordó que Estados Unidos también tenía una Historia de la que enorgullecerse.

En resumen, fue un año memorable para Florentina, cuya única pena fue el fallecimiento de su madre, después de varios meses de una afección respiratoria. Zaphia llevaba más de un año retirada de la vida social de Chicago, después de haber saboreado sus mejores éxitos en ella. Ya en 1968, cuando consiguió traer a la Ciudad del Viento el revolucionario desfile de modas de Saint Laurent, le había confesado a Florentina: «Estas modas nuevas, la verdad, no favorecen a una mujer de mis años». Después de esta ocasión apenas se dejó ver en los actos benéficos importantes y su nombre empezó a desaparecer de las cartulinas de lujo usadas en tales eventos. Su mayor placer era escuchar durante horas las anécdotas de sus nietos, y más de una vez ofreció sus consejos maternales, cuyo valor había aprendido a respetar Florentina.

Florentina quiso que las honras fúnebres se celebrasen en la intimidad, pero hubo de comprender, en tanto acompañaba al cementerio los restos de su madre y escuchaba flanqueada por sus hijos las palabras del padre O'Reilly, que ya no tenía derecho a una intimidad ni siquiera en el trance de la muerte. Mientras bajaban el ataúd a la fosa, los «flashes» no dejaron de centellear, como tampoco cuando la tierra cubrió por completo el féretro del último miembro de la familia Rosnovski.

Durante las últimas semanas antes de las elecciones presidenciales, Florentina pasó la mayor parte del tiempo en Chicago, dejando a Janet encargada del despacho en Washington. Cuando el representante Wayne Hayes confesó que pagaba catorce mil dólares al año a una de sus secretarias, que no sabía escribir a máquina ni ponerse al teléfono, Janet y Louise pidieron aumento de sueldo.

—Sí, pero la señorita Ray le prestaba al señor Hayes

un servicio que en mi despacho todavía no se considera necesario —objetó Florentina.

—En esta oficina la cuestión se plantea al revés —dijo Louise.

—¿Qué significa eso? —preguntó Florentina.

—Que recibimos continuamente las proposiciones de los congresistas que creen que somos animadoras del Capitolio.

—¿Cuántos parlamentarios te han hecho proposiciones a ti, Louise? —preguntó Florentina, riendo.

—¡Huy! Más de dos docenas —dijo Louise.

—¿Y cuántas veces has aceptado?

—Tres —sonrió Louise.

—¿Cuántas proposiciones has recibido tú? —dijo Florentina volviéndose hacia Janet.

—Tres.

—¿Y cuántas aceptaste?

—Tres.

Cuando cesaron las risas, Florentina dijo:

—Bien, quizá tenía razón Joan Mondale. Los demócratas hacen con sus secretarias lo mismo que los republicanos hacen con el país. Concedido el aumento.

Edward acertó en lo referente a la reelección de Florentina. Fue elegida candidata por los demócratas sin oposición, y las primarias para el Distrito Noveno constituyeron literalmente un paseo triunfal. Stewart Lyle, que había vuelto a presentarse como candidato republicano, admitió en una conversación privada con ella que esta vez no tenía ninguna oportunidad. Por todas partes se veían escarapelas con el rótulo «Kane reelección».

Florentina confiaba en que la legislatura se reanudase con un presidente demócrata en la Casa Blanca. Los republicanos eligieron a Jerry Ford después de una dura lucha con el gobernador Reagan, mientras que los demócratas elegían a Jimmy Carter, cuyo nombre había sido casi desconocido para ella hasta las primarias de New Hampshire.

La batalla de Ford contra Ronald Reagan en las primaris no favoreció a la causa del presidente, a quien no había perdonado todavía el pueblo americano el indulto concedido a Nixon. En el plano personal, Ford parecía incapaz de evitar torpezas tales como golpearse la cabeza contra las cabinas de los helicópteros y rodar por las escalerillas de los aviones abajo. Y durante un debate con Carter retransmitido por televisión, Florentina oyó con horror su afirmación de que no existía la dominación soviética sobre Europa oriental.

—Que se lo diga a los polacos —arrojó, indignada, contra la pequeña pantalla.

El candidato demócrata cometió también sus errores, pero al final le pareció a Richard que la imagen de Carter como hombre opuesto a la burocracia de Washington y cristiano evangelista, en comparación con los problemas heredados por Ford a consecuencia de su relación con Nixon, podía ser suficiente para asegurar la elección de Carter por un pequeño margen.

—Entonces, ¿cómo es posible que mi mayoría aumentase en la reelección? —preguntó Florentina.

—Porque muchos republicanos te votaron a ti, no a Carter.

—¿Tú fuiste uno de ellos?

—Me niego a contestar, en virtud de la Quinta Enmienda.

28

Richard se puso un elegante traje de etiqueta el día de la toma de posesión presidencial, pero pensó que era una lástima que el presidente no hubiese permitido asistir en bata. La familia Kane observó cómo el presidente pronunciaba un discurso sin el carisma de un Kennedy ni la sabiduría de un Roosevelt, aunque su sencillo mensaje de honradez cristiana por encima de todo reflejaba los ánimos del momento. Estados Unidos quería tener en la Casa Blanca a un hombre honesto y llano, y todos deseaban que saliese airoso de su empeño. A su izquierda estaba el presidente Ford; el presidente Nixon brillaba por su ausencia. Florentina pensó que el tono de la administración Carter quedaba definido en este pasaje:

«Hoy no tengo ningún nuevo sueño que proponer, sino que vengo a renovar la fe en nuestro viejo sueño. Hemos aprendido que "más" no significa necesariamente "mejor", que incluso nuestra gran nación tiene unos límites reconocidos, y que no podemos contestar a todas las preguntas ni solucionar todos los problemas.»

La multitud de Washington quedó encantada cuando el nuevo presidente, la primera dama y su hija Amy recorrieron cogidos de la mano la avenida Pennsylvania hasta la Casa Blanca, y se puso de manifiesto que los agentes del servicio secreto no estaban preparados para semejante ruptura con la tradición.

—Bailarín en marcha —decía uno de éstos al micrófono de su transmisor-receptor—. Dios nos asista si vamos a tener cuatro años de gestos espontáneos.

Aquella noche los Kane asistieron a una de las siete «Fiestas del Pueblo», como las llamó Carter, con que se conmemoraba la toma de posesión. Florentina llevaba una nueva creación de Gianni di Ferranti, una túnica blanca con un ligero recamado de oro que atrajo hacia ella los «flashes» de los fotógrafos durante toda la velada. En el transcurso de la misma fueron presentados al presidente, que le pareció a Florentina tan tímido en persona como en público.

Cuando Florentina regresó a su escaño para abordar la 95.ª legislatura del Congreso, fue como volver a la escuela; todo eran palmadas en las espaldas, apretones de manos, abrazos y ruidosos comentarios sobre lo que habían estado haciendo los miembros durante el período de interrupción.

—Me alegro de verle otra vez vencedor.

—¿Fue dura la campaña?

—No crea que va a poder elegir la comisión a su gusto ahora que falleció el alcalde Daley.

—¿Qué le pareció el discurso de Jimmy?

El nuevo presidente Tip O'Neill ocupó su lugar en el centro de la mesa, dio un martillazo, llamó al orden a todo el mundo, y la vieja rutina volvió a empezar.

Florentina había avanzado dos puestos en el escalafón de la comisión de presupuestos, debido a un fallecimiento y una derrota en las últimas elecciones. Ahora entendía el funcionamiento del sistema de comisiones, pero aún temía que hubiesen de pasar muchos años y muchas campañas electorales antes de hacer algo realmente importante a favor de las causas que ella propugnaba. Richard le sugirió que concentrase sus esfuerzos en algún tema que le mereciese notoriedad pública, y ella titubeaba entre la legislación del aborto y la reforma fiscal. Richard le aconsejó que no vinculara demasiado su nombre con la causa del aborto, señalándole la impopularidad de su colega Elizabeth Holtzman entre los demás congresistas. Florentina estuvo de acuerdo con él en principio, aun pareciéndole que con ello no avanzaba hacia la decisión sobre cuál habría de ser el principal tema de su actividad.

Durante un debate sobre la ley del presupuesto de Defensa, Florentina escuchaba mientras otros parlamentarios discutían plácidamente la asignación de miles de millones de dólares en gastos militares. Ella no pertenecía a la subcomisión de Defensa, cuyo miembro republicano más señalado era Robert C. L. Buchanan, pero le interesaban mucho las opiniones de éste. Buchanan estaba recordando a la Cámara que recientemente el secretario de Defensa, Brown, había asegurado que ahora los rusos podían destruir los satélites americanos en el espacio, en lo cual hacía hincapié Buchanan para exigir que el nuevo presidente gastara más en defensa y menos en otras partidas. Buchanan seguía pareciéndole a Florentina un conservador fanático de los peores, y en un arranque se puso en pie para contradecirle. En la Cámara todos recordaban su último enfrentamiento, y sabían que Buchanan no tenía más remedio que dejarla manifestar sus argumentos.

—¿Me permite una pregunta mi honorable colega?

—Cedo la palabra a la bella dama de Illinois.

—Doy las gracias al honorable caballero y me gustaría preguntar de dónde ha de salir el dinero adicional para esos grandiosos proyectos militares.

Buchanan se incorporó lentamente. Llevaba un terno de lana y su plateado cabello pulcramente peinado con raya a la derecha, y se balanceó de una pierna a otra como un oficial de caballería en formación durante un día frío.

—Esos «grandiosos proyectos» no son ni más ni menos que los solicitados por la subcomisión de la que tengo el honor de formar parte y donde, si no recuerdo mal, todavía son mayoría los miembros del partido al que representa mi distinguida colega de Illinois.

Una fuerte risotada saludó la observación de Buchanan. Florentina se puso en pie por segunda vez para la contrarréplica, y de nuevo le cedió Buchanan el uso de la palabra.

—Insisto en preguntar al distinguido caballero de Tennessee de dónde piensa sacar el dinero. ¿De la enseñanza? ¿De los hospitales? ¿De la asistencia pública, quizás?

Hubo un silencio en la Cámara.

Buchanan tomó de su pupitre un documento e informó a la Cámara acerca de las cifras exactas asignadas en el presupuesto del año anterior a cada una de las partidas que Florentina había mencionado. Demostraban que en términos reales los gastos de Defensa habían disminuido más que los demás.

—Son representantes como la gentil dama, que acuden a esta Cámara desprovistos de datos, sin más bagaje que una vaga sensación de que se está gastando demasiado en Defensa, quienes permiten que los jefes del Kremlin se froten las manos con regocijo, al tiempo que decae la reputación de esta Cámara. Las mismas actitudes mal informadas ataron las manos al presidente Roosevelt e impidieron que nos enfrentásemos desde el primer momento a la amenaza de Hitler.

Mientras los miembros de ambos partidos manifestaban su acuerdo con el orador, Florentina deseó no haber puesto los pies en la Cámara aquella tarde. Tan pronto como concluyó la intervención de Buchanan, salió de la sala y regresó prontamente a su despacho.

—Janet, quiero todas las actas de la subcomisión para el presupuesto de Defensa de los últimos diez años, y que vengan en seguida mis asesores jurídicos —dijo incluso antes de llegar a su escritorio.

—Sí, señora —dijo Janet algo sorprendida, pues era la primera vez en tres años que Florentina mencionaba la Defensa. El personal se reunió y llenó el viejo sofá de Florentina.

—Durante los próximos meses pienso concentrarme en cuestiones de Defensa. Quiero que estudien los informes presentados a la subcomisión durante los últimos diez años, y que me destaquen todos los pasajes de importancia. Me propongo obtener una evaluación realista de la potencia militar de Estados Unidos, para el caso de que tuviésemos que defendernos de un ataque de los soviéticos —los cuatro ayudantes tomaban notas febrilmente—. Quiero todas las contribuciones importantes a ese tema, incluyendo las evaluaciones de los equipos A y B de la CIA, y quiero información sobre toda conferencia o mesa redonda que se celebre en Washington y que trate de defensa o cuestiones relativas a ésta. Cada viernes por la tarde quiero una carpeta con los comentarios de prensa del *Washington Post*, el *New York Times* y las revistas *Newsweek* y *Time*. Que nadie pueda citar nada que yo no haya tenido ocasión de considerar con anterioridad.

Los ayudantes quedaron tan sorprendidos como Janet, puesto que llevaban dos años estudiando exclusivamente los problemas de la pequeña empresa y de la reforma fiscal. No iban a tener muchos fines de semana libres durante los próximos meses. Cuando hubieron salido, Florentina descolgó el teléfono y marcó cinco dígitos. Cuando oyó la voz de la secretaria pidió una entrevista con el jefe de la mayoría.

—Desde luego, señora Kane. El señor Chadwick la llamará a usted más tarde.

Florentina fue recibida en el despacho del jefe de la mayoría parlamentaria a las diez en punto de la mañana siguiente.

—Mark, quiero entrar en la subcomisión de Defensa.

—Me gustaría que fuese así de fácil, Florentina.

—Lo sé, Mark. Pero es el primer favor que le pido en tres años.

—Sólo queda una plaza por cubrir en esa subcomisión, y son tantos los que me retuercen el brazo para conseguirla, que no sé cómo estoy aún entero. No obstante, su petición será considerada seriamente —dijo, tomando nota en un bloc—. Por cierto, Florentina, la Liga de Electoras celebra su junta anual en mi distrito y me ha invitado a pronunciar el discurso inaugural. Como sé que tiene usted mucha popularidad en esa Liga, pensé que a lo mejor le sería posible ir allá y pronunciar usted ese discurso.

—Su petición será considerada seriamente —dijo Florentina con una sonrisa.

Dos días más tarde recibió una nota del despacho del presidente de la Cámara, en la que le notificaba su nombramiento para la subcomisión de Defensa en la comisión del presupuesto. Tres semanas después voló a Texas y les dijo a las mujeres de la Liga de Electoras que mientras hubiese en la Cámara hombres como Mark Chadwick, el bienestar de Estados Unidos no inspiraba ninguna preocupación. Las mujeres aplaudieron con entusiasmo, y cuando Florentina se volvió hacia Mark éste sonreía irónicamente, con el brazo en la espalda.

Durante las vacaciones de verano, toda la familia fue a California. Pasaron los primeros diez días en San Francisco en la nueva casa de Bella y su marido, que estaba en lo más alto de la colina, dominando totalmente la bahía.

Claude era ya socio titular del bufete, y Bella había sido nombrada subdirectora. Richard decidió que, si habían cambiado en algo, era que Claude quizás estaba un poco más delgado, y Bella aún más voluminosa que antes.

Las vacaciones hubieran sido gozosas para todo el mundo, si Annabel no se hubiese empeñado en desaparecer por su cuenta. Bella agarró un palo de hockey con la mano izquierda para explicarle a Florentina cómo resolvería ella el problema de la chica.

Florentina procuró mantener la armonía entre las dos familias, pero el enfrentamiento resultó inevitable cuando Bella descubrió a Annabel en el desván fumando hierba y le preguntó qué diablos estaba haciendo.

—Ocúpate de tus asuntos —replicó, después de lo cual inhaló otra bocanada.

Cuando Florentina perdió la paciencia con Annabel, ésta le contestó a su madre que si hubiera dedicado más tiempo al bienestar de ella y menos al de sus constituyentes, tal vez hubiera tenido derecho a esperar un poco más.

Cuando Richard se enteró del caso, le ordenó inmediatamente a Annabel que hiciese sus maletas y se la llevó al Este, mientras Florentina y William continuaban viaje a Los Ángeles para pasar allí el resto de sus vacaciones.

En septiembre William empezó su primer curso en Harvard; ingresó en el Yard, en el último piso de Gray's Hall, como representante de la quinta generación de los Kane que estudiaba en Cambridge. Annabel regresó al Madeira, donde por lo visto no adelantaba demasiado pese a que ahora casi todos sus fines de semana transcurrían en Washington bajo la atenta mirada de sus padres.

A lo largo de la legislatura siguiente, Florentina dedicó todo su tiempo libre a leer los informes y libros sobre Defensa que iban facilitándole sus ayudantes. Empezaba a enfrascarse en los problemas a que se enfrentaba la nación en su esfuerzo en pos de la seguridad estratégica. Leyó artículos de expertos, habló con los subsecretarios del departamento de Defensa y estudió los principales tratados de los Estados Unidos con sus aliados de la OTAN. Visitó los cuarteles generales SAC de la Fuerza Aérea, recorrió las bases norteamericanas de Europa y Extremo Oriente, asistió a maniobras militares en Carolina del Norte y California, e incluso pasó una semana sumergida en un submarino nuclear. Solicitó entrevistas con almirantes y generales, y mantuvo discusiones con soldados rasos y oficiales de la reserva. Pero no volvió a alzar la voz en la Cámara; sólo hacía preguntas durante las sesiones de la comisión, durante las cuales le sorprendió a menudo el hecho de que los armamentos más costosos no fuesen, a menudo, los más eficaces. Empezó a comprender que los militares tenían mucho quehacer en el mejoramiento de su preparación, que no había sido puesta a prueba desde el enfrentamiento con Cuba. Al cabo de un año de estudiar y escuchar, llegó a la conclusión de que Buchanan tenía razón y ella había estado equivocada. Su país no tenía más remedio que aumentar los gastos de Defensa mientras Rusia siguiera en una actitud tan francamente agresiva. Le sorprendió mucho descubrir que le agradaba la nueva asignatura, y se dio cuenta de lo mucho que habían cambiado sus opiniones cuando un colega se refirió a ella en público clasificándola entre los halcones.

Estudió toda la documentación sobre el sistema de proyectiles MX cuando éste se sometió a la jurisdicción de la comisión de la Cámara para las fuerzas armadas. Tan pronto como apareció en la agenda del Congreso la llamada Enmienda Simon, con el propósito de impedir la aprobación del sistema, ella pidió un turno de debate al presidente Galloway.

Florentina escuchó con gran atención los argumentos de sus colegas a favor y en contra de la enmienda. Robert Buchanan pronunció un bien argumentado discurso contra la misma. Cuando regresó a su escaño, el presidente sorprendió a Florentina al concederle a ella el turno de intervención. Cuando se puso en pie observó que la sala estaba abarrotada. Buchanan exclamó en voz lo bastante alta para hacerse oír:

—Vamos a escuchar la opinión de un experto.

Los republicanos que le rodeaban rieron mientras Florentina se encaminaba a la tribuna y ordenaba sus notas frente a sí:

—Señor presidente, me dirijo a esta Cámara como partidaria convencida del proyectil MX. Estados Unidos no puede permitirse el seguir demorando por más tiempo la defensa de este país porque un grupo de congresistas diga que necesita más tiempo para leer los documentos relacionados con la cuestión. Estos documentos han estado a disposición de todos los miembros de la Cámara desde hace más de un año. Los señores representantes no habrán precisado de un curso de lectura rápida para cumplir con sus deberes a esta fecha. La verdad es que la enmienda que nos ocupa no supone sino una táctica dilatoria por parte de los congresistas opuestos al sistema MX. Yo condeno a esos hombres que ocultan la cabeza bajo la arena, y que seguirán teniéndola bajo la arena cuando los rusos asesten el primer golpe preventivo. ¿No se dan cuenta de que Estados Unidos también necesita disponer de la capacidad para atacar primero?

»Apruebo el sistema de los submarinos Polaris, pero no me parece que sea posible desplazar hacia el mar todos nuestros problemas nucleares, sobre todo desde que el servicio de información de la Marina nos dice que los rusos tienen un submarino que puede navegar a la velocidad de cuarenta nudos y permanecer sumergido durante cuatro años, repito cuatro años, señor presidente, sin regresar a la base. El argumento de que los ciudadanos de Nevada y Utah corren más peligro que los demás con el sistema MX es un sofisma. Los terrenos donde se desplegaría el sistema de proyectiles pertenecen al gobierno y actualmente están ocupados por mil novecientas ochenta ovejas y trescientas setenta vacas. No creo que sea conveniente adormecer al pueblo americano en lo referente a la seguridad de la nación. Él nos ha elegido para que tomemos decisiones a largo plazo, no para pasar el tiempo hablando mientras nos debilitamos día a día. Algunos miembros de este Congreso pintarían a Nerón ante el pueblo americano como el hombre que solía dar conciertos de violín a beneficio de los bomberos de Roma.

Cuando hubieron cesado las risas, Florentina se puso muy seria.

—¿Tan pronto han olvidado los congresistas que en 1935 la Ford Motor Company tenía más personal que las fuerzas armadas de los Estados Unidos? ¿Hemos olvidado también que ese mismo año, nuestro ejército era menos numeroso que el de Checoslovaquia, país que luego iba a ser pisoteado sucesivamente por alemanes y rusos? Nuestra Marina era la mitad de la de Francia, país que fue humillado por los alemanes mientras nosotros mirábamos sin hacer nada. Nuestra fuerza aérea no la hubiese alquilado Hitler para una película de guerra. Cuando se alzó la amenaza hitleriana nosotros carecíamos de sables para hacer ruido con ellos. Es nuestro deber procurar que tal situación no pueda reproducirse.

»El pueblo americano jamás ha visto al enemigo en las playas de California ni en los muelles de Nueva York, pero eso no significa que tal enemigo no exista. Ya en 1950 Rusia tenía tantos aviones de combate como los Estados Unidos, cuatro veces más tropas, y treinta divisiones acorazadas frente a una de los americanos. Jamás hemos de permitir que vuelva a producirse tal desequilibrio. Yo rezo para que nuestro gran país no se vea nunca más en otro desastre como el de Vietnam, y para que ningún americano más muera en combate mientras vivamos. Pero nuestros enemigos deben saber que responderemos frontalmente a cualquier agresión. Como el águila que domina nuestra insignia, estaremos siempre alerta, con las alas desplegadas para la defensa de nuestros amigos y la protección de nuestros ciudadanos.

Hubo un conato de ovación por parte de algunos congresistas.

—A cada norteamericano que diga que nuestros gastos de Defensa son demasiado altos, yo le contestaría que mire hacia los países de detrás del telón de acero y comprenda que ningún precio es demasiado alto como pago por la libertad democrática que creemos asegurada en este país. El telón de acero encierra a Alemania Oriental, Checoslovaquia, Hungría y Polonia, mientras Afganistán y Yugoslavia vigilan sus fronteras temiendo día a día que ese telón se extienda aún más, quizás hasta incluir todo el Oriente Próximo. Después de lo cual, los soviéticos no se darán por satisfechos hasta que hayan rodeado todo el mundo.

Ahora reinaba tal silencio en la Cámara, que Florentina bajó la voz al proseguir:

—A lo largo de la Historia, muchos países han desempeñado su papel en la protección del mundo libre. Esa responsabilidad ha pasado ahora a los dirigentes de esta comunidad. Que nuestros nietos no puedan decir que eludimos esa responsabilidad a cambio de una popularidad barata. Aseguremos las libertades de Estados Unidos mostrándonos dispuestos a realizar hoy un sacrificio. Que podamos decirle a cada norteamericano que no rehuimos nuestro deber frente al peligro. Que en esta casa no haya Nerón, ni violinista, ni incendio, ni victoria para nuestros enemigos.

Los asistentes prorrumpieron en una gran ovación, mientras Florentina permanecía de pie en la tribuna. El presidente trató repetidamente de restaurar el orden. Cuando amainaron los aplausos, ella continuó bajando la voz casi al nivel de un susurro:

—Que ese sacrificio no vuelva a ser el de las vidas de la juventud americana, ni venga a reemplazarlo la peligrosa ilusión de que sea posible mantener la paz en el mundo sin proveer a la defensa contra la agresión. Bien defendida, Norteamérica puede ejercer su influencia sin temor, gobernar sin terror y seguir siendo el bastión del mundo libre. Señor presidente, me opongo a la enmienda Simon por irrelevante, y, lo que es peor, por irresponsable.

Florentina regresó a su escaño y se vio rodeada en seguida por colegas de ambos partidos que la felicitaban por su discurso. La mañana siguiente llovieron sobre ella las alabanzas de la prensa, y todas las cadenas incluyeron extractos de su discurso en los noticiarios de mediodía. Florentina se escandalizó al observar con qué ligereza la describían como experta en cuestiones de Defensa. Dos periódicos incluso hablaron de ella como de una posible vicepresidente futura.

Una vez más el correo de Florentina aumentó hasta alcanzar las mil cartas semanales; pero tres de esas cartas la impresionaron más que las otras, cada una a su manera. La primera fue una invitación a cenar, de parte de Hubert Humphrey, que estaba ya muy enfermo. Aceptó pero, lo mismo que los demás invitados, no pudo asistir. La segunda fue una nota de Robert Buchanan, manuscrita con grandes letras:

«Mis respetos, señora».

La tercera, también manuscrita, era un anónimo procedente de Ohio:

«Eres una traidora comunista y te has propuesto hundir a América con gastos de Defensa insoportables. La cámara de gas es demasiado buena para gente como tú. Deberían colgarte junto con ese payaso de Ford y el chulo de Carter. ¿Por qué no vuelves a la cocina, que es tu sitio, zorra?».

—¿Qué se puede contestar a eso? —preguntó Janet, consternada por la misiva.

—Nada, Janet. Contra esa especie de prejuicios irracionales, ni siquiera tus hábiles argumentos pueden nada. Agradezcamos que el noventa y nueve por ciento del correo sea de personas honradas que desean expresar una opinión sincera. Aunque confieso que, si supiera las señas de éste, por primera vez en mi vida me sentiría tentada a contestarle: «¡Tu padre!».

Después de una semana frenética, durante la cual se sintió acosada por el teléfono, Florentina pasó un fin de semana tranquilo con Richard. William venía de Harvard y le faltó tiempo para enseñarle a su madre una caricatura del *Boston Globe,* en la que estaba representada como una heroína con cabeza de águila que descargaba un picotazo en el hocico de un oso. Annabel telefoneó desde la escuela para decirle a su madre que no iba a casa aquel fin de semana.

El sábado Florentina jugó al tenis con su hijo, y tardó pocos minutos en descubrir que él estaba en forma, y ella en muy malas condiciones. No podía seguir creyendo que los paseos por el campo de golf fueran suficientes. A cada intercambio de golpes se evidenciaba con más claridad que William no se empleaba a fondo, y se sintió aliviada cuando él dijo que no podía jugar otra manga porque tenía una cita aquella tarde. Ella escribió una nota para Janet, a fin de que comprase una bicicleta estática en Hammacher Schlemmer.

Aquella noche Richard le dijo a Florentina que deseaba construir un Baron en Madrid y que pensaba enviar a Edward para la localización del emplazamiento.

—¿Por qué Edward?

—Porque él lo solicitó. Actualmente dedica al consorcio casi todo su tiempo, e incluso ha alquilado un apartamento en Nueva York.

—¿Qué habrá pasado con su bufete?

—Ha quedado como asesor adjunto y dice que si tú pudiste cambiar de carrera a los cuarenta años, ¿por qué no iba a hacerlo él? Desde la muerte de Daley opina que el justificar un escaño en el Congreso no es trabajo que satisfaga a un hombre. Hay que decir que está como un colegial en una tienda de caramelos, y que ha quitado una gran carga de mis hombros. Es el único hombre que conozco que trabaje tanto como tú.

—Ha resultado ser un gran amigo.

—Estoy de acuerdo. Te habrás dado cuenta de que está enamorado de ti, ¿verdad?

—¡Cómo! —exclamó Florentina.

—¡Ah! No digo que esté deseando meterse en la cama contigo, aunque no podría censurárselo. No; sencillamente, te adora, aunque jamás se lo confesaría a nadie. Sin embargo, habría que estar ciego para dejar de verlo.

—Pero si yo nunca...

—Por supuesto que no, querida. ¿Crees que le habría designado para el consejo de administración de la Lester si creyera que iba a quitarme a mi mujer?

—Me gustaría verle casado.

—No se casará con otra mientras estés tú, Jessie. Puedes estar satisfecha por tener a dos hombres a tus pies.

Cuando Florentina regresó a Washington, después del fin de semana, halló otro montón de invitaciones, cuya frecuencia era cada vez mayor. No sabiendo qué hacer con ellas, recurrió a los consejos de Edward.

—Elige media docena de las más importantes, de las que correspondan a ocasiones en que tus puntos de vista vayan a ser escuchados por el máximo de personas. Contesta a las demás explicando que tu trabajo te impide aceptar por ahora. Pero no olvides añadir a cada negativa unas líneas escritas de tu puño y letra. Piensa que algún día, cuando te dirijas a un público más numeroso que el del Distrito Noveno de Illinois, esa carta habrá sido tu única relación con muchas personas, y sólo ella decidirá si esas personas estarán a favor o en contra de ti.

—Eres un viejo sabio, Edward.

—Claro. No has de olvidar que tengo un año más que tú, querida.

Florentina hizo caso del consejo de Edward y dedicó todas las noches dos horas a las cartas motivadas por su alocución sobre el tema de la Defensa. Al cabo de cinco semanas las había contestado todas, y para entonces su correo había reasumido las proporciones normales. Aceptó invitaciones para hablar en Princeton y en la Universidad de California en Berkeley. También habló ante los cadetes de West Point y los guardiamarinas de Annapolis, y fue invitada por Max Cleveland a un almuerzo en Washington en honor de los veteranos de Vietnam. Dondequiera que fuese, Florentina era presentada como una de las principales autoridades de América en cuestiones de Defensa. La cuestión le interesaba y fascinaba, al tiempo que le horrorizaba darse cuenta de lo poco que sabía en realidad. Por ello se dedicó a estudiar aún más intensamente. Todavía lograba despachar las obligaciones de Chicago, pero a medida que se convertía en una figura pública se vio obligada a traspasar más tareas a su personal. Contrató dos ayudantes más para su despacho en Washington y otro en Chicago, pagándolos de su bolsillo, lo que llegó a suponerle más de cien mil dólares al año. Richard decía que era como reinvertir en América.

29

—¿Hay algún asunto urgente? —preguntó Florentina con una ojeada a la correspondencia de la mañana, que cubría por completo su escritorio. La 95.ª legislatura llegaba a su término, y muchos de los congresistas estaban otra vez más preocupados por su reelección que por asistir a las sesiones de Washington para legislar. A esa altura del curso político, los asistentes se ocupaban más de los problemas de sus representados que de los temas nacionales. Florentina solía manifestar su desagrado hacia un sistema que convertía a personas normalmente honradas en hipócritas tan pronto como veían aproximarse unas elecciones.

—Me permito llamar su atención sobre tres asuntos —dijo Janet con su eficiencia habitual—. El primero es que su índice de intenciones de voto no puede decirse que sea ejemplar, ya que ha disminuido del ochenta y nueve por ciento de la pasada legislatura al setenta y uno por ciento de la actual. Es posible que sus adversarios se apoyen en ese hecho para decir que descuida usted su trabajo y que debe ser reemplazada.

—El motivo de mi pérdida de votos es que me he dedicado a visitar las bases de defensa y he aceptado muchos compromisos fuera del Estado. No es culpa mía si la mitad de mis colegas desean que hable en sus distritos.

—Eso lo sé yo muy bien —replicó Janet—, pero no es de esperar que a los votantes de Chicago les agrade saber que usted está en California o en Princeton; lo que ellos quieren es que esté en Washington. Lo más prudente será no aceptar más invitaciones de otros congresistas, ni felicitaciones, hasta la próxima sesión, y si se bate bien el cobre durante las últimas semanas podríamos recuperar ese ochenta por ciento.

—No dejes de recordármelo, Janet. ¿Qué más hay?

—Ralph Brooks ha sido elegido fiscal del Estado en Chicago, así que durante algún tiempo no la molestará.

—Esperémoslo —dijo Florentina mientras tomaba nota en un cuaderno, a fin de no olvidar la carta de congratulación.

Janet le pasó un ejemplar del *Tribune* de Chicago. El señor y la señora Brooks destacaban en la primera págin; el titular decía: «El nuevo fiscal del Estado asiste al concierto benéfico en ayuda de la Orquesta Sinfónica de Chicago».

—No se pierde ni una, ¿verdad? —comentó Florentina—. Apuesto a que su índice de intenciones de voto estaría siempre por encima del ochenta por ciento. ¿Y la tercera cuestión?

—Tiene usted una entrevista con Don Short a las diez de la mañana.

—¿Don Short?

—Es director de Aerospace Plan, Research and Development Inc., o sea APRD —explicó Janet—. Usted aceptó verle porque su compañía tiene un contrato con el gobierno para construir estaciones de radar detectoras de vectores enemigos. Ahora quieren adjudicarse el nuevo contrato de la Marina para instalar sus sistemas en los barcos de guerra americanos.

—Ahora lo recuerdo —dijo Florentina—. Alguien ha escrito un excelente artículo sobre el tema. Búscamelo, ¿quieres?

Janet le pasó una carpeta marrón.

—Creo que lo encontrará todo aquí.

Florentina sonrió y hojeó rápidamente la documentación.

—¡Ah, sí! Ahora me vuelve todo a la memoria. Voy a ponerle un par de preguntas difíciles al señor Short.

Luego dictó cartas durante una hora y releyó el expediente; aún tuvo tiempo de anotar varias preguntas antes de la llegada del visitante.

—Señora congresista, es un honor —dijo Don Short con la mano tendida al tiempo que Janet le introducía en el despacho de Florentina, a las diez en punto—. En Aerospace Plan la consideramos a usted como uno de los últimos bastiones de esperanza para el mundo libre.

Era muy raro que Florentina experimentase antipatía hacia alguien a primera vista, pero evidentemente Don Short estaba a punto de convertirse en uno de tales casos. Con una estatura como de un metro sesenta y cinco y diez kilos de exceso de peso, era un cincuentón prácticamente calvo, excepto algunos mechones de cabello negro que peinaba cuidadosamente en cortinilla sobre su cráneo. Vestía un traje a cuadros y llevaba un portafolios de Gucci, de cuero marrón. Antes de adquirir su reputación de halcón, Florentina jamás había recibido ninguna visita de los Don Short de este mundo, puesto que nadie consideraba que valiese la pena tratar de influir sobre ella. Pero desde que figuraba en la subcomisión de defensa menudeaban las invitaciones a cenas, a visitas con los gastos pagados, e incluso le enviaban regalos como aviones F 15 de bronce en miniatura, o pisapapeles hechos con un pedazo de roca mostrando nódulos de manganeso.

Florentina sólo aceptaba las invitaciones que guardasen alguna relación con los temas que estudiaba, y devolvió todos los regalos excepto un avión Concorde en miniatura, acompañando una nota cortés. La figura del Concorde la puso sobre su escritorio, para dar a entender a todo el mundo que admiraba el trabajo bien hecho, viniera de donde viniese. Le habían contado que Margaret Thatcher tenía sobre su escritorio, en la Cámara de los Comunes, un modelo del Apolo 11, y supuso que sería por parecida razón.

Janet salió del despacho, y Florentina le indicó a Don Short un sillón cómodo. Él cruzó las piernas, ofreciéndole a Florentina un atisbo de piel lampiña allí donde el pantalón no alcanzaba al calcetín.

—Bonito despacho tiene usted. ¿Son sus hijos? —preguntó, con un índice rechoncho dirigido hacia las fotos del escritorio de Florentina.

—Sí —contestó ésta.

—Guapos muchachos... han salido a la madre —rió con cierto nerviosismo.

—Supongo que viene usted a hablarme del XR-108, señor Short.

—En efecto, pero llámeme Don. Opinamos que la Armada de los Estados Unidos no puede permitirse prescindir de ese equipo. El XR-108 es capaz de detectar y seguir la trayectoria de un vector enemigo a más de diez mil millas de distancia. Una vez instalado un XR-108 en todos los navíos americanos, los rusos jamás se atreverían a atacarnos, porque América monta la guardia en los siete mares mientras sus habitantes duermen tranquilos —el señor Short hizo una pausa, casi como si esperase recibir una ovación, y luego prosiguió—: Y lo que es más, el equipo de mi compañía puede fotografiar todos y cada uno de los silos de cohetes en Rusia, y retransmitir directamente la imagen a una pantalla de televisión instalada en la sala de incidencias de la Casa Blanca. Ningún ruso podrá ir siquiera al lavabo sin que nosotros le hagamos una foto —rió de nuevo el señor Short.

—He estudiado a fondo las prestaciones del XR-108, señor Short, y me pregunto por qué afirma la Boeing que puede fabricar un equipo prácticamente idéntico, al setenta y ocho por ciento del precio de ustedes.

—Nuestro equipo está más perfeccionado, señora Kane, y además tenemos experiencia demostrada por haber suministrado ya al Ejército.

—Su compañía no terminó las estaciones de seguimiento para el Ejército del plazo especificado en su contrato, y además se pasó del presupuesto en un diecisiete por ciento, lo que supuso para el gobierno un coste adicional, para ser exactos, de veintitrés millones de dólares —Florentina no había consultado sus notas en ningún momento. Don Short se humedeció los labios.

—Bien, me temo que la inflación nos afecta a todos, y la industria aeroespacial no es ninguna excepción. Si pudiera usted dedicar un poco de su tiempo a una reunión con nuestro consejo de administración, se haría usted cargo del problema. Podríamos convenir una cena, por ejemplo.

—Apenas asisto a cenas últimamente, señor Short. He llegado a la conclusión de que sólo benefician al dueño del restaurante.

Don Short volvió a reír.

—No, no; me refería a una cena de homenaje. Podríamos invitar, digamos, a unas quinientas personas. Serían cincuenta dólares por invitación, que podría usted ingresar en los fondos de su campaña electoral, o para cualquier otra necesidad —agregó casi en un susurro.

Florentina estaba a punto de señalarle el camino de la puerta cuando entró la secretaria con un servicio de café.

Cuando Louise hubo salido, Florentina ya había dominado su primer impulso y había tomado una decisión.

—¿Cómo funciona eso, señor Short?

—Bien, a mi compañía le agrada poder hacer un favor a sus amigos. Comprendemos que los gastos para la reelección pueden llegar a ser exorbitantes en algunos casos, de manera que celebramos una cena para recaudar un poco de dinero, y aunque luego algunos invitados no se presenten... siempre que envíen sus cincuenta dólares, ¿quién va a enterarse?

—Como usted dice, señor Short, ¿quién va a enterarse?

—¿La organizamos, entonces?

—¿Por qué no, señor Short?

—Sabía que íbamos a entendernos.

Florentina sonrió de mala gana mientras Don Short le tendía su mano húmeda y Janet se presentaba en el despacho para acompañarle.

—Tendrá noticias mías, Florentina —dijo todavía, volviéndose.

—Gracias.

Tan pronto como se cerró la puerta empezó a sonar el timbre que convocaba a los representantes a una votación. Florentina miró el reloj, donde unas diminutas lámparas blancas lanzaban destellos intermitentes indicando que disponía de cinco minutos para llegar a la Cámara.

—Bien, a ésa sí que llegaré a tiempo —se dijo, y se dirigió hacia el ascensor reservado para los congresistas; llegada a la planta baja corrió hacia el tren subterráneo que iba de Longworth al Capitolio y encontró asiento al lado de Bob Buchanan.

—¿Cuál va a ser su voto? —preguntó él.

—¡Cielos! Ni siquiera sé a favor o en contra de qué hemos de votar.

Todavía pensaba en Don Short y en el propósito que se había planteado acerca de la cena.

—Esta vez no hay discusión. Se trata de pasar el límite de edad para el retiro de los sesenta y cinco a los setenta, y estoy seguro de que ambos podremos votar lo mismo en esta oportunidad.

—Eso no es más que un complot de los viejos, como usted, para quedarse en el Congreso e impedir que yo llegue a presidir ninguna comisión.

—Espere a cumplir sesenta y cinco años, Florentina. Verá cómo entonces se opina de otra manera.

El metro llegó a los sótanos del Capitolio y los dos congresistas tomaron juntos el ascensor hasta la Cámara. Halagaba a Florentina el que aquel empedernido republicano la hubiese aceptado ya como miembro del club, con todas las consideraciones debidas. Cuando llegaron a la Cámara se quedaron en el pasillo del fondo en espera de ser llamados para votar.

—No estoy a gusto en su lado de la Cámara —comentó él—. A pesar de los muchos años que llevo aquí, no estoy acostumbrado.

—Algunos de nosotros somos bastante humanos, ¿sabe? Además, voy a confiarle un secreto: mi esposo votó a favor de Jerry Ford.

—Muy inteligente su esposo —rió Buchanan.

—¿Tal vez su esposa votó por Jimmy Carter?

El anciano se entristeció de pronto.

—Murió el año pasado —dijo.

—Lo siento; no lo sabía —contestó Florentina.

—No importa, querida. Ya me había dado cuenta, pero voy a decirle una cosa: disfrute con su familia, porque no van a estar siempre con usted, y he averiguado que esto de aquí no puede reemplazar a una verdadera familia, aunque crea usted estar haciendo un gran trabajo. Están llamando a los de la *be*, conque la dejo sumida en sus meditaciones... En adelante me agradará más estar un rato a este lado del pasillo.

Florentina sonrió mientras pensaba en aquel respeto mutuo nacido de una inicial enemistad. Era de agradecer que las disputas de partido, tan crudamente expuestas en los programas electorales, se suavizasen con el trato diario. Pocos momentos más tarde empezaron a llamar a los de la *ka*, y cuando hubo introducido su tarjeta en la bolsa del voto regresó a su despacho para telefonear a Bill Pearson, el jefe de disciplina del partido mayoritario, y solicitarle una entrevista inmediata.

—¿Tiene que ser ahora mismo?

—Ahora mismo, Bill.

—Supongo que va a pedirme que la inscriba en la comisión de Asuntos Exteriores.

—No, es algo mucho más serio que eso.

—Entonces, puede venir en seguida.

Bill Pearson fumó meditativamente su pipa mientras Florentina le contaba lo ocurrido en su despacho aquella mañana.

—Sabemos que esas cosas ocurren a menudo, pero rara vez conseguimos demostrarlo. Su señor Short parece ofrecer una oportunidad ideal para atrapar a alguien con el radar en la masa. Usted continúe con la comedia, Florentina, y téngame al corriente. Tan pronto como cambie de manos el dinero caeremos sobre la Aerospace Plan como una tonelada de ladrillos, y aunque a fin de cuentas no logremos demostrar nada, al menos el incidente servirá para que otros miembros del Congreso lo piensen dos veces antes de meterse en fregados de esta especie.

Durante el fin de semana Florentina le contó a Richard lo de Don Short, pero él no se sorprendió demasiado.

—El problema es sencillo. Algunos congresistas viven sólo de su salario oficial, de manera que a veces la tentación de recaudar algún dinero ha de ser avasalladora, sobre todo si se ven en trance de luchar por el escaño y no tienen un empleo asegurado en caso de perder aquél.

—Si tal es el caso, ¿por qué se molestó en acudir a mí el señor Short?

—Esto también tiene fácil explicación. Yo, en el Banco, recibo como media docena de ofertas personales al año. La clase de personas que ofrecen sobornos creen que nadie puede resistirse a la oportunidad de ganar unos cuantos pavos no controlados por el tío Sam, porque así es como reaccionarían ellas mismas. Te sorprendería saber cuántos millonarios serían capaces de vender a su madre por diez mil dólares en metálico.

Don Short telefoneó durante la semana para confirmar que se había organizado una cena de homenaje en el hotel Mayflower, en honor de Florentina. Tenía previsto repartir unas quinientas invitaciones. Florentina le dio las gracias y luego llamó a Louise por el intercomunicador, para que anotase la fecha en la agenda.

Debido al exceso de trabajo que tenía Florentina con los asuntos del Congreso y los desplazamientos fuera del Estado, durante las semanas siguientes casi olvidó la cena de homenaje de Don Short. Estaba en la Cámara para apoyar la enmienda de un colega a la legislación de la pequeña empresa, cuando entró en la sala Janet:

—¿Ha olvidado la cena de la Aerospace Plan?

—No, pero es para la semana que viene —dijo Florentina.

—Mire el programa de hoy y verá que es para esta noche, dentro de veinte minutos —dijo Janet—. No olvide que la esperan quinientas personas.

Florentina se excusó con su colega, salió a toda prisa de la Cámara y se dirigió a su garaje en Longworth. Al poco cruzaba la noche de Washington a una velocidad bastante superior a la máxima permitida; abandonó la avenida Connecticut para enfilar De Sales Street y dejó el coche en un estacionamiento público para entrar por la puerta lateral del Mayflower. Llevaba unos minutos de retraso, sin tiempo para ordenar las ideas, y cuando llegó a la recepción se tropezó con Don Short, que acudía a recibirla en ceñidísimo smoking. De pronto Florentina se dio cuenta de que no había tenido tiempo de cambiarse, y confió en que su vestido no pareciese demasiado informal.

—Hemos reservado una sala privada —dijo él mientras la conducía hacia el ascensor.

—No sabía que el Mayflower tuviese una sala para banquetes con capacidad para quinientos invitados —comentó ella al tiempo que se cerraban las puertas del ascensor. Don Short soltó la carcajada.

—Ésta sí que es buena —dijo, conduciendo a su invitada a una sala donde apenas cabían veinte personas bien apretadas. Le presentó a cada uno de los concurrentes, ceremonia que llevó muy poco tiempo; los comensales eran sólo catorce.

Durante la cena, Florentina escuchó las fantasías de Don Short sobre los éxitos de la Aerospace Plan. No estaba segura de poder resistir toda la cena sin estallar. Al término de la misma, Don se puso en pie, golpeó su copa vacía con la cucharilla y pronunció un servil discurso acerca de su íntima amiga Florentina. El aplauso que recibió al concluir fue tan ensordecedor como cabía esperar de catorce personas. Florentina pronunció unas palabras de agredecimiento y logró escapar pocos minutos después de las once, diciéndose que por lo menos el Mayflower había servido buenos platos.

Don Short la acompañó al estacionamiento y cuando ella subió a su coche, le entregó un sobre.

—Lamento que haya venido tan poca gente, pero al menos los ausentes remitieron sus cincuenta dólares —dijo, sonriendo con ironía al tiempo que cerraba la puerta del coche.

De regreso en el Baron, Florentina rasgó el sobre y estudió su contenido: un cheque por veinticuatro mil trescientos dólares, extendido al portador.

La mañana siguiente le contó a Bill Pearson toda la historia y le hizo entrega del sobre.

—Con esto —dijo él, agitando el cheque en el aire— vamos a destapar toda la gusanera —sonrió mientras guardaba los veinticuatro mil trescientos dólares en un cajón.

Florentina emprendió su fin de semana en la seguridad de haber desempeñado bastante bien su papel en el incidente. Incluso Richard la felicitó.

—Aunque nos habría venido muy bien ese dinero —comentó.

—¿Qué quieres decir? —preguntó Florentina.

—Creo que los beneficios de la cadena Baron van a dar un gran bajón este año.

—¡Santo cielo! ¿Por qué?

—Por una serie de decisiones financieras que ha tomado el presidente Carter y que perjudican a los hoteles, aunque irónicamente favorezcan al Banco. Tenemos una inflación del quince por ciento y un tipo de interés interbancario del dieciséis. Y me temo que la cuenta de gastos por viajes de negocios sea lo primero que recorten las empresas, acordándose de que el teléfono es más barato. En consecuencia no llenaremos las habitaciones y acabaremos teniendo que subir los precios, lo que a su vez servirá para que más empresas reduzcan gastos de viajes. Para acabarlo de arreglar, los precios de las comidas se han disparado, mientras los salarios procuran seguir el ritmo de la inflación.

—Todos los grupos hoteleros se enfrentarán a esos mismos problemas.

—Sí, pero la decisión de sacar del New York Baron los despachos del consorcio nos cuesta mucho más de lo que yo había presupuestado. El 450 de Park Avenue será una dirección muy prestigiosa, pero podíamos haber construido dos hoteles nuevos en el Sur por lo que nos ha costado imprimirla en nuestro papel de cartas.

—Pero con esa decisión quedaron libres tres plantas en el hotel de Nueva York, lo cual nos permitió inaugurar las nuevas salas para banquetes.

—Pues con todo y eso, el hotel sólo realizó dos millones de beneficio, mientras ocupa un solar que vale cuarenta millones.

—Es imprescindible tener un Baron en el centro de

Nueva York. ¿No estarás pensando en vender nuestro hotel más prestigioso?

—Tan pronto como se pierda dinero.

—¿Y nuestra reputación...?

—Tu padre nunca se fijó en sentimentalismos como la reputación cuando estaban en juego los beneficios.

—Entonces, ¿qué vamos a hacer?

—Voy a solicitar a McKinsey y compañía que elaboren un estudio detallado sobre todo el grupo. Tendremos un informe provisional en un plazo de tres meses, y el análisis definitivo en un año. Ya he hablado con un tal señor Michael Hogan de McKinsey, para que nos presente una oferta.

—Sin duda el contratar a la mejor firma de consultores de Nueva York nos costará todavía más dinero.

—En efecto, será caro, pero no me sorprendería descubrir que la economía sea considerable a largo plazo. Hay que recordar que hoy día los hoteles modernos de todo el mundo atienden a una clientela muy diferente de la que tenía tu padre cuando empezó a construir los Baron. Quiero estar seguro de no pasar por alto algo que quizá sea evidente para otros.

—Pero esa clase de consejos, ¿no deberían dárnoslos nuestros directores y gerentes?

—Cuando la McKinsey se ocupó de Bloomingdale's —replicó Richard—, aconsejó que los almacenes cambiasen la situación tradicional de diecisiete de sus secciones. Fácil, dirás tú, pero al año siguiente los beneficios aumentaron en un veintiuno por ciento, cuando ninguno de los gerentes había considerado necesario cambio alguno. A lo mejor nos enfrentamos a un problema parecido, sin darnos cuenta.

—¡Diablos! Me doy cuenta de que ya no estoy al corriente.

—No te preocupes, Jessie querida. No se va a hacer nada sin tu aprobación.

—¿Y cómo se desenvuelve el Banco?

—Paradójicamente, la Lester gana ahora más dinero con los créditos y las renovaciones que en cualquier otra época desde la Depresión. Mi decisión de comprar oro cuando Carter ganó las elecciones ha dado resultados espléndidos. Si Carter sale reelegido, compraré más oro; si Reagan conquista la Casa Blanca, yo vendo el mismo día. Pero tú no te preocupes. Mientras sigas ganando tus cincuenta y siete mil quinientos dólares al año como congresista, dormiré tranquilo sabiendo que tendremos de qué vivir cuando lleguen los tiempos malos. Por cierto, ¿le has contado a Edward lo de Don Short y los veinticuatro mil dólares?

—Veinticuatro mil trescientos. No, hace días que no le veo, y cuando lo hago sólo habla de cómo dirigir una cadena de hoteles.

—Le he invitado a participar en la próxima junta de la Lester como miembro del consejo de administración. Entonces hablará de Banca.

—Pronto se hará el amo de todo el cotarro.

—Es precisamente lo que tengo pensado para cuando me haya convertido en presidente consorte.

Cuando Florentina regresó a Washington la sorprendió no hallar ninguna nota de Bill Pearson. Su secretaria le dijo que estaba de campaña electoral en California, lo cual sirvió para recordarle a Florentina lo cerca que estaban las elecciones. Janet observó en seguida que, atendido que la legislatura había entrado ya en su tiempo muerto final, quizá le conviniese más a Florentina el dedicar su atención a Chicago.

El jueves, Bill Pearson llamó desde California para decirle que había hablado con el jefe republicano de la comisión de régimen interior y con el presidente de la subcomisión de Defensa, y que ambos habían coincidido en que sería más perjudicial que útil airear el asunto antes de las elecciones. Le pidió que no denunciase el donativo para no obstaculizar su investigación.

Florentina juzgó muy mal encaminado tal consejo e incluso se planteó llevar ella misma todo el asunto a la comisión de régimen interior, pero cuando llamó a Edward éste se lo desaconsejó diciendo que sin duda el jefe de disciplina del partido sabía más que ella en materia de sobornos, y que no era conveniente actuar a sus espaldas. Florentina consintió de mala gana en esperar hasta después de las elecciones.

Finalmente las continuas instancias de Janet surtieron efecto y las intenciones de voto a favor de Florentina superaron el ochenta por ciento al final de la legislatura; para ello tuvo que rechazar todas las invitaciones que recibía de fuera de Washington, por no hablar de otras muchas que no recibía, según sospechaba, porque Janet se encargaba de que no llegasen a su escritorio. Cuando el Congreso cerró el período de sesiones, Florentina regresó a Chicago a fin de prepararse para otra campaña.

Durante ésta tuvo la sorpresa de hallarse buena parte del tiempo sentada en las oficinas centrales de Randolph Street. Aunque el primer año de Carter no estuvo a la altura de las esperanzas de los votantes norteamericanos, era bien sabido que los republicanos locales tenían dificultad en hallar a alguien que quisiera oponerse a Florentina. Los ayudantes de ésta, para mantenerla ocupada, la enviaban a otros lugares del Estado siempre que podían, para que hablase allí a favor de los otros candidatos demócratas.

Por último Stewart Lyle consintió en presentarse, pero dejó bien sentado ante su comisión que no pensaba andar día y noche de un lado a otro del distrito ni malgastar más su dinero. Al Partido Republicano no le gustó la actitud de Lyle cuando éste comentó en una entrevista privada —olvidando que nada puede ser privado durante una campaña electoral— que «sólo hay una diferencia entre Kane y el difunto alcalde Daley: Kane es sincera».

El Distrito Noveno de Illinois opinaba igual que Stewart Lyle y envió de nuevo al Congreso a Florentina, con una mayoría un poco más holgada. En cambio, advirtió la desaparición de quince de sus colegas en la Cámara y de tres del Senado. Entre los arrastrados por la adversidad figuraba Bill Pearson.

Florentina le telefoneó varias veces a su casa de California para expresarle su condolencia, pero nunca estaba. Siempre dejaba el recado al contestador automático, pero él no correspondía a las llamadas. Discutió la cuestión con Richard y con Edward, quienes le aconsejaron que visitase sin demora al jefe de la mayoría.

Cuando Mark Chadwick oyó el cuento quedó horrorizado y dijo que llamaría en seguida a Bill Pearson, y que le diría algo a ella el mismo día. Mark cumplió su palabra y cuando llamó a su vez, fue para contar una cosa que dejó helada a Florentina: Bill Pearson negaba todo conocimiento de unos veinticuatro mil trescientos dólares, y afirmaba que no había comentado jamás ningún caso de soborno con Florentina. Pearson le recordó a Chadwick que si Florentina había recibido veinticuatro mil trescientos dólares, cualquiera que fuese su procedencia, la ley la obligaba a declararlos, bien fuese como aportación a la campaña o como ingreso personal. En los formularios de su campaña no se había mencionado para nada tal cantidad, y según las normas de la Cámara no podía recibir de nadie honorarios por importe superior a setecientos cincuenta dólares. Florentina le explicó al jefe de la mayoría que Bill Pearson le había pedido que no declarase el dinero. Mark le aseguró a Florentina que creía en sus palabras, pero que no veía muy claro cómo iba a demostrar que Pearson estaba mintiendo. Agregó que era del dominio público que Pearson atravesaba por dificultades financieras desde su segundo divorcio.

—Dos pensiones alimenticias, cuando uno se encuentra sin empleo, hundirían a cualquier buen hombre —comentó.

Florentina consintió en dejar que Mark emprendiese una investigación a fondo, mientras ella guardaba silencio sobre el asunto. Durante la semana, Don Short llamó para felicitarla por su victoria y para recordarle que el contrato para el programa de radares para la Marina salía a debate en la subcomisión el jueves. Florentina se mordió el labio al escuchar la siguiente frase de Don Short:

—Me alegro de que cobrase usted el cheque, pues estoy seguro de que el dinero debió ser de utilidad para las elecciones.

Florentina solicitó inmediatamente al jefe de la mayoría que retrasara la votación sobre el programa de dotación hasta que hubiese terminado la investigación acerca de Bill Pearson. Mark Chadwick explicó que no podía aceptarlo, ya que si se retrasaba la decisión los fondos ya presupuestados se destinarían a otra cosa. Aunque al secretario de Defensa Brown no le importaba qué compañía consiguiera los contratos, había advertido a todo el mundo que su ira no tendría límites si la decisión se demoraba una vez más. Por último, Chadwick le recordó a Florentina su propio discurso contra los congresistas que retrasaban los contratos de Defensa. Ella no perdió el tiempo en discutirlo.

—¿Ha adelantado usted algo con sus averiguaciones, Mark?

—Sí. Sabemos que el cheque fue cobrado en el Riggs National Bank, de la avenida Pennsylvania.

—Mi propio Banco y mi propia sucursal —exclamó Florentina, sin dar crédito a sus oídos.

—Por una señora de unos cuarenta y cinco años que llevaba gafas oscuras.

—¿Hay alguna noticia que sea buena? —preguntó.

—Sí —contestó Mark—. El gerente consideró que la suma era lo bastante considerable como para tomar nota de la numeración de los billetes, por si más adelante surgía alguna investigación. ¿No es irónico? —ella intentó sonreír—. En mi opinión, Florentina, tiene usted dos opciones. Puede hacer que estalle todo el asunto en la sesión del jueves, o puede guardar silencio hasta que yo haya aclarado el enredo. Lo que no puede hacer es hablar públicamente de la intervención de Bill Pearson mientras yo no haya llegado al fondo del asunto.

—¿Qué quiere que haga?

—El partido seguramente preferiría que guardase usted silencio, pero yo sé lo que haría si la decisión tuviera que tomarla yo.

—Gracias, Mark.

—Esto no va a concitarle muchas simpatías. Aunque eso jamás la detuvo en el pasado.

Cuando el presidente de la subcomisión de Defensa, Thomas Lee, declaró abierta la sesión, Florentina ya llevaba varios minutos en su asiento, haciendo anotaciones. El contrato de los satélites de radar era el punto sexto del orden del día, y ella no intervino durante la discusión de los cinco primeros puntos. Al mirar hacia la mesa de la prensa y los asientos del público, no pudo dejar de ver el sonriente rostro de Don Short.

—Punto sexto —dijo el presidente disimulando un bostezo, pues la discusión de los puntos del orden del día se estaba extendiendo—. Hemos de discutir hoy sobre las tres compañías que se han presentado a licitación sobre el programa de dotación de la Marina. El negociado de aprovisionamientos del Departamento de Defensa tomará la decisión final, pero tendrá en cuenta nuestra ponderada opinión. ¿Alguien desea abrir el debate? —Florentina alzó la mano—. La congresista Kane.

—Señor presidente, no tengo ninguna preferencia entre la Boeing y la Grumman, pero en ningún caso apoyaré la oferta de la Aerospace Plan —el rostro de Don Short se tornó ceniciento de incredulidad.

—¿Podría explicar a la comisión los motivos de su animadversión contra la Aerospace Plan, señora Kane?

—Desde luego, señor presidente. Mis motivos derivan de una experiencia personal. Hace algunas semanas, un empleado de la Aerospace Plan me visitó en mi despacho para explicarme las razones por las cuales su compañía merecía adjudicarse el contrato. Luego intentó sobornarme con un cheque por importe de veinticuatro mil trescientos dólares a cambio de mi voto en el día de hoy. Ese hombre está en la sala en estos momentos, y no dudo que más adelante habrá de responder de su acción ante los tribunales.

Cuando el presidente de la comisión logró restablecer el orden, Florentina explicó lo de la cena de homenaje y nombró a Don Short como el hombre que le había dado el dinero. Se volvió para buscarle, pero había desaparecido de la sala. Florentina continuó su declaración, pero sin hacer ninguna referencia a Bill Pearson. Seguía creyendo que aquel lado de la cuestión era un asunto de partido, pero cuando terminó su relato no puedo dejar de observar que otros dos miembros de la comisión se habían puesto tan pálidos como el mismo Don Short antes.

—En vista de las serias acusaciones formuladas por mi colega, debo aplazar toda decisión en torno a este asunto hasta que se haya completado una investigación a fondo —anunció el presidente Lee.

Florentina le dio las gracias y salió en seguida para encaminarse a su despacho. Recorrió el pasillo rodeada de periodistas, pero no contestó a ninguna de las insistentes preguntas.

Aquella noche habló por teléfono con Richard, y éste la previno de que los próximos días iban a ser desagradables.

—¿Por qué, Richard? No he dicho más que la verdad.

—Lo sé. Pero ahora habrá en esa comisión varios individuos que tendrán que luchar por salvar el pellejo. Para ellos, tú eres ahora el enemigo, así que puedes ir olvidando las reglas del marqués de Queensberry.

La mañana siguiente, cuando leyó los periódicos, entendió lo que había querido decir Richard.

«La congresista Kane acusa de soborno a la Aerospace Plan», decía un titular, mientras que otro afirmaba: «Agente de una compañía afirma que un miembro del Congreso aceptó dinero para su campaña». Cuando Florentina se hubo convencido de que la mayoría de los diarios traían más o menos la misma historia, saltó de la cama, se vistió con rapidez, salió sin desayunar y se dirigió derecha al Capitolio. Una vez en su despacho, estudió todos los periódicos en detalle; sin excepción, todos preguntaban adónde habían ido a parar los veinticuatro mil trescientos dólares desaparecidos.

—Eso digo yo —exclamó Florentina en voz alta.

El titular del *Sun-Times* de Chicago era el más desgraciado: «Cobrado el cheque, la representante Kane acusa de soborno a una compañía aeroespacial». Así había sido, pero el titular tendía a crear una impresión equivocada.

Richard llamó para decirle que Edward estaba en camino desde Nueva York, y que no hiciese declaraciones a la prensa sin haber hablado con él. En todo caso ello no habría sido posible, porque a las diez en punto de la mañana el FBI envió a dos agentes para interrogarla.

Florentina hizo una declaración completa en presencia de Edward y del jefe de la mayoría. Los agentes del FBI le pidieron que no dijese nada a la prensa sobre Bill Pearson, hasta que ellos hubiesen completado su propia investigación. Una vez más, consintió en ello a regañadientes.

Durante la jornada, algunos de sus colegas se acercaron para felicitarla; otros, en cambio, evitaron tropezarse con ella.

Aquella tarde, en un artículo de fondo, el *Tribune* de Chicago exigió saber dónde estaban los veinticuatro mil trescientos dólares desaparecidos. Añadía que era su desagradable deber recordarle a la opinión pública que el padre de la congresista Kane había sido procesado y condenado ante los tribunales de Chicago, en 1962, por sobornar a un funcionario público. A Florentina le parecía oír cómo Ralph Brooks llamaba desde la fiscalía del Estado para facilitarle al periódico todos los datos relevantes.

Edward tranquilizó a Florentina, y Richard acudió todas las noches en avión desde Nueva York para estar con ella. Pasaron tres días con sus noches mientras los periódicos explotaban el tema, y Ralph Brooks emitía desde su despacho de fiscal del Estado una declaración diciendo: «Por más que admiro a la señora Kane y creo en su inocencia, en estas circunstancias creo que lo más correcto sería que dimitiese del Congreso hasta que el FBI haya concluido su investigación». Lo cual la decidió todavía más a quedarse sobre todo después de recibir una llamada de Mark Chadwick pidiéndole que no se fuese. Era sólo cuestión de tiempo que el culpable fuese hallado por la justicia.

El cuarto día, y ante la falta de noticias por parte del FBI, Florentina estaba en su punto más bajo cuando llamó un periodista del *Washington Post.*

—Señora Kane, ¿puedo preguntarle lo que opina de las declaraciones del congresista Buchanan sobre el caso del Aerogate?

—¿Se ha vuelto contra mí también? —preguntó ella con serenidad.

—No diría yo eso —dijo la voz al otro lado de la línea—. Voy a leerle lo que dijo: «Conozco desde hace muchos años a la congresista Kane como oponente encarnizada y desde luego tiene muchas cosas que me enfurecen pero, como decimos en Tennessee, hay que nadar hasta el final del río para encontrar otra persona más honrada. Si no podemos fiarnos de la señora Kane, entonces no conozco a ninguna persona honrada en ninguna de las dos Cámaras».

Pocos minutos más tarde, Florentina telefoneó a Bob Buchanan.

—No crea que me estoy ablandando por culpa de la edad —ladró él—. Usted dé un paso en falso en esa Cámara y verá como le corto el pie.

Florentina se echó a reír, por primera vez en bastantes días.

Soplaba un frío viento de diciembre por la fachada oriental del Capitolio mientras Florentina regresaba a solas al edificio Longworth después de la última votación del día. Un vendedor de periódicos voceaba los titulares de la tarde en la esquina. No entendió bien lo que decía: habían detenido a alguien. Corrió hacia el muchacho buscando una moneda en su bolso, pero no encontró sino un billete de veinte dólares.

—No tengo cambio —dijo el chico.

—Es igual —dijo Florentina al tiempo que se apoderaba del periódico y leía el artículo de la primera página, primero a toda prisa y luego más despacio.

—El ex congresista Bill Pearson —leyó en voz alta, como si quisiera que se enterase también el muchacho— fue detenido por el FBI en Fresno (California), en relación con el escándalo del Aerogate. Ocultos en el parachoques trasero de su Ford nuevo se encontraron más de diecisiete mil dólares en metálico. Fue conducido a la comisaría más próxima, interrogado y luego formalmente acusado de robo y otros tres delitos menores. La joven que le acompañaba en el momento de la detención fue también acusada de complicidad.

Florentina dio grandes saltos sobre la nieve mientras el chico de los periódicos se embolsaba rápidamente los veinte dólares y corría a vocear sus diarios en otra esquina. Le habían dicho que no se fiase de aquellos políticos.

—La felicito por la novedad, señora Kane —el maître del Jockey Club fue el primero de los muchos que aludieron al asunto aquella noche. Richard había acudido de Nueva York para una cena de celebración con Florentina. Una vez en el salón artesonado de roble, otros políticos y miembros de la vida pública de Washington se acercaron a expresarle lo contentos que estaban porque la verdad hubiese resplandecido al fin. Florentina les sonrió con la especial sonrisa washingtoniana, aprendida después de casi cinco años de política.

Al día siguiente, los periódicos de Chicago como el *Tribune* y el *Sun-Times* se deshicieron en elogios a la entereza de su representante, por haber sabido conservar la calma en medio de la crisis. El despacho de Ralph Brooks brilló por su ausencia de manifestaciones. Edward envió un gran ramo de fresias, mientras William enviaba un telegrama desde Harvard: NOS VEREMOS ESTA NOCHE SI NO ERES TÚ LA MUJER RETENIDA EN FRESNO PARA SER INTERROGADA. Annabel, cuando llegó a casa, por lo visto desconocía los recientes problemas de su madre, y se limitó a anunciar que había sido admitida en Radcliffe. Más adelante, la directora de la escuela Madeira le confesó a Florentina que el ingreso de la hija de ésta había sido bastante difícil, aunque sin duda no perjudicó a la causa que el señor Kane hubiera estado en Harvard y la madre de la chica también en Radcliffe. Florentina no pudo dejar de admirarse de que su influencia fuese tal que pudiera favorecer el porvenir de su hija sin necesidad de mover ni un dedo. Más tarde le confesó a Richard el alivio que suponía para ella el ver que Annabel llevaba una vida más ordenada.

Richard le preguntó a su hija qué carrera pensaba seguir.

—Psicología y relaciones sociales —contestó Annabel sin vacilar.

—La psicología y las relaciones sociales no son verdaderos estudios, sino meras excusas para pasarse tres años hablando de uno mismo —sentenció Richard.

William, ya alumno de segundo año en Harvard, asintió como muestra de coincidencia con las prudentes opiniones de su padre, y luego le pidió al viejo si podía aumentarle a quinientos dólares la asignación para el curso.

Cuando apareció en el orden del día una enmienda a la ley sanitaria que prohibía el aborto después de las primeras diez semanas, Florentina habló por primera vez desde el escándalo del Aerogate. Cuando se puso en pie fue saludada por sonrisas amistosas y un pequeño conato de aplauso a ambos lados del pasillo. Florentina pronunció un vigoroso alegato a favor de la vida de la madre, por encima de la del no nacido, y le recordó al Congreso que entre sus miembros, sólo otros dieciocho podían saber lo que era un embarazo. Bob Buchanan se puso en pie e hizo una alusión a la distinguida dama de Chicago como un ejemplo de bobo, de la peor especie y que a no tardar afirmaría que no se podía discutir un futuro programa espacial sin saber lo que era dar una vuelta a la Luna, cosa que sólo había conseguido uno entre todos los miembros de ambas Cámaras.

Al cabo de pocos días Don Short y sus veinticuatro mil trescientos dólares se perdieron en el pasado mientras Florentina reanudaba el ajetreo habitual de su actividad parlamentaria. Había escalado dos puestos más en el escalafón de la comisión de presupuestos, y cuando estaba en la mesa y miraba a su alrededor se sentía una veterana.

30

Cuando regresó a Chicago, Florentina oyó que los demócratas voceaban su temor de que tener a Jimmy Carter en la Casa Blanca podía no ser necesariamente una ventaja. Había pasado para siempre la época en que el titular daba por descontado su retorno al Despacho Oval y arrastraba consigo a aquellos de sus partidarios que de otro modo hubieran tenido dificultad en retener el escaño. Richard le recordó a Florentina que Eisenhower había sido el último presidente que completó dos mandatos.

Los republicanos también empezaban a ejercitar la musculatura y, después de anunciar que Jerry Ford no se presentaría para la presidencia, se anunciaban como favoritos los nombres de George Bush y Ronald Reagan. En los pasillos del Congreso se proponía sin disimulo que Edward Kennedy debiera presentarse frente a Carter.

Florentina continuó con su trabajo diario en la Cámara y procuró no vincularse con ningún sector, aunque fue objeto de insinuaciones por parte de los directores de las campañas de ambos, y recibió un número desacostumbrado de invitaciones por parte de la Casa Blanca. Ella mantuvo su reserva, pues no estaba muy convencida de que ninguno de los dos candidatos fuese el hombre idóneo para dirigir el partido en 1980.

Mientras otros dedicaban su tiempo a hacer campaña electoral, Florentina insistía cerca del presidente para que actuase con más energía en las negociaciones con los jefes de países del Pacto de Varsovia, y trataba de obtener un compromiso más firme en el seno de la OTAN; pero al parecer no adelantaba mucho. Cuando Jimmy Carter dijo ante una atónita audiencia que le sorprendía que los rusos se volviesen atrás de su palabra, Florentina, decepcionada, le comentó a Janet que cualquier polaco de Chicago podía habérselo dicho.

Pero su disensión definitiva con el presidente se produjo cuando los llamados estudiantes asaltaron la embajada americana en Teherán, el 4 de noviembre de 1979, tomando como rehenes a cincuenta y tres americanos. El presidente no parecía hacer gran cosa, salvo pronunciar discursos lastimeros y decir que tenía las manos atadas. Florentina procedió a bombardear la Casa Blanca por todos los medios a su disposición, para exigir que el presidente diese la cara por Norteamérica. Cuando por fin trató de enviar una fuerza de rescate, ésta fracasó, con el triste resultado de una merma de la reputación estadounidense a los ojos del resto del mundo.

Poco después de aquella humillación, y durante un debate en la Cámara, Florentina se olvidó de sus notas para emitir una observación espontánea:

—¿Cómo puede un país que tiene la energía, el ingenio y la originalidad de enviar un hombre a la Luna no ser capaz de hacer aterrizar tres helicópteros en un desierto?

Había olvidado en aquel momento que los debates de la Cámara eran ahora televisados, y todas las cadenas mostraron aquel pasaje de su discurso en el noticiario de la noche.

No fue necesario recordarle a Richard cuánta sabiduría demostró George Novak al oponerse a que la Lester le renovase el crédito al sha. Y cuando los rusos cruzaron la frontera afgana, Richard canceló su proyectado viaje de vacaciones a las Olimpíadas de Moscú.

Los republicanos se reunieron en Detroit en julio, y eligieron a Ronald Reagan, con George Bush como compañero de candidatura. Pocas semanas más tarde se celebró en Nueva York la convención demócrata, que confirmó la candidatura de Jimmy Carter con menos entusiasmo, incluso, del que en otro tiempo concitara Adlai Stevenson. Cuando Carter entró victorioso en el Madison Square Garden, hasta los globos se negaron a bajar del techo.

Florentina intentó seguir trabajando en un Congreso que no estaba muy seguro de cuál iba a ser el partido mayoritario dentro de escasos meses. Logró introducir enmiendas en la Ley del Presupuesto de Defensa y en la de racionalización administrativa. A medida que se aproximaban las elecciones, empezó a temer que la lucha por su escaño sería dura, pues los republicanos sustituyeron a Stewart Lyle por un joven emprendedor, Ted Simmons, que era profesional de la publicidad.

Empujada por Janet logró hacer subir de nuevo las intenciones de voto por encima del ochenta por ciento, para lo cual no aceptó invitaciones para hablar, durante los seis meses anteriores a la consulta electoral, a menos que fuese en Washington o en Illinois.

Parecía que Carter y Reagan vivían en Chicago, pues entraban y salían de Illinois como si el Estado hubiera sido un reloj de pared con dos cucos. Las encuestas decían que la contienda estaba demasiado igualada para aventurar una predicción, pero Florentina no quedó muy segura de ello después de ver el debate de los candidatos en Cleveland, que fue televisado para una audiencia estimada en cien millones de norteamericanos. Al día siguiente Bob Buchanan le comentó que quizá Reagan no hubiese ganado el debate, pero que apostaba cualquier cosa a que no lo había perdido, y eso era lo más importante para quien trataba de desalojar al titular de la Casa Blanca.

Según se aproximaba el día de las elecciones, la cuestión de los rehenes fue convirtiéndose, cada vez más, en el foco de la atención estadounidense; la opinión empezaba a dudar de que Carter fuese capaz de resolver el problema. En las calles de Chicago, los partidarios le decían a Florentina que deseaban que ella regresase al Congreso, pero que no podían apoyar la reelección de Carter. Richard dijo que comprendía muy bien aquellos sentimientos, y predijo que Reagan iba a ganar con holgura. Este punto de vista fue tomado en serio por Florentina, quien dedicó las últimas semanas de la campaña a trabajar como si fuese una candidata desconocida luchando por la primera elección. No contribuyó a su esfuerzo la lluvia torrencial que descargó sobre Chicago hasta el mismo día que se celebraban las elecciones.

Cuando hubieron contado el último voto, incluso a ella le sorprendió la magnitud de la victoria de Reagan; a consecuencia de la misma se llevó el Senado de calle, y en poco estuvo que capturarse también el Congreso para los republicanos.

Florentina volvió al Congreso, pero con su mayoría reducida a veinticinco mil votos. Voló a Washington, abatida pero no derrotada, pocas horas antes del retorno de los rehenes.

El nuevo presidente levantó los ánimos de la nación con su discurso inaugural. Richard, en bata, estuvo sonriendo durante toda la alocución, y aplaudió con fuerza un pasaje que luego le repetiría a Florentina durante muchos años: «Se habla mucho de grupos de intereses específicos, pero nuestros desvelos han de dirigirse a un grupo de intereses específicos relegado durante demasiado tiempo. No conoce límites regionales, y supera las divisiones étnicas y raciales tanto como la de los partidos políticos. Está constituido por los hombres y mujeres que cultivan nuestros alimentos, patrullan nuestras calles, trabajan en nuestras minas y fábricas, enseñan a nuestros hijos, cuidan nuestras casas y nos curan cuando estamos enfermos. Son los profesionales, los industriales, los tenderos, los oficinistas, los taxistas, los camioneros. En una palabra, somos nosotros, el pueblo, esa raza llamada los norteamericanos».

Después de la acogida entusiasta que tuvo su discurso, el presidente se despidió de la multitud desde la tribuna, agitando la mano, y se dispuso a abandonarla.

Dos agentes del servicio secreto le acompañaron a través del pasillo humano formado por la guardia de honor.

Cuando el cortejo presidencial llegó al pie de la escalera, Reagan y la primera dama subieron a un largo sedán, nada dispuestos, por lo visto, a seguir el ejemplo de los Carter y recorrer a pie la avenida Constitution hasta su nueva residencia. Cuando el coche arrancó lentamente, uno de los agentes del servicio secreto pulsó el botón de su transmisor-receptor.

—Látigo retorna a Corona —fue todo lo que dijo, y luego siguió con los prismáticos el recorrido del coche hasta las puertas de la Casa Blanca.

En enero de 1981, cuando Florentina volvió al Congreso, Washington era una ciudad diferente. Los republicanos no necesitaban mendigar apoyo para cualquier medida que propusieran, pues los representantes electos sabían que el país reclamaba cambios. Florentina recogió con alegría el desafío de estudiar el programa que Reagan enviaba a la Casa, y tuvo la satisfacción de comprobar que podía adherirse a buena parte del mismo.

Tan preocupada estaba con las enmiendas al presupuesto de Reagan y a su programa de Defensa, que fue Janet quien tuvo que llamar su atención sobre un suelto del *Tribune* de Chicago, cuyo contenido podía suponer que ella saliera de la Cámara.

> El senador Nichols, de Illinois, ha anunciado esta mañana su intención de no presentarse a la reelección en 1982.

Florentina permaneció sentada detrás de su escritorio, mientras asimilaba el significado de la noticia. En ese momento la llamó el jefe de redacción del *Sun-Times* de Chicago para preguntarle si pensaba tomar parte en la disputa por el escaño del Senado en 1982. Florentina comprendió que, después de las tres legislaturas y media que llevaba en el Congreso, era natural que la prensa especulase sobre tal candidatura.

—No hace tanto tiempo que el periódico de su digna dirección sugería la conveniencia de que yo dimitiese —se burló.

—Cierto primer ministro británico dijo una vez que, en política, una semana era mucho tiempo. Así que, ¿cuál va a ser su decisión, Florentina?

—Ni se me ha ocurrido —dijo ella, riendo.

—Nadie va a creer esa afirmación, y desde luego yo no pienso imprimirla. Insisto.

—¿Por qué insiste tanto, si todavía dispongo de más de un año para decidir?

—¿No se ha enterado?

—¿Enterado de qué? —preguntó ella.

—En una conferencia de prensa celebrada esta mañana en el Ayuntamiento, el fiscal del Estado anunció su candidatura.

«Ralph Brooks candidato para el Senado», decían los titulares de los periódicos locales de la tarde. Muchos articulistas recordaban que Florentina aún no había tomado una decisión en cuanto a rivalizar con el fiscal del Estado. Una vez más, Florentina contempló fotografías del señor y la señora Brooks. Ese condenado individuo cada vez es más guapo, se dijo Florentina. Edward llamó desde Nueva York para decirle que, en su opinión, ella debía presentarse, pero que le convenía no anunciarlo hasta que se le hubiese acabado el fuelle a la máquina de Brooks.

—Incluso podrás orquestar tu anuncio de modo que parezca que cedes a la presión de la opinión pública.

—¿Quiénes son los fieles partidarios dentro del partido?

—Mis cálculos son de sesenta a cuarenta a tu favor, pero como ya no estoy ni siquiera en la comisión, es difícil saberlo con certeza. No olvides que falta todavía un año para las primarias, conque no hay necesidad de precipitarse, sobre todo ahora que Brooks ya ha hecho su jugada. Puedes quedarte quieta esperando el momento que más te convenga.

—¿Por qué lo habrá anunciado tan pronto?

—A ver si te desalentaba con ello, supongo. Quizá piense que tú preferirías esperar a 1984.

—Quizá fuera buena idea.

—No; no estoy de acuerdo. No olvides lo que le pasó a John Culver en Iowa. Decidió esperar, convencido de que más adelante hallaría debilitada a la oposición, y lo que ocurrió fue que se presentó su ayudante personal y ganó el escaño.

—Lo pensaré, y ya te diré algo.

La realidad fue que Florentina apenas pudo pensar en otra cosa durante las semanas siguientes, pues sabía que si lograba derrotar a Brooks en aquella ocasión habría acabado con él de una vez por todas. No dudaba de que Brooks todavía alimentaba ambiciones que alcanzaban hasta dieciséis manzanas más allá del Senado. Por consejo de Janet empezó a aceptar todas las invitaciones importantes para hablar, siempre que fuese dentro del Estado, y rechazó casi todos los demás compromisos.

—Eso le dará una oportunidad de tomarle el pulso al país —dijo Janet.

—Tú no dejes de incordiarme, Janet.

—Descuide, que lo haré. Para eso me paga.

Florentina volaba a Chicago dos veces por semana. Así continuó durante casi seis meses, asistiendo apenas a un sesenta por ciento de las sesiones del Congreso. Ralph Brooks gozaba de la ventaja de no vivir en Washington cuatro días a la semana, y de que nadie registrase en porcentajes su asistencia a los tribunales. Sobre esto, la alcaldesa de Chicago Jane Byrne se hallaba sólo a la mitad de su primer mandato, y muchos decían que con una mujer metida en la política de Illinois había bastante. Sin embargo, después de haber recorrido la mayor parte del Estado cobró confianza en la opinión de Edward acerca de sus posibilidades de ganar a Ralph Brooks. En realidad pensaba que derrotar a éste sería más difícil que conseguir la elección para el Senado, ya que en las elecciones celebradas a mitad del mandato presidencial los votantes tradicionalmente castigaban al partido del inquilino de la Casa Blanca.

Un día que Florentina siempre tenía reservado en su agenda era el de la reunión anual de los Vietnam Veterans of América. Eligieron Chicago para la celebración, y los principales oradores invitados fueron Florentina y el senador Tower, de Texas. La prensa de Illinois se apresuró a destacar la consideración de que disfrutaba su hija favorita entre gentes de otros Estados. Un periódico dijo que el mismo hecho de que los veteranos la hubiesen emparejado con el presidente de la comisión del Senado para las Fuerzas Armadas suponía una gran alabanza.

Florentina tenía quehacer a manos llenas en la Cámara. Logró la aprobación de la enmienda llamada «del Buen Samaritano» a la ley del presupuesto extraordinario, que concedía un trato más flexible a las empresas que hicieran auténticos esfuerzos por eliminar las emisiones tóxicas. Incluso Bob Buchanan apoyó su enmienda del Buen Samaritano.

Mientras se apoyaba en la barandilla del fondo de la Cámara en espera de la votación sobre el último artículo de su enmienda, aquél se acercó a decirle que esperaba que ella se presentase para el Senado.

—Esto sólo lo dice porque desea perderme de vista.

Él rió burlonamente.

—Esa sería una de las ventajas, debo admitirlo, pero en realidad no creo que pueda quedarse aquí mucho más tiempo, si está destinada a residir en la Casa Blanca.

Ella se quedó mirándole con asombro. Sin mirarla siquiera, con los ojos fijos en la atestada sala, él agregó:

—No dudo de que llegará usted allí, aunque gracias a Dios yo no viviré para llegar a presenciar su toma de posesión —después de lo cual se alejó para votar a favor de la enmienda de Florentina.

Siempre que iba a Chicago, Florentina evitaba las preguntas acerca de su candidatura para el Senado, aunque obviamente todos lo pensaban. Edward le hizo ver que si no se presentaba aquella vez, podía no presentarse otra oportunidad en veinte años, ya que Ralph Brooks no contaba más de cuarenta y cuatro años y una vez en posesión del escaño sería prácticamente imposible derrotarle.

—Sobre todo, con ese «carisma Brooks» que tiene —ironizó Florentina, agregando—: En todo caso, ¿quién estaría dispuesto a esperar veinte años?

—Harold Stassen —replicó Edward. Florentina soltó la carcajada.

—Y todos sabemos cómo le fue. Debo decidir una cosa u otra antes de mi discurso ante los veteranos del Vietnam.

Florentina y Richard pasaron el fin de semana en Cape Cod, y Edward se reunió con ellos el sábado por la noche. Estuvieron hasta la madrugada discutiendo las opciones que se le ofrecían a Florentina, así como le repercusión que tendría para el trabajo de Edward en la cadena Baron el tener que encargarse de la campaña. Cuando fueron a acostarse habían llegado ya a una conclusión.

El salón International del hotel Conrad Hilton estaba abarrotado con dos mil hombres; todas las otras mujeres presentes eran camareras. Richard había acompañado a Florentina a Chicago y estaba sentado junto al senador Tower. Cundo ella se puso en pie para dirigirse a la concurrencia estaba temblando. Empezó por asegurar a los veteranos su consagración a la causa de una América fuerte, y luego les contó lo orgullosa que había estado de su padre cuando el presidente Truman le concedió la Estrella de Bronce. Dijo que más orgullosa estaba de ellos, por haber servido a su país en la primera guerra impopular de América. Los veteranos, encantados, expresaron su admiración con silbidos y golpes sobre las mesas. Les recordó que ella había luchado a favor del sistema de cohetes

MX, por haber decidido que los norteamericanos no debían temer a nadie ni, en particular, a los soviéticos.

—Es preciso que Moscú sepa —dijo— que, si bien algunos hombres en el Congreso estarían dispuestos a comprometer la posición de Estados Unidos, esta mujer no opina lo mismo —nueva ovación por parte de los veteranos—. La actual política aislacionista que parece dispuesto a seguir el presidente Reagan no ayudará a Polonia en la crisis que está atravesando, ni a ninguna otra nación que los rusos decidan atacar seguidamente. Hemos de ponernos firmes en un lugar u otro, y no podemos permitirnos esperar a que los soviéticos hayan acampado a lo largo de la frontera canadiense.

Incluso el senador Tower mostró su aprobación a tal sentimiento. Florentina aguardó a que se hiciera el silencio antes de proseguir:

—He elegido esta noche en que estoy reunida con un grupo de personas a quienes América admira para decir que, mientras existan hombres y mujeres dispuestos a servir a su país como vosotros lo hicisteis, yo confío en continuar sirviendo en la vida pública de esta gran nación, y a tal efecto me he propuesto presentar mi candidatura para el Senado de los Estados Unidos.

Pocos de los presentes en la sala oyeron la palabra «Senado», porque se había desatado el pandemónium. Todos los asistentes que podían hacerlo se pusieron en pie, y los que no podían aporrearon las mesas. Florentina concluyó su discurso con estas palabras:

—Hago la promesa de apoyar a una América que no tema la guerra contra un agresor, quienquiera que sea. Y al mismo tiempo rezo para que vosotros seáis el último grupo de veteranos que este país necesite jamás.

Cuando volvió a su asiento la ovación duró varios minutos, y el senador Tower felicitó a Florentina diciendo que era uno de los mejores discursos que hubiese oído nunca.

Edward llegó a Nueva York para convertirse en eminencia gris de la campaña, mientras Janet mantenía el contacto diario desde Washington. Se recibía dinero de todas partes; empezaba a rendir sus resultados el esfuerzo realizado por Florentina en favor de sus constituyentes. A doce semanas para las primarias, las encuestas concedían una invariable ventaja de 58 a 42 a la candidata Kane.

Durante toda la campaña los ayudantes de Florentina se avinieron a trabajar hasta bien entrada la noche, pero ni siquiera ellos podían conseguir que estuviese en dos lugares al mismo tiempo. Ralph Brooks criticaba su historial en el Congreso y denunciaba la falta de resultados reales. Algunos de sus ataques empezaban a tener repercusión mientras Brooks seguía demostrando poseer la energía de un muchacho. Sin embargo, no pareció conseguir gran cosa con ello, pues las encuestas se estabilizaron en un 55 a 45 a favor de ella. Florentina se enteró de que los partidarios de Brooks empezaban a desalentarse y flaqueaban las contribuciones económicas a su campaña.

Richard volaba a Chicago todos los fines de semana y ambos vivían sobre las maletas; a menudo durmieron en las casas de los partidarios, cuando había que salir de gira por el Estado. Una de las jóvenes que colaboraban en la campaña de Florentina se mostró incansable al volante de un pequeño Chevette azul, conduciéndoles de un lugar a otro. La candidata estrechó manos a las puertas de las factorías, en las afueras de las ciudades, antes del desayuno; asistió a mítines en granjas de los poblados rurales de Illinois, antes del almuerzo; y por las tardes aún encontraba tiempo para reunirse con asociaciones de Banca y juntas editoriales en Chicago, antes del inevitable discurso de noche y del ansiado descanso en el Baron. Pese a todo ello, durante aquella temporada no faltó jamás a las juntas mensuales de la fundación Remagen.

Cuando comía era a base de desayunos en restaurantes rápidos y cenando lo que hubiere. Por la noche, antes de caer en la cama, apuntaba todavía algunos hechos y cifras, cosecha de los desplazamientos de la jornada, en un viejo cuaderno negro muy manoseado que jamás andaba muy lejos de ella. Y se dormía intentando recordar nombres, incontables nombres de personas que se considerarían muy ofendidas si ella olvidase la intervención que habían tenido en su campaña. Richard regresaba a Nueva York el domingo por la noche, tan cansado como la misma Florentina. Jamás se quejó ni molestó a su mujer con los problemas del Banco o los del consorcio Baron. Ella le sonrió mientras se despedían una vez más en un aeropuerto, al frío aire de febrero: había visto que él llevaba un par de guantes de aquellos de cuero azul que, más de veinte años atrás, comprara en Bloomingdale's para su padre.

—Todavía me queda otro par que gastar con Jessie, antes de empezar a buscarme otra mujer —dijo, y ella se quedó sonriendo.

Cada mañana Florentina se levantaba más decidida. Sólo sentía ver tan poco a William y Annabel. El primero lucía barba al estilo de Fidel Castro y parecía dispuesto a graduarse «summa cum laude», mientras que Annabel aparecía con un joven diferente en casa cada tres meses.

La experiencia le había enseñado a Florentina que durante una campaña electoral siempre caía algún que otro rayo, pero no imaginó que aquella vez fuese acompañado de un meteorito. El año anterior, Chicago había sido sacudida por una serie de brutales asesinatos cometidos por un individuo a quien la prensa bautizó como «el degollador de Chicago». El asesino, después de cortarles el cuello a sus víctimas, les dibujaba un corazón a punta de cuchillo en la frente, para que la policía no dudase de quién había sido. En los actos públicos era cada vez más frecuente que Florentina y Ralph Brooks fuesen interpelados acerca de la cuestión del orden público. De noche, las calles de Chicago quedaban casi desiertas por miedo al asesino, a quien la policía no lograba detener. Con gran alivio de Florentina, finalmente el criminal fue atrapado una noche en el campus de la Universidad Northwestern, mientras trataba de atacar a una estudiante.

La mañana siguiente, Florentina publicó una declaración en la que felicitaba a la policía de Chicago, y envió una nota personal al funcionario que había conseguido la detención. Creyó que con aquello quedaba terminado el asunto, hasta que leyó la prensa de la mañana. Ralph Brooks anunció que en sus funciones de fiscal iba a ocuparse personalmente del caso del degollador de Chicago, aunque ello hubiese de costarle el escaño en el Senado. Fue un golpe brillante, que incluso la misma Florentina hubo de admirar. En todo el país los periódicos publicaban fotografías del bien parecido fiscal del Estado, junto a las del sádico asesino.

El juicio empezó cinco semanas antes de las primarias; por lo visto las influencias del fiscal del Estado habían servido para que se acelerase la vista. Ello significaba que Ralph Brooks aparecía todos los días en primera página, para pedir la pena de muerte y que los habitantes de Chicago pudieran volver a salir de noche confiados. Florentina emitía declaración tras declaración sobre la crisis de la energía, la legislación contra el ruido de los aeropuertos, las subvenciones al precio de los cereales, e incluso los movimientos de tropas soviéticas en la frontera polaca después de haberse declarado la ley marcial y del internamiento de los dirigentes de Solidaridad; pero no había manera de echar al fiscal de las primeras páginas. Durante una reunión con la redacción de *Tribune*, Florentina se quejó en tono humorístico al redactor jefe, quien se disculpó, pero no sin observar que Ralph Brooks vendía. Sentada en su despacho de Washington, Florentina se sentía impotente para contrarrestar a su rival.

Esperando que un choque directo le daría oportunidad de brillar, desafió a Ralph Brooks a un debate en público. Pero el fiscal del Estado informó a la prensa que no podía aceptar el enfrentamiento mientras una responsabilidad pública tan grande pesara sobre sus hombros:

—Aunque por culpa de esta decisión pierda la oportunidad de representar a las buenas gentes de Illinois, no hay más remedio —repetía una y otra vez.

Florentina veía escapársele los tantos por ciento de intenciones de voto.

El día que declararon culpable al degollador de Chicago, las encuestas mostraron que la ventaja de Florentina se había reducido a un 52 a 48. Faltaban dos semanas para las elecciones.

Florentina tenía previsto aprovechar aquellos últimos catorce días para patearse el Estado, pero entonces fue cuando cayó el meteorito.

El martes después del juicio famoso, Richard la telefoneó para decirle que la compañera de habitación de Annabel había llamado diciendo que Annabel no había regresado a Radcliffe el domingo por la noche. Florentina tomó inmediatamente el avión de Nueva York. Nadie tenía noticias del paradero de Annabel; Richard informó a la policía y contrató a un detective privado para que buscase a su hija. Luego envió a su mujer a Chicago después de asegurarle que la policía había prometido hacer cuanto fuese posible.

Florentina anduvo por Chicago como en trance y llamaba a Richard cada hora. No había novedad. A falta de una semana la ventaja de Florentina se había reducido a 51 a 49 según las encuestas, y Edward intentó hacer que no pensara en otra cosa sino en la campaña; pero ella no dejaba de recordar las palabras de Bob Buchanan: *Esto de aquí no puede reemplazar a una verdadera familia.* Empezaba a preguntarse si quizás... Después de un fin de semana fatal, en que le pareció que perdía más votos que los que ganaba, recibió la llamada de Richard muy nervioso diciendo que habían encontrado a Annabel, y que había estado todo el tiempo en Nueva York.

—Gracias a Dios —dijo Florentina, con lágrimas de alivio en los ojos—. ¿Está bien?

—Está perfectamente y descansa en el hospital Mount Sinai.

—¿Qué ocurrió? —preguntó Florentina con angustia.

—Ha tenido un aborto.

Florentina regresó a Nueva York aquella mañana para estar con su hija. Durante el vuelo de regreso creyó reconocer a un colaborador del partido, sentado varias filas más atrás. Había algo raro en su sonrisa. Durante la visita en el hospital Florentina se había dado cuenta de que Annabel ni siquiera pensó en que podían dar parte de su ausencia. Edward le suplicaba que se quedase en Chicago, pues los medios de comunicación la reclamaban sin cesar. Aunque habían logrado ocultar a los periódicos la vida privada de Annabel, empezaban a preguntarse por qué Florentina iba a Nueva York en vez de quedarse en Illinois. Por primera vez prefirió no hacer caso del consejo de Edward.

Ralph Brooks se mostró diligente en aprovechar la oportunidad y dijo que ella había regresado a Nueva York para hacer frente a una crisis de la cadena Baron, demostrando que, como siempre, el negocio era su primer afán. Desgarrada entre la insistencia de Edward y la de Annabel, Florentina volvió a Chicago el lunes por la noche, mientras todos los periódicos de Illinois decían que las posibilidades estaban demasiado igualadas para aventurar pronósticos.

El martes por la mañana Florentina leyó el titular que más temía: «La hija de la candidata tuvo un aborto». El artículo revelaba todos los detalles, incluyendo el número de la cama de Annabel en el hospital.

—Agacha la cabeza y reza —fue el único comentario de Edward, mientras la obligaba a pasar por otra jornada agotadora.

El día de las elecciones Florentina se levantó a las seis

y Edward la llevó a ver tantos colegios electorales como pudieron recorrer en catorce horas. En cada parada eran recibidos por activistas que agitaban los carteles «Kane para el Senado» en azul y blanco y repartían folletos con las opiniones de Florentina sobre los principales temas. En uno de los colegios, una votante le pidió a Florentina su punto de vista sobre el aborto.

—Puedo asegurarle que mi criterio no ha cambiado en absoluto —respondió Florentina con indignación, para darse cuenta luego de la ausencia de mala fe en su interlocutora.

Sus colaboradores fueron incansables en la tarea de localizar partidarios, y Florentina no dejó de trabajar hasta que cerraron los colegios electorales. Confiaba en aguantar como Carter lo hiciera contra Ford en 1976. Richard llegó aquella noche con la noticia de que Annabel había regresado a Radcliffe y se encontraba bien.

Cuando Florentina regresó al Baron, marido y mujer se quedaron solos en la suite. Tenían tres televisores sintonizados a diferentes cadenas que iban dando los resultados de todo el Estado, impaciente por saber quién sería el elegido para oponerse al candidato republicano en noviembre. A las once Florentina llevaba un dos por ciento de ventaja. A las doce se adelantó Brooks con un uno por ciento. A las dos Florentina había recuperado la ventaja, pero por menos de un punto. A las tres cayó dormida en brazos de Richard. Cuando éste se enteró del resultado no la despertó, pues quería que descansara.

Poco más tarde se puso a dar cabezadas también, y cuando despertó sobresaltado la halló de pie junto a la ventana, apretando el puño. Las pantallas todavía mostraban el resultado: Ralph Brooks elegido como candidato demócrata para el Senado por una mayoría de siete mil ciento dieciocho votos, margen que suponía menos de un medio por ciento. Luego se vio una fotografía de Brooks sonriendo y saludando con la mano a sus partidarios.

Florentina se volvió y miró una vez más la pantalla. Sus ojos no se fijaron en el triunfante fiscal del Estado, sino en otro hombre que aparecía detrás de él. Entonces supo dónde había visto antes aquella sonrisa.

La carrera política de Florentina quedaba frenada. Perdido su escaño en el Congreso, tendría que esperar dos años antes de que se presentase otra oportunidad de volver a la vida pública. Después de los problemas de Annabel tuvo que plantearse la cuestión de si no sería mejor volver al grupo Baron y a una vida más privada. Richard no estuvo de acuerdo.

—Sería una lástima que abandonases ahora la política, después de haberle dedicado tantos años.

—A lo mejor era ése el problema. Si no me hubiera enfrascado tanto en mi propia vida y hubiese pensado más en Annabel, tal vez ella no habría sufrido esa crisis de identidad.

—¿Crisis de identidad? Esa manera de hablar quizá sea la de sus profesores de sociología, no la tuya. No he visto nunca que William se hundiese bajo el peso de una «crisis de identidad». Cariño, Annabel tuvo un lío y no tomó precauciones; así de sencillo. Si tener un amante se considerase algo anormal, quedaríamos muy pocos sanos. Lo que más necesita en este momento es que te comportes con ella como una amiga.

Florentina abandonó todo lo demás y se fue con Annabel a las Barbados aquel verano. Durante los largos paseos por la playa fue sabiendo que su hija había tenido relaciones con alguien en el Vassar College; a Florentina todavía le chocaba la idea de que los hombres pudieran visitar las residencias femeninas. Annabel no quiso decir el nombre y explicó que, si bien aún sentía aprecio hacia él, no deseaba pasar a su lado el resto de sus días.

—¿Tú te casaste con el primer hombre de tu vida? —preguntó.

Florentina guardó silencio durante unos momentos, y luego le contó la historia de Scott Forbes.

—Qué rastrero —comentó Annabel después de escucharla—. Tuviste suerte al encontrar a papá en Bloomingdale's.

—No, Annabel. Como tu padre suele recordarme siempre que puede, él fue quien me encontró a mí.

En aquellos pocos días madre e hija intimaron más que durante muchos años anteriores. Transcurrida la primera semana de las vacaciones, Richard y William fueron a reunirse con ellas, y dedicaron catorce días a engordar y ponerse morenos.

Richard se alegró al comprobar que Annabel y Florentina se llevaban tan bien, y le conmovió observar que su hija empezaba a referirse a William diciendo «mi hermano mayor». Por las tardes, Richard y Annabel derrotaban invariablemente a William y Florentina al golf, a lo que seguían cenas con largas charlas de sobremesa.

Cuando terminaron las vacaciones, el retorno a casa los entristeció a todos. Florentina confesó que no tenía ganas de arrojarse de nuevo a la lucha política, pero Annabel insistió en que no deseaba, ni mucho menos, una madre ama de casa y cocinera.

Le pareció raro a Florentina no verse en campaña aquel año. Durante su lid contra Brooks por el Senado, los demócratas habían elegido como candidato para el Congreso a Noel Silverman, un joven y hábil abogado de Chicago. Algunos miembros de la comisión admitieron que habrían aplazado tal decisión si hubieran pensado que Brooks tenía la más mínima oportunidad de ganar la nominación del partido para el Senado.

Muchos votantes le pidieron a Florentina que se presentase como candidata independiente, pero ella sabía que tal cosa merecería la repulsa del partido, sobre todo porque antes de dos años habrían de buscar otra figura para el Senado. El otro senador, David Rodgers, había asegurado que no pensaba presentarse a la reelección en 1984.

Florentina fue a Chicago para hablar a favor de Noel Silverman en varias ocasiones, y se alegró cuando éste obtuvo el escaño, aunque sólo fuese por una mayoría de tres mil doscientos veintitrés votos.

Florentina se enfrentó al hecho de tener que pasar dos años en el ostracismo, y no le sirvió de alivio leer el titular del *Tribune* de Chicago el día después de las elecciones.

BROOKS ROMPE LA CINTA EN LA CARRERA POR EL SENADO.

EL FUTURO

1982-1995

31

William aprovechó las Navidades para presentar en su casa a Joanna Cabot. Florentina intuyó en seguida que aquella pareja estaba destinada a contraer matrimonio, y no porque el padre de ella resultase ser un conocido de Richard. Joanna era morena, delgada y graciosa, y pese a su timidez no lograba disimular sus sentimientos hacia William. Éste, por su parte, le prodigaba toda clase de atenciones y se mostraba muy orgulloso de la joven, que mantenía una actitud discreta a su lado.

—Supongo que era de esperar que un hijo tuyo, después de educarse en Nueva York y vivir en Washington y Chicago, acabase por regresar a Boston para elegir mujer —se burló Florentina.

—William también es hijo tuyo —señaló Richard—. Además, ¿por qué crees que se casará con Joanna?

Florentina se limitó a reír.

—Predigo que será en Boston, la próxima primavera.

Se equivocó: hubieron de aguardar al verano.

William cursaba ya el último año de la carrera y estaba impaciente por ingresar en la Harvard Business School para estudiar ciencias empresariales.

—En mis tiempos —decía Richard—, uno esperaba a terminar los estudios y ganar un poco de dinero, antes de pensar en casarse.

—Eso no es verdad, Richard. Tú dejaste Harvard para casarte conmigo y durante varias semanas tuve que mantenerte.

—Eso no me lo habías contado, papá —terció William.

—Tu padre tiene lo que en política se llama memoria selectiva.

William salió entre carcajadas.

—Pues yo todavía creo...

—Están enamorados, Richard. ¿Tan viejo estás que no te das cuenta de lo que salta a la vista?

—No, pero...

—Aún no has cumplido los cincuenta y ya empiezas a comportarte como un viejo cascarrabias. William tiene casi la misma edad que tú cuando te casaste conmigo. Bien, ¿no tienes nada que decir?

—No. Eres como todos los políticos; no dejas hablar a los demás.

Los Kane visitaron a los Cabot a principios del nuevo año, y Richard trabó amistad en seguida con John Cabot, el padre de Joanna. Les admiraba que teniendo tantos amigos comunes no se hubieran visitado antes. Joanna tenía dos hermanas más jóvenes, que pasaron el fin de semana rondando alrededor de Richard.

—He cambiado de opinión —dijo Richard aquel sábado por la noche, ya acostados—. Creo que Joanna es exactamente la mujer que William necesita.

Florentina asumió un fuerte acento centroeuropeo para preguntar:

—¿Y si Joanna hubiera sido una humilde inmigrante polaca, vendedora de guantes en Bloomingdale's?

Richard tomó a Florentina en brazos y dijo:

—Le diría que no comprase tres pares de guantes, que le saldría más barato casarse directamente con la chica.

Los preparativos de la inminente boda le parecieron muy complicados y rebuscados a Florentina, quien recordaba muy bien la sencillez con que habían contraído matrimonio ella y Richard, y cómo Bella y Claude habían subido la cama grande al ático de su casa en San Francisco. Por fortuna, la señora Cabot quiso ocuparse en persona de todos los detalles, y cuando tocaba hacer algo a los Kane, Annabel se ofrecía de buena gana para actuar en representación de su familia.

A principios de enero Florentina regresó a Washington para desalojar sus despachos. Los colegas de Washington se detuvieron a charlar con ella como si no hubiese dejado la Cámara. Janet la esperaba con un montón de cartas; la mayoría de los corresponsales decían sentir que Florentina no volviese al Congreso, y expresaban la esperanza de que pasados dos años se presentaría de nuevo para el Senado.

Florentina les contestaba a todos, pero a veces se preguntaba si no iría algo mal también en 1984. De ocurrir así, su carrera política podría considerarse acabada.

Cuando Florentina dejó el Capitolio y se encaminó a Nueva York, resultó que estorbaba a todo el mundo. El consorcio Baron y la Lester eran dirigidos competentemente por Richard y Edward. El consorcio había cambiado mucho desde que Richard pusiera en práctica las numerosas mejoras propuestas por McKinsey and Company. Para ella fueron una sorpresa los nuevos restaurantes Baron of Beef que se instalaban en todas las plantas bajas de los hoteles, y pensó que nunca se acostumbraría a ver los cajeros automáticos al lado de la peluquería en los vestíbulos. Florentina fue a ver a Gianni para enterarse de cómo iban las tiendas, y él creyó que sólo había ido a buscar un vestido nuevo.

Durante aquellos primeros meses de alejamiento de Washington, Florentina estuvo más inquieta que nunca. Viajó dos veces a Polonia, donde la entristeció el destino de sus paisanos, al verse rodeada por la devastación, y se preguntó dónde golpearían a continuación los rusos. Florentina aprovechó aquellos viajes para entrevistarse con dirigentes europeos, que manifestaron repetidas veces su temor de que con cada nuevo presidente Norteamérica se volviese cada vez más aislacionista.

De retorno en Estados Unidos, se le planteó una vez más la cuestión de si debía presentarse para el Senado. Janet, que seguía siendo empleada de Florentina, empezó a discutir de tácticas con Edward Winchester; las mismas le imponían a Florentina periódicos desplazamientos a Chicago. Era cuestión de aceptar cualquier oportunidad de hablar en Illinois. Florentina se animó mucho cuando el senador Rodgers la llamó, después de las vacaciones de Pascua, para decirle que se alegraría de que ella quisiera sucederle en su escaño al año próximo, y que podía contar con su respaldo.

Florentina repasaba semanalmente la prensa de Chicago, y le fue forzoso darse cuenta de que Ralph Brooks ya empezaba a hacerse un nombre en el Senado. Se las arregló para formar parte de la prestigiosa comisión de Relaciones exteriores, así como de la comisión de Agricultura, tan importante para los granjeros de Illinois. Fue además el único senador recién electo llamado a formar parte del grupo demócrata de trabajo para la reforma legislativa.

Aquello, en vez de desanimarla, hacía que cada vez estuviera más decidida.

La boda de William y Joanna fue uno de los días más felices de la vida de Florentina. Al ver de chaqué a su hijo de veintidós años, al lado de la novia, acudieron a su memoria los recuerdos de San Francisco. Él llevaba la pulsera de plata en la muñeca izquierda, y Florentina sonrió al observar la pequeña cicatriz de su mano derecha. Aunque parecía tímida y reservada, Joanna ya le había quitado a su futuro marido algunos de sus hábitos más excéntricos, incluyendo varias corbatas de colorines y la barba a lo Fidel Castro de que él estaba tan orgulloso antes de conocerla. La abuela Kane, a la que todo el mundo llamaba ya Kate, se asemejaba cada vez más a un acorazado azul pálido a todo vapor mientras se abría paso entre los invitados, besando a algunos de éstos y permitiendo que otros, los pocos que tenían más edad que ella, la besaran. A sus setenta y cinco años era todavía una mujer elegante, sin el menor signo de chochez. También era la única persona de la familia que podía reconvenir a Annabel y conseguir que ésta le hiciera caso.

Después de la memorable recepción celebrada por los padres de Joanna en su casa de Beacon Hill, y que comprendió cuatro horas de baile con la inmarcesible música de la orquesta de Lester Lanin, William y su flamante esposa tomaron el avión para pasar la luna de miel en Europa, mientras Richard y Florentina regresaban a Nueva York. Esta última sabía que se aproximaba con rapidez la fecha límite para anunciar sus intenciones con respecto al Senado. Decidió telefonear al senador saliente y pedirle consejo en cuando a los términos en que debía redactar su declaración.

Llamó al despacho de David Rodgers en el edificio Dirksen. Mientras marcaba el número se dijo que era extraño que se viesen tan poco, cuando sólo pocos meses antes las vidas de ambos discurrían, más de la mitad del tiempo, en un radio de doscientos metros. El senador no estaba, por lo que le dejó el recado. Pasaron varios días sin que él acusara recibo de la llamada, y finalmente fue su secretaria quien telefoneó para decir que debido a lo apretado de su agenda no podía ponerse. Florentina se extrañó, pues aquello no cuadraba con el estilo habitual de David Rodgers. Le comentó a Edward lo ocurrido, diciéndose que a lo mejor el desaire era imaginación suya.

—Se rumorea que quiere cederle el escaño a su mujer —comentó él.

—¿Betty Rodgers? Pero si siempre decía que no podía soportar la vida pública. No creo que ella haya elegido continuar ahora que David se retira.

—Bien, no olvides que desde que se casaron sus hijos, hace tres años, entró en el ayuntamiento de Chicago. Quizás eso le ha despertado la ambición.

—¿Hasta qué punto habrá que tomarlo en serio?

—No lo sé, pero lo averiguaré con un par de telefonazos.

Florentina lo averiguó incluso antes que Edward, porque uno de sus antiguos colaboradores de Chicago la llamó para contarle que la maquinaria del partido en Cook County hablaba de la señora Rodgers como si ya fuese la candidata.

El mismo día llamó Edward y dijo haber descubierto que la comisión estatal se había reunido para estudiar el posible nombramiento de Betty Rodgers como candidata, pese a que, según las encuestas, más del ochenta por ciento de los demócratas empadronados preferían a Florentina como sucesora de David Rodgers.

—Por si eso fuera poco, el senador Brooks respalda abiertamente a Betty Rodgers.

—Sorpresa, sorpresa —comentó Florentina—. ¿Qué jugada me aconsejas ahora?

—De momento, ninguna. Sé que no te faltan partidarios fuertes en la comisión y que la cosa está bastante igualada, así que lo más hábil quizá sería no demostrar un excesivo interés. Tú sigue trabajando en Chicago y finge estar por encima de todo esto.

—Pero ¿y si la eligieran a ella?

—Entonces tendrías que presentarte como candidata independiente y derrotarla.

—Como tú mismo me recordaste hace pocos meses, Edward, no se puede luchar contra la maquinaria del partido.

—Truman lo hizo.

Pocos minutos después de acabada la reunión, Florentina se enteró de que la comisión había decidido, por seis votos contra cinco, proponer a Betty Rodgers como candidata oficial de los demócratas para el Senado, decisión que habría de ser ratificada, dentro del mismo mes, por una reunión plenaria. David Rodgers y Ralph Brooks habían votado en contra de Florentina.

A ésta le parecía increíble que sólo seis personas pudieran tomar ellas solas una determinación tan importante, y durante la semana siguiente tuvo dos conversaciones telefónicas desagradables, la una con Rodgers y la otra con Brooks. Éstos le rogaron que antepusiera la unidad del partido a la ambición personal.

—Es el género de hipocresía que uno puede esperar de un demócrata —comentó Richard.

Muchos de los partidarios de Florentina le suplicaban que presentase batalla, pero ella no estaba convencida. Además, el presidente de la comisión local la llamó para anunciarle formalmente que en interés de la unidad del partido ella no sería propuesta para la candidatura en aquella ocasión. Para consolarla observó que Betty Rodgers seguramente no pasaría del primer mandato de seis años.

A lo largo de los días siguientes oyó muchos consejos, pero fue Bob Buchanan quien, en ocasión de un viaje a Washington, le aconsejó que leyera detenidamente *Julio César.*

—¿Toda la obra? —preguntó Florentina.

—No, yo en su lugar me concentraría en el papel de Marco Antonio, querida.

Florentina llamó al presidente de los demócratas y le dijo que estaba dispuesta a asistir a la plenaria para declarar que no presentaría su candidatura, pero que tampoco respaldaría a Betty Rodgers.

El presidente aceptó de buena gana el compromiso.

La sesión se celebró diez días más tarde en la comisión central del Estado, que tenía su sede en el hotel Bismarck de West Randolph Street. Cuando llegó Florentina el salón ya estaba abarrotado. El fuerte aplauso que la saludó a su llegada le dio a entender que la plenaria tal vez no iba a ser una balsa de aceite como había previsto la comisión.

Florentina ocupó el lugar que tenía asignado, al final de

la segunda fila. El presidente estaba en medio de la primera fila, detrás de una mesa larga, flanqueado por los senadores Rodgers y Brooks. Betty Rodgers estaba al lado de su esposo y ni siquiera se volvió para mirar a Florentina. Completaban la primera fila el secretario y el tesorero. Cuando apareció Florentina el presidente le hizo una cortés inclinación de cabeza. Al lado de ella, en la segunda fila, estaban los demás miembros de la comisión, uno de los cuales se inclinó hacia Florentina y le susurró:

—Está usted loca; debía presentar batalla.

A las ocho, el presidente cedió la palabra a David Rodgers. El senador se había ganado el respeto de sus representados por su laboriosidad en la defensa de los intereses de aquéllos, pero ni sus más cercanos ayudantes habrían afirmado que fuese un buen orador. Empezó agradeciendo a todos las pasadas ayudas, y expresó su esperanza de que depositasen la misma lealtad en su mujer. Hizo un atropellado panegírico de su labor de veintidós años en el Senado, y se sentó para escuchar lo que podía describirse, en el mejor de los casos, como un aplauso de cortesía.

A continuación habló el presidente para explicar las razones por las cuales se proponía a Betty Rodgers como candidata.

—Cuando menos, los votantes recordarán con facilidad su apellido.

Celebró su propio chiste con una carcajada y uno o dos de los ocupantes del estrado le hicieron eco, no así la mayoría del público asistente. Luego dedicó diez minutos a exponer las virtudes de Betty Rodgers y su labor como concejal. La asistencia le escuchó en silencio, y finalmente hubo un conato de aplauso. Hizo una pausa y luego presentó a Florentina en términos rutinarios.

Ella no había tomado notas, porque deseaba que su alocución pareciese improvisada, aunque había pasado diez días ensayando cada palabra. Richard se había ofrecido a acompañarla, pero ella le dijo que no valía la pena puesto que todo estaba decidido con antelación. La verdad era que no deseaba que estuviese allí, ya que su presencia habría arrojado dudas sobre la aparente espontaneidad de sus gestos.

Cuando se hubo sentado el presidente, Florentina avanzó hacia el centro del estrado, delante de Ralph Brooks.

—Señor presidente, he venido hoy a Chicago para anunciar que no presento mi candidatura para el Senado de los Estados Unidos.

Hizo una pausa, durante la cual se alzaron gritos de «¿Por qué no?» y «¿Quién se lo impide?».

Ella prosiguió como si no hubiese oído nada:

—He tenido el privilegio de representar a mi distrito de Chicago durante seis años en la Cámara de Representantes de los Estados Unidos, y confío en poder seguir trabajando en interés del pueblo. Siempre he creído en la unidad del partido...

—Pero no en las martingalas del partido —gritó alguien.

Una vez más, Florentina ignoró la interrupción.

—Y por consiguiente, respaldaré con mucho gusto al candidato que elijáis para la plataforma demócrata —dijo, procurando hablar en un tono convincente.

Se alzó un rugido tremendo, en el cual se distinguían con claridad gritos de:

—¡Kane senadora! ¡Kane senadora!

David Rodgers miró con atención a Florentina mientras ésta proseguía:

—A mis partidarios les digo que tal vez habrá otro momento y otro lugar, pero no será esta noche, y por ello les recordaré que es a los republicanos a quienes debemos derrotar en este Estado clave, y no a nosotros mismos. Si Betty Rodgers se convierte en la próxima senadora, no dudo de que servirá al partido con la misma idoneidad que estábamos acostumbrados a encontrar en su esposo. Y si el escaño fuese para los republicanos, estad seguros de que me dedicaré a trabajar para que lo recuperemos dentro de seis años. Cualquiera que sea el resultado, le garantizo a la comisaría mi apoyo en este Estado crucial, durante el año de las elecciones.

Florentina regresó rápidamente a su asiento de la segunda fila, mientras sus seguidores la ovacionaban sin cesar.

Cuando el presidente hubo restaurado el orden, cosa que procuró hacer con la mayor rapidez posible, invitó a la próxima senadora de los Estados Unidos por Illinois, la señora Betty Rodgers, a dirigirse a los reunidos. Hasta ese momento Florentina había mantenido la cabeza baja, pero entonces no pudo evitar el contemplar a su adversaria. Era evidente que Betty Rodgers no había previsto que pudiese haber oposición, y parecía muy agitada mientras manoseaba sus notas. Leyó el discurso preparado, bajando a ratos la voz hasta casi un susurro, y aunque la alocución estaba bien documentada, por el modo de pronunciarla hizo que su marido pareciese casi un Cicerón. Florentina sintió tristeza y vergüenza ajena, y casi empezó a sentirse culpable por haber recurrido a la astucia. Pero también despreciaba a la comisión por haber hecho que Betty Rodgers pasara por semejantes apuros. Se preguntó a qué extremos sería capaz de llegar Ralph Brooks para evitar que ella fuese al Senado. Cuando volvió a su asiento, Betty Brooks temblaba como gelatina. Florentina abandonó discretamente el estrado y salió por una puerta lateral para no molestar más. Llamó un taxi y le ordenó al conductor que la llevase al aeropuerto O'Hare.

—Cómo no, señora Kane —respondió él—. Espero que se presente usted otra vez para el Senado. Esta vez ganará el escaño con facilidad.

—No, yo no me presento —dijo Florentina sin rodeos—. La candidata demócrata será la señora Rodgers.

—¿Quién es ésa? —preguntó el taxista.

—La esposa del senador Rodgers.

—¿Y qué sabe ella del oficio? Su marido tampoco fue gran cosa —replicó él, malhumorado, tras lo cual condujo el resto de la carrera en silencio.

Florentina lo aprovechó para reflexionar, cayendo en la cuenta de que no tendría más remedio que presentarse como candidata independiente si quería una oportunidad de ocupar un escaño en el Senado. Su principal temor era que el voto se fraccionase entre ella y Betty Rodgers, facilitando el camino a un republicano. Si tal fuese la consecuencia, el partido no se lo perdonaría jamás, y sería el final de su carrera política. Por lo visto Brooks tenía todas las de ganar, y se maldijo a sí misma por no haberle derrotado cuando tuvo la ocasión.

El taxi se detuvo delante de la terminal. Mientras cobraba, el conductor dijo:

—Sigo sin entenderlo. Mire usted, mi señora dice que usted será presidenta. Yo no sabría decirlo, pues no votaré nunca a favor de una mujer.

Florentina soltó la carcajada.

—No he querido ofender, señora.

—No estoy ofendida —dijo ella, y le aumentó la propina.

Consultó su reloj y se dirigió a la puerta de las salidas:

aún faltaba media hora para despegar. Compró las revistas *Time* y *Newsweek* en el puesto de periódicos. El rostro de Bush ocupaba ambas portadas: se estaban cruzando los primeros fuegos de la campaña presidencial. Miró la pantalla del monitor para comprobar la puerta de salida para los vuelos a Nueva York: era la «12C». Se sonrió al comprobar a qué extremos llegaba la dirección del aeropuerto O'Hare para no tener que escribir «puerta 13». Buscó una de las sillas de plástico rojo y empezó a leer el perfil biográfico de George Bush. Se enfrascó tanto en el artículo que tardó en advertir el mensaje que repetían los altavoces: «Señora Florentina Kane, sírvase acudir al teléfono blanco más próximo».

Florentina seguía leyendo la historia del directivo de la compañía Zapata Oil que había pasado por la Cámara, la comisión nacional republicana, la CIA y la delegación estadounidense en China para convertirse en vicepresidente. Un empleado de la TWA se acercó y le tocó el hombro. Florentina alzó la mirada.

—Señora Kane, creo que es para usted —dijo el joven, señalando hacia los altavoces. Florentina prestó atención.

—¡Ah, sí! Gracias.

Cruzó el vestíbulo en dirección al teléfono más cercano. En momentos como aquél siempre se le ocurría pensar que uno de los niños podía haber sufrido un accidente, y tenía que hacer un esfuerzo para recordar que Annabel tenía más de veintiún años y William era un hombre casado. Descolgó el teléfono.

La voz del senador Rodgers llegó con gran claridad:

—¿Es usted, Florentina?

—Sí.

—Menos mal que he conseguido localizarla. Betty ha decidido que no quiere presentarse; dice que la campaña sería demasiado fatigosa para ella. ¿Querría usted regresar antes de que aquí lo rompan todo en pedazos?

—¿Qué ocurre? —preguntó Florentina, hecha un lío.

—¿No oye lo que está ocurriendo aquí? —respondió Rodgers.

Florentina escuchó entonces, con tanta claridad como la voz del propio Rodgers, gritos de «Kane, Kane, Kane».

—Quieren que sea usted la candidata oficial, y nadie se moverá de aquí hasta que usted regrese.

Florentina apretó el puño.

—No me interesa, David.

—Pero, Florentina, yo creí que...

—No, a menos que pueda contar con el apoyo de la comisión, y que usted mismo proponga mi designación.

—Lo que usted quiera, Florentina. Betty siempre pensó que era usted la persona indicada para el puesto. Lo que pasó fue que Ralph Brooks la convenció.

—¿Ralph Brooks?

—Sí, pero ahora Betty se ha dado cuenta de que con ello sólo pretendía hacerse un favor a sí mismo. De modo que regrese, por el amor de Dios.

—Ahora voy —replicó Florentina, tras lo cual casi echó a correr hacia la parada de los taxis, uno de los cuales avanzó en seguida para situarse junto a ella.

—¿Adónde va a ser esta vez, señora Kane?

—Al mismo lugar de donde vinimos —sonrió ella.

—Usted sabrá lo que hace, pero realmente no sé cómo la gente sencilla como yo puede seguir confiando en los políticos.

Florentina elevó una plegaria para que el taxista guardase silencio durante la carrera de retorno y la dejase ordenar sus ideas. Pero esta vez él le soltó una diatriba: contra su mujer, a quien debía haber plantado; contra su hijo, que estaba hecho un toxicómano y no trabajaba; y contra su hija, que vivía en una comuna de California controlada por una secta religiosa.

—Condenado país... y usted perdone, señor Kane —dijo en el momento de estacionarse delante del hotel, mientras ella se preguntaba por qué no se callaría de una vez y le pagaba de nuevo—. Quizá vote a favor de usted cuando se presente para la presidencia, a pesar de todo —concedió él. Ella sonrió; mientras él agregaba—: Y podría hacer propaganda entre las personas que toman mi coche... son más de trescientas a la semana.

Florentina se estremeció. Siempre quedaba algo que aprender.

Intentó ordenar sus ideas mientras entraba en el edificio. El público estaba puesto en pie, y la recibió con una ovación ensordecedora. Algunos aplaudían por encima de las cabezas, y otros se habían puesto en pie sobre las sillas. El primero que la recibió en el estrado fue el senador Rodgers, y luego su mujer, que saludó a Florentina con una sonrisa de alivio. El presidente le estrechó la mano con cordialidad. El senador Brooks brillaba por su ausencia, y ella se dijo que a veces la política era odiosa.

Se volvió hacia sus partidarios, que llenaban la sala, y ellos redoblaron sus ovaciones: a veces la política era maravillosa.

Florentina pasó al centro de la mesa, pero el presidente aún tardó cinco minutos más en restablecer el orden. Cuando se hizo el silencio, ella se limitó a decir:

—En cierta ocasión Thomas Jefferson hubo de observar: «He regresado más pronto de lo que esperaba». Es para mí una alegría aceptar vuestro nombramiento para la candidatura al Senado de los Estados Unidos.

No pudo pronunciar ni una palabra más en toda la noche, pues todos se arremolinaron alrededor de ella. Poco después de las doce y media entraba en su habitación del Chicago Baron. En seguida descolgó y marcó el prefijo 212, olvidando que en Nueva York eran la una y media.

—¿Quién es? —dijo una voz soñolienta.

—Marco Antonio.

—¿Quién?

—He venido a enterrar a Betty, no a alabarla.

—¿Estás loca, Jessie?

—No, pero acabo de recibir la confirmación como candidata demócrata para el Senado de los Estados Unidos —contestó Florentina, y explicó cómo había ocurrido.

—George Orwell dijo que iban a pasar muchas cosas horribles por esta época, pero no mencionó nada acerca de despertarme en plena madrugada para anunciarme, simplemente, que vas a ser senadora.

—Pensé que te gustaría ser el primero en saberlo.

—Más vale que llames a Edward.

—¿Crees que debo hacerlo? Acabas de recordarme que es la una y media en Nueva York ahora.

—Ya lo sé, pero ¿por qué habría de ser yo el único cuyo sueño se vea interrumpido por una cita equivocada de *Julio César*?

El senador Rodgers mantuvo su palabra y apoyó a Florentina durante toda la campaña electoral. Por primera vez en muchos años ella se veía libre de las obligaciones de Washington y pudo dedicarse de lleno a las elecciones. Y aquella vez no cayeron rayos ni meteoritos inevitables, aunque el reticente apoyo de Ralph Brooks en una ocasión, y el elogio implícito que hizo de su oponente republicano en otra, no constituyeran precisamente una ayuda.

Aquel año el interés del país estaba centrado en las elecciones presidenciales. La principal sorpresa fue el candidato demócrata elegido, un desconocido que derrotó a Walter Mondale y a Edward Kennedy en las primarias con su programa bautizado «el Nuevo Planteamiento». Durante la campaña el candidato visitó Illinois no menos de seis veces, en todas las cuales apareció acompañando a Florentina.

El día de las elecciones, los periódicos aseguraron una vez más que la partida para el Senado estaba demasiado igualada y que no se podía adivinar un ganador claro. Los encuestadores se equivocaron y el taxista locuaz tuvo razón, pues a las ocho y media, hora local, el candidato republicano hubo de admitir la aplastante victoria de Florentina. Más tarde los encuestadores trataron de explicar sus errores estadísticos diciendo que al consultar las intenciones de voto muchos hombres no querían confesar que estaban dispuestos a votar a favor de una mujer. En todo caso no importó, pues el mensaje del nuevo presidente electo lo decía todo:

BIENVENIDA A WASHINGTON OTRA VEZ SENADORA KANE

32

Mil novecientos ochenta y cinco iba a ser un año de funerales, que hizo sentir a Florentina el peso de sus cincuenta y un años.

A su regreso a Washington descubrió que le habían asignado despachos en el edificio Russell, a menos de seiscientos metros de sus antiguas oficinas de congresista en el edificio Longworth. Los primeros días estacionó el coche más de una vez en el garaje del Longworth, en vez de dirigirse al patio del Russell. Tampoco podía acostumbrarse a que la llamaran senadora; sobre todo Richard utilizaba la palabra como si fuese un insulto:

—Tú quizá creas que has mejorado de categoría, pero aún no te han aumentado el sueldo. Espero que seas presidente pronto, porque al menos ganarás tanto como uno de los vicepresidentes del Banco.

En efecto, el salario de Florentina no había aumentado, pero sus gastos sí, pues una vez más se rodeó de un equipo de colaboradores que era la envidia de muchos colegas. Desde luego no sería ella quien negase la importancia de una buena base financiera fuera del mundo de la política. La mayor parte de los antiguos empleados regresaron, y su número se amplió en otros nuevos que tenían fe en el porvenir de Florentina. Sus despachos del edificio Russell estaban en la suite cuatrocientos cuarenta. Aparte del suyo, tenían otros cuatro, ocupados por los catorce ayudantes a las órdenes de la intrépida Janet Brown, que según solía decir Florentina estaba casada con su trabajo. Además contaba con cuatro delegaciones repartidas por Illinois, en cada una de las cuales tenía tres empleados.

Los nuevos despachos daban al patio, con su fuente y su zona de estacionamiento. El césped serviría de agradable refugio para el almuerzo de los senadores durante el verano, y para bandadas de ardillas en invierno.

Florentina le contó a Richard que según sus cálculos iba a tener que pagar de su bolsillo más de doscientos mil dólares al año, además de su asignación senatorial, y que dicha cantidad podía variar entre un senador y otro según las dimensiones y población del Estado representado. Richard sonrió y se prometió donar una cantidad idéntica al partido republicano.

Tan pronto como clavaron el emblema del Estado de Illinois en su puerta, Florentina recibió un telegrama, cuyo contenido era tan sencillo como abrumador: WINIFRED TREDGOLD FALLECIDA JUEVES PASADO A LAS ONCE.

Era la primera vez que Florentina leía el nombre completo de miss Tredgold. Consultó el reloj, puso dos conferencias internacionales y luego llamó a Janet para decirle que iba a estar ausente durante cuarenta y ocho horas. A la una de la tarde estaba a bordo de un Concorde, y después de tres horas y veinticinco minutos de vuelo llegó a Londres a las nueve y veinticinco. El coche de alquiler que había pedido la esperaba a la salida del despacho de Aduanas y el chófer la condujo por la autopista M4 a Wiltshire. Tomó habitación en el hotel Lanadowne Arms y leyó *The Deans's December*, de Saul Bellow, hasta las tres de la madrugada, por culpa de la diferencia de horarios. Antes de apagar la luz llamó a Richard.

—¿Dónde estás? —fue lo primero que dijo él.

—En un pequeño hotel de Calne, en Wiltshire, Inglaterra.

—¿Y cómo es eso? ¿Quizás el Senado ha iniciado una investigación sobre las tabernas británicas?

—No, cariño. Miss Tredgold ha muerto y asistiré al entierro mañana.

—Lo siento —contestó Richard—. Si me lo hubieras dicho te habría acompañado. Ambos tenemos mucho que agradecer a la señorita —Florentina sonrió—. ¿Cuándo volverás a casa?

—En el Concorde de mañana por la tarde.

—Que duermas bien, Jessie. Pensaré en ti... y en miss Tredgold.

A las nueve y media de la mañana siguiente una camarera subió una bandeja con salmón ahumado, tostadas con mermelada Cooper's Oxford, café y un ejemplar del *Times* de Londres. Sentada en la cama, saboreó cada instante: lujo que jamás se habría permitido en Washington. A las diez y media se había impuesto del contenido del *Times*, y no le sorprendió en absoluto descubrir que los británicos tenían los mismos problemas de inflación y desempleo que agobiaban a Estados Unidos. Florentina se levantó y se puso un sencillo vestido negro de punto, y como única joya el pequeño reloj que miss Tredgold le regalara el día que cumplió trece años.

El conserje del hotel le dijo que la iglesia estaba como a un kilómetro y medio de distancia, y como la mañana era tan clara y tonificante, decidió ir andando. Lo que el nativo no dijo era que el camino discurría todo el rato cuesta arriba, y que el «como un» expresaba una aproximación bastante vaga. Mientras caminaba pensó que últimamente hacía muy poco ejercicio, habiendo desterrado a Cape Cod la bicicleta estática. Tampoco había hecho caso cuando hizo furor la moda del «jogging».

La pequeña iglesia normanda rodeada de robles y olmos estaba colgada sobre la ladera. El tablero de anuncios exhibía el cartel de una cuestación para salvar el techo de la iglesia, lo cual iba a costar veinticinco mil libras; en el termómetro dibujado junto al letrero, un pequeño trazo rojo indicaba que se habían recogido ya algo más de mil libras. Para sorpresa de Florentina, fue recibida por un sacristán que la esperaba y que la condujo al banco de la primera fila, junto a una señora de aspecto autoritario que debía ser la directora del colegio.

La iglesia estaba más llena de lo que Florentina había supuesto, y las alumnas de la escuela formaban el coro. El servicio fue sencillo y la plática del pastor le permitió a Florentina darse cuenta de que miss Tredgold había seguido enseñando a otras con el mismo afán y sentido común que tanto habían influido en la vida de ella. Procuró no llorar, pues sabía que ello hubiera sido desaprobado por miss Tredgold, pero estuvo a punto de sucumbir cuando el coro entonó el que había sido el himno favorito de su institutriz.

Terminado el servicio, Florentina salió con los demás asistentes por el atrio normando y aguardó en el pequeño cementerio a que dieran sepultura a los restos de Winifred Tredgold. La directora, que parecía una hermana gemela de miss Tredgold —a Florentina le costaba creer que todavía existiese aquel género de mujeres—, le dijo a Florentina que quería enseñarle una cosa de la escuela antes de que aquélla se marchase. Mientras se encaminaban allá a campo través, supo que miss Tredgold nunca había hablado de Florentina sino con sus dos o tres amigas más íntimas. Pero cuando la directora abrió la puerta de un pequeño dormitorio, en la residencia contigua a la escuela, Florentina ya no pudo contener las lágrimas. Al lado de la cama había una fotografía de un vicario a quien Florentina reconoció como el padre de miss Tredgold; a su lado, en un pequeño marco de plata de estilo victoriano, había un retrato de Florentina, tomado el día en que se despidió de la Girls Latin. Se veía además una vieja Biblia. En el cajón de la mesita de noche descubrieron todas las cartas que Florentina le había escrito durante los pasados treinta años; la última estaba sin abrir sobre la cama.

—¿Llegó a saber que yo había sido elegida para el Senado? —preguntó tímidamente Florentina.

—¡Ah, sí! Toda la escuela rezó por usted ese día. Fue la última ocasión en que miss Tredgold leyó el evangelio en la capilla, y antes de morir me pidió que le escribiera a usted para decirle que el padre de ella había tenido razón, pues había tenido la oportunidad de ser maestra de una mujer de gran porvenir. No llore usted, querida. Su fe en Dios era tan inconmovible, que murió en paz completa con este mundo. Miss Tredgold dijo también que le diera a usted su Biblia y este sobre, el cual no debe abrir hasta que esté de vuelta en casa. Esa fue su última voluntad.

Florentina se despidió de la directora agradeciéndole su amabilidad, y dijo que la había sorprendido y conmovido que el sacristán saliera a recibirla, cuando nadie sabía que iba a acudir.

—¡Ah! Eso no debe sorprenderla a usted, joven —dijo la directora—. Yo jamás dudé de que vendría.

Florentina regresó a Londres estrechando el sobre. Ardía en deseos de abrirlo, como el niño que ha visto un paquete en el recibidor y sabe que es un regalo de cumpleaños, pero para el día siguiente. Tomó el Concorde a las seis y media de la tarde y llegó al aeropuerto Dulles hacia las cinco y media. Contempló el sobre, rotulado «Florentina Kane», y lo rasgó poco a poco. Al extraer su contenido vio que eran cuatro mil acciones del consorcio Baron. Miss Tredgold había muerto sin saber quizá que era poseedora de más de medio millón de dólares. Florentina tomó la estilográfica y extendió un cheque por importe de veinticinco mil libras para el nuevo techo de la iglesia, en memoria de miss Tredgold. Luego envió las acciones al profesor Ferpozzi, a fin de que pasaran a engrosar el patrimonio de la fundación Remagen. Cuando Richard oyó el relato de lo ocurrido le dijo a Florentina que una vez su padre había actuado de manera parecida, aunque la cantidad que se necesitó entonces fue sólo de quinientas libras.

—Por lo visto, hasta Dios padece la inflación —comentó.

Washington se preparaba para otro acto de investidura. En esta ocasión la senadora Kane ocupaba el palco de honor, desde donde iba a pronunciar su discurso el presidente electo. Escuchó con atención el proyecto de la política americana para los cuatro años por venir, es decir el «Nuevo Planteamiento», como todos lo llamaban.

—Cada vez estás más cerca del podio —le había dicho Richard durante el desayuno.

Florentina miró a su alrededor, pasando revista a los colegas y amigos de un Washington donde ya se sentía a sus anchas. En la fila de delante, el senador Ralph Brooks estaba aún más cerca del podio presidencial, del que no apartaba la mirada.

Pronto Florentina se vio en la Subcomisión de Defensa de la Comisión del Presupuesto, así como en la Comisión del Medio Ambiente y de Obras Públicas. También la llamaron a presidir la Comisión de la Pequeña Empresa. Sus días volvieron a parecer una carrera incesante contra el tiempo. Janet y sus ayudantes le leían los resúmenes en los ascensores, en el coche, en el avión, en la sala mientras esperaba el momento de ir a votar e incluso en los pasillos entre una y otra comisión. Florentina se mostró incansable en su afán por cumplir su programa diario, y los catorce ayudantes se preguntaban cuánto trabajo más podían cargar sobre ella sin que se rindiera bajo el esfuerzo. En el Senado, Florentina no tardó en confirmar la reputación adquirida durante su estancia en la Cámara de Representantes: hablaba sólo de los asuntos de que estaba bien informada, y cuando lo hacía era para mostrar comprensión y sentido común. En los demás casos prefería guardar silencio. Votó en contra de su propio partido en varios asuntos de Defensa, así como, en dos ocasiones, mientras se discutía la nueva política energética provocada por la última guerra del Oriente Próximo.

Como era el único senador demócrata de sexo femenino, recibía invitaciones de toda la nación, y pronto sus colegas aprendieron que Florentina Kane no estaba como un adorno de los demócratas en el Senado, sino que más valía no subestimarla.

Agradó a Florentina el verse invitada, cada vez con mayor frecuencia, al tabernáculo, es decir al despacho del jefe de la mayoría, para discutir tanto las cuestiones políticas como los problemas internos del partido.

En su primera intervención como senadora, Florentina presentó una enmienda a la ley de la pequeña empresa, para que se concedieran generosas desgravaciones fiscales a las compañías que exportasen más del treinta y cinco por ciento de su producción. Desde hacía mucho tiempo, opinaba que las empresas incapaces de colocar sus productos en los mercados extranjeros padecían el mismo tipo de autoengaño que los ingleses a mediados de siglo; y que los americanos, si no tenían cuidado, entrarían en el siglo veintiuno con los mismos problemas que los británicos fracasaron en resolver hacia el octavo decenio del siglo veinte.

Durante los primeros tres meses contestó cinco mil cuatrocientas dieciséis cartas, votó setenta y nueve veces, habló ante la Cámara en ocho ocasiones y catorce veces fuera de ella, y se quedó sin almorzar cuarenta y tres días de los noventa últimos.

—No necesito hacer régimen —le contaba a Janet—. Peso menos ahora que cuando tenía veinticuatro años y abría mi primera tienda en San Francisco.

El segundo fallecimiento significó también una conmoción, porque la familia reunida acababa de pasar el fin de semana en Cape Cod.

La camarera había puesto en conocimiento del mayordomo que la señora Kate Kane no había bajado a desayunar con la última campanada de las ocho en el reloj de pared.

—Entonces debe haber muerto —dijo el mayordomo.

Kate Kane contaba setenta y nueve años la primera y

última vez que faltó a su desayuno, y la familia se reunió para asistir a un funeral de alto copete. El servicio se celebró en la iglesia de la Trinidad de Copley Square, y no pudo ser mayor el contraste con las exequias de miss Tredgold, ya que esta vez el obispo se dirigía a una congregación que habría podido viajar desde Boston hasta San Francisco sin salir de sus dominios. Estaban todos los Kane y los Cabot, así como otros dos senadores y un congresista. Casi todos los que habían conocido a la abuela Kane y muchos que no la habían conocido abarrotaban los bancos de la iglesia detrás de Richard y Florentina.

Florentina se volvió a mirar a William y Joanna. Por su aspecto, Joanna no tardaría más de un mes en dar a luz, lo cual entristeció a Florentina, al pensar que Kate no había vivido lo suficiente para convertirse en bisabuela Kane.

Después del funeral pasaron un triste fin de semana en la Casa Roja de Beacon Hill. Florentina no olvidaría jamás los incesantes esfuerzos de Kate por reconciliar a su esposo con el hijo de ambos. Ahora Richard era el único jefe de la familia Kane, y Florentina comprendió que ello añadiría nuevas responsabilidades al volumen ya insoportable de trabajo que padecía. No ignoraba que él no se quejaría, lo cual la hizo sentirse culpable por lo poco que ayudaba a hacerle más llevadera la carga.

El testamento de Kate fue sensato y prudente, como de una auténtica Kane; los principales herederos eran Richard y sus hermanas Lucy y Virginia, pero también William y Annabel recibían importantes legados. Cuando cumpliese treinta años, William recibiría dos millones de dólares. Por otra parte, Annabel percibiría las rentas de otros dos millones pero no entraría en posesión de los mismos hasta después de cumplir cuarenta y cinco años o dar a luz dos hijos legítimos. La abuela Kane no había dejado casi nada al azar.

En Washington empezaba ya la batalla de las elecciones intermedias, y Florentina se alegró de tener un mandato por seis años que la dispensaba de enfrentarse nuevamente a los electores. Por primera vez tenía la oportunidad de realizar una auténtica labor, sin las interrupciones bienales y sus consiguientes luchas intestinas. Sin embargo, recibía tantas invitaciones de sus colegas para pronunciar discursos en sus respectivos Estados, que le parecía trabajar tanto o más que si se presentase a la reelección. La única invitación que rechazó, aunque cortésmente, fue la de Tennessee: en efecto, habría tenido que hablar en contra de Bob Buchanan, que buscaba por última vez la reelección.

La tarjeta que Louise le entregaba todas las noches estaba siempre llena de citas desde la mañana hasta la noche; el programa de un día cualquiera podía ser:

«7h45: desayuno con un ministro de Asuntos Exteriores extranjero. 9h00: reunión en el despacho. 9h30: sesión de la Subcomisión de Defensa. 11h30: entrevista del *Tribune* de Chicago. 12h30: almuerzo con seis colegas del Senado para discutir el presupuesto de Defensa. 2h00: charla radiofónica semanal. 2h30: fotografía en la escalinata del Capitolio con los 4-H de Illinois. 3h15: reunión en el despacho para puesta al día sobre la ley de la pequeña empresa. 5h30: pasar por la recepción de Associated General Contractors. 7h00: cóctel en la embajada francesa. 8h00: cena con Donald Graham, del *Washington Post*. 11h00: telefonear a Richard en el Denver Baron.»

Como senadora, Florentina pudo espaciar quincenalmente sus desplazamientos a Illinois. Un viernes sí y otro no, aprovechaba el avión militar que iba a Providence, donde se reunía con Richard, procedente de Nueva York. Luego se dirigían por la Ruta Seis al Cabo, adonde iban para resarcirse de los días de separación.

Cape Cod, donde Richard y Florentina pasaban sus fines de semana libres, se había convertido en su hogar desde el fallecimiento de Kate, pues Richard les dejó la Casa Roja a William y Joanna.

Los sábados por la mañana holgazaneaban y leían periódicos y revistas. A veces Richard ensayaba con el violoncelo, mientras Florentina revisaba los papeles que se traía de Washington. Si el tiempo lo permitía, se pasaban la tarde jugando al golf, y por la noche, cualquiera que fuese el tiempo, al backgammon. Florentina siempre acababa debiéndole a Richard un par de centenares de dólares, y él afirmaba que se los donaría al partido republicano cuando ella se decidiese a saldar sus deudas de juego. Florentina siempre le discutía la utilidad de donar dinero al partido republicano de Massachusetts, pero Richard señalaba que también apoyaba a un senador y gobernador republicano en Nueva York.

El hijo de Joanna, patrióticamente, nació el día del cumpleaños de Washington, y le pusieron de nombre Richard. De súbito Florentina se veía convertida en abuela.

La revista *People* dejó de escribir que era la dama más elegante de Washington para empezar a llamarla la abuela más atractiva de Estados Unidos. Esto causó un diluvio de cartas de protesta, incluyendo cientos de fotografías de otras abuelas de buen ver que se ofrecían a la consideración del editor. En realidad esto sirvió para incrementar la popularidad de Florentina.

Los rumores de sus grandes posibilidades de ser nombrada candidata para la vicepresidencia en 1988 empezaron cuando la Confederación de la pequeña empresa de Illinois la eligió Ciudadana del Año, y una encuesta de *Newsweek*, asimismo, la nombró Mujer del Año. Siempre que la interrogaban al respecto les recordaba a sus interlocutores que llevaba menos de doce meses en el Senado y que lo primero para ella eran sus tareas de representación política; sin embargo, no pudo dejar de observar que se la invitaba cada vez más a menudo a las reuniones con el presidente. El ser la única mujer senadora del partido mayoritario resultaba así, por primera vez para ella, una ventaja.

Florentina se enteró de la muerte de Bob Buchanan al preguntar por qué estaba a media asta la bandera del edificio Russell. El servicio fúnebre se celebraba el miércoles, día en que ella debía presentar una enmienda a la ley del Servicio de sanidad pública y hablar en una conferencia sobre Defensa en el Centro Internacional Universitario Woodrow Wilson. Canceló lo uno, aplazó lo otro y tomó el avión para Nashville, Tennessee.

Asistieron los dos senadores del Estado y sus siete congresistas restantes. Florentina rindió silencioso tributo al fallecido junto con sus colegas de la Cámara. Mientras esperaban para entrar en la capilla luterana, uno de aquéllos le contó que Bob había tenido cinco hijos y que su benjamín Gerald cayó en la guerra del Vietnam. Ella daba gracias a Dios porque Richard había tenido demasiados años, y William demasiado pocos, para ser enviados a aquella guerra sin sentido.

Steven, el primogénito, presidió el duelo de la familia

Buchanan. Alto y delgado, de expresión franca y cordial, parecía el vivo retrato de Bob. Después del servicio Florentina charló un rato con él, y durante la conversación Steven manifestó el mismo gracejo sureño y el hablar sin rodeos que habían hecho que ella apreciase a su padre. Le agradó saber que el joven pensaba presentarse como candidato al escaño de su padre en las próximas elecciones extraordinarias.

—Así tendré a un nuevo oponente —dijo ella, sonriendo.

—Papá sentía gran admiración hacia usted —replicó Steven.

Florentina no había previsto que a la mañana siguiente su fotografía iba a aparecer en todos los periódicos, ni que éstos se desharían en elogios hacia su gesto. El editorial del *New York Times* quedó el primero entre los recortes de prensa que Janet dejaba sobre el escritorio de Florentina para que ésta los leyera:

> El representante Buchanan quizá no fuese muy conocido de los ciudadanos de Nueva York, pero sirva de comentario acerca de sus servicios parlamentarios el hecho de que la senadora Kane se desplazase a Tennessee para asistir a sus exequias. Es un detalle de los que se ven pocas veces en la política actual, y un motivo más para que la senadora Kane sea uno de los legisladores más respetados de ambas Cámaras.

Florentina estaba convirtiéndose rápidamente en el político más solicitado de Washington. Incluso el presidente admitía que tenía el tiempo casi tan ocupado como él mismo. Pero entre las invitaciones que llegaron aquel año hubo una que aceptó con no poco orgullo. Harvard la invitaba a participar en las elecciones para su junta de superintendente en primavera, así como a presidir la ceremonia de entrega de diplomas en junio. Hasta Richard tomó nota en su agenda para reservar el día libre.

Florentina releyó la lista de quienes la habían precedido en dicho honor, desde George Marshall, que resumió su plan para la reconstrucción de la Europa de posguerra, hasta Alexander Soljenitsin, que describió a Occidente como decadente y falto de valores espirituales.

Florentina dedicó muchas horas a preparar su alocución para Harvard, pues no ignoraba que tradicionalmente los medios de comunicación prestaban una considerable cobertura al acontecimiento. Cada día recitaba sus párrafos delante del espejo, en el baño e incluso durante el partido de golf con Richard. Escribió ella misma el texto entero de su puño y letra, pero aceptó numerosas enmiendas de Janet, Richard y Edward.

La víspera del día de la graduación, Florentina recibió una llamada de Sotheby's. Escuchó al jefe del departamento y estuvo de acuerdo con lo que sugirió. Una vez puestos de acuerdo sobre un precio máximo, él dijo que le comunicaría el resultado tan pronto como hubiese terminado la subasta. Le pareció a Florentina que el momento no podía estar mejor elegido. Aquella noche tomó el avión a Boston y fue recibida en el aeropuerto Logan por un estudiante entusiasta, que la llevó a Cambridge y la dejó en el club del profesorado. El presidente Bok la recibió y la felicitó por haber sido elegida para formar parte de la junta, procediendo seguidamente a presentarla a los restantes treinta miembros de la misma, entre quienes se contaban dos premios Nobel, el uno de literatura y el otro de una disciplina científica, dos ex secretarios del gabinete, un general del ejército, un juez, un magnate del petróleo y otros dos presidentes de universidades. Florentina asistió a la sesión muy divertida al escuchar las ceremoniosas fórmulas de cortesía que utilizaban los superintendentes, y no pudo evitar la comparación con las sesiones de las comisiones de la Cámara.

La habitación que le facilitaron le recordó a Florentina su época de estudiante; incluso tuvo que salir al pasillo para telefonear a Richard. Estaba en Albany, ocupado con unos problemas fiscales creados por Jack Kemp, el nuevo gobernador republicano del Estado de Nueva York.

—Llegaré a la hora del almuerzo —prometió—. Dicho sea de paso, he visto que el discurso de mañana ha merecido una mención de Dan Rather en el noticiario de la noche de CBS. Más te vale que sea bueno, porque el canal once retransmite un partido de los Yankees.

—Usted procure no llegar tarde, señor Kane.

—Y usted procure que su discurso sea tan bueno como el que pronunció ante los veteranos de la guerra del Vietnam, senadora, puesto que me hace viajar desde muy lejos para escucharlo.

—¿Cómo habré podido enamorarme de usted, señor Kane?

—Si no recuerdo mal, era el «Año de la Adopción de

un Inmigrante», y nosotros los bostonianos siempre demostramos nuestra conciencia social acostumbrada.

—¿Y cómo es que se prolongó después de ese año?

—Decidí que tenía la obligación de pasar el resto de mis días contigo.

—Acertada decisión, señor Kane.

—Me gustaría estar contigo ahora, Jessie.

—No dirías eso si hubieras visto la habitación que me han dado. La cama es individual, de manera que tendrías que dormir en el suelo. Procura llegar a tiempo mañana, quiero que oigas este discurso.

—Lo haré, aunque no creo que después de tanto tiempo me conviertas en un demócrata.

—Lo intentaré otra vez mañana. Buenas noches, señor Kane.

La mañana siguiente, Richard despertó en el Albany Baron al oír el timbre del teléfono. Creyó que sería Florentina, dispuesta a agregar algún comentario senatorial, pero resultó ser la New York Air para anunciar que no salían vuelos con destino a Albany, debido a una jornada de huelga de los operarios de mantenimiento, que afectaba a todas las líneas aéreas.

—¡Cristo! —dijo Richard, lo cual no era habitual en él, y luego añadió otras palabras a su vocabulario bajo la ducha de agua fría.

Después de secarse intentó vestirse al mismo tiempo que marcaba el número de la recepción. Se le cayó el teléfono y tuvo que empezar de nuevo.

—Envíen ahora mismo un coche de alquiler a la entrada del hotel —ordenó, después de lo cual colgó y acabó de vestirse.

Luego llamó a Harvard, aunque no tenía ni la menor idea de dónde podía hallarse la senadora Kane en aquel momento. Dejó recado explicando lo que había ocurrido, bajó corriendo, se saltó el desayuno y fue a recoger las llaves de un Ford Executive. La circulación era muy densa a aquella hora, y tardó otros treinta minutos en dar con la 90 Este. Consultó su reloj: le bastaba mantener un promedio de cien para llegar a Cambridge a tiempo para el discurso, a las dos de la tarde. Sabía que era muy importante para Florentina y estaba decidido a no faltar.

Llevaban unos días de pesadilla y había decidido no inquietar a Florentina con el robo de Cleveland, la huelga de los empleados de cocina en San Francisco, la ocupación del hotel en Ciudad del Cabo y los problemas con Hacienda por la herencia de su madre... todo lo cual ocurría mientras el precio del oro se hundía debido a la guerra civil de Sudáfrica. Richard procuró apartar de su mente aquellos problemas. Florentina siempre advertía en él los síntomas de cansancio o preocupación, y no quería que ella se inquietase por situaciones que él estaba seguro de poder resolver a su debido tiempo. Richard bajó el cristal de la ventanilla para que entrase un poco de aire fresco.

El resto del fin de semana no pensaba hacer otra cosa sino dormir y tocar el violoncelo; sería el primer descanso de que gozaban ambos desde hacía más de un mes. Sin hijos, ya que William se quedaría en Boston con su familia y Annabel estaba en México, no había que temer nada más fatigoso que unos cuantos hoyos en el golf durante aquellos dos días. Ojalá no estuviera tan cansado.

—Maldita sea —dijo en voz alta. Había olvidado las rosas, que tenía previsto enviarle a Florentina desde el aeropuerto como de costumbre.

Justo antes del almuerzo Florentina recibió dos recados. El hombre de la Sotheby's llamó para decirle que había ganado la subasta, y un bedel le entregó el mensaje de Richard. La primera noticia la alegró y la segunda la contrarió, aunque se sonrió al pensar que Richard estaría preocupado por lo de las rosas. Gracias a Sotheby's, tenía para él una cosa que había estado deseando toda su vida.

Florentina pasó la mañana asistiendo a los actos oficiales de fin de curso en el Tercentenary Theatre. Cuando vio que las tres cadenas de televisión instalaban sus cámaras en el parque para la ceremonia de la tarde, se puso aún más nerviosa, y confió en que nadie se hubiese dado cuenta de que apenas comía nada durante el almuerzo.

A las dos menos cuarto los superintendentes se encaminaron al patio, donde ya empezaba a reunirse el alumnado. Ella recordó su propia clase... Bella... Wendy... Scott... Edward... y ahora había regresado como senadora Kane, tal como Edward predijera. Ocupó su asiento en el estrado que habían erigido en el exterior del Tercentenary Theatre; uno de sus vecinos era el presidente Horner, de Radcliffe. Al otro lado la silla vacía ostentaba una tarjeta que decía: «Señor Kane, esposo de la senadora Kane». Sonrió pensando en cómo se habría enfadado al leerla y escribió debajo del rótulo: «¿Qué te ha retenido tanto tiempo?», con el propósito de ponerla sobre la repisa de la chimenea. Florentina sabía que si llegaba después del comienzo de la ceremonia, Richard tendría que buscar asiento en el parque. Al anuncio de elecciones, la concesión de doctorados «honoris causa» y la relación de las donaciones recibidas por la universidad les siguió la alocución del presidente Bok. Florentina escuchó cómo hacían su presentación mientras ella exploraba con la mirada las primeras filas, sin lograr divisar a Richard.

—Presidente Horner, distinguidos visitantes, señoras y señores: es un gran honor para mí el presentarles hoy a una de las más distinguidas alumnas de Radcliffe, a una mujer que ha cautivado las esperanzas del pueblo americano. Más aún, muchos de nosotros creemos que algún día Radcliffe tendrá *dos* presidentes —diecisiete mil invitados prorrumpieron en una ovación espontánea, y él prosiguió—: Señoras y señores, la senadora Florentina Kane.

Al ponerse en pie, Florentina temblaba. Repasó sus notas mientras se encendían los grandes focos de la televisión, deslumbrándola unos momentos de manera que no pudo ver sino una confusión de rostros. Confiaba en que Richard estuviera entre ellos.

—Presidente Bok, presidente Horner: me presento ante ustedes más nerviosa de lo que estaba hace treinta y tres años, cuando llegué por primera vez a Radcliffe y estuve dos días sin encontrar los comedores porque no me atrevía a dirigirle la palabra a nadie —las risas aliviaron la tensión de Florentina—. Ahora veo, sentados frente a mí, a hombres y mujeres, y, si no recuerdo mal mi libro con las normas de Radcliffe, los hombres sólo pueden entrar en las habitaciones «entre las tres y las cinco de la tarde» y deben tener «en todo momento ambos pies puestos en el suelo», así que me pregunto cómo dormirán ahora, los pobres.

Esta vez las risas fueron un poco más prolongadas, tras lo cual Florentina continuó:

—Hace más de treinta años que estudié en esta gran universidad, donde encontré la medida de todo lo que más tarde he intentado conseguir en la vida. Conseguir la excelencia siempre ha sido de la mayor importancia en Harvard, y en este mundo en continuo cambio es una satisfacción comprobar que los niveles alcanzados hoy por vuestros licenciados son aún más altos que los de mi generación. Entre los adultos siempre tendemos a decir que los jóvenes de hoy no pueden compararse con sus progenitores. Esto me recuerda aquella inscripción de una tumba faraónica que rezaba: La juventud es perezosa y egoísta, y causará sin duda el hundimiento del mundo que conocemos.

Los licenciados respondieron a esto con una ovación, mientras los mayores reían.

—Winston Churchill dijo en cierta ocasión: «Cuando yo tenía dieciséis años creía que mis padres no sabían nada; a los veintiuno me sorprendí al descubrir lo mucho que habían aprendido durante los pasados cinco años». —Ahora aplaudieron los padres y sonrieron los estudiantes—. A menudo se considera a Estados Unidos como una masa continental monolítica, con una inmensa economía centralizada. No es ninguna de las dos cosas. Son doscientos veinticinco millones de personas ocupadas en construir algo más variado, más complicado y más estimulante que ninguna otra nación de la Tierra; envidio a aquellos de vosotros que deseáis desempeñar un papel en el porvenir de nuestro país y lo siento por quienes no piensen así. La Universidad de Harvard es famosa por su tradición de servicio en los campos de la medicina, la enseñanza, el derecho, la religión y las artes. Creo que debe considerarse como una calamidad moderna el que muchos jóvenes no contemplen la política como una profesión digna e interesante. Será preciso que cambien el ambiente en los pasillos del poder si queremos evitar que los mejores de entre nuestros jóvenes rechacen prácticamente sin pensarlo dos veces una carrera en el servicio público.

»Ninguno de nosotros ha dudado jamás de la integridad de hombres como Washington, Adams, Jefferson o Lincoln. ¿Por qué no podríamos producir hoy otra generación de estadistas que devolviesen a nuestro acervo las palabras deber, orgullo y honor, sin que se levantase una oleada de desprecio o de burla?

»De esta gran universidad salió John Kennedy, quien una vez dijo en ocasión de recibir el doctorado honorario por Yale: "Ahora poseo lo mejor de ambos mundos, una educación en Harvard y un doctorado por Yale".

Cuando se acallaron las risas Florentina continuó:

—En cuanto a mí, señor presidente, poseo lo mejor de todos los mundos: una educación en Radcliffe y un doctorado por Radcliffe.

Diecisiete mil personas se pusieron en pie, y pasó bastante rato antes de que Florentina pudiera proseguir. Sonrió pensando en lo orgulloso que estaría Richard, pues era él quien había sugerido aquel latiguillo mientras ella estaba ensayando en el baño, y no estaba segura de si funcionaría.

—Jóvenes norteamericanos, enorgulleceos de los pasados éxitos de vuestro país, pero esforzaos para que no sean más que Historia: desafiad los viejos mitos, romped nuevas barreras, id al encuentro del futuro, de manera que a la vuelta de este siglo los pueblos puedan decir que nuestras obras han de parangonarse con las de los griegos, los romanos y los británicos en cuanto al progreso de la libertad y la construcción de una sociedad justa para todas las naciones del planeta. Que ningún obstáculo sea demasiado fuerte, ni ninguna meta demasiado alta, y que cuando la loca rueda del tiempo haya dado otra vuelta se pueda decir de vosotros, con las palabras de Franklin D. Roosevelt: «Hay un ciclo misterioso en los acontecimientos humanos; a algunas generaciones se les concede mucho, a otras se les exige mucho, pero esta generación de americanos tiene una cita con el destino».

Una vez más, todos los presentes en el parque prorrumpieron en una ovación espontánea; cuando ésta se aquietó, Florentina bajó la voz casi hasta un murmullo:

—Mis queridos estudiantes, voy a deciros una cosa: aborrezco a los que están de vuelta de todo, a los que lo desprecian todo, a los que creen elegante y profundo rebajar a nuestra nación. Pues estoy convencida de que esta generación de jóvenes, la que llevará a los Estados Unidos al siglo veintiuno, tiene otra cita con el destino. Espero que muchos de los aquí presentes formen parte de ella.

Cuando Florentina volvió a su asiento era ella la única persona sentada en aquel lugar. Al día siguiente los periodistas comentaron que había sido ovacionada incluso por los silbidos de los camarógrafos. Florentina miró hacia el público sabiendo que había causado una impresión favorable, pero necesitaba a Richard para tener la certeza absoluta. Recordó las palabras de Mark Twain: «Las penas se cuidan solas, pero para disfrutar por completo de una alegría hay que compartirla». Cuando Florentina abandonó el estrado, y mientras los estudiantes aplaudían y saludaban agitando los brazos, sus ojos buscaron a Richard. A la salida del Tercentenary Yard fueron a su encuentro docenas de personas, pero los pensamientos de ella no estaban allí.

Oyó que alguien decía: «¿Quién va a decírselo?», mientras ella intentaba prestar atención a las palabras de un estudiante que iba a dar clases de inglés en Zimbabwe. Al volverse vio el rostro alterado de Matina Horner, la presidenta de Radcliffe.

—¿Es Richard, verdad? —dijo en seguida Florentina.

—Sí, en efecto. Ha tenido un accidente de coche.

—¿Dónde está?

—En el hospital Newton-Wellesley, a unos quince kilómetros de aquí. Vaya usted en seguida.

—¿Está grave?

—Me temo que no está muy bien.

Un coche patrulla de la policía la llevó por la autopista de Massachusetts y la 16, mientras ella rezaba: «Que viva. Quiera Dios que viva».

Tan pronto como el coche frenó delante de la entrada principal del hospital ella corrió escaleras arriba. Un médico la esperaba.

—Senadora Kane, soy el cirujano jefe Nicholas Eyre; necesitamos su permiso para intervenir.

—¿Cómo? ¿Por qué es necesario intervenir?

—Su esposo padece graves lesiones en el cráneo, y es la única posibilidad de salvarle.

—¿Puedo verle?

—Sí, desde luego.

La condujo rápidamente a la sala de urgencias. Richard estaba inconsciente debajo de un cobertor de plástico, con una sonda en la boca y el cráneo envuelto en gasas blancas manchadas de sangre. Florentina se dejó caer en una silla y bajó los ojos al suelo, incapaz de soportar el espectáculo del cuerpo exánime de su marido. ¿Serían permanentes las lesiones cerebrales, o conseguiría recobrarse?

—¿Qué ocurrió? —le preguntó al cirujano.

—La policía no lo sabe, pero un testigo dijo que el marido de usted sufrió un despiste, sin motivo aparente, al entrar en la autopista de peaje, y colisionó con un camión remolque. Por lo visto el coche que conducía no tenía ningún defecto mecánico, por lo que creemos que su esposo se durmió al volante.

Armándose de valor, Florentina se atrevió a levantar los ojos para contemplar a su amado.

—¿Podemos intervenir, señora Kane?

—Sí —dijo en tono casi inaudible aquella voz que apenas una hora antes había puesto en pie a miles de personas.

La condujeron a una sala de espera, donde aguardó a

solas. Luego apareció una enfermera; necesitaban una firma. Firmó preguntándose cuántas veces habría hecho lo mismo aquel día.

Extraño espectáculo el de aquella mujer elegantemente vestida, acurrucada en un humilde banco de madera. Pasó revista a sus recuerdos: cómo había conocido a Richard en Bloomingdale's y creyó que a él le gustaba Maisie; cómo hicieron el amor pocos instantes después de su primera riña y cómo escaparon para casarse con ayuda de Bella y Claude. Recordó los nacimientos de William y Annabel, el billete de veinte dólares que solucionó la entrevista con Gianni en San Francisco; el regreso a Nueva York para dirigir como socios el grupo Baron y el Banco; cómo él hizo posible que ella fuese a Washington; cómo tocaba el violoncelo para ella; cómo reía cuando ella le ganaba al golf. Por él quiso siempre tener éxitos, ya que él siempre se había sacrificado por amor a ella. Era necesario que viviese, para que ella pudiese consagrarse a su restablecimiento.

En las horas de desgracia recobra uno de pronto la fe en Dios. Florentina cayó de rodillas y rezó por la vida de su esposo.

Pasaron horas antes de que el doctor Eyre volviera a su lado. Florentina alzó una mirada llena de esperanza.

—Su esposo ha fallecido hace pocos minutos —fue lo único que dijo el cirujano.

—¿Dijo algo antes de morir? —preguntó Florentina.

En el semblante del médico apareció una expresión de apuro.

—Me gustaría saber lo que dijo, doctor Eyre, sea lo que sea.

El médico titubeó.

—Lo único que dijo, señora Kane, fue: «Decidle a Jessie que la quiero».

Florentina bajó la cabeza. De nuevo a solas, la viuda se arrodilló en el suelo y rezó.

Era el segundo funeral de un Kane en la iglesia de la Trinidad, a pocos meses del anterior. William presidió el duelo entre las dos mujeres Kane vestidas de luto, mientras el obispo les recordaba que la muerte es el acceso a la otra vida.

Aquella noche Florentina se quedó a solas en su habitación y no le hubiese importado morir. En el vestíbulo quedaba un envoltorio con el rótulo: «Frágil. Sotheby Parke Bernet. Contiene: un violoncelo, Stradivarius».

El lunes William acompañó a su madre de retorno a Washington; en el puesto de periódicos del aeropuerto, todos los titulares hacían referencia a su discurso. Florentina ni siquiera se dio cuenta.

William se quedó en el Baron con su madre durante tres días, hasta que ella le dijo que regresara al lado de su esposa. Florentina se pasaba horas sentada a solas en una habitación llena de cosas que le hablaban de su pasado con Richard: su violoncelo, sus fotografías, e incluso la última partida interrumpida de backgammon.

Florentina llegó al despacho a media mañana. Janet no consiguió que contestase el correo, excepto los cientos de cartas y telegramas de condolencia por la muerte de Richard. Dejó de acudir a las sesiones de las comisiones y desatendió a personas que habían viajado muchos kilómetros para hablar con ella. En una ocasión incluso faltó cuando le correspondía presidir el Senado, tarea en la que se turnaban los senadores durante las ausencias del vicepresidente... y eso que se trataba de un debate sobre Defensa. Hasta sus más ardientes admiradores empezaron a creer que no recobraría jamás su entusiasmo y energía habituales en política.

A medida que las semanas se convertían en meses, Florentina iba perdiendo a sus mejores colaboradores, convencidos de que ya no tenía para sí misma las aspiraciones que en otro tiempo le atribuían. Las quejas de sus representados llegaron en sordina durante los primeros seis meses después del fallecimiento de Richard, pero luego se convirtieron en un clamor furioso, mientras Florentina proseguía su rutina sin objeto. El senador Brooks llegó a insinuar con bastante claridad que por el bien del partido ella debía dimitir, y no se abstuvo de dar publicidad a esta opinión en los cargados ambientes de las oficinas políticas de Illinois. El nombre de Florentina empezó a desaparecer de las listas de invitados a la Casa Blanca, y dejó de ser vista en las recepciones que daba la señora de John Sherman Cooper, la señora de Lloyd Dreegar o la señora de George Renchard.

Tanto William como Edward iban con frecuencia a Washington para convencerla de que dejase de pensar en

Richard y tratar de despertar otra vez su interés hacia el trabajo. Ambos fracasaron en el intento.

Florentina pasó unas Navidades tranquilas en la Casa Roja de Boston. A William y Joanna les costaba acostumbrarse al cambio ocurrido en tan breve tiempo; aquella dama tan elegante e incisiva en otros tiempos era ahora una mujer distraída y silenciosa. Fueron unas Navidades tristes para todo el mundo excepto para el bebé Richard, que a sus diez meses trataba de ponerse en pie apoyándose en cualquier objeto a su alcance. Después de Año Nuevo, cuando Florentina retornó a Washington, las cosas no mejoraron e incluso Edward empezó a desesperar.

Janet Brown esperó casi un año antes de aceptar un empleo de auxiliar en el despacho del senador Hart. Cuando se lo dijo a Florentina, ésta respondió:

—Debes aceptar esa oferta, querida. Aquí ya no hay porvenir para ti. Pienso agotar mi mandato y retirarme.

Janet también trató de convencerla, con el mismo resultado.

Florentina echó una ojeada al correo, sin reparar apenas en una carta de Bella que le censuraba el no haber asistido a la boda de su hija, y luego firmó varias cartas que no había escrito ella, ni se molestó en leer. Cuando consultó el reloj eran ya las seis. Frente a ella, sobre el escritorio, tenía una invitación del senador Prior; se trataba de una pequeña recepción. Florentina arrojó la elegante cartulina a la papelera, tomó su ejemplar del *Washington Post* y decidió regresar sola a casa. Mientras vivía Richard no se había sentido sola nunca.

Salió del edificio Russell, cruzó la avenida Delaware y cruzó la plaza Unión Station pasando sobre el césped. Pronto Washington sería una orgía de colores. Cruzó por delante de la rumorosa fuente y, al llegar a la escalinata que daba acceso a la avenida New Jersey, decidió descansar un rato en un banco del parque. Al fin y al cabo, para qué iba a darse prisa si nadie la esperaba en casa. Empezó a recordar la cara que había puesto Richard cuando Jake Thomas le dio la bienvenida como nuevo presidente de la Lester. Parecía un tonto allí de pie, con el gran autobús inglés de juguete debajo del brazo. El recordar aquellos momentos de su vida pasada era la única felicidad que le quedaba.

—Está usted ocupando mi banco.

Florentina parpadeó y se volvió. Al otro extremo del

banco se había sentado un hombre que vestía unos tejanos sucios y una camisa deportiva marrón llena de agujeros, y que la observaba con desconfianza. Llevaba barba de varios días, por lo que Florentina no pudo adivinar su edad.

—Lo siento. No sabía que fuese su banco.

—Lo es. Es el banco de Danny desde hace trece años —dijo aquel semblante mugriento—. Como lo era de Ted y lo será de Matt cuando yo falte.

—¿Matt? —repitió Florentina, sin entender nada.

—Sí. Matt *el Curda*. Duerme detrás del estacionamiento dieciséis mientras espera a que me muera yo —rió el vagabundo—. Pero le aseguro que, con la cantidad de orujo que trasiega, Matt no heredará este banco. ¿Piensa quedarse aquí mucho rato, señora?

—No, no lo había pensado —dijo Florentina.

—Bien —replicó Danny.

—¿Qué hace usted durante el día?

—¡Ah! Pues esto y lo otro. Uno siempre sabe en qué casas de la caridad dan sopa, y muchas veces lo que se desperdicia en los restaurantes de lujo me sirve a mí para una semana. Por ejemplo, ayer me quedé con lo mejor de un bistec en el Monocle. Creo que esta noche probaré en el Baron.

Florentina procuró disimular su impresión.

—¿No trabaja?

—¿Quién iba a darle trabajo a Danny? Hace quince años que estoy sin trabajo... desde que me licencié del ejército, allá por el setenta. Nadie quiso a este veterano. Más valía que hubiera muerto por mi país en Vietnam... las cosas habrían sido más fáciles para todo el mundo.

—¿Cuántos veteranos hay en esas condiciones?

—¿En Washington?

—Sí, en Washington.

—Cientos.

—¿Cientos? —repitió Florentina.

—Peor están en otras ciudades. En Nueva York te encierran en el talego tan pronto como te echan la vista encima. ¿Cuándo se va usted, señora? —dijo, mirándola otra vez con desconfianza.

—En seguida. ¿Puedo preguntarle...?

—Ya ha preguntado demasiadas cosas, conque ahora me toca a mí. ¿Querrá darme el periódico cuando se vaya?

—¿El *Washington Post*?

—Es de buena calidad —dijo Danny.

—¿Usted lo lee?

—Qué va —rió él—. Es para envolverme en él. Si no te mueves demasiado, te mantiene tan caliente como una hamburguesa.

Ella le dio el periódico. Al ponerse en pie con una sonrisa, reparó en que Danny sólo tenía una pierna.

—¿No le sobrará un cuarto de dólar para un viejo soldado?

Florentina rebuscó en su bolso. Sólo llevaba un billete de diez dólares y treinta y siete centavos en monedas. Le entregó todo el dinero a Danny. Éste la contempló con incredulidad.

—Con esto Matt y yo tendríamos bastante para una verdadera comida —exclamó, y después de una pausa el vagabundo se acercó mirándola fijamente—. Ahora sé quién es usted, señora —dijo, volviendo a su actitud recelosa—. Es esa senadora de la que Matt siempre dice que cuando consiga hablar con ella le dirá dos o tres cosas sobre cómo se gasta el dinero del gobierno. Pero yo le conté lo que hacen esas recepcionistas cuando nos ven a uno de nosotros: llaman a la policía y luego desinfectan el despacho. Ni siquiera nos pasan el libro de firmas. Le dije a Matt que no perdiera su precioso tiempo.

Florentina contempló a Danny mientras éste procedía a acomodarse en el banco, y observó la destreza profesional con que se envolvía en las hojas del *Washington Post.*

—Y le dije que de todos modos usted estaría demasiado ocupada para recibirle, y lo mismo los otros noventa y nueve.

Después de lo cual, le volvió la espalda a la honorable senadora por Illinois y se quedó tumbado. Florentina le dio las buenas noches antes de salir por la escalinata a la calle, donde se encontró con un policía que la esperaba a la entrada del estacionamiento subterráneo.

—¿Quién es ese hombre del banco?

—¡Ah! Sí, senadora; es Danny, Danny *el Cojo;* ¿supongo que no la habrá molestado?

—No, en absoluto —replicó Florentina—. ¿Duerme ahí todas las noches?

—Siempre, durante los diez años que llevo en el servicio. Cuando hace mucho frío se esconde en un cuarto de calderas que hay detrás del Capitolio. Es bastante inofensivo, no como los que se ocultan detrás del estacionamiento dieciséis.

Florentina no pudo conciliar el sueño aquella noche, excepto alguna que otra cabezada de vez en cuando. Y durante su insomnio recordaba a Danny *el Cojo* y a los cientos de hombres que sufrían una desgracia similar. A las siete y media de la mañana siguiente ya estaba en su despacho de Capitol Hill. La primera que llegó, a las ocho y media, fue Janet, que se extrañó mucho al hallar a Florentina enfrascada en la lectura de *La moderna sociedad del bienestar,* de Arthur Quern. Florentina alzó la mirada.

—Janet, necesito las cifras de desempleo puestas al día y desglosadas por Estados y por grupos étnicos. También necesito saber, con la misma clasificación, cuántas personas están registradas en el seguro de paro y qué porcentaje de ellas ha estado sin empleo desde hace dos años o más. Luego quiero que me digas cuántos de ellos han prestado servicio en las Fuerzas Armadas. Hazme una relación de todas las aportaciones importantes a ese tema... pero ¿estás llorando, Janet?

—Sí, lo estoy.

Florentina rodeó el escritorio y la abrazó.

—Ya pasó todo, querida. Ahora, olvidemos el pasado y vamos a poner esto otra vez en marcha.

33

Los representantes del pueblo no tardaron más de un mes en darse cuenta de que la senadora Kane había regresado con ánimo de venganza. Y cuando la telefoneó el presidente en persona, ella tuvo la prueba de que sus críticas contra el Nuevo Planteamiento habían dado en el blanco, o mejor dicho en la Casa Blanca, que era la única que podía hacer algo por cambiar las cosas.

—Florentina, estamos a sólo dieciocho meses de las elecciones, y usted escoge este momento para destrozarme mi campaña del Nuevo Planteamiento. ¿Acaso quiere que ganen los republicanos?

—Desde luego que no, pero le recuerdo que pese a su Nuevo Planteamiento, en un año sólo se ha gastado en seguridad social lo que la Defensa se lleva en seis semanas. ¿Sabe usted cuántas personas se acuestan en este país sin haber probado una comida decente en todo el día?

—Sí, Florentina, ya sé...

—¿Se sabe también el número de los que duermen todas las noches al raso en Norteamérica? No en la India, no en África, no en Asia. Le hablo de Estados Unidos. ¿Y cuántas de esas personas no han trabajado en diez años? No diez semanas ni diez meses, sino diez años, señor presidente.

—Siempre que me llama usted señor presidente, Florentina, sé que va a haber jaleo. ¿Qué quiere que haga yo? ¡Pero si usted siempre ha sido de esos demócratas que reclamaban un fuerte presupuesto de Defensa!

—Y sigo pensando igual. Pero en Estados Unidos hay millones de personas a quienes no importaría que los rusos bajasen por la avenida Pennsylvania ahora mismo, porque piensan que no podrían estar peor.

—La escucho, pero aunque se haya convertido en un halcón revestido de plumas de paloma, y aunque semejantes declaraciones le ganen unos titulares magníficos en los periódicos, ¿qué quiere que haga?

—Nombre una comisión presidencial para investigar en qué se gasta nuestro presupuesto de seguridad social. Tengo a tres de mis colaboradores trabajando en esa cuestión ahora mismo, y se están descubriendo algunos casos de malversación de fondos que me he propuesto denunciar cuanto antes. Señor presidente, se le erizarán los cabellos cuando vea usted los números

—¿Ha olvidado que estoy casi calvo, Florentina? —preguntó él, provocando la risa de Florentina—. La idea de una comisión me parece bien —agregó después de una pausa—. Podría anunciarla durante mi próxima conferencia de prensa.

—¿Por qué no lo hace, señor presidente? Y puede hablarles del hombre que duerme en un banco desde hace trece años, a menos de un tiro de piedra de la Casa Blanca, mientras usted reposa en el dormitorio de Lincoln. Un hombre que perdió una pierna en Vietnam, y que aún no se ha enterado de que tenía derecho a percibir sesenta y tres dólares semanales de la Dirección de ex Combatientes. Y aunque lo supiera no sabría cómo cobrarlos, porque la delegación que le corresponde está en Texas, y aunque en un momento de inspiración ellos decidieran enviarle un cheque, ¿adónde lo enviarían? ¿A un banco del parque, al lado del Capitolio?

—Danny *el Cojo* —dijo el presidente.

—¿Así que le conoce?

—¿Y quién no? En dos semanas ha disfrutado de más publicidad que yo en dos años. Hasta he pensado cortarme una pierna; yo combatí en la guerra de Corea, ¿sabe usted?

—Veo que no se ha desenvuelto mal desde entonces.

—Si nombro una comisión presidencial para la Seguridad Social, ¿querrá usted apoyarla, Florentina?

—Indudablemente, señor presidente.

—¿Y dejará de atacar a Texas?

—Eso ha sido una coincidencia desafortunada. Uno de mis investigadores descubrió que Danny era oriundo de Texas. Pero, ¿sabía usted que aparte la cuestión de la inmigración ilegal, más de un veinte por ciento de la población de Texas tiene una renta anual de menos de...?

—Lo sé, lo sé, Florentina, pero usted parece olvidar que mi vicepresidente es de Texas y que no ha tenido un solo día de tranquilidad desde que Danny *el Cojo* saltó a las páginas de los periódicos.

—Pobre viejo Pete —dijo Florentina—. Será el primer vicepresidente que haya tenido que molestarse por algo, aparte de averiguar dónde se celebra el próximo banquete.

—No sea usted tan dura con Pete. Él desempeña su papel.

—Quiere decir que sirve para equilibrar su candidatura, de manera que pueda usted continuar en la Casa Blanca.

—Es usted una mujer perversa, Florentina, y la prevengo de que pienso iniciar mi conferencia de prensa, el jueves próximo, diciendo que se me ha ocurrido una brillante idea.

—¿Que se le ha ocurrido *a usted* la idea?

—Sí —dijo el presidente—. Alguna compensación he de tener, a cambio de recibir las invectivas todo el tiempo. Como decía, se me ha ocurrido esa brillante idea de formar una comisión para estudiar el «fraude a la Seguridad Social», y pienso que... —el presidente titubeó un rato—... que voy a proponer a la senadora Kane para que presida esa comisión. ¿Con eso se callará usted durante algunos días?

—Sí —dijo Florentina—. Y espero informar antes de un año, de manera que le dé a usted tiempo antes de las elecciones y así pueda describir a los votantes sus audaces nuevos planes para barrer las telarañas del pasado y dar paso, por fin, al Nuevo Planteamiento.

—¡Florentina!

—Lo siento, señor presidente, no he podido aguantarme.

Janet no supo de dónde iba a sacar Florentina el tiempo para presidir una comisión tan importante. Para sus agendas tenían que buscar siempre a la persona que tuviese la letra más pequeña entre sus ayudantes, y aun así las páginas se llenaban de arriba abajo.

—Necesito disponer de tres horas cada día durante los próximos seis meses —dijo Florentina.

—Cómo no —replicó Janet—. ¿Qué le parecería de las dos a las cinco, todas las madrugadas?

—Me conviene —dijo Florentina—, pero no sé si íbamos a tener quórum en la comisión, bajo esas condiciones. Y vamos a necesitar más ayudantes —sonrió.

Janet había cubierto ya las vacantes debidas a las renuncias de los pasados meses. Eligió un nuevo secretario de prensa, un nuevo redactor para los discursos y cuatro asesores jurídicos, escogidos de entre los mejores licenciados jóvenes que ahora llamaban continuamente a la puerta de Florentina.

—Demos gracias de que la cadena Baron alcance para cubrir los gastos adicionales —comentó Janet.

Una vez hecho el anuncio público por parte del presidente, Florentina puso manos a la obra. Su comisión constaba de veinte miembros, más un equipo asesor profesional de once personas. En cuanto a la comisión, estaba repartida de manera que la mitad eran gentes de carrera que no habían acudido a la Seguridad Social en su vida, ni habían dedicado grandes reflexiones al tema hasta que Florentina les encargó que lo hicieran; la otra mitad eran profesionales del paro, acostumbrados a vivir de la beneficiencia pública. Un Danny afeitado y vistiendo el primer traje de paisano de su vida quedó contratado para formar parte del equipo asesor en dedicación completa. La originalidad de la idea sorprendió a Washington, y se escribieron muchos artículos sobre si la comisión de Florentina celebraba las sesiones en los bancos del parque y cosas por el estilo. Las historias que contó Danny *el Cojo* hizo comprender a la otra mitad de la comisión que el problema estaba muy arraigado y que eran muchos los abusos a corregir, de manera que los verdaderamente necesitados recibiesen el socorro necesario.

Entre los interrogados por la comisión estuvo Matt *el Curda,* que ahora dormía en el banco desocupado por Danny, y también «Charlie Wendon», un ingenioso ex presidiario de Leavenworth que, a cambio de una libertad bajo palabra gestionada por Florentina, explicó a la comisión cómo había logrado ordeñar a la Seguridad Social más de mil dólares por semana, hasta que le atrapó la policía. El hombre tenía tantos alias que casi no se acordaba de sus verdaderos apellidos; llegó un momento en que mantenía a diecisiete esposas, cuarenta y un hijos menores y diecinueve padres inválidos, ninguno de los cuales existía, a no ser para el ordenador de la Seguridad Social. Florentina creyó que exageraba, hasta que demostró en presencia de la comisión cómo inscribir en el fichero del ordenador al presidente de los Estados Unidos, haciéndole pasar por padre de familia sin empleo, con dos hijos menores y una madre anciana, todos ellos domiciliados en 1600 Pennsylvania Avenue, Washington, D. C. Wendon les confirmó además algo que Florentina ya temía, a saber, que lo hecho por él no era nada en comparación con las organizaciones profesionales del crimen, para las que era cosa sencillísima el arañar cincuenta mil dólares a la semana mediante beneficiarios ficticios de la Seguridad Social.

Más tarde descubrió que el verdadero nombre de Danny *el Cojo* estaba registrado en el ordenador, y que otra persona había cobrado el subsidio que le pertenecía a lo largo de los pasados trece años. No se tardó mucho en descubrir que también Matt *el Curda* y varios de sus amigos del estacionamiento dieciséis estaban registrados asimismo en la máquina, aunque ellos jamás habían percibido un centavo.

Florentina llegó a demostrar que más de un millón de personas con derecho a recibir ayuda no la recibían, mientras que, al mismo tiempo, el dinero desaparecía en alguna parte. Ello la convenció de que no hacía falta pedir más dinero al Congreso, bastando con tomar medidas para que el presupuesto anual de más de diez mil millones de dólares llegase a sus verdaderos destinatarios finales. Muchos de los que precisaban dicha ayuda eran, sencillamente, individuos que no sabían leer ni escribir, y que por ello no volvían jamás a la oficina gubernamental después de ver los interminables formularios que tenían que cumplimentar. Sus apellidos se convertían en una fuente de ingresos fáciles para cualquier pequeño estafador, incluso. Diez meses más tarde, cuando Florentina le presentó el informe al presidente, éste envió al Congreso propuestas para la introducción de una serie de controles, con el ruego de que pasaran sin demora a deliberación. Asimismo anunció que presentaría un proyecto de reforma de la Seguridad Social antes de las elecciones. Lo que más fascinó a la prensa fue cómo había conseguido Florentina inscribir al presidente en el registro de parados; los caricaturistas, desde MacNelly hasta Peters, tuvieron trabajo a manos llenas, mientras el FBI emprendía una vasta campaña por todo el país, enviando a los calabozos a un gran número de defraudadores.

La prensa alabó al presidente por su iniciativa, y el

Washington Post declaró que la senadora Kane había hecho más a favor de los necesitados en un año que el Nuevo Contrato Social y la Gran Sociedad juntos. Aquello sí que era un «Nuevo Planteamiento». Esto hizo sonreír a Florentina. Empezaban a circular rumores de que reemplazaría a Pete Parkin como candidato a la vicepresidencia cuando llegase el momento de las elecciones. El lunes se vio por primera vez en la portada de *Newsweek*; al pie de la fotografía habían escrito: «¿La primera mujer vicepresidenta de los Estados Unidos?». Florentina tenía demasiada experiencia política para dejarse engañar por las especulaciones de la prensa. Sabía que, llegada la hora, el presidente volvería a apoyar a Parkin, para equilibrar la candidatura y amarrar el voto del Sur. Por mucho que admirase a Florentina, el presidente deseaba seguir siendo el inquilino de la Casa Blanca durante cuatro años más.

Una vez más, el principal problema de la vida de Florentina era el de repartir las prioridades entre las muchas cuestiones y las muchas personas que se disputaban su atención. Entre las peticiones de senadores para que les ayudase en sus campañas recibió una de Ralph Brooks. Éste, que jamás perdía ocasión de describirse a sí mismo como el decano de los senadores del Estado, acababa de ser nombrado presidente de la Comisión de Energía del Senado, lo cual le daba gran relieve ante la opinión pública. Fue muy alabado por el trato que dio a los magnates del petróleo y a los jefes de las grandes empresas. Florentina no ignoraba que jamás hablaba bien de ella en privado, pero cuando recibía pruebas de ello las dejaba de lado, quitando importancia al asunto. No obstante, la sorprendió que le pidiese aparecer juntos en un anuncio comercial de la televisión, diciendo lo bien que habían colaborado siempre y lo importante que era que ambos senadores por Illinois fuesen del partido demócrata. Florentina aceptó a instancias del presidente del partido en Chicago, aunque no había hablado con su colega más de un par de veces al mes durante todo su mandato. Confiaba en que aquella ayuda serviría para paliar sus diferencias, mas no fue así. Dos años más tarde, cuando ella se presentaba a la reelección, el apoyo de él apenas se elevó por encima del nivel de un susurro.

A medida que se acercaba el plazo de las elecciones presidenciales, más y más senadores en busca de reelección solicitaban a Florentina que hablase a favor de ellos. Durante los últimos seis meses de 1988 apenas pudo pasar un fin de semana en casa; incluso el presidente la invitó a intervenir varias veces en su campaña. Quedó muy complacido con la reacción de la opinión pública al informe de la comisión Kane sobre seguridad social, y aceptó una petición que le hizo Florentina, aun sabiendo que Pete Parkin y Ralph Brooks se pondrían furiosos cuando lo supieran.

Desde la muerte de Richard, Florentina tenía poca o ninguna vida social, aunque de vez en cuando pasaba un fin de semana con William, Joanna y su nieto Richard, que tenía dos años, en la Casa Roja de Beacon Hill. Y cuando prefería pasarlo en el Cabo, contaba con la compañía de Annabel.

Edward, que era ya presidente del consorcio Baron y vicepresidente del Banco Lester, se reunía con ella una vez a la semana por lo menos para presentarle su informe, y los resultados eran tales que habrían enorgullecido al mismo Richard. Cuando iba a Cape Cod jugaban al golf, pero, a diferencia de sus torneos con Richard, Florentina siempre le ganaba. Solía entregar las ganancias al club republicano local, en memoria de Richard. El delegado local del Partido Republicano consintió en contabilizar las donaciones como anónimas, ya que los constituyentes de Florentina no hubiesen entendido que apoyase a ambos bandos.

Edward no dejó lugar a dudas acerca de sus sentimientos hacia Florentina, y una vez llegó incluso a hacerle una titubeante proposición. Florentina le besó en la mejilla.

—No volveré a casarme nunca —dijo—, pero si me ganas alguna vez al golf, reconsideraré tu oferta.

Edward se puso a tomar lecciones de golf enseguida, pero Florentina jugaba demasiado bien para él.

Cuando la prensa se enteró de que la senadora Kane había sido designada para pronunciar el discurso principal de la convención demócrata en Detroit, se reanudaron las especulaciones sobre su posible candidatura para la presidencia en 1992. Estas sugerencias causaron gran excitación a Edward, pero ella le recordó que durante los pasados seis meses se había especulado con otros cuarenta y tres nombres más. Tal como el presidente había predicho, Pete Parkin se puso lívido ante la sugerencia de que la candidatura para la vicepresidencia pudiera pasar a Florentina; pero luego se calmó, comprendiendo que el presidente no tenía intenciones de desplazarle de la plataforma demócrata. El incidente sirvió para que Florentina se diese cuenta de que el vicepresidente iba a ser su rival más peligroso si decidía presentarse cuatro años más tarde.

La candidatura del presidente y de Pete Parkin fue confirmada de nuevo en una convención aburrida, donde sólo un puñado de discrepantes y algunos favoritos locales colaboraron en mantener despiertos a los delegados. Florentina, melancólica, recordaba otras convenciones más animadas, como el tumulto del Partido Republicano en 1976, cuando Nelson Rockefeller arrancó una base de conexión telefónica del suelo, en la sala de la convención en Kansas City.

El discurso de Florentina fue recibido por los delegados con un nivel en decibelios apenas inferior al del parlamento de aceptación del presidente, lo cual motivó que el último día apareciesen carteles y escarapelas con la inscripción «Kane para el 92». Sólo en Estados Unidos, pensó Florentina, podían aparecer diez mil escarapelas de la noche a la mañana, y se llevó una a casa, para el pequeño Richard. Empezaba su campaña presidencial sin que ella hubiese movido ni un solo dedo.

Durante los últimos días antes de las elecciones, Florentina se desplazó a casi tantos Estados normalmente marginados como el presidente, y la prensa comentó que su inquebrantable lealtad pudo ser un factor decisivo para la ajustadísima victoria demócrata. Ralph Broocks regresó al Senado con una mayoría algo mejorada. Lo cual le recordó a Florentina que sólo faltaban ya dos años para presentarse a su propia reelección.

Cuando se abrió la primera sesión de la centésimo primera legislatura, Florentina halló que muchos de sus colegas en ambas Cámaras le anunciaban sin disimulos su apoyo, en caso de que decidiese presentar su candidatura para la presidencia. Comprendió que muchos de ellos estarían diciéndole exactamente lo mismo a Pete Parkin; sin embargo, no dejó de tomar nota de los nombres, y envió el mismo día los correspondientes mensajes de agradecimiento, escritos de su puño y letra.

Su labor más dura antes de enfrentarse a la reelección fue lograr la aprobación de la nueva Ley de Seguridad Social en ambas Cámaras, trabajo que consumió la mayor parte de su tiempo. Ella en persona presentó siete enmiendas al proyecto, que consistían en hacer responsable de los costes al gobierno federal, establecer un nivel de renta mínimo con vigencia en todo el país, y varios aspectos de reforma organizativa de la Seguridad Social. Pasó muchas horas incordiando, halagando, persuadiendo y casi sobornando a sus colegas, hasta que el proyecto llegó a convertirse en ley. Ella estuvo en pie detrás del presidente durante el acto de la firma, en la rosaleda de la Casa Blanca. Las cámaras rodaron y los diafragmas fueron disparados por el círculo de periodistas gráficos, dispuesto detrás del recinto acordonado. Fue el mayor éxito de la carrera política de Florentina. El presidente pronunció un autoelogio y luego se puso en pie para estrechar la mano de Florentina.

—Esta es la mujer a quien hemos de agradecer la «ley Kane» —declaró, y luego le susurró al oído—: Menos mal que el vicepresidente está en Sudamérica, o no habríamos terminado nunca.

Tanto la prensa como la opinión pública loaron la habilidad y la energía con que la senadora Kane había impulsado el proyecto en su trámite por ambas cámaras, y el *New York Times* escribió que incluso en el caso de que no hiciese nada más durante su carrera política, había logrado ya introducir en los códigos una pieza de legislación que resistiría la prueba del tiempo. Bajo la nueva ley, ningún verdadero necesitado se vería desasistido en sus derechos; en cambio, al otro extremo del arco, los que quisieran jugar a «chupar de la Seguridad Social» no tardarían en dar con sus huesos en la cárcel.

Así que se calmó la agitación, Florentina intentó volver a la rutina diaria del cargo. Janet le advirtió que debía aumentar su presencia en el Estado, puesto que sólo faltaban nueve meses para los comicios. Casi todos los veteranos del partido le ofrecieron a Florentina sus servicios cuando llegó la hora, pero fue el presidente quien rompió su recargado programa para apoyarla y atrajo la mayor aglomeración de asistentes a la sala de la convención en Chicago. Mientras subían juntos por la escalera a los acordes de «Los Días Felices han vuelto», él susurró:

—Ahora podré vengarme del tiroteo a que me ha tenido sometido durante estos cinco años.

El presidente describió a Florentina como la mujer que le había creado más problemas que la suya propia, y que ahora, según decían, pretendía acostarse en su cama de la Casa Blanca. Cuando cesaron las risas, añadió:

—Y si ella aspira a esa alta magistratura, Estados Unidos podrá felicitarse, pues nadie será más digno de ella.

Al día siguiente la prensa sugirió que aquella declaración había sido un golpe directo contra Pete Parkin, y que Florentina tendría el respaldo del presidente si decidía presentarse. El presidente desmintió esa interpretación de sus palabras, pero desde aquel momento Florentina quedó en la incómoda posición de primera línea para 1992. Cuando se publicaron los resultados de los comicios senatoriales, lo abultado de su victoria sorprendió a la misma Florentina, pues normalmente unas elecciones celebradas a media legislatura siempre acusaban el cansancio del electorado; muchos senadores demócratas habían padecido el voto de castigo contra la Casa Blanca. El éxito aplastante de Florentina convenció al partido de que tenía en ella, no sólo a un portaestandarte, sino lo que era mucho más importante, a un ganador.

La semana inaugural de la centésimo segunda legislatura quedó marcada por la fotografía de Florentina en la portada de *Time*. Se publicaron meticulosos resúmenes biográficos de su persona, incluyendo detalles como su actuación en el papel de Juana de Arco en la escuela Girls Latin y su ingreso en Radcliffe con la beca Woolson. Incluso contaron por qué su difunto marido la llamaba Jessie. Se estaba convirtiendo en la mujer más famosa de Estados Unidos. «Esta encantadora dama de cincuenta y seis años —resumía *Time*— es inteligente, y al mismo tiempo divertida. Pero cuando la vean apretar el puño, ¡cuidado!, porque es síntoma de que va a convertirse en un peso pesado.»

Durante la nueva legislatura Florentina intentó desempeñar las tareas normales del cargo, pero diariamente era importunada por colegas, amigos y periodistas deseosos de saber cuándo haría una declaración acerca de sus intenciones de presentar o no su candidatura para la Casa Blanca. Trató de desviar la atención lanzándose con redoblado interés a los asuntos cotidianos. Por aquel entonces Quebec eligió un gobierno de izquierdas, y ella se desplazó a Canadá para participar en unas conversaciones preliminares sobre una posible federación de la Columbia británica, Alberta, Saskatchewan y Manitoba con los Estados Unidos.

La prensa prestó gran atención a aquel viaje, y una vez de regreso en Washington los medios de comunicación dejaron de hablar de ella como político, diciendo que era la primera estadista de Estados Unidos.

Pete Parkin ya andaba diciendo a quien quisiera escucharle que se proponía presentar su candidatura, y era inminente el anuncio oficial. El vicepresidente contaba cinco años más que ella, y Florentina sabía que era su última oportunidad de escuchar el «Hail to the Chief» interpretado para él. Recordó que Margaret Thatcher le había dicho, cuando se presentó para primer ministro: «La única diferencia de que el jefe del partido sea un hombre o una mujer es que a la mujer, si pierde, los hombres no le conceden una segunda oportunidad».

Florentina no dudaba de lo que le habría aconsejado Bob Buchanan, si viviera todavía: «Lea *Julio César*, querida, pero esta vez el papel de Bruto y no el de Marco Antonio».

Ella y Edward pasaron un tranquilo fin de semana en Cape Cod, y después de ganarle otro partido de golf discutieron el sentido de la tendencia en sus oportunidades como mujer, sus posibles cambios y su porvenir.

Cuando Edward regresó a Nueva York y Florentina a Washington, la decisión ya estaba tomada.

34

—...Y a tal fin presento mi candidatura para el cargo de presidenta de los Estados Unidos.

Florentina miró a las trescientas cincuenta personas reunidas en la sala pequeña del Senado, aplaudiendo y ocupando un espacio que según el maestro de ceremonias sólo tenía cabida para trescientas. Los camarógrafos de la televisión y los fotógrafos de la prensa se las veían y se las deseaban para que sus objetivos pudieran captar algo más que un bosque de cabezas anónimas. Florentina recibió en pie la prolongada ovación con que fue acogido su anuncio. Cuando el estrépito se aquietó, Edward se adelantó frente a la batería de micrófonos de la tribuna.

—Señoras y señores, la candidata está dispuesta a responder a sus preguntas —dijo.

La mitad de los presentes empezó a hablar simultáneamente; Edward hizo una seña a uno de los ocupantes de la tercera fila, concediéndole el primer turno.

—Albert Hunt, del *Wall Street Journal* —se presentó—. Senadora Kane, ¿quién cree que será su oponente más fuerte?

—El candidato republicano —replicó ella sin titubear.

Hubo algunas risas y un conato de aplauso. Edward sonrió y pasó el turno.

—Senadora Kane, ¿no estará usted especulando con participar en la plataforma de Pete Parkin?

—No; el puesto de vicepresidenta no me interesa —contestó Florentina—. En el mejor de los casos, es un tiempo muerto, en espera de poder acceder al verdadero cargo; en el peor, cabe recordar las palabras de Nelson Rockefeller: «No acepte el segundo puesto si no está preparado para resistir un curso superior de cuatro años en ciencias políticas y una gran cantidad de funerales públicos». No estoy de humor para lo uno ni para lo otro.

—¿Cree que los Estados Unidos están preparados para una *presidenta*?

—Así lo creo, de otro modo no me presentaría, pero el tres de noviembre estaré mejor preparada para contestar a esa pregunta.

—¿Le parece que los republicanos elegirían a una mujer como candidato suyo?

—No, ellos no se atreverían a una audacia semejante. Primero esperarán a ver si los demócratas tienen éxito con la idea, y la copiarán cuando se presenten las elecciones siguientes.

—¿Se considera dotada de experiencia suficiente para el cargo?

—He sido esposa, madre, presidenta de una compañía multimillonaria, miembro del Congreso durante ocho años y senadora durante siete. En la carrera pública que he elegido, la presidencia es la meta. Sí, creo que ahora estoy capacitada para ese puesto.

—¿Espera que el éxito de su legislación en cuanto a la Seguridad Social le ganará los votos de los pobres y de la comunidad de raza negra?

—Confío en que esa legislación me ganará el apoyo de todos los sectores sociales. Mi propósito principal con esa ley fue asegurar que tanto los que contribuyen a la Seguridad Social a través de los impuestos, como los que se benefician de ella, adquieran la convicción de que sus disposiciones son todo lo justas y humanas que precisa una sociedad moderna.

—Después de la invasión de Yugoslavia por los rusos, ¿adoptaría su administración una postura más enérgica frente al Kremlin?

—Después de lo de Hungría, Checoslovaquia, Afganistán, Polonia y ahora Yugoslavia, la reciente ofensiva soviética en la frontera paquistaní ha servido para reforzar mi antigua opinión de que debemos permanecer vigilantes en defensa de nuestro pueblo. Es preciso no olvidar que, aunque en el pasado nos hayan protegido los dos océanos más extensos del planeta, ello no basta a garantizar nuestra seguridad en el futuro.

—El presidente la ha descrito a usted como un halcón con plumaje de paloma.

—Estoy segura de que con eso no pretende comentar mi aspecto ni mi manera de vestir, pero me parece que la combinación de ambas aves no se diferenciaría mucho del águila norteamericana.

—¿Cree que podremos seguir manteniendo una relación preferente con Europa después de los resultados electorales en Francia y Gran Bretaña?

—La decisión de Francia de volver a un gobierno gaullista mientras los ingleses votaron una nueva administración laborista son cosas que no me preocupan demasiado. Jacques Chirac y Roy Mattersley han demostrado en el pasado que eran buenos amigos de Norteamérica, y no veo por qué habrían de variar en el futuro.

—¿Espera usted el apoyo de Ralph Brooks en su campaña?

Aquélla fue la primera pregunta que sorprendió a Florentina.

—Quizá debería preguntárselo a él, pero naturalmente confío en que mi decisión agrade al senador Brooks —y no se le ocurrió nada más que añadir.

—Senadora Kane, ¿aprueba usted el sistema actual de elecciones primarias?

—No. Aunque no soy partidaria de unos comicios primarios a nivel nacional, el sistema actual es arcaico desde todos los puntos de vista. Nuestra nación parece haber desarrollado un proceso para la elección de presidente que favorece más las necesidades de los noticiarios de las cadenas de televisión que las de un gobierno moderno. Además favorece el diletantismo entre los candidatos; hoy día las mejores oportunidades de llegar a ser presidente las tiene una persona en situación de desocupada temporal y que haya heredado bastantes millones de su abuelita. En tal caso, dispone uno de cuatro años para viajar por el país y trabajarse a los delegados, mientras las personas más idóneas para el puesto seguramente han de trabajar toda la jornada en otras cosas. Si llegase a ser presidenta, propondría una ley al Congreso para evitar que nadie se vea impedido de aspirar a la presidencia por falta de tiempo o de dinero. Hemos de restaurar el antiguo principio de que toda persona nacida en este país y dotada de voluntad y aptitudes para realizar la misión disponga de iguales oportunidades en el momento en que el primer elector vaya a las urnas.

Las preguntas siguieron lloviendo sobre Florentina desde todos los rincones de la sala; la última llegó más de una hora más tarde.

—Senadora Kane: si llega usted a ser presidenta, ¿querrá ser como Washington y no decir nunca una mentira, o como Nixon y tener una definición propia de la verdad?

—No puedo prometer que no vaya a mentir nunca. Todos mentimos, a veces para defender a un amigo o a un familiar, y si fuese presidenta quizá para defender a mi país. A veces mentimos sólo porque no queremos vernos descubiertos. Lo único que puedo aseguraros es que soy la única mujer de Estados Unidos que jamás ha podido mentir acerca de su edad —hubo una salva de risas, pero Florentina continuó en pie—. Deseo concluir esta conferencia de prensa diciendo que, cualquiera que sea el resultado de la decisión anunciada hoy, debo dar gracias a mi país por el hecho de que la hija de un inmigrante pueda aspirar a la magistratura más alta de la nación. Me parece que tal ambición no sería alcanzable en ningún otro país del mundo.

La vida de Florentina empezó a cambiar desde el mismo momento en que abandonó la sala. Cuatro agentes del Servicio Secreto formaron un círculo alrededor de la candidata; el primero abría paso hábilmente para ella entre la multitud.

Florentina sonrió cuando Brad Staimes se presentó a sí mismo y anunció que durante toda la candidatura estaría acompañada por cuatro agentes noche y día, relevándose por turnos de ocho horas. Florentina no pudo dejar de observar que dos de dichos agentes eran mujeres cuya estatura y constitución física se asemejaban mucho a las de ella. Dio las gracias al señor Staimes, pero nunca pudo acostumbrarse a ver a uno de aquellos agentes dondequiera que volviese la cabeza. Los diminutos auriculares que llevaban los diferenciaban de los simples curiosos, y Florentina recordó la anécdota de la anciana que asistía a un mitin de Nixon en 1972. Cuando acabó el discurso del candidato se acercó a un ayudante de Nixon y dijo que desde luego pensaba votar por su reelección, ya que evidentemente simpatizaba con los duros de oído como ella.

Después de la conferencia de prensa, Edward presidió una reunión sobre estrategia en el despacho de Florentina, durante la cual se elaboró un primer programa para la campaña. El vicepresidente ya había anunciado con anterioridad que iba a ser candidato, y otros más habían arrojado también sus guantes, pero la prensa ya tenía decidido que la verdadera contienda iba a estar entre Kane y Parkin.

Edward había formado un equipo formidable de encuestadores, expertos financieros y asesores políticos, que se reforzó con el experimentado equipo de Florentina en Washington, encabezado por Janet Brown.

En primer lugar Edward trazó el plan diario hasta los primeros comicios primarios, los de New Hampshire, y de ahí hasta California y hasta la sala de la convención en Detroit. Florentina había intentado que la convención se celebrase en Chicago, pero el vicepresidente vetó la idea; no iba a consentir que la lucha definitiva tuviese lugar en el terreno de ella. Recordó a la comisión demócrata que la elección de Chicago, con los disturbios que sucedieron después, fue posiblemente la razón de que Humphrey perdiese frente a Nixon en 1968.

Florentina ya estaba preparada para el hecho de que le sería casi imposible derrotar al vicepresidente de los Estados del Sur, por lo que era vital obtener una ventaja inicial importante en Nueva Inglaterra y el Medio Oeste. Convino que durante los tres meses siguientes dedicaría el setenta y cinco por ciento de sus energías a la campaña, y durante varias horas su equipo lanzó ideas sobre cómo aprovechar al máximo dicho tiempo. También se acordó que viajaría con regularidad a las principales ciudades que votaban durante las tres primeras primarias, y que si obtenía un resultado fuerte en New Hampshire, región tradicionalmente conservadora, plantearían toda la estrategia ulterior en consecuencia.

Florentina trató de impulsar en lo posible su trabajo en el Senado al tiempo que se desplazaba repetidamente a New Hampshire, Vermont y Massachusetts. Edward alquiló para ella un reactor Lear de seis plazas con dos pilotos, para que estuviese disponible las veinticuatro horas del día y pudiese salir de Washington en cualquier momento que hiciera falta. En los tres Estados que encabezaban las primarias se instalaron poderosos cuarteles generales, y dondequiera que fuese Florentina veía tantos carteles y pegatinas de «Kane presidenta» como los que pudiese tener Pete Parkin.

A sólo siete semanas de las primeras primarias, Florentina empezó a dedicar más tiempo a perseguir a los ciento cuarenta y siete mil demócratas registrados en el Estado. Edward no creía que llegase a captar más del treinta por ciento de los votos, pero consideraba que ello podía ser suficiente para ganar las primarias y convencer a los indecisos de que ella tenía una buena carta a jugar en las elecciones. Florentina necesitaba asegurarse el mayor número posible de delegados antes de llegar al Sur, a fin de sobrepasar, incluso antes de llegar a la sala de convención en Detroit si fuese factible, el número mágico de mil seiscientos sesenta y seis.

Los primeros indicios eran buenos. El encuestador particular de Florentina, Kevin Palumbo, le aseguró que iba igualada en la carrera con el vicepresidente, y las encuestas Gallup y Harris parecían confirmar el pronóstico. Sólo un siete por ciento de los votantes aseguraban que no favorecerían a una mujer en ningún caso, pero Florentina sabía que un siete por ciento podía ser muy importante cuando la contienda estaba muy igualada.

El programa de Florentina incluía breves paradas en más de ciento cincuenta de las doscientas cincuenta pequeñas ciudades de New Hampshire. Pese a la febril actividad de cada día, llegó a enamorarse de las clásicas colonias industriales de Nueva Inglaterra, del fuerte carácter de los granjeros que habitaban el Estado del Granito, y de la ruda belleza de sus paisajes invernales.

Dio la salida a una carrera de trineos tirados por perros en Franconia y visitó la población más septentrional, junto a la frontera con el Canadá. Aprendió a respetar las penetrantes opiniones de los jefes de redacción de los periódicos locales, muchos de los cuales eran retirados que habían tenido prestigiosos empleos en revistas de circulación nacional y agencias de información. Evitó las discusiones sobre un tema específico al descubrir por qué los ciudadanos de New Hampshire se oponían tan obstinadamente al impuesto sobre la renta en su Estado: así atraían un gran número de profesionales bien pagados por la parte de Massachusetts.

Más de una vez tuvo ocasión de alegrarse del fallecimiento de William Loeb, el editor de periódicos cuyo abuso del *Union Leader* de Manchester había destrozado con tanta facilidad las candidaturas de Edmund Muskie y George Bush, en otro tiempo. Era bien sabido que Loeb aborrecía a las mujeres metidas en política.

Edward pudo informar que estaba llegando dinero al cuartel general en Chicago, y que se montaban oficinas «Kane para la presidencia» en todos los Estados. Algunas de éstas contaban con tantos voluntarios que no podían darles cabida a todos; el excedente convirtió a docenas de salas y garajes de todos los Estados Unidos en improvisadas oficinas de campaña electoral.

Durante los últimos siete días antes de las primeras primarias Florentina fue entrevistada por Barbara Walters, Dan Rather y Frank Reynolds, y apareció en los tres noticiarios de la mañana. Como señaló su secretario de prensa Andy Miller, cincuenta y dos millones de personas habían visto su entrevista con Barbara Walters, mientras que habría necesitado más de quinientos años para estrechar las manos de ese mismo número de votantes en White River Junction. No obstante, los directores locales de la campaña procuraban que visitase los hogares de casi todos los ancianos del Estado.

Al mismo tiempo Florentina tuvo que recorrer las calles de las ciudades de New Hamshire, estrechar manos de obreros de las factorías papeleras de Berlín y saludar a los algo achispados ciudadanos de las asociaciones de ex combatientes y puestos de la Legión Americana, que por lo visto no faltaban en ninguna ciudad. Y aprendió que debía visitar las estaciones de invierno de importancia secundadaria, mejor que los centros turísticos famosos, adonde sólo acudían visitantes de Nueva York o de Massachusetts, a los que no tocaba votar allí.

Florentina sabía que si fracasaba en conquistar a aquel diminuto electorado del rincón nordeste de Estados Unidos, suscitaría graves dudas sobre su credibilidad como candidata.

Cuando llegaba a una ciudad, siempre estaba allí Edward para recibirla y no dejarla descansar hasta el momento de regresar al avión.

Edward le dijo que podían dar gracias al cielo por la curiosidad que suscitaba una mujer candidata. Los encargados de preparar su visita no necesitaban tener en reserva macetas de plantas por si no se presentaban votantes del Estado del Granito en número suficiente para llenar las salas.

Pete Parkin, que tuvo una buena racha con sus deberes de representación oficial en actos fúnebres, demostró que fuera de esto un vicepresidente tenía poco quehacer; pasaba más tiempo en el Estado que Florentina, incluso. Al llegar la fecha de las primarias, Edward pudo demostrar que los colaboradores del equipo Kane habían establecido contacto telefónico, postal o personal con ciento veinticinco mil de los ciento cuarenta y siete mil demócratas contabilizados, pero que obviamente Pete Parkin había hecho lo mismo, pues muchos de aquéllos se mostraban indiferentes, y algunos incluso hostiles.

La última noche, Florentina celebró en Manchester un mitin al que acudieron más de tres mil personas. Cuando Janet le dijo que al día siguiente habría recorrido la quincuagésima parte de su recorrido en la campaña, Florentina replicó:

—O quizás haya terminado todo.

Regresó a la habitación del motel poco después de medianoche, seguida por los camarógrafos de CBS, NBC, ABC y Cable News, así como por cuatro agentes del Servicio Secreto, todos ellos convencidos de que la ganadora sería ella.

Los votantes de New Hampshire despertaron a una mañana de nieve y vientos helados. Florentina pasó la jornada yendo de un colegio electoral a otro para dar las gracias a quienes demostraban con su presencia su fidelidad al partido, hasta que cerró el último. A las nueve y once minutos, la CBS fue la primera en informar a la opinión pública nacional que el índice de asistencia a las urnas había sido del cuarenta y siete por ciento, lo cual según Dan Rather había sido un éxito en vista de las condiciones climatológicas. Los primeros resultados mostraron que las encuestas tenían razón: Florentina y Pete Parkin corrían parejos; la ventaja cambió de bando varias veces durante la noche, aunque nunca por más de algunas décimas. Florentina pasó la noche en vela con Edward, Janet, varios de sus colaboradores más íntimos y dos agentes del Servicio Secreto, siguiendo la marcha del escrutinio por televisión.

—La igualdad no habría sido mayor si lo hubieran acordado expresamente —comentó la informadora de la NBC, Jessica Savitch, que fue la primera en anunciar las cifras definitivas—. Treinta y uno por ciento para la senadora Kane, treinta por ciento para el vicepresidente Parkin, dieciséis por ciento para el senador Bill Bradley, y el resto de los votos repartido entre cinco candidatos, que en mi opinión —añadió Savitch— no han de molestarse en reservar habitaciones para las próximas primarias.

Florentina recordó las palabras de su padre: *Si los resultados de las primarias de New Hampshire resultan satisfactorios...*

Salió hacia Massachusetts con seis delegados comprometidos a su favor, mientras que Pete Parkin obtuvo cinco. La prensa nacional no señaló a ningún ganador, aunque sí a cinco perdedores. Sólo tres de los candidatos fueron vistos en Massachusetts, pero por lo visto Florentina había puesto fin a la leyenda de que por ser mujer no se la podía tomar en serio como oponente.

En Massachusetts disponía de dos semanas para amarrar el mayor número posible de los ciento once compromisarios; allí su horario de trabajo apenas cambió. Cada día llevaba a cabo el programa preparado por Edward para ella, en el que se preveía que la candidata saludase al mayor número posible de votantes y que al mismo tiempo le sobrase tiempo para salir en el noticiario de la mañana o en el de la noche.

Florentina se hizo fotografiar con niños, jefes sindicales y dueños de restaurantes italianos; comió medallones, abadejo, pasteles típicos y arándano; viajó por doquier, en el transbordador de Nantucket y en el autobús de la Alameda a lo largo de toda la autopista Massachusetts Turnpike; hizo atletismo en las playas, montañismo en las Berkshire y compras en el Quincy Market de Boston, todo ello para demostrar que podía tener tanta resistencia física como un hombre. Mientras descansaba su organismo dolorido en un baño caliente, llegó a la conclusión de que si su padre se hubiera quedado en Rusia, el empeño de llegar a ser presidenta de la URSS no hubiera podido ser más duro.

En Massachusetts, Florentina le sacó de nuevo ventaja a Pete Parkin, al llevarse cuarenta y siete delegados contra los treinta y nueve del vicepresidente. El mismo día, en Vermont, se ganó a ocho de los doce delegados de dicho Estado. Debido a estos éxitos logrados por Florentina, los encuestadores políticos decían que cada vez era mayor el porcentaje de los entrevistados que contestaban afirmativamente a la pregunta «¿Podría ganar una mujer las elecciones para la presidencia?» Pero hasta ella rió cuando leyó que un seis por ciento de los votantes no se habían enterado de que Kane era una mujer. La prensa se apresuró a señalar que su próxima gran prueba de fuego estaría en el Sur, donde coincidían en la misma jornada las primarias de Florida, Georgia y Alabama. Si resistía allí podría contar con una oportunidad real, ya que la contienda demócrata se estaba reduciendo a un duelo entre el vicepresidente y ella. Bill Bradley, después de obtener sólo un once por ciento de los sufragios en Massachusetts, tuvo que abandonar la campaña por falta de fondos, aunque su nombre continuaba en la plataforma de varios Estados y nadie dudaba de que sería un candidato digno de tenerse en cuenta para alguna fecha futura. Bradley había sido la primera opción de Florentina como compañero de candidatura, y el nombre del senador por New Jersey figuraba ya en su lista de posibles vicepresidentes a considerar.

Cuando terminó el escrutinio en Florida no sorprendió a nadie que el vicepresidente llevase sesenta y dos de los cien delegados, y la tendencia se confirmó en Georgia cuando ganó por cuarenta a veintitrés; lo mismo pasó en Alabama, donde se hizo con veintiocho de los cuarenta y cinco delegados. Pero Pete Parkin se apoyaba cada vez más en la táctica de superar a Florentina como campeón de los militares, pero el hecho de haber favorecido la legislación que estableció la llamada «línea Fort Gringo» a lo largo de la frontera con México empezaba a perjudicarle en el sudoeste, donde antes se creía imbatible.

Edward y su equipo trabajaban ya con varias primarias de antelación, siguiendo el caprichoso calendario de las mismas por todo el país. Mientras el reactor Lear saltaba de Estado en Estado, Florentina daba gracias al cielo por poder disponer de amplios fondos para su campaña. Su energía seguía sin conocer límites; si alguien empezaba a dar muestras de fatiga era el vicepresidente, que tartamudeaba, y cuya voz sonaba cansada y ronca al final de cada jornada. Ambos candidatos tuvieron que desplazarse a San Juan, y cuando Puerto Rico celebró sus primarias a mediados de marzo, veinticinco de los cuarenta y un delegados se decantaron a favor de Florentina. Dos días más tarde regresó a su Estado natal para las primarias de Illinois; en el resultado global llevaba desventaja con respecto a Parkin por ciento sesenta y cuatro a ciento noventa y cuatro.

La Ciudad del Viento quedó paralizada mientras sus habitantes daban la bienvenida a su hija predilecta y le concedían los ciento setenta y nueve delegados por Illinois sin exceptuar ni uno, lo cual le permitía encabezar la contienda con trescientos cuarenta y tres delegados. Sin embargo, y a medida que recorrían Nueva York, Connecticut, Wisconsin y Pennsylvania, el vicepresidente fue recuperando terreno hasta llegar a Texas con una inferioridad de sólo quinientos noventa y uno frente a los seiscientos cincuenta y cinco de Florentina.

A nadie sorprendió que Pete Parkin se alzase con el ciento por ciento de los delegados de su Estado natal; los texanos no habían tenido ningún presidente después de Lyndon Baines Johnson. Además, la mitad masculina de Texas opinaba que, si bien J. R. Ewing podía tener sus defectos, llevaba razón cuando opinaba que el lugar apropiado para una mujer era la casa. El vicepresidente salió de su rancho de las afueras de Houston con una ventaja de setecientos cuarenta y tres contra los seiscientos cincuenta y cinco de Florentina.

Mientras viajaban por todo el país bajo tan tremenda presión cotidiana, ambos candidatos descubrieron a menudo que una observación improvisada o un comentario despreocupado podían convertirse fácilmente en los titulares del día siguiente. Pete Parkin fue el primero en meter la pata cuando confundió el Perú con Paraguay, y los fotógrafos se pusieron frenéticos cuando pasó por Flint, en una de sus caravanas, llevando un Mercedes con chófer. Había olvidado la existencia de la Buick Motor en aquella ciudad. Pero también Florentina tuvo sus reveses. En Alabama, cuando le preguntaron si consideraría en su plataforma a un negro como candidato a vicepresidente, contestó: «Por supuesto, ya he considerado la idea». Hicieron falta varias declaraciones para persuadir a la prensa que ningún dirigente negro de América había sido invitado a formar parte de su candidatura.

Sin embargo, su error más grave lo cometió en Virginia. En un discurso en la Facultad de Derecho de la Universidad de Virginia habló del sistema de libertad bajo palabra y de los cambios que trataría de introducir en el mismo si llegase a ser elegida presidenta. El discurso había sido documentado y escrito para ella por uno de sus asistentes de Washington, que trabajaba con Florentina desde la época del Congreso. Ella había leído el texto con cuidado la noche anterior, admirada ante su buena trabazón, y lo leyó ante una sala abarrotada de estudiantes de Leyes que lo recibieron con entusismo. Luego salió en dirección al Club Rotario de Charlotesville para un mitin nocturno en el que le tocaba hablar de los problemas que preocupaban a los ganaderos. El discurso anterior quedó olvidado hasta la mañana siguiente, cuando leyó el periódico local mientras desayunaba en Boar's Head Inn.

El *News-Leader* de Richmond había encontrado una pista, que toda la prensa nacional se apresuró a seguir sin demora. Un periodista de la localidad dio con el reportaje de su vida al sugerir que, si el discurso de Florentina había parecido tan bueno, se debía a que era obra de uno de los más íntimos colaboradores de la senadora Kane, llamado Allen Clarence y que era él mismo un ex presidiario, ya que constaba en sus antecedentes una condena a seis meses de cárcel seguida de un año de libertad condicional, antes de que entrase a trabajar para Florentina. Pocos periódicos se molestaron en señalar que la condena había sido por conducir ebrio y sin licencia, y que Clarence había recurrido la sentencia siendo puesto en libertad a los tres meses. Cuando la prensa le preguntó qué pensaba hacer con el señor Clarence, ella respondió: «Nada».

Edward le dijo que debía despedirle inmediatamente, por injusto que le pareciese, ya que el sector adverso de la prensa —por no hablar de Pete Parkin— no dejaba de machacar cada día en que uno de los miembros de más confianza de su equipo era un ex presidiario. Y el chiste más repetido de Parkin consistía en decir: «¿A que no sabe usted quién mandará en las cárceles de este país, si eligen a esa mujer?» Más tarde, Allen Clarence dimitió por su propia voluntad, pero el daño ya estaba hecho. Para cuando llegaron a California, Parkin había incrementado su ventaja, que se materializaba en novecientos noventa y un delegados contra los ochocientos ochenta y tres de Florentina.

Cuando Florentina llegó a San Francisco halló que había ido Bella al aeropuerto a recibirla. Aunque envejecida en treinta años, no había perdido un kilo de peso. A su lado estaba Claude, así como un hijo mastodóntico y una hija que parecía figurilla. Tan pronto como vio a Florentina, Bella corrió hacia ella, chocando con dos fornidos agentes del Servicio Secreto. Un abrazo de la candidata aclaró las cosas.

—En mi vida he visto cosa igual —murmuró uno de los agentes—. Podría echar a volar un Jumbo de una patada.

Cientos de personas rodeaban la pista coreando «Kane presidenta» y Florentina se dirigió rectamente hacia la multitud, acompañada por Bella. Las manos se alzaron al encuentro de Florentina, reacción que nunca dejaba de animarla. Los carteles decían «California por Kane», y por primera vez la mayoría de la multitud estaba formada por hombres. Cuando dejó a sus seguidores y se volvió para entrar en la terminal, vio un letrero pintarrajeado en rojo sobre una pared: «¿Queréis una perra polaca para presidenta?», y debajo otra mano había pintado en blanco «Sí».

Bella, que ahora era directora de uno de los mayores colegios de California, presidía además la comisión demócrata de la ciudad, a la que accedió después de que Florentina ganase su escaño en el Senado.

—Estaba segura de que te presentarías para la presidencia, conque pensé que más valía que nos asegurásemos de San Francisco.

Bella trataba en efecto de asegurársela, con un millar de supuestos voluntarios que llamaban a todas las puertas. La doble personalidad de California —conservadora al sur, liberal al norte— le dificultaba a Florentina el presentarse como la centrista que ella deseaba ser. Pero su eficacia, su comprensión y su inteligencia convirtieron incluso a algunos de los izquierdistas más empedernidos de Marin County, y a no pocos militantes de la derechista John Birch Society de Orange County. El éxito de San Francisco apenas fue inferior al de Chicago. Florentina deseó haber tenido cincuenta y una Bella, pues el voto de San Francisco bastó para darle el sesenta y nueve por ciento del Estado. Fue Bella quien hizo posible que Florentina llegase a la convención de Detroit con ciento veintiocho delegados más que Parkin.

Durante la cena de celebración, Bella le advirtió a Florentina que la mayor dificultad a que habría de enfrentarse no era «Jamás votaré a favor de una mujer», sino «Esa mujer tiene demasiado dinero».

—Otra vez ese viejo cuento. ¿Qué más puedo hacer? —dijo Florentina—. Ya he puesto mis acciones de la Baron a nombre de la fundación.

—Ahí está el detalle. Nadie sabe a qué se dedica esa fundación. Supongo que ayuda a los niños de alguna manera, pero ¿cuántos niños, y cuánto dinero supone eso?

—El año pasado los administradores gastaron más de tres millones de dólares entre tres mil ciento doce inmigrantes de las capas menos privilegiadas. Además, cuatrocientos dos niños ganaron becas Remagen para ingresar en las universidades americanas, y uno mereció nuestra primera beca Rhodes para Oxford.

—Eso no lo sabía —dijo Bella—. En cambio, estoy bien enterada de que Pete Parkin pagó la construcción de una birria de biblioteca en la Universidad de Texas, en Austin. Se las ha arreglado para que ese edificio sea tan conocido como la Biblioteca Widener de Harvard.

—¿Qué te parece que debería hacer Florentina, pues? —preguntó Edward.

—¿Por qué no hace que el profesor Ferpozzi convoque una conferencia de prensa? La opinión pública escuchará a un hombre así. Con ello, todo el mundo sabrá que Florentina Kane se acuerda del prójimo y gasta dinero de su bolsillo para demostrarlo.

Al día siguiente, Edward se ocupó de colocar artículos en varias revistas bien elegidas, y organizó una conferencia de prensa. La mayoría de los periódicos y revistas la redujeron a una gacetilla, pero la revista People le dedicó una portada en la que aparecía Florentina con Albert Schmidt, el becario de la Rhodes gracias a la fundación Remagen. Cuando se descubrió que Albert era un inmigrante de origen alemán, cuyos padres habían huido de Europa después de escapar de un campo de prisioneros, David Hartman entrevistó el día siguiente al muchacho en su programa «Buenos días, América», tras lo cual tuvo más publicidad incluso que Florentina.

Aquel fin de semana Florentina se enteró mientras regresaba a Washington de que el gobernador de Colorado, a quien ella no consideraba particularmente amigo ni aliado político, se había declarado partidario de ella, sin previo aviso, durante unas conferencias sobre la energía solar en Boulder. Explicó a los reunidos que las posturas de Florentina sobre la industria y el medio ambiente favorecían las perspectivas de futuro de los Estados del Oeste, ricos en recursos.

El día terminó con una nota aún más optimista cuando la Reuter distribuyó a lo largo y ancho del país la noticia de que el Departamento de Seguridad Social había publicado su primer informe global desde la entrada en vigor de la ley Kane. Por primera vez desde la reforma del sistema de Seguridad Social iniciada por Florentina, el número de beneficiarios que se daban de baja del registro en un año dado había superado el de nuevos peticionarios.

El apoyo financiero siempre había sido un problema para Florentina, ya que incluso sus más ardientes partidarios daban por supuesto que le sobraban medios con que pagar las facturas de la campaña. Parkin no conocía tales dificultades, pues le respaldaban los magnates del petróleo encabezados por Marvin Snyder, de la Blade Oil. Pero luego empezaron a llegar contribuciones para la campaña al despacho de Florentina, acompañadas de telegramas de apoyo y buenos deseos.

Los periodistas influyentes de Londres, París, Bonn y Tokio empezaron a contarles a sus lectores que si Estados Unidos quería contar con un presidente de estatura e influencia internacionales, no había vacilación posible entre Florentina Kane y el criador de vacuno de Texas.

Florentina se alegraba cuando leía estos artículos, pero Edward le advirtió que ni sus autores ni sus lectores manejaban las palancas de las máquinas de voto en Estados Unidos; no obstante, concedió por vez primera que quizás habían adelantado a Parkin. En seguida se apresuró a señalar que más de cuatrocientos de los tres mil trescientos treinta y un delegados seguían indecisos después de todas las primarias y reuniones de comisión. Los oráculos de la política pronosticaban que unos doscientos de ellos se inclinaban más hacia el vicepresidente, mientras que Florentina conseguiría captar a unos cien. Al parecer iba a ser la convención más reñida desde que Reagan le disputó la candidatura a Ford.

Después de lo de California, Florentina regresó a Washington con otra maleta llena de ropa sucia. No ignoraba que iba a tener que halagar, engatusar y retorcer el brazo a los cuatrocientos delegados indecisos. Durante las cuatro semanas siguientes habló personalmente con trescientos ochenta y ocho de ellos, y en algunos casos hasta tres y cuatro veces. Descubrió que las mujeres eran las menos propensas a colaborar, y que todos ellos disfrutaban con las atenciones de que eran objeto, sobre todo porque sabían que luego pasarían meses sin que nadie volviese a acordarse de sus personas.

Edward hizo instalar una terminal de computadora en la suite reservada para Florentina en la convención; tenía acceso directo a los registros del cuartel general de la campaña. Se disponía así de información acerca de los cuatrocientos doce delegados que aún no se había comprometido, incluyendo una breve biografía personal e incluso los números de las habitaciones que tenían reservadas en los hoteles de Detroit. Edward había decidido que cuando llegase a la ciudad para asistir a la convención debían darse todas las condiciones a fin de poner en marcha su plan definitivo.

La semana siguiente, Florentina pasó los primeros cinco días atenta a no alejarse demasiado de las pantallas de televisión. Los republicanos reunidos en el Cow Palace de San Francisco disputaban acerca de quién iba a ser su líder, pues ninguno de los aspirantes había entusiasmado mucho a los electores durante las primarias.

La elección de Russell Warner no constituyó ninguna sorpresa para Florentina. Éste había iniciado su campaña para la presidencia desde que ocupara el cargo de gobernador de Ohio. La prensa describió a Warner como un buen gobernador para un mal año, lo cual le recordó a Florentina que su principal misión era derrotar a Parkin. Una vez más Florentina se veía en situación de temer menos al portaestandarte republicano que a la oposición dentro de su propio partido.

El fin de semana antes de la fecha de la convención, Florentina y Edward se reunieron con la familia en Cap Cod. Pese a su cansancio, Florentina todavía logró derrotar a Edward en un par de hoyos, y pensó que él aún parecía más fatigado. Era una suerte que la cadena Baron estuviese tan bien administrada por la nueva generación de directores, entre los cuales figuraba William.

Florentina y Edward tenían previsto volar a Detroit el lunes por la mañana; en Detroit habían requisado otro Baron, que se llenaría con los miembros del equipo de Florentina, sus partidarios, la prensa y ciento veinticuatro de aquellos delegados no comprometidos.

El sábado por la noche, cuando dio las buenas noches a Edward, y luego a los hombres y mujeres del Servicio Secreto —a los que empezaba a tratar como a una especie de familia adoptiva—, Florentina pensaba que los cuatro días siguientes iban a ser los más importantes de su carrera política.

35

Durante el vuelo, Jack Germond, del *Baltimore Sun*, le preguntó a Florentina cuándo había empezado a redactar su discurso de aceptación.

—Desde que cumplí los once años —replicó ella.

En el avión de Nueva York al aeropuerto Metro de Detroit, Florentina releyó dicho discurso, ya esbozado por si fuese elegida en la primera vuelta. Edward le había advertido que no confiara en ganar al primer envite, pero Florentina prefirió estar preparada para cualquier eventualidad Sus asesores consideraban mucho más probable que el resultado se supiera después de la segunda o incluso tercera vuelta, dado que para entonces el senador Bradley tendría que dejar en libertad a sus ciento ochenta y nueve delegados.

Durante la semana anterior redujo a cuatro nombres la relación de los que le parecían dignos de consideración como posibles candidatos a la vicepresidencia en su plataforma. El más destacado era Bill Bradley, a quien Florentina veía además como sucesor natural suyo en la Casa Blanca, pero también había que pensar en Sam Nunn, Gary Hart y David Pryor.

El hilo de las ideas de Florentina se cortó cuando aterrizó el avión; al mirar por la ventanilla vio que la esperaba una multitud numerosa y excitada. No pudo evitar preguntarse cuántos de aquéllos estarían también allí al día siguiente, para recibir a Pete Parkin. Se miró el peinado en el espejo de la polvera; entre su cabello negro se veían algunos mechones blancos que ella no intentaba disimular. Se sonrió al recordar que el cabello de Pete Parkin presentaba, inverosímilmente, el mismo color desde hacía más de treinta años. Florentina llevaba un sencillo traje de hilo y sólo una joya, un broche de diamantes en forma de asno.

Después de quitarse el cinturón, se puso en pie y salió del asiento con la cabeza inclinada hasta llegar al pasillo central. Cuando se volvió para encaminarse hacia la puerta, todos los ocupantes del avión rompieron a aplaudir. De pronto ella se dio cuenta de que, si no obtenía el nombramiento, sería aquélla la última vez que los viese juntos. Florentina les estrechó la mano a todos los delegados de la prensa, algunos de los cuales seguían sus desplazamientos desde hacía cinco meses. Un miembro de la tripulación abrió la escotilla y Florentina salió, frunciendo el ceño bajo el sol de julio. De la multiud brotó el clamor «ahí está», y Florentina descendió por la escalerilla para dirigirse en línea recta hacia el vaivén de carteles, pues le parecía que el contacto directo con los votantes le infundía siempre nuevas fuerzas. Tan pronto como pisó la pista se vio rodeada por los agenes del Servicio Secreto, siempre temerosos de las multiudes incontrolables. A veces ella se figuraba que podía ser víctima de un atentado hallándose a solas, pero nunca en medio de una multitud.

Una caravana de diez pequeños Ford le recordó que por fin Detroit había conseguido adaptarse a la crisis de la energía. Si Pete Parkin hubiese cometido el error de presentarse con su Mercedes en aquella ciudad, Florentina habría sido la elegida de los demócratas antes de que se hubiera depositado el primer voto en Alabama. Los agentes del Servicio Secreto ocuparon los dos primeros coches, mientras Florentina subía al tercero, al lado de cuyo conductor iba Edward. El médico de cabecera de Florentina iba en el cuarto, y sus ayudantes llenaron los restantes seis «pequeños pero poderosos», según rezaba la propaganda de Ford para sus nuevos modelos económicos. El autobús de la prensa cerraba la marcha, mientras que los motoristas de la policía subían y bajaban a lo largo de la caravana.

El primer coche avanzaba a paso de caracol, lo cual permitió a Florentina saludar con la mano a los manifestantes, pero tan pronto como llegaron a la Interstate 94 la caravana aceleró para entrar en Detroit a no menos de noventa por hora.

Durante veinte minutos Florentina pudo arrellanarse en

el asiento posterior mientras avanzaban hacia la zona céntrica; la caravana salió por Woodward Avenue, torció hacia el sur en dirección al río y redujo la velocidad a unos diez kilómetros por hora en vista de que las calles estaban llenas de personas deseosas de ver a la senadora Kane aunque sólo fuese un segundo. La comisión organizadora de Florentina en Detroit había situado cien mil carteles indicadores que mostraban exactamente cuál sería su recorrido al pasar por la ciudad; razón por la cual fue ovacionada por sus partidarios durante todo el camino hasta llegar al Baron, situado al este del Renaissance Center junto al río Detroit. El Servicio Secreto le imploró que cambiase el recorrido, pero ella no lo consintió de ninguna manera.

Docenas de fotógrafos y camarógrafos de la televisión se inclinaron hacia el coche cuando Florentina salió dispuesta a enfilar la escalinata del Detroit Baron. Toda la zona estaba iluminada por los resplandores de los «flashes» y de los focos eléctricos. Una vez en recepción, los encargados de la seguridad se la llevaron discretamente al piso vigésimo cuarto, reservado para su uso personal. Ella inspeccionó rápidamente la suite Novak para ver si disponía de todo lo necesario, sabiendo que iba a ser su prisión durante cuatro días. La única razón para abandonar aquellas habitaciones tendría que ser la aceptación del nombramiento como candidato por el partido demócrata, o el hecho de manifestar su apoyo a Pete Parkin.

Se había instalado una batería de teléfonos, de manera que Florentina pudiese estar en contacto con los cuatrocientos doce delegados indecisos. Aquella misma noche, antes de la cena, habló con treinta y ocho de ellos, y luego estuvo hasta las dos de la madrugada releyendo los apellidos y antecedentes de los que, en opinión de sus consejeros, verdaderamente titubeaban todavía.

La mañana siguiente, el *Free Press* de Detroit apareció lleno de fotografías de su llegada a Detroit, aunque en realidad no ignoraba que Pete Parkin recibiría la misma acogida informativa al día siguiente. Cuando menos era un alivio que el presidente hubiese decidido mantenerse neutral y no apoyar a ninguno de los dos candidatos, cosa que la prensa había considerado como una victoria moral para Florentina.

Dobló el periódico y se puso a mirar los monitores del circuito cerrado de televisión, a ver lo que ocurría en la sala de la convención durante la primera mañana. Durante el almuerzo vigiló los tres canales públicos, por si alguna cadena difundía una noticia que se les hubiese escapado quizás a las otras dos, y acerca de la cual los periódicos exigiesen una toma de posición inmediata.

Durante la jornada, treinta y un delegados indecisos fueron citados para acudir al piso veinticuatro. A medida que pasaban las horas les fueron sirviendo café, té con hielo, té caliente y cócteles. Florentina se limitó al té con hielo, pues de lo contrario habría acabado a las once de la noche con una gran borrachera.

Contempló en silencio la llegada de Pete Parkin al aeropuerto de Detroit en el Air Force II. Uno de sus ayudantes dijo que la multitud era menos numerosa que la del día anterior, mientras otro afirmaba lo contrario. Ella se propuso recordar el nombre del que había dicho que era más numeroso el recibimiento de Parkin, diciéndose que tendría que escuchar sus opiniones con más atención en adelante.

Pete Parkin pronunció una breve alocución desde un podio que instalaron para él sobre la pista. El emblema vicepresidencial lanzaba destellos bajo el sol. Dijo estar muy satisfecho al verse en la ciudad que podía llamarse, a justo título, la capital automovilística del mundo.

—Y lo digo yo, que he llevado coche Ford toda la vida —aseguró. Florentina sonrió al oírlo.

A los dos días de «arresto domiciliario», Florentina se había quejado tantas veces de tener que vivir encerrada, que el martes por la mañana los del Servicio Secreto la bajaron en un montacargas para que pudiese dar un paseo a orillas del río, respirar un poco de aire fresco y contemplar el perfil de Windsor sobre la orilla opuesta, la del Canadá. Pero no pudo andar sino pocos pasos, pues en seguida se vio rodeada de admiradores que querían estrechar su mano.

A su regreso apareció Edward con buenas noticias: cinco de los delegados titubeantes habían decidido votar a favor de ella en la primera vuelta. Calculaba que sólo necesitaban otros setenta y tres para sobrepasar el número mágico de mil seiscientos sesenta y seis. Florentina se situó de nuevo delante de los televisores para seguir los acontecimientos de la convención. Una negra, inspectora de enseñanza en Delaware, estaba entonando un cántico de alabanza a las virtudes de Florentina, y cada vez que mencionaba su nombre, la sala se llenaba de carteles azules con el «Kane presidenta». Siguió a esto otro discurso durante el cual aparecieron, con idéntica abundancia, los carteles rojos que exigían «Parkin presidente». Empezó a medir la suite con sus pasos, arriba y abajo, hasta la una y media; a esa hora había visto a otros cuarenta y tres delegados y hablado por teléfono con otros cincuenta y ocho.

El segundo día de la convención se dedicó a los discursos importantes de ambas plataformas sobre política interior, hacienda, seguridad social y defensa, así como al discurso clave del senador Pryor. Una y otra vez los delegados repetían que ambos candidatos reunían grandes condiciones y que, con independencia de cuál de los dos ganase, los republicanos iban a sufrir una derrota contundente en noviembre. Pero la mayoría de los delegados de la sala mantenían un murmullo continuo de conversaciones, sin hacer ningún caso de los hombres y mujeres que ocupaban el estrado, pese a que entre ellos podían figurar muy posiblemente los miembros del futuro gabinete demócrata.

Florentina apartó su atención del debate sobre seguridad social para tomar una copa con dos delegados de Nevada que aún no se habían decidido. Sabía que después irían a ver a Parkin, quien les prometería igualmente nuevas autopistas, hospitales, universidades o cualquier otra cosa que justificase la visita a ambos candidatos. Al menos era forzoso que se decidiesen a favor del uno o del otro al día siguiente por la noche. Le dijo a Edward que habría que montar una barrera en medio de la habitación.

—¿Por qué? —preguntó Edward.

—Para que los delegados titubeantes tengan dónde sentarse cuando vienen a verme.

Durante toda la jornada se recibían informes acerca de las actividades de Pete Parkin, que por lo visto consistían en lo mismo que las de Florentina, salvo que él había establecido sus reales en el hotel Westin, del Renaissance Centre. Como ninguno de ambos podía hacerse presente en la sala de la convención, no les quedaba más remedio que continuar con la rutina diaria: delegados, telefonazos, declaraciones a la prensa, reuniones con funcionarios del partido, y por fin a la cama sin demasiadas ganas de dormir

El miércoles Florentina se vistió a las seis de la mañana

y la condujeron rápidamente a la sala de la convención. Una vez llegados a la Joe Louis Arena le mostraron el pasillo por donde tendría que avanzar para ir a pronunciar su discurso de aceptación si la elegían candidata. Subió al estrado y se situó delante de la batería de micrófonos, al tiempo que miraba hacia los veintiún mil asientos vacíos. Los letreros altos y estrechos que se alzaban desde el suelo hasta muy alto proclamaban con orgullo los nombres de todos los Estados, desde Alabama hasta Wyoming. Tomó nota del lugar donde se situaría la delegación de Illinois, a fin de poder dirigirle un saludo tan pronto como entrase en la sala.

Un fotógrafo emprendedor que se había pasado la noche durmiendo debajo de una silla empezó a tomar fotografías de ella, antes de que los agentes del Servicio Secreto se lo llevasen hábilmente. Florentina sonrió al mirar hacia el techo, donde doscientos mil globos rojos, blancos y azules aguardaban el momento de llover sobre el vencedor. En alguna parte había leído que cincuenta estudiantes utilizando bombas de bicicleta habrían tardado una semana en inflarlos.

—¿Lista para las pruebas, senadora Kane? —dijo una voz impersonal salida de no se sabía dónde.

—Americanos, compatriotas, éste es el momento más grande de mi vida, y me propongo...

—Estupendo, senadora. Fuerte y claro —dijo el electricista jefe acercándose por entre los asientos vacíos. Estaba previsto que Pete Parkin se sometiera a la misma rutina a las siete.

Florentina fue conducida otra vez al hotel, donde desayunó con sus colaboradores más íntimos, todos ellos muy nerviosos y prontos a reír cualquier chiste de un compañero por malo que fuese, pero silenciosos cuando hablaba ella. Contemplaron a Pete Parkin, que hacía su sesión matinal de atletismo a beneficio de las unidades móviles de la televisión; y todos se pusieron histéricos cuando un individuo que llevaba un anorak de la NBC y una cámara portátil adelantó tres veces al jadeante vicepresidente al objeto de conseguir una buena toma.

La votación nominal empezaba a las nueve de la noche. Edward había hecho instalar cincuenta líneas telefónicas directas para cada presidente de las delegaciones estatales presentes en la convención, a fin de poder establecer contacto inmediato si ocurría algo inesperado. Detrás de él, Florentina tenía un pupitre sólo con dos teléfonos, pero bastaba pulsar un botón para comunicar en seguida con cualquiera de las cincuenta líneas. Mientras empezaba a llenarse la sala probaron todas las líneas, y Edward decidió que estaban a punto para cualquier contingencia; sólo les quedaba aprovechar todos y cada uno de los minutos restantes para contactar con más delegados. A las cinco y media de aquella tarde, Florentina había conseguido hablar con trescientos noventa y dos de éstos en tres días.

A las siete, la Joe Louis Arena estaba casi abarrotada, aunque aún faltaba casi una hora para que anunciasen los candidatos al nombramiento. Nadie de los que se habían molestado en viajar hasta Detroit quería perderse ni un minuto del inminente drama.

A las siete y media Florentina vio que los funcionarios del partido empezaban a tomar asiento en el estrado, y recordó sus días de azafata en la convención de Chicago en que conociera a John Kennedy. Sabía que todos tenían instrucciones de llegar a determinadas horas; cuanto más tarde llegaba uno, más categoría tenía. Habían pasado cuarenta años y ahora esperaba ser llamada la última.

La mayor ovación de la noche estaba reservada para el senador Bill Bradley, quien había anunciado ya que hablaría a la convención si no se producía una decisión después de la primera vuelta. A las ocho menos cuarto el presidente del Congreso, Marty Lynch, se puso en pie e intentó llamar al orden a la convención, pero apenas consiguió hacerse oír entre la barahúnda de bocinas, pitos, tambores, cornetas y gritos de «Kane» y «Parkin» de los partidarios de cada bando en su intento de chillar más que los del contrario. Florentina asistió a la escena sin exteriorizar ninguna muestra de emoción. Por último, cuando se pudo establecer un simulacro de orden, el presidente hizo la presentación de la señora Bess Gardner, la encargada de tomar nota de los votos, aunque nadie ignoraba que los resultados aparecerían en la inmensa pantalla de video instalada sobre la cabeza de ella, sin darle tiempo a confirmarlos.

A las ocho, el presidente dio un martillazo sobre la mesa; al menos, algunos vieron cómo el pequeño mazo de madera golpeaba la base, pero nadie lo oyó. El estrépito continuó durante veinte minutos más, ya que el presidente no lograba hacerse escuchar por los delegados. Por fin, a las ocho y veintitrés, se pudo oír que Marty Lynch le pedía a Rich Daley, el alcalde de Chicago, que hiciese la presentación oficial de la senadora Kane como aspirante al nombramiento. Transcurridos diez minutos más de alboroto, el alcalde pudo pronunciar el discurso preparado para tal ocasión. Florentina y sus colaboradores escucharon en silencio un encendido elogio de la carrera pública de aquélla. También escuchó con atención cuando el senador Brooks hizo la presentación de Pete Parkin. La acogida que los delegados dieron a ambos nombres habría hecho que una orquesta sinfónica en pleno pareciese un silbato de hojalata. A ellos siguió el de Bill Bradley, y luego, en rápida sucesión, los del acostumbrado puñado de hijos ilustres, cuyo destino era fácilmente previsible.

A las nueve, el presidente lanzó una ojeada a la concurrencia y solicitó el voto del Estado de Alabama. Florentina contemplaba la pantalla como un reo pudiese mirar a sus jueces... queriendo conocer el veredicto sin perder el tiempo en examinar las pruebas. El sudoroso presidente de la delegación de Alabama agarró su micro y gritó:

—El gran Estado de Alabama, el corazón del Sur, concede veintiocho votos al vicepresidente Parkin y diecisiete votos a la senadora Kane.

Aunque desde el 11 de marzo, o sea desde hacía más de cuatro meses, todo el mundo sabía lo que iba a votar Alabama, ello no impidió que los carteles favorables a Parkin se agitasen frenéticamente, y hubieron de transcurrir otros doce minutos antes de que el presidente pudiese ceder la palabra al Estado de Alaska.

—Alaska, el cuadragésimo noveno Estado de la Unión, concede siete de sus votos a la senadora Kane, cuadragésimo segundo presidente de los Estados Unidos; tres a Pete Parkin y uno al senador Bradley.

Tocaba a los seguidores de Florentina el prorrumpir en una larga ovación en apoyo de su candidata. Pero durante la primera media hora Parkin llevó ventaja, hasta que California concedió doscientos catorce a la senadora Kane y noventa y dos a Parkin.

—Dios bendiga a Bella —dijo Florentina, pero en seguida hubo de ver cómo el vicepresidente recobraba la delantera con ayuda de Florida, Georgia e Idaho.

Cuando le tocó el turno al Estado de Illinois, por poco

no acabó allí la convención. La señora Kalamich, la misma que había dado la bienvenida a Florentina casi veinte años antes, cuando la primera intervención de ésta, ahora había sido elegida para anunciar el veredicto de sus delegados, en su calidad de vicepresidente del partido demócrata de Illinois.

—Señor presidente, ésta es la ocasión más solemne de mi vida —Florentina sonrió. La señora Kalamich continuó—: La de anunciar que el gran Estado de Illinois tiene el honor de conceder todos sus votos, en número de ciento setenta y nueve, a su hija predilecta y primera mujer presidenta de los Estados Unidos, Florentina Kane.

Los partidarios de Kane cayeron en un frenesí de júbilo, porque Florentina se adelantaba por segunda vez. Pero ella sabía que su rival obtendría el mismo efecto cuando le tocase el turno de voto a Texas, y efectivamente Parkin tomó de nuevo la delantera sumando mil cuatrocientos cuarenta delegados frente a los mil trescientos setenta y uno de Florentina, una vez hubo votado el Estado natal de aquél. Bill Bradley, de paso, se había ganado a noventa y siete delegados, lo cual le daba la seguridad de poseer votos suficientes para que ninguno de los otros dos aspirantes pudiese ganar en la primera vuelta.

Mientras el presidente de la mesa daba prisas a los restantes Estados —Utah, Vermont, Virginia—, las computadoras de las cadenas de televisión hacían aparecer en la pantalla la conclusión de que no habría vencedor en la primera vuelta. Pero hasta las diez y cuarenta y siete minutos no pudo Tom Brokaw anunciar el resultado del escrutinio: mil quinientos veintidós para la senadora Kane, mil cuatrocientos ochenta para el vicepresidente Parkin, ciento ochenta y nueve para el senador Bradley y ciento cuarenta que se repartían entre los aspirantes minoritarios.

El presidente anunció a los delegados que el senador Bradley iba a hablarles. Hubieron de pasar otros once minutos antes de que pudiese hacerlo. Florentina había hablado con él por teléfono cada día de la convención, pero siempre evitó pedirle que participase en su «ticket» como candidato a la vicepresidencia, por parecerle que tal oferta hubiera olido más a soborno que a haberle elegido porque le considerase el hombre más adecuado. Aunque, en el campo de Parkin, el aspirante favorito a dicho puesto era Ralph Brooks, Florentina no dejaba de preguntarse si Pete Parkin no le habría hecho ya la oferta a Bradley.

Por fin el veterano senador por New Jersey pudo dirigirse a la convención.

—Compañeros demócratas —empezó—. Os agradezco el apoyo que me habéis prestado durante este año electoral, pero ha llegado para mí la hora de retirarme de esta contienda presidencial y dejar en libertad a mis delegados, para que voten según les dicte su conciencia —casi se hizo el silencio en la sala. Bradley describió durante varios minutos cómo debía ser según él la persona que ocupase la Casa Blanca, pero no apoyó expresamente a ninguno de los dos candidatos. Terminó con las palabras—: Os exhorto a que elijáis la persona adecuada para gobernar nuestro país —lo cual le valió una ovación que se prolongó bastantes minutos después de que hubiese regresado a su asiento.

A estas alturas, muchos ocupantes de la suite 2.400 del Baron estaban fuera de sus casillas; sólo Florentina se mantenía exteriormente tranquila, aunque Edward observó que tenía el puño apretado. En seguida se volvió para seguir trabajando en la sección verde de su listado, que relacionaba los delegados de Bradley. Pero estando éstos en las gradas de la sala, no se podía hacer gran cosa sino telefonear al presidente de cada comisión estatal y ponerlos a trabajar a todos. Los teléfonos sonaban en respuesta; por lo visto los delegados de Bradley también estaban divididos en dos campos bastante iguales. Algunos incluso proponían seguir votando a favor de Bradley en la segunda ronda, por si no se rompía el empate en la convención y tuvieran que recurrir a su hombre como solución de compromiso.

La segunda vuelta empezó a las once y veintiún minutos; Alabama, Alaska y Arizona mantuvieron la votación de la primera. La consulta continuó a ritmo cansino, de Estado en Estado, hasta que por fin quedó registrada la decisión de Wyoming a las doce y veintitrés. Al final de la segunda vuelta el resultado seguía siendo indeciso, con la única diferencia importante de que Pete Parkin se había adelantado un poco —eran mil seiscientos veintinueve contra mil seiscientos cuatro—, mientras que noventa y ocho delegados se abstuvieron o permanecieron fieles al senador Bradley.

A las doce treinta y siete, el presidente dijo:

—Bien está. La próxima votación nominal, mañana por la tarde a las siete en punto.

—¿Y por qué no mañana por la mañana? —preguntó un joven, que era uno de los insomnes colaboradores de Florentina, mientras salían del local.

—Como dice la jefa —replicó Janet—, las elecciones se celebran a beneficio de las cadenas de televisión, y las diez de la mañana no es hora de gran audiencia.

—¿Es que las cadenas van a ser responsables del candidato que elijamos? —preguntó él.

Ambos rieron. Veinticuatro horas más tarde, el insomne colaborador repetiría otra vez la misma pregunta, pero sin que nadie tuviese ganas de reír.

Muertos de sueño, los delegados se encaminaron a sus habitaciones mientras meditaban el hecho de que a la tercera vuelta la mayoría de los Estados solían liberar a sus representantes de todo compromiso, para que pudieran votar como más les apeteciera. Edward y sus ayudantes no sabían por dónde empezar, pero tomaron el listado y dieron un repaso, por tercera vez aquella noche, a cada delegado desde Albama hasta Wyoming, esperando que a las ocho de la mañana siguiente se les habría ocurrido algún plan para cada Estado.

Florentina apenas durmió aquella noche, y a las seis y diez regresó en bata al salón de la suite, donde halló a Edward estudiando todavía los listados.

—Te necesitaré a las ocho —dijo él sin levantar la cabeza.

—Buenos días —dijo ella, y le dio un beso en la frente.

—Buenos días.

Florentina se estiró y bostezó.

—¿Qué va a pasar a las ocho?

—Vamos a hablar con los delegados de Bradley y los indecisos a razón de treinta por hora durante toda la jornada. A las cinco de la tarde habrás hablado con doscientos cincuenta de ellos como mínimo. Durante ese tiempo tendremos los seis teléfonos atendidos por otras tantas personas, de manera que nunca habrá menos de dos interlocutores en espera de hablar contigo.

—¿Empezar a las ocho no será un poco demasiado temprano? —preguntó Florentina.

—No, pero no molestaremos a los delegados de la Costa Oeste hasta después del almuerzo —dijo Edward.

Florentina regresó a su habitación consciente de la gran capacidad organizadora que Edward había dedicado a toda su campaña, y recordó que Richard había dicho lo afortunada que era ella por poder contar con dos hombres que la adoraban.

A las ocho en punto empezó a trabajar, provista de un gran vaso de naranjada. Mientras avanzaba la mañana, los miembros del equipo iban convenciéndose de que la primera votación daría la victoria a su candidata. En las habitaciones se empezaba a respirar un ambiente de triunfo.

A las diez cuarenta Bill Bradley llamó para decir que, si sus delegados causaban otra votación indecisa, les recomendaría que votasen a favor de Florentina. Ésta le dio las gracias.

A las once treinta y siete, Edward le pasó el auricular a Florentina. Esta vez no se trataba de nadie que quisiera expresarle buenos deseos.

—Habla Pete Parkin. Creo que deberíamos unir nuestras fuerzas. ¿Puedo hacerle una visita ahora mismo?

Florentina deseaba contestar «Estoy demasiado ocupada», pero se limitó a decir:

—Sí.

—¿A qué viene esto? —dijo Edward mientras Florentina le devolvía el auricular.

—No tengo ni idea, pero pronto saldremos de dudas.

Pete Parkin subió en el montacargas, acompañado de dos agentes del Servicio Secreto y del director de su campaña.

Después de intercambiar algunas bromas forzadas —los dos candidatos no se hablaban desde hacía seis meses— se sirvió café y los dos adversarios fueron dejados a solas. Ocuparon dos cómodos sillones el uno frente al otro. Era como si estuviesen hablando del tiempo, y no de quién iba a ser el rector del mundo occidental. El texano fue derecho al asunto.

—Estoy dispuesto a llegar a un acuerdo con usted, Florentina.

—Le escucho.

—Si se retira le ofrezco la vicepresidencia.

—Debe usted estar...

—Déjeme terminar, Florentina —dijo Parkin, levantando su maciza mano como si fuese un guardia de la circulación—. Si acepta mi oferta y ganamos las elecciones presidenciales, ocuparé el cargo sólo durante un período y luego, en 1996, la apoyaré a usted para el mismo puesto con toda la influencia de la Casa Blanca. Usted es cinco años más joven que yo, y no veo por qué no iba a agotar dos períodos completos.

Durante la pasada media hora, Florentina había imaginado muchas razones para que su oponente quisiera hablar con ella, pero aquello la pilló desprevenida.

—Si no acepta usted mi oferta y yo gano esta noche, daré el segundo puesto a Ralph Brooks, quien me ha confirmado ya que estaría dispuesto a aceptarlo.

—Le llamaré a las dos de la tarde —fue cuanto pudo decir Florentina.

Cuando Peter Parkin y sus acompañantes se hubieron marchado, Florentina discutió la oferta con Edward y Janet; ambos opinaron que se había ido demasiado lejos para ceder en aquella coyuntura.

—¿Quién sabe qué situación podría presentarse dentro de cuatro años? —observó Edward—. Podrías verte como Humphrey tratando de recobrar el terreno perdido frente a Johnson. En cualquier caso, no basta con otra votación indecisa, y los delegados de Bradley nos situarán confortablemente en el primer puesto de la cuarta vuelta.

—Y apuesto a que Parkin lo sabe —agregó Janet.

Florentina guardó silencio mientras escuchaba a sus consejeros, y luego pidió que la dejaran a solas.

A la una y cuarenta y tres minutos telefoneó a Parkin y declinó su oferta en términos educados, diciéndole que confiaba en ganar la primera votación de la noche. Él no contestó.

A las dos la prensa ya se había enterado de la entrevista secreta y puso sitio a los teléfonos de la suite 2400, tratando de averiguar lo que había ocurrido durante aquélla. Edward obligó a Florentina a seguir ocupándose de los delegados; a cada llamada ella estaba más segura de que la jugada de Pete Parkin obedecía más a la desesperación que a la convicción de ganar.

—Ha jugado su última carta —sonreía Janet con sarcasmo.

A las seis en punto, todos los ocupantes de la suite 2400 estaban otra vez frente a los televisores. Ya no quedaban delegados a quienes telefonear: todos estaban en la sala de la convención. Edward aún disponía de su batería de teléfonos conectados con los presidentes estatales, y las primeras contestaciones recibidas le confirmaron en la impresión de que se habían ganado votos durante la jornada.

Justamente cuando Florentina se relajaba y por primera vez empezaba a sentirse segura, estalló la bomba. Edward acababa de pasarle otro té con hielo cuando la CBS puso en pantalla un anuncio intermitente de «avance informativo»; la cámara enfocó luego a Dan Rather, que explicó a su estupefacta audiencia, sólo quince minutos antes del comienzo de la votación nominal, que se disponía a entrevistar al vicepresidente Parkin acerca de sus razones para reunirse en secreto con la senadora Kane. La cámara de la CBS giró luego en panorámica para mostrar el rubicundo rostro del corpulento texano; para más horror de Florentina, todo aquello salía en directo en la pantalla gigante de la sala de la convención. Recordó que la comisión de régimen interior había acordado permitir que saliera en pantalla todo cuanto pudiese afectar a los delegados, ello con la intención de impedir que se propalasen rumores en la sala de la convención en cuanto a lo que ocurría en realidad afuera. La finalidad era evitar que volviese a ocurrir lo de la convención de 1980, entre Ford y Reagan, en cuanto a la elección de un compañero de candidatura. Por primera vez desde hacía cuatro días, los delegados presentes guardaron un silencio unánime.

La cámara enfocó de nuevo al presentador de la CBS.

—Señor vicepresidente, sabemos que ha tenido hoy usted una reunión con la senadora Kane. ¿Quiere decirme por qué motivo solicitó verla?

—Desde luego, Dan. En primer lugar y por encima de todo, fue porque me interesa la unidad de mi partido y por supuesto, Dan, me interesa derrotar a los republicanos.

Florentina y sus ayudantes estaban como hipnotizados. Podían ver a los delegados de la sala pendientes de cada palabra, y no se podía hacer otra cosa sino escuchar.

—¿Puedo preguntarle qué ocurrió durante esa entrevista?

—Le pregunté a la senadora Kane si estaría dispuesta a presentarse para la vicepresidencia conmigo, a fin de constituir una plataforma demócrata que sería invencible.

—¿Qué contestó ella a su propuesta?

—Dijo que necesitaba pensarlo. Ya lo ve usted, Dan: creo que juntos podremos darles una paliza a los republicanos.

—Dile cuál fue mi respuesta definitiva —exclamó Florentina, pero fue inútil; las cámaras mostraban ya un plano general de una convención presa de frenesí que se disponía a votar. Edward telefoneó a la CBS y exigió un espacio igual para Florentina. Dan Rather aceptó entrevistar inmediatamente a la senadora Kane, pero Florentina sabía que era demasiado tarde. Una vez iniciada la votación, la comisión no aceptaría que saliese nada en pantalla, excepto el tablero electrónico que iba mostrando los resultados del sufragio. Sin duda alguna, aquella regla sería revisada para la convención siguiente, pero a Florentina no le quedaba sino recordar las opiniones de miss Tredgold acerca de la televisión: «*Se tomará más de una decisión precipitada, para lamentarla más tarde*».

El presidente dio el martillazo de ritual y llamó a votar a los delegados del Estado de Alabama; el Estado de la camelia presentó una deserción de dos votos a favor de Parkin. Cuando Florentina hubo perdido otro delegado de Alaska y dos más de Arizona, comprendió que su única esperanza estaba en otro resultado indeciso, que le permitiese explicar su versión de la entrevista con Parkin antes de la siguiente ronda. Permaneció sentada, presenciando el goteo de los votos, pero cuando Illinois se mantuvo firme creyó que aún podía invertirse la racha. Edward y sus ayudantes trabajaban de firme con los teléfonos.

Entonces llegó el segundo golpe.

Uno de los directores de la campaña llamó a Edward desde la sala de la convención para contarle que los ayudantes de Parkin difundían el rumor de que Florentina había aceptado su oferta. Sabía que Florentina jamás podría acusar directamente a Parkin por tal rumor, ni tenía tiempo para negarlo todo. No obstante, y mientras cada Estado iba votando a su vez, Edward luchó por frenar la deserción. Cuando llegaron a West Virginia, Parkin sólo necesitaba veinticinco delegados más para adjudicarse la victoria. Le dieron veintiuno, con lo que le faltaban cuatro del penúltimo Estado, Wisconsin. Florentina confiaba en que los tres delegados del último, Wyoming, permanecerían fieles a ella.

—El gran Estado de Wisconsin, consciente de su responsabilidad esta noche —una vez más se había hecho un gran silencio—, y creyendo en la unidad del partido por encima de todas las consideraciones personales, concede la totalidad de sus once votos al próximo presidente de los Estados Unidos, Pete Parkin.

Los delegados parecían presa del demonio. En la suite 2400 el resultado fue acogido con un estupefacto silencio. Florentina había sido derrotada mediante un truco indigno, pero brillante. Y su verdadera genialidad consistía en que, si ella lo negaba todo y publicaba su versión sobre el comportamiento de Parkin, los demócratas podían perder la Casa Blanca frente a los republicanos, y ella sería la cabeza de turco.

Media hora más tarde, Pete Parkin llegó a la Joe Louis Arena entre ovaciones y acordes de «Los Días Felices han vuelto». Pasó doce minutos agitando los brazos frente a los delegados, y cuando por fin consiguió que se hiciera el silencio en la sala dijo:

—Espero subir mañana por la noche a este estrado en compañía de la mujer más grande de los Estados Unidos, y presentar a la nación una plataforma electoral que dé a los republicanos un baño tan tremendo que no lo olviden nunca esos elefantes.

Los delegados prorrumpieron en un rugido de asentimiento. Durante la hora siguiente los ayudantes de Florentina fueron retirándose discretamente a sus habitaciones, hasta que se quedó sola con Edward.

—¿He de aceptar?

—No tienes otra opción. Si no lo hicieses, y luego los demócratas perdieran las elecciones, te echarían a ti la culpa.

—¿Y si cuento la verdad?

—Serás mal interpretada; dirán que no sabes perder, pese a que tu oponente ofreció primero la rama de olivo de la reconciliación. Y no olvides que el presidente Ford predijo, hace diez años, que la primera mujer presidenta se vería obligada a pasar antes por la vicepresidencia, para que los americanos tuvieran tiempo de acostumbrarse a la idea.

—Quizá sea cierto, pero si Richard Nixon viviera hoy —replicó Florentina con amargura—, lo primero que haría sería felicitar a Pete Parkin por su truco, muy superior a los que organizó contra Muskie o Humphrey —Florentina bostezó—. Voy a acostarme, Edward. Mañana por la mañana lo habré decidido.

A las ocho y media Pete Parkin envió un emisario para preguntar si Florentina había tomado una decisión. Ella hizo saber que deseaba verle otra vez en privado.

Esta vez Parkin se presentó con un séquito de tres

compañías de televisión y tantos periodistas como pases rojos de prensa pudo encontrar. Cuando se quedaron a solas Florentina hizo un esfuerzo por reprimir su genio, pues había decidido no pelearse con Parkin, sino preguntarle sólo si estaba dispuesto a confirmar que no se presentaría a la reelección.

—Desde luego —dijo él, cruzando su mirada con la de Florentina.

—¿Y me apoyará plenamente en las próximas elecciones?

—Le doy mi palabra.

—En esas condiciones, acepto presentarme ahora como candidata a la vicepresidencia.

Cuando hubo salido, Edward oyó el relato de la conversación y comentó:

—Sabemos muy bien lo que vale su palabra.

Aquella noche, al entrar en la sala de la convención, Florentina fue recibida por una oleada de murmullos. Pero cuando Pete Parkin le levantó el brazo, los delegados rugieron una vez más su aprobación; únicamente Ralph Brooks tenía la cara larga.

Florentina se dio cuenta de que su discurso de aceptación como aspirante a la vicepresidencia no había sido de los mejores, pero la ovacionaron lo mismo. Sin embargo, la ovación más ruidosa de la noche quedó reservada para la alocución de Pete Parkin a los delegados. Al fin y al cabo, se presentaba ante ellos como el nuevo héroe, el hombre que había traído al partido la unidad sincera.

La mañana siguiente, y después de una conferencia de prensa nauseabunda en compañía del candidato demócrata, que no dejó de referirse a ella como «la gran mujercita de Illinois», Florentina regresó en avión a Boston y se refugió en Cape Cod.

Cuando se despidieron él la besó en la mejilla en presencia de todos los periodistas. Se sintió como una prostituta que, después de haber aceptado su dinero, ya no podía cambiar de opinión en cuanto a irse a la cama con él.

36

Aprovechando que la campaña no empezaba hasta después del Día del Trabajo, Florentina regresó a Washington para poner al día sus descuidadas obligaciones senatoriales. Incluso encontró tiempo para visitar Chicago.

Habló por teléfono con Pete Parkin todos los días, y desde luego no se habría encontrado a otro hombre más amigable y dispuesto a acomodarse a todo lo que ella quisiera disponer. Quedaron en reunirse en su despacho de la Casa Blanca para discutir el programa definitivo de la campaña. Florentina procuró cumplir todos sus compromisos antes de la entrevista, a fin de poder dedicarse por completo a la propaganda electoral durante las nueve últimas semanas.

El 2 de septiembre llegó, acompañada de Edward y Janet, al ala occidental de la Casa Blanca, donde fue recibida por Ralph Brooks, que por lo visto seguía siendo el fiel hombre de confianza del candidato. Ella decidió no causar ninguna fricción con Brooks estando tan cerca las elecciones, y teniendo en cuenta que Brooks había aspirado también a la vicepresidencia. El senador Brooks los introdujo en la oficina de Pete Parkin. Era la primera vez que veía el despacho que tal vez ocuparía pocas semanas más tarde, y se sorprendió al encontrarlo muy acogedor, con sus paredes amarillas y sus molduras de color marfil. Había flores frescas sobre el escritorio de caoba de Parkin, y colgaban de las paredes varios óleos de Remington. Sería por el amor a Parkin a las cosas del Oeste, pensó Florentina. Un sol casi otoñal se colaba por las ventanas que daban al sur.

Pete Parkin se puso en pie con prontitud y rodeó su escritorio para acudir a saludarla, con una efusividad un poco exagerada. Los reunidos ocuparon una mesa en el centro de la habitación.

—Creo que todos conocen a Ralph —dijo con una risa algo forzada—. Ha elaborado una estrategia electoral que no dudo les convencerá.

Ralph Brooks desplegó sobre la mesa un gran mapa de los Estados Unidos.

—Creo que la principal consideración a tener en cuenta es que para alcanzar la Casa Blanca hemos de controlar doscientos setenta colegios electorales. Aunque, por supuesto, sea importante y satisfactorio ganar el sufragio popular, sabemos que son en realidad los colegios electorales los que eligen al próximo presidente. Por este motivo he marcado en negro los Estados donde son mínimas nuestras probabilidades de ganar, y en blanco los que tradicionalmente son seguros para el bando demócrata. Nos quedan, marcados en rojo, los Estados Clave, que son los indecisos y que suman ciento setenta y un votos de sus colegios electorales.

»Opino que tanto Pete como Florentina deberían visitar todos los Estados marcados en rojo al menos una vez, pero concentrando Pete sus energías en el Sur, mientras que Florentina trabajaría el Norte. Sólo California, con sus importantes cuarenta y cinco votos electorales, debería ser visitada regularmente por ambos. Durante los sesenta y dos días que nos faltan para las elecciones habrá que dedicar cada minuto sobrante a los Estados donde tenemos una verdadera posibilidad, y visitar sólo ocasionalmente las zonas marginales que en 1964 sólo se consiguieron porque aquel año arrasábamos con todo. En cuanto a nuestros Estados marcados en blanco, hemos de visitarlos al menos una vez para que no se nos pueda acusar de exceso de confianza. Considero a Ohio como un caso perdido porque es el Estado natal de Russell Warner, pero no hemos de permitir que los republicanos consideren suya a Florida sólo porque el compañero de candidatura de los republicanos fuese una vez el senador decano del Estado. Aquí tengo preparado también un programa diario para ustedes dos, a contar desde el lunes próximo —entregó al candidato y a Florentina dos juegos diferentes de papeles—, y creo que deberían estar ustedes en contacto por lo menos dos veces al día, a las ocho de la mañana y a las once de la noche, horario central en todo caso.

Florentina quedó impresionada por el trabajo realizado por Brooks en la preparación de aquel informe, y comprendió por qué Parkin descansaba tanto en él. Seguidamente Brooks contestó durante varias horas a las cuestiones que suscitaba su programa, y se llegó a un acuerdo sobre la estrategia básica de la campaña. A las doce y media, el vicepresidente y Florentina salieron al pórtico norte de la Casa Blanca para hablar con la prensa. Por lo visto Ralph Brooks tenía estadísticas acerca de todas las cosas, pues les advirtió de que los periodistas estaban divididos lo mismo que el resto de la gente. Ciento cincuenta periódicos, que totalizaban veintidós millones de lectores, apoyaban a los demócratas, mientras que ciento cuarenta y dos publicaciones con veintidós millones setecientos mil lectores eran partidarias de los republicanos. Si así lo deseaban, agregó, podía suministrar los principales datos de cualquier periódico del país.

Florentina miró hacia Lafayette Square, con su césped, sembrado de personas que almorzaban o simplemente pasaban el rato. Si salía elegida, apenas tendría ocasión de pasear otra vez por los parques y monumentos de Washington; al menos le sería difícil hacerlo a solas. Cuando la prensa hubo formulado todas las preguntas de costumbre y recibido las respuestas usuales, Parkin la acompañó otra vez a la oficina vicepresidencial. Los camareros filipinos de Parkin habían servido un almuerzo en la mesa de conferencias. Florentina salió de la reunión algo más contenta de la marcha de las cosas, sobre todo porque Parkin había aludido dos veces, en presencia de Brooks, al compromiso contraído para 1996. Sin embargo, a Florentina le parecía que aún habría de pasar mucho tiempo antes de que pudiera fiarse por completo de Parkin.

El 7 de septiembre fue a Chicago para iniciar su intervención en la campaña electoral, pero le pareció que, si bien el afán por cumplir con el programa diario existía, le faltaba aquel entusiasmo que había sido característico de sus anteriores campañas.

El plan de Brooks funcionó sin dificultades durante los primeros días, mientras Florentina recorría Illinois, Massachusetts y New Hampshire. No hubo sorpresas hasta la llegada a Nueva York, donde un gran número de periodistas esperaba en el aeropuerto Albany. Querían conocer su opinión acerca de cómo trataba Pete Parkin a los chicanos. Florentina les confesó que no sabía de qué le estaban hablando, por lo que ellos le contaron que el candidato había asegurado no tener ningún problema con los chicanos de su rancho; que para él eran como sus propios críos. Los defensores de los derechos civiles estaban en pie de guerra en todo el país, y Florentina no pudo decir otra cosa sino:

—Estoy segura de que se le habrá interpretado mal, o esas palabras se pronunciaron en otro contexto.

Russell Warner, el candidato republicano, afirmó que no podía existir ninguna mala interpretación. Sencillamente, Pete Parkin era un racista. Florentina rebatió estas acusaciones, aunque sospechaba que había en ellas un fondo de verdad. Tanto ella como Pete Parkin hubieron de salirse de los planes previstos para ir a Alabama, con el fin de asistir a los funerales de Ralph Abernathy. Cuando Ralph Brooks le dijo a un ayudante que aquel fallecimiento había sido muy oportuno, Florentina estuvo a punto de insultarle en presencia de la prensa.

Florentina prosiguió sus viajes por Pennsylvania, West Virginia y Virginia, para luego dirigirse a California, donde se reunió con ella Edward. Bella y Claude les llevaron a un restaurante del barrio chino, y el director les dio un reservado para que no fuesen vistos, ni tampoco oídos, lo que era aún más importante. Pero la pausa de tranquilidad duró sólo escasas horas, pues Florentina tenía que ir en seguida a Los Ángeles.

La prensa empezaba a cansarse de las pequeñas escaramuzas entre Parkin y Warner sobre toda clase de cuestiones excepto las verdaderamente importantes, y cuando ambos candidatos salieron en un debate televisado desde Pittsburgh, la opinión general fue que ambos habían perdido y que la única persona con verdadera estatura presidencial en toda la campaña era la senadora Kane. Muchos periodistas expresaron el parecer de que había sido una tragedia que la senadora Kane hubiese anunciado el propósito de conformarse con el segundo lugar en la plataforma de Pete Parkin.

—En mis Memorias escribiré lo que pasó en realidad —comentó con Edward—. Sólo que, ¿a quién le importará entonces?

—A nadie, en realidad —replicó Edward—. ¿Cuántos

norteamericanos sabrían decirte quién fue vicepresidente con Harry Truman?

El día siguiente Pete Parkin fue a Los Ángeles para reunirse con Florentina, en una de las raras ocasiones en que aparecían ambos juntos. Ella fue a recogerle al aeropuerto. Parkin salió del Air Force II enarbolando el *Unterrifield Democrat* de Missouri, único periódico del país que había titulado «Parkin vencedor del debate» su crónica del día. Florentina no tuvo más remedio que admirarle: a su lado, un rinoceronte habría parecido un ser de cutis delicado. California era la última estación de ambos antes de regresar a sus Estados respectivos, y celebraron un mitin de clausura en el Rose Bowl. Parkin y Florentina se vieron rodeados de estrellas del cine, la mitad de las cuales habían subido a la tribuna por la publicidad gratuita que ello representaba, fuera quien fuese el candidato visitante. Florentina, con Dustin Hoffman, Al Pacino y Jane Fonda, se pasó la mayor parte del tiempo concediendo autógrafos. Y no supo qué contestarle a una chica que, extrañada al leer su firma, le preguntó:

—¿Cuál ha sido su última película?

La mañana siguiente Florentina volvió a Chicago mientras Pete Parkin regresaba a Texas. Tan pronto como el 707 de Florentina aterrizó en la Ciudad de los Vientos, una multitud de treinta mil o más personas prorrumpió en una gran ovación; fue la asistencia más numerosa que hubiese logrado ninguno de los candidatos durante la campaña.

La mañana de las elecciones votó en la escuela elemental del Distrito Noveno, en presencia del acostumbrado grupo de informadores de las cadenas y de la prensa. Les sonrió, diciéndose que si los demócratas perdían ella dejaría de ser noticia en menos de una semana. Pasó la jornada entre la sala donde estaba reunida la comisión, los colegios electorales y un estudio de televisión, regresando a las suite del Chicago Baron poco después del cierre de los comicios.

Florentina disfrutó de su primer baño realmente caliente desde hacía más de cinco meses, y de un cambio de ropas que por fin no tenía nada que ver con las personas que fuesen a acompañarla durante la velada. Más tarde se presentaron William, Joanna, Annabel y Richard, que a sus seis años tenía permiso para presenciar por primera vez unas elecciones. Edward llegó poco después de las diez y media, y halló a Florentina descalza y con los pies sobre una mesa, cosa que jamás había visto antes.

—Miss Tredgold no lo aprobaría.

—Miss Tredgold nunca tuvo que soportar siete meses seguidos de campaña —replicó ella.

En una habitación llena de comida, bebida, familia y amigos, Florentina asistió a la retransmisión de los resultados de la costa Este. Tan pronto como los demócratas se adjudicaron New Hampshire y Massachusetts se decantó por los republicanos, todos comprendieron que la noche iba a ser larga. Florentina se alegró de que el tiempo hubiera sido bueno en todo el país durante la jornada. No olvidaba lo que le había dicho Theodore H. White: que América siempre votaba en republicano hasta las cinco de la tarde. A partir de aquella hora, los trabajadores y trabajadoras que regresaban a sus casas decidían entre pasarse o no por los colegios electorales; si lo hacían, y *sólo si lo hacían,* entonces ganaban los demócratas. Al parecer, muchos lo habían hecho, pero era cuestión de preguntarse si serían bastantes. A medianoche los demócratas habían ganado en Illinois y Texas, pero perdieron en Ohio y Pennsylvania; y cuando las máquinas de votar quedaron cerradas allá abajo, en California, tres horas más tarde que en Nueva York, Estados Unidos todavía no tenía nuevo presidente. Las encuestas celebradas a la entrada de los colegios sólo demostraron que el Estado más grande del país no se pirraba por ninguno de los dos candidatos.

En la suite George Novak del Chicago Baron, algunos comieron, otros bebieron y otros durmieron. Pero Florentina resistió despierta toda la retransmisión, y a las dos con treinta y tres minutos la CBS anunció el esperado resultado: en California ganaban los demócratas con un porcentaje de 50,2 contra 49,8. Una diferencia de sólo trescientos treinta y dos mil votos le había dado la victoria a Parkin. Florentina descolgó el teléfono.

—¿Vas a llamar al presidente para felicitarle? —preguntó Edward.

—No —contestó Florentina—. Llamo a Bella para darle las gracias, porque ella es quien le ha dado el puesto.

37

Florentina pasó algunos días en Cape Cod con intención de tomarse un reposo absoluto, pero se vio todos los días despierta a las seis de la mañana, sin nada que hacer excepto esperar a que llegasen los periódicos matutinos. Tuvo una alegría el miércoles, cuando llegó Edward, pero no pudo acostumbrarse a la broma afectuosa de que se dirigiese a ella llamándola «V. P.».

Pete Parkin había convocado ya una conferencia de prensa en su rancho de Texas, para anunciar que no formaría su gabinete hasta después de Año Nuevo. Florentina regresó a Washington el 14 de noviembre, para asistir a la sesión ya casi inútil de la Cámara, y se preparó para mudarse del edificio Russell a la Casa Blanca. Aunque su tiempo estaba completamente ocupado entre el Senado e Illinois, no dejó de sorprenderla que sus conversaciones con el presidente se hubiesen reducido a dos o tres por semana, y aun ésas por teléfono. Las Cámaras clausuraron sus sesiones dos semanas después del día de Acción de Gracias, y Florentina volvió a Cape Cod para pasar las Navidades en familia, con un nieto que no dejaba de llamarla abuelita Presidenta.

—Todavía no —replicó ella.

El 9 de enero, el presidente llegó a Washington y convocó una conferencia de prensa para anunciar su gabinete. Aunque Florentina no había sido consultada para los nombramientos, no se esperaba ninguna sorpresa: Charles Selover fue nombrado secretario de Defensa, como hubiere decidido cualquiera. Paul Rowe seguía en el cargo de director de la CIA, Pierre Levale era el nuevo fiscal general, y Michael Brewer, consejero de Seguridad nacional. Florentina no movió ni una ceja, hasta que oyó quién era el nuevo secretario de Estado, y escuchó con incredulidad el comentario del presidente:

—La ciudad de Chicago puede enorgullecerse de habernos dado tanto la vicepresidenta como el secretario de Estado.

El día de la toma de posesión, las pertenencias de Florentina en el Baron ya estaban empaquetadas y listas para su traslado a la residencia oficial del vicepresidente en Observatory Circle. El gran caserón victoriano le pareció grotescamente desmesurado para una sola persona. Durante la ceremonia la familia entera de Florentina ocupó una fila de asientos detrás de la mujer y las hijas de Pete Parkin; la misma Florentina estaba al lado del presidente, y Ralph Brooks inmediatamente detrás. Cuando se adelantó para prestar juramento su único deseo fue que Richard hubiera podido estar a su lado para recordarle que se estaba acercando más y más. Mirando de reojo a Pete Parkin, se dijo que a pesar de todo Richard habría seguido estando a favor de los republicanos.

El presidente del Supremo, William Rehnquist, le sonrió con cordialidad mientras ella repetía las palabras del juramento vicepresidencial.

—«Juro solemnemente apoyar y defender la Constitución de los Estados Unidos frente a todos los enemigos del exterior y del interior...»

—Juro solemnemente apoyar y defender la Constitución de los Estados Unidos frente a todos los enemigos del exterior y del interior...

Las palabras de Florentina sonaron claras y confiadas, quizá debido a que se había aprendido de memoria la fórmula ceremonial. Annabel le hizo una seña mientras regresaba a su puesto en medio de una ovación ensordecedora.

Cuando se hubo tomado juramento a Parkin, Florentina se dispuso a escuchar con atención el discurso inaugural del nuevo jefe del Ejecutivo estadounidense, pese a que no había sido consultada sobre su texto, ni había visto el borrador hasta la noche pasada. Una vez más, Parkin aludió a ella llamándola «la mujercita más grande del país».

Terminada la ceremonia de investidura, Parkin, Brooks y Florentina se reunieron con los jefes de las Cámaras para celebrar un almuerzo en el Capitolio. Los colegas del Senado dieron una cálida bienvenida a Florentina. Después de la comida ocuparon los coches para encaminarse al desfile por la Pennsylvania Avenue, que encabezaba los actos públicos de la celebración. Sentada en el mirador acristalado delante de la Casa Blanca, vio pasar las carrozas, bandas de música y gobernadores varios que representaban a cada uno de los cincuenta Estados. Cuando pasaron los granjeros de Illinois y la saludaron ella se puso en pie y aplaudió; más tarde, tras una visita de cumplido a todos los saraos inaugurales, se retiró a la mansión vicepresidencial para pasar allí su primera noche, dándose cuenta de que cuanto más se acercaba a la cumbre más sola se quedaba.

La primera reunión del gabinete tuvo lugar la mañana siguiente; esta vez Ralph Brooks se sentó a la derecha del primer magistrado. El grupo, visiblemente fatigado por los siete bailes inaugurales de la noche anterior, se reunió en el salón del Gabinete. Florentina ocupaba el extremo opuesto de la gran mesa ovalada, rodeada de hombres con cuyas opiniones casi nunca había coincidido en el pasado. Comprendía que iba a pasar cuatro años luchando contra ellos antes de poder aspirar a formar su propio gobierno. Se preguntó cuántos de ellos conocerían su acuerdo con Parkin.

Tan pronto como Florentina se estableció en su ala de la Casa Blanca, nombró a Janet jefe de su despacho particular. Muchos de los puestos dejados vacantes por el personal de Parkin fueron cubiertos por el antiguo equipo de la campaña y de los tiempos del Senado.

En cuanto al resto del personal que heredó, pronto supo lo valiosos que habrían sido para ella sus conocimientos y cualificaciones especiales, si no fuese porque el presidente se los quitó uno por uno ofreciéndoles empleo en diferentes negociados. A los tres meses, Parkin había despoblado la oficina de Florentina, llevándose a las personas más competentes y atacando incluso en el círculo de sus consejeros personales.

Florentina procuró disimular su enfado cuando el presidente ofreció a Janet el puesto de subsecretaria del Departamento de Sanidad.

Janet no titubeó ante la nueva oportunidad, y en una carta de su puño y letra al presidente aceptó el gran cumplido que suponía la oferta, pero explicó en detalle por qué no podía aceptar ningún cargo público excepto el de estar al servicio de la vicepresidenta.

—Si usted puede esperar cuatro años, yo también —le explicó a Florentina.

Florentina había leído a menudo que la vida de un vicepresidente no valía, por citar a John Nance Garner, «ni el contenido de una escupidera puesta a calentar». Pero aun así la sorprendió comprobar el poco trabajo que tenía en comparación con sus tiempos del Congreso. Recibía más correspondencia cuando era senadora; al parecer todo el mundo escribía al presidente o a su representante en las Cámaras. Hasta el pueblo se había dado cuenta de que un vicepresidente no tenía ningún poder. Florentina lo pasaba bien cuando tenía que presidir el Senado, en los debates importantes, y además ello la mantenía en contacto con unos colegas que cuatro años más adelante habrían de ayudarla. Ellos procuraban que se enterase de lo que se comentaba en los pasillos del Congreso así como en la sala del Senado. Muchos senadores la utilizaban para pasar mensajes al presidente, pero a medida que transcurría el tiempo empezó a preguntarse quién podría servirle a ella para la misma finalidad, ya que los intervalos durante los cuales Pete Parkin no se molestaba en consultarla pasaban de varios días a varias semanas.

Durante su primer año como vicepresidenta, Florentina hizo visitas de cumplido a Brasil y a Japón, asistió a los funerales de Willy Brandt en Berlín y a los de Edward Heath en Londres, visitó zonas afectadas por catástrofes naturales, y presidió tantas comisiones especiales que ya se consideraba capaz de publicar una guía sobre cómo funcionaba la maquinaria del gobierno.

El primer año pasó despacio, y el segundo más despacio todavía. La única ocasión brillante fue su asistencia, en representación de su gobierno, a la coronación del rey Carlos III en la abadía de Westminster, tras la abdicación de la reina Isabel II en 1994. Florentina se alojó con el embajador John Sawyer en Winfield House, consciente de que los papeles de ambos eran bastante similares en cuanto al predominio de la forma sobre el contenido. Pasaba horas charlando de temas tales como la marcha de los asuntos del mundo, y de lo que hacía el presidente en cuestiones como el refuerzo de las tropas soviéticas a lo largo de la frontera paquistaní. Sacaba del *Washington Post* la mayor parte de su información, y envidiaba a Ralph Brooks porque, en su calidad de secretario de Estado, intervenía realmente en los asuntos. Aunque procuraba mantenerse bien informada acerca de los acontecimientos globales, se aburría por segunda vez en su vida. Esperaba con impaciencia el año 1996 y temía que su época de vicepresidenta le acarrease pocos resultados positivos.

Cuando el Air Force II aterrizó de vuelta en Andrews, Florentina volvió a su trabajo y pasó el resto de la semana leyendo la correspondencia oficial y de la CIA, que se había acumulado durante su ausencia. Durante el fin de semana descansó, pese a que la CBS informaba sobre la debilidad del dólar como consecuencia de la crisis internacional. Los rusos acumulaban refuerzos en la frontera de Pakistán, hecho al que había quitado importancia el presidente con ocasión de la conferencia de prensa semanal, diciendo que «no era significativo». Los rusos, aseguró a los periodistas reunidos, no tenían interés en cruzar ninguna frontera de los países que habían establecido tratados con los Estados Unidos.

A lo largo de la semana siguiente, el pánico cedió y el dólar pareció recuperarse.

—Es una recuperación cosmética orquestada por los rusos —le explicó Florentina a Janet—. Los agentes internacionales de cambios informan que el Banco de Moscú está vendiendo oro, que es exactamente lo que hicieron antes de invadir Afganistán. Me gustaría que los banqueros supieran ver la Historia más allá de la perspectiva semanal.

Aunque varios políticos y periodistas, puestos en contacto con Florentina, confirmaron sus temores, ella no podía hacer otra cosa sino tratar de tranquilizarlos, puesto que estaba al margen de los acontecimientos. Incluso pensó en tratar de obtener una entrevista con el presidente; pero como era viernes por la noche, la mayoría de los americanos se habían ido a casa para pasar un fin de semana tranquilo, convencidos de que el peligro inmediato había pasado. Aquel viernes por la noche Florentina se quedó en su despacho del ala occidental, dedicada a leer los telegramas de los embajadores y agentes destacados en el subcontinente indio. Cuanto más leía, más le costaba compartir la tranquilidad del presidente. Como ella bien poco podía hacer al respecto, ordenó los papeles, los metió en un archivador rojo especial y se dispuso a regresar a casa. Miró el reloj; eran las seis y treinta y dos. Edward llegaba de Nueva York para cenar con ella a las siete y media. Pensaba en lo divertido que era tener que archivar una misma sus papeles, cuando de pronto entró Janet en el despacho.

—Un despacho de los Servicios de Información dice que los rusos se están movilizando —dijo.

—¿Dónde está el presidente? —fue la primera reacción de Florentina.

—Ni la menor idea. Le he visto salir de la Casa Blanca en helicóptero, hará unas tres horas.

Florentina volvió a abrir el archivador y contempló los telegramas, mientras Janet, en pie al otro lado del escritorio, aguardaba.

—Bien, ¿quién sabe dónde está?

—Sin duda lo sabrá Ralph Brooks —dijo Janet.

—Ponme con el secretario de Estado.

Janet se dirigió a su propio despacho, mientras Florentina repasaba los informes. Releyó rápidamente los principales puntos señalados por el embajador americano en Islamabad, y luego la evaluación del general Pierce Dixon, presidente de la junta de jefes de Estado Mayor.

La documentación demostraba suficientemente que los rusos habían situado diez divisiones en la frontera afganopaquistaní, y que las mismas estaban siendo reforzadas a lo largo de los últimos días. Se sabía también que la mitad de su flota en el Pacífico había puesto rumbo a Karachi, mientras que dos formaciones de batalla efectuaban «maniobras» en el océano Índico. El general Dixon reforzó el dispositivo de observación cuando supo que cincuenta aviones tipo MiG 25 y SU 7 habían aterrizado en el aeropuerto militar de Kabul a las seis de la tarde. Florentina consultó su reloj: las siete y nueve minutos.

—¡Condenado individuo! ¿Dónde estará? —exclamó en voz alta. El telefono sonó.

—Su comunicación con el secretario de Estado —dijo Janet. Florentina aguardó unos segundos.

—¿Qué puedo hacer por usted? —preguntó Ralph Brooks, hablando como si Florentina acabase de interrumpir alguna ocupación importante.

—¿Dónde está el presidente? —preguntó ella por tercera vez.

—Ahora mismo viaja en el Air Force I —contestó en seguida Ralph Brooks.

—No mienta, Ralph. Se le descubre hasta por teléfono. Ahora, dígame dónde está el presidente.

—A medio camino hacia California.

—Si los rusos han movilizado y se han reforzado los servicios de observación, ¿por qué no se le aconseja que regrese?

—Se lo hemos dicho, pero tiene que aterrizar para repostar.

—Como usted no ignora, el Air Force I no necesita repostar para un vuelo de esa duración.

—No va en el Air Force I.

—¿Cómo que no va?

No hubo respuesta.

—Le sugiero que me hable con franqueza, Ralph, aunque sólo sea por salvar su propio pellejo.

Hubo otra pausa.

—Estaba en camino para visitar a una amiga en California cuando estalló la crisis.

—No lo creo —dijo Florentina—. ¿Quién se ha creído que es? ¿El presidente de Francia?

—Tengo la situación bajo control —dijo Brooks, sin hacer caso de su comentario—. Su avión aterrizará en Colorado dentro de pocos minutos. El presidente transbordará en seguida a un F15 de las Fuerzas Aéreas y estará en Washington dentro de dos horas.

—¿En qué tipo de avión viaja ahora mismo? —preguntó Florentina.

—En un 737 privado, propiedad de Marvin Snyder, de la Blade Oil.

—¿Puede conectar el presidente, desde ese avión, con la red del Sistema nacional de mando en condiciones de seguridad? —preguntó Florentina. No hubo respuesta—. ¿Ha oído lo que he dicho? —machacó Florentina.

—Sí —replicó Ralph—. La verdad es que el avión no tiene total seguridad.

—¿Quiere decir que durante las próximas dos horas, cualquier radioaficionado podría sintonizar una conversación entre el presidente y la junta de jefes de Estado Mayor?

—Sí —confesó Ralph.

—Le espero en el Salón de Incidencias —dijo Florentina, tras lo cual colgó bruscamente.

Salió del despacho casi corriendo. Dos sorprendidos funcionarios del Servicio Secreto se apresuraron a seguirla mientras ella descendía la estrecha escalera, de cuya pared colgaban pequeños retratos de los presidentes del pasado. Washington la recibió abajo, antes de enfilar el amplio corredor que conducía a la Sala de Incidencias. El guarda había abierto ya la puerta que daba a la secretaría. Atravesó una oficina llena de teletipos y mecanógrafas que tecleaban, mientras otro guarda abría para ella la puerta de roble que daba acceso a la sala de Incidencias. Los agentes que la acompañaban la dejaron entrar sola.

Ralph Brooks estaba sentado en el sillón del presidente, dando órdenes a un grupo de militares. Cuatro de los nueve asientos restantes ya estaban ocupados, alrededor de una mesa que casi ocupaba toda la sala. A la derecha de de Brooks estaba el secretario de Defensa Charles Selover, y a la derecha de éste el director de la CIA, Paul Rowe. Al otro lado se veía al presidente de la Junta de Jefes de Estado Mayor, general Dixon, así como al consejero de Seguridad Michael Brewer. La puerta que daba a la sala de comunicaciones estaba abierta de par en par.

Brooks se volvió hacia ella. Florentina no le había visto jamás sin americana y con el cuello de la camisa desabrochado.

—Que no haya pánico —dijo—. Estoy al tanto de todo. Confío en que los rusos no actúen antes del regreso del presidente.

—No creo que sean ésos los planes de los rusos —dijo Florentina—. Si el presidente se ha ausentado por motivos inexplicables, hemos de prever que tomarán cualquier iniciativa que pueda convenirles.

—Bien; no es asunto suyo, Florentina. El presidente me ha dejado al frente de todo.

—Muy al contrario, sí es asunto mío —dijo Florentina con energía, negándose a tomar asiento—. En ausencia del presidente, me corresponde a mí la responsabilidad en todas las cuestiones militares.

—Ahora escuche, Florentina. Aquí mando yo, y no quiero que usted intervenga.

El rumor apagado de las conversaciones entre los presentes cesó de pronto, mientras Brooks miraba a Florentina encendido de furor. Ella descolgó el teléfono más próximo.

—Póngame con el fiscal general por la pantalla.

—Sí, señora —dijo la telefonista.

Pocos segundos más tarde, el rostro de Pierre Levale aparecía en una de las seis pantallas empotradas en una de las paredes artesonadas de roble.

—Buenas tardes, Pierre. Aquí Florentina Kane. Estamos en una situación de alerta, y por razones que no puedo detallar ahora el presidente está indispuesto. ¿Querrá explicarle al secretario de Estado a quién corresponde la responsabilidad ejecutiva en tales situaciones?

Todos los presentes callaban y contemplaban el apurado semblante representado en la pantalla. Las arrugas del rostro de Pierre Levale jamás habían sido tan pronunciadas. Todos sabían que, pese a haber sido nombrado por Parkin, en más de una ocasión había demostrado que el imperio de la Ley contaba más para él que la autoridad del presidente.

—La Constitución no es demasiado explícita en estas cuestiones —empezó—, sobre todo después del incidente Bush-Haig, cuando lo del atentado contra Ronald Reagan. Pero, a mi juicio, en ausencia del presidente todo el poder queda en manos del vicepresidente, y esto es lo que yo informaría al Senado.

—Gracias, Pierre —dijo Florentina, vuelta hacia la pantalla—. Le ruego que redacte un dictamen por escrito, y tan pronto como lo tenga, haga que dejen una copia sobre el escritorio del presidente.

El Fiscal general desapareció de la pantalla.

—Solventada esta cuestión, Ralph, haga el favor de informarme en pocas palabras.

Brooks desocupó de mala gana el sillón presidencial. Mientras tanto, un oficial abría una pequeña tapa junto a la puerta, debajo del interruptor de la luz. Accionó un botón, y la cortina de color beige que cubría la pared detrás del sillón del presidente se levantó; a continuación descendió del techo una pantalla gigante, en la que aparecía un mapamundi.

El secretario de Defensa Charles Selover se puso en

pie, mientras empezaban a iluminarse en el mapa puntos de diferentes colores.

—Las luces indican la posición de todas las fuerzas hostiles conocidas —explicó, mientras Florentina se volvía para mirar el mapa—. Las rojas son submarinos, las verdes aviones, y las azules representan una división completa de infantería cada una.

—Cualquier recién ingresado en West Point, a la vista de este mapa, podría contarles exactamente lo que se proponen los rusos —dijo Florentina al contemplar la acumulación de luces rojas en el Índico, de luces verdes en el aeropuerto de Kabul y de luces azules a lo largo de la frontera entre Afganistán y Pakistán.

A continuación Paul Rowe confirmó que los rusos habían acumulado fuerzas de tierra cerca de la frontera pakistaní desde hacía varios días. A última hora se había recibido un mensaje en clave de un agente de la CIA enviado al otro lado, comunicando que los soviéticos se disponían a invadir Pakistán a las diez en punto, hora media del Este Asiático. Tras hacerle entrega de un fajo de telegramas, contestó a la serie de preguntas de rigor.

—El presidente me ha dicho —empezó Brooks con énfasis mientras Florentina acababa de leer el último despacho— que en su opinión Pakistán no es como otra Polonia, y que los rusos no se atreverán a pasar de la frontera afgana.

—Creo que pronto sabremos si tiene razón —dijo ella.

—El presidente ha estado en comunicación con Moscú a lo largo de la semana, lo mismo que el primer ministro inglés, el presidente de Francia y el canciller de la República Federal alemana. A lo que parece todos coinciden en esa opinión.

—En las últimas horas la situación ha cambiado radicalmente —cortó Florentina—. Veo que tendré que hablar yo misma con el presidente soviético.

Brooks titubeó.

—Inmediatamente —agregó Florentina.

Brooks descolgó el teléfono. Todos los presentes contuvieron el aliento mientras se establecía la comunicación. Florentina no había hablado nunca con el presidente Andropov; notó que el corazón le latía con fuerza. No ignoraba que la línea estaría intervenida para detectar hasta su más mínima reacción desprevenida, y lo mismo las del dirigente soviético. Se comentaba que aquella técnica había permitido a los soviéticos jugar fuerte contra Jimmy Carter.

Pocos minutos tardó Andropov en ponerse al aparato.

—Buenas tardes, señora Kane —dijo, evitando darle el tratamiento oficial; su voz sonaba tan clara como si estuviese en la habitación de al lado. Como consecuencia de los cuatro años pasados en la Corte de San Jacobo, el acento del presidente ruso era mínimo, y su dominio del idioma impresionante—. ¿Puedo saber dónde está el presidente Parkin?

Florentina notó que se le secaba el paladar. Antes de que pudiera responder, el presidente soviético prosiguió:

—En California con su amante, sin duda alguna.

Apenas sorprendió a Florentina que el presidente ruso conociera mejor que ella misma las actividades de Parkin; ahora ya era evidente el motivo por el cual los rusos habían decidido cruzar la frontera paquistaní a las diez de la noche.

—Tiene usted razón —dijo Florentina—. Y como no estará visible hasta dentro de dos horas, por lo menos, tendrá usted que tratar conmigo. Por consiguiente, quiero dejar bien sentado que he asumido toda la responsabilidad en ausencia del presidente —notó que le corría el sudor por la frente, pero no se atrevió a secarse.

—Entiendo —dijo el ex director de la KGB—. Así pues, ¿querrá explicarme el motivo de su llamada?

—No sea ingenuo, señor presidente. Quiero que entienda usted que, si un solo hombre de sus fuerzas armadas, cruza la frontera de Pakistán, América aplicará represalias inmediatamente.

—Eso sería muy valiente por su parte, señora Kane —dijo él.

—Está claro que no comprende usted el sistema político americano, señor presidente. No es cuestión de «valentía»; como vicepresidenta, soy la única persona que no tiene nada que perder, y sí mucho que ganar —esta vez el silencio se hizo al otro lado de la línea, y Florentina empezó a sentirse más segura de sí misma. Aprovechó la oportunidad para continuar, antes de que pudiera intervenir él—: Si no retira usted su flota de combate hacia el sur, sus diez divisiones de la frontera con Pakistán y los MIG 25 y SU 7 de vuelta a Moscú, no vacilaré en atacarle por tierra, mar y aire. ¿Entendido?

La comunicación quedó cortada.

Florentina se volvió en su sillón.

Para entonces la sala se había llenado de rumores de los profesionales que habían practicado muchas veces la «simulación» de coyunturas parecidas y ahora aguardaban a ver, lo mismo que Florentina, si su entrenamiento, su experiencia y sus conocimientos iban a ser puestos a prueba.

Ralph Brooks cubrió con la mano el micro del teléfono y comunicó que el presidente acababa de aterrizar en Colorado y deseaba hablar con Florentina. Ella descolgó el teléfono rojo de seguridad que se hallaba a su lado.

—¿Es usted, Florentina? —se oyó la voz con sonoro acento texano.

—Sí, señor presidente.

—Pues escúcheme bien, señora. Ralph acaba de informarme y regreso inmediatamente. Llegaré dentro de unas dos horas. Así que no tome ninguna decisión precipitada... y procure que los periódicos no se enteren de mi ausencia.

—Sí, señor presidente —y la comunicación se cortó.

—¿General Dixon? —dijo ella, sin dignarse conceder a Brooks ni una mirada.

—Sí, señora —dijo el general de cuatro estrellas, que no había pronunciado ni una sola palabra hasta aquel momento.

—¿Cuánto tardaría en desplazar a la zona de combate una fuerza de réplica? —le preguntó al jefe de Estado Mayor.

—Antes de una hora podría hacer despegar de nuestras bases de Europa diez escuadrillas de F-111, dirigidas contra objetivos en el interior de la Unión Soviética. La flota del Mediterráneo está en contacto casi inmediato con los rusos, pero quizá deberíamos acercarnos más en el océano Índico.

—¿Cuánto tardarían en tomar posiciones en el Índico?

—De dos a cuatro días, señora.

—Pues emita las órdenes, general, y procure que sean dos días.

Florentina no tuvo que esperar mucho rato a que apareciese en pantalla la siguiente información. Era la que más temía. La flota rusa seguía poniendo proa a Karachi, mientras que se acumulaban más y más divisiones soviéticas en Salabad y Asadabadon, en la frontera afgana.

—Póngame con el presidente de Pakistán —dijo Florentina.

La comunicación se estableció en seguida.

—¿Dónde está el presidente Parkin? —fue la primera pregunta.

«¿Tú también?», iba a decir Florentina, pero lo que contestó fue:

—Ahora mismo regresa de Camp David. Se reunirá con nosotros en seguida.

Le puso al corriente de las medidas tomadas hasta el momento y le explicó hasta dónde estaba dispuesta a llegar.

—Demos gracias a Dios de que haya al menos una persona valiente —dijo Murbaze Bhutto.

—Mantenga la comunicación y le tendremos informado pase lo que pase —dijo Florentina, sin hacer caso del cumplido.

—¿Llamo otra vez al presidente ruso? —preguntó Ralph Brooks.

—No —dijo Florentina—. Que me pongan con el primer ministro de Gran Bretaña, el presidente de Francia y el canciller de Alemania occidental.

Miró el reloj: eran las siete y treinta y cinco. Al cabo de veinte minutos, Florentina había hablado con los tres dirigentes. Los británicos aceptaron su plan, los franceses se mostraron escépticos pero dispuestos a colaborar, mientras que los alemanes se manifestaron impotentes.

La siguiente información recibida por Florentina fue que los MiG 25 rusos estaban siendo preparados para despegar del aeropuerto militar de Kabul.

En seguida ordenó al general Dixon que pusiera a todas las fuerzas en estado de alerta. Brooks se incorporó a medias para protestar, pero en aquellos momentos todos habían puesto sus carreras en manos de una mujer. Muchos de los presentes la observaban con atención, y notaron que no daba muestras de nerviosismo.

El general Dixon regresó a la Sala de Incidencias.

—Señora, los F-111 están listos para despegar, la Sexta Flota navega a toda velocidad hacia el océano Índico, y podemos lanzar una brigada de paracaidistas sobre Landi Kotal, en la frontera paquistaní, antes de seis horas.

—Bien —dijo Florentina con serenidad.

Los terminales de télex seguían tecleando el mensaje de que los rusos avanzaban en todos los frentes.

—¿No cree que deberíamos reanudar el contacto con Andropov antes de que sea demasiado tarde? —preguntó Brooks. Florentina observó que le temblaban las manos.

—¿Por qué habríamos de hacerlo? No tengo nada que añadir. Si nos volvemos atrás ahora, siempre será demasiado tarde —explicó Florentina tranquilamente.

—Pero hemos de tratar de negociar un compromiso, o mañana a estas horas el presidente va a parecer un asno —dijo Brooks, poniéndose en pie.

—¿Por qué? —preguntó Florentina.

—Porque a fin de cuentas usted tendrá que ceder.

Florentina no replicó, sino que hizo girar el sillón para mirar de frente al general Dixon, que estaba en pie a su lado.

—Señora, dentro de una hora entramos en el espacio aéreo soviético.

—Entendido —dijo Florentina.

Ralph Brooks descolgó el teléfono que sonaba a su lado, y el general Brooks se volvió a la Sala de Operaciones.

—El presidente está a punto de aterrizar en la base militar de Andrews. Estará aquí dentro de veinte minutos —Brooks se volvió hacia Florentina—: Llame a los rusos y dígales que se detengan hasta que él haya llegado.

—No —replicó Florentina—. Si no se vuelven atrás, puede estar seguro de que le harán saber exactamente a todo el mundo en dónde se encontraba el presidente mientras ellos cruzaban la frontera afgana. En todo caso, estoy convencida de que se volverán atrás.

—Se ha vuelto usted loca, Florentina —gritó él, levantándose de un salto.

—No creo que haya estado más lúcida en toda mi vida —contestó ella.

—¿Cree que el pueblo americano le agradecerá que nos haya lanzado a una guerra por Pakistán? —preguntó Brooks.

—Aquí no se trata de Pakistán —dijo Florentina—. Luego será la India, seguida de Alemania occidental, Francia, Gran Bretaña y hasta Canadá. Y usted, Ralph, todavía estará buscando pretextos para evitar el enfrentamiento con los soviéticos mientras ellos vienen por la Constitution Avenue.

—Si ésa es su postura, yo me lavo las manos de todo ese asunto —dijo Brooks.

—Y sin duda merecerá usted en la Historia el mismo comentario que la última persona que llevó a cabo tan ignominioso acto.

—Entonces, tendré que decirle al presidente que usted

se impuso aquí y anuló todas mis órdenes —dijo Brooks, alzando cada vez más la voz.

Florentina contempló a aquel hombre tan bien parecido, que ahora tenía el rostro purpúreo.

—Ralph, si está usted mojándose los pantalones será mejor que vaya al cuarto de los niños, y no lo haga en la Sala de Incidencias.

Brooks salió como una exhalación.

—Quedan veintisiete minutos y los rusos aún no dan muestras de querer retroceder —susurró Dixon al oído de Florentina. Por los teletipos se recibió la noticia de que los cincuenta MiG 25 y SU 7 estaban despegando y alcanzarían el espacio aéreo paquistaní en veinticuatro minutos.

El general Dixon regresó a su lado:

—Veintitrés minutos, señora.

—¿Qué tal se encuentra usted, general? —preguntó Florentina, aparentando indiferencia.

—Mejor que el día que entré en Berlín, cuando era teniente, señora.

Florentina le pidió a un comandante de Estado Mayor que comprobase las tres cadenas de televisión. Empezaba a comprender cuáles debieron ser los sentimientos de Kennedy durante la crisis cubana. La CBS mostraba una película de dibujos de Popeye, la NBC un partido de baloncesto y la ABC una película antigua de Ronald Reagan. Repitió la verificación de la pantalla pequeña, pero no hubo cambios. Ahora sólo le quedaba rezar en demanda de tiempo suficiente para demostrar que no se había equivocado. Tomó un sorbo de café, de una taza que acababan de servirle. Le supo amargo, y la apartó, en el mismo instante en que entraba el presidente Parkin, seguido de Ralph Brooks. El presidente llevaba una camisa deportiva, cazadora y pantalones a cuadros.

—¿Qué diablos pasa aquí? —fueron sus primeras palabras. Florentina abandonó el sillón presidencial mientras el general Dixon se acercaba para decir:

—Quedan veinte minutos, señora.

—Infórmeme rápidamente, Florentina —exigió Parkin, al tiempo que tomaba asiento en su sillón.

Ella se sentó a la derecha del presidente y le relató lo hecho hasta aquel momento.

—¿Está usted loca? —aulló cuando ella hubo terminado—. ¿Por qué no escuchó a Ralph? Él jamás nos habría metido en este fregado.

—Sé muy bien lo que habría hecho el secretario de Estado ante la misma circunstancia —replicó fríamente Florentina.

—General Dixon —dijo el presidente, dándole la espalda a ella—, ¿cuál es la posición exacta de sus fuerzas?

El general informó al presidente Parkin. En la pantalla iban apareciendo los diferentes mapas que mostraban la evolución de las posiciones rusas.

—Dentro de dieciséis minutos, los bombarderos F-111 estarán sobre territorio enemigo.

—Póngame con el presidente de Pakistán —dijo Parkin, descargando un puñetazo en la mesa.

—Tiene línea abierta y está esperando —dijo tranquilamente Florentina.

El presidente agarró el auricular, se inclinó sobre la mesa y empezó a hablar en tono confidencial:

—Siento que haya de ser así, pero no me queda otro remedio sino anular la decisión de la vicepresidenta. Ella no podía hacerse cargo del alcance de sus acciones. Pero no vayan a creer ustedes que les abandonamos; estén seguros de que negociaremos una retirada pacífica de su territorio a la mayor brevedad posible —dijo Parkin.

—Por el amor de Dios, no nos abandonen ahora —rogó Bhutto.

—Tengo el deber de elegir lo más conveniente para todos —replicó Parkin.

—Como hicieron en Afganistán.

Parkin ignoró el comentario y colgó bruscamente.

—¿General?

—Sí, señor —dijo Dixon, dando un paso adelante.

—¿Cuánto tiempo me queda?

El interrogado lanzó una ojeada al pequeño reloj digital que colgaba del techo frente a él.

—Once minutos y dieciocho segundos —dijo.

—Ahora, escúcheme con atención. La vicepresidenta se ha excedido en sus atribuciones durante mi ausencia, y ahora debo encontrar la manera de salir de este lío sin pringarnos demasiado. Estoy seguro de que opina usted lo mismo que yo, general.

—Como usted diga, señor presidente, pero creo que bajo las condiciones actuales es mejor seguir.

—Hay consideraciones de más trascendencia, aparte de las militares. Por tanto, quiero que...

Un alarido se alzó al otro lado de la sala. Era un coronel

que hasta entonces había pasado desapercibido el que así le cortaba la palabra al propio presidente.

—¿Qué es eso? —chilló Parkin.

El coronel se cuadró.

—La flota rusa ha cambiado de rumbo y navega ahora hacia el sur —dijo, leyendo un telegrama.

El presidente se quedó sin habla. El coronel prosiguió:

—Los MiG 25 y SU 7 se dirigen hacia el noroeste, hacia Moscú —una ovación ahogó el resto de las explicaciones del coronel. Los télex traían la confirmación, repetida una y otra vez.

—General, hemos ganado —dijo Parkin volviéndose hacia el presidente de la Junta de Jefes de Estado Mayor—. Hoy es un día de triunfo para usted y para América —tras una breve pausa, añadió—: Quiero decir que estoy orgulloso de haber conducido a mi país en la hora del peligro.

Ninguno de los presentes en la Sala de Incidencias soltó la carcajada, y Brooks intervino con presteza:

—Le felicito, señor presidente.

Otra vez hubo un aplauso general, mientras algunos militares se acercaban a Florentina para felicitarla.

—General, que regresen a casa los muchachos. Han llevado a cabo una operación espléndida. Les felicito; hicieron un gran trabajo.

—Gracias, señor presidente —dijo el general Dixon—. Pero en mi opinión el mérito le corresponde a...

El presidente se volvió hacia Ralph Brooks y dijo:

—Esto hay que celebrarlo, Ralph. Todos nosotros recordaremos este día toda la vida. El día que le demostramos al mundo que no se puede jugar con América.

Florentina estaba de pie en un rincón, como si no tuviera nada que ver con lo ocurrido en aquella sala. En vista de que el presidente seguía haciendo caso omiso de ella, salió al cabo de escasos minutos. Volvió a su despacho del primer piso y guardó el archivador rojo; luego cerró de un portazo y se fue a casa. No era de extrañar que Richard jamás quisiera votar a favor de los demócratas.

—Un caballero la espera desde las siete y media —fueron las palabras con que la recibió el mayordomo cuando regresó a su casa de Observatory Circle.

—¡Dios mío! —exclamó Florentina, tras lo cual corrió al salón en donde halló a Edward, dormido en el sofá frente a la chimenea. Le besó en la frente y él despertó en seguida.

—¡Ah, querida! ¿Salvando a la humanidad de un destino peor que la muerte, sin duda?

—Algo así —contestó Florentina, y luego, sin dejar de pasear de arriba abajo, le contó a Edward todo cuanto había ocurrido en la Casa Blanca aquella tarde. Edward nunca la había visto tan furiosa.

—Bien; si algo puede decirse de Pete Parkin, es que permanece fiel a sí mismo —comentó Edward cuando el relato finalizó.

—Mañana lo veremos.

—¿Qué quieres decir?

—Pues eso, que lo veremos. Porque pienso convocar una conferencia de prensa a primera hora, para contar a todo el mundo cuál fue su comportamiento. Estoy cansada de sus falsedades y de su irresponsabilidad, y sé que la mayoría de los que estuvieron presentes en la sala de Incidencias confirmará lo que yo diga.

—Eso sería precipitado e irresponsable —dijo Edward, con los ojos fijos en las llamas de la chimenea.

—¿Por qué?

—Porque Estados Unidos quedaría con un presidente incapacitado. Tú serías la heroína del día, pero al cabo de poco tiempo serías despreciada por todo el mundo.

—Pero... —empezó Florentina.

—Nada de peros. Por esta vez habrás de tragarte tu orgullo y contentarte con disponer de ese arma contra Parkin, para recordarle su promesa de no presentarse a la reelección.

—¿Y dejar que se salga con la suya?

—Dejar que Estados Unidos se salga con la suya —replicó Edward con firmeza.

Florentina siguió paseando de un lado a otro y durante un rato no contestó.

—Tienes razón —dijo al fin—. Me ha faltado visión de las cosas. Gracias.

—Quizá yo habría reaccionado igual, si hubiera pasado por tu experiencia.

Florentina rió.

—Vamos —dijo, interrumpiendo por primera vez sus paseos—. Comamos un poco; debes estar muerto de hambre.

—No, no —dijo Edward mientras miraba su reloj—.

Aunque debo confesar, que eres la primera chica que cena conmigo después de darme tres horas y media de plantón.

El presidente la telefoneó a primera hora de la mañana.

—Ayer hizo usted un gran trabajo, Florentina, y apruebo el modo en que dirigió la primera parte de la operación.

—No lo demostró usted mucho en su momento, señor presidente —dijo ella, dominando a duras penas su indignación.

—Es mi propósito dirigirme hoy a la nación —dijo Parkin, sin hacer caso del comentario de Florentina—, y aunque no es momento adecuado para anunciar que no me presento a la reelección, a su debido tiempo recordaré la lealtad de usted.

—Gracias, señor Presidente —fue lo único que pudo decir Florentina.

A las ocho de aquella noche, el presidente dirigió su mensaje a la nación a través de las tres cadenas. Salvo una alusión pasajera a Florentina, dejó la clara impresión de que había dominado por completo las operaciones que obligaron a los rusos a volverse atrás.

Uno o dos periódicos de circulación nacional insinuaron que Florentina había intervenido en las negociaciones con el dirigente ruso, pero no fue posible localizarla para que lo confirmase, de manera que la versión de Parkin quedó casi incontrovertida.

Dos días más tarde, Florentina fue enviada a París para asistir a los funerales por Giscard d'Estaing. Para cuando regresó a Washington, el país andaba apasionado con el final de la Liga de béisbol, y Parkin era un héroe nacional.

A poco más de ocho meses del comienzo de las primarias, le dijo a Edward que había llegado el momento de programar la campaña presidencial de 1996. A este fin, Florentina aceptó invitaciones para hablar por todas partes, y dirigió la palabra a los votantes de treinta y tres Estados. Dondequiera que fuese, tenía la satisfacción de comprobar que la opinión daba por supuesto que ella sería presidente en la próxima oportunidad. Sus relaciones con Pete Parkin seguían siendo cordiales, pero tuvo que recordarle al presidente que se acercaba el plazo para anunciar su intención de no presentarse a la reelección, de manera que ella pudiese lanzar oficialmente su campaña.

Un lunes del mes de julio, al regresar a Washington después de pronunciar una alocución en Nebraska, encontró una nota del presidente anunciándole que iba a publicar sus intenciones en un mensaje al país, el próximo jueves. Edward había elaborado ya un plan estratégico para la campaña de manera que, una vez hubiese anunciado el presidente que no era candidato, la maquinaria Kane arrancase en seguida a toda marcha.

—El momento elegido es perfecto —decía—. Nos quedan catorce meses para el comienzo de la campaña, y antes de octubre no necesitas declararte candidata.

Aquel jueves Florentina estaba sentada a solas en la oficina vicepresidencial, esperando la declaración del presidente. Las tres cadenas retransmitían el mensaje, y todos los comentaristas habían avanzado la hipótesis de que, a sus sesenta y cinco años, Parkin no se presentaba para un segundo período. Florentina aguardó con impaciencia mientras una cámara recorría en panorámica la fachada de la Casa Blanca y cortaba luego a un plano del Despacho Oval, mostrando al presidente Parkin detrás de su escritorio.

—Norteamericanos, compatriotas —empezó—, siempre he sido partidario de manteneros al corriente de mis planes, ya que no me agradan las especulaciones acerca de mi futuro personal, es decir, sobre si voy a presentarme o no por segunda vez a este fatigoso cargo dentro de catorce meses —Florentina sonrió—. Por consiguiente, deseo aprovechar esta oportunidad para declarar mis intenciones, de forma que pueda terminar este curso presidencial sin necesidad de intervenir en la política de partidos. —Florentina casi saltó de gozo en su asiento, pues Parkin se inclinó hacia adelante en lo que la prensa llamaba «el momento de sincerarse», antes de continuar—: La misión del presidente está aquí, en el Despacho Oval y sirviendo al pueblo. A tal efecto, anuncio que si bien pienso presentarme a las elecciones como candidato a la presidencia, dejaré la campaña a mis oponentes republicanos mientras sigo velando por el interés común aquí en la Casa Blanca. Espero que me concedáis el privilegio de serviros durante cuatro años más. Dios os bendiga.

Florentina se quedó un rato sin poder articular palabra. Luego descolgó y marcó el número del Despacho Oval. Una voz de mujer le contestó.

—Ahora mismo voy a ver al presidente —anunció Florentina, tras lo cual colgó en seguida y salió de su despacho en dirección al de la más alta autoridad del país.

La secretaria particular del presidente la recibió en la puerta.

—El presidente está reunido ahora, pero creo que no tardará en poder verle.

Florentina paseó de arriba abajo por el pasillo durante treinta y siete minutos, hasta que por fin la hicieron pasar. Sus primeras palabras fueron:

—Pete Parkin, es usted un falso y un embustero —sin esperar siquiera a que cerrasen la puerta.

—Un momento, por favor, Florentina. Creo que el interés nacional...

—El interés de Pete Parkin, el hombre que jamás aprendió a honrar su palabra. En cuanto al interés nacional, Dios nos asista. Voy a decirle una cosa, y es que no pienso presentarme otra vez al lado de usted.

—Lo lamento —dijo el presidente, al tiempo que regresaba a su asiento y escribía una anotación en un cuaderno—, pero naturalmente debo acatar su decisión. Aunque, en realidad, la misma no cambia mucho las cosas.

—¿Qué significa eso? —preguntó Florentina.

—Yo no pensaba pedirle a usted que participara conmigo en estas elecciones, pero me ha facilitado bastante el problema al negarse usted misma. Ahora el partido comprenderá que me he visto obligado a recurrir a otra persona.

—Si me presento contra usted, perderá las elecciones.

—No, Florentina, perderíamos ambos y los republicanos incluso podrían obtener la mayoría en el Senado y en la Cámara de Representantes. No creo que eso hiciera de usted la mujercita más popular de esta ciudad.

—No podrá contar con el apoyo que tengo yo en Chicago. Ningún presidente ganó jamás las elecciones sin el respaldo de Illinois, y eso no se lo perdonarán.

—Tal vez sí, puesto que reemplazaré a un senador de ese Estado por otro.

Florentina se quedó helada.

—No se atreverá —dijo.

—Si elijo a Rolph Brooks, vera cómo él disfruta de popularidad suficiente. Y el pueblo de Illinois se convencerá cuando diga que le estimo como sucesor natural mío, para dentro de cinco años.

Florentina salió sin pronunciar una sola palabra más. Sin duda era la primera persona que salía del Despacho Oval dando un portazo.

38

Cuando Florentina le repitió a Edward los detalles de la entrevista con Parkin, el sábado siguiente, en el campo de golf de Cape Cod, él confesó que la noticia no le sorprendía demasiado.

—No tendrá mucha madera de presidente, pero sabe más de maquiavelismo político que Nixon y Johnson juntos.

—Debí hacerte caso en Detroit, cuando me advertiste que pasaría esto.

—¿Cómo era aquello que decía tu padre de Henry Osborne? Una rata siempre es una rata.

Soplaba una ligera brisa, y Florentina arrojó unas briznas al aire para averiguar el sentido de la misma; hecho esto sacó una bola de la bolsa, la colocó y dio un golpe largo. Con gran sorpresa por su parte, el viento se llevó la bola un poco hacia la derecha, hasta que cayó en un matorral.

—No supiste prever de dónde soplaba el viento, V. P., ¿no es cierto? —sugirió Edward—. Creo que hoy ha llegado al fin mi oportunidad de ganarte, Florentina.

Envió la bola al mismo centro de la calle, aunque veinte metros más corta que la de Florentina.

—Las cosas van mal, Edward, pero no tanto —dijo ella con una sonrisa, y procedió a sacar la bola del mal terreno con una de las maderas, para luego ganar el hoyo con un put un poco largo.

—A buena hora —dijo Edward, mientras se disponían

a empezar el segundo hoyo, tras lo cual le preguntó a Florentina cuáles eran sus planes para el porvenir.

—Parkin tiene razón; no puedo armar el escándalo, porque ello favorecería a los republicanos. Así que he decidido contemplar mi futuro desde una perspectiva realista.

—¿Y eso qué quiere decir?

—Que agotaré mis catorce meses de vicepresidenta, y luego me gustaría volver a Nueva York como presidenta del consorcio Baron. Con mis continuos viajes por todo el planeta he ganado una experiencia casi única en la materia, y creo que podré implantar algunas ideas nuevas que nos darán gran ventaja frente a la competencia.

—Parece que nos espera una época interesante —sonrió Edward mientras se reunía con ella hacia el círculo de césped del segundo hoyo. Intentó concentrarse en su juego mientras Florentina seguía hablando.

—También me gustaría entrar en el Consejo de Administración de la Lester. Richard siempre quiso que aprendiera el funcionamiento interior de un Banco. Solía decirme que sus directores ganaban un sueldo más elevado que el del presidente de los Estados Unidos.

—Para eso tendrás que consultar a William, no a mí.

—¿Cómo es eso? —preguntó Florentina.

—Porque asumirá la presidencia el primero de enero del próximo año. Sabe de Banca más de lo que yo aprenderé nunca. Ha heredado el talento de Richard para la alta finanza. Yo seguiré algunos años más como director, pero estoy seguro de que el Banco no podrá quedar en mejores manos.

—¿Tiene edad suficiente para semejante responsabilidad?

—La misma que tú cuando te hicieron presidenta del consorcio Baron —replicó Edward.

—Bien, así tendremos un presidente en la familia, al menos —dijo Florentina, fallando un golpe de sesenta centímetros.

—Un hoyo cada uno, V.P. —dijo Edward, tomando nota en su tarjeta mientras empezaba a estudiar el recorrido de unos ciento noventa metros, formando codo, que tenían por delante—. Ahora ya sé cómo piensas ocupar la mitad de su tiempo. ¿Has previsto algo para la otra mitad?

—Sí —contestó Florentina—. La fundación Remagen está sin director desde el fallecimiento del profesor Ferpozzi. He decidido ocupar yo misma ese puesto. ¿Sabes qué patrimonio tiene ahora la fundación?

—No, pero me bastaría un telefonazo para averiguarlo —dijo Edward al tiempo que trataba de afinar su golpe de salida.

—Puedo ahorrarte el cuarto de dólar —dijo Florentina—. Veintinueve millones de dólares, que representan una renta anual de casi cuatro millones. Edward, ha llegado la hora de empezar a construir la universidad Remagen, con importantes dotaciones para hijos de inmigrantes de primera generación.

—Y no lo olvides, V.P.: también para niños superdotados cualquiera que sea su procedencia —dijo Edward, colocando la bola.

—Cada día te pareces más a Richard —rió ella.

Edward golpeó la bola.

—Ojalá mi golf fuese tan bueno como el tuyo —dijo, al ver que su pequeña esfera blanca, después de volar alto y lejos, chocaba con un árbol.

Florentina no pareció advertirlo. Y cuando ella hubo lanzado su bola, en firme trayectoria, hacia la mitad del recorrido, echaron a andar en direcciones distintas. No pudieron continuar la conversación hasta verse de nuevo junto al hoyo, donde Florentina siguió hablando de la nueva universidad que iba a construir, de cuántos estudiantes debería tener el primer año y de quién sería nombrado su primer presidente. Con esto acabó por perder los hoyos tercero y cuarto. Florentina empezó a fijarse más en su juego, pero pese a su esfuerzo no consiguió sino igualar en el noveno.

—Será para mí una satisfacción el donar tus cien dólares de hoy al partido republicano —dijo Florentina—. Mi mayor placer sería ver cómo Parkin y Brooks muerden el polvo.

Florentina suspiró al fallar un golpe corto con un hierro en el décimo hoyo.

—Todavía no estoy derrotado —dijo Edward. Florentina no le hizo caso.

—Qué gran pérdida de tiempo han sido mis años en la política —dijo.

—No estoy de acuerdo —dijo Edward, mientras practicaba todavía su golpe largo—. Seis años en el Congreso, otros ocho en el Senado y terminar siendo la primera mujer vicepresidenta. Además, sospecho que la Historia acabará por dar cuenta de tu papel en la invasión de Pakistán con mucha más exactitud de la que Parkin juzgaría necesaria. Aunque hayas conseguido menos de lo que esperabas, habrás allanado el camino a la próxima mujer que quiera llegar hasta el final. La mayor paradoja es que, si fueras la candidata demócrata en las próximas elecciones, creo que las ganarías con facilidad.

—Desde luego las encuestas de opinión coinciden contigo —Florentina intentó concentrarse, pero le salió cortado el lanzamiento—: Maldita sea —comentó al ver que su bola desaparecía entre unos árboles.

—No estás en tu mejor forma hoy —dijo Edward. Según avanzaba el partido ganó los hoyos diez y once, pero luego desperdició la oportunidad en el doce y el trece, con unos puts precipitados.

—Creo que deberíamos construir un Baron en Moscú —dijo Florentina cuando llegaron al hoyo catorce—. Esa fue siempre la ambición final de mi padre. ¿Te he contado alguna vez que el ministro de Turismo, Mijáil Zakovlov, intentó muchas veces interesarme en la idea? Como el mes que vine ha de formar parte de esa horrorosa misión cultural, tendré una oportunidad estupenda de discutirla con mayor detalle. Gracias a Dios habrá ballet del Bolshoi, borch y caviar. Al menos ellos no intentaron sorprenderme en la cama con algún efebo.

—No mientras sepan de nuestra apuesta al golf —rió Edward.

Quedaron empatados en los hoyos catorce y quince, y Edward logró ganar el dieciséis.

—Vamos a averiguar cómo te portas cuando te aprietan de verdad —dijo Florentina.

Edward se las arregló para perder el decimoséptimo fallando un golpe corto de sólo noventa centímetros, de manera que el resultado del partido pasó a depender del último hoyo. Florentina salió bien, pero Edward consiguió quedar a corta distancia de ella gracias a un rebote afortunado sobre la cresta de una pequeña prominencia. Su segundo golpe le llevó a menos de veinte metros del *green*, y le costó disimular una sonrisa mientras avanzaban juntos por el centro de la calle.

—Aún tienes mucho que aprender, Edward —dijo Florentina, tras lo cual envió su bola derecha a un banco de arena. Edward soltó la carcajada.

—Deberías recordar lo buena que soy con los hierros

—dijo Florentina, y demostró su afirmación sacando la bola de la arena y dejándola a sólo un metro veinte del hoyo.

Edward, saliendo desde veinte metros, dejó la suya a un metro ochenta.

—Esa puede ser la última oportunidad que tengas nunca —dijo ella.

Edward se cuadró bien para el golpe corto y golpeó la bola, para ver cómo daba una vuelta al borde del hoyo antes de caer en el mismo. Arrojó el palo al aire y prorrumpió en un grito de triunfo.

—Todavía no has ganado —dijo Florentina—, aunque sin duda será lo mejor que hayas jugado jamás —se cuadró al tiempo que estudiaba la trayectoria entre la bola y el hoyo. Si lograba hacerlo de un solo golpe corto, el partido quedaba en empate y se salvaba la apuesta.

—No dejes que los helicópteros te distraigan —dijo Edward.

—Lo único que me distrae eres tú, Edward. Te advierto que no ganarás. Como el resto de mi vida depende de este golpe, te aseguro que no fallaré. En realidad —dijo, retrocediendo un paso—, voy a esperar hasta que hayan pasado de largo los helicópteros.

Florentina miró al cielo y aguardó a que pasaran las cuatro máquinas, el ruido de cuyas palas se hacía cada vez más intenso.

—¿Es necesario que recurras a esos trucos para ganar, Edward? —dijo al ver que uno de los helicópteros iniciaba el descenso.

—¿Qué diablos ocurre? —preguntó Edward, preocupado.

—No tengo ni idea —dijo Florentina—, pero me parece que vamos a saberlo en seguida.

Su falda le azotó las piernas cuando el primer helicóptero aterrizó a pocos metros del césped del agujero dieciocho. Las palas todavía giraban cuando un coronel del ejército saltó por la escotilla y corrió hacia Florentina. Otro oficial saltó a tierra y se quedó al lado del helicóptero, con un pequeño maletín negro. Florentina y Edward miraron estupefactos al coronel, que se puso firmes y saludó.

—Señora presidenta —dijo—. El presidente ha muerto.

Florentina apretó el puño mientras el hoyo dieciocho quedaba rodeado de agentes del Servicio Secreto. Contempló de nuevo el maletín negro del mando nuclear que ahora era de su responsabilidad exclusiva, el disparador que confiaba en no tener que apretar jamás. Por segunda vez en su vida comprendió realmente lo que era una responsabilidad.

—¿Cómo ocurrió? —preguntó con voz serena.

El coronel siguió hablando con inflexiones castrenses:

—El presidente regresaba de su ejercicio matutino y se retiró a sus habitaciones para ducharse y cambiarse antes del desayuno. Pasaron veinte minutos antes de que alguien entre nosotros advirtiese algo anormal; luego recibí orden de ir a mirar, pero era ya demasiado tarde. El médico dijo que debió ser una trombosis coronaria fulminante. El año pasado tuvo dos ataques leves, pero en ambas ocasiones conseguimos que no trascendieran a la prensa.

—¿Cuántas personas están enteradas de su muerte?

—Tres miembros de su personal, el médico, la señora Parkin y el fiscal general, a quien informé sin demora, y bajo cuyas instrucciones recibí orden de localizarla a usted y procurar que se le tome el juramento a la mayor brevedad. Luego debo escoltarla a la Casa Blanca, donde espera el fiscal general para anunciar públicamente el fallecimiento del presidente. El fiscal general confía en que estas disposiciones merecerán la aprobación de usted.

—Gracias, coronel. Será mejor que regresemos a casa en seguida.

Florentina, acompañada de Edward, del coronel, el oficial que llevaba el maletín negro y cuatro agentes del Servicio Secreto, subieron a bordo del helicóptero militar. Mientras éste se elevaba Florentina miró hacia el hoyo dieciocho, donde su bola, un puntito blanco cada vez más pequeño, quedaba a sólo un metro veinte del agujero. Pocos minutos más tarde, la máquina aterrizaba sobre el césped frente a la casa de Florentina en Cape Cod, mientras las otras tres montaban guardia en el aire.

Florentina condujo a su séquito al salón, donde el pequeño Richard jugaba con su padre y con el obispo O'Reilly, que aquel fin de semana era el invitado de la familia.

—¿Por qué hay helicópteros volando sobre la casa, abuela? —preguntó Richard.

Florentina le explicó a su nieto lo ocurrido. William y Joanna se pusieron en pie, sorprendidos, y sin saber muy bien qué decir.

—¿Qué hacemos ahora, coronel? —preguntó Florentina.

—Necesitaremos una Biblia —dijo el militar— y el texto del juramento.

Florentina se dirigió a un escritorio que tenía en un rincón de la sala, y sacó del cajón superior la Biblia de miss Tredgold. No fue fácil encontrar un ejemplar del juramento presidencial. Edward recordó que quizás estaba citado palabra por palabra en el libro de Theodore White *El ascenso de un presidente: 1972*, que según recordaba se hallaba en la biblioteca. Estaba en lo cierto.

El coronel telefoneó al Fiscal general para comprobar que el texto era correcto. Luego Pierre Levale habló con el obispo O'Reilly para explicarle cómo debía tomar el juramento.

—«Yo, Florentina Kane, juro solemnemente desempeñar con fidelidad el cargo de presidenta de los Estados Unidos, y guardar, proteger y defender la Constiución de los Estados Unidos en la medida de mis facultades, con la ayuda de Dios.»

Así Florentina Kane se convirtió en el cuadragésimo tercer presidente de los Estados Unidos.

William fue el primero en felicitar a su madre, y luego todos los demás quisieron hacerlo al mismo tiempo.

—Creo que deberíamos acudir a Washington, señora —sugirió el coronel pocos minutos más tarde.

—Desde luego —Florentina se volvió hacia el anciano consejero espiritual de la familia—. Le doy las gracias a Monseñor —pero el obispo no respondió. Por primera vez en su vida, el diminuto irlandés no encontraba palabras para la ocasión—: Voy a necesitarle para otra ceremonia próxima.

—¿Qué ceremonia va a ser ésa, hija mía?

—Tan pronto como dispongamos de un fin de semana, Edward y yo nos casaremos —el aludido pareció aún más sorprendido y satisfecho que cuando oyó que Florentina se había convertido en presidenta—. Un poco demasiado tarde —continuó ella—, he recordado que cuando uno de los jugadores no completa el recorrido de un hoyo en un partido oficial, el mismo se lo adjudica automáticamente el contrincante.

Edward la tomó en sus brazos, mientras Florentina decía:

—Cariño, necesitaré tu sabiduría y tu fuerza, pero sobre todo necesito tu amor.

—Hace ya cuarenta años que lo tienes. Quiero decir... que...

Todos los presentes rieron.

—Será mejor que nos pongamos en camino, señora presidenta —urgió el coronel.

Florentina asintió, y en ese momento sonó el teléfono. Edward se acercó al escritorio y descolgó.

—Es Ralph Brooks. Dice que necesita hablar contigo con urgencia.

—Pide disculpas de mi parte al secretario de Estado, Edward, y dile que no estoy visible de momento —Edward estaba a punto de transmitir el mensaje, cuando ella agregó—: Y dile que tenga la bondad de reunirse conmigo en la Casa Blanca.

Edward sonrió mientras el cuadragésimo tercer presidente de los Estados Unidos se dirigía hacia la puerta. El coronel que le prestaba escolta accionó un pulsador de su emisor-receptor portátil y anunció en voz baja:

—Baronesa retorna a Corona. El contrato está firmado.

Esta obra, publicada por
EDICIONES GRIJALBO, S. A.,
terminóse de imprimir en los talleres
de Alfons Impressors, de Barcelona,
el día 24 de noviembre
de 1982